BASTEI
LÜBBE

Bisher sind im Bastei-Lübbe Taschenbuch-Programm von OCTAVIA BUTLER nachstehende Bände erschienen:

24 037 Als der Seelenmeister starb
24 039 Der Seelenplan
24 042 Vom gleichen Blut

Aus der Taschenbuchreihe SCIENCE FICTION SPECIAL sind nachstehende Romane erhältlich. Fragen Sie im Buch- oder Zeitschriftenhandel nach diesen Titeln:

24 020 Robert Sheckley
Endstation Zukunft
24 021 David Bear
Wer hat meine Zeit gestohlen?
24 022 Poul Anderson
Das Avatar
24 023 Jessica Salmonson
Amazonen!
24 024 D. G. Compton
Mit meinem Auge
24 025 Norman Spinrad
Lieder von den Sternen
24 026 Samuel R. Delany
Geschichten aus Nimmerya
24 027 Michel Jeury
Robert Holzachs chronolytische Reisen
24 028 Larry Niven
Ringwelt-Ingenieure
24 029 Samuel R. Delany
Treibglas
24 030 William Hope Hodgson
Das Nachtland
24 031 Lübbes Auswahlband
Fremde aus dem All
24 032 Orson Scott Card
Capitol
24 033 D. G. Compton
Narrenwelt
24 034 Brian W. Aldiss
Dunkler Bruder Zukunft
24 035 Samuel R. Delany
Babel-17
24 036 Donald Wollheim (Hg)
World's Best SF '82
24 038 Horst Pukallus (Hg)
Quasar 3 – SF-Stories
24 040 F. Paul Wilson
Mein Vater starb auf Jebinos
24 041 Lübbes Auswahlband
Aliens und andere Fremde
24 043 F. Paul Wilson
Der Staatsfeind
24 044 Donald A. Wollheim/
Arthur W. Saha (Hg)
World's Best SF '83
24 045 A. E. van Vogt
Das Atom-Imperium
24 046 Piers Anthony
Omnivor
24 047 Alfred Bester
Alles oder nichts
24 048 Isaac Asimov
Isaac Asimov über Science Fiction
24 049 Brian W. Aldiss
Der Moment der Eklipse
24 050 Norman Spinrad
Daß mich das große Nichts umfange ...
24 051 Lübbes Auswahlband
Abenteuer Weltraum 2

Poul Anderson

Das Avatar

BASTEI LÜBBE

SCIENCE FICTION

BASTEI-LÜBBE-TASCHENBUCH
Science Fiction Special
Band 24 022

1. Auflage: Februar 1982
2. Auflage: März 1982
3. Auflage: März 1984

Deutsche Lizenzausgabe 1981
Bastei-Verlag Gustav H. Lübbe, Bergisch Gladbach
Originaltitel: THE AVATAR
Ins Deutsche übertragen von Harro Christensen
Titelillustration: Sarah Brown
Umschlaggestaltung: Quadro-Grafik, Bensberg
Druck und Verarbeitung:
Mohndruck Graphische Betriebe GmbH, Gütersloh
Printed in Western Germany
ISBN 3-404-24022-7

I

Ich war eine Birke, weiße Schlankheit mitten auf einer Wiese, aber ich hatte keinen Namen für das, was ich war. Meine Blätter tranken die Sonnenstrahlen, die auf ihnen spielten und ihr Grün aufleuchten ließen, und tanzten im Wind, der aus meinen Zweigen eine Harfe machte, aber ich sah und hörte es nicht. Der Herbst verwandelte mich in brüchiges Gold, der Frost fegte mich kahl, und in meinem langen Schlaf stob um mich herum der Schnee, dann jagte Orion seine Beute weit über die Himmel, und die Sonne drehte nach Norden, um mich mit ihrem Strahl zu erwecken, aber von alledem spürte ich nichts.

Und doch verzeichnete ich das alles, denn ich lebte. Jede Zelle in mir spürte auf wundersame Weise, wie der Himmel zuerst hell und glänzend war und dann trüber wurde, wie der Wind die Luft bewegte oder peitschte oder sie reglos ließ, wie der Regen Kälte und Lachen brachte, wie Würmer und Wasser meinen tiefreichenden Wurzeln halfen, wie die Nestlinge in meinem Schutz zeterten und raschelten, wie Gras und Löwenzahn in Fülle um mich wuchsen, wie sich die Erde belebte, während der Erdball unter den Sternen seine Bahn zog. Jedes scheidende Jahr hinterließ an mir zur Erinnerung einen Ring. Obwohl es mir nicht bewußt war, existierte ich doch als Teil der Schöpfung; ich verstand nicht, aber ich wußte es. Ich war Baum.

II

Als die *Emissary* das ›Tor‹ passierte und Phöbus sie wieder beschien, hatte sich die Hälfte der zwölf überlebenden Besatzungsmitglieder zusammen mit dem Passagier von Beta im Gemeinschaftsraum versammelt. Nach ihrer langen Abwesenheit wollten sie ihre Rückkehr auf dem größten vorhandenen Sichtschirm verfolgen und sie gemeinsam feiern. Sie hoben die aus den letzten Weinvorräten gefüllten Gläser und tranken auf eine glückliche Ankunft. Die Stimmen der Leute, die gerade Dienst hatten, mischten sich über Intercom ein. »Salud. Proost.

Skal. Banzai. Saúde. Zdoroviye. Prosit. Mazel tov. Santé. Viva. Aloha.«

Von ihrem Platz am Computer flüsterte Joelle Ky im Namen aller, die für immer geblieben waren, »Zivio« für Alexander Vlantis, »Kan bei« für Juan Chichao, »Cheers« für Christine Burns. Für sich selbst sprach sie nicht und dachte dabei, welch sentimentale alte Närrin sie doch war, und sie hoffte, daß niemand sie gehört hatte. Ihr Blick fiel auf einen kleinen Schirm, der ihr im Bedarfsfall Sichtdaten lieferte. Zwischen den Anzeigen, Kontrollen und Ein- und Ausgabegeräten, mit denen die Kabine vollgestopft war, schien er wie ein Fenster zur Welt.

»Welt« bedeutete allerdings »Universum«. Die Verstärkung war auf eins gestellt, und das Gerät zeigte nur, was man auch mit bloßem Auge gesehen hätte. Dennoch strahlten so viele und helle Sterne, Diamant ohne Flimmern, Saphir, Topas, Rubin, daß sie in der Dunkelheit ringsum und bis weit in den Raum wie in einem Kelch ruhten. Selbst im Sonnensystem hätte Joelle aus einer solchen Vielzahl keine Konstellationen herausgreifen können. Aber die Milchstraße sah nicht viel anders aus als nachts über Nordamerika. Sie orientierte sich an diesem kühlen Glanz und fand einen hell leuchtenden Nebel. Es war M31; und auch er hatte von Beta aus genauso ausgesehen, denn er ist eine Schwester unserer Milchstraße.

Dennoch wünschte sie sich plötzlich einen vertrauteren Anblick. Sie war überrascht, daß sie den Trost so nötig hatte, den er gewähren würde – sie, die Holothetin, für die alles Sichtbare nur ein Schleier über der Wirklichkeit war. Die letzten acht Erdenjahre mußten ihr schlimmer zugesetzt haben, als ihr bewußt war. Sie hatte keine Lust, Stunden, vielleicht Tage zu warten, bis sie wieder die Sonne sah, und sie ließ die Finger über die Tastatur vor ihr gleiten. Sie stellte den Sucher so ein, daß er Phöbus ins Bild brachte. Ihn wenigstens hatte sie bei der Fahrt nach draußen gesehen, und von ihm hatte sie in ihrem Leben zahllose Bilder zu Gesicht bekommen.

Sie hatte den Helm schon auf dem Kopf, die Verbindung zum Computer, zum Datenspeicher und zu den Instrumenten des Schiffs war hergestellt. Kaum wünschte sie sich diese gespickten Schiff, das eher die Form einer Kugel hatte. Als das Bild wechselte, bediente sie sich keiner Vergrößerung und Verstärkung, um das Fahrzeug über tausend Kilometer hinweg sichtbar zu machen. Statt dessen wurde sie durch den Anblick zweier schwach leuchtender grüner und roter Kugeln gefesselt, die sich im Sichtfeld gegen die Sterne abhoben. Es waren Markierungszeichen in der Nähe der T-Maschine. Die *Anderen* hatten sie dort angebracht. Ihre erweiterten Sinne sagten ihr, daß auch ein drittes Zeichen auf dem Empfänger sichtbar war; seine Farbe war ultraviolett.

Vage nur hörte sie Archers Stimme: »– Quarantäne?« und Langendijk: »Nun, wenn Sie darauf bestehen, aber wir sind acht Jahre lang auf Beta herumgelaufen, und wir haben einen Betaner an Bord, aber niemand hat irgendeine Krankheit bekommen. Pinski und de Carvalho, unsere Biologen, haben sich mit der Sache befaßt, und sie sagen, daß gegenseitige Ansteckung unmöglich ist. Die biochemische Verschiedenheit ist zu groß.«

Von den Leuchtzeichen fasziniert, hörte sie nicht mehr zu. Gewiß würde sie, die Holothetin, eines Tages gedanklichen Kontakt mit ihren Schöpfern aufnehmen können, falls sie sie jemals fand.

Aber was würden sie sich aus ihr machen, vielleicht in mehr als einer Bedeutung dieses Satzes? Es war denkbar, daß selbst Joelles physische Erscheinung ihnen nicht völlig belanglos vorkommen mochte. Es war seltsam unter den herrschenden Umständen, aber zum ersten Mal seit fast zehn Jahren betrachtete Joelle Ky ihren Körper einen Augenblick lang als Fleisch und nicht als Maschinerie.

Mit achtundfünfzig Erdenjahren waren ihre hundertfünfundsiebzig Zentimeter immer noch schlank, fast hager, ihre Haut rein und blaß. Sie hatte kaum Falten. Hierin und in den hohen Wangenknochen bewahrten ihre Gene ein Stück ihrer Geschichte, auf die auch ihr Name minwies. Sie war in dem Teil Nordamerikas geboren, der von den alten Vereinigten Staaten übriggeblieben war, nachdem dies sich mit Kanada zusammengeschlossen hatten. Sie hatte ein feingeschnittenes Gesicht mit großen, dunklen Augen. Ihr kurzes, einst schwarzes Haar hatte die Farbe von Stahl. Sie trug jetzt die Schiffsuniform, einen Overall mit vielen Taschen und Ösen, und auch zu Hause zog sie selten elegantere Sachen an.

Sie ließ ein Lächeln aufflackern. *Wie albern kann ich werden? Wenn eines über die Anderen feststeht, dann ist es dies: keiner von ihnen wird herkommen, um mir den Hof zu machen! Kann man sich das von Dan drüben auf Demeter vorstellen? Wieder einmal Unsinn. Schließlich bin ich seit Beta acht Jahre älter als er.*

Irgendwie mußte sie dabei an Eric Stranathan denken, den ersten und letzten Mann, den sie ernsthaft liebte. Nach einem Vierteljahrhundert – plus der auf dieser Mission verbrachten Zeit – kam er ihr plötzlich wieder in den Sinn. Sie sah ihn vor sich, wie er ihr gegenüber in einem Kanu auf dem Louisensee saß, inmitten von Bergen, die Luft vom Duft der Nadelwälder durchzogen, unter einem fast so weiten Himmel wie der, unter dem die *Emissary* jetzt schwebte, und sie schaute nach oben und flüsterte: »Wie sehen die *Anderen* das alles? Was bedeutet es für sie?«

»Was sind sie?« fragte er. »Tiere, die höher entwickelt sind als wir; denkende Maschinen; Engel am Throne Gottes; Wesen, vielleicht nur ein Wesen, die wir uns nie vorstellen konnten; oder was sonst? Darüber haben sich die Menschen schon seit über hunder Jahren Gedanken gemacht.«

Sie bot ihren ganzen Stolz auf. »Wir werden es erfahren.«

»Durch Holothetik?« fragte er.

»Vielleicht. Sonst durch – wer weiß das schon? Ich glaube aber, daß wir es erfahren werden. Ich muß es glauben.«

»Vielleicht wollen wir es gar nicht. Ich könnte mir vorstellen, daß wir dann nie wieder dieselben sein werden, und dieser Preis könnte zu hoch sein.«

Sie zitterte. »Du meinst, wir würden alles aufgeben was wir hier haben?«

»Und alles, was wir sind. Ja, das ist möglich.« Er bewegte seine ihr so vertraute schlaksige Gestalt, und das Boot schaukelte. »Ich selbst wäre nicht dazu bereit. Ich bin glücklich wo ich bin und genau in diesem Moment.«

In jener Nacht wurde sie seine Geliebte.

– Joelle riß sich zusammen. *Halt. Sei vernünftig. Ich weiß,* daß ich von den Anderen wie besessen bin. Wieder einmal sehe ich, daß ihre Kunst nicht Fremden sondern menschlichen Wesen zugute kommt. Das muß in mir eine Quelle aufgetan haben. Aber Willem hat recht. Die Betaner sind schon genug für viele Generationen meiner Rasse. Wissen die Anderen das? Haben sie es vielleicht vorausgesehen?

Sie war leicht schockiert, als sie merkte, daß sie schon seit Minuten nicht mehr auf das Intercom geachtet hatte. Sie neigte sonst weder zu Selbstbetrachtungen noch zu Wachträumen. Vielleicht war es gekommen, weil sie mit dem Computer verbunden war. Wann immer das der Fall war, wurde sie zu einem weit bedeutenderen Mathematiker und Logiker als alle anderen, die je auf der Erde gelebt hatten, bevor dieses System des Zusammenschlusses entwickelt wurde. Trotzdem blieb sie eine gewöhnliche Sterbliche mit allen Narreteien, die Sterblichen eigen sind. *Es war wohl meine Gewohnheit, mich in diesem Zustand äußerst scharf zu konzentrieren, die in mir die Oberhand gewonnen hat. Da ich mich sonst nicht mit Emotionen beschäftige, muß diese Gewohnheit außer Kontrolle geraten sein.*

Sie hatte ganz nebenbei registriert, daß eine Meinungsverschiedenheit ausgetragen worden war. Sie war wieder ganz Aufmerksamkeit und hörte Archer sprechen:

»Schön und gut, Captain Langendijk, niemand hat vorausgesehen, daß Sie so früh zurückkommen würden – wenn überhaupt, um ehrlich zu sein –, und deshalb habe ich, was Sie betrifft, keine bestimmten Anweisungen. Aber meine Vorgesetzten haben mich unterrichtet und allgemeine Direktiven erlassen.«

»So?« erwiderte der Skipper der *Emissary*. »Und was besagen die?«

»Nun, gewisse hochgestellte Persönlichkeiten machen sich nicht nur Sorgen, weil Sie vielleicht ein fremdes Wesen an Bord haben. Ihre Sorgen gehen weit darüber hinaus. Es geht darum: Sie wissen überhaupt nicht, was Sie vielleicht zur Erde zurückbringen. Hören Sie, ich behaupte ja nicht, daß irgendein Ungeheuer Ihr Schiff übernommen hat und so tut, als sei es Sie, oder ähnlichen Schwachsinn.«

»Das will ich auch hoffen! Tatsächlich, Sir, sind die Betaner – den Namen gaben wir ihnen natürlich – nicht nur sehr freundliche Wesen, sie legen auch größten Wert darauf, uns näher kennenzulernen. Nur deshalb soll der Austausch, den sie mit uns treiben wollen, unter für uns so unglaublich günstigen Bedingungen stattfinden. Vielleicht profitieren sie dabei sogar noch mehr als wir.«

Die Antwort klang wie die Vorsicht selbst: »Was?«

»Das zu erklären, würde zu lange dauern. Sie hoffen, von uns etwas für sie sehr Wichtiges zu lernen.«

Ein Gedanke durchzuckte Joelle: *Etwas, was ich selbst nie richtig gelernt habe und wohl auch nie lernen werde.*

Archers Stimme vertrieb diesen Gedanken. »Nun, möglicherweise. Aber das verstärkt doch nur die Befürchtungen. Wer weiß, welche Auswirkungen das auf uns alle haben kann. Sie wissen doch, daß die Weltunion alles andere als stabil ist. Sie wollen dem Rat direkt berichten –«

»Ja«, sagte Langendijk. »Wir werden bis in Erdnähe fliegen, Lima anrufen und um weitere Anweisungen bitten. Was ist dagegen einzuwenden?«

»Das geht nicht!« rief Archer. Nach ein paar Sekunden: »Sehen Sie, ich bin nicht befugt, Ihnen nähere Auskunft zu geben. Nur so viel . . . die Beamten, die ich erwähnte, wollen Sie unter strikter Geheimhaltung vernehmen, Ihr Material prüfen und Ähnliches, bevor auch nur das Geringste an die Öffentlichkeit dringen darf. Sie verstehen doch?«

»Ich hatte schon meinen Verdacht«, polterte Langendijk. »Machen Sie weiter.«

»Nun, unter den gegebenen Umständen, und so weiter, interpretiere ich meine Order wie folgt: Wir werden Sie durch das ›Tor‹ zum Sonnensystem begleiten. Unsere Autopiloten werden über Funk gleichgeschaltet, damit wir gleichzeitig ankommen. Außer mit uns werden Sie mit niemand Verbindung aufnehmen. Wir verständigen uns über Richtstrahl. Jede Kommunikation nach draußen erledigen wir, bis Sie andere Weisungen bekommen. Ist das klar?«

»Ein wenig zu klar.«

»Bitte, Captain, es richtet sich doch nicht gegen Sie. Aber Sie müssen verstehen, daß es sich hier um ein gewaltiges Problem handelt. Leute, die für Milliarden von Menschenleben verantwortlich sind, müssen vorsichtig sein. Und ich gehöre dazu.«

»Ja, ich weiß, daß Sie Ihre Pflicht tun, wie Sie sie verstehen, Captain Archer. Außerdem haben Sie die Mittel, uns zu zwingen.« Die *Emissary* hatte zwar Waffen, aber sie waren nicht der Rede wert. Die beiden Feuerleitoffiziere waren gleichzeitig im Notfall für den Abschuß der Raketen verantwortlich. Obwohl das Schiff in genügend Zeit gewaltige Geschwindigkeiten erreichen konnte, lag eine Höchstbeschleunigung unter Berücksichtigung der Nutzlast und der gegebenen Reaktionsmasse bei unter zwei G. Auch mit Hilfe seiner Rotoren und Seitendüsen konnte es nur schwerfällig manövrieren. Die *Emissary* war nicht als Kriegsschiff ausgelegt. Sie war ein Raumschiff, das einsam seinen Weg in die Sternenwelt suchte. Die *Faraday* aber war für den Kampf konstruiert worden. (Der Anlaß war noch nicht gegeben gewesen, aber wer wußte schon, was eines Tages aus einem ›Tor‹ auftauchen konnte? Außerdem war sie dank ihrer hervorragenden Manövrierbarkeit besonders gut für Rettungsarbeiten und für den Transport von Forschungsteams geeignet.)

»Ich versuche nur, den Belangen der Regierung gerecht zu werden, Sir.«

»Ich möchte gern wissen, wer von der Regierung das alles angeordnet hat.«

»Es tut mir leid, aber ich bin nur Astronaut und Offizier. Es steht mir nicht zu, mich mit Ihnen über Politik zu unterhalten. Sehen Sie doch ein, daß jede Sorge unnötig ist. Es handelt sich lediglich um besondere Vorsichtsmaßnahmen, um mehr nicht.«

»Ja, ja«, seufzte Langendijk. »Besprechen wir also das weitere.« Die Unterhaltung drehte sich nun um technische Dinge.

Dann war das Gespräch beendet. Langendijk wandte sich an seine Mannschaft: »Sie haben natürlich mitgehört. Irgendwelche Fragen? Oder Kommentare?«

Ein Ausbruch der Empörung und Bestürzung schlug ihm entgegen. Am lautesten hörte man Frieda von Moltke. »So eine gottverdammte Scheiße!« brüllte sie. Der erste Ingenieur Dairoku Mitsukuri war zurückhaltender: »Es mag anmaßend klingen, aber man wird uns wohl nicht allzu lange aufhalten. Die bloße Tatsache unserer Rückkehr wird einen enormen öffentlichen Druck zur Folge haben, so daß wir bald freigelassen werden.«

Carlos Francisco Rueda Suárez, der Erste Offizier, sagte hochmütig: »Im übrigen wird meine Familie in dieser Angelegenheit einiges zu sagen haben.«

Eine Angst, die hoffentlich grundlos war, stieg in Joelle auf und ließ sie frösteln. Ihre Altstimme klang rauh. »Sie nehmen an, daß sie es erfahren wird«, sagte sie.

»Mein Gott, das kann doch nicht Ihr Ernst sein«, protestierte der zweite Ingenieur Torsten Sverdrup. »Die Ruedas und nichts erfahren? Das ist unmöglich.«

»Da könnten Sie sich irren«, antwortete Joelle. »Merken Sie denn nicht, daß wir diesem Überwachungsschiff vollkommen ausgeliefert sind? Und sein Kapitän handelt nicht wie ein Mann, der einfach nur sichergehen will. Oder haben Sie den Eindruck? Was Menschen anbetrifft, bin ich wirklich nicht überempfindlich, aber ich war schon Cliquen und Intrigen auf höchster politischer Ebene ausgesetzt. Als wir uns das letzte Mal auf der Erde unterhielten, hat mich auch Dan Brodersen gewarnt. Er meinte, wir könnten bei unserer Rückkehr nicht nur von gewisser Seite Feindseligkeit erwarten sondern vielleicht Schlimmeres.«

»Brodersen?« fragte Sam Kalahele, von Moltkes Kollege an den Waffen.

»Ihm gehört die Firma Chehalis Enterprises auf Demeter«, sagte Marie Feuillet, die Chemikerin. »Aber er übertreibt gern. Er ist ein freischwebender Kapitalist und deshalb der Regierung, vielleicht sogar der Union gegenüber besonders mißtrauisch.«

»Wir leiten gleich die Beschleunigung ein«, erklärte Langendijk. »Alles auf Flugstaion.«

»Bitte!« rief Joelle. »Warten Sie noch, Skipper. Ich will nicht debattieren. Ich gebe zu, daß ich in einigen Dingen hoffnungslos naiv bin, aber Dan – Captain Brodersen sagte mir, er würde in der Nähe des ›Tores‹ einen Roboter stationieren, der darauf programmiert ist, uns zu suchen, falls wir Ärger haben. Er sah die Möglichkeit voraus – er nannte es Wahrscheinlichkeit –, daß wir kurz nach unserem Abflug wieder eintreffen würden. Und um was kann es sich bei dem zweiten, weit entfernt kreisenden Fahrzeug handeln – Sie erinnern sich doch, daß wir es auf dem Schirm hatten – wenn nicht um Brodersens Beobachtungsroboter?«

Ruedas Stimme klang ärgerlich. »Heilige Mutter Maria, Joelle, warum haben Sie das in all den Jahren denn nie erwähnt?«

»Oh, er meinte, wir sollten uns keine Sorgen über etwas machen, das vielleicht nie geschehen würde. Er informierte mich, weil, nun, weil wir befreundet sind. Er wußte, daß ich diese Information auf Abruf speichern würde. Außerdem habe ich sie auf Band genommen. Im Falle meines Todes hättet ihr anderen es abspielen können.«

»Wenn das so ist, haben wir überhaupt kein Problem«, sagte Rueda vergnügt. »Man kann uns nicht von der Außenwelt abschneiden, falls Sie das befürchten. Sobald der Roboter ihm berichtet, wird er es der ganzen Welt bekanntgeben. Vielleicht wissen Sie, daß er durch seine erste Ehe mit mir verwandt ist.«

Joelle schüttelte den Kopf. Das ging, weil die Drähte, die in ihren rundgewölbten Helm führten, elastisch waren, aber bei der zusätzlichen Masse bedurfte es einiger Anstrengung, und in der Schwerelosigkeit mußte sie mit dem Oberkörper eine leichte Gegenbewegung machen.

»Nein«, antwortete sie. »Bedenken Sie die Entfernung. Bisher hat der Mensch noch kein optisches System mit einer derart hohen punktuellen Auflösung gebaut, daß es die *Emissary* über eine solche Distanz von – sieben, so viele gibt es doch, nicht wahr? – ähnlichen Schiffen unterscheiden könnte. Schließlich handelt es sich ganz einfach um einen modifizierten Transporter der *Reina*-Klasse.«

»Und welchen Sinn hätte es dann, dort draußen einen Beobachtungsroboter zu stationieren?« stieß der Versorgungsoffizier Bruno Benedetti hervor.

»Es dürfte doch klar sein was passiert ist«, gab die Planetologin Olga Razumowski zurück. »Aber erzählen Sie, Joelle.«

Die Holothetin holte tief Luft. »Was Brodersen plante, war

dieses«, sagte sie. »Nach außen hin sollte es so aussehen, als hätte er den Roboter entsandt, um ein paar Jahre lang die T-Maschine zu beobachten. Er hoffte, auf diese Weise erfahren zu können, wie sie funktioniert. Da die Überwachungsschiffe in dieser Richtung kaum befriedigende Arbeit leisten, konnte man das Projekt nicht gut verbieten. Außerdem lief die Sache nicht unter seinem Namen. Er hatte die Demetrische Forschungsstiftung vorgeschoben, die er immer großzügig mit finanziellen Mitteln bedenkt. Und die genannten Beobachtungen sollte das Fahrzeug ja auch tatsächlich anstellen.«

»Warum aber wird dann veranlaßt, daß ein so wichtiges Forschungsgerät sich über eine Million Kilometer von seinem Forschungsobjekt fernhalten muß? Ich möchte annehmen, daß die Behörden dafür Sicherheitsgründe anführen. Daß man etwa eine Kollision befürchtet, falls ein Schiff auf einem falschen Vektor passiert. Diese Wahrscheinlichkeit ist nach meiner Ansicht gleich Null. Aber wenn sie dazu entschlossen sind, können sie die strikte Einhaltung dieser Vorschrift erzwingen.«

»Zeigt nicht schon die Tatsache, daß sie es tun, ihre wahren Motive? Sie wollen alles, was im ›Tor‹ geschieht, unter Kontrolle behalten – ein weiteres Schiff der Betaner könnte kommen, wir könnten zurückkommen, oder irgend etwas Wunderbares könnte geschenen. Sie wollen Zensur üben.«

»Fallen auch wir unter diese Zensur? Auf der Erde gibt es in mehr als einer Nationalregierung starke Kräfte, die gegen den Flug zu den Sternen sind. Vielleicht haben sie innerhalb der Unionshierarchie schon die richtigen Hebel angesetzt. Vielleicht haben sie Pläne, von denen ihre Kollegen überhaupt nichts wissen.«

Flüche, Murren und einige Einwände wurden über das Intercom laut. Einsam hörte man dazwischen Fidelio, der mit flötender Stimme seine Verblüffung ausdrückte. Was ist los? sang der Betaner. Warum seid ihr nicht mehr froh?

Langendijk gebot Schweigen. »Als Kommandant eines Überwachungsschiffs kann Archer mir Weisungen erteilen. Bereiten Sie sich darauf vor, diesen zu folgen.«

»Willem, hören Sie zu«, bat Joelle. »Ich kann einen Strahl genau auf den Roboter richten, so daß man an Bord der *Faraday* nicht einmal ein Flüstern wahrnimmt, und Brodersen die Wahrheit durchgeben –«

Langendijk schnitt ihr das Wort ab. »Wir werden den Anweisungen Folge leisten. Das ist ein direkter Befehl, der ins Logbuch eingetragen wird.« Sein Ton wurde freundlicher. »Lassen Sie uns nicht streiten, aber wir haben ein langes und beschwerliches Unternehmen hinter uns. Beruhigen Sie sich. Es ist doch gut möglich, daß einige von uns überreizt sind und Gespenster sehen. Daß Archer mit Wissen des Kommandanten des Überwachungsschiffs im Sonnensystem insgeheim mit seinen geheimen Auftraggebern in Verbindung steht, die ihn veranlassen, uns an einen geheimen Ort zu schaffen, ist wohl ein wenig zu melodramatisch.« Dann wurde er wieder ernst. »Überlegen Sie doch – die Gesetze der Raumfahrt haben Vorrang vor jeder Politik. Das muß so sein. Ohne ihre Einhaltung fliegt der Mensch nicht zu den Sternen sondern geht zugrunde. Jeder von uns hat einen heiligen Eid geschworen, diese Gesetze zu beachten.« Nach einer Pause, während der nur das Rauschen der Luft aus den Ventilatoren zu hören war: »Gehen Sie auf Flugstation. Wir beschleunigen in zehn Minuten.«

Joelle sank in sich zusammen, von Hoffnungslosigkeit überwältigt. Sie hätte die erwähnte Botschaft, die nicht abzufangen gewesen wäre, tatsächlich übermitteln können, wenn ihre Computerverbindung zum Kommunikationssystem nach außerhalb verlängert worden wäre; aber die Schalter dafür befanden sich nicht in ihrer Kabine.

Und was das Gesetz anbetrifft, hat Willem recht. Vielleicht hat er auch recht, wenn er glaubt, daß der Gedanke einer Verschwörung gegen uns nur kranker Phantasie entspringt. Wie soll ich das beurteilen? Ich bin zu lange von der gewöhnlichen Menschheit abgetrennt, um noch das rechte Gefühl dafür zu haben, wie sie funktioniert.

Die elementare Wirklichkeit ist leichter zu verstehen, ja, es ist leichter ein Teil ihrer zu sein, als wir zu verstehen sind, die wir wie Irrlichter über das zu Begreifende hinweghuschen.

»Sind Sie bereit, Joelle?« fragte Langendijk sanft, fast sogar zerknirscht.

»Oh!« Sie schreckte hoch. »Ja, natürlich. Jederzeit.«

»Ich habe der *Faraday* signalisiert, daß wir beabsichtigen, um fünfzehn Uhr fünfunddreißig mit einem G zu beschleunigen, und sie tun es gleichzeitig. Sie fliegen mit uns synchron und leiten gerade die entsprechenden Manöver ein. Hundert Kilometer vor dem Leuchtzeichen Charlie werden beide Autopiloten miteinander gekoppelt. Haben Sie die nötigen Informationen bereit . . .? Ach, das haben Sie selbstverständlich. Was für ein vergeßlicher Idiot bin ich, das auch noch zu fragen.«

Selbst bemüht, sich mit ihm zu versöhnen, lächelte sie ein Lächeln, das er nicht sah, und antwortete: »Diese Vergeßlichkeit ist verständlich, Willem. Schließlich ist dies Christines Job« – Christine Burns, die sonst den Computer bediente, und die vor nur wenigen Monaten in Joelles Armen gestorben war, bevor die *Emissary* zum Heimflug startete.

»Übernehmen Sie die Navigation«, sagte Langendijk förmlich. »Verfahren Sie nach Signal.«

»Aye.«

Joelle machte sich an die Arbeit. Sie wurde von Informationen geradezu überflutet: Standortvektoren, Geschwindigkeitsvektoren, Antriebsimpulse, Schubwerte, die Stärken der Schwerefelder und ihre zeitlichen und räumlichen Ableitungen, die sich ständig änderten. Die Werte aus den Instrumenten wurden so umgewandelt, daß man sie auf Digitalanzeigen ablesen konnte; und inzwischen lieferte die Datenbank nicht nur die spezifischen vergangenen Werte und natürlichen Konstanten, die sie benötigte, sondern die ganze großartige Struktur der Himmelsmechanik und der Streß-Tensoren. Sie hatte das physikalische Wissen von Jahrhunderten zu ihrer unmittelbaren Verfügung, und sie wußte auch alles über den speziellen Punkt in Raum und Zeit, an dem sie sich befand.

Von ihren Quellen aus durchliefen die Daten ein Gerät, das sie innerhalb von Nanosekunden in die richtigen Signale umsetzte. Von dort nahm ihr Gehirn sie auf. Die Verbindung bestand nicht etwa ganz primitiv aus in ihrem Schädel eingeführten Drähten; hier genügte elektromagnetische Induktion. Sie ihrerseits konnte sich des Hochleistungscomputers bedienen, an den sie ebenfalls angeschlossen war, wenn irgendwelche neuen Probleme auftauchten.

Die Übereinstimmung war total. Sie hatte ihrem Nervensystem die gewaltige Aufnahmefähigkeit, Speicherkapazität und Datenrückgewinnungsgeschwindigkeit der elektronischen Anlage hinzugefügt, zusammen mit der enormen mathematikologischen Kapazität für Umfang und Geschwindigkeit der Rechengänge, die ebenfalls in dem elektronischen Gerät angelegt war. Sie wiederum brachte die menschliche Fähigkeit ein, das Unerwartete zu erkennen, kreativ zu denken und gefaßte Entschlüsse zu überdenken. Sie war Software für das gesamte System; das sich ständig wieder neu schrieb; die Dirigentin eines riesigen Orchesters, das vielleicht ohne Vorwarnung plötzlich Jazz spielen oder gar eine völlig neue Symphonie komponieren mußte.

Die Zahlen und die sonstigen Abläufe wurden ihr nicht einzeln bewußt. (Sie plante ja auch nicht die zahllosen kinesthetischen Entscheidungen ihres Körpers beim Gehen.) Sie spürte sie und ließ sich von ihnen leiten, empfand sie als etwas Folgerichtiges, das sich ständig fortsetzte, als *Funktion.* Ihr Bewußtsein ging über das mechanische Mischen und Ordnen von Symbolen weit hinaus; es formte selbst seine weiteren Verhaltensmuster, so wie ein Bildhauer den Ton mit Händen formt, die selbst wissen, was sie tun.

Als Künstler, Wissenschaftler und Athlet auf dem Gipfelpunkt ihrer Leistungsfähigkeit . . . so hatte sich Christine Burns gefühlt, wenn sie mit dem Computer verbunden war.

Anders Joelle. Christine war nur auf ganz gewöhnliche Weise mit dem Computer verbunden gewesen. Joelle aber war eine Holothetin, die über solche Erfahrungen schon lange hinausgewachsen war. Der Unterschied war vielleicht mit dem zwischen einem frommen katholischen Laien beim Gebet und dem Heiligen Johannes vom Kreuz zu vergleichen.

Außerdem war ihre gegenwärtige Tätigkeit Routine. Mit ihren Gedanken kontrollierte sie die Geräte, die das Schiff über ein Standardsystem von Kurven auf einen festgelegten Kurs schickte. Das hätte der Computer ohne Hilfe geschafft, wenn man sich die Mühe gemacht hätte, verschiedene Schaltkreise zu verändern. Brodersens Roboter erfüllte die gleiche Aufgabe.

Christine war für ihre Arbeit am Computer verpflichtet worden, weil die *Emissary* ein völlig unbekanntes Ziel ansteuerte, wo das Überleben von einer blitzschnellen Entscheidung abhängen konnte, die weder vorauszusehen noch einzuprogrammieren gewesen wäre. Ihr selbst, hätte sie noch gelebt, wäre dieses Manöver ein Leichtes gewesen.

Joelle empfand es als beruhigend. Sie lehnte sich in ihrem Sessel zurück. Sie spürte wieder ihr Gewicht und genoß ihr Einssein mit dem Schiff. Sie hörte und fühlte nichts, aber sie ahnte das Flüstern des Antriebs. Migmazellen erzeugten Gigawatt an Fusionsenergie, um Wasser zu spalten und seine Atome zu ionisieren und das Plasma mit nahezu Lichtgeschwindigkeit durch die Düsen auszustoßen. Aber der Wirkungsgrad war hervorragend, ein Triumph so groß wie die Kathedrale von Chartres; nichts konnte man wahrnehmen außer der schwachleuchtenden einige Kilometer langen Spur, die das Schiff hinter sich herzog, und der Fortbewegung selbst.

Diese Fortbewegung würde in ständig wechselnder Orientierung nach immer neuen Koordinaten noch mehrere Stunden andauern, während die *Emissary* durch das Sternentor zwischen Phöbus und der Sonne ihre Bahn zog. Zur Zeit allerdings verlief der Kurs direkt in Richtung auf das erste Leuchtzeichen. Joelle war aufgeregt und schaute finster drein. Ihre Aufmerksamkeit war nur halb in Anspruch genommen, und sie konnte ihre Angst vor der bevorstehenden Internierung nicht lange unterdrücken.

Doch dann erschien die T-Maschine selbst auf dem Sichtschirm, für Joelle ein immer erneut faszinierendes Wunder.

Bei der Entfernung hob es sich nur als winziger Strich unter den unzähligen Sternen und Sternennebeln ab. Sie schaltete auf Vergrößerung, und die Umrisse wurden deutlicher erkennbar. Die Abmessungen jedoch blieben abstrakt; die Länge betrug etwa tausend Kilometer, der Durchmesser wenig mehr als zwei. Die Maschine rotierte derart schnell um ihre Längsachse, daß jeder Punkt auf der Oberfläche dreiviertel Lichtgeschwindigkeit erreichte. Nichts an dieser silbern strahlenden Oberfläche verriet dies dem unbewaffneten Auge, wenn auch ein kaum wahrnehmbarer Schimmer von wechselnden Farben die gewaltige Energie andeutete, die im Innern steckte. Die

Menschen glaubten, der Glanz stamme von Kraftfeldern, die Materie von höchster Dichte umschlossen. Es gab Monde, die eine geringere Masse enthielten als jene Maschine zum Öffnen der Sternentore.

Im Hintergrund glühten zwei weitere der Leuchtzeichen, von denen sie umgeben war, ein purpurrotes und ein goldfarbenes; mit Hilfe der Instrumente entdeckte Joelle noch ein drittes.

Dieses Ding hatten die *Anderen* gebaut und auf eine Umlaufbahn um Phöbus gebracht, ein anderes umkreiste die Sonne, ein weiteres Centrum, wieder andere . . . wer konnte raten, wie viele Sterne; und wie viele Lichtjahre mochten sie entfernt sein? Wie viele Rassen denkender Wesen mochten solche Maschinen tief im Raum gefunden haben, die gleiche Erlaubnis erhalten haben, sich ihrer zu bedienen, dann für immer von dem Verlangen getrieben zu erfahren, wer die Erbauer wirklich waren?

Und wie viele von ihnen mochten sich selbst so behindert haben wie wir es tun, fragte Joelle in einer Anwandlung von Bitterkeit. *Oh, Dan, Dan, du versuchst vergebens, die Nachricht zu erhalten, die uns befreien könnte –.*

Und dann erkannte sie schlagartig was ihm schon früh eingefallen sein mußte. Gewiß hatte er daran gedacht; sie erinnerte sich, daß er gesagt hatte: »Jeder Fuchs hat zwei Löcher zu seinem Bau.« In ihr glomm Hoffnung auf. Sie wollte nicht wissen, wie gering sie war, wie rasch wieder zerstoben. Fürs erste genügte ein Funke.

III

Die Gegend, in der Daniel Brodersen geboren wurde, hieß damals und heißt noch heute der Staat Washington. Dieser Staat hatte sich während der Bürgerkriege nicht von den USA gelöst, wie es einige Regionen versucht hatten, und wie es der Heiligen Westlichen Republik gelungen war. Allerdings hatte drei Generationen vor ihm der Chef der Familie den Titel eines Generalkapitäns des Olympischen Herrschaftsbereichs geführt und über die Halbinsel, einschließlich der Stadt Tacoma, auch wirklich geherrscht. Das war eine Tatsache, während der Anspruch der Zentralregierung nur verbal erhoben wurde.

Jene Barone hatten sich nicht als Adel betrachtet. Mike war Fischer und hatte eine Frau aus dem Stamm der Quinault-Indianer. Sein Geld hatte er in mehrere Boote investiert. Als die Unruhen Amerika erreichten, bildeten er und seine Männer den Kern einer Gruppe, die hauptsächlich zum Schutz ihrer eigenen Häuser in der Umgebung wieder Ordnung schufen. Als die Verhältnisse sich verschlechterten, erhielt er Hilferufe einer wachsenden Zahl von Farmen und kleinen Städten, bis er zu seiner Überraschung Herr über ausgedehnte Bergregionen, Wälder, Täler und Strände samt ihren Menschen war. Aber er hatte für jeden ein Ohr. Er hatte keinen Dünkel.

Er fiel im Kampf gegen Banditen. Sein ältester Sohn Bob rächte ihn fürchterlich. Er annektierte die gesetzlosen Territorien, um einer Wiederholung vorzubeugen und machte sich daran, ein Verteilungssystem zu errichten und Recht und Gesetz im Land einigermaßen wiederherzustellen, damit die Leute in Ruhe ihrer täglichen Arbeit nachgehen konnten. Bob war den Vereinigten Staaten gegenüber loyal, und zweimal hob er Freiwilligenregimenter aus, um für ihren Bestand zu kämpfen. Auf diese Weise verlor er zwei seiner eigenen Söhne und starb bei der Verteidigung von Seattle gegen eine Flotte, die von den Heiligen nach Norden entsandt worden war.

Zu seinen Lebzeiten gab es ähnliche Entwicklungen in Britisch Kolumbien. Amerikanischer oder kanadischer Nationalismus waren weit weniger wichtig als die Notwendigkeit regionaler Zusammenarbeit. Bob verheiratete John, seinen letzten Sohn, mit Barbara, der Tochter des Generalkapitäns von Fraser Valley. Diese Verbindung führte zu einer engen Freundschaft zwischen beiden Familien. Nach Bobs Tod wurde sein Amt durch eine eigens angesetzte Wahl mit überwältigender Mehrheit John übertragen. »Sind wir mit den Brodersens nicht immer gut gefahren?« hörte man es von Werften und Docks, aus Hütten und Häusern, aus Obstgärten und Feldern, aus Holzfällerlagern, Werkstätten und Kneipen von Cape Flattery bis Puget Sound und von Tatoosh bis Hoquiam.

Johns erste Regierungsjahre waren turbulent, aber das war auf Ereignisse außerhalb der Olympischen Halbinsel zurückzuführen, aber auch bei diesen gab es immer weniger Gewaltanwendung. Mit dem Frieden kamen Wohlstand und höhere Zivilisation. Die Barone waren schon immer recht gebildet gewesen, wenn auch Männer, die hart durchgreifen konnten. John stiftete Schulen, berief Gelehrte, auf deren Rat er hörte, und in seiner wenigen Freizeit las er das eine oder andere Buch.

So verstand er noch besser, als es ihn schon die ihm eigene Schlauheit hatte begreifen lassen, daß die Feudalzeit sich ihrem Ende zuneigte. Zuerst brachte das militärische Oberkommando des Bundes die gesamten USA unter Kontrolle, wie es General McDonough in Kanada geschafft hatte. Dann wurde Schritt für Schritt eine Zivilverwaltung eingerichtet, man gelangte zu einer gewissen Verständigung mit der Heiligen Westlichen Republik und dem Mexikanischen Reich, und man eröffnete Verhandlungen über einen Zusammenschluß mit dem nördlichen Nachbarn. Inzwischen breitete sich die durch den Vertrag von Lima gegründete Weltunion immer weiter aus. Getreu einer schon vorher gemachten Zusage erfolgte innerhalb von drei Jahren nach ihrer Ausrufung der Beitritt der Nordamerikanischen Förderation. Dieses Beispiel veranlaßte auch die letzten noch widerstrebenden Nationen zum Anschluß, und so war – wenigstens für eine gewisse Zeit – eine Regierung über die gesamte Menschheit Wirklichkeit geworden, wenn sie auch Einschränkungen unterlag.

Als diese Entwicklung begann, beschloß John, seinem Volk genügend Selbstvertrauen zu bewahren, daß es entsprechend seinen Traditionen und Bedürfnissen leben konnte. Im Laufe der Jahre beugte er sich Zug um Zug der Zentralisierung, aber er verhandelte zäh, und es gelang ihm, seine Wünsche durchzusetzen. Nominell war er eine Art Landedelmann mit beträchtlichem Grundbesitz und dem Anrecht auf verschiedene Ehrentitel und Nebeneinkünfte. Praktisch aber gehörte er zu den Magnaten, und er zog seine Kraft aus der Tatsache, daß er im gesamten Pazifischen Nordwesten geachtet und geliebt wurde.

Daniel war sein dritter Sohn, der später wenig Reichtum und

überhaupt keinen Titel erben würde. Das war Daniel ganz recht. Er genoß seine Jugend – Wälder, Hochland, Wildbäche, das Meer, Pferde, Autos, Boote, Flugzeuge, Feuerwaffen, Freunde, Wachzeremonien, die primitive Pracht des Gutshauses, bevor es zum Herrenhaus wurde, Besuche bei Verwandten seiner Mutter und Reisen nach nahegelegenen Städten, wo die Vergnügungen und das kulturelle Leben immer komplizierter wurden – aber innerlich war er ruhelos, das Erbe eines kämpferischen Stammes, und als Teenager geriet er oft in Händel, wenn er nicht gerade mit seinen Kumpanen aus der Unterschicht herumsoff oder Dienstmädchen umlegte. Endlich trat er in das Hilfskorps des Friedenskommandos der Weltunion ein. Das war schon sehr bald nachdem es aufgestellt worden war. Die Union selbst war noch ein junges Gebilde, das viele wieder zerstören wollten. Ein Korpsangehöriger wurde an den verschiedensten Orten des Globus eingesetzt – später auch außerhalb – und die meisten waren bewaffnet, denn rasch konnte eine Waffe nötig sein. Für Brodersen begann hier eine Serie von Karrieren, die ihn schließlich nach Demeter führte.

Die Leute, die ihn jetzt kannten, nahmen an, daß seine Jugend räumlich weit hinter ihm lag und, bei seinem Alter von fünzig Erdenjahren, zeitlich sogar noch weiter. Er selbst dachte selten darüber nach. Er war zu beschäftigt.

*

Er ließ seine massige Gestalt in einen Stuhl sinken und zog Pfeife und Tabaksbeutel hervor. »Zur Hölle mit den Torpedos«, polterte er. »Äußerste Kraft voraus.«

Die Generalgouverneurin von Demeter blinzelte ihn über ihren Schreibtisch hinweg an. »Wie bitte?«

»Das hätte mein Vater in dieser Situation gesagt«, erklärte Brodersen. »Sie lassen mich persönlich in Ihr Büro kommen, weil Sie nicht wollten, daß wir die Angelegenheit, worum es sich auch immer handelt, übers Telefon besprechen, und nun schleichen Sie um das Thema herum, als handle es sich um einen Kuhstall, der lange nicht ausgemistet wurde.« Er lachte, um anzudeuten, daß er es nicht ernst meinte. Er hatte den

Verdacht, daß er es in Wirklichkeit sogar sehr ernst meinte. »Ich möchte nicht gern länger als unbedingt nötig hierbleiben. Lis erwartet, daß ich zum Abendessen zu Hause bin, und sie wird es mir nie verzeihen, wenn der Braten verschmort.«

Aurelia Hancock runzelte die Stirn. Sie war eine wuchtige Frau mit ziemlichem Übergewicht, groben Gesichtszügen und kurzem grauem Haar. Eine Zigarette verqualmte zwischen ihren gelb verfärbten Fingern; ihre Stimme war heiser vom Rauchen, und man munkelte, daß sie sich eine ungewöhnliche Menge von Krebsmitteln injizieren ließ. Wie gewöhnlich war sie nach Erdenmaßstäben modisch aber konservativ gekleidet. Sie trug eine grüne Bluse mit silbern eingefaßtem, offenen Kragen, ausgestellte Hosen und goldfarbene Sandalen. »Ich wollte es Ihnen nur angenehm machen«, sagte sie.

Brodersen stopfte mit dem Daumen den Tabak in seiner Bruyère-Pfeife fester. »Danke«, erwiderte er, »aber ich fürchte, daß dieses Thema in keiner Hinsicht angenehm sein kann.«

Sie war ärgerlich. »Woher wissen Sie überhaupt, worüber ich mit Ihnen reden will?«

»Ach, hören Sie doch auf, Aurie. Was könnte es anderes sein als die *Emissary*?«

Hancock zog an ihrer Zigarette, beugte sich vor und sagte: »Ich gebe es ja zu! Dan, Sie müssen damit aufhören, diese Geschichten über die Rückkehr des Schiffes zu verbreiten. Sie stimmen einfach nicht. Meine Leute und ich haben alle Hände voll zu tun. Wir können uns nicht auch noch mit dem unbegründeten Verdacht auseinandersetzen, daß der Rat selbst das Volk belügt.«

Brodersen hob die buschigen Brauen. »Wer sagt, daß ich aus der Schule geplaudert habe? Ich bin nie in irgendeiner Sendung aufgetreten, und ich habe mich nie auf eine Kiste gestellt, um im Goddard-Park eine Rede zu halten. Vor vier oder fünf Wochen habe ich Sie gefragt, ob Sie etwas über die *Emissary* gehört hätten. Und seitdem habe ich noch ein paarmal gefragt, und Sie haben nein gesagt. Das ist alles.«

»Das ist nicht alles. Sie haben geredet –«

»Mit Freunden, ja. Seit wann hören Ihre Bullen Privatunterhaltungen ab?«

»Bullen? Ich nehme an, Sie meinen Polizeibeamte. Nein, Dan, das tun sie ganz gewiß nicht. Für wen halten Sie mich? Und warum sollten sie auch? Eopolis hat nur eine halbe Million Einwohner, und einer schwatzhafter als der andere. Ich erfahre alles automatisch.«

Brodersen betrachtete sie mit neuem Respekt. Sie war aus politischen Gründen ernannt worden – prominent in der Aktionspartei der Nordamerikanischen Föderation und Assistentin und Schützling von Ira Quick –, aber alles in allem hatte sie auf Demeter nicht schlecht gearbeitet. Sie hatte zwischen dem Unionsrat und verschiedenen Gruppierungen in steigendem Maße unzufriedener Kolonisten vermittelt. (Ein kleiner Wermutstropfen: Ihr Mann war auf der Erde ein hochkarätiger Anwalt gewesen, aber hier hatte man für seine Dienste kaum Bedarf, und obwohl er einigermaßen das Gesicht wahrte, wußte doch jeder, daß er tief im Alkoholismus steckte, ohne daß er davon geheilt werden wollte. Gerade diese Tatsache machte Aurelia Hancock so gefährlich.) Er mußte sich in acht nehmen.

»Ich habe zuerst mit Ihnen gesprochen«, sagte er.

»Ja, und ich habe Ihnen gesagt, daß ich es gewiß erfahren hätte, wenn –«

»Sie konnten mich nicht davon überzeugen, daß meine Beweise nicht stichhaltig waren.«

»Ich versuchte es. Aber Sie wollten nicht hören. Denken Sie doch nach. Wie konnte Ihr Roboter bei der Entfernung überhaupt feststellen, daß es sich bei dem fraglichen Schiff um die *Emissary* handelte?« Wieder runzelte Hancock die Stirn. »Sie haben den Astronautischen Kontrollrat über das wahre Vorhaben jenes Schiffs getäuscht, und das könnte die Verlängerung Ihrer Lizenzen gefährden, wie Sie wissen.«

Brodersen hatte einen Angriff aus dieser Ecke erwartet. »Aurie«, seufzte er in schönstem Stil, »lassen Sie mich genau wiederholen, was geschehen ist.«

Er setzte seine Pfeife in Brand, tat einige Züge und ließ die Blicke schweifen. Der Raum und die Möbel waren nach seinem Geschmack: Nur wenige Stücke enthielten synthetisches Material. Das meiste war aus Werkstoffen handgefertigt, die vor siebzig Jahren zur Verfügung standen, als die Niederlassung auf Demeter etwa seit einer Generation bestand. *Das wäre ein halbes Erdenjahrhundert,* schoß es ihm durch den Kopf. *Ich habe mich wirklich mit diesem Planeten vertraut gemacht, nicht wahr?* Die Täfelung des Raumes war aus cremefarbenem, spiralig gemaserten Holz, und auf dem Schreibtisch stand eine Vase mit Sonnenblumen. Auf einem Regal im Hintergrund sah er ein prächtiges Hologramm des Mount Lorn, über dessen schneebedeckten Gipfeln die beiden Monde standen. An seiner rechten standen zwei Fenster zum Garten offen. Ein mit Rosenstöcken von der Erde bepflanzter Rasen reichte bis an ein schmiedeeisernes Gitter. Von dem längst verschwundenen Wald war eine riesige Eiche übriggeblieben, deren bläulichgrüne Blätter einen leichten Ingwergeruch verströmten, und Schlingenpflanzen rankten sich am Metall empor. Auf der Straße bewegte sich normaler Verkehr, Fußgänger, Fahrräder, tropfenförmige Personenwagen und langgestreckte Frachttransporter, die auf ihren Luftkissen vorübersurrten. Auf der anderen Straßenseite lag das pastellfarbene Trapezoid eines modernen Hauses. Und über allem wölbte sich der Himmel in tieferem Blau als irgendwo auf der Erde, und Phöbus hatte am Nachmittag einen milden Glanz, ähnlich dem der Sonne am Abend. Eine halbe Sekunde lang dachte er daran, daß der atmosphärische Druck hier geringer war und ebenso die Schwerkraft (achtzig Prozent), aber sein Körper hatte sich zu sehr daran gewöhnt, um es noch zu spüren.

Er zog an seiner Pfeife und schmeckte den beißenden Rauch auf der Zunge und spürte ihn in der Nase. Dann fuhr er fort: »Ich habe aus meiner Meinung nie ein Geheimnis gemacht. Theoretisch kann eine T-Maschine uns innerhalb ihrer Kapazität in Raum-Zeit an jeden beliebigen Ort schaffen . . . und das bedeutet in Raum *und* Zeit. Die *Emissary* war einem fremden Schiff auf der Spur, das ein ›Tor‹ in diesem System benutzte, offenbar um zwischen einigen Punkten hindurchzugelangen, von denen wir nichts wußten. Ich glaubte, daß Mannschaft und Eigner dieses Schiffs uns freundlich gesonnen wären, und warum eigentlich nicht? Mindestens würden sie dann der *Emissary* nach Beendigung ihrer Mission bei der Rückkehr behilflich sein. In diesem Fall könnte sie ungefähr am Datum ihre Abreise wieder zurückkommen.«

»Ich habe von Ihren Argumenten gehört«, sagte Hancock, »aber erst als Sie anfingen, Wind zu machen. Wenn Sie die Sache für so einleuchtend hielten und für so wichtig, warum haben Sie dann nicht vorher die zuständigen Behörden informiert?«

Brodersen zuckte die Achseln. »Warum hätte ich das tun sollen? So großartig war die Idee nun auch wieder nicht. Außerdem bin ich Privatmann.«

Sie sah ihn scharf an. »Der reichste Mann auf Demeter ist nicht einfach nur Privatmann.«

»Verglichen mit den Reichen auf der Erde bin ich ein kleiner Fisch«, wiegelte er ab.

»Wie die Ruedas in Peru – mit denen Sie nicht nur geschäftliche sondern auch familiäre Beziehungen verbinden. Nein. Sie sind nicht einfach nur Privatmann.«

Immer noch starrte sie ihn an. Er lehnte sich zurück, umschloß den heißen Kopf seiner Pfeife mit der Hand und ließ sie gewähren. Er machte sich keine Illusionen über sein Aussehen. Er war ein kräftiger Mann, hundertachtundachtzig Zentimeter groß, grobknochig, muskulös und breit in den Schultern; aber in den letzten Jahren hatte er um die Hüften Fett angesetzt, so daß er sehr stämmig wirkte. Auch sein Kopf war massig. Er hatte ein breites Gesicht mit stark ausgeprägtem Kinn und einem großen Mund, dazu eine vorspringende römische Nase und weit auseinanderliegende, schrägstehende und von vielen kleinen Falten umgebene graue Augen. Die Haut war verwittert und zerfurcht. Wie fast alle Männer auf Demeter war er glattrasiert und trug sein Haar kurzgeschnitten; dicht, glatt und schwarz, war es ein letztes Erbe seiner indianischen Urgroßmutter. Es wies schon einige weiße Strähnen auf. Zu dieser Unterredung trug er, wie meistens, die in den Kolonien übliche bequeme Männerkleidung: eine Weste aus Orosaurierleder über einer weiten Bluse und ungebügelte Hosen, die in kurzen Stiefeln aus weichem Leder steckten. In den Schlaufen an seinem breiten Gürtel trug er verschiedene kleine Werkzeuge und Instrumente, außerdem ein Fahrtenmesser.

»Wie dem auch sei«, sagte er und behielt seinen freundlichen Ton bei, »ich wüßte nicht, daß ich irgendwelche Gesetze übertreten oder irreparabel verletzt hätte.«

»Davon wäre ich an Ihrer Stelle nicht so fest überzeugt«, warnte sie.

»So? Dann bin ich dafür, daß wir die Geschichte von Anfang an durchgehen. Wenn Sie mir nicht aufzeigen können, wo ich gegen ein Gesetz verstoßen habe, sollten sie sich endgültig beruhigen.«

Brodersen atmete kurz durch, bevor er weitersprach. »Ich dachte, und das habe ich auch verschiedenen Leuten gegenüber erwähnt, daß die *Emissary* früh zurückkommen würde. Kaum jemand hat das ernstgenommen. Ja, Sie haben richtig geraten. Ich *habe* den Beobachtungsroboter finanziert, den die Stiftung starten ließ, um mehr über die T-Maschine zu erfahren – aber er hat doch hauptsächlich völlig legale wissenschaftliche Arbeit geleistet. Mich interessiert nur noch, warum es nötig war, in eine so weit entfernte Umlaufbahn zu gehen.

Warten Sie bitte. Lassen Sie mich weitersprechen.« Seine Lider zuckten und straften seinen groben Ton Lügen, aber er sprach unbeirrt weiter. »Die Raumfahrtvorschriften verlangen nicht, daß Forschungsvorhaben in Einzelheiten erklärt werden. Wem schadet es schon, wenn man da gleichzeitig nach der *Emissary* Ausschau hält? Sie legen mir Täuschung zur Last? Verdammt, Aurie, es war genau umgekehrt!

Ganz gleich, nach einigen Monaten kam das Beobachtungsfahrzeug zurück und funkte eine Nachricht an die Station, was es unter allen Umständen tun mußte. Dann habe ich Sie angerufen und gefragt – ziemlich taktvoll, wie ich meine –, ob Sie von der Sache etwas wüßten. Sie sagten nein. Ich befragte verschiedene Stellen auf der Erde, aber jeder, mit dem ich mich in Verbindung setzte, sagte ebenfalls nein. Es würde mir gar nicht passen, sie jetzt alle Lügner zu nennen. Besonders Sie nicht, Aurie. Immerhin haben Sie mich zu einer vertraulichen Unterredung hergebeten. Es scheint, als wollten Sie mir den Mund stopfen.«

Sie richtete sich in ihrem Sessel auf, hielt sich an der Tischkante fest und sagte ungehalten: »Sie haben von

Anfang an falsche Schlüsse gezogen. Absurde Schlüsse.«

»Muß ich für Sie denn barfuß durch den Kuhstall laufen?« Sein immer noch geduldiger Ton war nicht spontan. Er hatte seine Taktik auf dem Wege zu ihr genau geplant. »Direkt oder indirekt müssen Sie meine Argumente schon gehört haben. Aber OK, ich trage sie gern noch einmal vor.«

Sie atmete den Rauch ihrer Zigarette ein und wartete. Er dachte flüchtig daran, wie oft Gespräche unter Menschen wie dieses ablaufen: unproduktive Wiederholungen, wenn nicht überhaupt leeres Stroh gedroschen wird. Er überlegte, ob die *Anderen* wohl auch diesen Zwängen unterlagen oder ob sie sich über wichtige Dinge direkt und sinnvoll verständigen konnten.

»Der Roboter ortete ein Transportschiff der *Reina*-Klasse, das aus einem ›Tor‹ auftauchte«, sagte er. »Gewiß, es war zu weit entfernt als daß es genau hätte identifiziert werden können, aber wir Menschen haben noch nichts Größeres gebaut, und die Umrisse stimmten. Entweder war es ein *Reina*-Schiff oder ein nichtmenschliches Schiff ähnlicher Art. Dann registrierte der Roboter die *Faraday*, die sich dem ankommenden Schiff näherte, und verfolgte beide, als sie sich auf der Route Phöbus – Sonne befanden. Weitere Schritte ließ das Programm nicht zu. Es veranlaßte die sofortige Heimkehr zwecks Bericht.

Immerhin, Aurie, habe ich dann nicht blindlings und überstürzt gehandelt sondern meine Agenten auf der Erde veranlaßt festzustellen, wo genau sich jedes einzelne *Reina*-Schiff zu diesem Zeitpunkt befand. Es stellte sich heraus, daß keines von ihnen das vom Beobachter gesichtete Fahrzeug gewesen sein konnte. Im Sonnensystem und in diesem System kannten wir schließlich jede Schiffsbewegung.

Inzwischen kehrte die *Faraday* nach Phöbus zurück, um ihren Dienst wiederaufzunehmen. Ich ließ einen der Direktoren der Stiftung per Funk eine höfliche Anfrage an Captain Archer richten, um zu erfahren was passiert war. Er antwortete, es habe keine ungewöhnlichen Vorkommnisse gegeben, ein Frachter habe im Transit von der Sonne Schwierigkeiten gehabt, und er habe ihn vorsichtshalber zurückbegleitet. Nein, es habe sich um keine *Reina* sondern um eine *Princesa* gehandelt, und wenn unser Roboter etwas anderes behauptete, solle man besser seine Instrumente überholen lassen.

Sie müssen aber wissen, Aurie, daß der Beobachtungsroboter vollkommen in Ordnung ist. Was zum Teufel soll ich jetzt glauben? Entweder war es ein nichtmenschliches Schiff oder es war die *Emissary*, und ich kann mir denken, daß auch Sie das für wahrscheinlicher halten. Wie dem auch sei, dies ist das schärfste Ding seit . . . Sie können es sich aussuchen . . . und keiner der Verantwortlichen äußert dazu auch nur eine einzige verdammte Silbe!«

Brodersen beugte sich vor. Der Stiel seiner Pfeife stieß durch die Luft. »Ich will gern glauben, daß die meisten der von mir oder meinen Agenten Befragten ehrlich sind«, sagte er. »Sie wußten wirklich nichts. In einigen Fällen machten sie sich die Mühe, selbst Ermittlungen anzustellen, aber jedesmal mit negativem Ergebnis. Verständlich, daß sie dann aufgaben. Ihre Zeit ist ihnen zu schade, und ich gelte ohnehin als Unruhestifter. Warum sollten sie meine Daten für korrekt halten? Zweifellos glaubten einige von ihnen, daß ich zu irgendeinem finsteren Zweck gelogen habe.

Nun, Sie sind lange genug auf Demeter, um mich besser zu kennen, nicht wahr? Was mich betrifft, so habe ich Ihnen geglaubt, als ich Sie das erste Mal fragte und Sie nein sagten. Als ich später noch einmal fragte und hörte, daß Sie dabei seien, die Angelegenheit zu untersuchen, habe ich Ihnen auch noch geglaubt. Seitdem aber bin ich, ehrlich gesagt, immer skeptischer geworden.

Wozu also haben Sie mich heute kommen lassen?«

Hancock warf ihren Zigarettenstummel in einen Aschenschlucker, entnahm ihrer Schachtel eine neue und zündete sie mit einer wütenden Bewegung an. »Sie erwähnten, daß ich Ihnen den Mund stopfen wollte. Nennen Sie es, wie Sie wollen, aber genau das ist meine Absicht.«

Nicht gerade eine Überraschung. Brodersen zwang sich dazu, seine Bauchmuskeln zu entspannen und leise zu antworten. »Aus welchem Grund und mit welchem Recht?«

Ihre Augen hielten seinem Blick stand. »Meine Anfragen in dieser Sache sind inzwischen beantwortet, und zwar von höchster Stelle. Das öffentliche Interesse verlangt, daß für unbestimmte Zeit keine Informationen freigegeben werden. Das betrifft auch die von Ihnen aufgestellten Behauptungen.«

»So, so, das öffentliche Interesse!«

»Ja, ich wünschte –« Die Hand, mit der sie die Zigarette zum Mund führte, war nicht ganz ruhig. »Dan«, sagte sie fast traurig, »wir sind schon früher aneinandergeraten. Ich weiß, wie sehr Sie gegen gewisse politische Absichten der Union eingestellt sind und daß Sie sich zum Sprecher der Demetrianer gemacht haben, die Ihre Ansichten teilen. Dennoch habe ich Sie immer geschätzt, und sogar zu hoffen gewagt, daß Sie mir glauben, daß auch ich nur das Beste für diesen Planeten will. Haben wir nicht schon zusammengearbeitet? Habe ich nicht den Rat dazu überredet, die Mittel zur Verfügung zu stellen, die Sie für die Universität verlangten? Haben Sie nicht Ihr halsstarriges Parlament dazu überredet, der Einrichtung des Amtes für Umweltschutz zuzustimmen, von dessen Notwendigkeit ich Sie überzeugt hatte? Darf ich Sie heute noch einmal um ein wenig Vertrauen bitten?«

»Gern«, sagte er, »wenn Sie mir die Gründe nennen.«

Sie schüttelte den Kopf. »Das kann ich nicht. Die Einzelheiten kenne ich doch selbst nicht. So schwerwiegend ist die Angelegenheit. Aber diejenigen, die meine Hilfe erbeten haben . . . ihnen muß ich ganz einfach trauen.«

»Insbesondere wohl Ira Quick.« Brodersen gelang es nicht, die Schärfe in seiner Erwiderung zu neutralisieren.

Sie richtete sich starr auf. »Wie Sie wollen. Er *ist* nun einmal Forschungs- und Entwicklungsminister.«

»Und die treibende Kraft in der Aktiospartei, die auf der Erde das Sammelbecken all derer ist, die es gar nicht gern sehen, daß wir in die Galaxie hinausgehen.« Brodersen zügelte seine Wut. »Aber wir wollen nicht über Politik reden. Wie weit dürfen Sie mich informieren? Sie werden mir doch Argumente und Gründe nennen können.«

Hancock stieß eine Rauchwolke aus und starrte auf die brennende Zigarette in ihrer Hand. »Man hat mir einen hypothetischen Fall zu bedenken gegeben. Nehmen wir an, Sie hätten recht, und die *Emissary* wäre tatsächlich zurückgekehrt, führte aber etwas Entsetzliches mit sich.«

»Die Pest? Einen Schwarm Vampire? Verdammt nochmal, Aurie! Kommen Sie zu sich!«

»Es könnte sich einfach nur um schlechte Nachrichten handeln. Wir haben zu viele Dinge als selbstverständlich vorausgesetzt. Zum Beispiel, daß jede Zivilisation, die uns technologisch überlegen ist, friedlich sein muß, weil sie sonst nicht gedauert hätte, was logisch durchaus nicht schlüssig ist. Nehmen wir an, die *Emissary* hätte eine eroberungssüchtige Rasse interstellarer Barbaren entdeckt.«

»Von allem anderen abgesehen hätten die *Anderen* in einem solchen Fall gewiß nicht stillgehalten. Wenn wir es aber doch annehmen; nun, dann hätte ich meine eigene Spezies warnen wollen, damit wir uns auf die Verteidigung vorbereiten könnten.«

Hancock bedachte Brodersen mit einem schwachen Lächeln. »Dies Beispiel habe ich nur so aus dem Stegreif angeführt. Ich gebe zu, daß es nicht sehr plausibel klingt.«

»Dann geben Sie mir doch ein plausibles.«

Sie zuckte zusammen. »Gut. Da Sie die *Anderen* erwähnen – nehmen wir an, es gibt sie gar nicht.«

»Was? *Irgend jemand* hat die T-Maschine gebaut und uns sie benutzen lassen.«

»Roboter. Als die ersten Forscher die Maschine im Sonnensystem erreichten, ließ das Ding, das zu ihnen sprach, deutlich erkennen, daß es nur ein Roboter war. Unsere gesamten Vorstellungen von den *Anderen* basieren nur auf dem, was er sagte. Und das war nicht gerade viel, Dan, wenn Sie es sich genau überlegen. Wenn nun die *Emissary* Beweise mitbringt, daß wir uns geirrt haben. Daß die *Anderen* ausgestorben sind. Oder nie existiert haben. Oder im Grunde bösartig sind. Oder was einem sonst noch einfällt. Sie sind ein geborener Ketzer. Sie halten diese Dinge doch nicht für undenkbar, oder?«

»N–nein. Aber ich halte sie für äußerst unwahrscheinlich. Aber nehmen wir es um der Diskussion willen einmal an. Was wäre dann?«

»Sie würden vernünftig reagieren. Aber Sie sind ein außergewöhnlicher Mensch. Wie würde sich die Menschheit im ganzen verhalten?«

»Auf was wollen Sie hinaus?«

Wieder hob Hancock ihren zermarterten Kopf und sah ihn an. »Sie beschäftigen sich doch intensiv mit Geschichte. Und als Unternehmer sind Sie eine Art praktischer Politiker. Muß ich Ihnen auch noch buchstabieren, was es bedeuten würde, wenn unser Bild von den *Anderen* plötzlich zerstört würde?«

Brodersens Pfeife war ausgegangen. Er zündete sie sich wieder an. »Das müssen Sie vielleicht tatsächlich.«

»Gut, hören Sie zu, Mann.« (Es berührte ihn eigenartig, daß sie jetzt wie eine Amerikanerin sprach. Sie waren von der gleichen Herkunft, wenn sie auch aus dem Mittleren Westen stammte. *Und Joelle war in Pennsylvania geboren,* erinnerte er sich. *Wo bist du jetzt, Joelle?*) »Als man feststellte, daß es sich bei dem seltsamen Objekt tatsächlich um eine T-Maschine handelte, und als man hörte, was der Roboter zu sagen hatte, mag das der größte Schock gewesen sein, der die menschliche Rasse je getroffen hat – die gesamte menschliche Rasse. Bei Jesus und Buddha ging es um den Glauben, und dieser Glaube verbreitete sich nur langsam. Aber hier gab es über Nacht den direkten Beweis, daß es Wesen gibt, die uns überlegen sind. Nicht nur in bezug auf Wissenschaft und Technologie – nein, was die ›Stimme‹ sagte, deutete an, daß sie ganz allgemein über uns stehen. Engel, Götter, oder wie man sie auch nennen will. Sie scheinen gütig aber gleichgültig zu sein. Sie zeigten uns, wie man von der Sonne nach Phöbus gelangt und zurück; wir durften Demeter besiedeln; das weitere blieb uns überlassen. Von hier aus mußten wir selbst unseren Weg finden.«

»Ja, das stimmt«, ermutigte er sie.

»Wahrscheinlich war gerade diese Gleichgültigkeit für den gewaltigen Schock verantwortlich. Plötzlich wußten die Menschen, daß sie im Universum gar nichts Besonderes sind, daß es aber gleichzeitig etwas gibt, zu dem man aufstreben könnte. Kein Wunder, daß zahllose Kulte, Theorien, Behauptungen und sogar Wahnideen aufkamen. Kein Wunder, daß nach einiger Zeit die ganze Erde explodierte.«

»Hmm, ich würde diese Katastrophe nicht allein auf die

Enthüllungen des Roboters zurückführen. Es hatte schon vorher ein höchst unsicheres Gleichgewicht bestanden. Ich meine, daß der Gedanke an die *Anderen* die Leute eher davon abgehalten hat, Amok zu laufen. Er hat geholfen, den Einsatz der schlimmsten Vernichtungswaffen zu verhindern, so daß die Erde bewohnbar blieb.«

»Wie Sie meinen«, erwiderte Hancock. »Jedenfalls hat der Gedanke an die *Anderen* sehr viel bewirkt, vielleicht mehr als jede traditionelle Religion es je getan hat.«

Mit einiger Mühe brachte sie sich dazu weiterzusprechen: »OK, nehmen wir an, die *Emissary* hat auf ihrer Expedition festgestellt, daß alles ein Irrtum war. Daß, wie ich schon sagte, die *Anderen* entweder tot sind oder weit weg, daß sie etwas Geringeres sind, als wir denken, oder daß sie etwas Bösartigeres sind, als wir denken. Wenn diese Nachricht ohne Vorwarnung veröffentlicht wird, wenn hysterische Kommentatoren hunderte Millionen von Menschen verunsichern, was meinen Sie, was dann geschieht? Die Union ist noch nicht so gefestigt, daß sie einen weltweiten Irrsinn überleben könnte. Und beim nächsten Mal könnten dann tatsächlich die Waffen zum Einsatz kommen, die in der Lage sind, den ganzen Planeten zu vernichten.

Dan«, bat sie, »sehen Sie doch endlich ein, warum wir eine Weile striktes Stillschweigen wahren müssen.«

Er zog an seiner Pfeife. »Ich müßte Einzelheiten wissen«, antwortete er.

»Aber –«

»Sie geben doch zu, daß alles eine Hypothese ist, nicht wahr? Nun, ich falle nicht auf Hypothesen herein. Wenn die *Anderen* Ungeheuer waren, würden wir jetzt nicht hier sitzen. Wir wären ausgelöscht worden, oder wir wären jetzt ihre Haustiere oder etwas Ähnliches. Wenn sie ausgestorben sind – dann erzählen Sie mir doch mal, wieso eine Spezies, die in der Lage ist, T-Maschinen zu bauen, es sich gestattet auszusterben. Ich kann mir auch nicht vorstellen, daß sie nicht besser sind als wir. Im Besitz einer derartigen Technologie würden Sie doch ebenfalls Ihre eigene Spezies verbessern, wenn es die Evolution nicht schon getan hätte. Und was nun ihren kollektiven Aufbruch zu einem anderen Iniversum anbetrifft – warum sollten sie, wenn man in unserem doch schon so viel Spaß haben kann, daß es für jeden mehr als genug ist bis der letzte Stern verbrennt.«

»Ich habe nicht behauptet, daß irgend etwas von diesen Dingen wirklich der Fall war. Ich habe nur einige Beispiele gegeben.«

»Aha. Haben Sie schon mal von Occams Rasiermesser gehört? Mit dem habe ich mich gelegentlich rasiert.«

»Suchen Sie doch die einfachste Erklärung für die Tatsachen.«

»Richtig. Und was ist in diesem Fall die einfachste? Ich schlage folgende vor: Daß die *Emissary* tatsächlich zurückgekommen ist und Erkenntnisse darüber hat, wie wir über unsere beiden Planetensysteme hinausgelangen können; daß gewisse Politiker auf der Erde diese Möglichkeit nicht sehr begrüßen und sie totschweigen wollen; daß Sie, Aurie, Ihre Marschbefehle bekommen haben. Ich glaube, im Prinzip stimmen Sie mir zu. Sie gehören zur Aktionspartei.«

Brodersen sprach in wütendem Ton. Das konnte er getrost tun, denn er stand mit dem Rücken zur Wand, und die ihn betreffenden Entschlüsse waren schon gefaßt. Vielleicht konnte er sie, die nun seine Feindin geworden war, dazu verleiten, ein wenig mehr zu sagen.

Und doch berührte es ihn unangenehm, als sie nur eiskalt sagte: »Das betrachte ich als Beleidigung, Captain Brodersen. Aber wie auch immer, wenn Sie nicht freiwillig unseren Wünschen entsprechen, werden wir Zwang anwenden müssen. Sie werden in Zukunft nicht so reden, wie Sie es bisher getan haben.«

Es lief ihm kalt über den Rücken. Er hatte erwartet, daß man ihn erheblichem Druck ausetzen würde, aber mit dieser Rigorosität hatte er nicht gerechnet. »Haben Sie jemals den Unionsvertrag gelesen?« fragte er ganz leise. »Ich meine den Artikel über die Redefreiheit.«

»Haben Sie jemals die Notstandsbestimmungen gelesen und die in ihrem Rahmen erlassenen Gesetze?« gab sie es ihm zurück, obwohl er sah, wie betroffen sie war.

»Ja. Und?«

»Ich rufe hiermit den Notstand aus. Kommen Sie in fünf Jahren wieder und bringen Sie die Sache vor Gericht.« Hancock griff nach einer neuen Zigarette. »Dan«, sagte sie traurig, »ich habe nun mal die Bullen, wie Sie sie nennen. Bis wir uns über diese Angelegenheit einigen können, stehen Sie unter Arrest.«

*

Sie meinte damit, daß er das Haus nicht verlassen durfte, und daß seine Post und sein Telefon überwacht werden würden. Vielleicht war ihr Versprechen ernstgemeint, daß ihre Überwacher die elektronischen Lauschgeräte nur aktivieren würden, wenn er Besuch hatte. Er könnte seine Geschäfte we gewöhnlich von seinem Haus aus weiterführen – heutzutage lief alles sowieso fast von allein – und konnte anderen gegenüber die galoppierende Schwindsucht vorschützen, wenn sie sich wunderten, warum er das Haus nicht verließ. Wenn er allerdings sagte, das geschehe auf ihre Anweisung, würde sie den Nachrichtenmedien mitteilen, daß er festgehalten werde, weil in seiner Firma wegen Betrugsverdachts ermittelt werde.

Sie glaubte, sie könnte ihn in einem oder zwei Monaten wieder freilassen. Das würde von den Informationen abhängen, die sie von der Erde erhielt.

Er verschwendete nicht die Energie, sie anzuschreien. »Ihr seid vielleicht eine Regierung, Aurie«, bemerkte er nur. Als sie ihn fragend ansah, erklärte er: »Die einzige mir bekannte Definition einer Regierung, die mir sinnvoll erscheint, ist, daß es sich um eine Organisation handelt, die das Recht beansprucht, Leute umzubringen, die sich ihren Wünschen widersetzen.«

Er hätte fortfahren und zugeben können, daß das wohl eine etwas zu grobe Vereinfachung war, da sie offensichtlich im Namen einer Gruppe handelte, der möglicherweise selbst Ungesetzlichkeiten vorzuwerfen waren; aber er fand nicht, daß es sich lohnte.

IV

Zwei höfliche Polizeibeamte in Zivil geleiteten Brodersen aus dem Amtssitz der Gouverneurin und fuhren mit ihm in seinem eigenen Wagen nach Hause. Ein weiterer Tag auf Demeter ging nun zu Ende, zehn Prozent kürzer als ein Erdentag. Die Sonne versank hinter dem Amboßhügel, der sich blaugrau am Ende der Pionier-Avenue erhob, und die Kuppel des Kapitols auf seinem Plateau schien in Gold getaucht. Die Stadt erstreckte sich nach rechts und links, und man hatte ungehinderte Sicht auf Wohnanlagen, kleine Fabriken, Läden und Dienstleistungsbetriebe. Die meisten Gebäude waren von Rasen und Blumenbeeten umgeben. Hinter ihm lag das hellglänzende breite Band des Europaflusses, dessen Wasser zur Apollo-Bucht und dann in das Hephästische Meer strömten. Am anderen Ufer dehnte sich Ackerland aus, Weizen- und Maisfelder, die um diese Jahreszeit ein sattes Grün zeigten, aus dem sich einige übriggebliebene Stauden Marienblumen und Regenfang bläulich abhoben. Ein Mond in seiner halben Phase stand hoch am Himmel, fahl und gesprenkelt im wolkenlosen Azur. Schwingen segelten hoch oben, Kümmerlinge und Bukearos fielen in ihre Nester ein, und Sternenlerchen stiegen auf und jagten durch die Dämmerung. Die Luft ging kühl und trug erregende Düfte aus dem Hinterland nach Osten.

Wie schön es hier ist, dachte er, als er ins Freie trat, und gleichzeitig dachte er an ein paar Zeilen eines seiner Lieblingsdichter, vor mehr als zwei Jahrhunderten geschrieben:

Der Mensch sollt' die ganze Erde lieben.
Doch da unsre Herzen zu klein,
Hat Gott jedem nur ein Fleckchen gegeben.
Das liebt er nun allein.

Und gleichzeitig: Nein, verdammt, das reicht nicht! Wir könnten in einem ganzen Universum leben, wenn wir es schaffen, die Mächtigen beiseite zu schieben.

Überdeutlich kam ihm die Erinnerung – die Erde vom Raum aus gesehen, winzig, mit den prächtigen Wirbelbildungen in ihrer Atmosphäre, unendlich kostbar; Mondkrater unter flammenden Sternen; eine Marsdämmerung, rot, ganz rot, über Sand und Fels und Farben; der gewaltige Jupiter mit seinen vielen Ringen; sein erster Blick auf Phöbus, quer über neuen Konstellationen. Was sonst hatte Joelle gesehen? Was würde er selbst noch entdecken?

»Schönes Wetter«,sagte einer der Beamten. »Sieht so aus, als bekämen wir die Sommerstürme dieses Jahr nicht vor Hektos oder Hebdomos.«

»Ja«, antwortete Brodersen mechanisch. Er registrierte mit halber Aufmerksamkeit, daß die jungen Männer neben ihm hier geboren waren. Sie benutzten automatisch den Demetrischen Kalender. Nur wenige Atome in ihnen stammten von der Erde. Was sie wohl persönlich von der Aussicht hielten, der Menschheit den Kosmos zu öffnen? Zweifellos würden sie sagen, das sei eine großartige Idee . . . bis irgendein Neo-Kollektivist eine Schätzung der Kosten für die Allgemeinheit gab. Was dann? Er versagte es sich, diese Fragen zu stellen.

Statt dessen steuerte er den Vorort Eglise de St. Michel an. (Der Verkehr war in Eopolis nicht so dicht, daß Autopiloten vorgeschrieben waren.) Die ruhig gelegene Mountain Road lag im goldenen Abendschein vor ihnen, mit weit auseinanderliegenden von Gärten umgebene Häusern zwischen einheimischem Rasen und kleinen Waldstücken. Sein eigenes Haus war in seiner Konstruktion dem Klima angepaßt, ein Bungalow im Hawaii-Stil auf einem halben Hektar Lodirrasen mit Blumen von der Erde. »Wie wollt ihr Jungs denn zurückkommen?« fragte er, als der Wagen in der Garage ausrollte.

»Wir bleiben hier, bis man uns ablöst, Sir«, war die Antwort.

»Hmmm . . . hmm. Kommt ihr rein zu einer Tasse Kaffee?«

»Lieber nicht, Sir. Trotzdem vielen Dank.«

Brodersen grinste über die Verlegenheit seiner Passagiere, die seine Wut ein wenig milderte, und stieg aus. Sie verließen das Grundstück und verschwanden hinter einer hohen Davisiahecke, zweifellos, um Positionen zu beziehen, von denen aus sie den vorderen und den hinteren Eingang beobachten konnten.

Er gab seinem Deutschen Schäferhund zur Begrüßung einen

Klaps und betrachtet das Haus. Der Wohnraum war langgestreckt und hoch und ähnlich getäfelt wie das Büro, von dem er gerade kam. Den großen steinernen Kamin hatte er selbst gebaut. Wie ein Stück aus grauer Vorzeit lag er dem breiten Fenster zum Innenhof gegenüber. Der Duft der vielen Blumen, die seine Frau dort gepflanzt hatte, hing in der Luft. Sie hatte Musik an, etwas von ihrem geliebten Sibelius, aber nicht sehr laut. Mit der Katze auf dem Schoß saß sie in einem bequemen Sessel und studierte einen technischen Bericht. (Nach ihrer Einstellung hatte er sehr bald erkannt, daß sie auch größeren Aufgaben gewachsen war; nach ihrer Eheschließung machte er sie zu seiner gleichberechtigten Partnerin. In der letzten Zeit beschäftigte Elisabet Leino sich intensiv mit Dingen, die mit Chehalis Enterprises nichts zu tun hatten – Kommunalangelegenheiten, Theater, Gartenbau, von den beiden lebhaften Kindern ganz abgesehen – aber dennoch konnte die Firma nicht gut ohne sie auskommen.)

»Hallo«, sagte sie, legte die Papiere weg und stand auf, um seinen Kuß entgegenzunehmen. Sie war eine kräftige Frau mit einer Haut wie Elfenbein, braunem Haar und rauher Stimme. Heute trug sie ein Kleid, dessen Kürze ihre Beine schön zur Geltung brachte. Ihre scharfen, fast klassischen Züge verloren jeden Ausdruck von Freude. »Du machst nicht gerade ein vergnügtes Gesicht. Es ist schlecht ausgegangen, nicht wahr?«

»Ich will Bier«, polterte er und holte sich eine Flasche aus dem Kühlgerät hinter der kleinen Bar. Dann benahm er sich wieder vernünftig und fragte: »Du auch?«

Sie ging zu ihm hinüber und umarmte ihn leicht. »Ich warte, bis Cocktailzeit ist. Was ist passiert, Darling?«

»Viel. Und nur Schlechtes.« Er schenkte sich einen silbernen Humpen voll, den er von seiner letzten Reise zur Erde mitgebracht hatte, und zum Teufel mit den Gepäckgebühren, denn in diesem Demetrischen Jahr war ihr neunter Hochzeitstag gewesen. Es war ein gutes Gefühl, das Gefäß in der Faust zu halten, und der Geschmack des bitteren kalten Getränks war eine Wohltat.

Sie sah ihn prüfend an. »Weißt du schon, was du unternehmen willst?«

»Ich denke noch darüber nach. Du bist natürlich dabei, für den Anfang als Chefberater.«

»Erzähl.« Sie nahm seine Hand und führte ihn zur Couch hinüber.

Er ließ sie Platz nehmen und ging selbst im Raum auf und ab während er seinen Bericht gab. Zwischen wütend ausgestoßenen Sätzen nahm er immer wieder einen Schluck von seinem Bier. Dann faßte er zusammen: »Mir scheint die Sache klar. Eine Gruppe antistellarer Typen hat ein Komplott geschmiedet. Sie haben ihre Leute in mehreren Nationalregierungen und zweifellos auch im Unionsrat, der Bürokratie und der Raumfahrtsbehörde. Die Vorstellung, daß die *Emissary* früher als erwartet zurückkommen könnte, nahmen sie wahrscheinlich viel ernster, als sie zugeben wollen, und sie paßten auf. Das Schiff halten sie völlig von der Außenwelt abgeschnitten, während sie über ihr weiteres Vorgehen beraten. Mittlerweile habe ich wohl zu viel geredet. Also wurde Hancock beauftragt, mir das Maul zu stopfen. Ich bezweifle, ob sie je in irgendeine Verschwörung eingeweiht wurde, aber sie ist treue Anhängerin der Aktionspartei, und ihre politischen Förderer sind es in noch höherem Maße. Wenn man ihr sagt, daß es ihre Pflicht sei, mich zum Schweigen zu bringen, wird sie es tun, ohne lästige Fragen zu stellen.« Er zuckte die Achseln. »Eigentlich sollte ich dankbar sein, daß sie nicht der Typ ist, noch drastischere Maßnahmen zu ergreifen.«

Lis schwieg eine Weile, während es draußen anfing zu dämmern. »Kann es vielleicht sein, daß sie recht haben?« murmelte sie dann.

»Wie meinst du das?«

»Oh, wir haben uns über dieses Thema ja schon oft unterhalten, und du weißt, daß ich deine Ansichten teile. Ich mache mir nur so meine Gedanken. Die Vorstellung, daß es in der Union auf höchster Ebene Korruption gibt, ist einfach grauenhaft. Findest du das nicht auch? Bedenke, die Union! Was sind deine Pläne?«

Er blieb stehen, schaute zu ihr hinunter und sagte: »Was kann ich denn tun, außer schön brav zu sein? Und sei auch du ein gutes Mädchen. Hancock nahm an, daß ich dir berichten würde, aber sie hat mich gewarnt. Wenn du redest, bekommst du die gleichen Schwierigkeiten. Wir werden einfach sagen, daß ich – nein, daß ich mich wochenlang ›unwohl‹ fühle, glaubt kein Mensch . . . Ich bin Einsiedler geworden, um über einer neuen Geschäftsidee zu brüten, die vorläufig geheimgehalten werden muß. Du vertrittst mich im Büro.«

»Was?« Sie war erstaunt. »Du, und so zahm, Dan?«

Er schüttelte den Kopf und legte einen Finger an die Lippen. »Welche Wahl haben wir? Mir hätte Schlimmeres passieren können als ein Zwangsurlaub. Ich könnte einige von den Büchern lesen, die du mir immer empfiehlst. Hör zu, Liebling, ich bin müde und abgespannt, und mir wird dein Dinner nicht schmecken, bevor ich mich ein wenig ausgeruht habe. OK?«

Ihr Blick zeigte, daß sie verstanden hatte. »OK«, sagte sie.

Folgerichtig lief jetzt die übliche Familienroutine ab. Nach einem zweiten Bier ging er mit den Kindern in den Freizeitraum. Eine gute halbe Stunde mit Daddy stand ihnen nun einmal zu. Mike war fast drei (zwei, nach dem Erdenkalender), und gab sich damit zufrieden, lachend umherzustolpern, sich von seinem Daddy schütteln zu lassen und ein paar Lieder wortlos mitzusingen. Dabei hielt er den Ton besser als sein Vater, aber er konnte noch nicht viel sprechen. Die siebenjährige Barbara verlangte von ihm, daß er ein Bild malen und ihr die letzte Fortsetzung seiner Geschichte von Tolpatsch, dem Orosaurier erzählen sollte. (In seiner Kindheit hatte ihm Generalkapitän John die Geschichte von Tolpatsch dem Bären erzählt, aber das war auf der Erde.) Er beendete das laufende Abenteuer rasch mit der sicheren Heimkehr zum Schloß.

Die Kleine spürte, daß er nicht bei der Sache war. »Gehst du wieder weg?« fragte sie.

»Das weiß ich noch nicht, Darling«, sagte er. Er empfand einen leisen Schmerz. »Ich werde es vielleicht müssen.« Wie warm sie sich in seinen Händen anfühlte.

»Für lange?«

»Ich hoffe nicht. Du weißt doch, daß ich öfter Reisen machen muß, um Geld zu verdienen. Wenn ich gehen muß, werde ich recht bald wieder nach Hause kommen und eine Menge Geschenke und viele neue Geschichten mitbringen.« Er nahm sie ganz fest in den Arm. »Du wirst wie immer Mutter helfen, nicht wahr. Du bist ein liebes Mädchen.« Sie legte ihm die Arme um den Hals.

Er nahm an, daß etwaige Zuhörer, die entgegen Hancocks Versprechen Lauschgeräte benutzten, einer solchen Unterhaltung keine Bedeutung beimessen würden. Nachdem die Kinder wieder in ihren Zimmern waren und er sich zu Lis gesetzt hatte, um einen Drink zu nehmen, bemerkte er dennoch vorsichtshalber: »Ich habe zwar Hausarrest, aber ich möchte doch sehr gerne wissen, ob man mir erlauben wird, die *Chinook* zu besuchen. Es gibt da einige Dinge, um die ich mich selbst kümmern muß. Selbst Barbara merkte mir meine Unruhe an. Sie können ja ein paar von ihren verdammten Wachen mitschicken, wenn sie sichergehen wollen, daß ich nicht rede.«

»Du kannst es ja versuchen«, antwortete sie.

»Vielleicht in einigen Tagen, wenn sich die Gemüter abgekühlt haben.«

Genau wie ihre Tochter merkte sie ihm seine Stimmung an und wechselte das Thema. Sie hatten immer genug, worüber sie reden konnten. Das Geschäft selbst war unendlich vielfältig. Chehalis hatte die meisten Raumschiffe im Phöbischen System, und fast alle Unternehmungen außerhalb Demeters wurden von ihr durchgeführt, entweder auf eigene Rechnung oder unter Vertrag – Transport, Suche nach Bodenschätzen, Bergbau, Industrie, Forschungsreisen, wissenschaftliche Forschung. Zwangsläufig war die Firma daher von allen wichtigen wirtschaftlichen und politischen Entwicklungen der Kolonie und, in wachsendem Maße, auch der Erde unmittelbar betroffen. Darüber hinaus nahmen sie beide, ohne selbst ein öffentliches Amt anzustreben, regen Anteil an den öffentlichen Angelegenheiten; sie gingen segeln, unternahmen Reisen in die Wildnis, fuhren Ski und spielten Tennis und Blitzschach, und gelegentlich pokerten sie; sie arbeiteten an ihrem Haus oder auf dem Grundstück; oft stellten sie astronomische Beobachtungen an und machten sich Gedanken über den Kosmos. An diesem Abend unterhielten sie sich über einige neue Entdeckungen, über die eigenartige Verwandtschaft zwischen den vorherrschenden Hypersauroiden und den primitiven Theroiden entlang der Küstenregion des Ionischen Golfs und vergaßen darüber fast ihre Schwierigkeiten. Anschließend war es die Anwesenheit der Kinder, die das Abendessen erfreulich gestaltete.

Aber als nur das Ehepaar noch wach war, sagte Brodersen: »Ich fühle mich unruhig. Ich denke, ich werde noch ein wenig an dem Monofilmrecorder herumbasteln. Komm doch mit und hilf mir dabei.«

Solche Projekte gehörten nicht gerade zu ihren Hobbys, aber sie wußte, was er meinte und sagte nur: »Aber gern.«

Sie gingen in seine Werkstatt. In einer halben Stunde hatte er aus seinem reichhaltigen Ersatzteillager den Apparat, den er brauchte, zusammengebaut. Er aktivierte ihn, und ein Jaulen ertönte in dem mit Instrumenten vollgestopften Raum. Er schnalzte mit der Zunge. »Verdammt. Nicht wirksam genug.«

»Soll das unsere Stimmen überdecken?« fragte sie.

Sie hatte gewußt, was ihm Sorgen machte. Auf der Farm ihrer Eltern in der Gegend von Trollberg wurde Finnisch gesprochen, und er hatte in den Jahren, als er sich noch auf der Erde herumtrieb, selbst einige weitere Sprachen gelernt. Aber die einzigen, die sie beide beherrschten, waren Englisch, ihre tägliche Umgangssprache, und Spanisch. Aber beide mußte jeder Polizeibeamte verstehen.

»Nein«, erklärte er. »Sonargeräte funktionieren nicht, jedenfalls nicht ohne ausgeklügelte heterodyne Ausrüstung. Dies Ding ist lediglich ein Lärmerzeuger mit der Technik eines Breitbandradios von hoher Leistung. Damit sollte man elektronische Kommunikation im Umkreis von einigen hundert Metern blockieren können, was dann den Eindruck einer zufälligen Störung macht. Ich nehme an, daß die Opposition Wanzen an unseren Wänden angebracht hat, um unsere Gespräche aufzufangen und zu einem Empfangsgerät zu leiten. Das ist nicht schwer. Man könnte sie mit einem Katapult ins Gebüsch schießen.«

Angst stieg in ihr auf. »Glaubst du wirklich, daß Aurelia Hancock so etwas anordnen würde oder die Polizisten eine solche Anordnung befolgen würden? Es heißt doch, daß Demeter eine freie Gesellschaft ist.«

»Heißt es. In Wirklichkeit gibt es hier verschiedene Gesellschaften, und viele der jeweiligen Herkunftsländer sind alles andere als freiheitlich. Wenn ich Gouverneur wäre, würde ich eine Anzahl Leute beschäftigen, die aus ihrer Vorgeschichte heraus keine Skrupel hätten, notfalls die Privatsphäre irgendwelcher Leute zu verletzen. Ich würde sie eines Tages vielleicht dringend brauchen, um mit Kriminellen fertigzuwerden, die den Planeten für einen fröhlichen Tummelplatz halten.« Brodersen schwang sich auf die Werkbank und ließ die Beine baumeln. »Wie dem auch sei, Lis, ich *glaube* nicht, daß man Wanzen angebracht hat. Ich muß es aber *annehmen*. Wir dürfen in dieser wichtigen Sache nicht einfach optimistisch sein. Morgen läßt du Mamoru Saigo mit einem Detektor kommen, um festzustellen, ob hier Lauschgeräte sind. Wenn er welche findet, hmm, ich schlage vor, daß ihr sie dann unbrauchbar macht. Aber vorher mußt du in scharfem Ton sagen, daß du dich an die Gerichte und die Nachrichtenmedien wenden wirst, falls so etwas noch einmal vorkommt.«

Stumm stand sie zwischen den Werkzeugen und suchte seinen Blick. Das Fenster hinter ihr war geschlossen und die Vorhänge zugezogen. Dennoch kam von dort ein kühler Luftzug, der die Nacht draußen ahnen ließ.

»Du wirst also nicht hier sein«, sagte sie.

Er griff nach Pfeife und Tabak. »Leider nicht, Honey. Wir lassen uns von den Schweinen doch nicht ausquetschen. Verdammt nochmal, es geht doch um die ganze Zukunft der Raumfahrt! Außerdem – du hast es doch nicht vergessen? – Der Erste Offizier an Bord der *Emissary* ist Carlos Rueda Suárez, mein Freund und Tonis Vetter. Ich schreibe meine Familie doch nicht ab.«

»Auch Joelle Ky, wenn sie noch lebt«, sagte Lis ruhig.

Er erschrak über die Traurigkeit, mit der sie das sagte. »Ja, auch sie ist eine alte Freundin.«

»Mehr als eine Freundin.« Lis hob die Hand. »Du brauchst mir doch nichts vorzumachen. Ich habe nie etwas gegen deine kleinen Eskapaden gehabt, oder? Ich möchte sie gern selbst kennenlernen. Sie muß eine ungewöhnliche Frau sein, wenn sie dir so viel bedeutet. Du hast nie so beiläufig von ihr gesprochen, wie du vielleicht geglaubt hast.«

»Du hast gewonnen«, sagte er mit hochrotem Kopf. »Aber es

hatte nichts mit Romantik zu tun, verstehst du? Dafür ist sie zu . . . seltsam. Aber – jedenfalls ist das Hauptproblem, daß ich nicht sehe, wie die Verschwörer die *Emissary* überhaupt wieder freilassen *können*. Wenn alles in der Öffentlichkeit bekannt wird, wären ihre ganzen Pläne vereitelt, von ihren persönlichen Karrieren ganz zu schweigen. Außerdem ist es gefährlich, Gefangene zu halten. Es könnte ein Blutbad geben.«

»Wenn es solche Schurken sind. Wenn es überhaupt eine Verschwörung gibt.«

Er nickte. »Ich riskiere natürlich, daß ich mich irre.«

»Du riskierst auch dein Leben, Dan.«

»Das nicht so sehr. Glaub mir. Ich lege wert auf meine Haut. Sie ist meine einzige.«

»Was gedenkst du denn im Wesentlichen zu tun?«

»Zur Erde gehen. Nachforschungen anstellen. Handeln. Wahrscheinlich die Ruedas alarmieren. Sie werden höchstens vage Gerüchte gehört haben. Wie du weißt, habe ich ihnen nicht direkt geschrieben, weil ich mir über die Tatsachen selbst nicht ganz sicher war; als ich sie dann kannte, habe ich Aurie vertrauensvoll gebeten, ihre Ermittlungen zu forcieren. Und dann kippt sie heute diesen Topf über mich aus. Unsere Post wird bestimmt abgefangen und, wenn Unbequemes drinsteht, zurückgehalten. Ich kenne niemanden auf Demeter, den ich irgendwie informieren könnte. Niemand kennt sich auf der Erde so gut aus wie ich oder hat dort meine Beziehungen. Nein, ich muß selbst nach Lima und mit dem Señor reden.«

»Wie?«

Er macht eine Pause. Während er seine Pfeife stopfte, grinste er sie schief an. »Lis, allein wegen dieser klaren und sachlichen Frage, genau in diesem Moment, würde ich dich lieben.«

Er hatte lange nicht mehr erlebt, daß sie errötete und den Blick senkte. Sie drückte seinen Schenkel. »Vergiß nicht, daß wir Partner sind«, flüsterte sie.

»Das vergesse ich auch nicht.« Er legte seine Pfeife ab und nahm ihre Hand in seine. »OK, wir haben nicht gerade eine Unmenge Zeit. Konspirieren wir also weiter.

Ich habe noch keinen genauen Plan. Auf jeden Fall muß ich hier weg und mich außer Reichweite begeben. Und das unverzüglich. Wenn man in den nächsten zwei, drei Tagen von mir nichts sieht oder hört, wird Aurie denken, daß ich schmollend in meinem Bau sitze. Dann allerdings wird man anfangen, sich zu wundern, daß ich noch nicht einmal gelegentlich telefoniere. Ich werde also noch heute abend abhauen.«

Auf Einzelheiten konnte sie verzichten. Nur sie beide kannten ihren Tunnel. Vor ein paar Jahren hatte er einen kleinen Bagger gemietet, um zusätzlich zu seinem Schutzraum einen Weinkeller anzulegen. Während dieser Arbeiten legte er gleichzeitig einen Tunnel an, der mitten in den nördlich ihres Grundstücks gelegenen Wald führte, und den er mit Beton verstärkte. Das war während der erbitterten Dispute über Jurisdiktion und Eigentumsrechte zwischen den Asteroiden, die auf der Erde und außerhalb geführt wurden. Damals schien es eine Zeitlang, als würde die Iliadische Liga die Union verlassen. Wenn dieser Bund orbitaler und lunarer Kolonien die Union verließ – und es zur Unionsexekution mit Waffengewalt kam –, mochte Gott wissen, was geschehen würde, auch auf Demeter. Die Krise wurde durch einen faulen Kompromiß bereinigt, aber Brodersen machte sich Vorwürfe, daß er nicht schon vorher einen solchen zweiten Ausgang gebaut hatte. Er hatte genug Katastrophen erlebt, die fast immer von den Regierungen verschuldet waren, daß er sich von Anfang an auf diese Weise hätte sichern müssen.

Vom Wald aus konnte er zu Fuß einen fünf Kilometer entfernten, einsam gelegenen Flughafen erreichen, von dort in irgendeine Stadt fliegen und sich einen Wagen mieten. Er hatte sich einige falsche Identitäten zugelegt, für die er ausgezeichnete Papiere besaß, um sein Inkognito zu wahren, wenn er und seine Leute Reisen unternahmen. Auf Demeter, mit einer Bevölkerung von weniger als drei Millionen war er ein größerer Fisch geworden, als ihm lieb war.

»Was geschieht als Nächstes?« fragte Lis.

»Laß uns überlegen«, sagte er, setzte seine Pfeife in Brand und sog den Rauch ein. »Es ist klar, daß ich eine Transportmöglichkeit zur Sonne brauche, ein Fahrzeug, das ich auch dort gebrauchen kann. Die *Chinook* – was sonst? – die Mannschaft, die sie mitführen kann, die Vorräte an Bord, das kleine zusätzliche Schiff. Außerdem ist die *Williwaw* praktisch dafür konstruiert, mich heimlich von jedem beliebigen Ort auf diesem Planeten abzuholen.«

»Und wie willst du die *Chinook* am Überwachungsschiff vorbei durch das Tor bekommen?«

Er lachte. Die Aussicht, endlich wieder zu handeln anstatt das Handeln anderer erdulden zu müssen, heiterte ihn enorm auf. Nicht, daß er sich über die Klemme freute, in der er steckte. Und doch war in den letzten Jahren alles in seinem Leben für seinen Geschmack zu voraussehbar geworden. »Uns wird schon etwas einfallen. Wenn du die Verhandlungen nicht führen kannst, melden wir uns besser gleich beide in einem Altenpflegeheim an. Ich denke gerade . . . hmm . . . ja, Aventureros« – die Muttergesellschaft von Chehalis – »hätte sicherlich Bedarf für ein weiteres großes Frachtschiff im Sonnensystem, und da zur Zeit keine Aussicht besteht, daß die *Chinook* zu den Sternen fliegt, könnten wir sie genau so gut dort verchartern.« Er schnippte mit den Fingern. »He, ja! Dann hätte das Schiff ganz offiziell einen Grund, sich mit den Ruedas in Verbindung zu setzen.« Er beugte sich vor und wurde wieder ernst. »Ja, so werden wir es machen. Morgen rufst du die Mannschaft an. Sag ihnen, es könnte kurzfristig ein Flug zum Sonnensystem nötig werden, und lade sie zu einer Konferenz darüber hierher ein. Die Hancock hat offen zugegeben, daß wir abgehört werden, wenn wir Besuch haben, und es würde Verdacht erregen, wenn wir gerade dann die Lauschgeräte lahmlegten. Aber du könntest schriftliche Instruktionen vorbereiten und den Leuten aushändigen. Worum es wirklich geht, haben sie dann schriftlich, und das eigentliche Gespräch dreht sich nur um Belanglosigkeiten. Selbst die könntest du vorher aufschreiben. Ich habe mir gescheite Leute ausgesucht, und sie begreifen schnell. Sie werden eine überzeugende Vorstellung geben.«

Lis runzelte die Stirn. »Bist du sicher, daß sie bei einem so riskanten Unternehmen mitmachen werden?«

»Nun, einige mögen vielleicht ein wenig zu gesetzestreu sein. Wenn aber einige ablehnen sollten, dann bin ich sicher, daß sie loyal genug sind, anschließend nicht das Maul aufzureißen. Ich habe die Mannschaft, mit der ich vielleicht zu neuen Planeten fliegen werde, doch nicht ausgesucht, ohne vorher jeden einzelnen gründlich kennenzulernen.«

»Wenn auch. Aurelia ist ja nicht dumm. Wenn sie erfährt, daß die *Chinook* starten soll, könnte sie, um sicherzugehen, unter irgendeinem Vorwand ein Verbot verhängen.«

»Muß sie es denn erfahren? Das Büro der Generalgouverneurin registriert normalerweise nicht Start und Ankunft von Raumschiffen. Ich zweifle kaum daran, daß du da eine Regelung findest.«

Er zögerte, bevor er hinzufügte: »Irgendwann weiß sie natürlich, daß ich abgehauen bin, und sie wird glauben, daß ich an Bord geschmuggelt wurde. Du mußt mit erheblichen Schwierigkeiten rechnen.«

»Ich bin hart im Nehmen, aber ich kann genau so gut austeilen«, versicherte sie.

Er lächelte. »Als ob ich das nicht wüßte. Andererseits kann sie dir gar nicht so viel Ärger machen, ohne sich zu exponieren. Was kann sie legal beweisen, außer vielleicht, daß du deinem Mann geholfen hast, aus einem Arrest auszubrechen, dessen gesetzliche Grundlage höchst zweifelhaft ist? Und wenn es zum Prozeß käme, könnten wir nur lachen!«

»Sie könnte etwas Schlimmeres erfinden«, sagte Lis. »Ich glaube nicht, daß sie es will. Aber man könnte es ihr befohlen haben.«

»Unsere Anwälte könnten jeden Prozeß über Monate hinziehen«, erinnerte er sie. »Bis dahin sollte ich aus dieser ganzen faulen Sache schon Kleinholz gemacht haben.« Er runzelte die Stirn. »Falls es mir aber nicht gelingt –«

»Um mich brauchst du dir keine Sorgen zu machen«, unterbrach sie ihn. »Du weißt, daß ich es schaffe.«

Wieder schwieg sie und blieb bei ihm stehen. »Ich werde um dich Angst haben«, sagte sie endlich.

»Das ist nicht nötig.« Er nahm die Pfeife aus dem Mund und legte ihr den Arm um die Schulter.

»Da du schon einmal gehen mußt, wollen wir alles sorgfältig planen. Als erstes, wie bleiben wir in Verbindung?«

»Über Abner Croft«, schlug er vor. Dieser Name war eine

seiner falschen Identitäten. Abner Croft besaß ein Haus am See Artemis, etwa hundert Kilometer entfernt. Sein Telefon hatte nicht nur einen Zerhacker, es hatte ein sonst vom Militär verwendetes Zusatzgerät, das Brodersen auf der Erde kennengelernt und während der Iliadischen Krise vorsichtshalber für sich selbst nachgebaut hatte. Wer die Leitung anzapfte registrierte nur eine banale, vorher aufgezeichnete Unterhaltung. Es hatte ihm und Lis Spaß gemacht, verschiedene solcher Gespräche aufzuzeichnen, zum Teil mit verstellter Stimme. Er konnte sich von jedem dritten Apparat aus einschalten, indem er einfach ein Konferenzgespräch verlangte; der Schalteinrichtung war es egal.

»Hmm«, sagte sie. »Wo wirst du dich denn tatsächlich aufhalten?«

»Im Hochland. Logische Gegend, nicht wahr?«

Sie zögerte. »Bei Caitlin?« fragte sie dann.

Er erschrak, weil sie so ernst sprach, und trat die Flucht nach vorn an. »Nun, sie hält sich um diese Jahreszeit dort auf. Jeder dort Ansässige wird wissen, wie man sie finden kann, und ich meine, es ist doch ganz natürlich, daß ein Besucher von außerhalb einige ihrer Lieder hören möchte. Und wer sonst könnte mich besser verstecken oder mir sagen, wo man in der Gegend ein heimliches Treffen organisieren kann oder . . . oder was sonst auch immer?«

Er zog gewaltig an seiner Pfeife. Wieder faßte Lis ihn an, und diesmal ließ sie ihn nicht wieder los. »Verzeih mir, daß ich fragte«, sagte sie leise. »Ich protestiere ja nicht. Du hast recht, wenn überhaupt einer, dann kann sie uns helfen. Aber weißt du – nein, ich bin nicht eifersüchtig, aber vielleicht sehe ich dich heute zum letzten Mal, und sie bedeutet dir sehr viel mehr als Joelle, nicht wahr?«

»Ach, Liebling.« Er legte die Pfeife weg und glitt von der Werkbank, um sie in die Arme zu nehmen.

Ihr Kopf lag an seiner Brust, und mit den Händen streichelte sie seinen Rücken. Ihre Worte sprudelten nur so heraus, obwohl sie leise sprach. »Dan, Lieber, versteh doch. Ich weiß, daß du mich liebst. Als meine schreckliche Ehe kaputtging, lernte ich dich kennen – alles was du seitdem getan hast, sagt mir, daß du mich liebst. Aber du, deine erste Frau, du warst nie glücklicher als mit Antonia, nicht wahr?«

»Das stimmt«, gestand er mit belegter Stimme. »Aber was du mir gegeben hast –«

»Pssst. Ich habe dir klargemacht, daß es mich nicht stört – obwohl es schon etwas ausmacht –, wenn du hin und wieder ein wenig ausschweifst. Du lernst so viele verschiedene Leute kennen, und ich begleite dich ja meistens nicht auf deinen Geschäftsreisen zur Erde, und du bist schließlich ein verdammt attraktiver Kerl, habe ich dir das schon mal gesagt? Nein, sei ruhig, Darling, laß mich ausreden. Ich mache mir keine Sorgen wegen Joelle. Nach dem bißchen, was du mir erzählt hast, beherrscht sie eine Art Hexenkunst – sie ist eine Holothetin –, aber du hast nie Vorwände gesucht, um zu ihr zu gehen. Caitlin aber –«

»Auch nicht, um zu ihr zu gehen«, versuchte er.

»Du hast mir nie gesagt, daß sie für dich etwas anderes ist als eine Freundin und eine gelegentliche Sexualpartnerin. Offen hast du dich eigentlich nie, weder über sie noch andere, geäußert. Auf deine Weise bist du ein sehr verschlossener Mensch, Dan. Trotzdem habe ich dich inzwischen recht gut kennengelernt. Ich habe euch beide beobachtet, als sie hier auf Besuch war. Caitlin ähnelt in vielem Toni, nicht wahr?«

Als Antwort konnte er sie nur an sich ziehen.

»Du sagtest, auch ich müßte nicht unbedingt monogam sein«, stieß Lis hervor. »Und das werde ich vielleicht auch nicht immer bleiben.« Sie verschluckte ein Kichern. »Was sind wir beide nur für Anachronismen, wo wir doch wissen, was ›Monogamie‹ bedeutet . . . Aber seit wir verheiratet sind, Dan, war niemand so recht der Mühe wert, und während du fort bist, wird es auch niemand sein, und dabei weiß ich nicht einmal, ob du je zurückkommen wirst.«

»Das werde ich bestimmt«, versprach er. »Zu dir.«

»Gewiß, du wirst dir verdammt Mühe geben, und da traue ich dir allerhand zu.« Sie hob ihr Gesicht zu ihm auf. Er sah Tränen, fühlte und schmeckte sie. »Es tut mir leid«, sprach sie weiter. »Ich hätte Caitlin nicht erwähnen dürfen. Außer . . . grüß sie bitte von mir.«

»Ich, ich sagte schon, deine sachliche Frage hat mir wieder gezeigt, was für ein Menschenschlag ihr seid. Du bist einfach unglaublich *gut.*«

Lis löste sich von ihm und trat zurück, ihre Hände glitten von seinen Rippen zu seiner Hüfte, und sie sagte: »Danke, Partner. Dies wird eine kurze Nacht – du mußt einen Bus kriegen, in dem die Passagiere noch halb schlafen – und vorher haben wir noch eine Menge zu besprechen. Zuerst aber . . . mmmmh?«

In ihm stieg Hitze auf. »Mmmm«, gab er zurück.

V

Dreihundert Kilometer östlich des Hephästischen Meeres, zweitausend Kilometer nördlich von Eopolis begann das Hochland. Dort hatten sich im Gefolge der Einwanderungswelle des letzten Jahrhunderts Siedler aus Nordeuropa niedergelassen. Als sie es schafften, auch außerhalb der ursprünglichen Stadt und ihrer technischen Möglichkeiten zu überleben, ging es ihnen wie den meisten Kolonisten, sie neigten dazu, untereinander zu bleiben. Farmer, Hirten, Holzfäller, Jäger, sie alle lebten ziemlich primitiv, weil sie kaum technische Hilfsmittel hatten. Die Frachtkosten von der Erde waren enorm. Später, als sich auf Demeter Industrie entwickelte, schafften sie sich einige moderne Geräte an – aber nicht viel, denn inzwischen hatten sie Methoden entwickelt, auch so mit ihrem Land fertigzuwerden. Im übrigen lehnten die meisten von ihnen es ab, von der Außenwelt abhängig zu werden. Sie oder ihre Vorfahren waren hergekommen, um von Regierungen, Korporationen, Unionen und anderen Monopolen frei zu sein. Dieser Geist setzte sich durch.

Die Leute, die diesen Geist weitertrugen, hatten ein eigenes Ethos entwickelt. Zu Hause bedienten sich die meisten ihrer angestammten Sprachen, aber davon abgesehen war Englisch die allgemein übliche Sprache, wenn auch in einem neuen Dialekt. Die Traditionen vermischten oder wandelten sich, und spontan bildeten sich auch neue. So feierte man zur Wintersonnenwende – wenn auf diesem Kontinent, den die Menschen Ionia nannten, Kälte, Schlamm und Schnee herrschten – das

Julfest (nicht Weihnachten, wie es der Terrestrische Kalender noch immer auswies) mit Festmahlen, allgemeiner Fröhlichkeit, Dekorationen, Geschenken und Wiedersehensfeiern. Wenn das Demetrische Jahr halb zu Ende war, gab es erneuten Anlaß zum Feiern, nur ging es dabei viel offensichtlicher um Trinkgelage. Überall brannten die Freudenfeuer, und um sie herum wurde getanzt – die Leute tranken und aßen, sangen und scherzten, trieben Kurzweil und liebten einander – von Sonnenuntergang bis zum frühen Morgen.

In den letzten drei Jahren hatte Caitlin Margaret Mulryan zu diesem Anlaß für die Leute auf Trollberg Musik gemacht, wenn sie sich nicht gerade selbst an ähnlichen Vergnügungen beteiligte. Jetzt war sie wieder unterwegs. Zu Fuß ging sie den staubigen Weg entlang, denn die Anreise war Teil des Spaßes. Während sie wanderte, übte sie ihr letztes Lied, das sie eigens für das Fest gemacht hatte. Sie hüpfte zu seinem Walzertakt und ließ ihren klaren Sopran erklingen.

Silber-blau liegt hell der Tau
In der Mittsommernacht
Strahlender Pracht.
Kommt, nehmt einander bei der Hand,
Denn Musik ist erwacht
Im ganzen Land.

Ihre Finger huschten über die Schaltknöpfe des Sonadors, den sie unter ihrem linken Arm turg. Das Gerät war darauf programmiert, eine Flöte zu imitieren, wenn auch lauter, und jetzt spielte das mahagonifarbene Kästchen die Begleitung zu ihrem Lied.

In frohem Reigen sollt ihr euch drehn,
Laßt euer Tanzen und Lachen
Fliegen vom Tal zu der Berge Höhn
Bis all eure Sinne erwachen

Ihre Tritte wirbelten den Staub auf. Um sie herum träumten die Höhen unter dem Bernsteinglanz eines Phöbus, der sich in der Nähe seines nördlichsten Punkts am Himmel, wo einige weiße Wolken zogen, nach Westen neigte. Die Straße folgte dem Astridfluß, der grün von Gletscherstaub zu ihrer rechten sanft dahinfloß, um sich bei Aguabranca mit dem mächtigen Europa zu vereinigen. Jenseits des Stromes lag unberührte Naturlandschaft. Weiter hinten fiel das Land steil ab und bildete ein Tal, in dem schon die Dämmerung war, und wo nicht vereinzelte Felsen aufragten, war alles von bläulichgrüner Vegetation überzogen – Lodix, eine Art dreilappiges Gras oder Klee, durchsetzt von den Blüten des Pfeilspitz und der Sonnenblume, dazwischen Dickichte von hohem Rotspeer und geschmeidigem Seidelbast. Insektoiden schwärmten, prächtig gefärbte Flammenschwingen, Hüpfschrappen mit ihren ruckartigen Flugbewegungen und verschiedene Arten von Summtölpeln. Ein Kümmerling mit hellem Gefieder flog zwischen ihnen, von einem Ast trillerte ein Sänger, ein paar Bukearos schossen durch die Luft, und hoch oben schwebte ein schlanker Drako – sie waren alle keine Vögel, sondern Hypersauroiden, wie jedes hochentwickelte Wirbeltier, das Demeter hervorgebracht hatte. Intensive Düfte, die an Harz und Zimt erinnerten, trieben mit einem Südwind herüber, der den Nachmittag rasch abkühlte.

Zu ihrer linken zog sich ein Zaun durch das ebene Land, bis er drei oder vier Kilometer weiter an einen Steilhang stieß. Das so eingefriedigte Land war in Weiden für terrestrisches Vieh umgewandelt worden und, weiter hinten, in ein Gerstenanbaugebiet für menschlichen Bedarf. Für die Eindringlinge aus dem Raum waren Fleisch und Vegetation auf Demeter zum großen Teil eßbar, manches schmeckte sogar köstlich; sie selbst hatte auf ihrer Wanderung Mondbeeren, Perläpfel und Zuckerfrüchte gepflückt, und das schon gleich nachdem sie in Freidorp aus dem Bus gestiegen war. Aber sie enthielten nicht alle wichtigen Vitamine und Aminosäuren, dafür andere, die für die menschliche Ernährung wertlos waren. Die importierten Pflanzen zeigten intensives Grün, und das Vieh, das vor ihnen weidete, war von phantastisch roter Farbe.

Hinter ihr wand sich der Weg um einen Hügel herum außer Sicht. Nach vorn hin schlängelte er sich den Hügel hinan. Von der nächsten Anhöhe aus konnte sie Trollberg liegen sehen, baumumstanden inmitten von Wiesen. Geisterbleich schwebten weit hinten am Horizont die Phäakischen Schneegipfel, vom Mount Lorn überragt.

Die Töne sprudeln süß und flink,
Dein Mädchen dreht sich
Heiter beschwingt,
Ihr liebes Gesicht bekränzet fein
Mit roten Rosen
Und Sternenschein.
In frohem Reigen sollt ihr euch drehn
Laßt euer Tanzen und Lachen –

Caitlin blieb stehen. Aus einem wildwuchernden Dickicht war ein Garm aufgetaucht. Er hatte ein graues Fell, eine abgerundete Schnauze und einen Stummelschwanz. Das Tier war von der Größe eines Tigers und bewegte sich mit einer derartigen Eleganz, daß sie vor Bewunderung den Atem anhielt. Beide brauchten einander nicht zu fürchten. Demetrische Fleischfresser mochten die Ausdünstung terrestrischer Tiere nicht und griffen sie niemals an. Menschliche Jäger ihrerseits versuchten das Gleichgewicht in der Natur aufrechtzuerhalten und gewannen so gleichzeitig Felle für den Verkauf. Endlich aber hatte die Volksversammlung des Hochlands die Garms zur geschützten Art erklärt.

Auch das Tier blieb stehen und starrte zu ihr hinüber. Es sah eine junge Frau. (Ihr genaues Alter war vierunddreißig, aber da sie auf der Erde geboren war, verstand sie ihr Alter als fünfundzwanzig.) Sie war von mittlerer Größe, vollbusig, biegsamschlank, mit langen Beinen, und eine gelockte, bronzebraune Mähne fiel ihr bis über die Schultern. Ihr breites Gesicht mit den hohen Wangenknochen endete in einem schmalen Kinn, aber sie hatte einen großen Mund mit vollen Lippen. Unter geschwungenen dunklen Brauen lagen smaragdgrüne Augen und eine kurze, ein wenig schiefe Nase. Ihre einst helle Haut war wettergegerbt und hatte Sommersprossen. Bluse und Hose waren arg strapaziert. Ein breiter Gürtel und eine auffällige bunte Schärpe vervollständigten ihre Ausstattung. In einem Bündel auf dem Rücken trug sie Kleidung zum Wechseln, einen Schlafsack, ein wenig Trockennahrung, die Gedichte von Yeats und andere Reiseausrüstung.

»Gerühmt sei die Schöpfung«, hauchte sie, »du bist wunderschön, mein Alter!«

Der Garm verschwand wieder in seinem Reich. Caitlin seufzte und setzte ihren Weg fort.

Vergessen ist des Alltags Müh,
Mit starkem Arm
Umfängt er sie.
Das Mädchen, leicht wie nur Träume sind,
Sieht ihn groß wie ein Baum
Und schnell wie der Wind.
In frohem Reigen –

Sie brach ihren Gesang ab. Neben einem riesigen Felsbrocken hinter dem Zaun war ein Mann aufgetaucht. Gleichermaßen überrascht hob er nach einer Weile die Hand und rief einen Gruß herüber. Caitlin lief auf ihn zu. Auch er war jung, wie sie sah, kräftig und blond. Er war in einen Arbeitskittel gekleidet und trug ein aus dem Stoßzahn eines Tordeners gefertigtes Horn, mit dem er seine Kühe nach Hause zu rufen pflegte.

»Guten Tag, mein Mädchen«, sagte er in seinem singenden Dialekt, als sie ihn erreicht hatte. In dieser Gegend war das schon sehr höflich. »Wie geht es Euch?«

»Sehr gut, ich danke Euch, Sir, und wünsche Euch einen wunderschönen Tag«, erwiderte sie in dem weichen Englisch ihrer Heimat, die schon lange die Sprache ihrer Eroberer angenommen und zu ihrer eigenen gemacht hatte.

»Darf ich fragen, wohin die Reise geht?«

»Nach Trollberg, zum Mittsommerfest.«

Seine Augen wurden groß. »Ah, ich hab's erraten. Ihr seid Cathleen, nicht wahr? Ich würde Euch Miss nennen, wie es sich für einen Gentleman gehört, aber ich kenne Euren zweiten Namen nicht. Niemand scheint ihn zu benutzen.«

Sie sah über seine Aussprache hinweg. Wenige Holländer

oder Deutsche konnten es besser. »Ja, denn ich bin nur zur Sonnenwende hier, wenn die ganze Provinz eine einzige Kneipe ist. Ihr habt schönes Land, und es sind gute Leute, aber es gibt auf diesem Planeten so viel zu wandern. Wer aber seid Ihr denn?«

»Elias Daukantas. Von der Vilnyus-Farm.« Er zeigte mit dem Daumen hinter sich. Hinter einem Windschutz aus Pappeln schien Rauch aus einem Schornstein aufzusteigen. Schüchtern: »Ich habe viel von Euch gehört und wünschte, Trollberg wäre in meiner Nachbarschaft. Oder wenigstens, daß ich Euch schon früher hätte vorbeikommen sehen. Ääh . . . geht Ihr immer zu Fuß?«

Sie nickte. »Warum soll ich fahren? Dann erfahre ich nicht, was an der Straße liegt.«

»Aber wo verbringt Ihr die Nächte? Ich habe noch nie gehört, daß Ihr eines unserer wenigen Gasthäuser aufgesucht habt, aber mancher Wirt hat schon gesagt, er würde Euch für eine Abendunterhaltung reichlich entlohnen.«

Sie lächelte um zu zeigen, daß sie seine Frage nicht übelnahm, und erwiderte: »Sänger singen nicht für Geld, Freibauer Daukantas, und für eine Sängerin halte ich mich, wenn ich mich auch nicht mit Brian Merriman vergleiche. Wir nehmen vielleicht Geschenke an, aber wir singen aus Liebe und zum Dank für erwiesene Gastfreundschaft. Ich bleibe, wo ich willkommen bin, sonst breite ich meinen Schlafsack auf den Lodix.«

In seiner Ungeschicklichkeit rief er aus: »Aber wovon lebt Ihr denn?« und sofort ließ seine Taktlosigkeit ihn erröten.

»Seid Ihr jetzt verlegen?« fragte sie gutgelaunt und strich ihm leicht über die Hand, mit der er sich am Zaun festhielt. »Nun, das fragen mich alle.« Absichtlich sprach sie jetzt plattes Eopolitanisch. »Ich habe eine medizinische Ausbildung, obwohl ich keine Ärztin bin. Im Winter arbeite ich in der Stadt, und vom St.-Enoch-Hospital aus auch in der Umgebung. Bei dem Ärztemangel kann ich meine Bedingungen stellen. Wenn ich ein anständiger Mensch wäre, würde ich natürlich das ganze Jahr arbeiten. Aber da meine Lebensspanne nicht einmal ausreicht, Demeter kennenzulernen –« Sie straffte sich. »Und wenn ich sehen muß, wie Menschen anderen Schmerzen zufügen –« Sie sprach nicht weiter, schüttelte die Anspannung von sich ab und lachte. »Mein Gott, jetzt habe ich aber genug über mich selbst geredet. Wollen wir nicht über Euch sprechen?«

»Da gibt es nichts zu erzählen, Lady. Dies ist meines Vaters Hof, und ich bin sein dritter Sohn.«

Sie legte den Kopf schief. »Dann seid Ihr also Junggeselle?«

Er nickte. »Tja, Ihr kennt die Sitten hier im Hochland. Wenn ich verheiratet bin, können wir im großen Haus als Partner bleiben, oder wir bekommen Hilfe, um weiteres Land zu roden und ein eigenes zu bauen. Dafür werde ich mich wohl entscheiden. Für den neuen Anfang.«

»Und Ihr habt kein Mädchen, das in dieser Angelegenheit mitreden möchte?«

»Nein. Eines Tages – aber dies war schon eine ganze Menge über mich. Ach Cathleen«, sagte er rasch. »Wollt Ihr nicht die Nacht bei uns verbringen? Alle wären begeistert, das verspreche ich Euch.«

Sie schaute nach Westen. Obwohl die Schatten lang wurden und die Berge sich purpurn färbten, hatte Phöbus noch mehr als eine Stunde, bevor der Horizont ihn schluckte. »Ich danke Euch, und ich danke Euren Leuten«, antwortete sie. »Aber ich muß innerhalb von drei Tagen in Trollberg sein, und ich wollte nach Einbruch der Dunkelheit noch weiterwandern, denn Persephone wird voll aufgehen, genau so groß und hell wie Luna über der Erde.« Erion, von der halben scheinbaren Größe, stand schon am Himmel, und seine Rundung zeigte Elfenbein auf Indigo.

»Ich fahre Euch morgen, so weit Ihr wollt«, bot er an. Sie zeigte sich immer noch widerstrebend. Er fing es geschickt an: »Ihr wollt doch das Land kennenlernen. Nun, hier lebt eine Familie, die Ihr noch nie kennengelernt habt. Unser Heim, unsere Manieren sollten Euch interessieren. Sie sind ungewöhnlich, das schwöre ich Euch. Wir sind keine Schweden oder Briten oder – Bitte! Wir wären überaus glücklich. Wir würden es nie vergessen.«

»Nun . . .« Sie war jetzt ganz gelockert, lächelte und bewegte sich näher auf ihn zu. Dabei ließ sie ein wenig die Wimpern spielen. »Ihr seid sehr freundlich, Elias Daukantas, und ich wäre eines angenehmen Abends sicher, wenn ich bliebe. Wenn Ihr also überzeugt seid, daß auch der Hausherr nichts dagegen hat –«

Ein fernes Surren wurde rasch lauter. Sie drehten sich um und sahen, daß sich ihnen ein kleines Fahrzeug näherte. Sein Luftkissen wirbelte den Staub nach rechts und links wie Gischt am Bug eines Rennboots. Es erreichte sie und kam mit aufheulendem Antrieb zum Stehen. Stelzen fuhren aus und rammten sich in den Boden. Das blasenförmige Dach öffnete sich, und ein hochgewachsener Mann sprang heraus. »Caitlin!« brüllte er.

Sie ließ den Sonador fallen. »Dan, Oh, Dan!« Sie eilte auf ihn zu.

Sie umarmten einander. Nach einer Weile lösten sich beider Lippen, und sein Mund suchte ihr Ohr. »Hör zu, Macushla«, flüsterte er. »Ich bin auf der Flucht. Ich werde gejagt. Mein Name ist Dan Smith, OK?«

»OK«, hauchte sie. Er fühlte ihre elastische Schlankheit, nahm den Duft nach Sonne in ihrem Haar wahr und den wärmenden Duft ihres Fleisches. »Was wünschst du, mein Herz?«

»Ich wünsche sofort abzuhauen, verdammt, und einen sicheren Schlupfwinkel zu erreichen. Dann können wir reden.« Brodersen hatte alle Mühe, vorsichtig zu bleiben anstatt sie zu Boden zu werfen und sich auf sie.

Die gleiche Mühe war ihr anzumerken, nur stärker als bei ihm. Sie riß sich los, drehte sich um und sagte mit schwankender Stimme zu dem erstaunt gaffenden Farmer: »Elias, mein Lieber, welche Überraschung. Dies ist mein Verlobter, Daniel Smith. Wir hatten nicht erwartet, uns vor dem Fest noch zu treffen; er war unterwegs. Aber da die Götter so gnädig sind – könnt Ihr mir überhaupt verzeihen? Ich werde zurückkehren, wenn es die Höheren Mächte gestatten, und für Euch singen.«

Die beiden Männer gaben sich die Hand und sagten unbeholfen ein paar höfliche Worte. Caitlin hob ihr Instrument auf und zog Brodersen am Ärmel. Die beiden stiegen in den Wagen und schossen davon. Daukantas stand noch eine ganze Weile dort und starrte in die Richtung, in der der Wagen verschwunden war, bevor er das Horn ansetzte, um sein Vieh zusammenzurufen.

*

Ein Mond und ein halber schienen. Phöbus war noch nicht lange außer Sicht. Der Himmel war eher violett als schwarz, und nur wenige Sterne waren zu sehen. Von den Konstellationen erschienen nur Medea und Ariadne komplett. Aphrodite und Zeus, die Geschwisterplaneten leuchteten kerzenhell. Drei kleine Wolken schienen wie in Glut getaucht. Silberner Glanz lag auf den Baumspitzen und wurde in einer durchschneidenden Dämmerung bis auf den Boden reflektiert. Durch eine Schneise im Wald schimmerte Mount Lorn. Leuchtlibellen huschten wie winzige Laternen durch die Luft. Chorsänger trillerten zu Tausenden aus Zweigen und Buschwerk, um ihre Partner anzulocken. Eine Sternenlerche sang; in der Nähe der Höhle sprudelte eine so kristallklare Quelle, daß man sie klirren zu hören glaubte.

Nachdem er das Fahrzeug geparkt hatte, war Brodersen von Caitlin über einen Wildpfad hergeführt worden. Er hatte für das Campieren im Freien seine eigene Ausrüstung mitgebracht, darunter ein Brennstoffzellenheizgerät, das den Unterschlupf angenehm wärmte. Mit Mollitfliesen unterlegte Schlafsäcke machten den Fußboden einigermaßen bequem. Aber die Beiden schliefen nicht. Nach einiger Zeit machten sie sich unter ständigem zärtlichen Scherzen daran, eine Mahlzeit zu bereiten. Aber auch nach dem Essen schliefen sie nicht ein.

Gegen Anbruch der Dämmerung stützte sie sich auf einen Ellbogen, um ihn besser ansehen zu können. Die Höhle lag nach Westen, und Persephones Strahlen fielen direkt herein. Sie waren so gespenstisch hell, daß Caitlins rosige Brustwarzen sich gegen das blendende Weiß deutlich abhoben. Er umfaßte die weiche Schwere einer ihrer Brüste, und als sie sich über ihn beugte, um ihn zu küssen, schmiegte sie sich ihm in die Hand.

»Meine Liebe, mein Liebling, mein Leben.« Fast sang sie es. »Wenn ich nur die Worte hätte, dir zu sagen, wie wunderbar du bist, würden die Menschen sich noch an mich erinnern wenn Sappho und Catull längst vergessen sind. Aber nicht einmal Brigit selbst beherrscht diesen Zauber.«

»Oh. Gott, wie liebe ich dich«, sagte er, heiser von der Macht seiner Gefühle. »Wie lange schon? Drei Jahre?«

»Ein wenig länger. Ich zähle auch die Monate von dem Zeitpunkt an, da ich erkannte, was du meiner Seele antatest, bis zu dem Tag, an dem ich die Chance hatte, dich einzufangen.«

»Und ich hielt es nur für ein weiteres deiner Spiele. Wie schnell erkannte ich meinen Irrtum! Du, nicht nur dein herrlicher Körper, und daß du so wunderbar im Bett bist, nein, alles an dir, einfach *du.*«

»Wären es nicht deine Schwierigkeiten, die dich auf meine Spur brachten, könnte man von isotopisch reiner Wonne sprechen, mein Dan. Trotzdem, ich bin deinen Feinden dankbar, während ich gleichzeitig überlege, wie ich sie umbringen kann. Ich hätte nie gedacht, daß wir uns vor dem Herbst noch sehen.«

»Wenn du in Eopolis wohntest –«

Ihr glänzendes Haar fiel ihr ins Gesicht, als sie den Kopf schüttelte. »Nein.« Sie wurde sehr ernst. »Dieses Problem haben wir doch mittlerweile zu Tode gehetzt. Es wäre Lis gegenüber unfair. Oder dir gegenüber. Du liebst auch sie, wie du es eben mußt. Auch ich mag sie sehr gern, und ich würde ihr niemals mehr Kummer machen als unbedingt nötig. Ich hoffe, daß sie mir nicht nur aus Pflichtgefühl Freundschaft entgegenbringt – sie weiß ja bestimmt, wie es um uns steht, obwohl sie mit mir nie darüber gesprochen hat.«

Caitlin setzte sich aufrecht hin und verschränkte ihre Arme um die Knie und schaute über ihn hinweg in die silbrige Wildnis hinaus. »Außerdem habe ich nicht den geringsten Sinn für Zahlen oder Organisation. Ich könnte an dem Abenteuer deiner Unternehmungen nicht teilhaben«, sagte sie. »Ich will kein Parasit sein. Und ein ständiger, sicherer Job an immer demselben Ort würde mich in kürzester Zeit verrückt machen. Seit meiner Geburtsstunde war ich ein Zugvogel.«

Sie krähte vor Vergnügen: »Ach, ich muß mondsüchtig sein. Wie kann ein Vogel geboren werden?«

Er erhob sich und setzte sich mit gekreuzten Beinen neben sie.

»Genau so wie eine Idee ausgebrütet werden kann«, schlug er vor.

»Ja«, antwortete sie schnell, »sieh mal, Einstein brütete sehr lange über der seinen – man mußte ihm das Essen und den Tabak an seinen Platz bringen –, bis eines schönen Tages das Ei *knacks* machte und ein kleines Prinzip der speziellen Relativität ganz naß und nackt hervorkroch, und dann mußte der arme Mann hin- und hereilen, um wackelige Gleichungen herbeizuschaffen, die er dem Tier in den Schnabel stopfte, und zuletzt war es zu einem riesengroßen Hahn der allgemeinen Relativitätstheorie herangewachsen, für den dann die Quantenmechanik eine passende Sitzstange baute.«

»Ja-a.« Er legte den Arm um sie. »Und wenn nun irgendein Projekt vom Stapel laufen soll, dann sehe ich es auf der eingefetteten Gleitbahn liegen, und du zerschlägst eine Flasche Champagner am Direktor, denn der ist natürlich die Gallionsfigur –«

Sie setzten ihre Albernheiten fort. Ihre Fröhlichkeit war von allem, was er an ihr liebte, nicht zu trennen.

»He«, sagte er endlich, »du hast mir noch gar nicht gesagt, wie du diese Höhle gefunden hast. Ich wollte keine Zeit verschwenden, dich zu fragen, aber da wir jetzt ein wenig Ruhe haben, wie hast du es gemacht?«

Sie grinste. »Wie denkst du denn?«

»Hmm –«

»Der hübsche Jäger im letzten Jahr . . . Weißt du, mein Schatz, ich wünschte fast – fast – du wärest einen Tag später aufgebrochen. Ich hatte schon meine Netze für den Jungen ausgelegt, als du vorbeikamst. Nun, er kann wohl noch ein wenig warten.«

Er versuchte, nicht zusammenzuzucken. Sie merkte es, umarmte ihn und sagte: »Verzeih mir. Habe ich dich verletzt? Das betrübt mich.«

»Nun, ich kann natürlich nicht verlangen, daß du monatelang im Zölibat lebst«, hörte er sich antworten. »Dazu ist zuviel Leben in dir.«

»Du bist der, den ich liebe, Daniel. Sicher, es gab schon andere, und auch bei ihnen war ich entbrannt, aber nicht wie bei dir. Deine Kraft, dein Wissen, die Geschicklichkeit deiner lieben Hände. Ach, du bist ein richtiger *Mann*. Dich werde ich lieben, bis man mir die Augen zudrückt. Die übrigen . . . einige sind nicht besonders, andere sind ganz gut. Keiner war langweilig, aber ich hatte sie eigentlich alle nur zum Vergnügen. Mit ganz wenigen bin ich ein wenig enger befreundet.«

»Ja, gewiß«, sagte er. »Ich bin ja selbst nicht gerade monogam.«

Sie versuchte, die Barriere zu überwinden, die sie selbst in ihm aufgebaut hatte. »Ich habe dir doch gesagt, mein Herz, ich bin nicht mannstoll. Hin und wieder handle ich impulsiv, ja, aber wichtig ist es, daß ich gut über ihn denke, und dann überlege ich mir, ob ich vielleicht einem anderen Menschen schade, bevor ich mehr gewähre als einen Kuß. Schließlich hatte ich keine Unzahl von Liebhabern. Vielleicht zwanzig, seit ich auf der Erde sechzehn wurde?«

»Ich selbst bin wirklich nicht immer wählerisch gewesen«, gab Brodersen zu.

Er zog sie an sich und hielt sie fest. »Verzeih mir«, sagte er dann, und seine Stimme zitterte dabei. »Ich wollte auf das bißchen Neckerei nicht so schroff reagieren. Aber –«

»Aber?« drängte sie.

»Ich glaube, es war, weil du sagtest, ich hätte statt gestern erst heute von zu Hause weggehen sollen. Plötzlich erinnerte ich mich daran, daß ich überhaupt von zu Hause weggegangen bin und warum.«

»Und du bist wieder in deine Eifersucht verfallen, weil der eigentliche Grund dir Sorgen macht. Oh, Geliebter.« Sie kniete vor ihm, streichelte sein Gesicht und sah ihn mit Tränen in den Augen an.

»Könnte sein«, sagte er. »Ich pflege nicht in meiner Psyche herumzustochern.« Er zog die Lippen hoch. »Solange das verdammte Ding läuft und nicht allzusehr klappert, verpasse ich ihr höchstens gelegentlich einen Ölwechsel. OK, laß uns das Thema mit einem dumpfen, häßlichen Geräusch fallenlassen.«

Sie blieb ernst. »Nein, Dan. Du bist in Gefahr, und deine Hauptsorge gilt jetzt Lis und den Kindern. Wie verdiente ich es, deine Geliebte zu sein, wenn du mich mit deinen Sorgen verschonen mußt? Erzähl mir.«

»Das habe ich doch auf der Herfahrt schon getan.«

»Du hast nur ein Skelett gezeichnet. Hauche es an, damit es lebend vor mir steht.«

»Ich, äh, ich weiß nicht, was ich sagen soll, Pegeen.« Das war sein ganz privater Kosename für sie.

»Dann laß mich dir helfen«, sagte sie. Sie veränderte ihre Position, und sie saßen jetzt eng aneinandergeschmiegt, während sie draußen die Leuchtlibellen, die Bäume und die fliehenden Sterne sahen. Von der Quelle abgesehen, wurde die Nacht immer stiller. »Warum rebellierst du?« fragte sie. »Ich habe selbst das Verlangen, jene anderen Sonnen zu erforschen. Aber du hast die *Chinook*, die du für eben diesen Zweck umgebaut und bemannt hast.«

»Ja, nachdem das fremde Schiff das Phöbische Tor passierte. Hast du das denn vergessen? Nur ein einziges Bewachungsschiff war in der Nähe, um genau festzustellen, welchem Leitpfad jenes andere Schiff folgte – das wurde tatsächlich nur von einigen Spezialisten unter den Offizieren erledigt. Zur Hölle mit ihnen, sie gaben die Informationen nicht frei, sondern meldeten sie nur dem Oberkommando, und die Unionsregierung verfügte über das Ganze sofort die höchste Geheimhaltungsstufe. Nicht einmal Don Pedro selbst – dem Señor, dem Oberhaupt der Rueda-Sippe, dem Chef all ihrer Unternehmen – gelang es, die Daten zu beschaffen. Wenn die übrige Mannschaft nicht geredet hätte, wüßten wir vielleicht immer noch nicht, daß ein Fahrzeug von außerhalb durchgekommen ist.

Oh, ja«, fuhr Brodersen fort, »ich konnte ihre Gründe schon verstehen. Ob du es glaubst oder nicht, ich war sogar in gewisser Weise damit einverstanden. Wir hatten keine Ahnung, welche Art von Wesen sich am jenseitigen Ende des Tores befanden. Wir konnten nicht einfach jedes beliebige Team durchlassen, das hier vielleicht alle möglichen Verheerungen angerichtet hätte. Das mußte natürlich mich und meine Gesellschaft einschließen. Als ich die *Chinook* in Dienst stellte, tat ich es nur, weil ich hoffte, daß die offizielle Expedition mit guten Nachrichten zurückkommen würde und die Regierung daraufhin verantwortliche private Expeditionen zulassen würde. Falls aber die erste Expedition nicht zurückkehrte, hoffte ich, daß der Unionsrat mir in einigen Jahren einen zweiten Versuch gestatten würde. Deshalb hielt ich das Schiff ständig startklar, so daß ich schneller weg gewesen wäre, als irgendein Bürokrat oder Politiker meine Starterlaubnis hätte aufheben können.

Und verdammt nochmal, die *Emissary* ist tatsächlich zurückgekommen. Und man hält jede Nachricht über diese Tatsache zurück! Sie wollen uns die Chance nehmen, jemals wieder –«

Er sank in sich zusammen. »Verdammte Scheiße«, sagte er, »immer wieder bete ich dir etwas vor, was jeder weiß. Als wir uns das letzte Mal trafen, berichtete ich dir über meinen ersten Verdacht. Heute schreie ich das hinaus, was seitdem passiert ist. Warum läßt du dir diese ständigen Wiederholungen überhaupt gefallen?«

Sie lehnte ihren Kopf gegen seine Schulter. »Weil du das ganz einfach brauchst, mein Liebling«, antwortete sie. Und dann ein wenig später: »Aber sag mir doch jetzt, warum du wie O'Shaughnessys Bulle vorwärtsstürmen mußtest! Du kannst dich doch sonst beherrschen. Hättest du nicht geduldig und schlau abwarten können, bis du die ganze Wahrheit in der Hand hattest, um dann den Leuten einen Strick zu drehen?«

Mehr als ihre Worte beruhigte ihn der Ton, in dem sie sprach. »Gut«, sagte er, »bis zu einem gewissen Grade hatte ich mit mir selbst schon einen Kompromiß geschlossen, aber dann habe ich Aurelia Hancock zu sehr vertraut. Du weißt ja, was dann geschah.«

»Du hättest eben abwarten müssen. Wie viele Jahre, wie viele Millionen von Jahren sind vergangen, während die *Anderen* in die Galaxie vorstießen und wir blind auf unserem Globus verharrten? Konnte es da auf ein paar weitere Jahre ankommen?«

»Für die Mannschaft der *Emissary* ja«, knirschte er. »Du weißt, daß der Erste Offizier zu meiner Familie gehört, wenn er überhaupt noch lebt. Ein weiteres Besatzungsmitglied ist eine gute Freundin von mir. Von den übrigen ganz zu schweigen. Auch sie haben ihre Rechte.«

»Ja. Aber du berücksichtigst doch gewiß auch Lis', Barbaras und Mikes Wohlergehen, ganz zu schweigen von den Hunderten von Menschen, die bei Chehalis ihren Lebensunterhalt verdienen.« Caitlin nahm seine Hand. »Dan, mein Liebling, es gibt noch etwas anderes, das dich antreibt. Was könnte das sein? Ja, du hast mir oft erzählt, wie wunderbar es sein wird, wenn der Mensch die Sterne erobert, wichtiger als die Nutzbarmachung des Feuers, die Erfindung der Schrift oder das Ende aller Krankheiten. Und war ich nicht deiner Meinung? Aber warum diese schreckliche Eile, warum um jeden Preis? Wir werden sterben, Darling, als alte, und wenn ich meinen Neigungen nachgebe, böse Menschen, bevor wir alles kennen, was allein auf Demeter kennenzulernen ist.«

Er ballte die Fäuste, während er nach einer klaren Formulierung suchte. »Pegeen, auf der Erde habe ich zu oft erlebt, was tiefe und leidenschaftliche Überzeugungen aus Menschen machen können, besonders wenn Regierungen solche Überzeugungen haben. Dann fing ich an, mich mit Geschichte zu beschäftigen, und las, welche Schrecken Ideologien im Gefolge gehabt haben. Da habe ich mir geschworen, persönlich stets objektiv zu bleiben. Wenn ich schon nicht viel ausrichten konnte, so konnte ich wenigstens darauf verzichten, ständig anderen Leuten zu predigen.

Außer . . . Wenn es um ganz Grundsätzliches geht, kann ich genau so wenig wie jeder andere meine tiefsten Überzeugungen einfach ins Regal stellen und einen günstigen Zeitpunkt abwarten.«

Sie küßte ihn nur. »Erzähl«, bat sie. »Ich wünschte, du hättest es schon früher getan.«

Er merkte selbst, wie unnatürlich seine Stimme klang, aber er konnte es nicht ändern. »Was ich fürchte ist dies: Wenn die Menschheit nicht bald zu den Sternen geht, stirbt sie.

Die Union steckt in großen Schwierigkeiten. Als ich als junger Bursche das Friedenskommando verließ, dachte ich, unsere Aufgabe sei so gut wie erledigt. Auf der Erde schienen Ordnung und Vernunft zu herrschen. Aber das war ein Irrtum. Der Planet wimmelt von zweibeinigen Raubtieren. Mehr und mehr Wahnideen entspringen kranken Köpfen. Religionen wie

Transdeismus. Ketzereien wie der Neue Islam. Politische Ideologien wie der Asianismus. Nationen, in denen der Pöbel oder die Kabinettsminister nach Sezession schreien, wenn ihren Vorstellungen nicht sofort entsprochen wird, ganz gleich, ob das überhaupt praktisch möglich ist. Und das Schlimmste ist, daß manche Beschwerden gegen die Regierung berechtigt sind. Mehr und mehr versucht die Weltregierung, alles zentral zu steuern. Als ob ein Meeresforscher, ein Ritter aus dem Himalaya, ein Geschäftsmann aus Nairobi oder ein Raumfahrer, der von einer Iliadischen Basis aus arbeitet, nicht selbst am besten wüßten, was ihre Probleme sind und wie sie damit fertigwerden können. Herrgott, weißt du, daß im Rat ernsthaft erwogen wird, die Fiskalpolitik von Keynes wiederzubeleben?

Die Kenntnis, worum es sich dabei handelt, mag dir erspart geblieben sein.

Es steht jedenfalls fest, daß die Erde mir bei jedem meiner Besuche kranker erscheint. Viele Soziologen behaupten, daß die Enthüllungen über die *Anderen*, eine uns weit überlegene Rasse, viel damit zu tun hatten, daß die Verrücktheiten entstehen konnten, die zu den gegenwärtigen Wirren führten. Ich weiß es nicht genau. Wenn es aber stimmt, dann haben wir uns durch unseren Zusammenschluß nur eine Atempause erkauft. Wir sind uns durchaus noch nicht einig über die Konsequenzen der Existenz der *Anderen*, und das werden wir auch nie sein, wenn wir nicht dort hinausgelangen. Wie die Dinge stehen, wird es auf der Erde bald ein gewaltiges Chaos geben. Das beste Resultat wäre noch eine Art Caesar, aber Caesaren halten sich nicht lange. Das Schlimmste, was passieren könnte – an dieses Schlimmste darf man überhaupt nicht denken, Caitlin.

Und glaub nur nicht, daß wir die Katastrophe hier in Ruhe abwarten können. Meine persönlichen Erfahrungen während der letzten paar Wochen zeigen mir das Gegenteil. Demeter mag zweihundertzwanzig Lichtjahre von der Erde entfernt sein – die letzte Schätzung der Astronomen –, aber für ein mit Fusionswaffen ausgerüstetes Schiff ist das nur ein Sprung durch das Tor.

Oh, ja«, beendete er seinen Vertrag, »vielleicht denke ich zu apokalyptisch. Ich sagte ja, daß ich versuche, mich vor Fanatismus zu hüten. Vielleicht werden sie sich irgendwie durchwursteln. Aber wenn ich sonst nichts weiß, eines weiß ich gewiß: Außer von den Sternen werden der Erde keine neuen Ideen kommen, und die alten Ideen bringen inzwischen die Menschen um. Genau so wie sie meine erste Frau umbrachten.«

Erschöpft hielt er inne.

»Dan, du blutest ja«, sagte sie besorgt und nahm ihn zärtlich in die Arme.

Endlich sagte sie: »Du hast mir nie richtig erzählt, was damals mit Antonia geschah. Du hast sie geliebt und geheiratet, und dann starb sie einen schrecklichen Tod. Möchtest du mir nicht heute abend darüber erzählen?«

Er starrte vor sich hin. »Warum sollte ich dich damit belasten?«

»Wie gut ich verstehe, mein Liebes. Ich verstehe dich und was du darüber empfindest; denn ich bin mir darüber klar, daß dies dein großer Kummer ist und der Grund, warum du über die *Emissary* nicht geschwiegen hast.«

»Vielleicht«, murmelte er. »Weißt du, es war ein politischer Mord, und eine solche Politik hätte es gar nicht gegeben, wenn wir nicht in diesen beiden elenden Planetensystemen steckengeblieben wären.«

»Sprich, Dan. Erzähl mir von Antonia. Ich möchte zu ihrem Andenken ein Lied machen, wenn es dir recht ist.«

»Es wäre mir sehr recht.«

»Aber dazu muß ich mehr wissen.«

So sehr überwältigte ihn sein Gram, daß er sich kaum artikulieren konnte; er suchte nach Worten. Mühsam sprach er weiter:

»OK, fangen wir damit an, wie wir uns kennenlernten. Nach meiner Entlassung aus dem Friedenskommando wollte ich Raumfahrtingenieur werden und hatte das Glück, in die von der Andischen Konföderation betriebene Akademie aufgenommen zu werden. Nach meinem Examen arbeitete ich für Aventureros Planetarios – *die* große Gesellschaft, die, wie du weißt, der Ruedasippe gehört. Ich kam gut voran, wurde zu einigen ihrer Partys eingeladen, und da traf ich eben Toni.

Sie selbst sagte, sie hätte nicht die geringste Lust, weiterhin an den Titten der Timokratie zu lutschen und begann, sich mit Astrographie zu beschäftigen, worin sie auch sehr gut war. Es gelang uns, auf Nueva Cibola eine Wohnung zu bekommen. Das ist, wie du dich vielleicht erinnerst, ein Iliadischer Satellit, aber dort befindet sich auch eine Niederlassung der Aventureros sowie das Arp-Observatorium.

Sechs Erdenjahre . . . ich mußte viel reisen, sogar bis Jupiter; aber, weißt du, Pegeen, obwohl bei unseren Jobs immer Frauen dabei waren, war ich die ganze Zeit hindurch völlig monogam. Nicht, daß Toni mich gleich zum Teufel gejagt hätte, aber für mich existierte nur sie, und das gab den Ausschlag.«

Er verstummte, während Caitlin ihn noch immer festhielt.

»Zuletzt entschlossen wir uns, eine Familie zu gründen«, setzte er seinen Bericht fort. »Sie liebte Kinder. Und Tiere und . . . alles was lebte. Sie wollte ihr Baby zu Hause bekommen, im Heim der Ruedas. Wegen ihrer Großeltern. Sie waren schon zu gebrechlich, um noch die Erde zu verlassen, aber für sie war es die Welt, die Geburt einer neuen Generation zu erleben.

Und warum sollten sie das auch nicht. Ich hatte eine Arbeit auf Luna zu erledigen, was einige Wochen in Anspruch nehmen würde. So konnte sie ruhig zu ihrer Familie reisen und den Leuten diese Freude machen. Es sind wunderbare Menschen. Ich nahm an, daß mein Auftrag vor dem Zeitpunkt der Geburt erledigt sein würde. Dann wollte ich Urlaub nehmen und ebenfalls hinfliegen.

Nun – kurz nach ihrer Ankunft wurde ein Bombenanschlag auf die *Residencia* unternommen. Von Terroristen. Sie verkündeten anonym, es sei aus Protest dagegen geschehen, daß die Ruedas die Profite aus der Entwicklung der Weltraumfahrt den Massen vorenthielten. Es war nur ein Vorfall in einer ganzen Serie revolutionärer Gewalttätigkeiten, die damals Südamerika heimsuchte.

Das legte sich zeitweilig. Aber es geht schon wieder los. Die Ruedas gehören immer noch zu den Zielen. Gewiß, sie sind reich, weil ihre Vorfahren intelligent genug waren, private Raumfahrtunternehmen nach Peru zu holen. Aber den Massen die Profite vorenthalten? Nehmen wir an, das Geld wäre zu gleichen Teilen unter die *Oprimidos*, die Unterdrückten, verteilt worden. Welchen Betrag hätte dann jeder bekommen? Pegeen, Pegeen, wann begreifen die Typen, die die Welt retten wollen, endlich einmal elementarste ökonomische Tatsachen?

Auf jeden Fall . . . die Bombe richtete wenig Schaden an. Sie zerstörte einen Flügel des Hauses und tötete drei Bedienstete, die fast ihr ganzes Leben dort verbracht hatten – und natürlich Toni und ihr Baby.

Sie starb nicht sofort. Man schaffte sie rasch ins Hospital. Sie fragte, ob sie noch einmal den Mond am Himmel sehen dürfe – das letzte was sie erbat –, aber die Phase war ungünstig. Und ich befand mich auf einer Mondumlaufbahn an der erdabgewandten Seite, und Sonnenausbrüche machten jede Kommunikation unmöglich –

Das war also die Geschichte. Ein Jahr lang war ich zu nichts zu gebrauchen, aber die Ruedas hatten Verständnis. Sie halfen mir wieder auf die Beine und stellten mir finanzielle Mittel zur Verfügung, als ich mich entschloß, nach Demeter zu gehen, um ein ähnliches Geschäft wie ihres zu starten. Verstehst du jetzt, warum ich mir Sorgen über Carlos an Bord der *Emissary* mache?«

Brodersen und Caitlin saßen schweigend zusammen. Die Nacht war fast vergangen.

Endlich sagte er: »Toni hatte viel mit dir gemeinsam.«

Da sie Bardin war, wußte Caitlin, wann sie zu schweigen hatte. Sie gab ihm einfach, was sie ihm geben konnte. Zuerst blieb er passiv, dann versuchte er zu reagieren, aber sie gab ihm zu verstehen, daß er sich einfach nur gehenlassen sollte. Und bald wußte er, daß die Vergangenheit nicht mehr existierte. Sie aber war lebendige Gegenwart.

Später schliefen sie noch ein wenig.

Sie erwachte vor ihm. Als er sich erhob, sah er sie am Eingang der Höhle sitzen. Ihre Konturen zeichneten sich gegen das geheimnisvolle Blau ab, das auf den erdähnlichen Planeten dem Sonnenaufgang vorausgeht. Sie hatte ihren Sonador für unbegleitete Gitarre programmiert und ließ das Instrument erklingen. Leise sang sie die letzte der vielen Strophen ihres Festgesangs:

Die Gipfel erglühn und von Morgen sacht
Singt der Wind das Ende
Der Sommernacht.
Und fern dahin über's weite Land
Ziehn die Tänzer nun heimwärts
Hand in Hand
In frohem Reigen sollt ihr euch drehn,
Laßt euer Tanzen und Lachen
Fliegen vom Tal zu der Berge Höhn
Bis all eure Sinne erwachen.

VI

Ich war eine Raupe, die kroch, sich verpuppte und zur Motte wurde, die in ihrem Flug den Mond suchte. Die Veränderungen waren so tiefgreifend, daß mein Körper nicht mehr wußte, was er früher gewesen war; ich war wie für Flügel neu geboren. Ich hatte auch keine Möglichkeit, mich darüber zu wundern. Ich existierte einfach. Und doch, wie hell war diese Existenz.

Sogar mein anfängliches Selbst, ein behaartes Stückchen Hunger, lebte im Überfluß: Saft und frische Süße eines Blattes, der warme Sonnenschein oder die Kühle der Tautropfen oder der Windhauch, der über das Wesen hinwegstrich, die unzähligen Düfte, deren jeder eine leise Botschaft kündete. Zuletzt sprachen die schwindenden Tage seine innere Natur an. Es suchte den Schutz eines Zweiges und spann Seide aus seinem Leib, um einen Ort für sich ganz allein zu schaffen, in dessen Dunkelheit zusammengerollt es den kleinen Tod starb. Eine Jahreszeit lang arbeitete sein Fleisch an seiner eigenen Umwandlung,bis was den Kokon sprengte und hervorkroch einer gänzlich neuen Welt angehörte. Bald streifte ich meine äußere Haut ab, meine Flügel waren frei, trockneten und wurden kräftiger, und ich schwang mich in die Lüfte.

Die Nacht gehörte mir. In meinen Augen glühte und funkelte sie, ich sah vage Umrisse, die ich am besten an ihrem Duft erkannte. Meine Nahrung war der Nektar der Blumen, den ich in schnellem Flattern erhaschte, aber manchmal wurden ich und Tausende meinesgleichen trunken vom gegorenen Saft eines Baumes, und wir drehten uns taumelnd in wilden Spiralen. Wilder noch war es, dem Vollmond so hoch wie möglich entgegenzustreben, verlorener noch in seinem Strahlen als in einem Gewittersturm. Und als der Geruch eines paarungswilligen Weibchens mich umströmte, wurde ich fliegendes Verlangen.

Ein blinder Trieb ließ unseren Schwarm fliegend große Entfernungen zurücklegen. Nacht für Nacht überflogen wir Tal und Hügel, Wasser und Wald, wie Sternengewirr sahen wir die Lichter der Menschen unter uns, und Tag für Tag ruhten wir auf irgendeinem Baum, den wir mit unserer großen Anzahl ganz bedeckten. Während ich mich gegen die Winde zur Wehr setzte, trug einer mich fort und machte mich wieder zu einem einsamen Einzelwesen, und da wußten wir, was, seit ich im Ei lag, mein ganzes Leben gewesen war. Es war voller Wunder. Ich war Insekt.

VII

Kalt und leer zog die *Emissary* hundert Kilometer hinter dem San-Geronimo-Rad auf einer Umlaufbahn um die Sonne, deren riesige Entfernung sie viel kleiner wirken ließ. Nur schwach erreichte ihr Licht die *Emissary*, und sie schien wie verloren unter den Sternen. Das Rad war eindrucksvoller. Mit seinem Durchmesser von zwei Kilometern rotierte es majestätisch, um für die Werkstätten und Wohnquartiere an seinem Rand terrestrische Schwerkraft herzustellen. Die Nabe, von der die Speichen ausgingen, die gleichzeitig Verbindungswege waren, hätte dem Schiff leicht als Landeplatz dienen können. Wegen des mit Aluminium beschichteten Strahlenschutzes glänzte die ganze Struktur wie poliert.

Und doch war es ein Fehlschlag. Die Menschen hatten es vor einem Jahrhundert als Basis für Operationen zwischen den Asteroiden konstruiert. Obwohl diese Reste einer toten Welt weit zerstreut sind, lohnte es sich, sie mit Robotern zu bearbeiten, ähnlich wie es bei den Jupitermonden während ihrer unteren Konjunktion der Fall war. Durch Verbesserung der Raumfahrzeuge war das Projekt aber bald völlig überholt. Es war billiger und produktiver, wenn bemannte Fahrzeuge mit einer Beschleunigung von einem G oder mehr zwischen diesen Regionen und den Industriesatelliten der Erde pendelten. Das Rad wurde überflüssig. Man sprach davon, es wegen des Metalls zu verschrotten, aber der Anreiz dazu war gering. Schon damals fielen die Preise für alle Metalle. Schließlich wurde es der Unionsregierung überstellt, die es wieder in ordnungsgemäßen Zustand versetzte und zum historischen Monument erklärte. Es kamen nur wenige Besucher.

Als Ira Quick, Ratsminister für Forschung und Entwicklung, seine erneute Verwendung anordnete, fand das wenig allgemeines Interesse. Er erklärte, es sei sehr gut für Forschungsarbeit über interplanetarische Gase geeignet. Das war natürlich bloße Detailarbeit, aus der man nichts Grundlegendes erfahren konnte, aber wahrscheinlich nicht völlig unwichtig; außerdem zeichnete eine Privatgesellschaft für das Projekt verantwortlich. Da es sich um feinste Messungen handelte, mußten das Rad und seine Umgebung monatelang für jedermann gesperrt werden, was niemandem etwas ausmachte, am allerwenigsten der Wachmannschaft, die sich über einen längeren bezahlten Urlaub freuen konnte. Die ganze Angelegenheit war einige Zeilen in verschiedenen astronautischen Journalen und dreißig Sekunden in einem Dutzend Nachrichtensendungen wert.

*

Durch eine Luke in ihrem Appartement konnte Joelle Ky den Himmel sehen. Ein Prismensystem ließ den Anblick vertikal erscheinen. Die Gestirne rauschten nicht so schnell vorbei, daß man sie nicht beobachten konnte, denn eine Umdrehung dauerte fast drei Stunden, und die Sicht war hervorragend. Aber es langweilte sie schon bald, und wenn sie nur ihr Gerät zur Verfügung gehabt hätte, wäre sie die meiste Zeit im holothetischen Zustand geblieben. Bis jetzt hatten ihre Bewacher es abgelehnt, die Ausrüstung aus dem Schiff zu holen und ihr zu bringen.

Sie hatten ihr Bedauern ausgedrückt und erklärt, daß sie das ohne Befehl nicht tun dürften. Die zwanzig Männer, die die Mannschaft und den Passagier der *Emissary* bewachten, waren auf ihre Art ganz anständig. Es waren nordamerikanische Geheimdienstagenten mit Sonderauftrag. Sie waren fest davon überzeugt, daß, was sie taten, legal und notwendig war. Andererseits waren es eigens ausgewählte Leute, die in dem Kult von Disziplin und Gehorsam erzogen waren, der unter dem früheren Militärregime vorgeherrscht hatte. Ihr Chef, der die Verhöre leitete und die Gefangenen mit ständigen Ermahnungen überschüttete, war weniger sympathisch. Aber er war nicht brutal, und als er Joelle erzählte, daß Quick persönlich kommen wolle, um sie alle zu sehen, versprach er, um die Genehmigung zu bitten, ihre Apparaturen herzuschaffen.

»Natürlich, Dr. Ky«, fügte er hinzu, »wenn Sie besser mit uns zusammenarbeiten, wenn Sie ihre Pflicht erkennen würden, dann könnte man Sie sogar ohne weiteres ganz freilassen.« Sie fühlte sich für eine Antwort zu müde.

Sie hatte sich auf Bücher, visuell aufgezeichnete Kunst und Musik zurückgezogen. Der Direktor hatte sich nicht geweigert, das enorm umfangreiche Daten- und Unterhaltungsmaterial des Schiffs transferieren zu lassen – besonders, weil es ja seine Hauptaufgabe war, zu ermitteln, was die Forscher während ihrer achtjährigen Abwesenheit getan und gelernt hatten. Von den Mahlzeiten abgesehen, gab Joelle praktisch jeden geselligen Umgang auf.

Ihre früheren Gefährten blieben etwas aufgeschlossener. Während Langendijk sich den Agenten gegenüber einer eisigen Korrektheit befleißigte, gab sich Rueda Suárez ausgesucht herablassend, und Benedetti war manchmal grob unhöflich. Die anderen fraternisierten mehr oder weniger mit ihren Bewachern. Frieda von Moltke entdeckte bei einigen von ihnen sogar ein langersehntes sexuelles Interesse. Das wurde von den anderen Frauen verschmäht, die ihre Gunst ihren eigenen Freunden reservierten, für Kartenspiele oder Handball jedoch waren sie jederzeit zu haben.

Noch einsamer, wenn auch nicht ganz so, wie es ein Mensch unter nichtmenschlichen Wesen gewesen wäre, war Fidelio, der von Joelle anfangs eine Art Trost erhoffte, dann zunehmend ihre Nähe suchte. Er bat sie, ihm Dinge zu erklären, die ihn verwirrten. Vor der Abreise hatte er Spanisch gelernt, aber er verstand nichts von den tausend Kulturen einer fremden Spezies. Sie konnte ihm am besten helfen, denn sie hatte seine beiden Sprachen besonders intensiv gelernt und ursprünglich Holothetik angewendet, um Alexander Vlantis zu assistieren. Als der Linguist in einer Springflutwelle ertrank, übernahm sie das gesamte Forschungsprojekt.

Während einer Tageswache hatte sie gerade einige Gedichte von Swinburne auf ihrem Schirm, als der Betaner sie aufsuchte. In der Dichtkunst gab es manches, was sie nicht besonders ansprach, anderes wieder verstand sie nicht; sie hatte zuwenig Erfahrung auf dem Gebiet normaler Gefühlsbeziehungen, kannte dafür aber zuviel von dem, was dem Universum zugrundelag. Die romantischen Sensualisten jedoch rührten ihr Inneres an, während die Prezisionisten ihren Verstand ansprachen. Sie glaubte zu verstehen –

– Zeit und Götter sind uneins: ihr lebt im Niemandsland
Und saugt ein bißchen Leben von den dürren Brüsten der Liebe.
Ich sag' euch, laßt ab, gebt Ruh'; ja, ich sage euch allen, seid Zufrieden,
Bis die bittere Milch ihres Busens und die dürren Brüste Versiegen.

Ihre Gedanken schweiften vom Text ab, wie sie es schon getan hatten, als sie anfing zu lesen. Der Grund war immer der gleiche, denn sie hatte diese Zeilen Dan Brodersen gezeigt, als sie zuletzt mit ihm zusammen war. In ihrer gegenwärtigen Isolierung stand sein Bild oft vor ihr auf, jedesmal deutlicher, sie konnte sogar seine Pfeife riechen, und es kam ihr vor, als kenne sie die genaue Anzahl der Krähenfüße um seine Augen. War das so, weil er noch lebte, (oh, er mußte einfach noch leben), während Christine tot war, oder –? *Verzeih mir, Chris,* ging es ihr durch den Sinn, als sie sich ihren Erinnerungen überließ.

*

»Nun«, sagte Brodersen damals, »ganz hübsch. Aber auch nicht mehr. Er hat sich mit der Wirklichkeit beschäftigt.« Er machte eine Pause. »Trotzdem, wenn du bitte entschuldigst, ist es ein wenig langatmig. Kipling hätte für das Ganze höchstens eine Seite gebraucht.«

»Vielleicht habe ich deshalb Kipling nie so recht geschätzt«, antwortete sie.

Er sah sie schief an. »Nicht einmal die Gedichte über Maschinen? Und ausgerechnet du, die Holothetin, deren Seele ein Computer-Programm sein müßte, Swinburne?« Dann achselzuckend: »Nun, die Menschen gestatten sich eben paradoxe Verhaltensweisen.«

Gegen jede Vernunft war sie plötzlich gekränkt. »Ich verstehe dich wirklich nicht«, stieß sie hervor. »Ich habe immer geglaubt, daß auch ihr normalen Typen untereinander gelegentlich eine Resonanz empfindet. Oder willst du mir erzählen, daß ihr das auch nicht könnt?«

Sie hatte die flüchtige Vorstellung, einen alten Mythos zu begreifen. Ihr war tatsächlich, als hätten die Dämonen des Ortes von ihr Besitz ergriffen. Sie verbrachten die paar Tage, an denen sie zusammensein konnten, auf einer Insel im Tuamotu-Archipel, die er von früher kannte (ja, mit einer anderen Frau, wie er offen zugab). Von der Veranda, auf der sie standen, schweifte ihr Blick über eine rotgrüne Hibiskuswildnis hinweg, einen Pfad hinab, der zum Strand führte, der eine kleine Lagune einfaßte. Die Blätter der Palmen bewegten sich flüsternd im warmen Wind. Das Wasser war mit Sternen bestreutes Lapislazuli, außer draußen am Riff, wo Gischt aufschäumte, wenn die Wellen sich donnernd brachen. Die einzigen Wolken standen der Sonne gegenüber, eine Wand mit einem Regenbogen als Portal. Die Luft trug würzige Düfte zu ihr herüber, die sie nicht benennen konnte. An jenem Morgen waren Brodersen und sie Hand in Hand nackt das Ufer entlanggewandert (sie trugen nur Turnschuhe zum Schutz gegen die scharfen Korallen), um schwimmen zu gehen. Anschließend lagen sie noch eine Weile am Strand – die Lichtstrahlen schienen ihr durch die Haut bis ins Mark zu dringen –, aber er warnte vor einem Sonnenbrand, und sie kleideten sich wieder an. Auf dem Rückweg begegnete ihnen ein dunkelhäutiger Mann, der sie lächelnd in gebrochenem Spanisch anredete und sie zum Essen in seine Hütte einlud, die in der Nähe lag. Später holte er eine Gitarre hervor und tauschte mit Brodersen einige Lieder aus. Der Regen, der nun zu fallen begann, war wie Liebesspiel zwischen Himmel und Erde.

Nun wußte sie von Brodersen, der von Demeter zu ihr gekommen war, daß auch er für immer von Wänden umschlossen leben mußte. Der Dämon kannte Schrecken. Der Schmerz wurde schlimmer.

»Oh, ich weiß nicht, darüber habe ich noch nicht weiter nachgedacht –« Er brach ab. »He, was ist los? Du bist ja plötzlich so niedergeschlagen.«

Sie kniff die Augen zu und schüttelte den Kopf. »Es ist nichts«, sagte sie wie automatisch.

Er trat auf sie zu, ergriff ihre Arme, die ein wenig zitterten und knurrte: »Den Teufel auch. Wenn *dich* schon etwas erschüttert, Joelle –«

»Ich weiß nicht, ich weiß nicht«, sagte sie, hatte sich aber sofort wieder unter Kontrolle. »Auch ich . . . habe meine . . . irrationalen Momente.« Sie merkte, wie schockiert er war. »Hast du das nicht gewußt?«

Er mußte schlucken, was sie erstaunte. Er kannte doch genug Frauen und ihre Launen. Nach einer Weile sagte er langsam: »Nun, du mußt dich eben mit meiner Gesellschaft zufriedengeben – vom Bett abgesehen, meine ich –, und das gibt eigentlich wenig Sinn.«

Sie merkte, daß er trotz des legeren Verhaltens, das er sich im Laufe der Jahre ihr gegenüber angewöhnt hatte, ihren Intellekt immer noch nicht fassen konnte.

»Aber wenn du auch wirkliche Schwächen hast –« Er verlor den Faden, als sie sich an ihn drängte.

»Halt mich ganz fest, Dan«, bat und befahl sie gleichzeitig, denn sie wollte nicht mehr an die verachtenswerte Psyche hinter ihrem wachen Verstand denken. »Laß uns reingehen.« Das bedeutete, laß uns den animalischen Teil erledigen.

– Aber diesmal schaffte sie es nicht. Er war so zärtlich und stark wie immer, und sie verspürte auch Erleichterung. Später versicherte sie ihm, daß sie sich nicht fühle, und daß alles wieder gut werden würde. Davon war sie auch fest überzeugt.

Dennoch – *Keiner von uns kann sich der Tatsache verschließen, daß es schwierig, wenn nicht gar unmöglich ist, in dieser Abgeschiedenheit zu leben,* dachte Joelle, die sich wieder der Wirklichkeit des Eingeschlossenseins in diesem Rad bewußt wurde. *Schlimmer noch muß es für den Betaner sein. Wie das wohl ist, wenn man seine einzige Hoffnung auf liebevolles Verständnis auf eine fremde, kaum halb zivilisierte Rasse richten muß? Ist das mit ein Grund, von den uns beiden gemeinsamen holothetischen Fähigkeiten ganz abgesehen, warum mir Fidelio so nahesteht?*

*

Der Summer ertönte. »Herein«, sagte sie und war sehr erfreut, daß er es tatsächlich war. Sie hatte nicht nur an ihn gedacht. Gegen die nüchterne Funktionalität des Raumes, den auch die Pastellfarbe nicht aufheitern konnte, stand er als lebender Beweis, daß hier die Realität nicht endete.

»Buenas Dias«, grüßte er mit der rauhen, gutturalen Stimme, die seiner Spezies an Land eigen war. Wegen der flötenden Obertöne konnte man seine Worte nur schwer verstehen.

»Bienvenido«, erwiderte sie und schlug ihm vor, sich seiner eigenen Sprache in ihrer für die Luft bestimmten Version zu bedienen. Sie selbst wollte beim Spanischen bleiben. Ohne ihr computergesteuertes Stimmendekodiergerät konnte sie keine betanischen Vokabeln herausbringen, und sie hatte keine Lust, mit ihm ins Labor hinunterzugehen und sich mit ihm unter den Augen der in der Halle postierten Wachen zu unterhalten, die zweifellos mitkommen würden. Sollten im Verlauf der Unterhaltung Sätze in seiner Sprache nötig werden, konnte sie sie aufschreiben. Ohne ihre holothetische Ausrüstung waren ihre Kenntnisse in der Tat begrenzt. Die Sprachen enthielten zu viele ihr fremde Nuancen, als daß ihr Gehirn sie ohne Hilfsmittel hätte bewältigen können. (Die Unterwassersprache der Betaner war noch schlimmer, was Aussprache und Verständlichkeit anbetraf.) Wenn die Sache nicht zu kompliziert wurde, würde sie sich allerdings behelfen können.

»Bist du beschäftigt, Frau von Verstand?« fragte er höflich. »Ich möchte keine Traumlogik unterbrechen.« Das war ihre Bezeichnung für einen bestimmten Begriff, keine sehr befriedigende, aber zweifellos besser als »Meditation« oder »philosophisches Denken« oder »zweckgerichteter Wachtraum«.

»Nein, ich habe nichts zu tun und wünschte, es wäre anders«, versicherte sie ihm. »Wie geht es dir? Ich habe dich wer weiß wie lange nicht gesehen. An diesem verdammten Ort verliert die Zeit jede Bedeutung.«

»Ich war im Teich«, sagte er. Früh schon hatten die Biologen der *Emissary* darauf hingewiesen, daß Fidelio krank werden und sterben würde, wenn er nicht wöchentlich einige Stunden im Wasser verbringen konnte, das dem der Meere auf seinem Heimatplaneten glich. Die Zusammensetzung war mit der der irdischen Ozeane nicht identisch aber auch nicht völlig andersartig. Jedes chemische Labor konnte die nötigen Zutaten bereitstellen. Der Handel mit Salz und anderen Chemikalien zwischen den Küsten- und den Inlandbewohnern hatte zu einem guten Teil die betanische Geschichte beeinflußt. Alle erforderlichen Chemikalien waren vom Raumschiff zum Rad geschafft worden, und man hatte dort eine Badeanlage konstruiert.

»Das hat dir gewiß gutgetan«, sagte Joelle und wußte zugleich, wie ungenügend das alles war. Welche Tragödie wäre sein Verlust. Nicht nur für seine eigene Spezies und die der Menschen, sondern vielleicht auch für viele andere Arten. Außerdem war er brillant und dabei freundlich. Er wog eine Million Leute vom Schlage Ira Quicks auf.

Wir werden ihn verlieren, wenn seine Nahrungsmittelvorräte verbraucht sind, erinnerte sie sich. Von auf der Erde gewachsenem Gewebe konnte er sich nicht ernähren; das meiste war Gift für ihn. Die zurückkehrende Expedition hatte einen Jahresvorrat an Lebensmitteln für Fidelio mitgenommen, hauptsächlich in gefriergetrockneter Form. Sie hatten angenommen, daß die Union schon lange vor Ablauf eines Jahres den regelmäßigen Verkehr mit Beta aufnehmen würde.

Obwohl sie nicht zu Wutanfällen neigte, fühlte sie Zorn in sich aufsteigen. Sie wurde ruhiger, als sie ihn anschaute, wie er da auf Schwanz und Füßen vor ihrem Sessel saß. Immer wieder entdeckte sie Neues an ihm, irgend etwas an seiner Gestalt oder an seiner Art, sich zu bewegen oder andere, weniger leicht zu identifizierende Feinheiten, die ihr vorher entgangen waren.

Wir sind eben die Produkte aus vier Milliarden Jahren getrennter Evolution aus den ursprünglich auf unseren beiden so verschiedenen Planeten vorhandenen Stoffen. Namen sind notwendig aber irreführend. Sie vermitteln den Eindruck, daß wir Einsichten gewonnen haben, die uns in Wirklichkeit fehlen.

Sie täuschen, weil sie willkürlich gewählt sind. Die Entdecker nannten die Sonne, zu der sie durch das Sternentor gelangten, »Centrum«, weil ihnen ein phantasievollerer Name nicht einfiel, und ihre Begleiter nannten sie »Alpha«, »Beta«, »Gamma« . . . in der Reihenfolge ihrer Entfernung vom Zentralgestirn. Der Name »Fidelio« stammte von Torsten Sverdrup, einem glühenden Beethovenverehrer, und dieser Name blieb haften. Zu Hause wurde das Wesen an Land »K'thrr'u« genannt, im Wasser hieß es »Gaoung Ro Mm«; aber kein terrestrisches Alphabet konnte diese Bezeichnung korrekt wiedergeben.

Er war so typisch für seine Spezies wie sie für die ihre, innerhalb derer es ja vom Chinesen zum Papua, vom Kelten zum Pygmäen, vom Neger zum Eskimo die verschiedensten Nuancen gab. Er selbst stammte von der Ostküste des Hauptkontinents in der nördlichen Hemisphäre, aus einer auf mittlerer Breite gelegenen Gegend, und er gehörte zu jener Gesellschaft, die vor einem Jahrtausend eine industrielle Revolution eingeleitet hatte. Auf Beta schienen Zivilisationen nicht aufzusteigen und unterzugehen, wie es auf der Erde der Fall gewesen war. Dennoch standen seine ganze Welt und ihre Kolonien in der Nähe anderer Sterne vor einer besonderen Krise –

Fidelio war ein Zweifüßler mit sechs Gliedern. Von einem

kräftigen Schwanz abgesehen, der in einer horizontalen Flosse auslief und etwa halb so lang war wie sein übriger Körper, hatte er die Gestalt eines größeren Mannes. Wegen seiner stets nach vorn geneigten Haltung war er nur etwa hundertfünfzig Zentimeter groß, und unter seinem reichlich vorhandenen Körperfett verbargen sich gewaltige Muskeln. Seine Beine, die sie an einen Tyrannosaurus Rex erinnerten, endeten in breiten, mit Schwimmhäuten ausgestatteten Füßen, die oberen Arme in ebenfalls mit Schwimmhäuten versehenen langen Klauen, während die kleineren unteren Arme Hände mit drei Finger und einem Daumen hatten, was alles zusammen nicht gerade menschlich wirkte. Die besondere Anatomie seines Skeletts erlaubte den Gliedern einschließlich der Finger, dem Torso, dem Schwanz und dem schlanken Hals eine derartige Biegsamkeit, daß es schien, als habe er überhaupt keine Knochen. Sein Kopf war schmal und nach hinten, wo das Gehirn lag, ausgebeult. Seine kurze, spitze, von borstigen Schnurrhaaren umstellte Schnauze wies eine einzige, verschließbare Nüster auf, und die Mundöffnung enthielt das Zahnsortiment eines Allesfressers, wobei zwei furchterregende Fangzähne auffielen. Er hatte zwei kleine Ohren. Die beiden Augen waren groß und über ihre ganze Fläche von tiefem Blau. Nickhäute konnten die optischen Eigenschaften der Augen auf Unterwassersehen einstellen. Ein glatter, dunkelbrauner Pelz bedeckte seine ganze Haut. Nur am Bauch war er etwas heller. Ein intensiver Jodgeruch ging von ihm aus. Als Kleidung trug er eine Art Gurt mit Taschen. Da er seine Reproduktionsorgane in den Körper einziehen konnte, sah er nach außen hin nicht direkt männlich aus . . . außer in seiner Heimat, denn er war nur zwei Drittel so groß wie der Durchschnitt seiner weiblichen Artgenossen . . .

In der Luft war seine Sicht über weite Entfernungen nicht so gut wie die der Menschen, obwohl er unter Wasser oder im Dunkeln erheblich besser und in der Nähe mindestens ebenso gut sehen konnte. Sein Gehörsinn war überlegen, und er hatte eine Wahrnehmungsfähigkeit für chemische Substanzen, die Joelle weder »Geschmack« noch »Geruch« nennen mochte. Er seinerseits wunderte sich ständig darüber, welche feinen, die geringsten Unterschiede spürenden Instrumente ihre Fingerspitzen waren.

Hier sitzt er nun, dachte sie, *ein Botschafter seines Volkes, gutgläubig und guten Willens, aber gefangengesetzt. Und ich weiß nicht einmal, was er dabei empfindet. Er hat versucht, es mir zu sagen, aber er kann sich mir nicht verständlich machen, solange ich keine Holothetik anwenden kann, und vielleicht schafft er es selbst dann nicht ganz.*

»Was kann ich für dich tun, Fidelio?« fragte sie behutsam.

»Ich versuche, in meine Traumströme aufzunehmen (es mit seinem ganzen Wesen zu erfassen?), wie eure Art zuerst zu den Transportmaschinen und zu Informationen über die *Anderen* kam.«

»Das hast du doch schon gehört«, sagte sie überrascht. »Wir fanden die Maschine ganz einfach im Sonnensystem, genau wie eure interstellaren Forscher früher jene entdeckten, die sich auf einer Umlaufbahn im Centrum befand.«

Früher? überlegte sie. *Was bedeutet das? Gleichzeitigkeit ist ein Begriff, der über interstellare Distanzen nicht anwendbar ist. Außerdem stellt sich heraus, daß das »T« in der Bezeichnung »T-Maschine« nicht nur »Tipler« und »Transport« sondern auch »Time« bedeutet. Die Betaner selbst sind sich nicht sicher, ob sie beim Durchgang durch ein anderes System ihre Zukunft oder ihre Vergangenheit besuchen. Ebensowenig kennen wir unsere zeitliche Relation zu unserer Kolonie auf Demeter. Unsere Astronomen können lediglich feststellen, daß die drei Tore sich zum gleichen allgemeinen Zeitalter dieser Galaxie öffnen.*

Abgesehen von dieser vielleicht wertlosen Erkenntnis ist es eine Tatsache, daß die Betaner uns Irdischen in der wissenschaftlich-zivilisatorischen Entwicklung um Jahrhunderte voraus sind – wenn wir uns überhaupt schon zivilisiert nennen können.

»Das ist eine aufs Riff geschleuderte und trockengebleichte Wahrheit«, sagte Fidelio. »Ich suche die lebende Koralle. (Natürlich gab es auf Beta keine Korallen, aber dort existierte eine Art, die sich ähnlich verhielt.) Du hast mir gesagt, Joelle (eine unbeschreibliche Aussprache), du hättest diese Haft nicht vorausgesehen. Ich bezweifle langsam, daß dieses Ereignis das Resultat einer Abweichung ist. (Schurkerei? Irregeleitetsein? Meinungsverschiedenheit? Seine Worte bedeuteten außerdem, daß Quick und seine Anhänger im Recht sein könnten.) Die Wirkung jener ersten Enthüllungen über die *Anderen* war auf Beta gewaltig. Auf der Erde muß sie vergleichbar gewesen sein. Der Aufruhr, den sie bei euch entfachten, war aber eurer Art gemäß, gleich in welcher Situation sich die Menschheit der Zeit befand, und er wird sich noch lange nicht legen . . . Ich habe mich mit Geschichte beschäftigt, Joelle, aber die Bücher, die ich las, waren vollgestopft mit Hinweisen auf Ereignisse und Personen, die mir nichts bedeuten.«

»Das verstehe ich«, antwortete sie zögernd. (»Comprendo« = »I grasp« = »ich begreife«. Spanische, englische und deutsche Ausdrücke für einen Begriff sind nicht immer ganz gleichbedeutend. In seiner im Wasser verwendeten Sprache hätte er »ich habe es zwischen den Zähnen« gesagt, an Land hätte es geheißen: »ich fühle es in meinen Schnurrhaaren«.)

»Nun«, antwortete sie, »ich glaube kaum, daß ich darauf eine befriedigende Antwort geben kann, zumal ich mich selbst nicht zurechtfinde. Aber wir wollen es versuchen.« Sie strich sich übers Kinn und dachte nach. »Ja, ich erinnere mich an eine Dokumentation über das Thema, die für Schulen bestimmt war, und die viel Originalmaterial enthält. Ich will versuchen, sie zu beschaffen.«

Wie jeder Raum im Rad hatte auch ihrer einen Computeranschluß mit Sichtschirm und Drucker. Der Titel, an den sie dachte, war schon ein Klassiker. Er war vor vielen Jahren aufgezeichnet worden. Damals hatte man noch erwartet, daß im Rad ständig Menschen leben würden, einschließlich Frauen und Kinder. Deshalb mußte er eigentlich in der Datenbank vorhanden sein. Also aktivierte sie die Schaltung und gab ihren Wunsch ein.

Sie fand, was sie suchte.

VIII

(Ansicht der Maschine aus großer Entfernung, ein im Raum schwebendes nadelförmiges Objekt von etwa tausend Kilometern Länge, das gegen die Milchstraße winzig erscheint.)

BERICHTERSTATTER

– unbemannte Sonden orteten etwas Seltsames, das die Sonne auf derselben Bahn wie die Erde umkreiste, wenn auch um hundertachtzig Grad versetzt, so daß es sich ständig auf der entgegengesetzten Seite befand. Ein Anflug bestätigte, daß es sich in der Tat um ein merkwürdiges Objekt handelte. Kein Asteroid könnte so perfekt zylindrisch geformt sein. Mit Sicherheit war keiner so massiv, und keiner rotierte mit einer derartigen Geschwinigkeit . . .

(Ein derzeit berühmter Astrophysiker doziert von seinem Schreibtisch aus. Zur Veranschaulichung zeigt er gelegentlich ein Trickdiagramm auf seinem Schirm.)

IONESCU

– dürfte nicht möglich sein. Das Ding ist so dicht wie ein Kollapsar, der Zustand ist dem eines Schwarzen Lochs nahe. Seine Atome müssen so stark komprimiert sein, daß sie keine eigentlichen Atome mehr sind, sondern fast kontinuierliche nukleare Materie, das Zeug, das wir Neutronium nennen. Nur das Schwerefeld eines größeren Sterns, wie etwa die Sonne, kann, wenn er nach dem Erlöschen kollabiert, die Atome in einen solchen Zustand versetzen. Der Zylinder kann es nicht. Trotz seiner gigantischen Ausmaße ist seine Masse viel zu gering – sie reicht nicht einmal aus, die Planeten merkbar zu stören. Außerdem würde ein natürlich entstandener Körper ein Sphäroid bilden.

Dennoch, das Ding ist nun einmal da. Kräfte, deren Natur wir nicht kennen, haben es gebildet und ihm seine unglaubliche Rotationsenergie verliehen. Diese Kräfte halten es zusammen. Ich habe nicht den geringsten Zweifel daran, daß es sich hier um das Produkt einer Technologie handelt, hinter der wir so weit zurückliegen wie die Steinzeit hinter der unseren . . .

(Überall auf der Erde und den Satelliten Szenen heller Aufregung, Reden, Zusammenrottungen, Demonstrationen, Predigten, Betversammlungen. Auszüge aus einer von Manuel Fernández-Dávila, Donald Napier und Saburo Tonari abgehaltenen Pressekonfernez werden veröffentlicht. Diese Männer sollen das Objekt erkunden. Es ist das internationalste Team, daß bei dem fast überall auf der Erde herrschenden Chaos noch zusammenzustellen war. Start der Raumfähre. Wilde Stürme über der Andenkette. Rendezvous mit dem Schiff *Discoverer* und Umsteigen in dasselbe.

Szenen während des Fluges, der damals Wochen in Anspruch nahm, fast immer bei Schwerelosigkeit. Aufnahmen durch die Sichtluken: Der Zylinder kommt in Sicht und wird größer, bis seine enormen Ausmaße zu erkennen und auch die leuchtenden Markierungszeichen auszumachen sind. Männer in Raumanzügen gehen angeleint nach draußen, um Aufnahmen zu machen und Meßwerte zu erhalten. Die Verständigung mit der Erde erfolgt über eine eigens für diesen Zweck auf eine Umlaufbahn geschickte Verstärkeranlage. Die Worte sind sachlich, aber gelegentlich schwingt in ihnen ehrfurchtsvolles Staunen.)

FERNÁNDEZ-DÁVILA

– es sind keine Satelliten. Sie umkreisen den Zylinder nicht. Relativ zur Sonne und zu den anderen bleibt ihre Position unverändert. Gott weiß, wie das funktioniert, aber wir nehmen an, sie werden von einem Teil der Kraft gehalten, die den Hauptkörper zusammenhält. Wir haben zehn Stück gezählt. Sie sehen alle ziemlich gleich aus, abgesehen davon, daß sie in verschiedenen Wellenlängen senden. Sie umstehen die Rotationsachse des Zylinders – der genau normal zur Ekliptik steht – allerdings in verschiedenen Entfernungen und verschieden orientiert, der entfernteste hat eine Distanz von einer Million Kilometern, der nächstgelegene etwa tausend. Wenn wir uns das ganze System durch unser Hauptteleskop betrachten, ist es ein schöner Anblick. Nun, alles Astronomische ist . . .

(Zu einer späteren Zeit, das Ziel ist schon beträchtlich nähergerückt.)

TONARI

– die leuchtenden Begleiter sind auf jeden Fall Kugeln. Offenbar handelt es sich nicht um Materie. Eher sind es Energiezusammenballungen, Knoten in einem Kraftfeld. Wir haben inzwischen ermittelt, daß sie nicht völlig stationär sind. Ihre Stellung zueinander verändert sich, extrem langsam aber kontinuierlich und nach einem Plan, den wir nicht entschlüsseln können . . .

(Dann die Außenansicht, von Tonari mit elektronischen Videogeräten aufgenommen: Man hat das ganze Objekt im Blickfeld. Der Sichtschirm reicht gerade noch aus, seine volle Länge zu zeigen. Man sieht zwei seiner Monde, die keine sind, und überall die Sterne.)

NAPIER
(inzwischen an Bord)

– der Anflugkurs ist günstig. Wir umkreisen es in einer Entfernung von neuntausendfünfhundert Kilometern, gehen auf hunderttausend zurück und erreichen dann eine kreisförmige Umlaufbahn. Anschließend – *um Gottes Willen! Was ist das?*

STIMME

(melodiös, Geschlecht unbestimmbar, spricht Spanisch wie ein gebildeter Einwohner von Lima.)

Wir bitten um eure Aufmerksamkeit. Eure Aufmerksamkeit

bitte. Dies ist eine Botschaft an euch von den Erbauern des Geräts, das ihr sucht. Ihr seid hier willkommen. Aber ihr müßt euren Kurs ändern. Eure gegenwärtige Anflugkurve ist gefährlich. Bereitet euch auf Beschleunigung vor und wartet weitere Anweisungen ab. Bitte aufzeichnen. Die Informationen, die wir euch geben werden, sind für euch von äußerster Wichtigkeit. Bitte aufzeichnen. In fünf Minuten wird diese Ansage wiederholt. Anschließend erhaltet ihr die benötigten Daten. Betrachtet diese Worte als dreundliche Begrüßung. Wir gratulieren euch, daß ihr es bis hierher geschafft habt. Wir danken euch.

(Szene im Innern des Schiffs. Fernández-Dávila hat die Filmkameras eingeschaltet. Er denkt dabei an Geschichtsbücher für spätere Generationen.)

NAPIER

Wie in Gottes Namen –?

FERNÁNDEZ-DÁVILA

Wahrscheinlich im Rumpf erzeugte Schallschwingungen. Für *sie* ganz gewiß kein Problem – Saburo! Saburo, komm mit dem Arsch in die Luftschleuse zurück!

(Die Grußworte wurden nicht wiederholt: in diese Dokumentation war schon die Wiederholung einschließlich der versprochenen Daten aufgenommen worden. Das Original war nur am Ende eines zweihundertzehn Millionen Kilometer langen Funkstrahls aufgefangen und dann über die gleiche Entfernung zur Erde weitergeleitet worden, wobei die Qualität sich natürlich laufend verschlechterte.)

STIMME

– verstehen, daß es schwierig sein wird, euch die Wahrheit begreiflich zu machen. Einstweilen aber, während ihr euch beruhigt, solltet ihr euch auf eine Entfernung von fünfhunderttausend Kilometern zurückziehen und dann auf eine Umlaufbahn gehen. Andernfalls werdet ihr eure Heimat wahrscheinlich nicht mehr wiedersehen. Hier sind die Zeitangaben und die entsprechenden Vektoren –

(An den folgenden Tagen werden verschiedene Aufnahmen von außerhalb und innerhalb des Schiffs gemacht: das gewaltige Instrument, Sterne, die Milchstraße,die Magellanschen Wolken, die Schwestergalaxie in Andromeda. Die Männer setzen irgendwie ihre tägliche Routine fort, sie scherzen sogar und unterhalten sich mit Spielen. Dazwischen immer wieder ernste Diskussionen über das, was die Männer aus jeder weiteren Botschaft erfahren.)

STIMME
(Auszüge)

Ihr hört eine Art computergesteuertes Ausführungssystem, einen Roboter, wenn ihr so wollt. Kein lebendes Wesen konnte oder sollte sich hier draußen aufhalten, um eure Ankunft zu erwarten . . .

Das Universum enthält Leben im Überfluß . . .

Die Erbauer existieren schon seit Ewigkeiten. Sie meinen es gut mit dem Kosmos, und genau aus diesem Grund wollen sie nicht seine Herren sein, geschweige denn Götter. Das beste ist, wenn jede Rasse ihr eigenes Schicksal vollendet, obwohl sich das als tragisch erweisen könnte. Aber nur so kann sie ihre Kraft und ihren Geist entwickeln. Auch die Erbauer müssen ihr eigenes Leben leben, ihre eigenen Träume verwirklichen. Deshalb werdet ihr wenig mehr über sie erfahren, als sie euch jetzt mitteilen. Für euch und für zahllose Wesen zwischen den Sonnen müssen sie für immer die unbekannten *Anderen* bleiben . . .

Dennoch sind sie an euch interessiert. Sie hegen freundliche Gefühlte für euch, und es ist klar, daß sie euch lange und gründlich beobachtet haben. Da ihr euren Weg hierher gefunden habt, dürft ihr euch ihrer Maschine für interstellare Reisen bedienen. Ihr werdet zu einem System geleitet werden, in dem sich ein eurer Welt ähnlicher Planet befindet, außer, daß noch kein empfindendes Wesen ihn beansprucht hat – wenn ihr wollt, steht er euch zu Verfügung . . .

BERICHTERSTATTER

Als die Berichte der *Discoverer* die Erde erreichten, gab es tatsächlich nur wenige Leute, die auch nur einigermaßen die Ruhe bewahrten.

(Das Büro des Astrophysikers)

IONESCU

– Spekulationen, die man anzustellen begann, als die beim Anflug gemachten Beobachtungen bekannt wurden, scheinen sich nun zu bestätigen. Soweit wir wissen, ist dieses Ding eine Tipler-Maschine.

Ich nenne es so zu Ehren des Theoretikers, der, im Anschluß an die Arbeiten Kerrs und anderer, 1974 einen Aufsatz über genau dieses Thema veröffentlichte, mit dem er sich dann phantasievoll aber mit mathematischer Strenge auch in der Folgezeit beschäftigte. Gewiß, er war gezwungen, seine Theorie auf einige vereinfachende Annahmen zu stützen. Er zeigte jedoch unter strikt wissenschaftlicher Anwendung bekannter physikalischer Prinzipien, daß eine Fortbewegung durch Raum/Zeit begrifflich durchaus vorstellbar sei, wenn sie auch Bedingungen erfordert, die sich im wirklichen Universum nicht darstellen lassen. (Er lächelt.) Der Beweis ist ein wenig kompliziert. In allgemeinverständlicher Sprache ausgedrückt geht es um Folgendes: Ein Zylinder aus ultradichter Materie, der mit mehr als halber Lichtgeschwindigkeit rotiert, baut ein Feld auf. Kein Kraftfeld im eigentlichen Sinne. Nennen wir es statt dessen einen Bereich, in dem die Quanten je nach der Position, in der man sich darin befindet, variieren. Ein Körper, der sich durch dieses Feld bewegt, kann direkt von einem Ereignis zum anderen transportiert werden. In populärer Sprache: Innerhalb des Bereichs der Leistungsfähigkeit der Maschine kann er, je nachdem in welche Richtung er sich bewegt, zu jedem Punkt in Raum und Zeit gelangen.

Wie gesagt, scheinen unmögliche Bedingungen für diese Wirkung Voraussetzung zu sein. Zum Beispiel wären Materiedichten in einer Größenordnung erforderlich, die selbst die der Nukleonen übertrifft, wie wir sie uns in einem Schwarzen Loch vorstellen, und die es sonst nirgends gibt. Ich vermute daher, daß die Dichte, die wir an jenem Zylinder gemessen haben, obwohl sehr hoch, nur eine mittlere ist, daß sie sich nach innen hin so stark erhöht, daß alle Phänomene eines Schwarzen Lochs gegeben sind; daß sich direkt im Zentrum tatsächlich etwas von außergewöhnlicher Beschaffenheit befindet. Wie die *Anderen* das erreicht haben, können wir nur raten – wir können nur darüber spekulieren, ob das schwache Energiepotential unter günstigen Umständen vielleicht trotz allem beeinträchtigt werden könnte – und höchstwahrscheinlich liegen wir mit all unseren Vermutungen völlig falsch. Mit etwas größerer Sicherheit können wir annehmen, daß die endliche Größe dieses real vorhandenen Objekts auch die Reichweite seiner Wirkung einschränkt, obwohl diese Reichweite offensichtlich interstellar und vielleicht auch interepochal ist.

Wir beginnen auch zu ahnen, auf welche Weise der Zylinder in seiner Position relativ zur Erde verharrt. Diese Position ist nicht stabil. Störungen im Lauf eines Planeten müßten dazu führen, daß jeder in seiner Nähe befindliche Körper innerhalb kurzer Zeit abdriftet. Das Gerät befindet sich jedoch vermutlich schon seit Jahrhunderten in seiner gegenwärtigen Position. Was verleiht ihm die Fähigkeit, sich so stationär zu halten? Nach Analyse aller verfügbaren Daten glauben wir, daß hier wahrscheinlich eine ständige Interaktion mit den interplanetarischen und galaktischen Magnetfeldern stattfindet, aber auch das muß über gewaltige Entfernungen geschehen.

Ich hoffe, daß ich lange genug lebe, ein wenig mehr Kenntnisse über die Erfindung der *Anderen* zu erlangen, die sie der

Schöpfung hinzugefügt haben. Irgendwann finden wir vielleicht Wege, unsere Erkenntnisse nicht nur uns selbst, sondern auch Laien verständlich zu machen.

(Hier sprich professoraler Hochmut) Aber das spielt jetzt keine Rolle. Was heute wichtiger ist als alles andere, ist, daß man uns die Möglichkeit eines Neubeginns gegeben hat!

BERICHTERSTATTER

Bevor *Discoverer* heimkehrte, hatte die ›Stimme‹ angeboten, das Raumschiff durch das Sternentor zurückzugeleiten. Wie Fernández-Dávila später sagte: »Wie hätten wir das ablehnen können?«

(Ansichten eines Schiffs, das später auf die gleiche Route ging, von einem Begleitschiff aus photographiert. Dazwischen graphische Darstellungen, Diagramme und Bilder, die auf der Jungfernreise der *Discoverer* aufgenommen wurden. Dies alles und des Bericht zeigen, was vorgeht. Die Raumschiffe bewegen sich ordnungsgemäß zwischen den Kugeln.)

STIMME

Die Kugeln sind ganz einfach Markierungszeichen und Navigationshilfen. Anhand dieser Zeichen könnt ihr genau der Route folgen, die euch durch das Transportfeld zu dem für euch vorgesehenen Bestimmungsort bringt.

Seid vorsichtig! Jeder abweichende Kurs läßt euch an einen völlig anderen Ort gelangen. Es könnte sein, daß dort keine Maschine existiert. Ihr würdet viele Lichtjahre entfernt elend umkommen. Wenn die Erbauer eine neue Bastion einrichten wollen, müssen sie alles benötigte Material und Gerät über eine bereits existierende Maschine an den gewünschten Ort schikken und eine neue bauen, bevor sie zurückkehren können.

Selbst wenn ihr irgendwo auf eine Maschine stoßt, werdet ihr niemals euren Rückweg finden. Bedenkt: Zehn Kugeln in ihrer verschiedenen Anordnung definieren 3 628 000 Bahnen. In

Wirklichkeit sind die Kombinationen noch viel zahlreicher, da man nicht auf jeder Bahn jedes Zeichen passieren muß. Wenn ihr die Markierungen völlig ignoriert, nähert sich die Zahl dem Unendlichen. Ihr würdet blind durch den Raum irren bis ihr sterbt oder, wahrscheinlicher noch, irgendwo auftaucht, wo keine Maschine steht.

Ihr müßt bemerkt haben, daß die Stellung der Kugeln zueinander nicht konstant ist sondern sich allmählich ändert. Wie ihr zweifellos erraten habt, soll das einen Ausgleich für die sich ändernden Positionen der Sterne schaffen. Macht euch darüber keine Sorgen. Folgt einfach unseren Anweisungen und haltet euch in der Nähe der Zeichen, die ihr in der angegebenen Reihenfolge passieren müßt. Umgekehrt werdet ihr vom Endpunkt eurer Reise bei Einhaltung der korrekten Reihenfolge wieder den Weg nach hier finden. Ihr werdet feststellen, daß es ein völlig anderer Kurs sein wird als der von hier nach dort.

Hütet euch, wir wiederholen, hütet euch, von diesen Vorgaben abzuweichen. Schickt, wenn ihr wollt, unbemannte Sonden auf beliebige Bahnen, aber niemals solche mit Besatzung, denn sie werden nicht zurückkommen.

(Das Studierzimmer eines berühmten Philosophen)

SAMUELSON

– Ich glaube nicht, daß der Mensch die geistige Ausstattung hat, die *Anderen* zu begreifen. Sie müssen etwas haben, was weit wichtiger ist als eine Wissenschaft und eine Technologie, die der unseren vielleicht um Millionen von Jahren voraus ist. Ich bin überzeugt, daß sie einen weit überlegenen Verstand haben . . . und, ja, ich nehme an, daß sie auch überlegene und edlere Seelen haben. Ich kann nicht glauben, daß sie mit ihren enormen Fähigkeiten schon so unendlich lange existiert haben, ohne sich *weiterzuentwickeln*.

Im Fall der T-Maschine möchte ich jedoch hinsichtlich ihrer Motive eine Vermutung riskieren. Warum hat uns die ›Stimme‹

keine anderen Wege beschrieben als die von der Sonne bis zu jenem einzelnen entfernten Stern? Warum hat die Stimme die mathematischen Relationen zwischen einem angenommenen Weg und zwei angenommenen Punkten in Raum/Zeit nicht einmal angedeutet, damit wir berechnen können, wie wir von A, wo wir sind, nach B, wo wir hinwollen, gelangen können? Mehr noch, warum hat die Stimme seit jener ersten Ankunft der Menschen geschwiegen?

Ich denke, das sind alles wesentliche Bestandteile ihrer Doktrin der Nichteinmischung.

Man bedenke. Sie haben die Maschine für das Sonnensystem der Erde gegenüber aufgestellt, und wir hatten keine Ahnung, daß sie existierte, bis wir beträchtliche Fortschritte in der Raumfahrt gemacht hatten. Aber die Maschine in dem anderen System hat eine weit günstigere Position. Sie befindet sich auf einer stabilen Umlaufbahn sechzig Grad vor dem Planeten, den wir wahrscheinlich kolonisieren werden, und von dem aus sie für jeden Astronomen deutlich sichtbar wäre. Aber es scheint dort keine wirklich denkenden Wesen und schon gar keine Astronomen zu geben: es gibt niemanden dort, der sich zu fieberhaften, überhasteten Anstrengungen verleiten ließe oder gar zu einem tödlichen Kampf um die Kontrolle des Objekts.

Die Stimme sagte, die *Anderen* hegten uns gegenüber freundschaftliche Gefühle. Das muß stimmen, denn sie haben uns eine ganze neue Welt gegeben. Aber sie bringen diese Gefühle gewiß auch allen anderen denkenden Rassen entgegen. Ich vermute, daß eine Art wie unsere, mit ihrer langen Geschichte von Kriegen, Unterdrückung, Raub und Ausbeutung, nur Unheil anrichten würde, wenn sie über Nacht in die Galaxis vorstieße. Ich nehme auch an, daß nicht ausgerechnet wir besonders böse oder kurzsichtig sind, sondern daß manche andere Spezies zu einer ähnlichen Bedrohung würde, wenn sie die Gelegenheit hätte.

Gleichzeitig scheinen die *Anderen* es abzulehnen, uns oder sonst jemanden zu bevormunden. Ich bin überzeugt, daß sie, von ihrem Standpunkt gesehen, Besseres zu tun haben. Und im Interesse unseres Wohlergehens mögen sie das

Gefühl haben, daß es ein Fehler wäre, uns zu domestizieren.

So lassen sie uns unseren freien Willen und gestatten uns, ihre Sternentore zu benutzen. Weitere Geschenke machen sie uns jedoch nicht. Wir müssen weiter mit der Enttäuschung leben, Alpha Centauri und Sirius unerreichbar fern am Himmel strahlen zu sehen, bis wir mühselig unseren eigenen Weg in das All hinaus gefunden haben. Wir können nur wünschen, daß sie hoffen, daß die dafür erforderliche Gemeinschaftsleistung uns einer gewissen Reife näherbringt . . .

(Ansicht des Raumschiffs bei der Vollendung seiner Reise. Plötzlich ist es verschwunden. Ansicht der T-Maschine im Phöbischen System. Dann taucht das Raumschiff wieder auf, etwa eine halbe Million Kilometer vom Zylinder entfernt.

Aufnahmen von der ersten Reise. Fernández-Dávila, Tonari und Napier starren aus ihrer engen Kabine nach draußen. Sie reden durcheinander. Zwei der Männer fangen an zu beten. Dann beherrschen sie sich wieder und halten mit geübten Augen Ausschau. Ein normaler Mensch kann die Konstellationen im Raum nicht erkennen; es sind zu viele Sterne zu sehen. Ein Astronaut aber kann es. Hier sind ihnen keine vertraut. Nach einer Weile glauben die Männer, einige erkannt zu haben, wenn auch die Formen verändert sind. Extragalaktische Objekte zeigen keine solche Veränderung. Sie glauben, grob geschätzt,an einen Punkt gelangt zu sein, der, mehr als hundert und weniger als fünfhundert Lichtjahre entfernt nordwestlich von der Sonne liegt.)

STIMME

– Der Planet, der euch am meisten interessieren wird, steht dicht bei den Nebeln im Krebs . . .

BERICHTERSTATTER

Es ist die Welt, die wir seitdem Demeter nennen –

(Abgeblendete Ansicht von Phöbus. Ansicht der Kabine der *Discoverer* und dreier vor Staunen erstarrter Männer.)

STIMME

Euer Schiff hat nicht genügend Reserven, dort zu landen. Gewiß werden andere, besser ausgerüstete Schiffe nach euch kommen. Vielleicht seid ihr selbst mit an Bord . . .

(Szenen von der Rückkehr durch das Tor werden gezeigt. Der Kurs ist völlig anders als der frühere. Szenen vom Auftauchen am anderen Ende, des Jubels, der Feierlichkeit und der langen, endgültigen Rückreise. Tumulte, Paraden, Zeremonien, Partys, optimistische Voraussagen und dazwischen gelegentlich Worte der Warnung.)

BERICHTERSTATTER

– endlich sind wir in der Lage, unsere ersten Kolonisten zu entsenden. Jahrelange Forschungen waren vorher erforderlich, um auch nur das Wichtigste über Demeter zu erfahren. Die *Anderen* versprachen, daß sich die Mühe lohnen würde, daß wir jedoch kein Paradies erwarten dürften . . .

(Das Heim eines berühmten Raumfahrers)

FERNÁNDEZ-DÁVILA

Pro Person sind die Kosten für den Transport nach Demeter enorm hoch, und wir wissen noch nicht, wie wir sie je wieder hereinholen können. Deshalb gibt es Proteste, und Forderungen werden laut, das ganze Programm abzubrechen. Ich persönlich bin der Ansicht, daß die Impulse, die das Unternehmen der Raumfahrttechnologie gegeben hat, und die gewaltige Verbesserung der Schiffe und Instrumente die gesamten Kosten nicht nur schon aufgewogen, sondern zusätzlichen Profit gebracht haben. Hinzu kommt die wissenschaftliche Revolution, zu der insbesondere die biologischen Forschungen auf Demeter geführt haben. Ein völlig andersartiges System von Lebensformen! Wir werden Jahrzehnte, vielleicht Jahrhunderte brauchen, sie weiter zu erforschen und ihre ganzen Auswirkungen auf Medizin, Genetik, Landwirtschaft, Meereskunde und alle möglichen anderen Disziplinen kennenzulernen. Das erfordert Niederlasssung auf Dauer.

Darüber hinaus behaupte ich, wenn ich es volkswirtschaftlich auch nicht so geschickt ausdrücken kann, daß die Menschen auf Demeter innerhalb einer Generation die Investitionen der Erde tausendfach zurückzahlen werden. Man erinnere sich daran, was Amerika für Europa bedeutete. Man denke daran, was Luna und die Satelliten heute für uns bedeuten.

Und wichtiger noch: man denke an das Unwägbare und Unvorhersehbare: Herausforderung, Chance, Erkenntnis, Freiheit . . .

Der Beginn unseres Aufstiegs zu den Qualitäten der *Anderen* . . .

*

Joelle stellte fest, daß ein Teil hinzugefügt worden war. Sie hielt ihn für genau so ehrlich, aber es war die Ehrlichkeit einer anderen Generation.

Er beschäftigte sich mit der Demetrischen Geschichte. Nur wenige Tausend Menschen konnten jährlich zum Tor befördert und auf Demeter gelandet werden. Als die Kolonie begann, Erträge abzuwerfen, vergrößerte man die Transportkapazitäten – wegen der umstrittenen Ansprüche auf die Reichtümer der Kolonie allerdings nur langsam. Die Emigranten reisten im Interesse der jeweiligen Nation, und zwar nach einem ausgeklügelten Quotensystem. Durch Bestechung oder gesetzliche Regelung reisten viele allerdings unter fremder Flagge.

Die Motive für eine solche Auswanderung waren so verschiedenartig wie die Auswanderer selbst. Ehrgeiz, Abenteuerlust und utopische Visionen gehörten dazu. Aber gewisse Regierungen unterstützten die Ausreise politisch Andersdenkender finanziell und setzten die Betroffenen unter Druck, damit sie akzeptierten. Andere wollten auf Demeter eigene Machtzentren errichten. Wieder andere hatten noch verrücktere Motive, zum Beispiel eine Reihe von inoffiziellen Organisationen oder auch einzelne Personen.

Anfangs war jeder gehalten, in oder in der Nähe von Eopolis zu leben. Enge Zusammenarbeit war zum bloßen Überleben erforderlich. Die allgemeine Solidarität wurde dadurch verstärkt, daß man anfangs annahm, die *Anderen* könnten als unsichtbare Beobachter anwesend sein. Aber diese Befürchtungen legten sich. Inzwischen wuchsen Bevölkerung und Wirtschaft. Auch das Wissen nahm zu. Die Leute lernten, sich von der Stadt unabhängig zu machen. Die ganze Landschaft wurde zu einem Flickteppich von ethnischen Gruppen und Sozialverträgen.

Zuletzt wurde eine eigene Demetrische Legislative als notwendig empfunden. Sie blieb der Union unterstellt, wurde von einem Generalgouverneur repräsentiert, und ihre Autorität wurde dadurch weiter eingeschränkt, daß die meisten Gemeinden sie nicht beachteten und ihre eigenen Angelegenheiten selbst regelten.

Auch anderswo hatten sich die Zeiten geändert. Die ständig gefährdete Ordnung auf der Erde war zusammengebrochen, und Aufruhr brach aus. Nicht wenige Redner behaupteten, das sei den *Anderen* zuzuschreiben. Solche Erkenntnisse mußten beunruhigend wirken und Ketzereien aller Art heraufbeschwören. Es gab also Dinge, die der Mensch nie erfahren durfte! Nach Joelles Überzeugung – die sie zum größten Teil aus ihren Gesprächen mit Dan Brodersen gewonnen hatte, der in dieser Sache durchaus starrsinnig war – war das Unsinn. Wenn überhaupt, bestand das Wunder darin, daß sich das ohnehin labile Gleichgewicht bis dahin gehalten hatte. Das Wissen um die Existenz der *Anderen* ließ genügend Zeit zum Nachdenken, ohne daß der gesamte Globus gleich von Wahnsinnigen zerstört werden mußte. Wie dem auch sei, unbestreitbar war, daß die Welt überlebte, obwohl Millionen von Menschen starben und ganze Nationen untergingen. Die Zivilisation überlebte fast überall. Auch die Bemühungen um die Raumfahrt gingen weiter. Es gab keine Lücke, was Unternehmungen betraf, die über die Erde selbst hinausgriffen. Industrie, Forschung und die Besiedelung Demeters gingen weiter.

Man schickte unbemannte Sonden zu Nachbarsternen. Aber etwas anderes hielt man für noch wichtiger: Ebensolche Sonden wurden auf willkürlichen Kursen durch die Tore geschickt. Sie waren darauf programmiert, von jedem beliebigen Punkt auf ähnlich willkürlichen Kursen zurückzukehren. Keine einzige kehrte zurück.

Langsam schien sich die Menschheit zu beruhigen. In Lima wurde der Unionsvertrag unterschrieben.

(Das Büro eines berühmten, noch lebenden Astrophysikers.)

ROSSET

– die Theorie, die wir entwickelt haben, besagt, daß die T-Maschine eine begrenzte Reichweite hat. Wir schätzen ihre Reichweite im Raum auf fünfhundert Lichtjahre, vielleicht mehr, vielleicht weniger. Wenn man also weitere Entfernungen bewältigen will, muß man sich mehrerer Maschinen bedienen, was zu einer Art Staffette führt.

Mit unseren Sonden haben wir bisher kein Glück gehabt. Aber wir müssen weitermachen, denn allein die Statistik garantiert, daß irgendwann eine den Weg zu uns zurückfindet und uns Daten über den eingeschlagenen Kurs übermittelt. Wenn das einige Male geschieht, haben wir wenigstens die Informationen, die wir brauchen, um zu einer entsprechenden Anzahl von Sternen zu gelangen. Wir könnten sogar Einblicke in das Grundprinzip gewinnen und so in die Lage versetzt werden, unsere Kurse selbst auszurechnen.

Das wäre besonders dann der Fall, wenn wir auf eine andere Spezies stoßen, die das Gleiche versucht. Wir könnten mit ihr Erkenntnisse austauschen . . .

*

An dieser Stelle – vor zwanzig Jahren – endete die Darstellung. Joelle überlegte, wie das Band hierher gelangt sein konnte. Möglicherweise hatte ein penibler Kurator entschieden, daß, wenn das San-Geronimo-Rad schon ein Monument sein sollte, seine Datenbank auch hinsichtlich historischer Referenzen auf dem neuesten Stand sein müßte.

Dann dachte sie kurz an etwas anderes, das auch auf dem neuesten Stand war. Nach Sonnen- oder Phöbuszeit hatte es vor vier Jahren begonnen. In ihrem eigenen Leben lag es zwölf Jahre zurück.

*

Vom Überwachungsschiff bei der Phöbischen Maschine aus sieht man plötzlich ein unbekanntes Raumschiff im Anflug. Schlank, gezackt, mit stumpfem Bug kann es nicht von Menschen gebaut sein. Es reagiert nicht auf Signale. Mit hoher Beschleunigung verfolgt es zwischen den Markierungszeichen einen Kurs, der von den Offizieren an Bord des Überwachungsschiffs genau notiert wird. Dann ist es verschwunden.

(Szenen öffentlicher Erregung und geheimer Debatten, als der Vorfall bekannt wird. Die Ofiziellen verzweifeln an der Kosten/Nutzen-Relation der Robotersonden und verzichten für längere Zeit auf diese Experimente. Man beschließt, überhaupt keine mehr zu starten, sondern ein bemanntes Schiff auf einen solchen Kurs zu schicken. An Freiwilligen für diese Mission wird es nicht fehlen.

Die *Emissary* passiert das unbekannte Tor und verschwindet.

. Erstaunlich schnell kehrt die *Emissary* zurück.

(Interview mit einer berühmten Holothetin, die erklärt, was sie von den Betanern gelernt hat.) Sie benutzen diese Transportmaschine, die sie durch Zufall entdeckten, schon seit drei Jahrhunderten – allerdings selten, als Zwischenstation auf dem Wege zu einer Galaxie, die sie nicht häufig aufsuchen, und um wieder zurückzugelangen. Als Standort für eine Kolonie interessiert sie kein Planet im System, und was wissenschaftliche Forschung anbetrifft, haben sie mehr Projekte laufen, als sie bewältigen können. In ihrer Eile, nach Hause zu kommen, und weil sie es gewohnt sind, für die Kommunikation im Raum Neutrinos statt Funk oder Laser zu verwenden, hat die Mannschaft dieses Schiffs nicht bemerkt, daß sich Neuankömmlinge in der Nähe befanden.

(Diese Sequenz unterscheidet sich von den andern dadurch,

daß die Holothetin sich nicht an die gesamte Menschheit wendet, sondern nur an die wenigen Männer, von denen sie gefangengehalten wird.)

»Nun«, fragte Joelle, »verstehst du jetzt alles besser?«

»Nein«, gestand Fidelio.

»Ich auch nicht«, sagte Joelle.

IX

Lis' Worte veranlaßten Brodersen, sich umzuschauen. Das einzige öffentliche Telefon in Novy Mir hing an der Wand der örtlichen Kneipe. Aber niemand schien sich für sein Gespräch zu interessieren. Durch die Fenster und die offene Tür fiel die Sonne herein, ließ eine Ikone aufleuchten und tauchte den öden kleinen Raum in helles Licht. Von draußen roch es nach aufgebrochener Erde und frischer Saat. Zwei alte Männer schlürften Tee und spielten Schach. Ein jüngerer Mann saß am Samowar, aber er trank Wodka und unterhielt sich gelangweilt mit dem Wirt. Die Männer ließen zwar die Blicke schweifen, aber sie sahen zu Caitlin hinüber, die allein an einem Tisch saß und mürrisch ihr Glas anstarrte, das mit dem gefüllt war, was diese Russen sich unter Bier vorstellten. *In dieser Gegend verstanden ohnehin nur wenige Leute Englisch,* erinnerte sich Brodersen. *Vielleicht überhaupt niemand.*

»OK.« Er wandte sich wieder zum Schirm. »Was sagtest du noch, Liebling?«

Er las in ihrem Gesicht, wie wenig sie geschlafen hatte, und ihm wurde so recht bewußt, wie sehr sie voneinander getrennt waren. Die räumliche Entfernung war nicht der Rede wert. Aber er durfte sie nicht aufsuchen und sie ihn auch nicht. Dann hätte er sie wenigstens einmal berühren können. Sie konnten nicht direkt telefonieren. Seine Stimme lief erst über die Hütte am Artemis-See, wo sie zerhackt und zu ihrem Haus weitergeleitet wurde. Dort spielte Lis' Gerät die vorher aufgezeichnete Unterhaltung zwischen »Abner Croft« und ihrem Mann ab – was Hancocks Lauscher davon überzeugen müßte, daß er sich zu Hause aufhielt) und rekonstruierte seine Botschaft. Ihre Antwort nahm den gleichen umständlichen Weg.

»Ich sagte, daß von der Mannschaft nur fünf Leute bereit sind mitzumachen.« Lis nannte die Namen. »Die anderen habe versprochen zu schweigen, und ich denke, das werden sie auch tun. Allerdings sagte Ram Das Gupta, daß er an seine Familie denken müsse. Es handle sich nicht nur um ein recht kühnes Unternehmen, es könne auch sehr wohl ungesetzlich sein.«

»Verdammt und zugenäht«, knurrte Brodersen. »Sie waren alle bereit, durch das Tor zu jedem beliebigen Punkt zu fliegen, an dem sich die *Emissary* aufhielt, wenn wir nur Starterlaubnis und die Leitdaten bekommen würden – dabei weiß Gott allein, was sich auf der anderen Seite befindet, und Er sagt es nicht.«

»Das ist doch etwas anderes. Ich kann die Leute verstehen. Die Union ist von großer Bedeutung. Sich gegen sie aufzulehnen kommt fast einer Gotteslästerung gleich.«

»Wer sich in Wirklichkeit gegen sie auflehnt, sind die Intriganten. Sie wollen den Umsturz.«

»Du könntest dich irren, Darling. Wirklich. Aber auch wenn du recht hast; wenn dein Versuch fehlschlägt –« Sie versuchte, sich den Schmerz, den sie empfand weder im Gesicht noch in der Stimme anmerken zu lassen. »Ich werde immer stolz auf dich sein, das weißt du, aber wie soll ich Barbara und Mike davon überzeugen, daß ihr Vater nicht als Krimineller gestorben ist?«

Hart schlug Brodersen mit der Faust gegen die Wand. Die anderen Gäste sahen erschrocken zu ihm herüber. Er atmete tief durch und fühlte sich schon ein wenig erleichtert. »Das haben wir doch schon neulich Abend besprochen«, sagte er. »Ich sage dir nochmal, ich werde nicht leichtsinnig handeln.« Er brachte ein Grinsen fertig. »Hätte ich bis heute gelebt, wenn ich ein mutiger Typ wäre?«

»Entschuldige bitte.« Sie schloß kurz die Augen. »Ich kann doch nichts dafür, daß ich Angst um dich habe. Wenn ich nur mitkommen könnte. Oh, dafür würde ich gern alle Jahre geben, die ich vielleicht ohne dich leben muß.«

Er war so überwältigt, daß er nur noch »Ach, Unsinn, Schatz«, murmeln konnte.

Obwohl auf dem Schirm nur ihr Kopf zu sehen war, merkte

er, wie sie sich zusammenriß. »Ich werde dir von hier aus helfen. Das ist meine Art mitzukommen«, sagte sie. »Erledige deinen Job, Elisabeth Leino, und erledige ihn vernünftig!«

»Hör mal, ich wollte doch nicht –«

»Bleiben wir bei der Sache.« Sie sprach schnell. »Kommst du zur Not mit diesen fünf Besatzungsmitgliedern aus?«

Er zwang sich dazu, so ruhig wie sie zu bleiben. »Zum Steuern der *Chinook* oder der *Williwaw* ja, da gibt es keine Probleme. Vergiß außerdem nicht, daß ich mich so schnell wie möglich mit dem Señor in Verbindung setzen werde. Vielleicht kann er die ganze Sache dann selbst in die Hand nehmen. Möglicherweise verläuft alles so glatt und sicher, daß man direkt enttäuscht ist.«

»In dem Fall wird nach deiner Rückkehr hier privat allerhand los sein.«

»Bestimmt.« Beide lächelten, wurden aber sofort wieder ernst. »Gut, wir haben also eine Notmannschaft. Was ist nun mit der Starterlaubnis?«

»Damit beschäftige ich mich gerade.«

Brodersen runzelte die Stirn. »Hmmm. Wie lange kann das nach deiner Meinung dauern? Hancock wird ziemlich bald vermuten, daß ich mich abgesetzt habe.«

»Ich vermeide alles, sie an uns zu erinnern. Statt dessen habe ich mir Barry Two Eagles geschnappt.« Als Beauftragter des Astonautischen Kontrollausschusses für das Phöbische System war er für den Raumverkehr zuständig. »Es war natürlich ein vertrauliches Gespräch. Wir haben gestern im Apollohaus zusammen gegessen, sozusagen tête-á-tête. Er ist doch so scharf auf mich . . . du wußtest das nicht?« Lis lachte. »Oh, Dan, Liebster, du bist nicht annähernd so versaut wie du immer behauptest.«

»Hm, ja, der Mann ist in Ordnung«, sagte Broderson so widerwillig, daß er selbst überrascht war.

»Das stimmt. Ich kann ihn gut leiden und nutze ihn ungern aus. Er hat bei mir natürlich keine Chancen, aber das weiß er noch nicht. Er tut ja nichts Illegales, denn wenn er der *Chinook* Starterlaubnis zur Sonne gibt, ohne den Gouverneur zu verständigen, handelt er im Rahmen seiner Kompetenzen. Besonders, weil er ja nicht weiß, daß du eigentlich unter Arrest stehst. Ich erklärte ihm, du seist sehr beschäftigt, hättest aber gehört, daß die Aventureros dringend dein Schiff chartern möchte, und hättest mich mit der Erledigung der Angelegenheit betraut. Er wird denken, es handelt sich um einen der typischen schnellen Entschlüsse von Brodersen-Leino.

Außerdem erklärte ich ihm, daß Aurie Hancock, wenn sie es vorher erführe, ihr Veto einlegen würde, da sie und ihr Mann Aktien einer Konkurrenzgesellschaft besitzen – oh, was ich ihm vorgesponnen habe, hätte dich begeistert. Er war ganz schokkiert und behauptete, so gemein würde sie nie sein, aber ich habe ihn dazu gebracht, über die Sache zu schweigen. Dann bot ich ihm sogar eine Bestechung an. Er will darüber nachdenken.«

»Was? Barry kann man nicht bestechen.«

»Natürlich nicht direkt. Ich ließ nur durchblicken, daß wir, wenn die Sache klappt, in der Lage sein würden, eine beträchtliche Summe für Forschungsarbeiten im Zusammenhang mit dem Klonen von Gehirngewebe zur Verfügung zu stellen –« Sie sah, daß ihr Mann zusammenzuckte, und auch sie selbst schüttelte sich. Two Eagles hatte einen Arzt gebeten, die Maschine abzustellen, die das am Leben hielt, was von seinem Sohn übriggeblieben war, nachdem er sich bei einem Unfall den Schädel zerschmettert hatte. »Das *werden* wir auch tun, Dan, egal wie.«

»Natürlich. Mir wäre allerdings lieber gewesen, du hättest das nicht sagen müssen.«

»Mir auch. Aber ich mußte es sagen.«

Nach kurzer Überlegung sagte Brodersen: »Gut, du glaubst also, er ist einverstanden?«

»Ich habe kaum Zweifel. Heute nachmittag erwarte ich seinen Anruf.«

»Und wie werde ich abgeholt?«

»Das ist geregelt. Ich erzählte ihm, daß einige der Besatzungsmitglieder der *Chinook* noch Dinge an Land zu erledigen hätten und wegen der gebotenen Geheimhaltung keine Fähre zum Schiff nehmen könnten. Sie treffen sich an einem Ort, wo die *Williwaw* sie abholen kann, wenn er Genehmigung erteilt.« Lis machte eine Pause. »Wo finden sie dich?«

Das hatte sich Brodersen schon überlegt. »Am Ostufer des Spearhorn-Sees. Etwas vom Ufer weg auf einer Waldlichtung. Du kennst sie doch, es führt eine Art Straße dorthin. Ausgezeichneter Landeplatz. Alles klar?«

»OK.« Sie sah auf die Uhr. »Moment mal.« Er merkte, daß sie einige Knöpfe drückte. »So. Unser Band war gerade abgelaufen. Ich habe rasch umgeschaltet.«

»Du bist großartig.« Wie gern hätte er sie jetzt geküßt. »Du bist wirklich wunderbar.«

»Ich wüßte eigentlich nicht, was wir noch zu besprechen hätten«, sagte sie ein wenig hilflos. »Falls das Schiff heute nacht nicht ankommt, solltest du dir ein Telefon suchen und dich morgen früh mit mir abstimmen.«

»Naturalmente, querida.«

»Den Kindern geht's gut, aber sie vermissen dich. Barbara schläft gerade. Ich könnte sie wecken.«

»Laß nur.«

»Sie und Tolpatsch lassen schön grüßen.«

»Grüß sie auch von mir, und – und –«

Ein, zwei Minuten lang wußten sie nicht recht, was sie sagen sollten, bis Brodersen explodierte. »Zur Hölle! Das bringt uns wirklich nicht weiter!«

»Nein. Und du solltest dich beeilen. Von Novy Mir bis zum See ist es ganz schön weit.«

»Du hast recht. Ich liebe dich, Lis.«

»Goodbye, Darling.« Sie arbeitete an den Kontrollen, um gespeicherte Abschiedsworte ablaufen zu lassen. »Ich meine, ›bis bald. *Hasta la vista*‹. Und mach dir keine Sorgen, wenn es etwas länger dauert. Ich werde die ganze Zeit hier sein.«

Der Schirm war leer. Ein wenig schwankend ging Brodersen zu Caitlins Tisch hinüber. Der Stuhl knarrte unter seinem Gewicht als er sich setzte.

Sie griff nach seiner Hand. »Alles in Ordnung, mein Herz?« fragte sie leise.

»Es scheint so«, murmelte er, den Blick auf die abgewetzte Tischplatte gerichtet.

»Und in Wirklichkeit ist sie tod traurig, die Arme. Sie ist eine tapfere Frau. Mit ihr hast du eine gute Wahl getroffen, Dan.«

Er schaute in ihre grünen Augen und versuchte zu lächeln. »Ich kann Frauen eben beurteilen. Trink aus, wir verschwinden.«

»Ich gehe mit dir, wohin du willst, mein Lieber, aber –« sie verzog den Mund – »muß ich wirklich austrinken?«

»Nein, nicht unbedingt. Gib's den Armen.«

»Was? Soll ich eine Revolution anzetteln?«

Ein wenig aufgeheitert verabschiedete er sich vom Wirt mit einem »Adiós« und begleitete sie hinaus. Phöbus stand fast im Mittag, und die meisten Siedler waren draußen auf den Gemeindeäckern. Verträumt lagen die Häuser zu beiden Seiten der staubigen Straße, der einzeigen im Ort. In der Hitze roch das Holz nach Teer, aber die Giebel waren mit hübschen Figuren verziert. Eine Katze schlich vorbei. Eine *babushka* saß auf ihrer Veranda und strickte. Dabei gab sie auf ein paar spielende Kinder acht, deren Schreie die einzigen vernehmbaren Laute waren. Nach vorn erstreckte sich das grüne Tal bis zu den steilen Bergen, die es von allen Seiten umschlossen. Eine Szene wie aus einem Märchenbuch, dachte Brodersen.

Aber Raumschiffe mit Fusionsantrieb hatten die Erbauer dieser Welt hergeschafft. Agrochemiker hatten die Umwandlung des Bodens überwacht, damit von Genetikern modfizierte terrestrische Pflanzen hier gedeihen konnten. Ökologische Technologie, hauptsächlich mit Hilfe von Mikroben, verhinderte, daß das ursprüngliche Leben sich wieder ausbreitete. Die Konstellationen am Nachthimmel trugen Namen wie Aeneas und Gryphus, und nur mit einem leistungsfähigen Teleskop konnte man den Stern entdecken, den wir Sonne nennen.

»Wohin fahren wir?« erkundigte sich Caitlin, als er die gewölbte Einstiegsluke des Fahrzeugs öffnete.

»Zum Schiff, das mich von hier abholt«, sagte Brodersen. »Würdest du das Fahrzeug bitte anschließend zum Verleiher zurückbringen?«

»Wieso? Hat es denn keinen Autopiloten, den du entsprechend einstellen kannst?«

»Ja, aber ich kann dich doch nicht hier in der Einöde sitzen lassen.«

»Was willst du damit sagen?«

»Moment mal. Du glaubst doch nicht im Ernst, daß –«

»Steig ein«, sagte sie. »Wir können uns während der Fahrt streiten. Dann sind wir damit fertig wenn wir ankommen und können uns interessanteren Dingen widmen.«

»Pegeen«, seufzte er und unterdrückte seine Schuldgefühle Lis gegenüber. Sie würde es ihm wohl gönnen, wenn er hier ein wenig Trost fand. »Pegeen, du denkst immer nur an das eine.«

»Stimmt«, gab sie zu. »Ist das nicht schön?«

*

Die *Chinook* umrundete Demeter wie ein naher Mond. Später würde sie zum Kometen werden.

Sie war ähnlich ausgelegt wie die *Emissary*, war sie doch für denselben Zweck gebaut worden, wenn die Götter Brodersen nur gnädig wären. Sie war kugelförmig, zweihundert Meter im Durchmesser und hochglanzpoliert. (Ihre Energieanlage reichte leicht aus, sie zu beheizen; überschüssige Hitze loszuwerden war gelegentlich ein Problem.) Der Strahlrichter für die Düse stand am Heck hervor und war zusammen mit seiner Aufhängung von tulpenförmiger Eleganz. Mittschiffs waren die Hilfsaggregate angebracht, drehbar gelagerte Raketenmotoren auf chemischer Basis. An der vorderen Halbkugel war die glatte Oberfläche von Schleusen, Sichtkanzeln und elektronischen Geräten unterbrochen. An der dem Hauptantrieb entgegengesetzten Seite flankierten zwei Kräne eine große, runde Luke.

Die Mannschaft befand sich an Bord. Das hatte besser geklappt, als Leino Two Eagles gegenüber angedeutet hatte. Sie hatten die fahrplanmäßige Fähre nach Persephone genommen, ohne auch nur von einem der Passagiere erkannt zu werden. Am dortigen Raumflughafen charterten sie ein privates Fahrzeug, dessen Pilot und Eigner Starterlaubnis nach Erion erwirkte und sie statt dessen zu ihrem Schiff brachte. Der Intersatellitenverkehr wurde nicht sehr scharf überwacht, und ein Raumfahrer war schon mal bereit, gegen die eine oder andere Vorschrift zu verstoßen, um einem Zunftkollegen zu helfen.

Den Captain unbemerkt abzuholen, war schon eher ein Problem.

Ein Befehl erging. Die große Luke öffnete sich. Ein Förderband transportierte die *Williwaw* halb nach draußen. Die Kräne griffen und hoben das kleinere Schiff ganz ins Freie, um es dann zu drehen, damit der Strahl des Antriebs nicht das Mutterschiff traf. In seiner Länge von fünfundsiebzig Metern, mit Stabilisatoren am Heck und kurzen Deltaflügeln in der Mitte, erinnerte das Schiff an einen Torpedo.

*

Dampf schoß aus seinem Rumpf, der zu heiß war, als daß man ihn hätte sehen können. Die Kräne gaben das Schiff frei, und es beschleunigte. Ein Teil des Wassers kondensierte Kilometer weiter hinten und bildete eine Wolke, die sich spektralweiß einfärbte, bevor sie sich langsam auflöste. Verglichen mit einem Plasma-Antrieb war das System nicht besonders leistungfähig, aber es vertrug den strapaziösen Durchgang durch eine Atmosphäre. Trotz ihrer Größe und der unvorstellbaren Energien, die ihre Maschine entwickeln und übertragen konnte, war die *Chinook* dafür nicht robust genug. Sie konnte auch nirgends landen.

In strikter Befolgung eines offiziell genehmigten Flugplans war die *Williwaw* nach einigen Stunden dem Planeten so nahe, daß sie die obere Grenze seiner Stratosphäre erreichte. Sie mußte noch erheblich an Geschwindigkeit verlieren, aber es mußte langsam geschehen, um Überhitzung zu vermeiden. Die Stummelflügel wurden weiter ausgefahren. Von Ventilen gestoppt schwiegen die Raketen. Eine Zeitlang steuerte der Pilot das Schiff mit Hilfe seines Computers in einem langen Gleitflug. Endlich hatte er eine Höhe erreicht, in der die Düsenmotoren an den Flügeln genügend Luftzufuhr bekamen. Er warf sie an. Ein immer stärkeres Heulen erfüllte die Kabine. Immer noch stark abbremsend war die Williwaw jetzt ein

Flugzeug. Robust gebaute optische Übertragungsgeräte zeigten dem Piloten tief unten ein sonnenüberflutetes Wolkenmeer. Bis zur Landung mußte er noch den halben Planeten umrunden.

*

Die Demetermonde laufen schneller um als der Mond der Erde. Erion war untergegangen, und Persephone würde erst bei Anbruch der Morgendämmerung sichtbar werden. So sah man in der violettblauen Abenddämmerung mehr Sterne als vorher. Die Stunde der Leuchtlibellen und Chorsänger war vorüber; hier herrschte Schweigen. Schwach schimmerte der See im Schatten der ihn umgebenden Waldmassen. Weil das Tal, in dem die Lichtung war, viel tiefer lag als die Höhle, war es hier wärmer. Brodersen und Caitlin hatten sich an eine freie Stelle gesetzt. In der Nähe wuchsen Sonnennblumen zwischen dem Lodix, und eine Andeutung ihres rauchigen Dufts strich zu ihnen herüber.

Unruhig bewegte er sich auf dem federnden Rasen. Es wurde feucht. »Verdammt, Pegeen«, sagte er, »du kannst nicht mitkommen und damit basta!« Er empfand deutlich, wie sehr sein Ausbruch den Frieden ringsum störte.

Sie kuschelte sich an ihn, zerzauste ihm das Haar und knabberte an seinem Ohr. »Ich liebe dich, wenn du stark bist«, murmelte sie. »Das kannst du auffassen, wie du willst.«

»Das ist doch lächerlich. Wie oft soll ich es dir denn noch sagen? Du hast kein Training –«

»Das wolltest du mir doch verpassen, und ich lerne leicht. Außerdem gibt es nichts Schöneres als schwerelos bumsen.«

»Kannst du nicht ein einziges Mal ernst sein? Ich meinte eine kurze Vergnügungsreise, höchstens bis Aphrodite oder Ares.«

Sie ließ die Hand sinken, um sich darauf zu stützen. Unterarm, Hüfte und Schenkel hielt sie noch eng an ihn gepreßt. Er spürte ihren Atem an seiner Wange, als ihr Ton jede Fröhlichkeit verlor. »Gut, dann werde ich eben ernsthaft mit dir reden, mein lieber Brummbär. Du hast selbst zugegeben, daß ihr keinen Versorgungsoffizier und, was schlimmer ist, keinen Bordarzt habt. Kann ich nicht beides sein? Soll ich euch ohne mich irgendwelchen Gefahren entgegenfliegen lassen, wo ich doch helfen könnte? Denken Sie bitte auch an Ihre Mannschaft, Captain Brodersen. Wollen Sie ihr etwas verwehren, was vielleicht ein Leben retten könnte, nur, um keine Angst um mich haben zu müssen?«

»Aber die Reise *wird* nicht gefährlich sein.«

»Wenn das so ist, warum verweigerst du mir dann das Erlebnis? Du weißt, welche fliegende Kasernen diese Emigrantenschiffe sind. Hier habe ich ein ganz anderes Gefühl für das Universum um mich herum, als ich es je an Bord der *Isabella* hatte. Außerdem könnte ich Nachrichtensendungen aus dem Raum empfangen.«

»Nun ja, man kann nie wissen, was passiert. Wir segeln verdammt hart am Wind und – hmm –«

»Und dann darf deine Geliebte nicht bei dir sein? Daniel, Daniel, wenn ich nicht so enttäuscht wäre, müßte ich böse sein.«

»Zur Hölle, Pegeen!« Er zog sie noch enger an sich.

»Natürlich«, sagte sie listig, »könnte ich mich dir gegenüber zurückhalten, falls du einen Skandal fürchtest. Dann würde mich bestimmt einer von den anderen Jungs an Bord trösten.«

»Hör auf damit, du Hexe.« Schon als sie herkamen, hatte er gewußt, daß dies das letzte Gefecht in einem Kampf war, den sie mit ihren Waffen schon gewonnen hatte. »Ich gebe auf. Du kannst mitkommen.« Fast freute er sich über seine Niederlage. Sie besiegelte ihren Sieg, indem sie ihm den Mund zum Kuß bot – dreißig Sekunden? –, obwohl gleich darauf keiner mehr wußte, wer das Heft in der Hand hatte.

Sie hielten inne, denn das Schiff konnte jede Minute hier sein. Eine Weile gaben sie sich dem Gefühl heiterer Gelassenheit hin. Dann stand Caitlin auf. »Ich werde meine Abschiedsbesuche machen«, sagte sie. Er sah sie durch das Zwielicht gehen, das ihrer Gestalt auf unwirkliche Wiese die Farbe der Milchstraße gab. Sie schritt über die Wiese, tauchte die Hand in den See und trank. Sie zupfte das Blütenblatt einer

Sonnenblume ab und nahm es liebevoll zwischen Lippen und Zähne. Sie umarmte einen mannshohen Busch, zog ihn an sich und wühlte ihr Gesicht in seine Blätter . . . Endlich kam sie zu ihm zurück.

»Du versuchst wirklich, Teil von all diesem zu sein. Stimmt's?« Fast flüsterte er es.

»Nein, ich bin es.« Ihre Hand beschrieb einen Bogen von den Sternen zum Wasser und über die Wälder. »Du auch, Dan. Alles ist Teil davon. Warum spüren die Menschen das nicht?«

»Wir können nicht du sein. Das ist wohl der Grund. Du sagtest einmal, daß du vielleicht eine Fee seist. Ich hielt es damals für eine Redensart. Heute abend bin ich da nicht mehr so sicher.«

Sie starrte vor sich hin. »Auch ich frage mich das wieder.«

»Wirklich? Ich alter Agnostiker könnte fast daran glauben.

Oh nein, ich werde dir keine mystischen Schmeicheleien bieten.Nicht einmal Yeats kaufe ich seine Metaphysik ab.« Sie schaute nach oben. »Und doch, der Kosmos ist seltsam, viel seltsamer, als wir denken. Ist es nicht so, mein Liebes?«

Er nickte. »Allein seine Dimensionen. Ich habe immer wieder versucht, mir ein Lichtjahr vorzustellen, ein einziges Lichtjahr, aber ich kann es natürlich nicht. Ich habe versucht, mir die Winzigkeit eines Atoms vorzustellen, und ich kann es nicht. Wellenmechanik. Strahlungen von Horizontobjekten aus dem Urbeginn. Ständige Ausdehnung – was wird daraus entstehen? Schwarze Löcher. Quasare. T-Maschinen. Die *Anderen*. Ja.« Nach kurzem Schweigen berührte er sie. »Ich glaube aber, daß du an ein ganz bestimmtes Mysterium dachtest.«

»Nun, es ist eine merkwürdige Geschichte, die mir meine Mutter erzählte, und das als fromme Katholikin.«

»Willst du sie mir erzählen?«

»Das ja, aber, ach, ich weiß nicht wie. Denn es ist eigentlich gar keine richtige Geschichte, etwas, das wirklich geschah oder erfunden wurde. Nein, es geht mehr um die Art, wie sie und die Zeit, zu der sie erzählt wurde, und um die Erzählerin selbst. Möchtest du sie wirklich hören?«

Er legte den Arm fester um sie. »Warum fragst du mich das?«

Caitlin erwiderte seinen Druck. »Ich danke dir, du lieber alter Bär.

Zuerst mußt du wissen, daß Mutter aus Lahinch in der Grafschaft Clare stammte. Das liegt in der Gegend von Irland, die während der Unruhen derart verarmte, daß fast nur Kleinbauern übrigbleben, viele von ihnen Analphabeten. Es waren alles fromme Leute. Und, da sie von der Existenz der *Anderen* wußten, warum, bei allen Sternen des Winterhimmels, sollten sie nicht gläubig sein?«

Draußen im See tauchte der dicke, schwarze Rumpf eines Wassergeists auf. Das Tier stieß einen eigenartigen Pfiff aus und tauchte wieder unter.

»Nun, wie du schon weißt, bekam sie ein Stipendium für die Musikakademie in Dublin, nachdem einer der Professoren sie beim Angeln hatte singen hören«, fuhr Caitlin fort. »Aber sie arbeitete nur kurze Zeit an der Oper, denn sie heiratete Padraig Mulryan, dem sie bald zwei Kinder gebar. Dann bekam sie Heimweh. Als Arzt konnte er sich nicht ohne weiteres Urlaub nehmen, aber er schickte sie nach Hause zur Hütte ihrer Eltern, und sie war glücklich, daß sie die heimatliche Landschaft durchstreifen konnte, die sie so liebte.«

Caitlin setzte sich aufrecht hin, verschränkte die Finger und versuchte, ihre Gedanken zu ordnen. Brodersen wartete. Er sah ihr Profil gegen den hellen Nachthimmel. Es war ihm so lieb und vertraut.

»Sie erzählte mir die Geschichte erst viel später. Außer ihrem Priester war ich die erste, die sie erfuhr. Mein Vater, der Gute, der fünfzehn Jahre älter war, hätte das Ganze einen Traum genannt, was es wahrscheinlich auch war. Aber meine Mutter versuchte, mich zurückzuholen, als ich mich dem Glauben und meiner Familie immer mehr entfremdete. Ich sollte wissen, daß auch sie einst wie ich empfunden hatte, und wollte mich warnen.

Und mehr als dies konnte sie nicht erzählen: Sie war eine Woche lang durch das Land gezogen, hatte in jedem Haus geschlafen, das bei Sonnenuntergang in der Nähe lag, und die Leute hatten sich immer gefreut, ein neues Gesicht zu sehen. Aber jene mondhelle Nacht war so schön, daß sie ihren Schlafsack auf dem Moos ausbreitete und noch lange wachlag, während ihre Blicke sich in der Tiefe des Alls verloren.

Dann schien das Mondlicht zu singen und wie eine Flamme aufzuleuchten, und jemand kam herab, der so schön war, daß sie bei seinem Anblick weinen mußte, und er fragte sie, ob sie mit ihm nicht in die Berge gehen wolle. Keine Frau außer einer Heiligen hätte sich geweigert, sagte meine Mutter. Sie stieg vom Rasen auf wie ein Vogel, und er nahm sie in seine Arme und trug sie davon. Aber über das, was folgte, wußte sie nichts. Sie sprach von Regenbogen und goldenen und purpurfarbenen Sonnen, von Sturm und aufgewühlter See, und alles war wunderschön. Wenn das seine Liebe war, dann war es eben so. Sie wachte auf, wo sie sich hingelegt hatte, und die Sonne kitzelte ihr in der Nase, bis sie niesen mußte . . . Ich habe darüber in Gälisch ein Lied gemacht, denn meiner Mutter fehlten die Worte. Du kennst die englische Version, Dan. Eigentlich fehlten auch mir die Worte, aber ich sah ihre Augen und hörte ihre Stimme.«

Auch er fand jetzt keine Worte.

»Neun Monate später wurde ich geboren und wuchs als ihr genaues Ebenbild heran«, fuhr Caitlin fort, nachdem sie einen Meteor beobachtet hatte, der hoch oben vorbeistrich. »Ja, ich weiß sehr wohl, was du denkst. Anders mein lieber Vater. Für ihn war sie ein wenig zu lange oder ein wenig zu kurz schwanger gegangen. Und wie er mich verwöhnte, denn ich war seine einzige Tochter und beider letztes Kind. Dan, er hatte recht. Gibst du nicht zu, daß ich in Menschen lesen kann? Sie hat nie einen anderen Mann als ihn gekannt.«

»Oh, das meinte ich doch gar nicht«, protestierte Brodersen ungeschickt. »Es wäre mir verdammt egal, aber – Nein, ich halte das für Phantasie – da gibst du mir doch recht? – die sie für Wirklichkeit hielt – Und vielleicht hatte sie getrunken.«

»Sie hielt nichts von Whisky und trank auch sonst nie.« Er versuchte sich zu entschuldigen, aber Caitlin legte ihm die Hand auf den Mund. »Ach, du meinst, sie wurde vom Mondschein betrunken.«

»Das kann passieren«, sagte er, als sie ihn losließ. »Nun, ich erinnere mich an einen alten Wacholderbusch hinter dem

Haus, der mit mir sprach. Ich weiß nicht mehr, was er sagte, aber ich erinnere mich daran, daß er sprach, genau so wie ich noch weiß, daß ich in dem Alter reiten lernte. Ich war damals vier oder fünf. Träume bleiben seltsam an einem hängen. Und . . . wenn du wie sie bist, Pegeen, dann ist sie wie du, und du bist ein Träumer –

– außer manchmal. Dann bist du so praktisch, daß ich mich fürchte.«

Sie ging nicht lachend auf diesen Scherz ein, wie er gehofft hatte, aber wenigstens lächelte sie. »Ich bin ganz einfach eine Frau, Dan. Ihr Männer seid das romantische Geschlecht.«

»Meinetwegen. Und was geschah nach deiner Meinung? Wenn du denkst, daß sie wirklich ins Elhoy ging – wie wir es zu Hause nennen –, wenn du das denkst, lache ich dich doch nicht aus. In einer Welt, in der die *Anderen* existieren, mag es auch *Unterirdische* geben.«

»Oder Teufel?« Er spürte, wie sie zitterte. »Genau das fürchtete meine Mutter. Der Teufel versuchte sie, und sie erlag ihm. Der Priester gebot ihr, nicht daran zu glauben. Wahrscheinlich war es doch nur geistige Verwirrung. Aber tief im Innern hat sie noch heute diese Ängste. Vater hat mir erzählt, wie heiter sie in ihrer Jugend war, aber seit etwa der Zeit wurde sie sehr fromm.«

Eine Neigung dazu kann sicherlich bestanden haben, überlegte Brodersen. *Wo das Wissen um die Existenz der Anderen nicht gerade Religionen zerstörte, inspirierte es neue oder bestärkte die Menschen in den alten. Lag das in der Absicht der Anderen?«* »Wie ist deine Meinung?«

»Meine? Ich habe keine. Ich kenne nur wissenschaftliche Beweise, und hier liegt keiner vor.«

»Aber du mußt doch darüber nachgedacht haben. Offenbar ist die Sache für dich sehr wichtig.«

»Natürlich. Norah ist meine Mutter. Obwohl es mich weit verschlagen hat, liebe ich sie und meinen Vater und meine Brüder und hoffe, sie auf unserer Reise wiederzusehen.«

Caitlin faßte seine Hand fester. »Weißt du noch, wie dieses Gespräch begann? Du fragtest mich über das Gefühl, zum ganzen Universum zu gehören«, sagte sie. »Ich glaube, das hatte sie in jener Nacht stärker, als ich es habe. Wäre sie Buddhistin gewesen, hätte sie von Nirwana gesprochen oder von Erhöhung oder etwas ähnlich Wunderbarem. Aber als irisches Bauernmädchen, wenn auch mit einem Arzt aus Dublin verheiratet und früher Opernsängerin, schrak sie entsetzt davor zurück, und das ist jammerschade. Aber was ihr dieses Erlebnis verschaffte und das in dieser Form, darüber kann man nur rätseln.«

»Vielleicht kann ich das Rätsel lösen«, meinte er. »Sie war genau so abenteuerlustig und lebenshungrig wie du, außer daß es ihr nicht wie dir gelang, sich ihre Freiheit zu erkämpfen. Also –«

Ein Dröhnen fuhr vom Himmel. Sie sprangen auf. Hoch oben fing ein Metallkörper die Strahlen der sinkenden Sonne und leuchtete hell auf, um dann in die Dunkelheit zurückzusinken. Dennoch erkannten sie das Schiff, als es näherkam. Das dumpfe Dröhnen wurde zum Brüllen. Die Blätter zitterten. Die Luft ging in Stößen. Vertikal senkte sich das Raumschiff herab, fuhr das Fahrwerk aus, berührte den Boden und stand mit abgestellten Motoren. Laut donnerte das Schweigen zurück.

Brodersen und Caitlin griffen sich ihre Sachen und rannten hin.

X

Das AUDITORIUM im San-Geronimo-Rad hatte einen Nebenraum, in dem Redner oder Unterhaltungskünstler sich auf ihren Auftritt vorbereiten konnten. Ira Quick hatte das nicht nötig, aber er blieb dennoch eine Weile vor dem Spiegel stehen, um seine äußere Erscheinung zu überprüfen. Er sah einen sportlichen, feingliedrigen Mann von kaukasischer Herkunft und vierundvierzig Jahre alt, mit einer hohen Stirn über einem schmalen, gut geschnittenen Gesicht, braunen Augen, schwarzem Bart und gewelltem, schwarzem, nur ganz leicht angegrautem Haar. Oben war es schon etwas schütter, aber nach hinten wallte es dicht herab bis in den Nacken. Das war genau so

Mode wie sein leicht changierendes Jackett und die ausgestellten dunklen Hosen. Wenn auch modisch, so war er doch nicht ultramodern gekleidet. »Sei nie der erste, an dem das Neue ausprobiert wird.«

Ganz der Schauspieler vor dem Versuch, ein ungnädiges Publikum für sich zu gewinnen, dachte er und freute sich über seine Fähigkeit zur Selbstironie. Dabei war er sich des tödlichen Ernsts, ja der Tragik seines gegenwärtigen Auftrags wohl bewußt. Tragik bestand nicht darin, daß das reine Gute auf das reine Böse traf; das war bloßes Melodrama. Tragik war die Unvermeidlichkeit eines Konflikts zwischen Menschen gleicher Moral und gleicher (oder doch fast gleicher) Intelligenz und Sensibilität.

Henry Troxell, der Chef des Wachpersonals, wurde unruhig. »Sind Sie, ääh, bereit, Sir?«

»Ja«, sagte Quick. »Keine lange Vorrede, bitte.«

»Das würde ich sowieso nicht schaffen, Sir. OK.«

Troxell ging nach vorn. Seine überlaute Stimme hallte durch die Tür zurück: »*Damas y caballeros.* Ich habe das Vergnügen – ich habe Ihnen oft erklärt, daß meine Leute und ich nur unsere Pflicht erfüllen, wie sie uns von unserer und Ihrer Regierung zugewiesen wurde. Sie haben verlangt, mit einem Verantwortlichen zu sprechen. Er ist jetzt hier. Ich habe die Ehre, Ihnen Ira Quick zu präsentieren, Abgeordneter für den Mittelwesten im Parlament der Nordamerikanischen Föderation, Minister für Forschung und Entwicklung im Rat der Weltunion. Sr. Quick.« Als der andere auf der Bühne erschien, trat er zurück und applaudierte, bis er merkte, daß er als einziger klatschte.

Quick ging zum Rednerpult, das er für eine wertvolle psychologische Stütze hielt, und lächelte breit. Weit und leer erstreckte sich vor ihm der für Hunderte bestimmte Raum. In der ersten Reihe saßen zwölf Gefangene und starrten ihn finster an – das fremde Wesen war nicht unter ihnen, wie er gleich erkannte. Er wußte nicht, ob er deshalb erleichtert oder verärgert sein sollte. Eine entsprechende Anzahl von Wachen waren sitzend oder stehend um sie herum postiert. Die übrigen Männer befanden sich auf ihren Stationen, obwohl die Gefahr eines Zwischenfalls gleich null war. Alle Anwesenden trugen Raumfahrerkleidung. Die Geheimdienstagenten führten Waffen, zum größten Teil sonare Betäubungsgeräte. Einige hatten Pistolen.

Durch das Schweigen hörte er das Rauschen der Ventilation. Die Luft roch angenehm frisch; die leichte Muffigkeit bestand wohl nur in seiner Einbildung. Da der Saal fast leer war, hatte er eine schlechte Akustik, und es gab die Andeutung eines Echos. *Na ja,* dachte er, *ich habe schon unter schlechteren Bedingungen gesprochen.* Erinnerungen schossen ihm durch den Kopf, das Schulgebäude einer kleinen Stadt, bis zum Bersten voll von mistbespritzten Landarbeitern, ein regnerischer Abend in einer während des letzten Bürgerkriegs zerbombten Freimaurerloge, die noch nicht repariert war, ein klirrend kalter Wintermorgen vor den Toren einer Fabrik, deren Arbeiter wußten, daß sie nach Wiederherstellung der Automation gefeuert werden wüden, alles Dinge, an die sich ein intelligenter junger Anwalt, der ein intelligenter junger Politiker geworden war, erst gewöhnen mußte. *In gewisser Weise wünschenswert. Es half mir, den einfachen Mann zu verstehen.*

»Ich hoffe, es macht Ihnen nichts aus, wenn ich englisch spreche«, begann er. »Es ist meine Muttersprache und wurde an Bord Ihres Schiffs ebenso oft gesprochen wie spanisch, nicht wahr?« Ihm gegenüber nur eisige Mienen. »Ich danke Ihnen.« Er hatte einen ungezwugenen Ton anschlagen wollen und stützte sich nun mit den Fingerspitzen auf das Pult, um seinem berühmten Bariton freien Lauf zu lassen.

»Guten Tag, meine Damen und Herren. Und ich hoffe, daß dieser Tag sich als ein guter für sie und die ganze Menschheit erweisen wird. Mehr als eine Sprache es ausdrücken kann, bedaure ich, was Ihnen zugestoßen ist. Sie kamen von Ihrer Expedition zurück, einer Expedition, gegen die sich die Reise des Columbus geradezu lächerlich ausnimmt. Sie haben geschuftet und gelitten, Sie haben drei liebe Kameraden verloren, und all das haben Sie ertragen. Sie haben etwas zurückgebracht, von dem Sie aufrichtig glaubten, daß es eine neue und bessere Zeit einleiten würde. Sie hatten jedes Recht darauf, einen Triumph zu erwarten, für den Rest Eures Lebens geehrt und geachtet zu werden, für immer in die Geschichte einzugehen. Statt dessen –«

»Ach, hören Sie doch auf mit der Scheiße«, sagte eine große, blonde Frau, »anstatt sie uns auch noch in die Fresse zu schmeißen. Davon hatten wir schon genug.«

Das mußte Frieda von Moltke sein, Waffenoffizier und Pilot, genau wie Sam Kalahele, der braunhäutige Mann, der neben ihr saß. Captain Willem Langendijk wandte sich in seiner überkorrekten Art, die Quick an ihm kannte, zu ihr um und ermahnte sie, ruhig zu sein. Der Erste Offizier Carlos Francisco Rueda Suárez hob seine Brauen ganz leicht und aristokratisch, um einen verächtlichen Blick in Richtung Bühne zustandezubringen. Der Ausdruck in den Gesichtern der anderen reichte von hämischem Grinsen bis zur Verlegenheit – außer bei der schlanken, grauhaarigen Frau, es war Joelle Ky, deren Gesicht nicht die geringste Regung zeigte.

Quick hob die Hand. »Bitte mäßigen Sie sich«, sagte er. »Glauben Sie mir, ich empfinde mit Ihnen. Ich habe die lange Reise von der Erde bis hier unternommen, um mit Ihnen ein sinnvolles Gespräch zu führen und einen *modus vivendi* zu erreichen, der auch Sie befriedigt. Ich schlage vor, daß ich einen kurzen Vortrag halte und wir anschließend eine freie Diskussion abhalten. Ich hoffe, Sie sind damit einverstanden.«

»Lassen Sie ihn ausreden«, befahl Langendijk.

Bruno Benedetti, der Versorgungsoffizier, verschränkte die Arme, lehnte sich zurück und gähnte gekünstelt. »Warum eigentlich nicht?« meinte er. »Wir haben ja sonst nichts zu tun.«

»Bitte«, Esther Pinski, Bordärztin und biologische Assistentin sprach fast ängstlich, obwohl sie mit den anderen zu einem unbekannten Ziel aufgebrochen war, um die dortigen Lebensformen zu studieren, was sich sehr wohl als tödlich hätte erweisen können. »Wir wollen doch höflich sein.«

»Ja«, sagte Ingenieur Dairoku Mitsukuri. »Wie sollen wir sonst freikommen?«

Die Mannschaft beruhigte sich, und Quick nahm wieder seine Rednerpose ein.

»Ich danke Ihnen«, sagte er. »Sie sind sehr entgegenkommend.« *Ihr seid eine tödliche Gefahr,* dachte er, aber dann sofort: *Es ist nicht ihre Schuld. Sie wissen es nicht besser. Ich muß versuchen, sie zu belehren. Wissen ist der Schlüssel zur Zukunft.* Er fühlte sich als die Toleranz in Person.

»Oberst Troxell und gewiß auch seine Leute haben ihr Bestes getan, Ihnen klarzumachen, warum man Sie hier so lange festgehalten hat. Aber, bei allem schuldigen Respekt, vielleicht konnten sie sich nicht ausreichend artikulieren. Reden ist nicht ihre Aufgabe. Meine jedoch – auf dem Gebiet muß ich mir schon etwas einfallen lassen, wenn ich im Amt bleiben will.« Er kicherte, aber niemand reagierte. Nur die Planetologin Olga Razumowski kniff sich kurz in die Nase. »Ich wollte auch mit dem Betaner sprechen«, fuhr er fort. »Darf ich fragen, warum er nicht anwesend ist?«

Alle schauten zu Joelle Ky hinüber. Sie schlug die Beine übereinander und sagte trocken: »Ich habe ihm abgeraten. Wir werden ihm diese Szene später vom Band spielen und sie ihm Punkt für Punkt zu erklären versuchen.«

Quick verließ das Rednerpult und hörte auf zu lächeln. Durch nichts verlor man das Interesse seiner Zuhörer leichter als durch Unbeweglichkeit und fehlendes Minenspiel. Außerdem graute ihm vor Holotheten. Sie waren nicht *menschlich* . . . dieses Vorurteil durfte er nie zugeben. Er war intelligent genug, zu wissen, daß es eines war.

Marie Feuillet, die Chemikerin, milderte Kys Antwort ab indem sie sagte: »Fidelio ist jetzt schon so verwirrt und wahrscheinlich auch gekränkt.«

»Nun, seine Schiffsgenossen kennen ihn am besten«, räumte Quick ein. »Fidelio, nehmen Sie bitte meine besten Wünsche entgegen. Meine Regierung heißt Sie im Sonnensystem herzlich willkommen.«

Sich wieder an die Mannschaft wendend: »Ein verdammt merkwürdiges Willkommen, das gebe ich zu. Ich bin gekommen, mich dafür zu entschuldigen und Ihnen gleichzeitig darzulegen, daß die Regierung keine andere Wahl hatte. Die Wächter konnten die Gründe nur andeuten. Ich will diese Andeutungen ergänzen. Sie können mir die härtesten Fragen stellen, die Ihnen einfallen, und ich werde Ihnen so ehrlich antworten, wie ich kann. Zuerst allerdings halte ich es für geboten, Ihnen die Situation so zu beschreiben, wie meine Kollegen und ich sie von Anfang an sehen mußten. Sagen Sie jetzt bitte nicht, ›das haben wir schon gehört‹. Sie sollten lieber meinen Ausführungen folgen. Vielleicht haben Sie noch nicht alles gehört.

Sie wußten doch schon bei Antritt Ihres Fluges, daß Sie nach Ihrer Rückkehr für unbestimmte Zeit in Quarantäne gehalten werden würden, ganz gleich, was Ihre Forschungsergebnisse zu beweisen schienen. Selbst im Fall Demeter, als die Stimme der *Anderen* uns versichert hatte, daß es auf diesem Planeten keine Krankheit gäbe, von der unsere Rasse befallen werden könnte, selbst in diesem Fall dauerte es zehn Jahre, bis irgendein dorthin entsandter Wissenschaftler den Fuß wieder auf irgendeinen Himmelskörper des Sonnensystems setzte. Eine so lange Zeit hätten Sie natürlich nicht auf der Umlaufbahn verbringen müssen. Die Zeit hätte aber sehr wohl länger sein können als die, die sie bisher im Rad verbracht haben.«

Floriano de Carvalho, Chefbiologe, wurde rot. »Wir hätten die Zeit aber anders verbracht, Quick!« rief er wütend.

Der Redner trat auf der Bühne einen Schritt zurück, wie es wohl früher ein Matador getan hätte. »Ja, gewiß doch. Sie hätten audiovisuellen Kontakt mit Ihren Lieben und der ganzen Welt gehabt. Man hätte Sie beschenkt, und Sie wären – nun, besser verpflegt worden als es hier möglich war – das stimmt wohl. Aber vor allem – habe ich recht? – hätten Sie der Welt Ihre Botschaft verkünden können. Die Botschaft, daß der Menschheit jetzt die Galaxie offensteht.«

»Das wohl noch nicht ganz«, sagte ein hagerer Mann. »Die Betaner haben tausend Jahre gebraucht, um auszuknobeln, wie sie zu etwa hundert Sternen und zurück gelangen konnten. Es ist allerdings ein Anfang.«

Quick erkannte den Sprecher nicht gleich. Eine mentale Sperre. Er hatte jedes Besatzungsmitglied persönlich kennengelernt und jedes Dossier studiert, als er die Expedition selbst schon nicht verhindern konnte. Aber er hatte geglaubt, daß Jahre vergehen würden. Mit ein wenig Glück wäre die *Emissary* überhaupt nicht mehr zurückgekommen. Dann kam die

Katastrophennachricht, und er wünschte fast, es gäbe einen Gott, dem er dafür danken konnte, daß zu der Zeit ausgerechnet Tom Archer das Wachschiff befehligte. Von den anderen Offizieren hätte kaum jemand mitgespielt. Jedenfalls hatte man kaum an die Möglichkeit gedacht – theoretisch ja, genau so wie $e = mc^2$ einmal Theorie war – daß die T-Maschine nicht nur den Raum sondern auch die Zeit überwinden konnte –

Archers Meldung: Die *Faraday* hatte die *Emissary* durch das Tor zum Sonnensystem begleitet. Geschickt hatte er die Besatzung des anderen Schiffs ausgetrickst und hielt sie unter Bewachung. Was war nun zu tun? Quick war jetzt noch stolz darauf, wie schnell ihm das Rad als Aufbewahrungsort eingefallen war, und wie schnell er die *Faraday* loswurde. (Sie wurde einfach auf ihren Posten im Phöbischen System zurückgeschickt. Bevor ihr dortiger Auftrag erledigt war, hatte er rasch die Genehmigung erwirkt, sie mit Vermessungsarbeiten im weit entfernten Hades zu beauftragen, wobei die Mannschaft die üblichen fetten Spesen einstreichen konnte. Das verschaffte ihm einige Wochen Luft, während derer er sich eine endgültige Lösung ausdenken konnte.) Dennoch war es ein wahrer Alptraum gewesen, die Dinge so zu regeln und trotzdem Geheimhaltung zu wahren. Ein einzelner hätte das nicht geschafft. Aber zwischen den Männern aus einem Dutzend verschiedenen Ländern, ob hoch oder niedrig, die ihre Karriere aufs Spiel setzten, um hinter den Kulissen zu versuchen, das Unheil zu verhindern, gab es stärkere Bande als die der Freundschaft, nämlich ein gemeinsames Anliegen.

Und schließlich – Radiobotschaften zwischen dem Rad und der Erde konnten nicht gut chiffriert gesendet werden, weil dort draußen nur ein paar harmlose Wissenschaftler vermutet wurden. Kurierschiffe brauchten Tage und konnten außerdem nicht sehr häufig fliegen, denn auch das hätte Mißtrauen erregt. (Außerdem sind die frei verfügbaren finanziellen Mittel begrenzt. Oh, diese verdammten geizigen Reaktionäre, die Männer mit Weitsicht ständig an ihrer Arbeit hindern!) So hatte Quick bei seiner Ankunft kaum eine Ahnung von dem, was Troxell und seine Mannschaft bisher erfahren hatten.

Zum Glück lerne ich schnell. Dieser Gedanke brach den

Bann. Er war nur eine Sekunde lang unsicher gewesen, als er von der Wichtigkeit dessen überwältigt war, was er für die Menschheit tat. Jetzt wußte er auch den Namen des Mannes, der ihn vorhin mit seinem Zwischenruf geärgert hatte. Es war der zweite Ingenieur der *Emissary*. Er kannte sogar den Namen seiner Frau.

»Das war nur eine Metapher, Mr. Sverdrup«, sagte er. »Wie ich Ihren Bericht verstehe, können die Betaner uns Zugang zu Planeten verschaffen, die wir kolonisieren könnten, wenn Demeter voll ist. Wichtiger noch – habe ich recht? –, sie können uns mit etwa zwanzig vernunftbegabten Arten zusammenbringen von denen allen wir unabsehbar viel lernen könnten: in Wissenschaft, Kunst, Philosophie und wer weiß was sonst noch.«

»Beschränken wir uns doch erst einmal auf die Betaner«, fuhr Rueda auf. »Technologisch sind sie am weitesten fortgeschritten. Verglichen mit ihren Ingenieuren sind unsere wie Kinder, die in der Sandkiste spielen. Nur so als Fingerübung könnten sie uns ein Raumschiff mit einer Leistung bauen, die für uns wie Science Fiction ist, und das Ganze so billig und leicht wie wir Automobile herstellen. Und sie sind sogar dazu bereit. Sie bieten uns derart großzügige Handelsbedingungen an, daß ich fast verrückt werde. Wir sagten ihnen, daß die Person eines Botschafters bei uns auf der Erde sakrosankt ist. Sir, gilt das nicht auch für diesen? Was haben Sie mit ihm vor?«

Der Matador wich dem Angriff aus. »Bitte, Sr. Rueda, gerade das wollen wir heute diskutieren. Sie halten mich doch nicht für einen Gegner der Wissenschaft. Schließlich bin ich Minister für Forschung und Entwicklung.«

Rueda antwortete nur mit hochgezogenen Brauen. *Der verdammte Kerl hat sein ganzes Erwachsenenleben als Raumfahrer verbracht,* dachte Quick, *aber er bleibt Angehöriger seiner Familie, Angehöriger dieser verfluchten Geldaristokratie. Bestimmt haben sie in seinem Beisein über Politik gesprochen. Er weiß, daß ich im Kabinett nicht deshalb das Ressort Forschung und Entwicklung angestrebt habe, um diesen blinden Kräften die Zügel schießen zu lassen. Nein, meine Mission ist es, sie zu zähmen. Sie sind gute Diener aber schlechte Herren*

... Aha, Ira, du betest dir wieder deine eigenen Sprüche vor, nicht wahr?

»Lassen Sie uns ins zwanzigste Jahrhundert zurückgehen«, sagte er. »Damals wurde der Forschung hinsichtlich des Austausches und der Veränderung von Genen ein Ende gesetzt. Das geschah auf Betreiben verantwortungsbewußter Wissenschaftler. Man wollte erst rigorose Sicherheitsvorkehrungen erarbeiten. Das Ergebnis war, daß die Menschheit von keiner neuen Pest heimgesucht wurde. Statt dessen gewann man ungeheuren Nutzen aus neuen Erkenntnissen auf dem Gebiet der Genetik.

Meine Damen und Herren, Sie sind heute in der Situation jener Pioniere. Ich bewundere Ihren Mut. Ich empfinde tiefes Mitgefühl mit Ihnen in Ihrer jetzigen Lage, und ich weiß sehr wohl das gewaltige Potential zu schätzen, das sich zum Nutzen der Menschheit aus Ihren Bemühungen ergeben mag. Und doch bin ich sicher, daß auch Sie nicht wünschen können, daß vielleicht eine grauenhafte Krankheit über die gesamte Menschheit kommt. Was ich fordere, ist nicht das Ende jeder Weltraumforschung, sondern nur ein Aufschub. Ich bete dafür, daß Sie einverstanden sind.

›Welche Krankheit‹ mögen Sie fragen. Meine Freunde, die gleiche Frage wurde damals in den genetischen Laboratorien gestellt. ›Welche Krankheit?‹ Niemand wußte es. Wenn sie es gewußt hätten, hätte es kein Problem gegeben. Aber sie hatten wenigstens die Weisheit, die Grenzen ihres Wissens zu erkennen.

Unsere Regierung nimmt ihre Aufgabe sehr ernst. Als jenes Betanische Schiff beobachtet wurde, das bei Phöbus das Tor passierte, gab es lange Debatten, bevor eine Expedition, die das fremde Schiff verfolgen sollte, genehmigt wurde. Diese Debatten fanden in aller Öffentlichkeit statt. *Es war ein fürchterlicher politischer Kampf, den meine Fraktion verlor, obwohl wir einige Zugeständnisse erreichten. Und dann taten wir uns zusammen, um zu prüfen, wie wir die nächste Schlacht gewinnen könnten.* »In hohem Maße basierte die Entscheidung weiterzumachen darauf, Ihre jahrelange Abwesenheit vorauszusetzen. Es war ziemlich klar, daß Sie viel Zeit benötigen würden, sich mit einer völlig fremden Spezies in Verbindung zu setzen. Mittlerweile konnten wir uns verschiedene Möglichkeiten vorstellen und uns auf sie vorbereiten.« *Und uns um die bemühen, die das Sagen hatten.* »Aber statt jahrelang wegzubleiben, sind Sie nach ein paar Monaten zurückgekommen!«

Quick schaltete von Erregung auf Feierlichkeit. »Fidelio, lieber Freund aus der Sternenwelt, vergeben Sie mir, was ich sagen muß. Moralisch weiß ich, daß Sie und Ihre Artgenossen günstig gesonnen sind. Aber eine moralische Überzeugung reicht nicht aus, wenn eine Regierung die Verantwortung für Milliarden von Menschen hat. Und was wissen Sie schon von uns? Haben Sie einen positiven Beweis für unsere Aufrichtigkeit, unsere Friedfertigkeit? Ich meine, Sie und ich haben unserer beider Nachkommenschaft gegenüber die Pflicht, größte Vorsicht walten zu lassen.«

Einige Zuhörer kicherten. Die von Moltke lachte laut und brüllte: »Er versteht nur spanisch, Sie redseliger Staatsmann. Soll ich ihm das übersetzen?«

Quick unterdrückte die in ihm aufsteigende Wut. Er überlegte, ob er das Ganze in der zweiten Sprache wiederholen sollte. Er verzichtete darauf, denn das würde die Blamage nur noch deutlicher machen. Er ließ sein schönstes Lächeln aufblitzen. »Wenn Sie wünschen, Madam, bitte sehr.« Die schlagfertig gemeinte Antwort schien aber an sie verschwendet.

Er wandte sich wieder an die gesamte Mannschaft: »Ganz abgesehen von aggressiven Absichten, die ich in diesem Fall für sehr unwahrscheinlich halte – davon ganz abgesehen, denken Sie doch an die Auswirkungen auf die Gesellschaft. Die *Anderen* gaben uns Demeter, aber sie brachten uns auch die Unruhen. Die Union ist erschreckend anfällig. Das Friedenskommando ist mehr und mehr überfordert. Sie, meine Damen und Herren, sind Idealisten. Sie glauben,daß eine Flut von Informationen, daß neue Technologien, Ideen und Philosophien nur wünschenswert sein und eine Renaissance bewirken können.

Meine Freunde, ich darf Sie daran erinnern, daß die Europäische Renaissance in der Tat brillante Leistungen in Kunst und Wissenschaft zeitigte, daß sie aber ebenso eine Epoche war, da die Zivilisation explodierte. Es war die Ära nicht nur der Leonardos und Michelangelos, sondern auch die der Borgias und der Cenci. Und damals war das wirksamste Tötungsmittel Schießpulver. Heute haben wir Fusionssprengköpfe.

Verzeihen Sie, wenn ich Argumente wiederhole, die schon vor Ihrer Abreise immer wieder vorgetragen wurden, aber schließlich haben Sie acht Jahre Ihres Lebens fern von hier in einer exotischen Umgebung verbracht. Entdeckerfreude und Stolz auf die eigene Leistung haben diese Warnungen in Ihrer Erinnerung verblassen lassen. Und offenbar ist es Colonel Troxell und seinen Männern nicht gelungen, Ihnen klarzumachen, wie schwerwiegend diese Dinge sind.

Ich wiederhole, wir, die wir das öffentliche Wohl im Auge haben, rechneten mit Jahren der Vorbereitung auf Ihre Rückkehr. In Voraussicht der Gefahr war es unsere Absicht, Recht und Ordnung zu sichern und die Öffentlichkeit aufzuklären. Um ehrlich zu sein, durch Ihre frühe Ankunft haben Sie selbst den Notfall überstürzt herbeigeführt.«

Ruedas Arm fuhr hoch. »Wissen Sie denn nicht, warum wir so früh zurückgekommen sind?« rief er.

Erschrocken hörte der Minister seine eigene Stimme: »Was? Wie . . . nein, ich glaube nicht. Es steht zweifellos im Bericht – Colonel Troxell sagt, daß Sie sehr ausführlich berichtet haben – aber das Material ist sehr umfangreich, und ich wollte Sie nicht länger warten lassen –« Er fing sich wieder. »Nun, Sr. Rueda, so funktioniert wahrscheinlich das Tor.«

»Falsch, Mr. Quick«, sagte der Erste Offizier. »Die Betaner hatten tausend Jahre Zeit, die T-Maschinen zu untersuchen. Sie haben billige Sonden entwickelt, die sie zu Milliarden entsenden können, während wir nur ein paar tausend gestartet haben. So erhielten sie einige zurück. Aufgrund dieser Informationen begannen sie einen Plan zu erkennen und eine Theorie zu ahnen. Sie wissen noch lange nicht alles, aber sie haben festgestellt, daß geringe Kursabweichungen, die nicht ausreichen, einen im Raum an ein anderes Ziel zu bringen, einen jedoch zu einer anderen Periode in der Zeit bringen. Die Spanne ist nicht sehr groß, etwa eine Dekade in jede Richtung. Darüber reichen ihre Informationen noch nicht hinaus. Aber sie sagten uns, sie könnten einen Kurs um die Maschine bei Centrum berechnen, der uns ein paar Jahre vor oder nach dem Zeitpunkt unseres Aufbruchs aus dem phöbischen System nach dorthin zurückbringen würde.

Wir beschlossen, ein paar Tage nach unserer Abreise wieder zurückzukommen. Daß es Monate wurden, lag daran, daß wir die *Emissary* nicht so genau steuern können wie sie ihre Schiffe.

Es war unsere eigene Entscheidung.«

Langendijk runzelte die Stirn. Rueda sah seinen Captain an und schüttelte den Kopf.

Quick war erschrocken – er hatte ein taubes Gefühl in den Lippen – er atmete schwer. »Warum?« stieß er hervor, obwohl er die Antwort erriet.

»Wir hatten die vorangegangenen Debatten durchaus nicht vergessen«, sagte Rueda. »Wir haben acht Jahre darüber nachgedacht. Wir sahen das Risiko, daß Ihre Partei sich durchsetzen würde, Sir, denn sie weiß genau, was sie will, während Leute wie wir nur Hoffnung versprechen können. Wir beschlossen, so früh wie möglich nach Hause zu kommen.«

Trotz seiner Bestürzung (Herr im Himmel, eine Reise durch die Zeit! Das hat uns gerade noch gefehlt.) registrierte Quick mit Vergnügen, wie schnell sein Gegenangriff erfolgte. »Danke Sr. Rueda«, säuselte er. »Ich wünschte, Sie könnten mir erzählen, was meine Partei denn will. Das würde mich brennend interessieren. Ich dachte, die Aktionspartei und ähnlich eingestellte Organisationen hätten ganz einfach das Wohlergehen der Menschheit zum Ziel.«

Rueda zuckte die Achseln. »Was ist das Wohlergehen der Menschheit? Wer bestimmt das? Lassen Sie auch mich ein wenig aus der Geschichte zitieren. Vor einigen hundert Jahren ließen die japanischen Shogune keinen Fremden ins Land – und damit auch keine neuen Einflüsse, keine frischen Impulse. Mr. Mitsukuri hat mir erzählt, wie man dann versuchte, das ganze Leben zu reglementieren. Selbst der Preis für die Puppe, die man seinem Kind kaufte, wurde amtlich festgesetzt.«

»Festung Menschenheim«, ergänzte von Moltke boshaft. »Und wir könnten ein Reich von Einsiedlern bleiben. Wir brauchten nur Waffen zu den T-Maschinen zu schaffen und alles Fremde, das sich zeigt, in die Luft jagen. Oh, ja.«

Gar keine so schlechte Idee. Quick hob die Hand. »Für welch ein Ungeheuer halten Sie mich? Was soll ich denn darauf antworten? Ob ich meine Frau noch schlage? Meine Damen und Herren, ich kann mir nicht vorstellen, daß die Jahre auf Beta aus Ihnen Paranoide gemacht haben. Hören Sie bitte auf, so mit mir zu reden!«

Captain Langendijk mischte sich ein. »Bitte, das gilt für alle, wir wollen uns zivilisiert benehmen.« Er stand auf und sagte zur Rednertribüne gewandt: »Sir, der Grund für unsere vorgezogene Rückkehr war nicht Verfolgungswahn. Es schien uns einfach das Beste. Außerdem werden Ihnen persönliche Gründe einleuchten. In acht Jahren wäre der eine oder andere unserer Lieben vielleicht gestorben, der Rest gealtert. Dem hofften wir zu entgehen.«

Quick wollte etwas antworten, aber Langendijk fuhr mit seiner sonoren Stimme fort: »Wie Carlos sagte, erinnerten wir uns an die Diskussionen vor unserer Abreise. Immer wieder haben wir darüber gesprochen – auch über die Gefahr des Entstehens neuer Unruhen. Wir hielten diese Gefahr für äußerst gering.

Sie sprechen von einer Flut neuer Erkenntnisse. Die gibt es nicht. In hundert Jahren haben wir nicht einmal Demeter kennengelernt, und dort gibt es keine einheimischen vernunftbegabten Wesen. Was Beta anbetrifft – die Betaner, die schon verschiedene Arten kennengelernt haben, schätzen, daß es fünfzig Jahre dauern wird, bis wir über den Austausch kultureller und wissenschaftlicher Delegationen hinausgelangen. Die Erde wird Zeit genug haben, sich darauf einzustellen.

Bitte, lassen Sie mich aussprechen. Die fremde Technologie wird natürlich rascher eindringen. Aber was schadet das schon? Die unmittelbar wichtige Technologie wird sich auf die Raumfahrt beschränken. Viele billige und wirklich leistungsfähige Raumschiffe; verschiedene Flugrouten durch die Tore; unbewohnte erdähnliche Planeten – das Sicherheitsventil. Sehen Sie das denn nicht? Die Freiheit, aufzubrechen und einen neuen Anfang zu machen, nicht nur ein paar tausend in

Transporter gepferchte Leute im Jahr. Nein, unbegrenzt. Die Freiheit. Das ist es, was wir der Erde bringen.«

Mit rotem Gesicht setzte sich der langes Reden nicht gewohnte Mann und wartete. Auch alle anderen warteten.

Quick ließ das Schweigen eine Weile andauern, um seinen folgenden Worten um so mehr Gewicht zu verleihen. Dann trat er ans Pult und nahm wieder seine feierliche Pose ein.

»Wir alle hier sind Idealisten. Wären Sie es nicht, hätten Sie die Reise nach Beta nicht angetreten. Und wenn ich es nicht wäre, würde ich nicht in Toronto und Lima meinen Dienst versehen. Auch die Männer, die sich hier um Sie gekümmert haben, sind es. Sonst hätten sie diese undankbare Arbeit nicht auf sich genommen.«

Das ist nicht die ganze Wahrheit, dachte er. *Meine ganzen Emotionen sind darauf gerichtet, daß ich, Ira Wallace Quick, es sein muß, der das Schicksal zwingt. Es gibt kein vergleichbares Hochgefühl. Grob gesagt ist von einer applaudierenden Menge bewundert zu werden schöner, als mit einer Frau ins Bett zu gehen.*

Wie ehrlich ich mir selbst gegenüber bin. (Aber das bin ich eigentlich oft. In Maßen ist es kein schlechter Zug.) Deshalb wage ich jetzt auch, ganz ehrlich zu sagen, daß einer da sein muß, der die Dinge in die Hand nimmt. Ich habe schließlich in all den Jahren den einfachen Mann kennengelernt und weiß um seine Bedürfnisse.

»Captain Langendijk«, sagte er, »Sie sprechen aus Überzeugung, aber haben Sie wirklich daran gedacht, welche Konsequenzen die unbedachte Einführung dieser neuen Raumfahrttechnologie haben könnte? Sie sprachen von einem Sicherheitsventil. Lassen Sie *mich* statt dessen von den Elenden dieser Erde sprechen, von ganzen Nationen, die immer noch in primitiver Barbarei leben, von den Millionen Armen und Unterdrückten in den sogenannten fortgeschrittenen Ländern. Müssen wir nicht an sie denken? Sie glauben doch selbst nicht, daß die einfach ihre Sachen packen und gehen könnten. Woher sollten sie das Geld nehmen, selbst für die billigste Fahrkarte und für die Ausrüstung, die sie draußen brauchen? Woher bekommen sie die Ausbildung, die zum Überleben nötig ist?

Auf Demeter hat es Hunderte von Todesopfern unter sorgfältig ausgewählten Emigranten auf einer sorgfältig erforschten Welt gegeben. Und woher sollen die Armen auch nur den Anreiz, die bloße Energie zum Aufbruch nehmen?

Nein, was Sie vorschlagen, würde nur dringend benötigte Rohstoffe und noch dringender benötigte Fachkräfte fehlleiten. Zum Nutzen einiger weniger Privilegierter würden die Massen für unabsehbare Zeit in noch tieferes Elend gestürzt. Haben Sie denn kein Gefühl der Verpflichtung gegenüber Ihren Mitmenschen?«

»Mamma mia«, schrie Benedetto, »haben Sie denn kein Gefühl für elementarste Volkswirtschaft? An diese *Sciocchezza* glauben Sie doch selbst nicht!«

Quick erstarrte. »Ich glaube an eine verständnisvolle Regierung«, erklärte er.

Ky regte sich in ihrem Sessel. »Verständnisvolle Regierung«, sagte sie, »ist eine verschlüsselte Phrase. Sie bedeutet: ›Es wird absolut kein Verständnis für die Steuerzahler geben‹.«

Das ist nicht auf ihrem Mist gewachsen, dachte Quick wütend. *Dazu ist sie zu realitätsfremd. Ich wette, das hat sie von diesem Schwein Daniel Brodersen auf Demeter gehört. Die Agenten haben mir berichtet, daß zwischen den beiden enge Beziehungen bestehen.*

Er beherrschte sich. Jeden Muskel entspannt lehnte er sich gegen das Pult und sagte mit der ganzen Freundlichkeit, die er aufbringen konnte:

»Meine Damen und Herren, ich wußte, daß Sie verbittert sein würden. Daß uns das Gespräch so aus der Hand gleiten und sogar feindselige Züge annehmen würde, konnte ich nicht voraussehen. Bedenken Sie, ich habe meine anderen Pflichten zurückgestellt und die tagelange Reise von der Erde nach hier unternommen, um mit Ihnen einen Plan auszuarbeiten, der Sie auch privat zufriedenstellt und mit dem wir gleichzeitig unserer gemeinsamen Pflicht der Menschheit und der Zivilisation gegenüber genügen. Lassen Sie uns zu einem echten Dialog kommen.«

*

Stunden später saß er, ein Glas Scotch mit Soda in der Hand, in dem ihm zur Verfügung gestellten Raum, um sich zu einer Entscheidung durchzuringen. Bald würde er gemeinsam mit Troxell das Abendessen einnehmen. Natürlich konnte er unerwünschten Fragen oder Vorschlägen ausweichen, indem er Müdigkeit geltend machte. Er war auch tatsächlich müde. Auf keinen Fall durfte er die Wahrheit sagen. Er durfte auch nicht lange hier draußen im Raum bleiben, während zu Hause alles drunter und drüber ging. Vielleicht konnte er das abendliche Gespräch so lenken, daß er Hinweise für sein weiteres Vorgehen aus ihm gewann. Aber dazu mußte er sich selbst wenigstens einen vorläufigen Aktionsplan zurechtlegen, und das wiederum bedeutete, daß er sich einigen recht harten Tatsachen stellen mußte.

Er hatte sich unter der heißen Dusche den Schweiß abgewaschen, und nach einem Kleiderwechsel stank er nicht mehr. Er lehnte sich bequem im Sessel zurück. Das Glas in seiner Hand fühlte sich kühl und feucht an, und bei jedem Schluck mußte er an Rauch denken – Freudenfeuer bei politischen Veranstaltungen, Lagerfeuer in den Rockies, Kaminfeuer après-ski in einem schweizer Chalet, die Zigarre nach einem erstklassigen Essen und ihm gegenüber die reizende junge Frau aus der Programmierabteilung der Regierung . . . Beschwingte Musik von Haydn erklang. An einem Sichtfenster in der Wand zogen die Sterne in ihrer Schönheit vorüber. Er nahm das alles kaum wahr.

Was tun?

Was tun?

Eine Tragödie, wirklich, eine Tragödie. Um Lichtjahre schlimmer als das, was er unter der Kriegsregierung als junger Jurist im Büro der Staatsanwaltschaft tun mußte, als er Übeltäter verfolgte, die doch nur das Produkt einer chaotischen Gesellschaft waren. Die Leute, die mit der *Emissary* nach Beta gereist waren, gehörten auf der Erde gewissermaßen zur Elite. Sie waren begabt, gebildet und von idealer Gesinnung. Er konnte sie nicht einmal verbohrte Technologen nennen, genau so wenig wie sie ihm wahrscheinlich wütenden Fremdenhaß unterstellten. Er und sie besaßen verschiedene Teile einer einzigen Wahrheit, wie Blinde, die einen Elefanten betasten.

Er konnte den drängenden Fragen allerdings nicht ausweichen, und nie durfte er vergessen, daß er Staatsmann war. Welche Position war richtiger, welche die weniger falsche? Was war für den Elefanten wichtiger, Schwanz oder Rüssel?

Ich habe während der Unruhen zuviel Elend gesehen und die Statistiken über noch viel mehr gelesen. Nie würde er das unbekannte kleine Mädchen vergesen. Es hatte Grenzzusammenstöße zwischen den Vereinigten Staaten und der Heiligen Westlichen Republik gegeben. Eine Mörsergranate hatte sich verirrt, und als Mitglied der gemischten Waffenstillstandskommission hatte er in der Gegend nach etwaigen Schuldbeweisen gesucht. Da fand er sie. Sie hielt einen Teddybären auf die Wunde gepreßt, aus der zusammen mit ihrem Blut auch ihr Leben verströmte. Sie starb auch bald in den Trümmern ihres zerstörten Heims. Schlimmer noch waren die Hungerkatastrophen. *Welche Existenzberechtigung hat eine Regierung, wenn nicht die Sorge für das Volk? Und wer sorgt für das Volk, wenn nicht die Regierung?*

Quick nahm einen Schluck und spürte ihn durch seine Kehle rinnen. Er empfand Hohn. *Jetzt zitiere ich die Rede Nummer 17-B.* Das half ihm, sich zu beruhigen, aber die Tatsachen änderte es nicht.

Die wichtigste Tatsache war, daß der Homo sapiens zwischen den Sternen nichts zu suchen hatte. Später, ja, wenn er so weit war, sollte er gehen. Aber zuerst mußte er zu Hause Ordnung schaffen. Man konnte sogar behaupten, daß alle interplanetarischen Unternehmungen vom ersten Sputnik an Fehler gewesen waren. Zugegeben, das war Ketzerei. Öffentlich hatte sich Quick in diesem Sinne nie geäußert. Die Technikbesessenen hätten sich wie eine Lawine auf ihn gestürzt mit ihren Zahlen über das Wirtschaftswachstum aufgrund der Rohstoffe und neuen Fabrikanlagen. Sie hätten ihm die Fortschritte der Wissenschaft und ihre Bedeutung für alle übrigen Disziplinen von Erdbebenkontrolle bis zur Medizin vorgehalten, und sie hätten recht gehabt. Sie dachten aber nie darüber nach, welche anständige, stabile Welt der Mensch hätte errichten können, wenn er ganz einfach zu Hause geblieben wäre.

Wie dem auch sei – *Oh, zur Hölle mit den Anderen, wenn sie dort nicht schon waren. Sie könnten einen dazu bringen, an den Satan zu glauben.*

Hals über Kopf und ohne Rücksicht auf Arbeits- und Materialkosten nach Demeter, um einigen Tausend der Milliarden von Erdenbewohnern neue Hoffnung zu geben . . . Ja, ja, die Investition machte sich bezahlt. Demeter warf einen hübschen Profit ab, der in Gestalt von Lohnerhöhungen und Preissenkungen zum Teil der Öffentlichkeit zugute kam – aber wieviele Arme mußten zur Zeit der Investitionen darben. Das Kapital hätte enorme Sozialleistungen ermöglicht.

Wichtiger noch und nicht wiedergutzumachen war der Verlust an *Interesse.* Gerade die Besten kümmerten sich nicht mehr um die Regierung der Erde. Sie waren weit fort im Raum. Wenn man ihnen völlig freie Hand ließ und sich auch noch die Betaner an den Hals holte, war es aus mit Ira Quicks Programm für eine humane und rationale Zivilisation.

Er strich sich über den Bart und gab sich weiter seinen Überlegeungen hin. Nicht nur seine Interessen standen auf dem Spiel. Keine zwei unter seinen Verbündeten hatten identische Motive. Stedman von der Heiligen Westlichen Republik fürchtete den Niedergang des Glaubens und den Verfall der Moral, die schon heute durch weltliche Einflüsse geschwächt war. Makarov in Großrußland hatte Angst, daß sein Traum von einer Wiedervereinigung mit Bjelorußland, der Ukraine und Sibirien sich nicht verwirklichen würde. Abdallah vom Kalifat von Mekka argwöhnte, daß der industriell schon hochentwikkelte Iran entscheidende Vorteile über den übrigen Islam erlangen könnte. Garcilaso von der Andenföderation hatte mit seiner Firma im Wettbewerb mit ihrem Hauptkonkurrenten Aventureros Planetarios eine günstige Position erreicht und konnte keine Störung gebrauchen, weniger wegen eventueller finanzieller Verluste, als aus Sorge um das Ansehen seiner Familie. Der Europäer Broussard war zwar ein pragmatischer Politiker, aber er war von der Furcht getrieben, seine Kultur und Tradition könnten in Vergessenheit geraten und untergehen. Die Liste ließ sich fortsetzen.

Quick löste sich aus seinen Träumen und packte das Glas fester. Ein Realist mußte die Realität akzeptieren. Demeter, die Sternentore, die *Anderen* und nicht einmal die Iliadische Liga ließen sich einfach wegwünschen. Wasser fließt nicht den Berg hinauf. Aber man kann ein Auffangbecken bauen, um seinen Lauf zu stoppen. Danach kann man vielleicht mit Glück und Beharrlichkeit eine Pumpe installieren, die es wieder zurückpumpt.

Heute sehe ich meine Befürchtungen bestätigt. Es gibt keine Möglichkeit, diese Mannschaft zur Mitarbeit zu bewegen. Ich kann nur froh sein, daß keiner von ihnen geschickt genug ist, sich zu verstellen, um mich später zu hintergehen.

Es sind wertvolle Menschen; und ohne Zweifel hat auch das fremde Wesen einen Anspruch darauf, daß ich ihm gegenüber ein Gewissen habe. Wir können sie nicht gefangenhalten, bis sie an Altersschwäche sterben. Nein. Es gäbe zu viele Möglichkeiten, das Geheimnis dennoch zu verbreiten.

Was wäre die Alternative? Sie freilassen? Damit wäre alles negiert, wonach wir streben, und die Aktionspartei und alle Gruppen, die mit mir zusammengearbeitet haben, wären erledigt. Was würde dann aus meinen Hoffnungen?

Gut, was sind nun die Tatsachen? Die Mannschaft der Emissary *hat offenbar bei den Verhören rückhaltlos ausgesagt.*

(a) Die Betaner sind zwar jederzeit in der Lage, das Phöbische System zu erreichen, aber sie haben keine Ahnung, wie sie zum Sonnensystem gelangen, weder von jener Maschine noch von irgendeiner anderen aus. Ganz gleich wie vertraut sie mit den Betanern waren, die menschlichen Besucher haben ihr Versprechen gehalten, den Kurs nicht zu verraten.

(b) Die Betaner sahen die Möglichkeit, daß ein Kontakt mit der Menschheit für sie oder für uns von Übel sein könnte. Sie schickten einen Botschafter, der gleichzeitig Ermittlungen anstellen sollte, wollten aber sonst niemanden nach Phöbus schicken. Der nächste Schritt sollte von unserer Seite erfolgen. Wenn kein terrestrisches Fahrzeug sie aufsuchte, um regelmäßige Beziehungen einzuleiten, würden sie lange warten, ehe sie von sich aus die Initiative ergriffen. (Es fiel Quick schwer, an solche Zurückhaltung zu glauben, bis ihm einfiel, daß er wie ein Mensch dachte und nicht wie ein Betaner. Ihr ursprüngliches Interesse an uns hatte eine durchaus nichtmenschliche Motivation und konnte kaum befriedigt werden, wenn sie mit Gewalt eindrangen.)

(c) Als die *Emissary* startete, nahm fast jeder an, daß sie jahrelang fortbleiben und vielleicht sogar nie zurückkehren würde. So blieb genug Zeit, die Erde und Demeter vernünftig zu organisieren.

(d) An Bord der *Faraday* wußte man, daß die *Emissary* zurück war. Nach einem letzten Bericht von Aurelia Hancock zu urteilen, hatte dieser lästige Brodersen Verdacht geschöpft, was sicherlich auch für seine Freunde galt. Überdies befanden sich im San-Geronimo-Rad einundzwanzig Männer, die noch mehr, wenn nicht alles, wußten. Allerdings konnte man mit so wenigen Leuten schon fertigwerden. Man konnte an ihr Pflichtgefühl oder ihre Eitelkeit appellieren, sie auf verschiedene Art überzeugen oder Druck anwenden, denn bei jedem gibt es wunde Punkte. Man konnte natürlich auch ein Meinungsklima schaffen, bei dem kein vernünftiger Mensch den Anschuldigungen eines oder zweier isolierter Spinner Glauben schenken würde. Dazu brauchte man Zeit und Geld, aber es konnte funktionieren. Trotz Zehntausender von Zeugen hatten die westlichen Intellektuellen die Wahrheit über Stalins Reich jahrzehntelang nicht geglaubt, und noch länger brauchten sie bei den Maoisten.

Nicht, daß Ira Quick etwa Konzentrationslager oder Ähnliches errichten wollte. Das Beispiel zeigte nur, welche ungeheure Wirkung zum Guten oder zum Bösen man mit Propaganda erzielen konnte. Meist wurde eine Doktrin von Leuten verbreitet, die an diese Doktrin als Ganzes gar nicht glaubten, sondern einfach gewisse Schlüsselbehauptungen für wahr hielten. Diese kamen dann in die Lehrbücher . . .

(e) Die Besatzung der *Emissary* selbst. Das tat weh. Sie freilassen, damit sie ihre Geschichte erzählen –

– denn die Geschichte besagte ja nicht nur, daß sie dort

gewesen waren, sie war genau die Offenbarung, die Rueda und Langendijk predigten –

– dann konnte man soziale Gerechtigkeit getrost vergessen. *Plus Ira Quicks Karriere. Oh, meine Freunde, und ich könnten nicht strafrechtlich belangt werden. Wir haben die juristische Seite äußerst sorgfältig geprüft.* Das Gesetz über gefährliche Mittel gab seinem Ministerium ausgedehnte Vollmachten zur Beschlagnahme von Material, das als gefährlich eingestuft wurde. Der Finalistenfall – eine nihilistische Sekte, die einige Fusionssprengköpfe entdeckt hatte, die noch aus der Zeit der Unruhen stammten – war der Präzedenzfall dafür, Leute in Isolationshaft zu nehmen. Während die Sache mit der *Emissary* einen verheerenden Skandal auslösen würde, könnte er sich seiner Immunität als Politiker erfreuen . . . wenn er die Leute nicht länger als etwa drei Monate in Gewahrsam behielt. *Vielleicht könnte ich meine Art der Gesetzespraxis wieder aufleben lassen, wenn sich die erste Erregung gelegt hätte. Wenn die ganze Welt kopfstand, hatten die Anwälte ohnehin ihre große Zeit. Aber was hatte das alles für einen Sinn?*

Deshalb: Was war zu tun?

Um der Menschheit willen.

Quick schluckte hart. Troxell war pflichtbewußt: ihm war mitgeteilt worden, daß das Unionskabinett diese Verhaftung in einer Exekutivsitzung angeordnet hatte. Das stimmte nicht genau. Eine Handvoll entschlossener Männer in der Regierung hatte gehandelt.

Was sollte als nächstes geschehen?

Quick bezweifelte sehr, ob die Union selbst in aller Offenheit Troxell für ein Massaker gewinnen könnte.

Ein schlimmes Wort. Für eine schlimme Sache.

Und doch sehr leicht durchführbar. Zum Beispiel mit einem schmerzlos wirkenden Gas.

Man müßte Troxells Mannschaft ablösen. Ihnen allen besondere Aufgaben zuweisen, damit sie sich zerstreuen. Dann zwei oder drei Männer, die sich unserer Sache ganz verschrieben haben –

Es kommt über mein Haupt und die Häupter meiner Kollegen. Davon könnte ich mir diese Hände nie wieder reinwaschen.

Aber das tote kleine Mädchen. Armut. Ignoranz. Die Besten und Intelligentesten auf der Jagd nach bloßen Abenteuern im Weltraum, wo sie doch der Gemeinschaft dienen sollten.

Er trank sein Glas aus und setzte es hart ab. *Unterschied sich diese Situation im Grunde von einem Krieg? Ich weiß es nicht. Ich muß darüber nachdenken. Rat einholen. Die Schuld auf mehrere verteilen. Aber das Problem mit der Mannschaft muß endgültig gelöst werden. Und zwar bald.*

*

»Ich verstehe es nicht«, sagte Fidelio.

»Ich auch nicht«, antwortete Joelle in ihrem Quartier.

»Er auch nicht. Das männliche Wesen, das man Quick nennt (Kh'eh-yih-kh-h-h). Hat er nicht in Zusammenfassung gelesen und ist ihm nicht berichtet worden, mit welchem Dilemma wir es in unserer Welt zu tun haben? Kann er sich nicht vorstellen, wie gern wir zu euch kommen wollen, wenn ihr uns empfangt?«

»Entweder kann er es nicht, oder er will nicht«, sagte Joelle. »Es ist für ihn vielleicht zu kompliziert. Oder – ich weiß nicht. Ich bin nicht traurig, daß ich diesen Dingen weit entrückt bin.« Ihr Blick glitt zum Sichtfenster hinüber. In der kristallklaren Nacht des Raumes waren durch die Drehung des Rades die Plejaden sichtbar geworden. Ungefähr in dieser Richtung lag nach den Berechnungen der Betaner Beta. Lagen drei Menschen, deren Ruhestätten auf jenem fremden Planeten für immer Erde waren. »Wenn Chris hier wäre«, sagte Joelle kaum hörbar, »könnte sie es vielleicht erklären.«

XI

GESPEICHERTE ERINNERUNGEN

Die Sonne, die von den Menschen Centrum genannt wird, ist ein K3-Zwerg mit einer Leuchtkraft von 0,183 relativ zur Sonne. Der ihn in einem Abstand von 0,427 astronomischen Einheiten umkreisende zweite Planet Beta bekommt etwa soviel Gesamteinstrahlung wie die Erde – mehr Infrarot, wesentlich weniger Ultraviolett. Die Umlaufdauer beträgt annähernd 118 terrestrische Tage. Die Eigendrehung hatte sich auf zwei Drittel dieser Zeit eingependelt. Daher ergibt die Zeit von Sonnenaufgang bis Sonnenuntergang auf jener Welt ein Betanisches Jahr, und die Achsenneigung führt dazu, daß die südliche Hemisphäre ständig verreist ist. (Die Präzession ändert das, aber erst im Verlauf von geologischen Epochen, da Beta keinen Mond hat.) Auch der Nordpol hat eine mächtige Eiskappe.

Die langsame Umdrehung ergibt ein schwaches Magnetfeld. Daher gibt es nur wenige und trübe Morgenröten. Auch die Zyklonwinde sind schwach. An der Beleuchtungsgrenze, wo sich Tag und Nacht treffen, gibt es allerdings oft heftige Wetter. In den nördlichen gemäßigten und tropischen Zonen ist der typische Wetterablauf folgender: früh morgens Tauwetter; am Vormittag Regen und Stürme; nachmittags ist es trocken; der Abend bringt wieder Regen und Sturm; noch später Schneestürme; endlich Frost und Wetterberuhigung bis zum Morgen; dann kündigt aufkommender Wind das nächste Tauwetter an. Das Leben hat sich diesen Bedingungen angepaßt.

Grundsätzlich ist es von der gleichen Art wie das auf der Erde und auf Demeter. Proteine in Wasserlösung, Pflanzen mit Photosyntese, pflanzenfressende Tiere und solche, die andere Tiere fressen. Das kann auf einem so ähnlichen Planeten nicht überraschen – mittlerer Durchmesser 11 902 Kilometer, mittlere Dichte 5,23 g/cc, fünfundsechzig Prozent der Oberfläche mit Wasser bedeckt. Verglichen etwa mit Merkur und Jupiter, sind die drei Welten praktisch Drillinge.

Und doch setzen die geringfügigen Unterschiede die Bedingungen für Natur und Schicksal all dessen, was auf ihnen lebt.

*

Joelle Ky und Christine Burns wanderten ein östlich gelegenes Ufer entlang. Um sie herum Wildnis. Sie waren nicht weiter als fünfzig Kilometer vom Komplex der Megalopolis entfernt, die fünfzehn Millionen Einwohner hatte. Aber die Betaner legten großen Wert auf eine schöne Landschaft. Deshalb konnte man von oben kaum erkennen, daß hier eine Stadt lag. Man sah nur den historischen Kern, auf weniger als tausend Hektar zusammengedrängte Gebäude. Sonst wirkte alles wie eine Parklandschaft, hier und da eine Straße, um künstliche Seen angelegte Gärten, gelegentlich eine elegante Turmspitze. Fast die gesamte eigentliche Stadt lag unter der Erde. Selbst landwirtschaftlich genutzte Flächen wirkten nicht so organisiert wie die Äcker und Weiden auf der Erde.

Joelle und Christine hatten ihren Flugapparat geparkt und waren zu Fuß weitergegangen. Eine freundliche einheimische Matriarchin hatte ihnen das Gerät auf ihre Bitten hin gern geliehen. Weder die Sitze noch die Steuerung waren auf ihre Körpermaße abgestimmt, aber nachdem Joelle die Daten eingegeben hatte, übernahm der Autopilot, und auf einem so kurzen Flug war es gleich, wie man saß.

Eine Weile gingen sie schweigend nebeneinander her, bevor Joelle entschlossen sagte: »Du wolltest, daß wir eine Stelle finden, wo wir uns privat unterhalten können, Chris«, und sich wunderte, warum ihr dieser Satz so schwer über die Lippen ging. Fürchtete sie sich vor dem was sie jetzt hören würde?

Die Computerfrau der *Emissary* holte Luft. »Das ist richtig«, sagte sie in ihrem singenden Jamaika-Englisch. Sie war groß und geschmeidig und hatte weiche Gesichtszüge und rehbraune Augen. Ihre Haut hatte fast die Farbe von Ebenholz, ihr Haar war wie ein schwarzer Heiligenschein. Das Scharlachrot ihres Kleids hob sich grell von der Landschaft ab. »Wir hätten gar nicht so weit zu fliegen brauchen. Außerhalb Hörweite vom Lager hätte gereicht.« Sie lachte. Seit sie sich kannten, hatte Joelle sie um ihr unbeschwertes Lachen beneidet. »Unsere Gastgeber würden uns wohl kaum belauschen.«

»Ach, nur ein Szenenwechsel«, erwiderte die Holothetin. *Du willst mir etwas anvertrauen. Mein kaltes Ich empfindet die Wärme dieses Bedürfnisses. Verdienst du für deine Beichte denn nicht eine schöne Umgebung?* Das hatte sie ausdrücken wollen, aber es gelang ihr nicht. »Ich war schon mal hier. Es gefällt mir.«

»Mir auch. Warum hast du uns andern diese Stelle nie gezeigt?«

»Andere Gegenden sind genau so schön. Du weißt doch, daß ich hin und wieder allein sein muß.«

»Dafür ist dies ja auch der richtige Ort, Joelle.«

Das schärfte ihr Bewußtsein für die Umgebung. Schicht um Schicht fiel alle Gewöhnung von ihr ab, und sie empfand deutlich die sechs oder acht Kilo, um die eine geringere Schwerkraft ihr Gewicht vermindert hatte. Auch ihr Gang, ja, jede Bewegung waren anders. Von einem verminderten Luftdruck merkte sie nichts, aber sie spürte, daß eine salzige Brise von der See zu ihrer rechten her in der Hitze Erfrischung brachte. Der Wind trug alle erdenklichen Düfte heran, süß, schweflig, ein Hauch von Rosen, würzig und wie Käse; unbeschreiblich. Die Brandung rauschte, und der Wind pfiff. Ein fliegendes Wesen mit lederartigen Flügeln stieß flötende Schreie aus.

Der Himmel war von fast purpurnem Blau. Centrum stand niedrig im Westen, fast bewegungslos, dreiviertel größer als die Sonne von der Erde gesehen, eine orangefarbene Scheibe, die man ohne Schaden eine Sekunde lang betrachten konnte. Gegenüber türmten sich Wolkenmassen über dem Horizont, dunkel und drohend, außer an den Rändern, wo rote und goldene Blitze zuckten. Ihr grelles Leuchten wurde von der See gespiegelt, die sonst zu mattblauen Wellen mit Schaumkronen auflief, die sich am Kiesstrand brachen.

Die Irdischen gingen etwas weiter oben durch Buschwerk, das ihre Waden peitschte und hinter ihnen wieder zusammenschlug. Auf der Landseite standen vereinzelte Bäume, deren dünne, wedelartige Äste sich wild im Wind bewegten. Die fast waagerechten Sonnenstrahlen zauberten unzählige Farbschattierungen hervor, braun, rötlich, rubinrot, aprikosenfarben, ockerbraun und golden, und über allem düsterer Rembrandtschatten.

Acht Jahre, dachte Joelle. *Kann ich mich wirklich noch an ein Kornfeld in Kansas oder einen Laubwald in Tennessee erinnern?* Die Umgebung trat zurück, denn Christine hatte sie bei der Hand genommen.

Sanft gab Joelle den Druck zurück, und die beiden Frauen gingen weiter. Schließlich sagte Christine leise: »Ich hoffe, es macht dir nichts aus, wenn ich . . . dich mit meinen Sorgen belaste.«

»Nein, nur zu.« Joelles Puls ging unregelmäßig. Sorgfältig wählte sie ihre Worte: »Du solltest dir aber klar darüber sein, daß ich die letzte unter der Besatzung bin, die in persönlichen Dingen raten könnte. Was verstehe ich schon von Emotionen?«

»Mehr als wir alle. Würdest du denn aktive Holothetin bleiben, wenn das für dich keine ausgefüllte Existenz wäre?«

»Es ist aber kaum eine menschliche Existenz.«

»Oh, doch. Alles, was Menschen tun können, ist menschlich.«

»Als Definition lasse ich das gelten. Das bedeutet nicht, Asket und Wüstling gleichzeitig zu sein. Ich hatte keine andere Wahl. Mein Weg war vorgezeichnet.«

Christine sah sie an. »Ich will nicht in dich dringen«, sagte sie nach einer Weile. »Wenn ich damit anfange, mußt du mich ohrfeigen. Aber ich glaube, du verstehst mehr von Menschen als du selbst ahnst.«

»Wie das? Ich bin mit dem Projekt zur Ausbildung von Holotheten aufgewachsen. Im Alter von zwei Jahren wurde ich an ein militärisches Forschungsreferat gegeben. Es zeigt sich, daß ein Holothet so früh anfangen muß. Du warst – achtzehn, glaube ich, sagtest du – als du dein Training für den Anschluß an den Computer begannst. Ein solcher Anschluß ist meine erste Erinnerung. Das prägt einen Menschen.« Joelle drückte ihr fest die Hand. »Ich beklage mich nicht. Im Ganzen ist mein Leben befriedigend verlaufen. Es war nur anders als deins.«

»Wirklich ganz anders? Ich . . . nun, du hast dich während dieser Reise nicht auf intime Beziehungen eingelassen. Du hast Annäherungsversuche zurückgewiesen, die manchmal ernst gemeint waren, aber – Verzeih mir, ich *wollte* doch nicht fragen. Dennoch, Gerüchte – nein, jeder weiß es, um offen zu sprechen – auch du hast gelegentlich ein Verhältnis gehabt.«

Eric Stranathan, erinnerte sich Joelle, und einen Augenblick gab es kein Beta mehr. Er und sie am Louisensee, ganz allein. Nachher hatte er, ein stolzer Mann und Sohn des Generalkapitäns von Fraser Valley, sie verlassen. Er konnte es nicht ertragen, daß er nur den einfachen Anschluß an den Computer beherrschte, während sie Holothetin war (damals breitete sich das Verständnis dafür, was ein Holothet eigentlich ist, explosionsartig aus). *Du kannst über Eric nichts wissen, Chris. Du warst damals noch nicht geboren. Du denkst an die verschiedenen Liebhaber, die ich seitdem hatte, meistens ebenfalls Holotheten. Es war wenig mehr als körperliche Lust, außer vielleicht, in gewissem Ausmaß, bei Dan Brodersen.*

»Nichts, was tiefer ging«, sagte sie, aber sie merkte an Christines Hand, daß sie ihr nicht glaubte.

»Du bist wie eine Mutter zu mir gewesen«, sagte die Jamaikanerin. »Deshalb habe ich auch den Mut, mich an dich zu wenden.«

Eine Mutter. Eine Mutter? Nein, ein Mutterbild. In deinen Augen bist du nur eine einfache Computerfrau und ich eine gottgleiche Holothetin. In Wirklichkeit bin ich nur eine großzügige Vorgesetzte gewesen, die dir einige fortgeschrittene Kenntnisse vermittelt hat. (Du bist Jugend und Schönheit. Ich bin das Altsein, ohne es zu wollen, rückt es mir immer näher.)

Joelle spürte, daß der Wind stärker wurde. Sie mußte die Stimme heben: »Ach, wollen wir nicht aufhören, von mir zu sprechen? Lieber beschäftigen wir uns mit deinem Problem. Du kannst mir sagen, was du willst, Liebes.«

Liebes.

»Ich habe mich seit Wochen seelisch auf dieses Gespräch eingestellt«, sagte Christine, als hätte sie ein Hindernis überwunden. »Schon seit wir uns alle einig waren, daß wir genug geschafft haben und nach Hause gehen können. Nicht daß ich Anst vor dir hatte. Ich hatte vor mir selbst Angst. Ich wagte nicht, mich meinen Konflikten zu stellen. Kannst du mir helfen?«

»Ich kann es versuchen.«

»Du wirst dich daran erinnern, daß es anfangs auf dem Schiff recht lustig zuging. (Wenn sechs weibliche und neun männliche Bewerber in den Tests für die Aufnahme in die Mannschaft Bestnoten erhielten, hatten es die Mädchen natürlich gut, besonders, als Joelle beschloß, an diesem Sport nicht mehr teilzunehmen.) Dann wurde er ernst zwischen Chi und mir. Als er starb – (Yuan Cichao, Planetologe, ging in eine Schlucht, um den zutage liegenden Granit zu untersuchen und fiel tot um. Eine spätere Analyse ergab, daß dort wachsende Pflanzen in der Mittagshitze ein tödliches Gas absonderten, das von einer Inversionsschicht aufgefangen und konzentriert wurde. Die Betaner waren untröstlich. Sie hatten keine Ahnung gehabt. Für sie war das Gas völlig harmlos.) Wenn ich so zurückdenke, ich war wie von Sinnen vor Trauer. Später tobte ich mich dann aus. (Ihre Pflichten erledigte sie aber zur Zufriedenheit. Es gab ohnehin nicht viel für sie zu tun, denn am Computer wurde sie kaum benötigt, während die Expedition sich bemühte, eine ganze Welt kennenzulernen.) Torsten hat mich dann wieder aufgerichtet. Er war unglaublich nett und rücksichtsvoll, und seine Kraft hat mir sehr geholfen. Mir graut, wenn ich daran denke, was für ein wandelnder Leichnam ich ohne ihn heute wäre.«

Eine solche Hilfe hätte ich dir nicht geben können, nicht wahr? empfand Joelle schmerzlich. Laut: »Du unterschätzt dich. Du bist gesund und hättest dich von selbst wieder gefangen.« Widerwillig: »Trotzdem, er hat dir eine Menge Auftrieb gegeben. Du fühlst dich in seiner Schuld.« *Ich habe euch beide jeden Tag beobachtet. Ich habe euch jede Stunde beobachtet, Chris.*

»Ja, das tu ich. Wenn wir zur Erde zurückkommen, will er mich heiraten.«

»Wie schön«, sagte Joelle automatisch.

Chris schluckte. »Aber ich liebe Dairoku.«

Weil er ähnlich aussieht wie Chi? Das ist mir nie aufgefallen, aber – »Und wie denkt er darüber?«

»Er betrachtet mich als gute Freundin, respektiert mich als Besatzungsmitglied und freut sich, wenn ich mit ihm ins Bett gehe«, sagte Chris hastig. »Das Gleiche gilt für Frieda, Esther, Marie und Olga. Und auch für dich, wenn du nur willst. Seit wir wissen, daß Zeitreisen möglich sind, redet er immer öfter von einem Mädchen in Kyoto . . . er behandelt mich höflich und zuvorkommend, ja. Er ist sogar lieb zu mir, aber das . . . das ist auch alles.«

»Hast du ihm schon mal gesagt, wie es um dich steht?«

»Nein. Eigentlich nicht. Was man so auf der Matratze sagt – das zählt doch nicht, oder? Sollte ich denn mit ihm sprechen?«

»Darüber muß ich erst nachdenken«, sagte Joelle. »Und höchstwahrscheinlich komme ich zum falschen Ergebnis.«

Sie stapften weiter. Der Wind wurde lauter. Die See tobte. Die Wolkenwand im Osten wuchs erschreckend schnell. Wolkenfetzen rissen sich von ihr los und jagten über den indigoblauen Himmel.

Chris zog gegen die aufkommende Kälte die Schultern hoch. »Und was ist mit Torsten?« fragte sie.

»Man muß niemanden heiraten«, stieß Joelle in plötzlicher Verärgerung hervor.

»Natürlich nicht. Aber –«

»Er wird schon nicht sterben. Er wird nach unserer Rückkehr eine andere finden. Oder eine ganze Serie von anderen.«

»Gewiß. Aber . . . wenn ich Dai nicht haben kann . . . soll ich dann Torsten laufen lassen? Ich möchte dir gerne mehr über ihn erzählen, Kleinigkeiten, und du kannst mir vielleicht raten, was ich tun soll. Ich denke ja nicht nur an mich. Er liebt mich wirklich . . . Aber andererseits, weißt du, Dai und ich haben zusammen gearbeitet. Wir haben das Triebwerk gewartet. Vielleicht kannst du mir sagen, ob ich – ich könnte vielleicht –« Chris preßte Joelles Hand an ihren Busen.

Nicht antworten!

Die Liebe geht seltsame Wege. Die Liebe hat bei uns die gleiche Macht wie bei den Betanern, und hier hat sie einen Wendepunkt der Geschichte herbeigeführt. Joelle gewann neue Kraft, indem sie an Tatsachen dachte.

*

Die Vorfahren der Betaner waren Allesfresser, die im Küstengebiet lebten und Jäger wurden. Sie waren weder für das Land noch für das Wasser speziell ausgestattet, obwohl sie schneller schwimmen als laufen konnten. Wenn Veränderungen in der Meeresströmung, die auf Veränderungen in der Vereisung der Hemisphäre zurückzuführen waren, den Fischfang erschwerten, es aber an Land reichlich Wild gab, überlebten nur die Intelligentesten und Geschicktesten. An Land gab es sehr viele große Tiere, wie sie bei kaltem Klima oft auftreten. Als die Art im Laufe der Zeit zu vollem Verstand erwachte, verbreitete sie sich über ein weites Gebiet. Manche wanderten so weit, daß sie nie wieder das Meer besuchten. Sie blieben dem Zyklus von Tag und Nacht verhaftet.

Die weiblichen Exemplare waren um die Hälfte größer als die männlichen. Ihr Körper war proportional größer, aber die Glieder hatten die gleiche Länge. Deshalb waren sie kräftiger und konnten sich im Wasser geschickter bewegen, an Land jedoch waren sie verhältnismäßig langsam und unbeholfen. Die Weibchen hatten vier Öffnungen für die Ernährung der Jungen, aber man konnte sie nicht eigentlich Zitzen nennen, und ihr Produkt war auch keine Milch. In der Regel bestand ein Wurf aus vier Jungen, von denen drei männlich waren; die Chromosomen des Weibchens bestimmten das Geschlecht des Nachwuchses, nicht die der Männchen. Während der Paarungszeit wurden die Eier in einem Zeitraum von etwa hundert Stunden einzeln zur Befruchtung frei, und gewöhnlich wurde jedes von einem anderen Partner befruchtet.

Das geschah ungefähr um die Mittagszeit. Am folgenden Tag setzten am späten Nachmittag die Wehen ein, so daß die Zeit der Schwangerschaft mit der beim Menschen vergleichbar war. Die Jungen kamen aus verschiedenen Taschen in der Gebärmutter, und zwar in Abständen, die grob dem Zeitpunkt der jeweiligen Empfängnis entsprachen. Wegen der Größe der Mutter lief dieser Vorgang leichter ab als beim Menschen. Nachts wurden die Jungen genährt, wobei sie rasch wuchsen, und am nächsten Morgen entwöhnt. Während das Weibchen nährte, konnte es nicht befruchtet werden, und so nährte sie, wenn auch immer weniger, so lange, daß sie bis zum nächsten Mittag unfruchtbar blieb. Daher betrug der normale Zeitabstand zwischen den Geburten vier betanische Jahre oder siebzehn terrestrische Monate.

In primitiverem Milieu war die Mutter an Land benachteiligt, aber sie mußte dort bleiben, um während der ersten Lebensnacht für die Jungen zu sorgen. Ihre Partner – drei im Durchschnitt – schafften gewöhnlich die Nahrung herbei, während sie sich um die Jungen kümmerte und das Lager bewachte. (Die Augen der Betaner sind hervorragend an das Sehen in der Dunkelheit angepaßt.) Die sich entwickelnden Ehegepflogenheiten nahmen natürlich die Form der Vielmännerei an.

Wegen der körperlichen Ungleichheit und vielleicht auch weil der Geschlechtsverkehr so selten ausgeübt wurde, traten die angeborenen seelischen und geistigen Unterschiede zwischen den männlichen und weiblichen Exemplaren auf Beta stärker hervor als auf der Erde. Die Ersteren neigten zu Agressionen, waren erfinderisch, geschickt, und sie konnten abstrakt denken. Aber sie entwickelten wenig Kreativität in den Künsten, die das Gefühl ansprechen. Die Letzteren waren ruhig, beharrlich, oft mitleidslos, und sie hatten einen praktischen aber künstlerischen Verstand und ein Gefühl für die lebende Natur, das ihre männlichen Partner nie ganz begriffen. Fast alle Gesellschaften waren matriarchalisch, und die Große Mutter war *das* religiöse Urbild.

Das lag an den besonderen Bindungen, die die Elternpaare zusammenhielten, um eine gute Versorgung der langsam heranwachsenden Jungen zu gewährleisten. Der Mensch empfindet das ganze Jahr hindurch Libido. Beim Betaner ist geschlechtliche Begierde eher eine zerstörerische Kraft, die Leidenschaften heraufbeschwört, die außer Kontrolle geraten können. In bestimmten Kulturen entwickelten sich viele Institutionen eigens zu dem Zweck, dafür zu sorgen, daß leidenschaftliche Frauen die Exklusivpartner ihrer Männer blieben und daß die Tugend der Töchter bewahrt wurde.

Nicht stumpfe Gewohnheit, sondern die Nahrung fesselte den männlichen an den weiblichen Partner. Das hatte die Natur so eingerichtet. Das Weibchen nährte nämlich nicht nur ihre Jungen, sondern auch ihn.

In Verballhornung eines der Worte für die Flüssigkeit, die es produzierte (es gab tausende), nannten die Wissenschaftler der *Emissary* sie *Enin* und den Produktionsvorgang selbst *Enination*. Mit Enin wurden die Jungen beiderlei Geschlechts ernährt. Die Substanz enthielt außerdem ein Hormon, das dem Wachstum förderlich war – und für die Gesundheit und Kraft des erwachsenen männlichen Partners unentbehrlich. Er benötigte nur geringe Mengen, und wenn er sie ihr abzapfte, machte das ihm ein so intensives Vergnügen, daß er bald zufrieden war; allerdings mußte er sich während einer Planetenumdrehung mehrere Male etwas holen. (Auch sie hatte es gern, obwohl ihre Gefühle dabei wesentlich schwächer waren.) Auf diese Weise konnte das normale Weibchen seine Gatten an sich binden. Zur Paarungszeit war sie trocken. Das Pheromon, das sie dann ausschied, regte die sexuelle Begierde ihrer Partner an. Zu Beginn der Schwangerschaft setzte langsam die Enination wieder ein. Das war ein freudiges Ereignis, für einige Glaubensrichtungen gar das höchste Fest.

Diese direkte Abhängigkeit ließ die Weibchen den männlichen Exemplaren geheimnisvoll erscheinen, und sie empfanden ihnen gegenüber Ehrfurcht. In einigen Gebieten bildeten die Geschlechter sogar zwei deutlich verschiedene Gesellschaften mit verschiedenen Gesetzen, Ritualen und Sprachen; die gemeinsame »Sprache« mochte aus einem Kauderwelsch bestehen.

Die Gatten eines Weibchens bildeten mit den heranwachsenden Söhnen ganz allgemein die Kerneinheit. Von ihnen wurde angenommen, daß sie einen unauflöslichen Bund bildeten. Junggesellen gab es nur wenige, weil das ausgefallene Formen der Prostitution erfordert hätte, und Homosexualität war unbekannt. Als die Zivilisationen einen höheren Entwicklungsstand erreicht hatten und weltumspannend wurden, gab es wachsende Bemühungen in Richtung auf – nicht »Gleichheit« der Geschlechter, was kaum denkbar war – aber doch auf einen höheren Grad der Integration.

Wie auf der Erde gab es Seßhaftigkeit (an den für sie günstigen Meeresküsten) und Nomadentum (im unwirtlichen Innern des Kontinents). Wie auf der Erde bildeten sich größere Gemeinschaften. Es gab Kriege, Eroberungen, Versklavung, Tyrannei, Korruption, Niedergang und Verfall. Und wie auf der Erde hatte das alles beträchtliche materielle und intellektuelle Fortschritte zur Folge.

Dennoch war kein betanischer Staat mit irgendeinem terrestrischen wirklich zu vergleichen. Die Oberhäupter waren immer weiblich – eine Monarchin konnte zur Gottheit erklärt werden – und hielten die männliche Streitsucht in Schach. Die Familienstruktur schützte ihre Untertanen davor, sich für seelenlose Massenarmeen mobilisieren zu lassen oder in einen Zustand der Auflösung zu geraten. Überdies konnte jede gesunde Person, wenn sie nur Zugang zum Meer gewann, sich leicht vom altmodischen Fischefangen ernähren und durch simples Wegschwimmen jeder Unterdrückung entgehen. Daher waren die meisten Nationen entweder friedlich und traditionsorientiert oder aktiv aber vernunftbestimmt. Ihre imperialistischen Bestrebungen hatten gewöhnlich klar definierte Ziele und endeten, sobald diese Ziele erreicht waren.

Im Ganzen gesehen verlief also die betanische Geschichte mit all ihren Höhen und Tiefen weit weniger qualvoll als die terrestrische. Andererseits waren private Gewalttätigkeiten zwischen männlichen Betanern häufiger.

Zuletzt gab es eine wissenschaftlich-industrielle Revolution. Sie brachte Risiken und Katastrophen, aber man geriet nie so dicht an den Abgrund, wie es auf der Erde der Fall war, denn in diesen konservativen, weiblich beherrschten Zivilisationen mit ihrer ausgeprägten Umweltethik fand diese Revolution nur gemächlich statt. Auf lange Sicht allerdings veränderte sie die betanische Lebensweise gründlicher, als die industrielle Revolution auf der Erde die Lage der Menschheit änderte.

Das geschah durch die Biologie, die den Vorrang vor der Physik hatte. Die Forscher fanden eine Methode, die Hormone des Enin synthetisch herzustellen.

Die Umwälzung geschah nicht über Nacht. Als ausgleichende Kräfte wirkten Sitte, Gewohnheit, Religion und Gesetze. Hinzu kamen Emotionen, die mit dem Anzapfen der Weiber zusammenhingen, periodisch wiederkehrende Sexualität und der Wunsch nach Nachkommenschaft. Nichtsdestoweniger konnten die männlichen Betaner nun solange sie wollten von den weiblichen getrennt leben und dennoch gesund bleiben.

Junge Individuen begannen, die Heirat aufzuschieben, und suchten ihre Partner nach anderen als nur praktischen Gesichtspunkten aus. Auf Beta gab es jetzt so etwas wie romantische Liebe. Inzwischen verlor der Mann das Gefühl, daß die Frauen ein Mysterium umschwebte, und oft ging es den Frauen ebenso.

Manche Männer wurden zölibatär, um zu forschen – Beta und die Nachbarplaneten zu erforschen, und sich mit Wissenschaft und Philosophie zu beschäftigen, etwas zu leisten. Mönchsorden wurden gegründet. Extremer Idealismus zeitigte Fanatismus mit all seinen Konsequenzen. Immer mehr Männer erkannten, daß sie sich jetzt so intensiv wie sie wollten etwa mit Ingenieurswissenschaften beschäftigen konnten, wofür das Matriarchat nur eine sehr begrenzte Begeisterung hatte aufbringen können. Eine gewaltige Industrie entstand und breitete sich aus.

Diese Revolution fand keineswegs in einem einzigen Schub statt. Denkende Individuen beiderlei Geschlechts versuchten, sie in Grenzen zu halten. Eines der Ergebnisse war eine Weltregierung, ein anderes Raumfahrt. Da viel von der alten Verehrung des im Weibe verkörperten Lebens geblieben war, schien es natürlich, die neue Technologie nach außen zu richten, wo sie dem Mutterplaneten nicht schaden sondern eher neue Rohstoffquellen erschließen würde.

Freies Unternehmertum im menschlichen Sinne hatte dort nie existiert. Wie zur Kompensation hatten sich Kriege und ähnliche Narreteien, verglichen mit irdischen Maßstäben, immer nur in unglaublich geringem Umfang zugetragen. Der Weltstaat hatte genügend Reserven für ein Raumfahrtprogramm.

Schon bald entdeckten die Betaner die T-Maschine auf ihrer Umlaufbahn um Centrum, genau ihrem Planeten gegenüber. Während der nächsten Jahrhunderte gelang es ihnen mit Geduld und großer Anstrengung, Wege durch hundert verschiedene Sternentore zu finden. Sie kolonisierten ein halbes Dutzend unbewohnter Planeten. Sie stießen auf an die zwanzig intelligente Rassen, lernten von ihnen und bereicherten dadurch über alle Maßen ihre eigene Zivilisation.

Aber gleichezeitig wurden die Grundlagen dieser Zivilisation immer schneller unterhöhlt. Die biologische Revolution verlief viel langsamer, als etwas so Wichtiges bei der Menschheit vonstatten gegangen wäre. Und doch vollzog sie sich unaufhaltsam. Während das männliche Geschlecht, das seine physische Abhängigkeit vom weiblichen überwunden hatte, im Lauf von Generationen auch seine geistige Abhängigkeit abstreifte, machte die Chemie den Reproduktionszyklus kontrollierbar. Ein Weibchen konnte jetzt selbst bestimmen, ob und wann sie brünstig sein wollte.

Die psychologische Wirkung war gleichzeitig befreiend und verheerend. Die ursprüngliche Harmonie zwischen ihnen und ihrer Sonne und den Sternen gab es nicht mehr – oder sie war bestenfalls eine Sache, die man bewußt entschied. Wenn das Weibchen sich auf ein bisher den männlichen Partnern vorbehaltenes Gebiet, wie etwa die Raumfahrt, begab, mußte sie nicht nur ihr Arbeitsverhältnis regeln, sondern auch die Frage ihrer Identität; sie mußte erkennen, wer und was sie wirklich war. Das gelang ihr nie ganz. Verwirrung und Verbitterung griffen um sich, auch bei denen, die zu Hause blieben. Sexualität wurde nur zu oft zur Waffe.

Propheten, Philosophen und gewöhnliche Leute suchten ein befriedigendes neues Ideal, mit dem man leben konnte. Die Erfahrungen mit fremden Intelligenzen und das Wissen um die Existenz der *Anderen* ließen diese Suche nur dringlicher erscheinen, und ihre Enttäuschungen waren um so quälender.

Als die *Emissary* ankam, hatte das psychosexuelle Dilemma Beta in eine Krise gestürzt. Ruhelosigkeit, Überspanntheit, Geisteskrankheit, Verbrechen und Tumulte häuften sich. Wie geschäftig sie auch waren, wie wohlhabend und wie interessiert an ihren Aktivitäten, kaum einer der Bessergestellten war ganz glücklich, und bei vielen bestimmte diese Traurigkeit die ganze Existenz.

Einige forderten im Ernst, Zeitreisen dazu zu benutzen, die bisherige Entwicklung der Wissenschaft zurückzudrehen, aber das war so gut wie unmöglich, denn es war kein Kurs draußen bei Centrum bekannt, der ein Schiff sehr weit in die Vergangenheit zurückversetzen konnte, und die Chance, einen zu finden, war entlegen. Noch öfter wurde vorgeschlagen, die Rasse müsse durch einen Willensakt »zurück zur Natur« gelangen, aber das war genauso wirklichkeitsfremd. Ohne moderne Technologie wäre der größte Teil der Bevölkerung, womöglich die ganze Spezies, zum Untergang verurteilt; und diese Technologie konnte nur von den sexuell Emanzipierten gehandhabt werden. Es gab nur den Weg nach vorn . . . aber in welche Richtung?

Dann kam die *Emissary*.

Als die Verständigung von Jahr zu Jahr besser wurde, wuchs bei den einsichtigeren Betanern die Erregung. Was ein interessantes akademisches Projekt gewesen war, erhielt plötzlich gigantische Bedeutung. Diese Zweibeiner waren nicht nur eine neue fremde Art, sie waren durch Geburt schon das, was die Betaner für sich heiß erstrebten.

Ihre Sexualstrukturen traten auch anderswo bei mehreren Arten auf, aber gleichzeitig waren andere Unterschiede, die die Formen der Sexualität beeinflußten, zu groß. (Zum Beispiel befand sich eine mit Flügeln ausgestattete Art ständig auf der Wanderung. Keine ihrer Institutionen, Sitten, Einstellungen und Überzeugungen waren für die Oberflächenbewohner brauchbar.) Bei allen Verschiedenheiten waren die Menschen ihren Gastgebern grundsätzlich ähnlich. Der Beweis dafür lag in den engen Beziehungen, die sich zwischen Individuen der beiden Arten entwickelten. Durch wissenschaftliches Studium, aus der Literatur und aus Freundschaften hofften die Betaner zu erfahren, was es bedeutet, ein *solcher* Mann oder eine *solche* Frau zu sein, und wie sie es selbst werden konnten. Das würde in einer einzigen Generation oder in einem einzigen Jahrhundert nicht möglich sein. Es könnte tausend Jahre dauern, bis die erlangten Einsichten die Zivilisation veränderten, und das Ergebnis würde keine Kopie sein, sondern ganz und gar betanisch. Aber jetzt schon könnte man sich dem Verständnis nähern. Der Leitstern, nach dem so viele so lange gesucht hatten, könnte durchaus die Sonne sein.

Fidelio hatte Joelle gebeten: »Lehrt uns eure Art zu lieben.«

*

Weder sie noch Christine achteten auf das Wetter. Die Stürme bei Sonnenuntergang waren manchmal gefährlich, aber Centrum stand noch Erdentage über dem Horizont. Außerdem kam der Wind von Westen. Regen um diese frühe Zeit war ungewöhnlich aber willkommen, denn er milderte die Hitze. Kleider und Schuhe würden anschließend rasch trocknen. Sie gingen weiter und dachten an ihre privaten Stürme.

Aber dann zog Christine die Ältere zu sich heran, denn sonst hätte der Wind ihr die Worte vom Mund gerissen. »Ob wir nicht lieber umkehren sollten?«

Joelle schaute sich um. Der Himmel war wie Tinte. Grelle Blitze leuchteten auf, und der Donner krachte. Graue Wolkenfetzen schossen darunter her. Scharfer Sprühnebel wehte von der See her, die hoch auflief, stampfte und brüllte und deren Dunkelheit zu schäumender Gischt explodierte und den Uferkies wie mit gewaltigen Mühlsteinen zermahlte. Sie konnte nicht weit sehen, aber so weit ihre Sicht reichte, bewegten sich die Büsche in braunen, goldenen und roten Wellen, und die aus den windgepeitschten Bäumen gerissenen Blätter und Äste sausten vorbei und verschwanden in der Dunkelheit. Der Wind heulte und schrie. Er packte sie wie eine kalte, mächtige Woge, wie die Springflutwelle, in der Alexander Vlantis ertrunken war. Und er nahm an Stärke noch zu.

»Ja«, rief sie. »Wir suchen im Fahrzeug Schutz. Aber wir fliegen erst, wenn dies vorbei ist.«

Sie kehrten um, und nun stürzte der Regen herab. Zuerst wie Speere, dann wie Äxte, schließlich wie ein Hammer, dessen Schlag immer wieder niederfuhr. Die Sturzflut ergoß sich auf den hartgetrockneten Boden und löste ihn in Schlamm auf, in dem die Füße steckenblieben. Die Frauen glitten aus, stürzten, krochen halb aufgerichtet weiter und klammerten sich hilfesuchend aneinander. Der Sturm erfüllte Joelles Kopf mit einem einzigen Kreischen und Johlen. Der Donner fuhr ihr bis ins Mark.

Das ist unmöglich! rief ein Teil ihres Verstandes. *In acht terrestrischen, fünfundzwanzig betanischen Jahren haben wir so etwas . . . vor dem Abend . . . noch nie erlebt!*

Leidenschaftslos antwortete die Holothetin in ihr: *Was sind fünfundzwanzig Jahre im Leben einer Welt? In einer genügend langen Zeitspanne wird alles, was sich ereignen kann, sich auch wirklich ereignen. Wahrscheinlich hat eine massive Kaltluftfront auf seltsamen Wegen die Terminatorstürme vor sich hergetrieben. Du hättest vor dem Start die meteorologischen Berichte prüfen sollen. Aber mach dir keine Vorwürfe. Nur wenn du an deine Maschine angeschlossen bist, kannst du an alles denken.*

Der Wind schwoll weiter an. Der Blitz verwandelte den Regen in Quecksilber. Anschließend wieder lichtlose Dunkelheit. Dann kam der Hagel. Wie Steine prasselte es herab und überzog das Land mit Weiß. Sie schlugen auf Fleisch und verletzten es. Blut floß, um sofort weggespült zu werden. Die beiden Menschen wandten sich nun nach Westen, den Rücken gegen das Unwetter, und hielten nach einem Windschutz Ausschau. Ein Schatten tauchte vor ihnen auf, ein Baum, hinter den sie sich kauern konnten. Sie taumelten wie blind und taub, umarmten einander.

Wie mit einem Peitschenhieb riß ein dünner Zweig Joelle die Kopfhaut auf. Sie sank auf Händen und Knien in den Schlamm und das gurgelnde Wasser. Ein greller Blitz zeigte ihr das Glied, das sich Christine um den Hals gelegt hatte.

Es loste sich und ließ sie fallen. Ein Vierfüßer. Scharlachrot quoll es aus Christines Mund. Sie griff nach oben in den Hagel. Joelle beugte sich schützend über sie. Christines Hand sank herab. Sie verdrehte die Augen. Ihre Leere reflektierte die Blitze. Joeelle versuchte Mund-zu-Mund-Beatmung.

Es war sinnlos. Ein gebrochener Kehlkopf führt schnell zum Tod.

Joelle kniete unter dem Baum. Sie hielt Christines Leiche im Arm.

XII

Im richtigen Moment auf ihrer Bahn um Demeter erwachte der Hauptantrieb der *Chinook* zum Leben. Für ein paar Sekunden wurde ihr elektromagnetischer Schutz vor kosmischer Strahlung abgeschaltet. Er schaltete sich wieder ein, als die Plasmadüse ihr dynamisches Gleichgewicht erreicht hatte, und sofort entstand am Rumpf ein positives Potential mit hoher Aufladung. Mit einer Beschleunigung von einem G ging das Raumschiff in eine Spriale und nahm Kurs auf die T-Maschine. Wenn die Tanks für die Reaktionsmasse voll waren, war das ihre Höchstbeschleunigung. Da sich das Schiff am L4-Punkt auf derselben Bahn um Phöbus wie der Planet befand, nur sechzig Grad voraus, würde die Reise – nach einer Drehung am mittleren Punkt und anschließendem Abbremsen – theoretisch dreiundsiebzig Stunden dauern, in Wirklichkeit ein wenig länger.

Als alles in Ordnung war, ließ Brodersen die Systeme auf Automatik schalten und beorderte die Mannschaft in den Gemeinschaftsraum. Auf seinem Weg dahin vom Kommandostand (den er, in Erinnerung an seine Kreuzfahrten durch die rauhe Schönheit der inneren Durchfahrt an Juan de Fuca vorbei nach Norden, im Stillen immer noch Brücke nannte) zerrte die Schwerkraft der Erde an ihm, ein Viertel mehr als die auf Demeter. Er hatte genug interplanetarische Reisen gemacht, um zu wissen, daß er sich daran rasch anpassen würde, genau so wie daran, daß die Uhren auf den Erdentag umgestellt worden waren. Nur schien es jedesmal ein wenig länger zu dauern. Als er über eine Kajütentreppe einen runden Korridor erreichte, überlegte er, ob er sich nicht langsam für einen alternden Mann halten müßte. Aber da war noch Caitlin.

Abgesehen von den Möbeln und der Freizeitausrüstung war es im Gemeinschaftsraum genauso trostlos wie überall im Schiff: nur grauer oder weißer Anstrich. Bei der überstürzten Startankündigung hatte keiner etwas mitbringen können, was den Raum ein wenig hätte aufheitern können. Und doch, als er sie sah, wurde alles strahlend hell.

Sie hatte ein kurzes, krokusfarbenes Kleid aus ihrem Gepäck geholt. Gegen den großen Sichtschirm, in den sie voller Entzücken hineinschaute, wirkte sie darin wie eine Sonne. Demeter füllte ein Viertel der Szene, die Tagseite kobaltblau mit türkis- und saphirfarbenen Schattierungen, darüber Wirbel in jungfräulichem Weiß, das gelegentlich den Blick auf ockerfarbenes Land freigab. Die Nachtseite war ein mondbeschienenes Phantom. Der strahlende Glanz des Planeten blendete so stark, daß man die Sterne erst sah, wenn man zum Rand schaute und die Augen sich darauf eingestellt hatten, die unzähligen Himmelskörper zu erkennen. »Wie wunderschön«, hörte er sie jauchzen. »Und wie könntest du keine lebenspendende Mutter sein?«

»Leicht«, sagte er fast gegen seinen Willen.

Sie wirbelte herum, lachte glücklich und eilte barfuß auf ihn zu. Sie schien die zusätzliche Belastung nicht zu empfinden. *Sie schafft die Schwerkraft einfach ab,* fuhr es ihm durch den Sinn. Sie roch frisch gewaschen, aber man spürte doch einen Hauch ihres eigenen Körpers, und in ihrem aufgelösten Haar lag der Duft von Sonne. Er spürte, wie sie ihre Brüste gegen ihn preßte. Der Kuß wollte kein Ende nehmen.

»Brrrr, Pferdchen«, murmelte er, als sie zum Luftholen auftauchten. »Die anderen werden jede Sekunde hier sein.«

»Die *Anderen*?« Ihre Stimme war so modulationsfähig und sie grinste dazu so schelmisch, daß er den Großbuchstaben direkt hörte. »Sind sie denn Voyeure? Vielleicht können sie was lernen. Wir könnten technische Informationen austauschen.«

»Du weißt ganz gut, daß ich die Mannschaft meine, du kleiner Witzbold.« Er löste sich von ihr. »Es wird schon kompliziert genug, auch ohne daß sie ihren alten Captain, den sie eigentlich verehren müßten, in deinen Klauen finden.«

»Sollten sie ihn denn in den Klauen von jemand anders finden? Du glaubst doch selbst nicht, daß sie mich für deine unverheiratete Tante halten. Dafür bin ich durch wenigstens zwei Punkte disqualifiziert.«

Seine Freude erstarb. »Und ich fürchte, das bringt Schlimmeres als Neid. Besonders – Später, ich erkläre es dir später. Sieh mal, Pegeen, Macushla, für dich mag dies ein wunderbares Abenteuer sein. Das ist es aber nicht. Es ist eine schmutzige Geschichte. Es könnte verdammt leicht zu einem Ding werden, von dem man später sagt: ›Mehr Spaß, mehr Tote‹ –« Er schlug die Faust in die Handfläche. »Zu denen könntest du gehören, oh, verdammt, das könntest du.«

Ernüchtert sprach sie jetzt leiser. »Oder du. Ja. Wenn du willst, daß ich mich mehr zurückhalte, werde ich es versuchen. Dir zuliebe.« Schon wieder hatte sie den Impuls, ihm über Kopf und Gesicht zu streichen. »Aber ehrlich, Daniel, Pessimismus steht dir nicht. Du bist doch sonst der geborene Kämpfer.«

»Ich bin Realist oder versuche es zu sein. Du lebst in einem Universum, das gut und heiter ist wie du. Deshalb liebe ich dich. Durch dich wird auch mein Universum schöner. Die Wirklichkeit aber, die Wirklichkeit pfeift auf unsere Gefühle.« Brodersen bekam heiße Ohren. Seine Worte gerieten ihm durcheinander. Er suchte nach etwas, mit dem er seine Predigt beenden konnte und nahm das Nächstliegende. »Ich nenne dir ein Beispiel. Als ich reinkam, sagtest du gerade, daß Demeter Leben hervorbringen muß, weil der Planet so schön ist. Das folgt daraus nicht. Jeder Planet, den ich gesehen habe, ist auf seine Weise schön, und fast jeder ist tot und ist es immer gewesen. Du hältst das Leben für wichtiger, als es ist.«

Sie wurde ein wenig böse. »Denkst du, ich – immerhin habe ich medizinische Kenntnisse – hätte mich noch nie mit Schmerz und Tod beschäftigt? Oder noch nie ein Fossil betrachtet und –« Sie brach ab, denn ein Besatzungsmitglied betrat den Raum.

Die anderen erschienen gleich darauf. Brodersen schüttelte allen die Hand und machte Caitlin mit denen bekannt, die sie noch nicht kannte. Er fragte jeden nach seinem Befinden und bot Bier und alkoholfreie Getränke aus dem Kühlgerät an. Zuletzt ließ er sie in einer Reihe vor sich Platz nahmen. Sein Mädchen setzte sich bescheiden ganz ans Ende. Er schwang sich auf den Tisch, ließ die Beine baumeln und holte Pfeife und Tabak aus der Tasche.

»OK«, begann er seinen Vortrag auf englisch, denn es wurde unter den Leuten öfter gesprochen als spanisch. »Zuerst möchte ich sagen, daß ich gar nicht weiß, wie ich Ihnen danken soll, und ich will es gar nicht erst versuchen. Wir sollten nicht so streng über diejenigen urteilen, die es vorgezogen haben, nicht zu kommen. Was wir vorhaben, ist weder absolutes Recht noch absolutes Unrecht. Man muß sich aber entscheiden, und es könnte sein, daß wir unsere Entscheidung bedauern, wenn erst die Würfel gefallen sind. Ich glaube das allerdings nicht. Aber was auch geschieht, ich will im Harem des Großkhans Sopran singen, wenn ich Ihnen die Loyalität je vergesse, die Sie mir heute beweisen.«

Nicht einfach nur Loyalität, dachte er. *Sie sind zu gescheit und frei, als daß sie einem Mann blind ergeben sein könnten. Ich hätte sie nicht angeheuert, wenn sie anders wären, als sie sind. Aber was sind sie? Wissen sie es selbst? Gegen feindliche Sterne den Hals zu riskieren ist etwas anderes, als gegen die rechtmäßig eingesetzte Obrigkeit zu handeln und damit seine Ehre aufs Spiel zu setzen. Neun von vierzehn haben sich geweigert. Von den übrigen fünf haben keine zwei die gleiche Motivation. Ich kann sie nicht direkt fragen. Wer weiß, was daraus entstehen könnte? Es wäre allerdings höchst interessant, es zu erfahren,* no es verdad, *alter Junge?* Er musterte sie schweigend.

Stefan Dozsa, Ingenieur und Elektronikoffizier. Bedächtig, aufmerksam.

Martti Leino, zweiter Ingenieur. Böse starrte er abwechselnd Caitlin und Brodersen an.

Susanne Granville, die Frau am Computer. In gespannter aufmerksamkeit lehnte sie sich auf ihrem Stuhl nach vorn. Keine Sekunde ließ sie den Captain aus den Augen.

Sergej Nikolajewitsch Zarubajew, Waffenoffizier und Chefpilot. Seine gewöhnlich gelassene Miene hatte sich aufgehellt, als Caitlin ihm zur Begrüßung einen herzhaften Kuß gab; sie waren alte Freunde.

Keine langen Überlegungen. Zur Sache jetzt!

»Meine Frau hat Ihnen erklärt, in welcher Klemme wir stekken«, fuhr Brodersen fort, »aber unter den Umständen – schriftliche Mitteilungen und dabei eine vorgetäuschte Unterhaltung, so war es doch? – konnte Sie Ihnen wohl kaum Einzelheiten berichten. Das kann ich Ihnen jetzt alles ausführlich vorquaken, wenn sie wollen. Ich kann natürlich auch mit jedem einzeln reden und jetzt nur kurz zusammenfassen.«

Er zählte die Punkte an den Fingern ab. »Der Beobachtungsroboter am Tor, von dem Sie wissen, registrierte ein ankommendes Schiff. Ich schwöre, das war die *Emissary*. Sie wurde zum Sonnensystem begleitet – wohin sonst? – und ist seitdem verschwunden. Einigen von Ihnen ist mein Verdacht ja schon bekannt. Weitere Nachprüfungen haben ihn so ziemlich bestätigt. Als ich die Gouverneurin ausquetschte, tischte sie mir nur

Scheiße auf, gespickt mit Hinweisen auf etwas Schreckliches, das in der Galaxis herumtobt. Das Ganze endete damit, daß sie mir Hausarrest aufbrummte und Lis Redeverbot erhielt. Nun, ich machte mich davon, und das wär's.

So etwas schwebte Ihnen gewiß nicht vor, als Sie sich zur Ausbildung für die *Chinook* meldeten und dann Ihre normale Arbeit für mich weitermachten, weil Sie auf die Chance setzten, eines Tages zu den Sternen zu fliegen. Ich gratuliere Ihnen zu Ihrem Verstand. Sie kannten den Kurs, den wir nehmen müssen, schon vorher und wissen: wenn wir nicht gehen, geht niemand.

Ich nehme an, Lis hat Ihnen erklärt was ich vermute. Hier handelt nicht die Unionsregierung als Ganzes, sondern eine Gruppe innerhalb der Regierung. Sobald ihre Machenschaften öffentlich bekannt werden, gehen die Verschwörer hoch. Wir dürfen ihnen allerdings nicht die Zeit lassen, ihre Vorbereitungen abzusichern.

Ich habe die Absicht, zur Erde zu fliegen und mit einigen Bekannten Kontakt aufzunehmen, hauptsächlich mit der Familie Rueda. Das muß heimlich geschehen, um keinen Alarm auszulösen. Sie können es sich einstweilen an Bord bequem machen. Offiziell sind Sie lediglich die Mannschaft, die die *Chinook* zu ihren Charterern bringt. Was uns betrifft, ist die Angelegenheit damit vielleicht schon erledigt. Möglicherweise machen meine Kontaktleute dann allein weiter. Das wäre mir sehr lieb.

Wenn aber nicht – nun, meine Frau hat Sie wohl gewarnt, nicht wahr? Ich habe keine Ahnung was geschehen kann. Ich spiele, wie verteilt wird, und wenn ich schlechte Karten habe, sind auch Sie erledigt.« Er stieß den Pfeifenstiel in Richtung auf seine Leute, bevor er neu stopfte. »Ich weiß nicht, ob es noch Gesetze gegen Piraterie gibt. Zu so etwas könnten wir uns gezwungen sehen. Eines noch: wenn das mehr ist, als Sie sich einhandeln wollten, tun Sie mir einen letzten Gefallen und sagen Sie es mir bitte gleich. Ich werde Sie dann formal entlassen und Ihren Protest ins Logbuch eintragen. Ich werde Sie unter leichten Arrest stellen und Sie dort absetzen, wo Ihre Sicherheit gewährleistet ist, OK? Äußern Sie sich.«

Während er wartete, stopfte er den Tabak fester und steckte sich die Pfeife an. Anhaltendes Schweigen.

»Ich hätte auch nicht geglaubt, daß jemand aussteigen würde«, sagte er endlich. »Das Angebot steht, solange nichts passiert. Sollten aber Kampfhandlungen nötig werden, ist es zum Rücktritt zu spät. Verstanden?«

Werde ich denjenigen erschießen, der unter Beschuß Feigheit zeigt . . . einen dieser meiner Freunde? Ja, ich werde es müssen und mich in meinem Prozeß auf die Raumfahrtgesetze berufen. Falls sich herausstellt, daß diese Safari aufgrund eines schrecklichen Fehlers meinerseits unternommen wurde, werde ich so behandelt werden wie schon meine Väter Banditen behandelt haben.

Die Ventilation rauschte. Angenehm scharf spürte er den Rauch auf der Zunge. »Ende des Vortrags«, sagte er. »Noch Fragen? Kommentare? Buhrufe?«

»Ja.« Martti Leino beugte sich so heftig vor, daß Bier aus dem Krug schwappte, den er in der Hand hielt. »Was hat . . . Miß Mulryan an Bord zu suchen?« fragte er barsch.

Das mußte kommen. Brodersen sah ihn prüfend an, bevor er antwortete. Lis' jüngster Bruder sah ihr nicht ähnlich. Er hatte mehr von dem Zweig seiner Vorfahren, der aus der Gegend um den Ladogasee stammte. Klein, breitschultrig und stubsnasig, einen leicht asiatischen Einschlag, glattes schwarzes Haar und schräggestellte blaue Augen. Seine gewohnte Heiterkeit war wie weggeblasen.

»Sie hat mich nach meiner Flucht versteckt«, sagte Brodersen. »Ohne sie hätte ich in einer bewohnten Gegend bleiben müssen, wo man mich vielleicht erkannt hätte. Sie soll hauptsächlich den Bordarzt ersetzen.«

»Sie?« In seinem Grinsen lag offener Hohn.

»Sie ist im St.-Enoch-Hospital beschäftigt – und ausreichend qualifiziert, alles zu behandeln was uns hier zustoßen könnte, zum Beispiel Verletzungen. Außerdem übernimmt sie die Aufgaben des Versorgungsoffiziers.« Brodersen nickte. »Die Arbeit ist wie für sie geschaffen.«

Leino starrte Caitlin wütend an, die mit den Händen auf dem Schoß dasaß und ihn versöhnlich anlächelte. »Sie werden bestimmt eine Menge für sie zu tun haben, nicht wahr?« kläffte er.

»Nun mal langsam«, warnte ihn Weisenberg.

Brodersen richtete sich hoch auf und legte den peitschenden Tonfall eines adeligen Offiziers in seine Worte: »Das reicht, Mr. Leino. Wenn Sie gegen irgend jemanden, einschließlich des Captains, eine Beschwerde haben, müssen Sie sie offiziell vorbringen. Andernfalls behandeln Sie Ihre Bordkameradin gefälligst mit dem Respekt, den sie verdient.«

Der junge Mann sank in den Sessel zurück, als hätte man ihm in den Magen geboxt. *Das war wohl ein bißchen zu hart,* erkannte Brodersen. *Auch wenn ich Pegeens wegen wütend war, das hätte ich nicht tun sollen.*

»Nun mal langsam«, wiederholte Weisenberg. »Bitte keine bösen Worte. Die können wir uns nicht leisten. Miß Mulryan, Sie sind uns willkommen.« Sein zerfurchtes Gesicht verzog sich zu einem Lächeln. »Ich hätte wirklich keine Lust gehabt, auch noch Versorgungsoffizier zu spielen.«

»Ich danke Ihnen, Sir«, hauchte sie und ließ ihren Blick eine Weile auf ihm ruhen. Er war von mittlerer Statur, hager, mit einem großen Adamsapfel und zerklüftetem Gesicht. Kleine braune Augen blitzten unter buschigen Brauen hervor. Er trug gewohnheitsmäßig eine Schottenmütze auf seinem kurzgeschnittenen Graukopf, und jeder, der es wissen wollte, erfuhr, daß er tatsächlich der erste Ingenieur des Schiffs war.

Auch ich danke dir, Phil, hätte der Captain gern gesagt, aber es war wohl unnötig. Die Weisenbergs und die Brodersens waren alte Freunde.

Susanne Granville legte Caitlin die Hand auf die Schulter. »Ja, Sie sind willkommen«, sagte sie mit ihrem französischen Akzent. »Sie werden verstehen, daß Raumfahrer einen 'orror vor ungeschultem Personal 'aben – ist es nicht so, Martti? Aber Sie werden Ihre Arbeit schon machen, und wenn ich Ihnen 'elfen kann, müssen Sie es mir nur sagen.«

Das ist verdammt anständig von Su, wo sie doch so unansehnlich ist und Caitlin ein solches Prachtweib, durchfuhr es Brodersen. Dann nahm er sich zusammen. *An was denke ich nur? Su ist in Ordnung, weiter nichts.*

Zarubajew hob die Hand. Der Waffenoffizier, ein hochgewachsener, grobknochiger und kräftiger Mann, trug schulterlanges blondes Haar und einen Vollbart, wie es auf Demeter, außer in seiner Heimatregion Novy Mir, nicht üblich war. Er sah aus wie Tolstoi. »Was ist mit Gefechtsausbildung?« wollte er wissen.

»Hmm?« grunzte Brodersen.

»Sie sagten doch, daß wir uns auf einen Kampf vorbereiten müssen, wenn wir zu den Sternen gehen. ›Nur für den Fall‹ sagten Sie. Deshalb haben wir ja auch, genau wie die *Emissary,* eingebaute Waffensysteme und eine ganze Menge Handfeuerwaffen. Sie sprachen doch von einem möglichen Zwischenfall. Sie sprachen sogar von Piraterie.«

»Moment mal«, protestierte Stefan Dozsa.

»Nein, lassen Sie ihn ausreden«, befahl Brodersen dem Ersten.

»Skipper«, erwiderte Dozsa in ebenfalls akzentgefärbter Sprache, »ich hatte ja nichts gegen den Vorschlag, aber ein Ausdruck gefiel mir nicht. Ich lernte schon als Junge, daß Regierungen die natürlichen Feinde des Volkes sind. Wenn wir ihre Sprachregelung akzeptieren, haben wir schon die halbe Schlacht verloren. Wir sind keine Piraten, wir sind Befreier.«

Caitlin wurde unruhig. Ihre Stimme klang erschrocken: »Was Sie da reden, Sir, ist Fanatismus. Daran erinnert sich mein Land nur allzu gut.«

Dozsa lachte. Er war ein stämmiger, dunkelhaariger Mann mit Mandelaugen in einem breiten, ziemlich ausdruckslosen Gesicht. »Dann nennen Sie uns doch Privatpolizei. Oder Evangelisten. Oder Verrückte; die Bezeichnung paßt wahrscheinlich am besten. Aber nicht Piraten. Piraten wollen sich bereichern.«

»Sagen Sie Ihr Stück auf, Sergej«, drängte Brodersen.

»Ich meine, wir sollten an Handfeuerwaffen ausbilden und üben«, meinte Zarubajew. »Zweifellos kann jeder an Bord schießen, aber nur Sie und ich, Captain, haben im Friedenskommando gedient und kennen Kampftechniken – auch die für den Kampf im Raum. Wir können die Ausbildung übernehmen. Bis zur T-Maschine brauchen wir noch Tage, weitere vom Sonnentor zur Erde, und wer weiß, wie viele darüber hinaus. Zeit genug für eine kleine Grundausbildung.«

»Schön und gut –« Brodersen änderte seine Sitzhaltung. »Aber wir suchen mit niemandem Streit.«

»Ein bißchen Training kann nicht schaden«, sagte Dozsa. »Auf diesem Ausflug werden die meisten von uns nicht viel zu tun haben. Ich würde mich über eine Freizeitbeschäftigung freuen. Was ist mit euch anderen?« Er schaute zu Leino hinüber, der wie gefroren dasaß. »Vielleicht vertragen wir uns dann besser?«

Eine Diskussion setzte ein. Alle stimmten dem Vorschlag zu, und man besprach noch die Einzelheiten. Weitere Fragen gab es nicht. Als Brodersen die Mannschaft entließ, waren zwei Stunden vergangen. Wer keinen Dienst hatte, hätte im Gemeinschaftsraum bleiben können, aber alle gingen. Auf dem Weg nach draußen murmelte Weisenberg: »Ich werde noch mit Martti sprechen, Dan, aber eigentlich ist es ja deine Sache; stimmt's?«

»Uff!« sagte Brodersen, als er und Caitlin allein waren.

Sie nahm seine beiden Hände. »Mein armer Liebling. Captain zu sein, ist wirklich kein reines Vergnügen, nicht wahr?«

Er zog einen Mundwinkel hoch. »Du wirst feststellen, daß auch der Job des Versorgungsoffiziers kein Kirschenessen ist. Nur Koch und Steward zu sein genügt nicht, obwohl das schon eine Menge ist. Du machst die Ausgabe, führst die Bestandslisten, sorgst dafür, daß alles richtig gestaut ist, damit die Trimmlage des Schiffs nicht beeinträchtigt wird . . . ich fange am besten gleich an, dir alles zu zeigen.«

Sie glitt nah an ihn heran. »Ist es denn so schrecklich eilig?« fragte sie anzüglich.

»Ich fürchte ja«, antwortete er.

Sie seufzte. »Dann also später.« Sie deutete auf den nächstgelegenen Sichtschirm: »Dort draußen gibt es immer ein Später, solange wir leben. Ist es nicht so, mein Herz?« Er sagte nichts. Er war zu sehr in ihren Anblick vor dem Sternenhintergrund versunken.

XIII

Ich war ein großer, stolzer Lachs, aber ich hatte keine Worte für Größe oder Stolz. Ich stellte sie dar. Meine Seiten waren vom Blau des Stahls, mein Bauch vom Weiß des Silbers, aber alles, was ich an Metall kannte war ein Haken, auf den ich gebissen und von dem ich mich losgerissen hatte. Ich war eins mit dem Wasser und war es immer gewesen. In meinen frühesten Tagen plätscherte und flüsterte es um mich herum, wenn ich mich in den Kies schmiegte, während der Schatten eines Hechts durch die gelben Scherben des Sonnenscheins glitt. Später floß und sprudelte es, liebkoste mich und hielt mich umfangen, und ich stürzte mich stromabwärts, der See entgegen. Als sie salzig wurde, rief sie in mir das Wissen wach, das ich schon im Ei gehabt hatte, und ich schnellte mich hoch in meiner Freude, durch Katarakte der Helle, wo die Luft mir scharf über die Kiemen strich. Zeitlose Jahre durchschweifte ich die See, jagte und überholte, grub meine Zähne in widerstrebende Süße und war glücklich.

Aber zuletzt ließen strömende Düfte in mir Verlangen entstehen, und kraftvoll schwamm ich der Heimat zu.

Wir waren viele, sehr viele, die sich dem Fluß entgegenwarfen, der gegen uns antobte und durch unsere glänzenden Leiber zu leben begann. Wir waren jetzt selbst Beute, wir starben und starben, aber gewiß geschah jeder Tod im gleichen Freudentaumel, in dem die Lebenden waren. Ich kam durch. Laut rief das Leben in mir.

Unter den friedlichen Wassern eines Hochlandteiches grub ich mit dem Schwanz im Kies, der mir einst Schutz gewährt hatte, einen Platz für meine eigenen Jungen. Ich verstand nicht, daß es das war, was sie sein würden – hätte ich eines gefunden, ich hätte es gefressen –, und doch liebte ich sie damals. Und nun suchte er mich, er. So weit stromaufwärts war ich während meiner ganzen Existenz noch nicht gewesen.

Bald war ich zu sterben bereit. Dann kam der große Rufer und führte mich ins Einssein fort. Ich war Fisch.

XIV

Demeter schrumpfte rasch von einer Welt zu einer Kugel, dann zu einer kleinen blauen Sichel, endlich zu einem winzigen Lichtpünktchen unter zahllosen anderen. Für die Leute begann die Bordroutine, die hauptsächlich darin bestand, Ausschau zu halten, denn die *Chinook* war voll auf Automatik geschaltet. Anders der Versorgungsoffizier. Caitlin bereitete in der Küche die erste Mahlzeit während dieser Reise, die nicht einfach aus den Vorräten genommen und aufgewärmt wurde. Brodersen saß in der Kapitänskabine. Er hatte nichts zu tun, aber er mußte erreichbar sein.

Der innere, private Raum war ausreichend groß und bequem eingerichtet. Das Faltbett war hochgeklappt, um noch mehr Platz zu schaffen für Sessel, Wandschränke, Regale, Tisch, Terminal für Daten und Kommunikation, Spüle, Heizplatte, Miniaturkühlschrank und Sichtschirme für die äußeren und inneren Abtastgeräte. Mit leisem Surren hielten Ventilatoren die Luft in Bewegung. Sie war frisch, obwohl er seine Pfeife rauchte. Im gegenwärtigen Stadium des Temperatur-Ionisationszyklus deutete sie den Abend an. Die blaßgrauen, blau abgesetzten Kabinenwände waren nicht mit Bildern behängt, und in den Regalen standen keine Bücher. Im Raum waren fast keine persönlichen Dinge, denn er und Caitlin hatten nur mitbringen können, was sie auf dem Rücken trugen. Wenn sie wollten, konnten sie ihn aber beleben, denn die Datenbank des Schiffs enthielt einen guten Prozentsatz der gesamten Kultur der Menschheit.

Brodersen wußte, daß er ein wenig ruhen sollte, um sich dann nach dem Essen gründlich auszuschlafen, denn er war schon lange auf den Beinen, aber er war zu überreizt. Der Tabak allein half nicht, und im Raum ging er mit Alkohol und Marijuana sehr vorsichtig um. Er beschloß, alte Bekanntschaften aufzufrischen. Durch Betätigung eines Hebels an den Armlehnen löste er die Saugnäpfe, die das Sitzmöbel auch bei Beschleunigungsveränderungen am Boden festhielten, und schob es zum Terminal hinüber, wo der Sessel durch sein Körpergewicht wieder verankert wurde. Er ließ ein Verzeichnis auf dem Schirm aufleuchten, studierte es eine Weile und holte sich Beethovens Fünfte ins Audiogerät. Dazu sah er sich Hokusais »Sechsunddreißig Ansichten des Fudschijama« auf Video an, wobei er sich bequem zurücklehnte. *Nachher vielleicht noch Monet oder sogar van Gogh,* dachte er, *oder vielleicht gar keine Bilder sondern . . . hmmm . . . ein wenig Kipling? Ich habe* Drei Soldaten *seit Jahren nicht mehr gelesen.*

Niemand hätte diese Vorliebe und den Geschmack, den er in der Kunst entwickelt hatte, bei ihm vermutet. Im Grunde hielt er sich für anspruchslos, wenn er auch gutes Essen – was Caitlin und Lis, wie die meisten sexuell attraktiven Frauen, hervorragend zubereiten konnten – und andere feine Genüsse nicht verschmähte. Seine Eltern hatten dafür gesorgt, daß er eine solide Bildung erwarb, aber sein Verstand blieb eher pragmatisch. Das änderte sich, als er sich für das Friedenskommando verpflichtete. Dort überkam ihn der Wunsch, aus seinen Erfahrungen überall auf der Erde und darüber hinaus einen Sinn zu gewinnen. Das führte dazu, daß er sich intensiv mit Geschichte, Anthropologie und verwandten Disziplinen beschäftigte, was wiederum sein Interesse für große, schöpferische Künstler weckte. Seine erste Frau hatte ihn in diesem Interesse bestärkt, seine zweite tat es noch.

»Ich bin kein Intellektueller«, bemerkte er manchmal. »Ich ziehe Denker vor.« Dennoch hatte er an der Universität von Eopolis einen Lehrstuhl für Geisteswissenschaften gestiftet. Die Spezies mußte ihr eigenes Erbe wahren, verstehen und hochhalten . . . angesichts der *Anderen* und des ganzen Kosmos.

Er spürte gerade, wie sich seine Hals- und Schultermuskeln entspannten, als der Summer ertönte. *Verdammt! Zum Teufel!* Der Captain ist immer im Dienst. Er wuchtete seine massige Gestalt hoch und betrat die äußere Kabine. Sie war klein und diente nur als Büro, wenn man von der komplizierten elektronischen Verbindung zur Kommandozentrale absah. Er setzte sich an den Schreibtisch und drückte den Knopf. Die Tür glitt auf und gab den Blick auf den Korridor frei, der um die Mannschaftsquartiere herumführte.

Martti Leino stolzierte herein. Als ob er sich an ein geplantes

Vorgehen erinnerte, nahm er plötzlich eine zivile Art von Habachtstellung ein. »Ich bitte um ein privates Gespräch, Sir«, sagte er kurz.

Oh, oh. Ich wußte, daß das kommen würde. »Bitte«, sagte Brodersen und schloß die Tür. »Aber seit wann muß meine Mannschaft mir gegenüber denn so förmlich sein? Abgesehen davon, daß du mein Schwager bist.« Er machte eine Handbewegung. »Nimm dir einen Stuhl, egal welchen.«

Der junge Mann (vierunddreißig, demetrisch) gehorchte verkrampft. In seinem Gesicht lösten Rot und Weiß einander ab. Sein Atem klang rauh. »Du siehst aus wie der Prophet Nahum nach einem Saufabend«, bemerkte Brodersen. »Beruhige dich erstmal. Da du nicht rauchst, möchtest du vielleicht einen Drink?«

»Nein.«

»Was ist denn los?«

»Du weißt genau, worum es geht.« Das Gesicht vor ihm blieb ruhig und aufmerksam. »Dein, dein Mädchen!« entrang es sich Leino. *Er hat noch nicht die Beherrschung verloren, noch nicht ganz,* erkannte Brodersen. *Gut. Schlimm, wenn er sie als etwas bezeichnen würde, was mir keine Wahl ließe.*

Er zog den scharfen Rauch ein, während er sich eine Antwort zurechtlegte. »Meinst du Miß Mulryan?« Er sprach ganz leise. »Nur zu deiner Information, sie ist niemandes Mädchen außer ihr eigenes. Wenn du was anderes glaubst, mußt du mal versuchen, sie in die Richtung zu schieben, in die sie nicht gerade selbst will.«

»Sie ist . . . in aller Öffentlichkeit . . . bei dir eingezogen.«

»Und wen geht das etwas an außer uns?«

»Lis, du Scheißkerl!« brüllte Leino. Beide Fäuste geballt war er halb aufgestanden, sank wieder auf den Stuhl zurück und klappte den Mund zu.

»Natürlich. Als ich ›uns‹ sagte, meinte ich auch ›uns‹. Sie weiß es und hat nichts dagegen.«

»Ist sie vielleicht nur zu stolz und loyal, dir zu sagen, was sie empfindet? Ich kenne sie länger und besser als du, Daniel Brodersen.«

Länger ja, dachte der Captain. *Besser? Auch das könnte sein.*

Obwohl die Familie auf der Farm am Fuß des Trollbergs groß war. Von den sieben Kindern war Lis das älteste und Martti das fünfte. Dennoch, die riesige sie umgebende Wildnis, gemeinsame Arbeit, gemeinsames Vergnügen, Entdeckungsreisen und manchmal auch Gefahren hatten sie eng zusammenrücken lassen. Aus welchen Gründen auch immer, zwischen den beiden hatte stets eine sehr starke Bindung bestanden. Als er nach Eopolis kam, um Nukleartechnik zu studieren, war sie frisch geschieden, und sie bezogen eine gemeinsame Wohnung. Später arbeitete sie für Chehalis, machte sich in der Firma unentehrlich und bei deren Chef immer beliebter . . . und wies freundlich seine Annäherungsversuche ab, was ziemlich ungewöhnlich war, bis er sie endlich heiratete. Auf ihren Wunsch war ihr Bruder bei der bescheidenen Hochzeit Brautführer.

»Ich möchte dich daran erinnern, daß ich seit fast zehn Jahren ihr Mann bin«, sagte Brodersen immer noch freundlich. »Kannst du dir da nicht vorstellen, daß ich manches an ihr kenne, das dir fremd ist?«

»Zehn Jahre – sieben Erdenjahre. Gibt es auf der Erde nicht ein Sprichwort über das verflixte siebente Jahr?« Leino grinste herausfordernd.

»Willst du damit sagen, daß ich mir das Mädchen einfach so aufgegabelt habe?« Brodersen zügelte seine Wut. Ihm lag schon das höhnische Geständnis auf der Zunge, daß es auch das einige Male gegeben habe. Aber das mußte man wirklich nicht laut sagen. Er beugte sich mit den Armen auf dem Tisch vor und zielte mit dem Pfeifenstiel auf seinen Besucher.

»Martti«, sagte er, »hör zu, hör gut zu. Dir ist offenbar noch nicht die Tatsache bewußt geworden, daß es möglich ist, mehr als einen Menschen zur Zeit zu lieben. Ich wette, es wird eines Tages der Fall sein. Aber das interessiert im Moment nicht. Worum es jetzt zwischen uns geht, ist dies: deine Schwester billigt die Beziehung. Caitlin Mulryan und sie sind sehr gute Freundinnen.« *Ich übertreibe ein wenig. Aber gewiß nur, weil wir drei noch nicht oft genug zusammen waren.* Sicherlich sind sie gute Freunde. »Wenn dir mein Wort nicht reicht, erlaube ich dir, sie nach unserer Rückkehr selbst zu fragen.«

Leino schluckte. »Sie wird tapfer lügen –« er verfiel in seinen

Heimatdialekt – »für dich, dem sie den Eid schwur; für mich, dem sie ihren Schmerz nicht zeigen will.«

Brodersen sah ihm in die Augen. »Du kennst mich selbst ein bißchen. Glaubst du im Ernst, daß ich der Mann bin, der absichtlich seine Frau kränkt?«

Leino biß sich auf die Lippen. *Er versucht fair zu sein,* dachte Brodersen. *Er denkt zurück.*

Nach seinem Examen war auch Leino Angestellter der Chehalis geworden. Das war alles andere als Vetternwirtschaft, denn auf Demeter herrschte ein chronischer Mangel an ausgebildeten Fachkräften. Die einzige mögliche Begünstigung war, daß Brodersen ihn mit einigen Projekten im Raum betraute – Forschung, Schürfen nach Rohstoffen, die Einrichtung einer Basis für den Bergbau auf einem Asteroiden und einem Kometen – an denen er, Brodersen ebenfalls mitwirkte. Er hätte das alles nicht getan, wenn Leino nicht qualifiziert gewesen wäre. Unter solchen Bedingungen lernen Menschen einander recht gut kennen.

Der Captain nutzte seinen Vorteil. »Weder Lis noch ich halten dies für Untreue. Gebrauch doch deine Phantasie. Es gibt Millionen verschiedene Akte der Untreue, die ein Ehepartner dem anderen gegenüber begehen kann, und allzu viele tun es. Kleine Grausamkeiten. Vernachlässigung. Seinen Teil der Bürde nicht tragen wollen. Jahr für Jahr alle möglichen Schlampereien, die leicht abzustellen wären. Grundsätzliche Unaufrichtigkeit. Und so weiter. Du hast recht, Treubruch – wirklichen Treubruch – würde deine Schwester nicht hinnehmen.

Beruhige dich also. Es war für dich eine Überraschung, Schlimmeres nicht. Du wirst darüber hinwegkommen.«

»Die Demütigung«, brach es aus Leino hervor. »Öffentlich mit deiner Geliebten zu protzen.«

Brodersens Pfeife ging aus. Er zog kräftig, um die Glut wieder anzufachen. Dann lehnte er sich zurück und grinste. »Heute und in meinem Alter? Nun, ich gebe zu, daß Lis und ich Ausnahmen sind. Wir lassen unsere Privatangelegenheiten möglichst privat bleiben.«

»Eure Privatangelegenheiten?« brauste Leino auf. »Was würdest du sagen, wenn sie dir das Gleiche antäte?«

Brodersen zuckte die Achseln. »Sie ist erwachsen und ein freier Mensch. Ich glaube nicht, daß Sie mir gegenüber einen Treuebruch begehen würde. Im übrigen ist Caitlin an Bord, weil es sich hier um einen Notfall handelt – ohne ihre Hilfe wären wir vielleicht gar nicht unter Segel –, und keiner von uns, weder sie noch ich, sind auf dem Gebiet der Scheinheiligkeit sehr begabt.«

Das, dachte er, ist, *was mich anbetrifft, das größte Stück Scheinheiligkeit, das ich mir bisher geleistet habe. Nun, ein völlig aufrichtiger Mann ist ein Ungeheuer.*

Es war nur eine flüchtige Überlegung. Sie endete, als Leino, die geballten Fäuste hoch erhoben aufsprang und brüllte: »Du gemeines Schwein, du willst also auch Lis noch verderben? Mir ist es scheißegal, was aus dir wird, aber bei Gott, der sie erschuf, laß deine Finger von ihrer Seele!!«

Brodersen antwortete instinktiv. »Ruhe!« Die Lautstärke war genau angemessen. »Setz dich. Das ist ein Befehl.«

Raumfahrer lernen schnell, daß eine ganze Schiffsladung Leben vom schnellen Befolgen eines Befehls abhängen kann. Leino ließ sich sofort auf den Stuhl fallen. Außer dem Ventilator und seinen Atemzügen war im Büro nichts zu hören. Brodersen ließ eine Weile verstreichen und sagte dann ruhig:

»Martti, Bruder von Lis, hör mich an. Du erwähntest ihren Stolz. Du bewunderst auch ihre Intelligenz. Dann, was in aller Welt, läßt dich glauben, daß sie verdorben werden könnte? Sie lebt einfach ein wenig anders, als du es gern gesehen hättest. Wenn du dir Sorgen über ihren Glauben und ihre Moral machst, warum hast du dann nicht protestiert, als sie sich von ihrem ersten Mann scheiden ließ? Denk daran, daß sie ihm bei der Bibel Treue schwur; er stammt aus der Heiligen Westlichen Republik.«

Leino starrte ihn mit offenem Mund an.

»Weil du wußtest, daß er trotz seines beeindruckenden Verstandes ein überheblicher, rücksichtloser, engstirniger Scheißkerl ist«, fuhr Brodersen fort. »Wenn sie jemals zu dem Schluß kommt, daß ich genauso übel bin, wird sie auch mich zum Teufel jagen, und du würdest dich freuen, nicht wahr? Ich werde dafür sorgen, daß das nie der Fall sein wird. Im übrigen, was ist Scheidung und Wiederverheiratung anderes als Polygamie in der Zeit statt im Raum?«

Er ließ die Frage einsickern, bevor er weitersprach.

»Versteh mich nicht falsch. Ich respektiere deine Grundsätze. Da wo du herkommst, funktionieren sie. Altbewährte Traditionen; die Familie hat Vorrang vor dem einzelnen; das Haus als solide Abschirmung gegen die Welt – verdammt, damit bin ich doch auch aufgewachsen. Ich sage ja nicht, daß es falsch ist. Es mag sogar die absolute Wahrheit sein. Ich sage nur, daß es nicht das einzige Prinzip ist, nach dem die Leute leben können. Und du, Martti – ich sage das nicht von oben herab, sondern stelle nur eine Tatsache fest – warst noch nicht häufig Alternativen ausgesetzt. Du kamst aus einer abgelegenen Gegend direkt nach Eopolis, das sich weltoffen nennt. Nun, Eopolis ist nicht weltoffen. Es ist ein Haufen von Provinzstädten, die sich auf ein paar Quadratkilometern zusammendrängen. Du hast nie die Erde gesehen. Lis aber. Außerdem hast du die ganze Zeit hart gearbeitet, oft draußen im Raum, und das hat deine menschlichen Kontakte noch weiter beschränkt. Ich wiederhole: Ich sage nicht, daß du deine Philosophie ändern sollst. Ich sage nur, daß du noch keine richtige Gelegenheit gehabt hast, Toleranz zu lernen – wirkliche Toleranz, wo es darauf ankommt, und wo es die Angelegenheiten von Leuten betrifft, die du gern hast. Versuch es mal, mein Freund.«

»Gottes Gesetz«, flüsterte Leino.

Brodersen, der seit seiner Pubertät Agnostiker war, zuckte erneut die Achseln. »Laß Gott aus dem Spiel. Zuerst müssen wir mit den *Anderen* fertigwerden.« Er nahm die Attacke wieder auf. »Ich spioniere dir nicht hinterher, aber mir ist selten aufgefallen, daß du auf deinen Schlaf verzichtest, um am Gottesdienst teilzunehmen, wenn du bis spät in die Nacht gepokert oder sonst was gemacht hast. Ich habe dich auch schon damit prahlen hören, was dir bei den Damen alles gelingt, und ich habe gesehen, wie du einer oder zweien den Hof gemacht hast, die einen Ruf zu verlieren haben. Von den regelmäßigen Sauforgien in deiner Heimat ganz zu schweigen.«

Leino wurde rot. »Ich bin noch Junggeselle.«

»Und du rechnest natürlich damit, eine Jungfrau zu heiraten.

Und es wird ihr nicht schaden, wenn du später mal fremdgehst, solange sie es nur nicht weiß.« Brodersen lachte laut. »Martti, ich bin oft genug im Hochland gewesen. Ich hab dir doch erzählt, daß es mich an zu Hause erinnert. Wir wollen uns doch nichts vormachen, oder?«

– Sie sprachen noch eine halbe Stunde miteinander, und Leino wurde immer ruhiger.

Am Ende faßte Brodersen zusammen: »OK, du mißbilligst mein Verhalten, und ich hatte auch nicht erwartet, daß du deine Ansicht so rasch ändern würdest, aber du stimmst mir zu, daß unsere Mission zu wichtig ist, als daß wir sie wegen privater Unstimmigkeiten gefährden dürfen, und Caitlins Anwesenheit ist erforderlich. Korrekt?«

Leino schluckte – er kämpfte mit den Tränen – und nickte.

»Nun, mehr können wir vernünftigerweise von dir nicht verlangen«, sagte Brodersen. »Aber um deinetwillen und weil es für uns alle besser wäre, möchte ich eine kleine Bitte äußern. Wohlgemerkt, nur eine Bitte.«

Leinos Finger krampften sich auf seinem Schoß zusammen.

»Wenn du kannst«, fuhr Brodersen fort, »sei ihr gegenüber nicht abweisend, steif und förmlich. Vergiß nicht, Lis ist das auch nicht. Sei ein bißchen freundlich. Sie würde sich gewiß gut mit dir vertragen. Das sollte auch für dich gelten. Immerhin habe ich dir ja erklärt, zwischen uns ist es kein Spiel für eine Nacht; ich versuche, Jahre im voraus zu planen.« Er lächelte. »Gib ihr eine Chance, und du wirst dich in ihrer Gesellschaft wohlfühlen. Du liebst doch Balladen. Nun, genau das ist ihre Spezialität.«

»Das wird wohl so sein«, sagte Leino.

»Stell es doch selbst fest«, sagte Brodersen. »Du wirst trotz der Schießausbildung eine Menge Zeit haben. Neunzig Prozent unserer Heldentaten werden darin bestehen zu warten, daß irgend etwas geschieht. Caitlin könnte diese Zeit sehr heiter gestalten.«

Als er nachher allein war, dachte er über seiner Pfeife und einem Schuß Whisky, den er sich genehmigt hatte, noch ein wenig nach: *So schließen wir also wieder einmal einen dieser albernen Kompromisse, damit unser Unternehmen – von unse-*

rem täglichen Zusammenleben gar nicht zu reden – weitergehen kann. Ich würde sehr gern wissen, ob die Anderen jemals dazu gezwungen sind, ein Gleiches zu tun.

XV

Wenn man genau wußte, wo man hinschauen mußte, schimmerte die T-Maschine als winziger Funke zwischen den Sternen – nach hinten gesehen, denn die *Chinook* hatte inzwischen gedreht und bewegte sich rückwärts auf sie zu. Susanne Granville hatte ihren Sichtschirm allerdings auf Phöbus eingestellt. Die Optik hatte ihn auf Mondleuchtstärke abgeblendet, so daß die Korona und das Zodiakallicht in ihrer natürlichen Helligkeit wie Perlmutt glänzten. Dennoch überstrahlte seine Scheibe die meisten enfernten Sonnen.

»Der letzte vertraute Anblick«, erklärte sie Caitlin. »Das Tor ist mir fremd. Ich 'abe noch nie ein Schiff hindurchgeführt, außer im Übungssimulator. Wissen Sie, wir 'atten damit . . . gerechnet? . . . ja, wir 'atten damit gerechnet, daß wir mehrere Flüge zwischen 'ier und der Sonne machen würden, bevor wir etwas Neues unternehmen.«

»Braucht man Sie dabei denn überhaupt?« fragte Caitlin. »Man hat mir gesagt, daß die Kursvorgabe genau festliegt – nicht wie bei einem Tanzrhythmus, nicht einmal wie bei einem Parademarsch, sondern wie man eine Schachfigur von Feld zu Feld rücken läßt – und auf einem solchen Kurs kann doch der Autopilot das Schiff steuern.«

»Das stimmt fast immer, und der Autopilot tut es jetzt auch. Aber die zulässige Abweichung ist sehr gering. Wird sie überschritten, erreichen wir ein anderes Tor. Wohin wir dann kommen, weiß Gott allein, und ich glaube nicht an Gott. Es ist denkbar, daß wir an einen Punkt im interstellaren Raum gelangen, wo keine Maschine zur 'and ist, und um uns 'erum nur Vakuum, bis wir sterben. Bisher ist jedenfalls noch keine Sonde zum Sonnensystem zurückgekehrt.« Susanne konnte ein leises Zittern nicht unterdrücken. »Es ist eine vernünftige Vorschrift, daß während des Transits jemand an den Computer angeschlossen sein muß, der notfalls flexibel und geschickt reagieren kann . . . der Tee ist fertig. Wie nehmen Sie ihn?«

»Milch bitte. Oh, nein, wir haben ja gar keine. Dann ohne, wie Sie, und vielen Dank.« Caitlin ließ sich einschenken und die Tasse servieren. Der Tee stammte aus den Schiffsbeständen. Caitlins grüne Augen schauten sich im Raum um. Sie fand eigentlich nichts außer dem großartigen Panorama auf dem Sichtschirm. Wie alle anderen war auch Susanne in aller Eile angereist. Abgesehen von dem Büro im Quartier des Captains unterschieden sich die Räume nur in der Farbgebung. Dieser war rosenfarben und weiß. Sonst zeichnete er sich nur durch das Aroma aus, das von der Kanne und den Tassen aufstieg.

Doppelbelegung hätte die Atmosphäre verändert, und bei der Konstruktion war daran auch gedacht worden, aber die Frau am Computer würde wahrscheinlich allein bleiben. Sie war klein, mager, hatte Hängeschultern und lange Arme, und ihre Züge waren leicht froschähnlich. Ihr schwarzes, dünnes Haar war straff nach hinten gekämmt und zu einem Pferdeschwanz zusammengebunden. Eine hohe Stimme und ein schäbiger Kimono vervollständigten den Gesamteindruck. Sie wirkte älter als ihre achtundzwanzig Erdenjahre. Man mußte sich immer wieder auf ihre Augen konzentrieren, die sehr schön waren: groß, mit dichten Wimpern und von strahlendem Braun.

»Ich 'ätte besseren Tee mitgebracht, wenn ich die Gelegen'eit ge'abt 'ätte«, entschuldigte sie sich. »Was Sie aus den Standardrationen für uns kochen, weiß ich zu würdigen. Ich bin selbst keine schlechte Köchin. Wenn ich Freizeit 'abe, könnten Sie vielleicht meine 'ilfe gebrauchen.«

»Ach, bei den wenigen Leuten ist es nicht viel Arbeit«, sagte Caitlin. »Aber während der Freizeit würde ich mich über Ihre Gesellschaft sehr freuen.«

»Ich dachte, wir sollten uns ein wenig kennenlernen«, schlug Susanne schüchtern vor. Sie setzte sich ihrem Gast gegenüber auf einen Stuhl. »Diese Reise kann lange dauern oder gefährlich werden.«

»Oder beides. Und wir sind die einzigen Frauen an Bord. Außerdem könnten Sie mir etwas über den Rest der Mannschaft erzählen. Außer Sergej Zarubajew kenne ich noch keinen der Männer. Ich grüße sie nur und behellige den einen oder anderen gelegentlich mit einer technischen Frage. Dan hält mich auf Trab, damit ich meine Aufgaben kennenlerne.«

Susanne errötete. »Er kann sich am besten über Leute äußern. Er kann sie beurteilen. Ich bin nicht so . . . gesellig.«

»Trotzdem, Sie sehen es doch von einem andern Standpunkt aus. In unserer Freizeit haben er und ich noch nicht viel Zeit auf Einsatzbesprechungen verschwendet.«

Caitlin hörte auf zu lächeln, als Susanne noch tiefer errötete und geräuschvoll ihren Tee schlürfte. Sie streckte die Hand aus und legte sie ihrer Gastgeberin aufs Knie. »Entschuldigen Sie, daß ich so vorlaut war. Ich will versuchen, so wenig schamlos zu sein, wie es mein Glück zuläßt.«

»Sie und er, lieben Sie sich?« Ihre Worte waren kaum hörbar.

»Ja. Singvögel, Rosen und hundert Jahre alter Whiskey. Aber Sie brauchen nicht um seine Ehe zu fürchten. Nie würde ich die bedrohen, denn er liebt sie auch und sie ihn, und sie ist eine sehr liebe Frau.«

Susannes Blick ging von der Tasse zur Sonne hinüber und zurück. »Wie 'aben Sie sich kennengelernt?«

»Durch Lis, da es die Götter so wollten. Ihnen ist gewiß bekannt, daß sie viel fürs Apollo-Theater tut. Sie organisiert, beschafft Gelder und bügelt Schwierigkeiten aus – besonders das letztere! Nun, ich bin manchmal auf derselben Bühne gewesen, um eine kleine Rolle zu spielen oder ein paar Lieder zu singen. Lis gab in ihrem Haus eine Party für das Ensemble . . . Waren Sie vielleicht zufällig mal in einer Aufführung, an der ich teilnahm?«

Susanne schüttelte den Kopf. »Ich ge'e selten aus.«

Caitlin ließ die Stimme sinken. »Man sagt, daß Computerfrauen höhere Interessen haben als gewöhnliche Leute.«

»Nein, nur andere, und auch das nur, wenn wir angeschlossen sind. Unangeschlossen sind wir wie alle anderen –« Susanne hob die Hand und hielt dem unverwandten Blick der anderen stand. »Gewiß, die schweren Ausbildungsjahre, die Arbeit *lui-même* 'aben einen Einfluß. Oft stimmt, was Sie über uns 'ören, wir sind extrem introvertiert. Der Beruf zieht solche

Typen an.« Sie versuchte ein Kichern. »Es gibt Ausnahmen. Eine Minderheit bei uns ist normal.«

»Ich würde Sie nie etwas anderes nennen«, versicherte ihr Caitlin. »Schüchtern vielleicht, was ich bezaubernd finde als freche Göre, die ich bin. Ich finde ihren Akzent hübsch. Stammen Sie aus Südfrankreich«,

»Nein, aber meine Eltern. Ich bin in Eopolis geboren. Sie kennen *La Quincaillerie*, das große Eisenwarengeschäft an der Tonari-Avenue? Es gehört ihnen. Ich war einziges Kind und sehr ungesellig, und alle ihre Freunde sind Franzosen, also –« Sie hatte inzwischen ihre Tasse abgesetzt und nahm die Hände weit auseinander.

»Dan sagte aber, daß sie von der Erde stammen.«

»Er 'at meinen Lebenslauf gesehen, aber meine Mädchenzeit; wie sollte er sich daran erinnern? Als ich sechzehn war . . . terrestrisch . . . schickten mich meine Eltern zum Studium dort'in, und Tests zeigten, daß ich Talent 'atte. Auf Demeter gibt es keine Ausbildungsmöglichkeit für unseren Beruf. Ich wohnte bei meiner Tante und meinem Onkel, und nach meinem Examen arbeitete ich bei einer Firma in Bordeaux, bis ich nach sechs Jahren Abwesenheit Heimweh bekam und wieder nach Hause reiste. Bald darauf 'euerte Captain Brodersen mich an.«

Ein langes, unangenehmes Schweigen senkte sich herab. Caitlin trat es in Stücke.

»Nun bin ich an der Reihe, wenn es Sie interessiert.« Die Computerfrau nickte eifrig. »Obwohl ich weniger zu erzählen habe als Sie. Ich bin in Baile Ahta Cliath geboren – Sie würden es Dublin nennen. Mein Vater war ein wohlhabender Arzt, der seine Kinder zu berühmten Orten in die Ferien schicken konnte, einschließlich eurer Gegend, Susanne. Aber ich trampte am liebsten auf abgelegenen Straßen durch Irland: ich fürchte, ich war ein böses, rebellisches Mädchen, das sich immer ungerechter behandelt fühlte, bis ich im Erdenalter von neunzehn Jahren meine Auswanderung beantragte. Die irische Quote war schon fast erreicht – wir müssen nach den Unruhen unser halbes Land wieder füllen –, und ich konnte sofort weg. Seiddem bin ich auf Demeter.« Sie seufzte. »Ach, wie ich mich danach sehne, einmal wieder durch das grüne, grüne Land zu wandern und meine Eltern zu küssen. Trotz aller Streitigkeiten und der Kränkungen, die ich ihnen zufügte, waren ihre Briefe immer sehnsüchtig.«

»Ich bin überrascht, daß Sie nach all den Jahren Ihren Dialekt beibe'alten 'aben.«

»Nun, Sie müssen wissen, daß unsere Hauptsprache Gälisch ist, und außerdem versuchen wir, innerhalb des Inselbezirks unsere Identität zu wahren, darüber hinaus in Europa, und darüber hinaus in der Weltunion.« Caitlin veränderte ihre Aussprache. »Wenn ich will, kann ich Eopolis-Englisch sprechen. Oder britisches Englisch, oder schottisches, oder wie ein Yankee aus dem Osten, oder den Südstaatendialekt . . . wer Balladen sammelt, lernt das.«

»Leben Sie in Eopolis?«

»Ja, am Anyway-Ufer in einer Hütte am Fluß, zusammen mit einer Promenadenmischung, zwei Höhlenmäusen, einem Behälter mit Regenbogenmotten, einer liebestollen alten Katze und einer schwankenden Anzahl von Kätzchen. Und ich arbeite als Hilfsärztin. Wenn ich mich nicht gerade woanders herumtreibe. Das war gewiß genug über mich – Sie sehen mich ja so komisch an, Susanne.«

»Das Anyway-Ufer ist eine schlechte Gegend«, murmelte die Computerfrau.

Caitlin lachte. »Es ist eine vielsprachige Gegend, billig und liederlich und lustig, aber schlecht ist sie nicht, wenn man Freunde hat und sich vorsieht. Was von meiner Tugend noch übrig ist, wurde im Dienstzimmer des St.-Enoch-Hospitals und in vornehmen Häusern am Anvil-Hügel schon schlimmer gefährdet, als es am Ufer je der Fall war.«

»Sie sagten, Sie reisen auf dem Planeten umher?«

»Ja.«

»Wer kümmert sich um Ihre Tiere, wenn Sie weg sind?«

»Ein alter Lump namens Matt Fry. Wie er auf ein Transportschiff gekommen ist, wird kein Mensch je wissen. Er lügt wie gedruckt und hatte keine besonderen Qualifikationen, die seine Reisekosten gerechtfertigt hätten, außer daß er der charmanteste Halunke seit Falstaff ist. Bei mir bestand jedenfalls die

Aussicht, daß ich mich in Medizin qualifizierte, denn Daddy hatte seiner Tochter einen ausgezeichneten Start gegeben. Nun, Matt ist sehr gut zu den Tieren, hält das Haus sauber und paßt auf, daß nicht eingebrochen wird. Dafür verlangt er nur einen Schlafplatz und die Flaschen, die ich zurücklasse, und von denen nie eine einzige voll ist.« Caitlin schüttelte den Kopf. »Ich wünschte, ich könnte ihn das ganze Jahr unterbringen, aber dann wäre keiner von uns jemals allein, und dann meine Männerbekanntschaften –« Sie hielt inne. »Schrecklich, das war Ihnen schon wieder peinlich. Können Sie mir verzeihen?«

»Nein, nein, nein«, stotterte Susanne, wenn sie auch wieder rot wurde. »Ich bin nicht beleidigt. Ich glaubte nicht . . . Sie und Daniel – nein, wie Sie sagen, man ist dann nie allein – *allons*, wollen wir nicht das Thema wechseln?«

»Das sollten wir wohl lieber«, sagte Caitlin nüchtern. »Ich habe ein loses Mundwerk. Ein irischer Nationalfehler, genau wie Saufen. Dan bemüht sich dauernd, ihn einzudämmen.«

»Reden und Trinken, ich glaube, das sind keine nationalen Probleme, sondern Probleme der gesamten Spezies.« Susanne sprach schnell und führte dabei die Unterhaltung vom Persönlichen weg. Sie wurde immer sicherer. »Außer Ihnen 'abe ich noch nie jemanden aus Irland kennengelernt. Ich 'abe einige Werke Ihrer Landsleute gelesen, und auch einige Dramen und Dokumentarfilme gesehen . . . Vielleicht können Sie mir auf dieser Reise das Land zeigen«,

»Sehr gern.«

»Und dann werde ich Sie durch die Provence führen. Aber zuerst ist Irland an der Reihe. Wegen Ihrer Eltern.«

»Großartig. Was ist Ihnen lieber, eine moderne Stadt – Dublin soll heute sehr aufregend sein – oder die einsame, schöne Landschaft? Wir müssen eine Auswahl treffen.«

»Die Landschaft. Die Städte auf der Erde sind einander so ähnlich. Die Landschaft ist überall anders.«

»In unserer regnet es«, warnte Caitlin, »und nieselt und regnet, und dann wieder Nebel und Regen und manchmal ein wenig Schnee. Ich weiß nicht mehr, welche Jahreszeit jetzt dort ist.«

»*Cela ne fait rien.* Ich möchte sie jedenfalls gern sehen.

Unsere französiche *campagne* ist heute viel zu zivilisiert, Landgüter, Parks, Ansiedlungen, und dazwischen ein paar Stellen, die man für Touristen so belassen hat, wie sie früher waren.«

Caitlin lächelte traurig. »Dann auf nach Irland, denn nach dem, was ich höre, entwickelt sich unser Land rasch in die gleiche Richtung. Ich bin froh, daß ich es noch wild kannte, und daß Demeter wild bleiben wird, solange ich lebe.« Sie summte eine kleine Melodie.

»Was war das?« fragte Susanne.

»Oh, das soll ein altes Wiegenlied sein. Ich habe vor kurzem einen eigenen Text dazu gemacht, nachdem meine Mutter mir aus Lahinche schrieb, wo sie Urlaub machte.«

»Die Worte? Würden Sie sie vorsingen?«

»Wann hätte eine Bardin sich je geweigert?« lachte Caitlin. »Es ist von erträglicher Kürze.

Lockt Touristen her,
Lockt sie nah heran,
Lockt Touristen her,
Woll'n verdienen dran.
Lockt Touristen her
Mit 'ner Schmalzmelodie
An den Stein der Marie.
Das ist 'ne irische I-industrie.«

Danach wurden die beiden immer lebhafter.

XVI

Als die *Chinook* etwa eine Million Kilometer von der T-Maschine entfernt war, stellte das Wachschiff *Bohr* Laserkontakt her. Benachrichtigung, daß der Weiterflug zum Sonnensystem freigegeben war, hatte man hier schon über Strahl erhalten. Es blieben nur noch ein paar Formalitäten. Außerdem mußte ein kleiner »Lotsenfisch« vorausgeschickt werden, der der Wache an der anderen Seite des Tores mitteilte, daß sich ein Schiff im Transit befand, damit die nötigen Sicherheitsvorkehrungen getroffen werden konnten. Das war schon geschehen, als die *Chinook* die Manöver zur Annäherung an das erste zu passierende Leuchtzeichen einleitete.

Das war nicht das am weitesten nach außerhalb gelegene. Der Kurs, dem sie folgen mußte, wand sich zwischen sieben dieser leuchtenden Kugeln hindurch. Er verlief völlig anders als der Weg um die Maschine im Sonnensystem herum in Richtung Phöbus, die zehn Leuchtzeichen hatte. Über diese Abweichung war schon viel nachgedacht worden. Wahrscheinlich hatten die fremden Raumfahrer einige Antworten darauf gefunden, dachte Brodersen.

Er saß allein in der Kommandozentrale. Mit großer Sicherheit würde er während des Transits hier lediglich als Passagier hocken. Kybernetische Systeme würden die Arbeit erledigen. Versagten sie oder sah es so aus, als würden sie versagen, würde Su Granville übernehmen und – nach ihren Anweisungen – Phil Weisenberg und Martti Leino im Maschinenraum. Dennoch fühlte er sich verpflichtet, auf Station zu bleiben, und Pegeen war nicht hier, um ihn abzulenken, obwohl sie die Stunden gern gemeinsam verbracht hätten. Brodersen wurde nicht müde, Ausschau zu halten. Visuell war die Annäherung an ein Tor nicht so spektakulär wie viele andere Dinge im Weltraum. Aber er wollte über das nachdenken, was er sah, und versuchen zu begreifen, daß Wesen existierten, die das alles geschaffen hatten, und er würde spüren, wie seine Seele in Ehrfurcht erstarb und sich dann doch wieder hoch aufschwang.

Jeder Durchgang war ein wenig anders als der jeweils letzte, denn die Leuchtzeichen veränderten ständig ihre Stellung zueinander, um sich den Bewegungen der Sterne durch die Galaxie (und wer weiß welchen anderen wandelbaren Aspekten des Universums?) anzupassen. Die Verschiebungen waren so gering, daß man sie erst in Dekaden wahrnehmen konnte. Man konnte sie leicht kompensieren, und ein Schiff hatte einen gewissen Spielraum. Wenn es um ein paar Kilometer von einem bestimmten Kurs abwich, erreichte es dennoch sein Ziel, wenn auch nicht ganz zu der geplanten Zeit und in der gewünschten Position. Immerhin, die Raumfahrtgesetze schrieben zu Recht vor, daß man langsam und mit einer ausreichenden Toleranzgrenze aus einem Kurs herauskam.

Nach einem schweren Fehler würde man nämlich ins Unbekannte getragen. Angenommen, zu einem kompletten Transitkurs gehörten zwei oder mehr Leuchtzeichen. Dann gab es bei sieben Zeichen 5913 mögliche Ankunftspunkte. (Robotersonden, von hier oder vom Sonnensystem aus gestartet, bestätigten diese Annahme, aber sie kehrten nie zurück.) Zusätzlich gab es unendlich viele Kurse, die nicht direkt von einem Zeichen zum andern verliefen, und auch von diesen führte jeder zu einem bestimmten Punkt. (Robotersonden bestätigten auch das, bis die Behörden entschieden, daß schon zu viele verlorengegangen seien.)

Brodersen wußte, daß ein bestimmter Kurs ihn dahin bringen würde, wo das fremde Schiff verschwunden war – und die *Emissary*, die später zurückgekommen war, um dann in einer anderen Falle zu verschwinden. Wie die übrige Öffentlichkeit, wußte auch er nicht, welcher Kurs das gewesen war. (Zu der Zeit hielt auch er Geheimhaltung für eine vernünftige Politik.) Am Ende jenes Tores mußte sich eine Maschine befinden. Eine der von den Menschen gestarteten Sonden mußte dort schon einmal angekommen sein. Aber falls die Fremden sie bemerkt hatten, würden sie nicht wissen, wer sie von wo geschickt hatte.

Wie die meisten, nahm auch Brodersen an, daß viele, vielleich alle übrigen Kurse von Zeichen zu Zeichen zu T-Maschinen führten. Das Dumme war nur, daß man, war man einmal durchgekommen, nicht wußte, wie man zurückgelangte. Blindlings würde man sich von Tor zu Tor tasten, bis die Vorräte erschöpft waren, wenn man nicht auf fortgeschrittene Intelligenzen stieß, die einem helfen konnten. Mit dieser Hoffnung hatte die *Emissary* ihre Reise angetreten, aber die *Emissary* wußte, daß eine solche Zivilisation existierte. Die T-Maschine jedoch hätte sich ja auch nur an einer Umschlagstelle befinden können, wo sonst nichts war . . . Fest stand, daß nur sehr wenige Kurse zu Rassen führten, die sich auf diese Dinge verstanden. Im phöbischen System hatte es zum Beispiel keine denkenden Wesen gegeben, bis die *Stimme* die Menschen dorthin führte, von Wesen , die Raumfahrt betrieben, ganz zu schweigen.

Stunden vergingen.

Meistens herrschte Schwerelosigkeit auf der *Chinook,* und er schwebte, locker an seinen Sitz geschnallt, in der anregenden Geisterhaftigkeit der Nullschwerkraft. Dann, als das Schiff die vorgeschriebene Entfernung vom Zeichen erreicht hatte, drehten surrende Kreisel das Schiff. Düsen zündeten; minutenlang spürte er ein leichtes Gewicht. Die Stille war bedrückend. Er hätte das Interkom benutzen können, um mit Pegeen zu sprechen, aber dann hätte die ganze Mannschaft mithören können. Auch sonst hatte niemand etwas mitzuteilen, während majestätische Bilder auf den Schirmen vorbeiglitten.

Eine Scheibe, für das Auge so groß, wie der Mond, hob sich von der Dunkelheit ab. Sie leuchtete so grün wie Irland, bis sie so zusammengeschrumpft war, daß man sie nicht mehr sah . . . die T-Maschine, als sie am dichtesten herankamen, ein verkürzter Zylinder, der sich über einige Grade des Kreisbogens erstreckte, weiß, mit einem Schimmer wie von Perlen vor dem Hintergrund der Sterne, eine atemberaubende Ahnung, welche gewaltige Masse hier in ungeheurer Zusammendrängung wütend rotierte . . . eine Kugel, deren Farbe nicht im Spektrum enthalten war . . . die Milchstraße, die Nebel, Galaxien über Galaxien . . .

Der Anblick des Himmels änderte sich, und er bemerkte: Ein heller Stern bewegte sich von einem anderen hellen Stern fort. Andere helle Sterne bewegten sich aufeinander zu. Zuletzt huschten sie wie Glühwürmchen über den dunklen Hintergrund, während die *Chinook* immer tiefer in das Feld hineingeriet, das diese monströs wirbelnde monströse Masse aufbaute . . .

Es dauerte lange, aber Zeit bedeutete nichts, bis eine Sirene erklang, »Achtung!« Brodersens Puls ging schnell. Er hielt sich an den Armlehnen fest. Schwerfällig drehte sich das Schiff, hatte die Drehung beendet und schwebte einen Augenblick. Dann packte ihn die Schwerkraft wieder. Das Schlußmanöver auf jedem Kurs war scharfe Beschleunigung direkt auf die Maschine zu.

Als die Düse abgestellt wurde, spürte er nicht den geringsten Ruck, nur Schwerelosigkeit. Einen Augenblick schien das Universum zu taumeln. Es beruhigte sich sofort. Der Effekt beruhte auf einer optischen Täuschung, weil die Augen sich nicht so rasch anpaßten. Überall ringsum sah er erhabene Klarheit; einen Zylinder, durch die Entfernung zu einem Fädchen geschrumpft, der nicht der Zylinder war, den er gesehen hatte; eine Scheibe wie die von Phöbus, nur weißer und feuriger, es war die Sonnenscheibe.

Die *Chinook* hatte den Durchgang geschafft.

*

Er war wieder der Captain.

»Aram Janigian, Kommandant, Wachschiff *Copernicus*«, sagte sein Gegenüber im Bildschirm in stark akzentgefärbtem Spanisch. »Willkommen, *Chinook*.«

»Daniel Brodersen, Kommandant. Danke«, war die ebenso rituelle Antwort. »An Bord alles wohlauf.«

»Gut. Ihre Position und die Vektoren stimmen. Keine sofortige Korrekur erforderlich.«

Obwohl es ihm vertraut war, sah sich Brodersen erneut von der Tatsache beeindruckt, daß ein Schiff stets mit der gleichen Geschwindigkeit relativ zur zweiten T-Maschine herauskam wie der, die es beim Eintritt relativ zur ersten gehabt hatte. Irgendwie wurden Energieunterschiede zwischen Sternen während des Kurses kompensiert – wenn nicht ein dem Menschen unbekanntes Energieerhaltungsgesetz hier wirksam war.

»Hier ist der neueste Stand«, sagte Janigian.

Er ging direkt von Computer zu Computer und fing mit der genauen Ortszeit an. Ein Blick auf das Lesegerät zeigte Brodersen, daß er seine geschätzte Ankunftszeit bis auf zwei Stunden eingehalten hatte: Recht beachtlich. Es folgten Nachrichten über die solaren Windverhältnisse, über andere Schiffsbewegungen im System etc., etc.. Als das erledigt war, berichtete Janigian ausgewählte Einzelheiten persönlich. Port Helen in der Iliadischen Liga war wegen eines Streiks gesperrt; einer für Luna bestimmten Ladung Kometenwasser und Kohlenwasserstoffe war höchste Priorität zuerkannt worden; ein Asteroid aus dem interstellaren Raum würde auf seiner hyperbolischen Bahn am 3. Februar dem Mars am nächsten stehen; bis auf weiteres war der Raum um das San-Geronimo-Rad im Umkreis von einer Million Kilometern für unbefugte Personen und Transporter gesperrt –

Brodersen schrak hoch, wurde von seinen Gurten aufgerangen und sank wieder in den Sitz. »Was?« rief er aus. »Wieso?«

»Ein wissenschaftliches Projekt, das vor der Verschmutzung durch Gase geschützt werden muß; so ähnlich habe ich das verstanden«, sagte Janigian gelangweilt. »Warum fragen Sie? Sie reisen doch zur Erde.«

»Hmm . . . ich hatte gehofft, das Rad besuchen zu können, da ich schon einmal hier bin«, log Brodersen rasch. »Alte Erinnerungen auffrischen. Um was für ein Projekt handelt es sich?«

»Das weiß ich nicht. Ich kann die ganze Ankündigung an Ihre Datenbank übermitteln. Vielleicht können Sie ja eine Genehmigung erwirken.«

»Danke, fahren Sie fort.«

Nach Beendigung des Berichts wurden die üblichen Abschiedsgrüße ausgetauscht und die Vektoren berechnet. Dann beschleunigte die *Chinook* mit einem G. Um die Sonne herum würde sie in vier bis fünf terrestrischen Tagen die Erde erreichen. Die Reise müßte eigentlich völlig routinemäßig verlaufen.

Brodersen holte sich die Verbotsankündigung auf das Lesegerät. Nachdem er sie mit finsterer Miene gelesen hatte, löste er seine Gurte und schritt zwischen den Instrumenten, den freien Flächen und den sternenübersäten Sichtschirmen der Kommandozentrale auf und ab. Endlich aktivierte er das Intercom. »Captain an Chefingenieur«, sagte er. Dabei konnte er sich Caitlins Enttäuschung darüber vorstellen, daß er nicht mit ihr gesprochen hatte. Später, später – mit ihr und allen anderen. Zuerst mußte er sich mit dem ersten technischen Experten beraten, der zugleich sein ältester Freund an Bord war.

Weisenberg schlenderte durch die Tür; die Falten in seinem Gesicht erschienen jetzt weniger tief. Er zeigte selten Aufregung. »Worum geht's, Dan?« fragte er in seinem gedehnten Englisch. Seine Eltern waren Neo-Chassiden, die nach Demeter gegangen waren, um den Verfolgungen in der Heiligen Westlichen Republik zu entgehen.

»Du hast doch zugehört, nicht wahr?« Wie üblich hatte Brodersen sein Gespräch mit Janigian über Intercom gehen lassen. »OK, prüf die Sache mit dem San-Geronimo-Rad und sag mir, was du davon hältst.«

Weisenberg plazierte seine schlaksige Gestalt gemächlich in einem Sessel vor dem Terminal. Dann herrschte Schweigen. Brodersen spürte, wie ihm der Schweiß über die Haut lief und roch es auch ein wenig.

»Nun?« bellte er nach einer Weile.

Weisenberg sah ihn an. »Es ist ziemlich unverbindlich, findest du nicht auch?«

»Unverbindlich, zur Hölle! Die erwarten doch nicht etwa, daß man dieses Geschwätz ernstnimmt. Wer glaubt denn, daß ein öffentliches Monument monatelang für solche albernen Forschungen zur Verfügung gestellt wird?«

»Alle, die nicht paranoid sind, Dan. Stiftungen genehmigen merkwürdige Dinge, und das genannte Monument ist für fast jeden von monumentaler Unwichtigkeit.«

Brodersen schlug mit der Faust so hart gegen die Kabinenwand, daß es wehtat. »Gut, dann bin ich eben paranoid! Du auch. Die ganze Bande hier. Aus einem guten Grund. Die *Emissary* wird irgendwo festgehalten, wenn sie und ihre Mannschaft nicht schon vernichtet worden sind. Scheint da das Rad nicht logisch?«

Weisenberg nickte mit seinem weißen Kopf. »Nun, das stimmt, wenn du es so sehen willst. Wahrscheinlich wird kein Schiff in der Nähe des Sperrgebiets auftauchen. Und wenn doch eines käme, dann hätte es keine Veranlassung, die Abtastgeräte auf volle Vergrößerung zu schalten und dorthin zu richten, um ein in kurzem Abstand umlaufendes Schiff der *Reina*-Klasse zu identifizieren.« Mit langen Fingern rieb er sich das vorstehende Kinn. »Wo steht das Rad denn zur Zeit?«

Susanne war nicht im Dienst. Sonst hätte Brodersen die Information auf Anhieb bekommen. So aber mußte er seine

Frage erst eingeben. Er und Weisenberg starrten auf das Bild, das zusammen mit den Daten auf dem Sichtschirm erschien. »Ja«, sagte er. »Nicht weit von der unteren Konjunktion zur Erde. Dadurch empfiehlt es sich noch zusätzlich als Gefängnis.« Aus seinem Sessel sah Weisenberg den Skipper an, der sich über ihn beugte. »Du meinst also, wir sollten hinfliegen und nachschauen,« sagte er leise.

»Was denn sonst?«

»Nun, wir setzen unsere Reise zur Erde nach Flugplan fort und alarmieren die Ruedas nach unserem eigenen Plan.«

»Zu riskant«, knurrte Brodersen. »Sie brauchen Zeit zu erklären, warum sie ein Schiff schicken. Dann kommen die Vorberietungen mitsamt dem ganzen Papierkrieg. Inzwischen kann alles Mögliche geschehen. Auf jeden Fall wird Aurie Hancock, was mich betrifft, früher oder später mißtrauisch werden – und ich setze auf früher; das Weib ist ja nicht dumm. Noch haben wir den Vorteil. Wenn die *Emissary* tatsächlich dort ist, können wir die Geschichte illustriert nach Lima mitbringen. Wir können über den Rundfunk eine öffentliche Erklärung abgeben, die die ganze Verschwörung in Stücke schlägt.« Er lachte brüllend.

»Langsam, langsam«, warnte Weisenberg. »Der Umweg dauert zwei bis drei weitere Tage, wie du weißt. Nehmen wir an, wir finden nichts, wie sollen wir dann die Verspätung erklären, wenn wir die Erde erreichen?«

»Oh, wir schreiben unterwegs eine Geschichte«, sagte Brodersen ungeduldig. »Ein Meteorit traf uns, der die Kommunikationsanlagen beschädigte. Wir mußten in Schwerelosigkeit gehen, um die Reparaturen auszuführen. Ich gebe zu, das ist so unwahrscheinlich wie eine Schlange auf Stelzen. Aber nicht völlig unmöglich, und wir könnten die Spuren vortäuschen. Außerdem kann Aventureros die Untersuchungskommission vielleicht dazu überreden, die Sache als geringfügigen Zwischenfall zu behandeln.

Zweifellos fällt uns auch noch etwas Besseres ein. Es wird ja Tage dauern.« Brodersen wandte sich vom Terminal ab und ging mit schweren Schritten durch den Raum, die Hände hinter dem Rücken verschränkt. »Wir werden uns natürlich mit der übrigen Mannschaft beraten, aber ich bin sicher, daß die Leute einverstanden sind. Ich werde sofort eine Änderung der Vektoren in Richtung auf das Rad befehlen.«

»Nein«, sagte Weisenberg. »Warte.«

»Was?« Brodersen blieb ruckartig stehen.

»Bis wir weit genug von der T-Maschine weg sind, daß ein Wachschiff unsere Kursabweichung nicht mehr erkennen kann«, erklärte der Ingenieur.

Brodersen schnippte mit den Fingern. »Wie recht du hast.«

»Du hast auch recht, Freund. Wir müssen es riskieren. Dies mag für uns die letzte Möglichkeit sein, die *Anderen* zu erreichen.« Weisenberg saß ruhig da und hob auch nicht die Stimme, aber in seinen Augen lag ein Glanz, den selbst der Baal Shem Tov bemerkt hätte.

*

Von der See war Regen herangeweht, um Eopolis einzuhüllen. Aurelia Hancock, Generalgouverneur der Weltunion für Demeter, hatte die beiden Fenster neben ihrem Schreibtisch geöffnet, um die Frische zu atmen. Kühle Feuchtigkeit strömte herein, und es tat gut, sie einzuatmen. Sie hörte das Geräusch herabstürzenden Wassers, das Auftreffen und das Plätschern, und der Geruch von nassen Rosen und nassem Gras und das Ingweraroma der Donnereiche durchzogen den Raum. Der von der blaßgetönten Täfelung umrahmte Anblick draußen zeigte ein Silbergrau inmitten blauer Schwärze und regendunkles Grün und Rot. Wie Schatten glitten jenseits des Rasens und des Zauns die Fahrzeuge vorbei. Die andere Straßenseite war nicht zu erkennen.

Das Telefon riß sie aus ihrer Versunkenheit. »Ihr Gespräch mit Mrs. Leino.«

»Ahh«, hörte sie sich seufzen. Als sie es vor einer Stunde versuchte, hatte niemand abgenommen. Sie hatte das Gerät auf »Wiederholung« gestellt, noch einige Berichte durchgeblättert und ein wenig geträumt . . . sie hatte nicht einmal geraucht, wie ihr Gaumen ihr sagte. Ihre Beine waren eingeschlafen, und ihr Kreuz protestierte. *Ich habe zu lange auf diesem Stuhl gesessen,* fiel ihr ein. *In meinem Alter verwandelt man sich schnell in Fett, wenn man sich nicht bewegt.*

»Bitte verbinden«, sagte sie, während sie immer noch ihren Gedanken nachhing. *Ich brauche mehr Bewegung. Wieder regelmäßig Tennis spielen – ich gebe zu, irgendwelche lächerliche tägliche Gymnastik würde ich allein doch nie machen. Aber wer soll mit mir spielen? Jim?* Früher hatte sie mit ihrem Mann oft Tennis gespielt. *Und Tennis war nicht das einzige, was wir spielten.* Aber heute war er zu sehr von der Flasche abhängig. Nicht daß er sich würdelos benahm, er war so charmant wie immer. Bei ihm führte es zu einer Art Trägheit, und offenbar war er nicht gewillt, sich einer Behandlung zu unterziehen. *Aber mit wem sonst?* Der Gedanke mit ihren fetten, knotig geäderten Beinen und einem unterwürfigen jungen Beamten auf dem Platz herumzuhopsen, war alles andere als einladend. Und nach den Abfuhren, die Jim und sie hatten einstecken müssen, wollte sie verdammt sein, wenn sie jemals eine der Kolonialfrauen unter den Klubmitgliedern um ein Arrangement bitten würde. Und jetzt erschien Elisabeth Leino auf dem Schirm, schlank, sonnengebräunt, glücklich in ihrem Haus und sicherlich auch im Bett. In ihrem Gesicht war höfliche Feindschaft zu erkennen.

»Wie geht es Ihnen, Gouverneurin Hancock«, sagte sie, und es war nicht als Frage gedacht. »Es tut mir leid, Sie vorher verpaßt zu haben. Ich arbeitete im Treibhaus und hörte das Klingeln nicht.«

Oder wolltest du mich nur auf einigermaßen plausible Art eine Stunde hinhalten? Die Überwacher berichten, daß du meist erst spät abnimmst. Aurie setzte ein gezwungenes Lächeln auf. »Wozu die Formalitäten, Lis? Am Bridgetisch sind wir Feinde. In öffentlichen Angelegenheiten sind wir schon Verbündete gewesen.«

Leicht schrägstehende und ganz eisig-blaue Augen sahen sie verächlich an. »Sie wissen warum, Gouverneurin Hancock.«

Aurie richtete sich hoch auf. Ihre Finger griffen nach einer Zigarette. »Wie Sie wollen. Wenn ich Ihnen die Dinge bis jetzt nicht klarmachen konnte, ist jeder weitere Versuch sinnlos. Ich möchte gern Ihren Mann sprechen.«

Das Antlitz der Athene bewegte sich so wenig wie ihre Lippen. »Nein.«

»Was?« Einen Augenblick lang war es so, als fiele der Regen nach oben.

»Er ist krank.«

Attacke! »Wirklich? Ich glaube nicht, daß ein Arzt Ihr Haus aufgesucht hat.«

»Registrieren Ihre Agenten jede Einzelheit über uns?«

Aurie zündete die Zigarette an und inhalierte die dem Regen trotzende Schärfe, während sie sich ihre Antwort zurechtlegte.

»Mrs. Leino, wenn Sie diese Art der Anrede vorziehen, Ihr Mann muß Ihnen die Situation erklärt haben. Als ich ihn um seine Mitarbeit bat und er ablehnte, hatte ich keine andere Wahl, als ihn mit einem vorläufigen Ausgehverbot zu belegen und Sie eine Zeitlang überwachen zu lassen.

Seitdem sind gewisse Telefongespräche – ja, wir hören ab. Wenn die Notstandssituation vorbei ist, haben Sie das verbriefte Recht, auf Schadensersatz zu klagen. Einstweilen aber hören wir ab. Zwei Telefongespräche schienen zu zeigen, daß er sich nicht von der Stelle rührte, was er ja auch nicht durfte. Es war allerdings so, daß das eine Gespräch einging, als Sie das Haus verlassen hatten und dann die zu Ihrer Beschattung abgestellten Männer abschüttelten.«

Sie fuhr in den Wald, parkte ihren Wagen, und ihre stadtgewohnten Bewacher verloren sie aus den Augen. Stunden später zeichnete das Bandgerät ein Gespräch zwischen Brodersen und Abner Croft auf. Weitere Stunden später kam Lis zu ihrem Wagen zurück und fuhr nach Hause.

Waren beide Gespräche mit Croft nur vorgetäuscht? Ira Quick hat mir eine vertrauliche Mitteilung über ein solches System zugehen lassen. Leino hätte den Anruf von ihrer Tochter entgegennehmen lassen können; das Kind brauchte gar nicht zu wissen, was vor sich ging. Und meine Beamten haben bisher noch nicht feststellen können, daß ein Abner Croft überhaupt existiert.

Aurie kam mit ihrer Absicht heraus. »Und jetzt, meine Liebe«, zischte sie zwischen den Zähnen hervor, »habe ich bei der Durchsicht von Dokumenten festgestellt, daß die *Chinook* vor Tagen Starterlaubnis zum Sonnensystem erhielt. Ich wurde nicht informiert. Das schreibt das Gesetz auch nicht vor, aber die *Chinook* ist Dans Lieblingsschiff und Two Eagles von der Kommission ist ein guter Freund von Ihnen. Sie werden sicherlich verstehen, daß ich Dan sprechen muß.«

»Ich sagte Ihnen doch, daß er krank ist«, sagte Lis kalt. »Er braucht seinen Schlaf. Ich werde ihn nicht wecken.«

»Würden Sie dann Polizeibeamte ins Haus lassen, damit sie sich davon überzeugen können, daß er da ist?«

Zum erstenmal bekam Lis Farbe. »Absolut nicht. Beschaffen Sie sich einen gottverdammten Durchsuchungsbefehl.«

»Ich werde ihn selbst ausstellen«, warnte Aurie, »und wenn er nicht da ist, kann auch gegen Sie Anklage erhoben werden, Mrs. Leino.«

Arroganz: »Das tun Sie nur, Mrs. Hancock. Ich werde mit meinem Anwalt sprechen.« Leere.

Aurie sank zusammen. Draußen rauschte der Regen, und die Dämmerung wurde dunkler.

Er ist weg. Sie wußte es. *Es ist ihm irgendwie gelungen, abzuhauen, sein Schiff zu besteigen und das Sonnensystem zu erreichen.*

Wie könnte man ihn einholen? Wie den Schaden gutmachen?

Ira verständigen.

Das müßte sofort geschehen; aber im Augenblick konnte sie nur die Zigarette zum Mund führen. Sie verbrannte sich die Lippen und ließ sie wieder sinken. *Ira,* ging es durch ihre Gedanken, *schöner Ira Quick, du hast es mir so gut erklärt, daß das wichtigste menschliche Anliegen soziale Gerechtigkeit ist, und die Anderen und die Suche nach ihnen, das ist wie – Miltons Luzifer, sagtest du? – Schöner Ira, ich will für dich tun, was ich kann.*

XVII

Eine Botschaft ging von Eopolis über einen Trägerstrahl an einen Nachrichtensatelliten, der sie an den großen Sender weiterleitete, der Demeter weiter draußen umkreiste. Von dort ging sie durch den interplanetarischen Raum bis in die Nähe der T-Maschine, wo die *Bohr* sie auffing. Der Anfang bestand aus einem Namen und zwei Adressen auf der Erde, dann folgte ein DRINGEND AMTLICH; der Rest war in Chiffre. Gehorsam steckte der Nachrichtenoffizier das Band mit der Aufnahme in einen Lotsenfisch, der sie durch das Tor zum Sonnensystem trug und automatisch die *Copernicus* ansteuerte. Der dort zuständige Offizier schickte sie über einen gebündelten Strahl an die Relaisstation, die sich neunzig Grad von beiden entfernt auf derselben Umlaufbahn wie die Erde und die dortige T-Maschine befand. Diese wiederum sendete sie zur Erde. In ihrer Nähe fanden noch weitere komplizierte elektronische Vorgänge statt. Endlich – nach Millisekunden – klingelten in Ira Quicks Büros in Lima und Toronto die Telefone und leuchteten gleichzeitig auf. Es war an dem Abend niemand dort, und er hatte auch keine Nachricht hinterlassen, wo er zu erreichen sein würde. (Tatsächlich genoß er gerade einen Kognak nach einem guten Essen mit einer hübschen und ehrgeizigen Statistikerin, mit deren Person er sich anschließend noch eingehend zu befassen gedachte.) Als nicht abgenommen wurde, speicherten die Telefone die Nachricht in einem speziellen Abspielgerät, dessen Kombination nur er kannte.

Er war gerade in Toronto. Er hatte gleich nach seiner Rückkehr vom Rad die Reise nach dort angetreten, und da es schien, als sollte er länger bleiben, hatte er auch seine Familie mitgebracht. Er sah sich vor der bedauerlichen Notwendigkeit, sich um die nationale Seite seiner Karriere zu kümmern, nachdem er sich zu sehr auf die international konzentriert hatte. Die Winter im mittleren Nordamerika wurden immer schlimmer, als wollten sie die Experten widerlegen, die behaupteten, die Erde ginge *langsam* einer neuen Eiszeit entgegen. (Damit fertigzuwerden würde ungeheure organisatorische Anstrengungen von seiten der Regierung erforderlich machen. Und doch führten närrische Vorstellungen über die *Anderen* dazu, daß Menschen, ihre Anstrengungen und wertvolle Rohstoffe unkontrolliert zu den Sternen gingen!)

Am Morgen nach diesem angenehmen Anlaß fegte ein Schneestrum von den Tundren herab und hüllte die Stadt in wirbelndes Weiß. Verpflichtungen zwangen ihn, sein Hauptquartier aufzusuchen. Selbst Holographie mit Stereo-Klang war nicht immer ein Ersatz dafür, einem einfachen Wähler die Hand zu drücken oder mit einem wichtigen essen zu gehen. Vom Hotel aus hätte er leicht mit der Untergrundbahn zum Churchillgebäude fahren können, aber erst mußte er in seine Vorortwohnung, um sich umzuziehen. Er hatte schon erwogen, sich in der Stadt ein Zimmer zu mieten, um gegen diese unvorhersehbaren Dinge gewappnet zu sein, aber dann hatte er es sich anders überlegt. Wenn es herausgekommen wäre, hätte man Witze darüber gerissen.

Seine Frau machte ihm das Frühstück und stellte keine Fragen. Bevor er ging, gab er ihr einen dicken Kuß. Das hatte sie verdient. Alice McDonough war nicht nur die Nichte des Mannes, der Kanada nach den Unruhen wiedervereinigte, und daher der Angelpunkt unschätzbarer politischer Beziehungen; sie war hübsch, eine ausgezeichnete Gastgeberin, die Mutter seiner drei Söhne und ihm ergeben . . . oder wenigstens besaß sie die Anständigkeit, ihre privaten Ausbrüche nicht nach außen dringen zu lassen.

Sein Wagen kämpfte sich zum Kapitolkomplex durch. Der Wind heulte und rüttelte am Fahrzeug. Trotz der Heizung drang Kälte ein, und der Schnee wirbelte um das Verdeck. Er war auf absurde Weise froh, als er die Parkgarage erreicht hatte; der Sturm hatte primitive Ängste in ihm freigesetzt. Er grüßte seine Angestellten freundlich wie immer, ging in sein Zentralbüro und schaltete den riesigen Sichtschirm von einem direkten Blick nach draußen auf die Ansicht eines Strandes auf Hawaii um.

Jetzt war die Umgebung angenehm: die herrliche Szenerie auf dem Schirm, nur blau und weiß, und dazu das Rauschen der Brandung; der bequeme Sessel; der weiche Teppich unter den Füßen, nachdem er die Schuhe ausgezogen hatte; eigenhändig gewidmete Fotos von Berühmtheiten, Originalzeichnungen, Ehrendiplome, Mitgliedsurkunden, eingerahmte Briefe, alles Zeichen von Verehrung und Freundschaft. Die vor ihm liegende Arbeit mochte nicht so wichtig wie das sein, was er für die Union tat, sie hatte aber ihren eigenen Reiz. Angenehm hatte er noch die vergangene Nacht im Bewußtsein. »Ahhh«, seufzte er und stellte das Abspielgerät an.

Ein rotes Licht blitzte auf. Was zum Teufel? Er gab die nötige Zahlenfolge ein. Auf dem Schirm erschien sein Name und Aurelia Hancocks Antwortadresse. Sein Herz tat einen Extraschlag. Rasch drückte er das nächste Bild. Er sah ein Zahlengewirr und schaltete das entsprechende Dechiffrierprogramm. Normales Englisch erschien auf dem Schirm.

Lieber Ira,

Ich bete darum, daß diese Nachricht nicht allzu schrecklich ist und daß du sie rechtzeitig bekommst, um zu tun, was du für gut befindest. Du erinnerst dich doch an Daniel Brodersen? Bezugnahme: (Hier folgten weitere Zahlen und Buchstaben. Quick hätte leicht die Akte mit der Korrespondenz auf den Schirm holen können, hielt es aber für unnötig. Er erinnerte sich lebhaft daran, wie sehr er Hancocks Vorschlag, diesen Unruhestifter festzusetzen, gebilligt hatte.) Ich habe entdeckt, daß er entkommen ist und sich auf dem Weg zur Erde befindet. (Hier folgten Einzelheiten über das unverschämte Schweigen der Elisabeth Leino und ihres Schleichers von Anwalt, den sie sich genommen hatte. Es schien nicht opportun, sie zu verhaften, sie hatte zu viele Freunde, aber Aurie Hancock hatte ihr mit gewissen Notstandsgesetzen und dem Gesetz über gefährliche Mittel gedroht und auf den die Finalisten betreffenden Präzedenzfall hingewiesen, wenn sie sich noch weiterer Zuwiderhandlungen schuldig mache.)

Unter dem Vorwand, verkehrstechnische Ermittlungen anzustellen, forschte ich nach und stellte fest, daß die *Chinook* genau nach Flugplan (anliegend) das Tor passierte und sich, wenn du diese Botschaft bekommst, in der Nähe der Erde befinden müßte.

Ich kenne Brodersens Absichten nicht. Vielleicht kennt er sie nicht einmal selbst. Man kann jedoch annehmen, daß er versuchen wird, sich mit seinen Verwandten, den Ruedas in Verbindung zu setzen, um sich ihrer Hilfe zu versichern.

Ira, lieber Ira (als Frau war sie nicht sein Typ, aber sie hatte sich auf einen heftigen Flirt mit ihm eingelassen, was dazu beigetragen hatte, ihre unbezweifelten Fähigkeiten fest für seine Sache zu gewinnen), ich kann dir gar nicht sagen, wie leid es mir tut, daß mir diese Panne unterlaufen ist, und wie viel ich darum geben würde, wenn ich sie ungeschehen machen könnte. Ich werde alles tun was du mir befiehlst. Inzwischen werde ich mich so wenig wie möglich rühren. Ich bin überzeugt, daß du das Problem bewältigen kannst, wie du auch mit jedem anderen fertigwirst, aber ich könnte heulen, wenn ich an die Extraarbeit und die zusätzlichen Sorgen denke, die du nun haben wirst.

Mit herzlichen Grüßen
Aurelia

Quick tat sich auf seine Fähigkeit, gelassen und schnell zu reagieren, einiges zugute. Über Intercom erbat er Auskunft über das Schiff, die seine Leute ihm rasch und diskret beschaffen würden. Dann las er den Brief noch einmal und studierte sorgfältig die Zusätze. Er setzte sich zurück, strich sich den Bart und überlegte was zu tun war.

Erstens, jede Panik und jede Unruhe nach außen hin vermeiden. Zweitens, strikte Überwachung Brodersens und aller Mitglieder seiner Bande vom Zeitpunkt der Landung an, oder ab sofort, falls sie vielleicht schon unten waren. (Diese verdammte Ungewißheit! Der Zeitpunkt, da ein Fahrzeug an diesem Ende das Tor verließ, stand nur in lockerer Relation zu seinem Eintritt am anderen Ende, was vermutlich auf Kursvariationen auf dem Weg um die T-Maschine zurückzuführen war. Noch nie war eines früher angekommen als der Lotsenfisch, aber einige waren dichtauf gefolgt, andere wieder mit bis zu drei Tagen Verspätung.) Er konnte den nordamerikanischen Geheimdienst – oder vielmehr einige sorgfältig ausgewählte Agenten – durch die gleichen Kanäle dienstverpflichten, durch die er schon im Fall der *Emissary* Hilfe bekommen hatte.

Ja, Brodersen überwachen und abwarten, was geschah oder was in Erfahrung zu bringen war. Aber in dem Moment, wo irgendeiner versuchte, sich mit den Ruedas in Verbindung zu setzen, mußte man ihn und seine Leute sofort kassieren. Ein Haftbefehl gegen sie war in Hancocks Botschaft enthalten. Sie konnten zu den übrigen Gefangenen ins Rad geschafft werden, um deren Schicksal zu teilen.

Quick wandte sich anderen Dingen zu. Nach einer Stunde erschien sein Bürochef. Chauveau wirkte besorgt. »Sir, es ist wegen des Raumschiffs *Chinook*«, sagte er. »Das Fahrzeug ist überfällig und hat sich auch nicht gemeldet.«

»Was?« Quick umklammerte die Sessellehnen. »Ist denn die Verkehrskontrolle nicht interessiert?«

»Ich kannte die genaue Routine nicht und wußte nicht, an wen ich mich bei der Astronautischen Kontrollkommission wenden konnte. Das zu ermitteln dauerte einige Zeit. Es ist offenbar so, daß der Flugplan jedes im Sonnensystem eintreffenden Fahrzeugs vom Wachschiff an den Bestimmungsort durchgegeben wir – in diesem Fall die Erde –, aber diese Information wird lediglich in der Datenbank gespeichert. Alles was darüber hinausgeht erscheint ihnen kompliziert und überflüssig, denn ein Schiff, das gezwungen ist, seinen Flugplan zu ändern, kann jederzeit eine der Stationen benachrichtigen, die Notrufe entgegennehmen.

Nun, die Person, mit der ich dann sprach, hat den Bericht für mich abgerufen. Danach hätte die *Chinook* gestern eine Erdumlaufbahn erreichen müssen. Dann prüfte sie die Angelegenheit bei der Verkehrskontrolle und deren Gegenpart in der Iliadischen Liga – um es kurz zu machen, Boss, niemand wußte etwas. Meine Gesprächspartnerin ist sehr besorgt. Aber ich konnte sie veranlassen, noch zu warten – ich machte Andeutungen über eine Sondermission, auf der vielleicht geringfügige Schwierigkeiten aufgetreten sind – zu warten, bevor sie die Sicherheitsabteilung alarmiert. Ich fürchte allerdings, sie wird nicht lange warten.«

»Gute Arbeit«, sagte Quick mit einer gezielten Dosis Freundlichkeit. In ihm stieg Hoffnung auf. *Der eine Unfall unter Millionen, der noch nie geschehen ist, hat sich ereignet und sie vernichtet.* Er rief sich zu Ordnung. *Nein.*

»Was sollen wir tun, Sir?« fragte Chauveau.

Quicks Verstand arbeitete fieberhaft. Keiner seiner Mitarbeiter wußte, warum er sich Sorgen machte. Um die Sache mit der nötigen Energie verfolgen zu können, mußte er ihnen eine Geschichte auftischen. Und die hatte er inzwischen parat.

Er setzte seine ernsteste Miene auf und sagte: »Jaques, dies ist streng vertraulich, und vielleicht sollte ich es Ihnen gar nicht erzählen. Aber ich habe Vertrauen zu Ihnen, und Sie sollen sich motiviert fühlen. Ihnen ist die wachsende Unzufriedenheit auf Demeter bekannt. Es gibt Beschwerden, formale Proteste und Eingaben, es gab sogar schon ein paarmal offenen Aufruhr.« *Hauptsächlich handelt es sich um Geschäftsleute, die sich weigern, an ihre Länder und an die Union Steuern abzuführen – sie behaupten, sie bekämen dafür keine Gegenleistung – als ob sie nicht immer noch zur Menschheit gehörten und verpflichtet wären, ihren weniger glücklichen Brüdern zu helfen . . . Unnötig, dir selbst das Evangelium zu predigen, Ira Quick! Und ich muß zugeben, einige Beschwerden sind berechtigt. Die Regierung hat sich nicht so um ihr Wohlergehen gekümmert, wie sie es hätte tun müssen.* »Was allerdings noch nicht publik wurde, ist die Entwicklung einer durch und durch revolutionären Einstellung, die von aufruhrerischem Gerede allmählich zu Taten übergeht.« *Keine direkte Lüge. Ich nehme an, daß meine Befürchtungen sich eines Tages als begründet herausstellen könnten, wenn nicht die richtigen Männer auf der Hut bleiben und die Dinge unter Kontrolle behalten.* »Oh, bisher handelt es sich natürlich nur um eine kleine Minderheit. Aber Sie wissen ja, welchen Schaden schon eine Handvoll Terroristen anrichten kann.

Gouverneur Hancock hat mich vor dem Eigner und Captain der *Chinook* gewarnt und angedeutet, daß er mit diesen Bestrebungen zu tun haben könnte und daß er vielleicht mit bösen Absichten hergekommen ist. Sie hat sich deshalb an mich gewandt, weil wir politische Freunde sind und sie sich darauf verläßt, daß ich mit der gebotenen Vorsicht zu Werke gehe. Vergessen Sie nicht, sie hat keine eindeutigen Beweise gegen ihn. Er *könnte* unschuldig sein. Eine ungerechtfertigte Verhaftung würde dort draußen noch mehr Feindseligkeit hervorrufen, und er wäre in seinen Rechten verletzt.«

Quick fuhr sich mit den Fingern durch den Bart. »Sein

Verhalten scheint doch verdächtig, nicht wahr?« schloß er. »Zuerst müssen wir ermitteln, wo er steckt.«

»Dann verbinde ich Sie mit der Komissionsbeauftragten Palamas, mit der ich gesprochen habe«, sagte Chauveau.

»Gut. Während ich mit ihr rede, stellen Sie bitte Verbindungen her mit –« Er nannte die Namen. Einige von ihnen hatten ihn bei seiner Initiative, die *Emissary* zu beschlagnahmen, unterstützt. Die meisten anderen wußten davon nichts, man konnte sie aber auf die eine oder andere Weise überreden, ihren Einfluß an der richtigen Stelle geltend zu machen, ohne daß man ihnen großartige Geschichten erzählen mußte. Sie trauten ihm oder schuldeten ihm Dank für frühere Gefälligkeiten oder wollten ihn sich verpflichten. Alle zusammen übten beträchtliche Macht aus.

Sein Gespräch mit Palamas erwies sich als befriedigend. Sie wollte eine Suche veranlassen, notfalls über das ganze System, und ihm das Ergebnis sofort mitteilen.

Danach aber waren die Stunden quälendes Warten.

Die Weiten dort draußen, diese Millionen von Kilometern wurden nicht genau überwacht. Hier und da – auf Schiffen, Monden, Asteroiden und künstlichen Weltraumstationen – gab es leistungsstarke Radargeräte und andere Instrumente, wie Multiplikationsspektrometer, meistens für wissenschaftliche Zwecke. Man konnte sich ihrer bedienen, aber das ging nicht so ohne weiteres, um so weniger als Bruchteile von Stunden zwischen einer Botschaft und der Antwort darauf verstrichen. Und dann mußten sie noch weit größere Entfernungen abdekken, Bogengrad um Bogengrad, während die Zeit enteilte.

Quick hatte eine verdammt interessante Idee, wo die *Chinook* wahrscheinlich war. Er hatte es Palamas gegenüber nur anzudeuten gewagt. Er hatte davon gesprochen, daß die Forschungsarbeiten im San-Geronimo-Rad von größerer Bedeutung seien, als die Regierung zugegeben habe, und daß es schlecht wäre, wenn eine Ionenspur sie unterbrach. Er konnte nur hoffen, daß irgend jemand draußen im Raum seine Ansicht teilte und in der Lage war, die Sache zu prüfen. Sich an Troxell direkt zu wenden, war gewiß nicht ratsam.

Irgendwie stand er den Tag durch, schüttelte Wählerhände,

gratulierte einem Stipendiaten, besprach bei einem ausgezeichneten Lunch die Strategie für den nächsten Wahlkampf, erledigte verschiedene Schreibtischarbeit und schaffte es bei alledem, ständig einen Ausdruck von Leutseligkeit über sein Gesicht zu spannen. Um siebzehn Uhr rief er Alice an, um ihr zu sagen, daß er auch an diesem Abend nicht nach Hause kommen würde. »Ich arbeite bis spät, vielleicht die ganze Nacht«, erklärte er.

»Ja«, sagte sie tonlos.

Ihr Anblick tut mir weh. Ich bin eben ein mitleidiger Mensch.

»Es stimmt«, sagte er. »Wenn du es nicht glaubst, ruf doch später zurück.«

»Warum?« seufzte sie.

Er runzelte die Stirn. »Hast du wieder deine Depressionen, Liebes? Ich habe dir doch immer wieder gesagt, nur weil mein Job es erfordert, daß ich dauernd in Bewegung bin, mußt du doch nicht zu Hause hocken und Trübsal blasen. Du mußt deine Interessen nach außen entwickeln, dir etwas vornehmen –«

»Dem Galaxie-Club durfte ich nicht beitreten, weil die Leute sich für interstellare Forschung stark machen. Ich war loyal und verzichtete darauf. Jetzt ist bei mir die Grenze erreicht, was die Dinge anbetrifft, zu denen ich nach deiner Meinung gehören soll.«

»Wir wollen doch nicht anfangen, uns zu streiten.«

»Oh, nein. Mein Problem ist, daß ich dich liebe. Und die Kinder. Ich meine, sie brauchen meine ganze Fürsorge. Hast du schon einmal darüber nachgedacht, welche Art Liebesbeziehungen die *Anderen* wohl haben?«

Gereizt kläffte er: »Ich habe schon fünfzigtausend Spekulationen über alles Erdenkliche hinsichtlich der *Anderen* gehört – Ansprüche auf Kontakt, Glaubensfragen, Verrücktheiten, unanständige Lieder, noch unanständigere Schriften, aber niemals etwas Konstruktives. Immer will jeder vermeiden, das zu tun, was uns Menschen zu tun aufgegeben ist.«

»Gute Nach, Ira«, sagte sie und schaltete ab.

Er hob die Augen zur Decke. »Gott, gib mir Kraft, wenn es dich gibt«, deklamierte er. »Und wenn es dich nicht gibt, tu es trotzdem, he?«

Die Vorbereitungen beruhigten ihn ein wenig, wie vielleicht einen Hund, der sich dreht, bevor er sich ins Gras setzt. Dies war nicht seine erste Nachtwache hier, und der Raum war entsprechend eingerichtet. Theoretisch konnte er alles von seiner Wohnung aus erledigen. In der Praxis erforderte das Zwischenanschlüsse – zum Beispiel an gewisse Datensysteme –, deren Installierung teuer war, und die nur ungenügende Sicherheit boten. Er ließ sich Essen kommen, richtete die Couch als Bett her, lockerte die Kleidung, ließ sich der Länge nach in einen bequemen Sessel sinken und überlegte, was er sich zur Unterhaltung auf den Schirm holen konnte. Vielleicht ein klassisches Buch, das er schon immer lesen oder eine klassische Theateraufführung, die er schon immer sehen wollte? Nein, er war zu aufgedreht. Entweder seichte Unterhaltung oder eine Selbstbestätigung, indem er einige bedeutende Reden der Parteigründer abspielen ließ – oder, halt, warum nicht einige seiner eigenen Ansprachen? Er könnte sie kritisch begutachten und prüfen, wie man es möglicherweise noch besser machen könnte. Er streckte die Hand nach den Knöpfen aus.

Sein Telefon klingelte.

Er war schon halb aus dem Sessel hochgeschnellt, als er zu seiner üblichen Gelassenheit zurückfand. Und doch schwitzte er, wobei ihn gleichzeitig fror.

»Meine letzten Informationen«, sagte Palamas. Hintergrundgeräusche ließen vermuten, daß sie von ihrer Wohnung aus anrief. »Man scheint die *Chinook* geortet zu haben. Sie nähert sich dem Rad von der dem System abgewandten Seite her.«

Brodersen, möge seine Seele, wenn er eine hat, für immer in irgendeiner mythischen Hölle braten, muß erraten haben – »Wie lauten die Informationen genau?«

Nach der Antwort zu urteilen, schien es tatsächlich die *Chinook* zu sein. Ein metallenes Objekt von etwa der richtigen Größe war in der Nähe der Sperrzone entdeckt worden. Es befand sich im Anflug, gegenwärtig also unter geringer oder gar keiner Beschleunigung. Ein paar Tage vorher hatte ein solarer Wettersatellit auf einem geeigneten Kurs die Düsenspur eines im Abflug befindlichen Schiffs ausgemacht. Die Tatsachen wiesen sämtlich darauf hin, daß die *Chinook*, nachdem sie in der Nähe des Rades angekommen war, dieses mit geringer Beschleunigung umrundet und noch einmal in Richtung Sonne passiert hatte (um mehr zu erkennen), um dann mit voller Beschleunigung Kurs auf die Erde zu nehmen und mit einer Geschichte anzukommen, die sich die Mannschaft inzwischen zurechtgelegt hatte. *Nein, wenn sie erst nahe genug waren, würden sie über Funk eine Mitteilung machen, die von Tausenden von Empfängern aufgenommen werden konnte.*

»Ich nehme an, wir können sie erreichen«, sagte Palamas. »Vielleicht nicht mit Laser, aber wenn ihr Funk, wie vorgeschrieben auf Empfang geschaltet ist, sollten sie ein starkes Signal auffangen können.«

»Nein – ich meine, warten Sie.« Quick wählte seine Worte sorgfältig. »Ich weiß Ihre Bemühungen zu würdigen, Mrs. Palamas, und ich werde es Ihnen nicht vergessen. Aber diese Angelegenheit ist kritischer, als ich Ihnen sagen darf. Ich fürchte, ich muß Ihre Geduld noch ein wenig länger strapazieren.«

Er beugte sich vor. »Dies muß so geheim bleiben wie möglich«, sagte er. »Die Nachrichtenmedien dürfen nichts erfahren, nicht einmal den Hauch einer Andeutung. Grundsätzlich berufe ich mich auf meine Vollmacht als Minister gemäß den Statuten der Union. Dieses Raumschiff hat sofort Kurs auf die T-Maschine zu nehmen und ins phöbische System zurückzukehren. Dabei ist bei Androhung härtester Strafen absolute Funkstille zu wahren.

Haben Sie mich verstanden, Mrs. Palamas? Härteste Strafen. Sie und ich haben eine lange, arbeitsreiche Nacht vor uns. Ich muß mich mit den richtigen Leuten in Verbindung setzen, mich mit ihnen beraten und alles Nötige veranlassen. Sie werden Ihre Vorgesetzten unterrichten und sie an mich verweisen. Sie können deren Zustimmung voraussetzen, während Sie jetzt Raumschiffeinheiten darauf ansetzen, meinem Befehl Nachdruck zu verleihen. Ist Ihnen jetzt alles klar, Mrs. Palamas?«

»Ich . . . denke doch . . . Herr Minister.«

»Gut.« Quick ließ ein gekünsteltes Lächeln aufblitzen. »Ich wiederhole, Ihre Hilfe in dieser schwierigen Situation wird nicht vergessen. Wir brauchen noch ein paar Minuten, um zu besprechen, um was es geht und wie wir am besten vorgehen.«

Sie war in mittleren Jahren und von gedrungener Statur. Eine Überprüfung während des Tages hatte ergeben, daß sie verheiratet und eingeschriebenes Mitglied der Konstitutionellen Partei war. Aber Quick hatte schon härtere Nüsse geknackt.

Seine Befürchtungen schmolzen dahin. Brodersen & Co. waren auf der Flucht vor den demetrischen Gesetzen. Sie wurden der Verschwörung gegen die öffentliche Ordnung beschuldigt. Er hatte die Haftbefehle, die das besagten. Er hatte auch – vorausgesetzt er fand bei den richtigen Leuten Unterstützung – die Befugnis, sie bei Vermeidung jeden Kontakts mit der Außenwelt durch das Tor zurückzuschicken. Er konnte damit drohen, beim geringsten Anzeichen einer Rebellion nukleare Sprengköpfe einzusetzen. Natürlich waren zahllose Einzelheiten zu bedenken, und es gab eine Unzahl von Möglichkeiten. Zum Beispiel befand sich außer der *Chinook* und der leeren *Emissary* kein einziges Schiff in der Nähe des Rades. Brodersen könnte sich zu einer Verzweiflungstat hinreißen lassen. Aber wie glatt auch alles verlaufen mochte, Ira Quick hatte alle Hände voll zu tun, und anschließend mußten jede Menge Spuren verwischt und Ausreden erfunden werden. Ja, er brauchte wirksame Unterstützung auf höchster Ebene.

Außerdem ließ diese Krise ihn ganz klar erkennen, daß er und seine Gesinnungsgenossen hinsichtlich der endgültigen Entscheidung über die *Emissary* und ihre Mannschaft zu viel schwächliche Milde hatten walten lassen. Es war höchste Zeit zu handeln. Im Interesse der Menschheit.

Dieses Wissen war unerwartet anregend. Quick übte ein kämpferisches Grinsen ein. *Beim Himmel, Bodersen,* dachte er, ich habe dich schon im Korral. Jetzt werde ich dich satteln, besteigen und zureiten . . . aber danke für die Herausforderung!

XVIII

Als die Anweisung die *Chinook* erreichte, war die erste Reaktion des Captains, selbst einen Befehl zu geben: »Maschine niedriger fahren und abschalten. Zeit: fünf Minuten.« Eine Warnsirene ertönte. Die Mannschaft beeilte sich, lose Gegenstände zu sichern und etwas zu finden, an dem sie sich festhalten konnte. Inzwischen verringerte sich stetig der Schub, bis das Schiff sich im Zustand der Schwerelosigkeit befand und nur noch von der durch die weite Entfernung winzig wirkenden Sonne Beschleunigung erfuhr.

Caitlin schwebte aus dem Wohnraum ins Büro, in dem Brodersen saß. An die Bewegung in der Schwerelosigkeit hatte sie sich rasch gewöhnt. Trotz aller Sorgen merkte man ihrem Gesicht und ihren Bewegungen die Freude am Fliegen an. Ihre schlanke Gestalt schoß durch den Eingang, sie stieß sich mit einer Hand und einem Fuß von der Wand ab, erreichte den Schreibtisch und ergriff eine dort angebrachte Querstange. Die Anstrengung ließ ihr das Blut in die Wangen schießen, und ihre bronzefarbene Mähne flatterte. Sie beugte sich vor und küßte ihn auf den Mund.

»Nicht jetzt«, sagte er. Seine massige Gestalt war im Sessel angeschnallt. »Wir müssen ein paar Entscheidungen treffen, und zwar schnell.«

Sie wurde ernst. »Warum bist du hier?«

»Stef hat durchgerufen«, sagte er überflüssigerweise. Der Erste Offizier hatte während seiner Wache in der Kommandozentrale die Botschaft aufgefangen und über die Privatleitung Brodersen verständigt.

»Du ziehst die Brauen zusammen. Was ist geschehen, mein Leben?«

»Das erfährst du zusammen mit den anderen.« Als er nach dem Schalter für das Interkom griff, stieß er sie so heftig mit dem Arm beiseite, daß sie fast den Halt verlor.

Unmut flackerte auf. Sie wollte ihm den Stoß zurückgeben. »Du schubst mich herum wie einen toten Gegenstand.«

»Verdammt«, sagte er. Halb war es Vorwurf, halb eine Bitte. »Vielleicht müssen wir Kurs auf das Rad nehmen, und jede Sekunde sind wir der Gefahr es zu verfehlen, um ein paar hundert Kilometer näher.«

Sofort bedauerte sie ihre Worte, aber sie entschuldigte sich nicht erst, sondern streichelte ihm den Kopf. »Captain an Mannschaft«, legte er los. »Ihre Aufmerkdamkeit bitte. Wir haben eine Botschaft von der Erde aufgefangen – eine Radionachricht mit hoher Reichweite. Sie müssen viel Mühe gehabt haben, uns zu orten und zu identifizieren. Sie hat ein Rufzeichen der Regierung. Wir werden auf Demeter gesucht wegen, ich zitiere, ›des schwerwiegenden Verdachts der Verschwörung gegen die öffentliche Ordnung und Sicherheit‹. Wir haben uns direkt zur T-Maschine zu begeben. Nein, nicht ganz direkt. Sie spezifizieren die Flugparameter. Wir selbst werden nirgendwo nahe genug herankommen, um mit unseren Kommunikationsmitteln eine Erklärung abgeben zu können. Außerdem dürfen wir mit niemanden sprechen, es sei denn mit einem Regierungsfahrzeug. Man hat uns gewarnt, daß Wachschiffe den Auftrag haben, all dies zu erzwingen, und zwar, ich zitiere, ›mit allen gebotenen Mitteln‹. Die Botschaft wurde im Namen Ira Quicks gesendet, des Unionsministers für Forschung und Entwicklung, und das bedeuter nichts anderes als volle Befugnisse für den Notstand.«

Er holte Atem. »Kurz gesagt, Brüder und Schwestern, der Feind ist uns schneller auf die Schliche gekommen, als ich fürchtete, und wir kriegen eine Freifahrt in dieselbe Vergessenheit, in der die *Emissary* schon steckt, und vielleicht kommt es noch schlimmer. Was können wir tun?«

»Jesus, Maria und Joseph!« rief Caitlin und hielt sich so krampfhaft an der Querstange fest, daß das Weiße an ihren Knöcheln hervortrat. Aber dann wurde sie ruhig und sah ihn mit ihren Smaragdaugen an. Wildes Durcheinanderreden im Interkom. »Ruhe!« schrie Brodersen.

Als alle gehorchten, sagte er: »Entweder wir folgen den Anweisungen wie brave kleine Steuerzahler, oder wir treffen irgendwelche Gegenmaßnahmen. Aber ich kann mir denken, daß das sofort geschehen müßte. Deshalb habe ich die Maschine stoppen lassen, was uns allerdings nur wenig Zeitgewinn verschafft. Denkt rasch nach, Leute.«

»Wir sollten uns versammeln, damit wir für einander nicht nur Stimmen sind«, protestierte Caitlin.

»Ja, aber ich sagte dir doch, unsere Geschwindigkeit in Richtung Sonne –«

»Können wir die nicht verringern und Kurs auf dieses infame Rad nehmen? Wenn wir schließlich doch zum Nachgeben entschlossen sind, wird man auf der Erde doch gar nicht wissen, was wir inzwischen getan haben, oder?«

»Bei Gott, du könntest recht haben. Bitte, alle warten«, sagte Brodersen und knetete sein Kinn, während er laut nachdachte. »Moment mal . . . wir ändern unseren gegenwärtigen Vektor und wählen einen, der zum Rendezvous führt . . . ja, ich schätze, wir können etwa zwei bis drei Stunden manövrieren, bevor ein von uns um astronomische Einheiten entferntes Radar den Unterschied registriert . . . begrenzte Signalgeschwindigkeit, erhebliche Fehlermöglichkeiten . . . und außerdem liegt der uns angewiesene Kurs in dieser allgemeinen Richtung – Ja!« Er hieb auf den Schreibtisch, daß es wie ein Pistolenschuß klang und sein angeschnallter Körper eine heftige Gegenbewegung vollführte. »Ich wette mein linkes Ei gegen deine Unschuld, Pegeen, daß wir einen Kurs in Richtung auf das Rad legen können, ohne daß jemand dort drüben, der uns nicht näher ist als die Marsbahn, behaupten kann, wir befänden uns nicht auf der Route, die wir einschlagen sollen.«

Seine Stimme wurde lauter, fast zum Gebrüll. »Stef und Phil. Bremsen Sie ab. Ein halbes G. Das legt uns nicht so fest, als daß wir in ein paar Stunden nicht noch Korrekturen vornehmen könnten.«

»Sollten wir nicht eine Nachricht zur Erde schicken, daß wir uns an die Anweisungen halten?« fragte Zarubajew.

»Gewiß doch«, stimmte Brodersen zu. »Der Befehl legt die Form unserer Antwort genau fest. Nichts als Nummer eins-nulleins, adressiert an einen bestimmten Beamten der Astro-Kommission, ohne uns zu erkennen zu geben. Die behandeln das aber wirklich geheim, was? OK, Stef, schick's über Laser raus.«

Er sprach weiter: »Su, haben Sie kapiert, worum es geht? Wir brauchen für unsere Planung mehr Fakten. Schließen Sie sich an, und berechnen Sie, ob wir das Rad so erreichen können, daß es vom inneren System so aussieht, als ob wir auf den vorgeschriebenen Kurs einschwenkten, das heißt, wie lange wir uns verdeckt halten können. Berücksichtigen Sie dabei alle Stationen, die uns vielleicht im Visier haben. Bedenken Sie auch, inwiefern die Reichweite des Radars durch die Strahlungsabschirmung des Rades beeinflußt wird. Schaffen Sie das?«

»Nur mit einer gewissen Wahrscheinlichkeit.« Granvilles Antwort war nüchterner als jemand, der sie nicht sehr gut kannte, vermutet hätte. »Keine Garantie.«

»Unsinn, was wurde uns im Universum denn schon jemals garantiert? Wie lange werden Sie brauchen?«

»Vielleicht eine 'albe Stunde, 'auptsächlich, um die Daten 'erauszusuchen.«

»Gut. Wenn Ihre Antwort positiv ist, werden wir auf dem von Ihnen berechneten, für eine unbemerkte Annäherung optimalen Kurs beschleunigen. Dann werden wir uns im Gemeinschaftsraum versammeln und die weiteren Schritte diskutieren. Ich bin für eine gewaltsame Befreiung der *Emissary*-Leute. Möglicherweise sind Sie damit nicht einverstanden.« Die letzten Sätze hatte Brodersen an die gesamte Mannschaft gerichtet. »Überlegen Sie sich Ihre Argumente, während Sie warten. Denken Sie gut nach. Beten Sie um Erleuchtung, wenn Sie wollen . . . aber denken Sie nach!«

*

Nachher ging er ihre Argumente in Gedanken noch einmal durch – nicht ihre eigentlichen Worte, bruchstückhaft und ungeordnet dahergesprochen, wie es immer ist, wenn mehrere Menschen gemeinsam ein Problem erörtern – sondern er nahm eine Art Zusammenfassung vor, versuchte sich vorzustellen, mit welcher Einstellung jeder die Versammlung verlassen hatte.

Sergej Zarubajew, der eiskalte Praktiker: »Welche andere Wahl hat die Clique als uns zu töten?«

Stefan Dozsa, grob, sich mit der Faust aufs Knie schlagend: »Und sie bleiben in der Regierung. Vielleicht *werden* sie die Regierung. Dann wird aus Despotismus Tyrannei.«

Philip Weisenberg, vor Aufregung zitternd, was ihm selten unterlief: »Dies sieht aus wie die erste Chance, die erste Chance des Menschen, die *Anderen* zu finden. Wollen wir zulassen, daß es die letzte bleibt?«

Martti Leino, wütend: »Nein! Gott soll dich strafen, Daniel Brodersen. Hast du nicht deiner Familie, für die du verantwortlich sein solltes, schon genug Ungemach bereitet?« – aber zuletzt gab er mürrisch nach, teils weil seine die einzige Gegenstimme war, teils weil Dozsa ihn wegen seines »Mutes« verspottete, bis der Skipper dem ein Ende setzte.

Caitlin Mulryan, laut und zornig: »Was meinst du damit, daß ich während eures Unternehmens an Bord bleiben soll? Ich will dir mal eines sagen –« und auch sie mußte beruhigt werden, bevor sie sich widerwillig mit Brodersens Taktik einverstanden erklärte.

Susanne Granville, leise: »Warum 'ätte ich mitkommen sollen, *mon capitaine*, wenn nicht, um Ihnen zu folgen?«

Er selbst: »Wenn ich Kurs auf das Rad nehme, habe ich vielleicht mein Blatt überreizt. Aber davon bin ich noch nicht überzeugt. Ich habe allerdings die Opposition unterschätzt – hauptsächlich wohl Aurie Hancock. Selbstverständlich hätten sie genauso rasch und entschlossen gehandelt, wenn wir direkt zur Erde gegangen wären, und dann hätten wir viel weniger Spielraum gehabt. Und ganz gewiß hätten wir viel nicht, wie es jetzt der Fall ist, den Beweis dafür gehabt, daß die *Emissary* zurückgekommen ist.«

»Nun, es wird verdammt leicht sein, sie mitsamt den Leichen ihrer Mannschaft nach Sirius zu schicken, und uns loszuwerden, wäre nicht viel schwerer. Ich sage nicht, daß es geschehen wird, aber es würde mich nicht überraschen. Wollt ihr bei einem solchen Risiko untätig bleiben?«

Wenn wir Langendijks Leute aus dem Gefängnis dort rausholen können – und ich persönlich bin davon überzeugt, daß es sich um ein Gefängnis handelt – Was dann? fragen Sie vielleicht. Ich weiß noch nicht, aber dann hätten wir wirklich den schlüssigen Beweis. Die Bilder, die unsere Abtaster von der *Emissary* aufgenommen haben, könnten gefälscht sein, aber wie hätten wir Menschen fälschen sollen? Und wo immer sie gewesen sind, möglicherweise haben sie ein paar nützliche Fähigkeiten erworben.

Darauf dürfen wir natürlich nicht zählen. Ich habe einige Schlachtpläne entwickelt, die ich Ihnen gern aufzeigen möchte.

Sie sind absolut provisorisch. Wir müssen sehen, wie die Kegel fallen. Wir pokern nicht mehr, wir würfeln.

Wenn Sie meine Auffassung akzeptieren, müssen wir als nächstes feststellen, ob wir die Möglichkeit haben, mit dem Rad ein Ding zu drehen. Vielleicht haben wir sie nicht.

*

Weisenberg schnitt Abzeichen aus Blech. Caitlin schneiderte ein wenig, und Brodersen sah aus wie ein Konteradmiral im Raumfahrtkorps des Friedenskommandos. Er war allein in der Kommandozentrale und wartete darauf, daß für ihn eine Verbindung nach außen hergestellt wurde.

Um ihn herum Stille, durch das geringe Gewicht, mit dem er in seinem Sessel hockte, noch irgendwie intensiviert. Er hörte sich durch die Nase atmen und spürte unangenehm den Kragen um seinen Hals. Unmengen von Sternen glänzten aus den Sichtschirmen. Die Milchstraße leuchtete hell aus den dazwischenliegenden dunklen Bahnen hervor. Die Sonnenscheibe stand wie ein Pharao unter den Lichtschwingen. Ein Schirm zeigte ihm in extremer Vergrößerung sein Ziel, Speichen und Rand, die sich langsam drehten, als mahlten sie eine unbekannte Substanz. Das beschlagnahmte Schiff war in diesem Feld nicht zu sehen, und er verzichtete darauf, die Abtastgeräte darauf einzustellen, denn er hatte es gesehen und eine Aufzeichnung gemacht; er wußte genug.

Leinos anfänglicher Protest spukte ihm im Kopf herum, während er wartete. *Habe ich das Recht? Jetzt bin ich festgelegt, aber hätte ich je damit anfangen dürfen? Könnte es nicht sein, daß Quick und seine Bande uns vor etwas Grauenhaftem schützen wollen?*

Aha! sein rationales und sein eigensinniges Ich waren beide angesprochen.

Hätte er nicht doch lieber zu Hause bleiben sollen? überlegte sein eines Ich. *Weniger wegen Lis, die Martti natürlich gemeint hatte, als wegen Barbara und Mike.* Er mußte an die beiden denken, wie sie sich auf seinem Schoß an ihn schmiegten. Fast spürte er ihre Wärme und den frischen Duft, den nur kleine

Kinder haben. *Es ist nicht so, daß Demeter ihnen, solange sie lebten, nicht genügend Chancen böte. Eine Öffnung zur Galaxie hin würde jedoch alle erdenklichen revolutionären Entwicklungen im Gefolge haben, vielleicht zum Guten hin – was ich glaube, obwohl ich mich irren könnte –, vielleicht aber auch zum Schlechten. Jedenfalls würde nichts mehr sicher sein . . . die Art von Sicherheit, die ihr Vater ihnen schaffen müßte, wäre nicht mehr garantiert.*

Er gab sich einen Ruck. *Verfluchter Mist!* Als wollte er einen bösen Geist bannen. *Muß ich das alles wiederkäuen? Die Union ist nicht stabil. Kein einziges Land ist stabil, und auf der Erde braut sich eine wahre Hölle zusammen. Von dort nach Demeter ist es nur ein Sprung durch das Tor. Aber überall ringsum liegt ein ganzes Universum voll des Neuen, eine neue Heimat, neues Wissen, neue Ideen. Das Einzige was es nicht hat, ist absolute Sicherheit. Nirgendwo gibt es das. Am nächsten kommen wir ihr durch einen glücklichen Zufall.*

Heh, der Summer. Ende der Predigt, was?

Er ging auf Empfang. Der Teleschirm zeigte das Bild eines jungen Mannes in Zivilkleidung aber disziplinierter Haltung. Trotzdem merkte man ihm sein Erstaunen an. Brodersens Befürchtungen verringerten sich um eine Stufe. Offenbar hatte man im Rad noch nichts erfahren.

»Friedenskommando, Spezialauftrag«, sagte er. »Matthew Fry, Admiral, Kommandant des Transporters *Chinook*.« Caitlins Aufpasser zu Hause mußte seinen Namen für dieses Pseudonym hergeben. Eine erfundene Bezeichnung für das Schiff war nicht ratsam; es gab zu wenige Fahrzeuge der *Reina*-Klasse.

Ungefähr drei Sekunden vergingen, während Lichtwellen seine Erklärung duch den Raum beförderten, plus Reaktionszeit am anderen Ende, plus die Zeit, bis die Antwort eintraf – elf Herzschläge; Brodersen zählte sie und war erleichtert, daß es nicht mehr waren. »Sir, Sie – entschuldigen Sie, Sir«, schluckte der junge Mann. »Wir hatten keine Ahnung, daß irgend jemand in der Nähe war.«

Genau das dachte ich mir. Warum solltet ihr Ausschau halten? Und warum sollte Quick euch benachrichtigen? Das hätte nur unnötiges Erstaunen ausgelöst. Und wenn wir näher ran-

gehen, werden auch seine Radargeräte nichts registrieren, denn ihr werdet uns stundenlang gegen sie abschirmen.

Ich fürchtete, daß ihr die Radiobotschaft an uns mitgehört haben könntet. Aber dazu hattet ihr ja keinen Grund. Jede Mitteilung an euch würde über einen wirtschaftlicheren Laserstrahl gehen, da eure Umlaufbahn genau bekannt ist.

»Das sollten Sie bis jetzt auch gar nicht wissen«, sagte Brodersen. »Verbinden Sie mich mit dem Chef: Direkte Schaltung.«

Zeit. »Sir, er hat dienstfrei und schläft. Kann es nicht warten?«

Brodersen hatte auf diese Chance gewartet, mehr zu erfahren. Er mimte den strengen Vorgesetzten. »Sie widersetzen sich, was?« bellte er. »Nennen Sie Einheit, Dienstrang und Namen.«

Zeit. Bei einer solchen Übermittlungsverzögerung war es schwer, einen Mann einzuschüchtern. Andererseits machte ein hoher Offizier des Friedenskommandos immer Eindruck, besonders im Raum, wo er praktisch unbegrenzte Vollmachten hatte. »Verzeihung, Sir. Ich, ja, natürlich. Ich stelle sofort zu Colonel Troxell durch.«

»Ich sagte doch, daß ich Einheit, Dienstrang und Namen wissen will.«

Zeit. Der Mann im Rad wurde blaß und sagte hilflos: »Nordamerikanischer Geheimdienst. Leutnant Samuel Webster, Sir.«

Mit denen habe ich es also zu tun. Ja, Quick ist Nordamerianer. Das kommt genau hin. »Wenn Sie nicht degradiert werden wollen, müssen Sie lernen, schneller auf Befehle zu reagieren, Leutnant Webster. Nun, ich werde von einer Meldung absehen. Geben Sie mir den Colonel.«

»Yes, *Sir*! Danke, Sir.«

Ein kräftiger Mann mit flüchtig gekämmtem Haar und hastig übergeworfener Jacke erschien auf dem Bildschirm. »Troxell hier.« Er hatte einen forschenden Blick. »Admiral, äh, Fry? Willkommen, Sir. Wir sind leider überhaupt nicht auf Sie vorbereitet. Aber wir tun, was wir können.« Die Art, wie er nach seinen Worten die Lippen schloß, hatte etwas Militärisches.

»Sehr gut«, sagte Brodersen. »Erstens müssen Sie, außer diesem Schiff gegenüber, völlige Funkstille wahren. Sollten Sie selbst eine Botschaft erhalten, will ich den Inhalt wissen und werde dann Ihre Antwort diktieren. Sie werden in Kürze die Gründe erfahren. Zweitens: Ich werde auf ein G beschleunigen und in fünf bis sechs Stunden am Rad anlegen. Wäre das möglich?«

Zeit. »Nun . . . ja . . . aber – Admiral, es ist nur eine Formsache, aber ich hätte gern Ihre Befehle gesehen.«

Nicht unerwartet. »Würden Sie mir Ihre übermitteln?«

Zeit. »Was? Verzeihen Sie. Erklären Sie bitte.«

Brodersen kicherte wie nach seiner Meinung ein richtiger Admiral Fry gekichert hätte. »Sie operieren auf höchster Geheimhaltungsstufe. Der nordamerikanische Geheimdienst ist nicht dafür bekannt, daß er mit vertraulichen Dokumenten sorglos umgeht. Das gilt auch für das Friedenskommando. Wir werden unsere beiden Omegaspulen nach unserer Ankunft in ihr Lesegerät geben und vergleichen. Wenn wir sie für Funkübermittlung abtasten, werden die verschlüsselten Informationen automatisch gelöscht.«

Zeit. »Ist Ihr Auftrag tatsächlich so geheim?«

»Ja, denn er hat mit Ihrem eigenen Auftrag zu tun. Machen Sie sich auf einiges gefaßt. Sie bewachen die Angehörigen der *Emissary*-Expedition. Sind Sie darauf eingerichtet, ein paar weitere Nichtmenschliche zu übernehmen?«

Die Wirkung seiner Worte war so gewaltig wie Brodersen gehofft hatte. (Sonst hätte er gleich umkehren können, um zu versuchen, seine Erkenntnisse dem einen oder anderen Raumschiff oder der einen oder anderen isolierten Asteroidenbasis mitzuteilen, bevor die Wachschiffe ihn stellten – aber die Chancen, daß das etwas genützt hätte, standen sehr schlecht.) Troxells Zweifel schwanden. Sie waren von Anfang an nicht groß gewesen, denn er hatte keinen Grund anzunehmen, daß irgend jemand außer der Regierung und der Besatzung der *Faraday* die Tatsachen auch nur andeutungsweise kannte.

Dennoch mußte Brodersen behutsam vorgehen, wenn auch mit maßloser Frechheit. Er hatte nur ein Paar auf der Hand und wollte damit ein volles Haus bluffen. Er mußte Informationen vorschützen, die er nicht besaß. Unter dem Vorwand, seine eigene Geschichte zu erzählen, mußte er sie von Troxell erhalten.

Dies war seine Geschichte: Nach der Rückkehr der *Emissary* hatte das Friedenskommando eigens ein Wachschiff an der phöbischen T-Maschine stationiert. Als ein fremdes Schiff auftauchte, wurde es geentert und seine Besatzung ohne Widerstand gefangengenommen. Da das Friedenskommando schon das gut ausgerüstete, gerade verfügbare Forschungsschiff der Chehalis gechartert hatte, wurden die Fremden und alles für sie Lebenswichtige an Bord genommen und eingeschlossen. Um Spekulationen vorzubeugen, erklärte Admiral Fry vor dem Eintritt ins Sonnensystem, daß Vesta sein Ziel sei, nahm wieder Kurs in den Raum hinaus, um sich dann seinem wahren Ziel zuzuwenden.

Troxell glaubte ihm. Obwohl kein Narr, war er von vornherein dazu geneigt, die Geschichte zu schlucken. Das hatte Brodersen vorausgesehen. Die Bewacher des Rades – insgesamt einundzwanzig, wie er erfuhr, indem er ein kleines Mißverständnis vortäuschte – mußten mehr oder weniger Anhänger der Aktionistenideologie sein. Quick, der jedes Dossier las und bei Freiwilligen »für einen Geheimauftrag von höchster Wichtigkeit« ganz gewiß auch tiefenpsychologische Tests durchführen ließ, hätte sie sonst nicht genommen.

Troxell war nur allzu gesprächsbereit. Er, der seit vielen Wochen mit seinen Gefangenen zusammen eingesperrt war, die gleichzeitig seine Ankläger waren, empfand das Bedürfnis, sich zu rechtfertigen. Brodersen lauschte geduldig den antistellaren Thesen des Mannes und bestärkte ihn sogar noch darin. Ganz kurz fühlte er sich versucht zu leugnen, daß es sich bei dieser Haft um einen rechtmäßigen und vom Rat beschlossenen Akt handelte. Aber nein. Die Überzeugung eines Mannes kann man nicht mit ein paar Sätzen ändern.

Inzwischen hatte er Herzklopfen, ihn fror, und seine Haut juckte. Aber dennoch frohlockte er hinter seiner nach außen mit Mühe aufrechterhaltenen Gelassenheit – denn durch diesen Vortrag erfuhr er bruchstückweise die Wahrheit. Die Besatzung der *Emissary* hatte sich acht Jahre am entfernten Ende des

Tores aufgehalten. Sie hatte drei Leute verloren, Carlos und Joelle lebten. Sie behaupteten, die fremden Wesen seien friedlich und wollten einen kulturellen Austausch beginnen.

Sie hatten eines dieser fremden Wesen bei sich.

Brodersen wußte keine sichere Methode, herauszubekommen, wie dieses Wesen aussah. Er verstand aber, daß es unter terrestrischen Bedingungen leben konnte, etwa von der Größe eines Menschen war und behauptete, er sei der einzige Vertreter, den seine Rasse entsenden würde, wenn die Menschheit sich nicht dazu entschloß, von sich aus Beziehungen aufzunehmen – »Und dennoch haben sie später eines ihrer eigenen Schiffe geschickt, was?« sagte Troxell. »Für wie dumm halten die uns eigentlich?«

»Nun, vielleicht hatten sie Gründe, sich anders zu entscheiden.« Brodersen versuchte, Zeit zu gewinnen. »Auf jeden Fall werden wir das prüfen müssen, und in Ihrem Gewahrsam befinden sich die einzigen Leute, die mit ihnen Erfahrungen haben.

Außerdem, was wichtiger sein mag, hat der Rat beschlossen, daß wir weit mehr über sie wissen müssen, bevor wir etwas unternehmen. Ich hoffe, daß unsere Verhaftung der anderen Gruppe diese Entscheidung stützt und wir keine drastischeren Maßnahmen ergreifen müssen. Sie verstehen, Colonel, daß wir auch keine öffentliche Hysterie gebrauchen können. Daher die strenge Geheimhaltung.«

Zeit. »Ja, natürlich, Admiral Fry, ganz Ihrer Meinung. Wollen wir unsere weiteren Schritte besprechen? An welche Vorsichtsmaßnahmen haben Sie gedacht?«

– Schließlich war die Konferenz beendet.

Volle Erdenschwerkraft war eingetreten, als die *Chinook* ihren Kurs weiterverfolgte. Das Rad war so nahegerückt, daß man es erkennen konnte. Die Kommunikation nach außen wurde auf Warten geschaltet, und die Mannschaft konnte sich über das Interkom wieder frei unterhalten. Brodersen wußte, daß er die Leute jetzt straff organisieren mußte. Im günstigsten Falle war das Unternehmen riskant.

Er streckte sich einige Male, um sich dann wieder zu entspannen, bis seine Muskeln lockerer wurden. *Es hat keine Eile,* entschied er. *Ich kann ihnen ohnehin nur das Nötigste beibringen, und das wird nicht länger als eine oder zwei Stunden dauern. Zuerst brauchen wir Ruhe.*

Nun gehe ich zu Pegeen. Es könnte unser letztes Zusammensein werden.

XIX

Mit dem schwachen Schub ihrer Hilfsmotoren richtete sich die *Chinook* auf die Nabe des Rades aus. Flammendrote Gase schossen durch die Nacht und lösten sich auf. Das enorme elektrostatische Potential, das sie vor kosmischen Strahlen schützte, wurde dadurch rasch abgebaut. Als sie in günstiger Position war und auf einer vorsichtig gesteuerten Flugbahn auf das Rad zuglitt, setzte sich im Fahrzeug ein Kreisel in Bewegung. Sein Rumpf fing an, sich zu drehen, bis er geringfügig schneller rotierte als das Rad, dem das Schiff inzwischen ganz nahegekommen war.

Die Leute an Bord saßen ruhig, damit ihnen bei den durch die Drehung verursachten Gewichtsveränderungen nicht übel wurde. Der sachliche Ton des Kontrolloffiziers auf der anderen Seite tröstete Brodersen ein wenig. Daß die *Chinook* außer einer Registriernummer und seinem prächtigen Firmenemblem keine Kennzeichen trug und außerdem mit einer Kanzel für Energiewaffen und einem Raketenschacht bestückt war, glaubte er durch seine kleine Geschichte ausreichend erklärt zu haben. Trotzdem konnten sie Verdacht geschöpft haben – hatte man von der Erde aus vielleicht mit Lichtgeschwindigkeit eine Warnung geschickt? Offenbar nicht. Sein Herz schlug trotzdem schneller, und sein Kinn tat weh, weil er es die ganze Zeit mißhandelt hatte. Kalter Schweiß brach ihm aus. Mehr als ein irdisches Vierteljahrhundert war vergangen, seit er zuletzt an Kampfhandlungen beteiligt war.

Mit einer Geschwindigkeit von wenigen Metern pro Sekunde erreichte das Raumschiff die Nabe und lag dabei fast genau in der Mitte der Anlegeröffnung. (Das war auch wichtig, denn ein Schiff von der Größe der *Chinook* hatte in diesem Fall wenig

Manövrierfreiheit.) Kugellager mit weicher Oberfläche brachten das Fahrzeug zum Stehen. Sobald die Schleusen für Fracht und Personal den entsprechenden Luken des Rades genau gegenüberlagen, paßte sich die Drehung des Schiffs der seiner Umgebung an. Dadurch gewann das Rad einen zusätzlichen Drehimpuls, der aber unbeachtlich war. Wenn mehrer Anlegemanöver die Drehung des Rades merkbar beschleunigt hatten, stellte eine am Rand angebrachte Düse den Ausgleich her.

Da die Besucher keine Fracht auszuladen hatten, wurde nur ein Schlauch für die Mannschaft ausgefahren, der sich an das jenseitige Ende anschmiegte. Ein Reservetank füllte ihn mit Luft. Sobald der Druckausgleich hergestellt war, leuchtete ein grünes Licht auf, und man hörte ein Piepen. *Ihr könnt kommen.*

Mit hölzerner Zunge fuhr sich Brodersen über die trockenen Lippen. Sonst aber war er, wie früher, plötzlich eiskalt und zu beschäftigt, um nervös zu sein. »OK«, sagte er seinen Leuten, »denkt an unseren Plan und die verabredeten Zeichen.« Er warf Caitlin eine Kußhand zu. Sie stand mit einer Maschinenpistole in der Hand hinter ihnen. Susanne war woanders. Sie war an ihren Computer und damit an das ganze Schiff angeschlossen, das auf jeden Befehl von ihr reagieren würde. Brodersen war froh, sie im Hintergrund zu wissen.

Caitlin führte die Mündung ihrer Waffe an die Lippen und winkte dann mit ihr in seine Richtung. Er wandte sich von ihrem schönen Anblick ab. »Viel Glück«, wünschte er seinen Leuten und ging voran.

Zentrifugalkraft von etwa einem Zehntel G drückte gegen die Luftschleuse, aber sie hatte Sprossen. Jenseits ihres äußeren Ventils befanden sich weitere, denn sie war ziehharmonikaähnlich auf Mindestlänge zusammengeschoben. Fluoreszierendes Licht warf Schatten zwischen die Falten. Er schwebte nach unten. Geringe Schwerkraft wirkt Wunder.

Er kam wieder hoch und erreichte über eine fest angebrachte Leiter eine Plattform, die für das Ausladen von Fracht bestimmt war. Von dort führte eine zweite Leiter zum Deck hinauf. Aber er verharrte, wo er war. Dies war der Augenblick vor dem Angriff oder der Flucht.

Fünf Meter weiter oben zweigte nach beiden Seiten ein

breiter Korridor ab, über ihm nach außen, unten nach innen gewölbt. Er hatte Türen, hinter denen offenbar unbenutzte Räume lagen. Durch eine Luke gelangte man in eine Speiche, die den Durchgang zum Rand des Rades bildete. Die Halle war grau gestrichen und mit Teppichen in gleicher Farbe ausgelegt. Laut rauschte die Luft aus den Ventilatorschlitzen, und sie roch nach Öl, ein Zeichen für schlechte Wartung.

Unter ihm drängten sich Männer zusammen. Außer Troxell, der Jackett und Hose anhatte, trugen sie Arbeitskleidung. Alle hatten Handfeuerwaffen umgeschnallt, keine Betäubungswaffen sondern solche zum Abfeuern von Kugeln. Brodersen zählte. Es waren einundzwanzig. In ihm stieg ein wenig Optimismus auf. *Bis jetzt hatte sein Bluff funktioniert.* Sie sind alle hier, auch der Nachrichtenoffizier, die Kontrolloffiziere, die Wartungstechniker und der Versorgungsoffizier –

Genau dazu hatte er den Colonel überreden können. Auch dazu, seine Gefangenen im Auditorium einzuschließen. (Brodersen hatte ermittelt, wo es lag.) Er hatte Troxell gebeten, seine gesamte Mannschaft zusammenzurufen, um ihnen zu helfen, die nichtmenschlichen Wesen (die mittels nichtmenschlicher Fähigkeiten einen Fluchtversuch unternehmen könnten) an einen sicheren Ort zu schaffen.

»Ich begrüße Sie, Sir«, rief Troxell auf englisch. Die nackten Wandplatten warfen das Echo seiner Baßstimme zurück. »Ist alles in Ordnung?«

»Ja«, sagte Brodersen.

»Kommen Sie doch nach unten.«

»Einen Augenblick. Ich brauche einen Mann im Rücken.«

»Wie bitte?«

»Man kann nicht vorsichtig genug sein. Komm Sergej.«

Zarubajew erschien mit einer Maschinenpistole. Er sprang an die Seite seines Captains. Man sah den Agenten ihre Überraschung an. Bärtig, langhaarig und genau wie sie gekleidet, war der Russe für sie ein völlig unerwarteter Anblick.

Es geht los. Brodersen riß die Pistole hoch. Zarubajews Kanone war nach unten gerichtet. »Keine Bewegung!« schrie Brodersen. »Hände hoch oder wir schießen!«

»Was zum Teufel –« Troxells Gebrüll wurde von einem

Feuerstoß aus Zarubajews Waffe abgeschnitten. Mit häßlichem Sirren prallten die Geschosse von der hinteren Wand ab. Die Wachen standen wie erstarrt.

»Hände auf die Köpfe«, befahl Brodersen. »Schnell! – OK, Jungs, kommt durch.«

Weisenberg und Leino traten zu ihnen. Sie trugen automatische Gewehre, und auf dem Rücken hatte jeder ein weiteres Bündel Waffen.

»Bleiben Sie, wie Sie sind, dann wird niemandem etwas geschehen«, sagte Brodersen. »Wer Unsinn macht, wird erschossen. Ist das klar? Der stirbt.«

Innerlich betete er, daß es nicht geschehen möge. Die Jungs taten ja nur ihre Pflicht. Damals, als er tatsächlich die Uniform des Friedenskommandos trug, hatte er solche Leute wie sie töten helfen müssen. Die Gegensätze waren unversöhnlich gewesen.

Er schaute nach links und rechts. Zarubajew lächelte, als ob es ihm Spaß machte. Vielleicht war es wirklich so. Aufs äußerste angespannt stand Weisenberg da. Er verzog den Mund, aber seine Hand mit der Waffe zitterte nicht. Leinos Gesicht war schweißnaß und angestrengt, und auch er schien keine Angst zu haben. *Und ich selbst? Nun, man nannte mich schon immer das steineren Gesicht,* erinnerte sich Brodersen.

Hinten an der Luftschleuse standen Dozsa und Caitlin in Reserve, um den Fluchtweg zu sichern. Er überlegte sich, wie die beiden sich wohl fühlten. Eine paramilitärische Operation mit Amateuren durchzuführen, war keine Kleinigkeit. Er hatte die Posten so überlegt wie möglich verteilt. Obwohl Zarubajew auf Demeter geboren war, hatte es ihn dort nicht gehalten, und er hatte einige Jahre im interplanetarischen Korps des Friedenskommandos gedient, bevor er zu Chehalis ging. Er hatte keine Kampferfahrung, aber seine Ausbildung war ausgezeichnet, und er hatte oft an Manövern teilgenommen. Der in der Wildnis aufgewachsene Leino war ein Meisterschütze. Für Weisenberg wurde jedes Werkzeug zu einem Teil seines Körpers, und eine Waffe ist nichts anderes als ein Werkzeug. Alle drei hatten reichlich Raumerfahrung. Ebenso Dozsa, wenn auch nicht mit Waffen und selten außerhalb eines Schiffs. *Pegeen – ja, in der kurzen Zeit habe ich getan, was ich konnte. Ob ich richtig kalkuliert habe, werden wir feststellen.*

Troxells Gesicht war wutverzerrt. »Sind Sie verrückt?« kreischte er. »Was soll diese Piraterie? Glauben Sie wirklich, daß Sie hier heil rauskommen, Sie Schweinehunde, Sie –« er verschluckte sich.

»Beruhigen Sie sich«, sagte Brodersen. »Ich sagte doch, daß Ihnen nichts passieren wird, wenn Sie uns nicht dazu zwingen. Hören Sie zu. Wir haben die Absicht, die Mannschaft der *Emissary* zu befreien. Sie wird hier unter falschem Vorwand festgehalten. Man hat Ihnen Sand in die Augen gestreut. Ira Quick ist ein Verbrecher, und Sie werden ihn sehr bald vor Gericht wiedersehen.«

»Beweisen Sie das«, forderte ihn einer der Agenten heraus.

Brodersen schüttelte den Kopf. »Schon Antonius hat zu Kleopatra gesagt: Ich neige nicht zu Diskussionen. Sie werden es aus den Nachrichten erfahren. Heute werden Sie meinen Anordnungen folgen.

Bewegen Sie sich zu der mit Nummer 14 markierten Tür hinüber.« Er zeigte in die Richtung. Sie lag weit vom Speicheneingang entfernt. »Stellen Sie sich dicht zusammen, damit dieser Mann hier Sie gut im Auge hat.« Er wies mit dem Daumen auf Zarubajew. »Er wird Sie bewachen, während wir die Gefangenen rausholen. Dann werden wir Sie entwaffnen und einsperren. Wir lassen Ihnen einen Bohrer, Hammer oder Meißel da, irgendeinen Gegenstand, mit dem Sie sich wahrscheinlich innerhalb einer Stunde befreien können, nachdem wir weg sind. Haben Sie verstanden? Keiner soll zu Schaden kommen. Wir sind keine Banditen. Wir wollen ein schreckliches Unrecht gutmachen, das die gesamte Union bedroht. Betrachten Sie sich als im Gewahrsam der Bürger befindlich, gehorchen Sie uns, und nichts wird geschehen. Aber ich wiederhole, wenn Sie uns dazu zwingen, werden wir schießen.

Bewegen Sie sich! Behalten Sie die Hände über dem Kopf. Beeilung!« Sie schoben sich in die angegebene Richtung. Er hörte das Schlurfen ihrer Füße, bemerkte ihr Keuchen und Zittern, die gemurmelten Flüche, den Schweiß und ihre bösen Blicke. »Halt!« rief er. Zu Leino und Weisenberg: »Los, kommt.«

Sie ignorierten die Leiter und sprangen, sie fielen wie Herbstblätter. Er folgte ihnen. Der Aufprall war weich. Die Luke erreichten sie in zwei Sätzen. Sie war offen. Brodersen wies seinen Partnern den Weg. Als sie verschwunden waren, ergriff er ein Geländer und schwang sich in den Gang hinaus.

Ein Pistolenschuß krachte und ließ ihn wie angewurzelt stehenbleiben. Zweimal. Dreimal. Seine Trommelfelle schmerzten. Er fuhr auf der Stelle herum. Die Agenten spritzten auseinander wie eine fallengelassene Kugel Quecksilber. Die Männer rannten davon oder ließen sich auf das Deck fallen, zogen ihre Waffen und feuerten. Zarubajew schoß wütend zurück, und einige der Gestalten sackten zusammen. Dann taumelte er. Blut sprizte ihm aus Hals und Bauch.

Auch Brodersen schoß jetzt. *Ein Fanatiker,* fuhr es ihm durch den Kopf, *ein überzeugter Anhänger, ein Held . . . er muß sich gebückt haben, während er hinter zwei oder drei anderen nicht zu sehen war . . . dann zog er seine Waffe und ließ das Ding spucken . . . wobei er wußte, daß er kaum treffen konnte, aber eine ganze Salve auslösen würde – ich werde nie erfahren, wer es war –*

Er hörte Troxell brüllen, sah, wie sich die Überlebenden zurückzogen, als Dozsa die Plattform erreichte, sich über Zarubajew beugte und den Korridor mit Metall bepflasterte. Durch das Knattern der Explosionen hörte man das Jaulen der Querschläger. Troxells Gruppe verschwand in einem gewundenen Gang.

Er würde das Feuergefecht unter diesen Umständen nicht fortsetzen. Pistolen sind zu ungenau, besonders hier . . . geringes Gewicht, die Vektoren, das Visier stimmte nicht mehr –

Zwei Männer lagen tot da, die Gesichter verzerrt. Ein wenig erfreulicher Anblick. Drei andere waren schwer verwundet. Einer schleppte sich davon und zog die Beine hinter sich her. Einer starrte auf seine zerschmetterte Kniescheibe, ein anderer war gegen die Wand gesunken und stand offenbar unter Schock. Zarubajews Blut tropfte ganz langsam und scharlachrot von der Plattform herab, ganz langsam und scharlachrot. Dozsa fletschte böse die Zähne. Caitlin stand mit wildem Gesichtsausdruck jetzt neben ihm und stieß wütende Flüche aus, aber die

Hand, mit der sie ihre Waffe hin und herbewegte, war ganz ruhig.

Troxell wird jetzt versuchen, uns daran zu hindern, die Gefangenen zu befreien.

Brodersens Lähmung löste sich. Sie hatte nur ein paar Sekunden gedauert. »Haltet die Festung!« schrie er. »Bleibt in Dekkung! Wir sind gleich zurück!« Über eine kurze Treppe erreichte er den Elevator.

Dort stieß er auf Weisenberg und Leino. Der ältere Ingenieur hatte den Junior offenbar mit Gewalt davon abhalten müssen, sich ins Kampfgetümmel zu stürzen, was nutzlos oder schlimmer gewesen wäre. Er hielt ihn immer noch fest. »Los jetzt«, rief Brodersen und drückte den Knopf.

Der Elevator bestand aus wenig mehr als rechtwinklig an einem Gurt angebrachten Metalltritten. In diesem Korridor gab es drei Stück. Dazwischen lagen Leitern, die in Abständen Sitze zum Ausruhen hatten. Diese waren für Notfälle gedacht. Der Schacht hatte eine Höhe von fast neunhundert Metern. Brodersen schaute in seine schwach beleuchtete Tiefe und sah ihn weit unten sich zu einem winzig kleinen Punkt verjüngen. Ihn ergriff ein leichtes Schwindelgefühl.

Weisenberg ließ sich auf einen Sitz fallen und starrte zu Boden. »Eli, Eli«, murmelte er, »daß das geschehen mußte.«

Leino stand und hielt sich an einem der Handgriffe fest, als ob er ihn verbiegen wollte. Er schüttelte drohend sein Gewehr. In seinem groben Hochlanddialekt sagte er: »Sie sind über ihre eigenen Taten gestolpert, diese Schweinehunde.«

»Wir sind noch nicht mit ihnen fertig«, antwortete Brodersen mechanisch. In ihm tobte es. *Ich habe Pegeen in diese Situation gebracht, Pegeen.* »Ich bin überzeugt, daß sie uns am Auditorium abfangen wollen.«

Weisenberg schaute auf. Er war sofort hellwach. »Können sie das?«

»Ich weiß nicht. Ihr habt doch gehört, was ich Troxell über die Örtlichkeiten hier aus der Nase gezogen habe. Viel mehr konnte ich nicht fragen.«

»Jesu Kriste«, sagte Leino, »das Ding kriecht.«

»Soll es auch«, erklärte ihm Weisenberg. »Veränderungen

der Schwerkraft und des Luftdrucks. Man braucht Zeit, sich anzupassen. Auch der Feind wird nicht schneller sein. Und sie haben sich in Richtung der Drehbewegung vor uns zurückgezogen. Das Auditorium erreichen wir von hier aus gegen die Drehbewegung. Das sollte uns einen leichten Vorsprung verschaffen.«

»Ja, und nur wir drei müssen es mit ihrer Feuerkraft aufnehmen«, fügte Brodersen hinzu. »Setz dich hin, Martti, und erhol dich ein wenig.«

Nachdem er sich aus Leinos Bündel ein Gewehr ausgesucht hatte, ging er mit gutem Beispiel voran, aber seine Gedanken waren woanders. *Pegeen. Lis. Barbara. Mike. Die Sterne.*

Als Junge hatte er einmal auf einer Segelkreuzfahrt zwischen den San-Juan-Inseln entsetzliche Ohrenschmerzen. Es blieb ihm nichts übrig, als sie zu ertragen, bis das Trommelfell wieder frei wurde und der teuflische Schmerz nachließ. Das dauerte ein paar Stunden. Diese Fahrt von fünf Minuten erschien ihm länger.

Aber dann war es geschafft. Er rannte den anderen voran eine kleine Treppe hoch und an der Luke zum Deck vorbei. Die hundert Meter Korridor vor ihm führten nach oben. Die weitere Sicht war durch eine Biegung versperrt. Die Schritte der Männer klangen hohl. Der Anstieg war nicht steil, aber die volle Erdenschwerkraft zerrte an ihnen. Sein Atem ging schwer.

Unter einem großen Wandphoto lag eine Doppeltür. Armstrong auf dem Mond. Er hatte erwartet, das Schloß wegschießen zu müssen, aber die Tür hatte nur einen einfachen Riegel, eine durch zwei Halterungen geschobene Eisenstange, alles wahrscheinlich kurz nach seinem Funkspruch aus dem All hastig angebracht. Er löste die Verriegelung und riß die Tür weit auf.

Zu Hunderten aufgereiht standen leere Sitze vor einer ebenso leeren Bühne. Ganz nahe saßen die Leute von der *Emissary*, die jetzt erstaunt aufstanden. Die meisten waren schäbig gekleidet. Als Brodersen auf sie zueilte, verschwammen sie für ihn zu einer einzigen Masse, bis er Joelle sah – *Mein Gott, ihr Haar ist ganz grau, sie ist mager, nun, acht Jahre* – Er sah das fremde Wesen, eine unwirkliche Kreuzung zwischen

Otter, Hummer, Ente, Känguruh, Alligator, Tümmler und Seehund, nein, nichts von alledem, nichts, für das er eine Bezeichnung wüßte, nichts, auf das seine Phantasie vorbereitet war, braune Verschwommenheit – »Wir holen euch raus!« brüllte er. »Wir sind Freunde! Joelle, erkennst du mich?«

»Freiheit, Freiheit, Freiheit!« jubelte Leino.

Ein hochgewachsener Mann löste sich aus der Gruppe. Brodersen erkannte Captain Langendijk. Weisenberg ging ihm entgegen. Brodersen und Joelle blieben stehen, starrten sich an und streckten einander die Hände entgegen.

Weisenberg hatte Langendijk erreicht. »Dies ist eine Befreiungsaktion«, sagte er keuchend. »Sie werden hier zu unrecht festgehalten – wir sind gekommen, sie zu befreien – damit die Wahrheit bekannt wird – wir sind auf Widerstand gestoßen – vielleicht müssen wir uns den Weg zurück zum Schiff freikämpfen – hier, bewaffnen Sie sich –«

»Dan«, staunte Joelle. Ihre Augen waren enorm, Ebenholz in einem Elfenbeingesicht.

Er besann sich. »Schnell raus hier«, keuchte er und ergriff sie am Handgelenk. Sie wies ihrerseits auf den Nichtmenschlichen, der sich auf sie zubewegte.

Ein Mann trat auf sie zu. »Daniel!« rief er aus. *»Por todos los santos –«* Carlos Francisco Miguel Rueda Suárez. Er war kahl geworden.

Eine stämmige blonde Frau folgte ihm. Brodersen erinnerte sich flüchtig an den Namen Frieda von Moltke. Die anderen rannten verwirrt im Kreis herum. Brodersen ging den Weg zur Tür zurück. Man durfte sich hier nicht einschließen lassen.

»Beeilung, Beeilung!« schrie er. Waren sie erst durch die Tür nach draußen gelangt, konnten Weisenberg und Leino die Waffen verteilen. Dann sollte Troxell sich hüten. Seine Ingenieure folgten ihm, wobei sie brüllten und winkten. Die meisten Gefangenen zögerten immer noch. Langendijk mahnte sie zur Eile, aber sie waren weder Soldaten, noch kannten sie die wilden Eindringlinge. Das Geschrei und der Anblick der Waffen hatten den Instinkt geweckt, sich zu verstecken. Sie brauchten Minuten, um überhaupt zu begreifen.

Brodersen trat in den Korridor hinaus. In der rechten Hand

hielt er sein Gewehr, die linke umklammerte Joelles Handgelenk. Der Fremde war ihr dicht auf den Fersen. Dann folgte Leino. Weisenberg blieb an der Tür stehen und winkte die Nachzügler heran. Von Moltke ergriff die Gelegenheit, sich eine Maschinenpistole aus seinem Bündel zu nehmen. Rueda Suárez folgte ihrem Beispiel.

Hinten auf dem Deck kamen Troxell und seine Leute um die Ecke. Die ersten trugen Tische, die Platten nach vorn gerichtet, um sich zu schützen.

Brodersen konnte sich an das ganze Geschehen später nicht mehr erinnern. Ein neuer Kampf brach aus. Er und seine Leute zogen sich durch die Halle zurück; sie rannten im Zickzack, knieten sich hin, ließen sich fallen, und dabei schossen sie die ganze Zeit. Irgendwie wurde niemand von ihnen getroffen, und irgendwie war der Feind verschwunden, als sie die nächste Speiche erreichten.

Er nahm an, daß ihr eigenes Feuer zu heftig gewesen war, als daß der Gegner mit seinen Pistolen viel hätte ausrichten können. Vielleicht war den Agenten auch die Munition knapp geworden. Troxell mußte genügend übrig behalten, um die *Emissary*-Leute, die nicht mitgekommen waren, in Schach zu halten. Ins Auditorium zurückzugehen, wäre Selbstmord.

Joelle rief Brodersen in die Wirklichkeit zurück. »Hör zu, Dan, wir müssen noch in einen bestimmten Lagerraum. Fidelio – der Betaner – der Fremde hier kann unsere Nahrung nicht essen. Wir haben Vorräte für ihn.«

»Was?« rief Brodersen. »Nein. Zu riskant.«

»Nicht, wenn wir uns beeilen«, schrie Rueda. »Herr im Himmel, Dan, Fidelio ist unsere einzige Verbindung zu seiner gesamten Rasse!«

»OK«, entschied Brodersen. »Führ uns, aber schnell!«

Der Lagerraum war nicht weit und auch nicht abgeschlossen. Die Rationen waren transportbereit abgepackt, das meiste offenbar gefriergetrocknet. Schwer beladen erreichten sie den nächsten Schacht, bestiegen den Elevator und fuhren zur Nabe.

Auf dem Weg wurde kaum geredet. Sie waren alle noch wie betäubt. Brodersen zählte: er selbst, der Fremde, Weisenberg, Rueda, Leino, Joelle und von Moltke. Vier also gerettet; das war eine Menge, wenn sie auf der Erde alles bezeugen konnten. Wenn nicht, würde er in der Geschichte als Desperado verzeichnet werden, der bei einem Angriff getötet wurde, den er zu irgendeinem unerfindlichen Zweck unternommen hatte.

Der Elevator gab sie frei. Sie rannten eine scharf gebogen verlaufende Halle hinab und erreichten die Plattform. Pegeen und Dozsa standen dort. Pegeen, Pegeen. Freudig begrüßte sie die Gruppe. Brodersen vermißte Zarubajew. Er mußte an Bord getragen worden sein. Bei der geringen Schwerkraft konnte sie es geschafft haben. Lebte er? Die Frage mußte zurückgestellt werden. Troxell würde schon bald weitere Schritte unternehmen.

Brodersen und die anderen kletterten die Leiter hinauf ins Schiff, er selbst als letzter. Er raste an das nächste Interkom. »Su, schaff uns verdammt hier raus«, rief er heiser.

Ventile schlossen sich. Die Maschine sprang an. Mit geringer Beschleunigung löste sich die *Chinook* aus den Haltevorrichtungen und gewann den freien Raum.

Jemand zupfte Brodersen am Ärmel. Er schaute sich um und sah von Moltke. »Bitte Mr. Captain«, sagte sie mit hartem Akzent, »ich höre, daß Ihr Waffenoffizier ausgefallen ist. Ich höre auch, daß Ihre Bewaffnung die gleiche ist wie die der *Emissary*.«

»Ja«, sagte er und verstand vor Erschöpfung die Frage kaum. »Ja, das stimmt.«

»Ich war Waffenoffizier der *Emissary*«, erinnerte sie ihn. »Ich könnte die Einzelheiten mit Ihren Ingenieuren absprechen. Lassen Sie mich die Sende- und Empfangsanlagen im Rad auspusten und die *Emissary* zerstören. Dann können sie niemandem über uns berichten.« Als er zögerte, sagte sie: »Ich bezweifle, ob er in dieser Richtung etwas unternommen hat, aber er wird es bald tun, wenn wir ihn nicht daran hindern. Den Leuten im Rad kann nichts passieren. Sie müssen nur warten, bis jemand sich Sorgen macht und ein schnelles Fahrzeug schickt um nachzusehen. Inzwischen können Sie in aller Ruhe Ihre weiteren Pläne ausführen. Stimmt's?«

»In Ordnung«, sagte er. »Genehmigt. Sprechen Sie mit Phil, mit dem Ersten Ingenieur Weisenberg, meine ich, und mit

Granville, der Frau am Computer.« Während er das sagte, sehnte er sich nach nichts so sehr wie nach Caitlin.

Minuten später machte ein schneidender Energiestrahl das San-Geronimo-Rad stumm. Weiteren Schaden richtete er nicht an; aber eine Rakete verwandelte die *Emissary* in herumwirbelnde Trümmer. Das tat weh.

Zwei weitere schwere Verbrechen, dachte Brodersen. *Wir sollten uns besser eine verdammt gute Verteidigung zurechtlegen, um Strafverschonung zu erreichen.*

Aber das ist jetzt nicht wichtig. Im Augenblick gilt es ganz einfach zu überleben.

Nein, noch wichtiger ist zunächst der Schlaf. Er schaffte gerade noch das Notwendigste und ließ das Schiff auf einen geeignet scheinenden Kurs gehen, bevor er ins Bett taumelte.

Sergej war gestorben. Caitlin hielt Brodersen eng umschlungen.

XX

Wieder unter Erdschwerkraft nahm die *Chinook* Kurs auf die T-Maschine. Auf der vorgeschriebenen Bahn würde die Reise sechs Erdentage dauern.

»Ich denke, wir sollten vorläufig stillhalten, während wir versuchen, eine Strategie auszuarbeiten«, hatte Brodersen erklärt. »Sonst verfolgen sie uns, und ein Wachschiff hat mehr Beine als wir. Einer Lenkrakete könnten wir mit Sicherheit nicht ausweichen.«

Davor hatte wahrscheinlich von Moltke ihn und seine Leute bewahrt, fügte er in Gedanken hinzu. Wenn sein Überfall bekannt wurde, wäre das ein perfekter Vorwand dafür, sein Schiff in Fetzen zu schießen. Das würde Quick und Kompanie zwar nicht aus der Verlegenheit befreien, in der sie wegen der zurückgelassenen *Emissary*-Besatzung steckten, von den Fragen, die Troxell und seine Mannschaft sich jetzt stellten, ganz zu schweigen. Aber vermutlich würden sie damit fertigwerden. Sie würden es jedenfalls versuchen, und selbst ihr Versagen würde nichts retten.

Immerhin, die *Chinook* war noch frei, und ihr blieb die Möglichkeit, die ganze Affäre aufzudecken. Schlimmeres als eine Fortdauer ihrer Gefangenschaft drohte Langendijk und seinen Leuten wahrscheinlich nicht.

Vom taktischen Standpunkt aus war es sogar gut, daß es Brodersen nicht gelungen war, auch sie zu befreien. Nun hatte die Sache der – Freiheit? – nicht alle Eier in einer höchst zerbrechlichen Verpackung. Halb durch Zufall war sein Unternehmen gut gelaufen.

Nein. Falsch. Es gibt Tote und Verletzte. Die Agenten darunter sind schlimm genug. Damit kann ich leben – ihr Widerstand war ein fast verbrecherischer Leichtsinn; vielleicht führte ihre wochenlange Isolierung zu dieser Verrücktheit – aber Sergej ist tot, einer meiner eigenen Männer und mein Freund.

Er war neben Caitlin aufgewacht und war sich einen Augenblick nur ihrer Gegenwart bewußt. Dann aber überkam ihn die Erinnerung. Sie wurde von seinem unruhigen Atem wach und umarmte ihn. Lange flüsterte sie dann mit ihm. »Wir sind im Krieg, Dan, mein Liebling, und schon immer sind Männer in Kriegen gefallen. Dein Krieg ist so gerecht wie die, die auf der Erde immer wieder gegen Tyrannei und Fremdherrschaft geführt wurden, und deshalb sind wir heute um so glücklicher. Ich kannte Sergej besser, als ich dir erzählt habe. Er liebte das Universum; aber wenn er es verlassen mußte, dann hätte die Art, in der es geschah, ihn mit Stolz erfüllt.« So gab sie ihm allmählich seinen Mut zurück, und er konnte aufstehen und seine Arbeit tun.

Später allerdings, als er in ihr gemeinsames Quartier kam, um etwas zu holen, sah er sie traurig dasitzen und merkte, daß sie geweint hatte. Als er fragte, was denn los sei, bedeutete sie ihm fast flüsternd, daß sie ein Lied mache und allein sein wolle.

Sie hatte Dienst, als er sich mit Joelle Ky, Carlos Rueda Suárez und dem fremden Wesen traf. Er hatte sich vorgenommen, bald eine allgemeine Versammlung zu veranstalten, damit seine Mannschaft die Geschichte der *Emissary* erfahren konnte. Zunächst aber mußte er selbst die Fakten wenigstens in Umrissen kennenlernen, um entsprechend planen zu können, und das ging am schnellsten, wenn möglichst wenige Leute anwesend waren. Obwohl er Frieda von Moltke dankbar war, hatte er sie nicht gebeten. Carlos war ein Cousin Antonias, seiner ersten Frau. Obwohl er noch ein Kind war, als sie starb, und seinen Schwager selten gesehen hatte, gab es hinsichtlich Herkunft und Erziehung zwischen ihnen doch viele Gemeinsamkeiten. Joelle hatte Brodersen vor neunzehn Erdenjahren geschäftlich kennengelernt; seit er auf Demeter wohnte, hatte er sie jedesmal aufgesucht, wenn er sich auf dem Mutterplaneten aufhielt, und während der letzten zehn Jahre –

Seine Gefühle ihr gegenüber kannte er nie genau, weil sie so ganz anders war als alle anderen Frauen, die er je im Leben kennengelernt hatte. Deshalb war er erneut schockiert, als sie das Büro betrat. Ihre Geburtstage lagen nur einen Monat auseinander, aber nun war sie plötzlich achtundfünfzig. Ihre lange Abwesenheit an einem fremden Ort mochte dazu beigetragen haben, daß ihr Haar, das er als glänzend schwarz in Erinnerung hatte, nun ergraut war. Ihre früher glatte Stirn wies Furchen auf. Sie war sehr schlank, fast mager geworden, und doch war der Gesamteindruck so exquisit wie sonst.

Ungelenk stand er auf. »Joelle«, sagte er mit einem Kloß im Hals, »Hallo, schön daß du hier bist.«

Sie lächelte. Dieses Lächeln und ihre Stimme hatten sich ebenfalls nicht verändert. Sie waren angenehm und ein wenig distanziert, wie Kompositionen von Brancusi oder Delius. »Danke für alles, Dan. Ich möchte so gern wissen, was ›alles‹ eigentlich bedeutet – gewiß eine ganze Menge –« Sie reichte ihm beide Hände, und sie hätten sich vielleicht geküßt, aber Rueda kam durch die Tür und umarmte den Captain mit peruanischer Überschwenglichkeit.

»Dan, wie wunderbar!« Sein Spanisch war fast wie Gesang. »Unser Retter, unser Krieger – ich habe schon mit Leuten aus deiner Mannschaft gesprochen – weißt du, als ich klein war, warst du mein Idol. Und ich hatte recht. Bei Gott, bist du ein Kerl!«

Er trat zurück und nahm wieder die ihm eigene aristokratische Pose ein. Brodersen musterte ihn ein paar Sekunden. Ein wenig von Toni lag in Ruedas gutgeschnittenem Gesicht mit der kurzen Nase und den rehbraunen Augen. Obwohl er sonst schlank war, hatte er sich während seiner Abwesenheit einen kleinen Bauch zugelegt, und Brodersen konnte sich lebhaft vorstellen, welchen Kummer ihm dieses frühe Anzeichen des Alterns machte, zweifellos größeren als seine gelichtete Haarpracht. Wenigstens der Schnurrbart sah so aus wie sonst.

Dann erschien das nichtmenschliche Wesen und verdrängte alle anderen Eindrücke. Wahrscheinlich beabsichtigte er (sie? es?) das gar nicht, nahm Brodersen an. Wenn überhaupt, wirkte das Wesen eher nüchtern, doch wie konnte man das wissen? Aber der Anblick – er würde Übung brauchen, um sich von dieser Gestalt ein wirkliches Bild zu machen – die Körperhaltung – der Geruch, der an Seeluft erinnerte, wenn auch unwirklich –.

»Darf ich dich in aller Form mit Fidelio bekanntmachen?« sagte Rueda lächelnd. Der Fremde streckte den unteren rechten Arm aus. Brodersen schüttelte ihm die Hand. Während seines Dienstes im Friedenskommando hatte er in Asien einmal einem zahmen Gibbon die Hand geschüttelt. Der Daumen des Affen stand falsch und hatte keinen Ballen. Fidelios Handschlag fühlte sich ähnlich an.

Brodersen sah ihm in die Augen, die anders waren als die irgendeines Tieres auf der Erde oder auf Demeter. Aber er dachte nicht mehr an Händeschütteln. Er war ganz einfach hingerissen: *Dies ist ein denkendes nichtmenschliches Wesen. Daran ist nicht zu rütteln. Es stimmt. Ich erlebe jetzt den Traum, den ich immer träumte.*

»Fidelio«, stotterte er, »willkommen. *Bienvenido.*«

»Buenas dias, senor, y muchas gracias«, hustete und pfiff es aus dem Mund mit den Fangzähnen. Brodersen mußte plötzlich laut lachen – nicht über irgend jemanden oder irgend etwas, er lachte ganz einfach. Er konnte sich endlich wieder freuen.

»Kommt doch rein und macht es euch gemütlich. Was möchtet ihr trinken. Stört es Fidelio, wenn ich rauche?«

*

Zwei Stunden später wußten alle Anwesenden wenigstens andeutungsweise, was sich um Sonne, Phöbus und Centrum zugetragen hatte.

Rueda hielt es nicht auf seinem Stuhl. Er ging im Raum auf und ab und vollführte dabei Gesten, als übte er Karateschläge. Alles Blut war aus seinem Gesicht gewichen, und seine Haut war nicht mehr olivfarben sondern grau. Er starrte auf die engen Wände, wie seine Vorfahren über die Degenspitze hinweg ihre Gegner angestarrt haben mochten.

»Das darf nicht geduldet werden«, erklärte er. »Und es wird nicht geduldet werden. Sie zerstören den Bund, sie wollen die Sternentore schließen. Entführung und Mord sind noch die geringsten ihrer Verbrechen. Daniel, Joelle . . . Fidelio . . . Fürchtet nicht, daß wir ein Unrecht begehen, wenn wir gegen sie kämpfen. Das kann kein Unrecht sein.«

Mit übereinandergeschlagenen Beinen saß Brodersen in seinem Sessel und hielt den heißen Pfeifenkopf in der Hand. Der Rauch brannte ihm auf der Zunge. »Das ist axiomatisch«, sagte er. »Die Frage in dieser Versammlung lautet: Wohin gehen wir von hier? Und wie? Und gehen wir überhaupt?«

Joelle hatte im gegenüber auf einem Stuhl Platz genommen und sich, außer beim Sprechen, kaum bewegt. Sie hatte einen sachlichen Bericht über Beta gegeben. Ruhig hielt sie die Hände auf dem Schoß. Fidelio hatte aus Beinen und Schwanzflossen einen Dreifuß gebildet, auf dem er saß. Auch er bewegte sich nicht. Nur seine Schnurrhaare zitterten. »Du mußt doch irgendeine Idee haben, Dan«, sagte sie.

»Ja!« Rueda blieb ruckartig stehen und starrte den Captain an. »Du warst immer mutig aber niemals leichtsinnig.«

Brodersen schaute finster drein. »Diesmal vielleicht doch. Vielleicht waren auch zu viele verdammte Joker im Spiel. Ich . . . nun, ich hatte die kindische Hoffnung, daß ihr von der *Emissary* vielleicht eine Karte mitgebracht hättet, die wir jetzt aus dem Ärmel ziehen könnten.«

Joelle verzog kaum sichtbar den Mund. »Wenn wir die gehabt hätten, wäre es nicht nötig gewesen, im Rad dahinzuvegetieren.«

»Nein, aber –« Brodersen zuckte die Achseln, zog an seiner Pfeife, legte sie auf dem Aschenschlucker ab und hielt den Blicken der anderen stand. »OK«, sagte er, »natürlich haben meine Besatzung und ich verschiedene Aktionspläne erörtert, aber keiner fand rechten Anklang. Jetzt wollen wir sehen, was ihr davon haltet.«

Er zählte sie an den Fingern ab. »Wir können den Schuften sofort Trotz bieten, indem wir abdrehen und um das Sonnensystem herum abhauen. Wir können nicht ewig herumstreifen, aber wir haben eine Menge Delta-V, bevor unsere Tanks leer sind. Die Lebensmittelvorräte reichen noch Jahre, und das Recycling von Luft und Wasser funktioniert, solange die Migmazellen arbeiten, was ebenfalls noch Jahre der Fall sein wird . . . Oh, natürlich ist Fidelios Zeit begrenzt auf – wie war das noch? mehrere Monate? – aber so lange würden wir ohnehin nicht im Raum bleiben.

»Die Wachschiffe können uns natürlich jagen. Ein Schiff unter Beschleunigung ist ein schwieriges Ziel, und wir können zweifellos einige ihrer Raketen abschießen, aber schließlich würden sie unsere Verteidigung ausschalten. Während der ganzen Zeit werden sie uns von der Erde und jeder anderen Ansiedlung ferngehalten haben. Es könnte sich herausstellen, daß der ganze Aufwand zu groß wäre und der Opposition bekannt würde – sie können es sich nicht leisten, daß etwas an die Öffentlichkeit dringt, es sei denn manipulierte Informationen – aber darauf würde ich mich nicht verlassen. Vergeßt nicht, daß sie immerhin die Macht hatten, euch festsetzen zu lassen.«

»Ah, Moment mal«, sagte Rueda. »Wir können unsere Nachricht doch ausstrahlen. Ich nehme an, dein Radiosender ist, wie unserer, nicht dafür konstruiert, Botschaften über astronomische Entfernungen zu übermitteln. Wahrscheinlich wäre auch kein Gerät auf Empfang geschaltet. Aber die Leistung der Radiosender ist ja gerade deshalb begrenzt, weil die Laser weit reichen.«

»Da gibt es zwei Probleme«, erwiderte Brodersen. »Erstens, eine Botschaft etwa zur Erde, zum Mond oder zu den Planeten geht bekanntlich über einen Nachrichtensatelliten und wird von dort an den Empfänger weitergeleitet. Was ihr vielleicht nicht wißt, weil es selten Bedeutung hat, ist, daß eine Zensur stattfindet. Nur bestimmte amtliche Mitteilungen dürfen in Chiffre gesendet werden. Alles andere durchläuft einen Computer, und wenn dieser Hinweise auf ein ›signalisiertes‹ Thema registriert, geht die Botschaft an einen Beamten, der entscheidet, ob sie harmlos ist oder nicht. Dieses System wurde während der Unruhen installiert, und selbst ich muß zugeben, daß es seine Vorteile hat. Mit seiner Hilfe wurden zum Beispiel die Finalisten festgenommen, bevor sie ihre Atombomben zünden konnten. Aber als Quicks Bande sich überlegte, was im Falle einer Rückkehr der *Emissary* zu tun sei, war der erste Punkt auf ihrer Tagesordnung, das System heimlich unter ihre eigene Kontrolle zu bringen – es entsprechend zu programmieren und das geeignete Personal einzusetzen, um alles abzufangen, was sie auffliegen lassen könnte. Darauf könnt ihr Gift nehmen.

Zweitens, es *könnte* uns gelingen, mit jemandem Verbindung aufzunehmen, mit einem Schiff, einem Asteroiden oder mit einer Marsstation. Ich sage ›könnte‹, denn die meisten der Genannten haben begrenzte Empfangsmöglichkeiten – wir müßten ziemlich nahe herangehen – und nur Schiffe sind ständig auf Empfang. Es könnte uns trotzdem gelingen. Aber wenn der Betreffende uns hörte, würde er uns glauben? Und wenn er es täte, würden ihm die anderen glauben? Vergeßt nicht, wir haben es nicht mit einem Einzelgänger wie mir zu tun. Unsere Widersacher sind einige der größten und angesehensten lebenden Politiker . . . von denen die meisten das nur wurden, weil sie Meister der Propaganda und der Beeinflussung anderer sind.

Alles in allem meine ich, daß ein direkter Angriff nur schwache Erfolgsaussichten hat. Wahrscheinlich würde man uns töten, bevor wir etwas erreichen.

Was haben wir sonst noch überlegt? Nun, wenn wir in der Nähe der T-Maschine sind, werden wir bestimmt mit ihrem Wachschiff in Verbindung sein. Unter den gegenwärtigen Umständen wird es sich wahrscheinlich um mehr als eins handeln. Wir dürfen annehmen, daß die meisten der Offiziere und Mannschaften keine Verbrecher sind sondern lediglich Befehle ausführen, die ihnen vielleicht selbst komisch vorkommen. Wenn wir ihnen unsere Geschichte erzählen – ihnen Fidelio zeigen – versteht ihr?

Das Dumme ist, das auch die Verschwörer daran gedacht

haben müssen. Sie haben entsprechend geplant, denn sonst hätten sie uns kaum dorthin geschickt. Ihnen mag nicht bekannt sein, daß wir Fidelio an Bord haben, aber sie wissen, daß wir die *Emissary* gesehen haben. Das ist für sie gefährlich genug. Ich schätze, daß ein paar der leitenden Offiziere eines der Schiffe in die Verschwörung eingeweiht sind. Sobald wir anfangen zu plaudern, werden sie das Feuer auf uns eröffnen. Anschließende Erklärungen sind leicht. Man sieht ja, daß wir bewaffnet sind, und auf Demeter wurden bestimmt Haftbefehle gegen uns ausgestellt. Die Offiziere könnten ohne weiteres behaupten, daß wir nach ihrem besten Wissen selbst im Begriff waren, das Feuer zu eröffnen.

Die dritte Möglichkeit wäre, durch das Tor nach Phöbus zu gehen, um festzustellen, wie es am anderen Ende aussieht. Vielleicht ist man dort weniger gut vorbereitet und ausgerüstet. Wir könnten entkommen oder sonst etwas Lohnendes unternehmen. Ich habe tatsächlich daran gedacht – da wir euch und eure Kenntnisse einmal hier haben –, ich habe daran gedacht, den Kurs zu laufen, der uns von Phöbus nach Centrum bringt und auf Beta um Hilfe zu bitten. Es ist eine ziemlich abenteuerliche Idee, denn die Wachschiffe werden uns kaum viel Spielraum lassen.

Was mir an dem Kurs, den wir nehmen sollen, am meisten Sorgen macht, ist . . . nun, Demeter ist dünn bevölkert und liegt relativ isoliert. Nachrichten sind dort leicht zu kontrollieren, und es wäre einfach, uns den Hals umzudrehen. Wenn wir zum Beispiel genügend weit von der T-Maschine entfernt sind, könnte die Mannschaft des uns begleitenden Schiffs eine Rakete abfeuern. Anschließend würde die Welt von dem tragischen Unfall erfahren, der die *Chinook* zerstörte. Ich traue es Aurie Hancock nicht gern zu, aber möglich ist es. Im anderen Falle werden wir auf unbegrenzte Zeit interniert. Im phöbischen System gibt es viele für ein geheimes Gefangenenlager geeignete Stellen. Ich möchte glauben, daß dann der Rest eurer Mannschaft mit uns zusammengelegt wird.

Soweit unsere bisherigen Denkversuche. Mein Instinkt sagt mir, daß wir vorläufig nach Phöbus zurückkehren sollten. Wenn wir dort angekommen sind, tun wir, was uns am besten scheint. Bis dahin allerdings halten wir die Augen auf und behalten uns andere Entscheidungen vor. Vielleicht mache ich einen Fehler. Ich hätte gern eure Vorschläge gehört.

Puh!« Brodersen hatte seine Ausführungen beendet. »Das war ein Vortrag! Ich könnte noch ein Bier vertragen. Sonst jemand?« Er erhob sich, um zum Kühlschrank zu gehen.

»Halt«, sagte Joelle.

»Was?« er blieb stehen.

Selten – wenn ein Problem besonders aufregend war, oder wenn es im Bett richtig gut wurde – hatte er bei ihr ein so strahlendes Gesicht gesehen. »Dan«, sagte sie, und ihre Stimme zitterte. »Wir können direkt von der Sonne nach Centrum gehen.«

»Was?« schrie er.

»Ja.« Sie beugte sich vor. »Die Betaner erforschen die Tore seit tausend Jahren. Sie haben die Versuchsphase lange hinter sich. Sie besitzen noch keine komplette Theorie; nichts was man mit dem Wissen der *Anderen* vergleichen kann –«

»Die *Anderen*«, murmelte Rueda.

»– aber sie haben einige Einsicht gewonnen«, fuhr Joelle fort. »Nimm drei Punkte, drei Sterne, wenn du willst, deren Tore bekannt sind – mit Leitpfaden der T-Maschine – von A nach B und von B nach C. Die Betaner können dann eine direkte Route zwischen A und C berechnen.«

Es war, als ob in Brodersen eine Nova explodierte.

»Nicht mit absoluter Sicherheit«, sagte Joelle. »Sie haben die örtlichen Krümmungen des Kontinuums nicht so genau gemessen. Aber die Wahrscheinlichkeit eines Erfolges ist hoch. Gewiß höher als bei den Plänen, die du beschrieben hast.«

»Und – und –« Brodersen war es, als taste er sich durch glänzende Helle. »Wir können zur Sonnenmaschine fliegen . . . so tun, als ob wir nach Phöbus starten . . . dann lügen, bluffen, drohen oder was auch immer, bis wir so weit im Transportfeld sind, daß wir ein fast unerreichbares Ziel sind . . . Wir werden bei Centrum herauskommen. Nach Beta gehen. Mit einer betanischen Flotte zurückkommen.«

»Die keine andere Angriffswaffe als die Wahrheit braucht«, sagte Rueda. Ob er nun die physikalischen Gegebenheiten vorher kannte oder nicht, die Idee war auch für ihn neu. Angesichts dieser Offenbarung stand er wie gelähmt da.

Brodersen ergriff das Bierglas, das bei seinem Stuhl gestanden hatte, und schwang es über seinem Kopf im Kreis. »Bei der Ehre des Hauses!« brüllte er in jungenhafter Begeisterung. »Das werden wir tun! Wir werden es tun!«

»Die Berechnung ist schwierig«, warnte Joelle. »Fidelio und ich müssen Untersuchungen anstellen, und ich muß Holothetik anwenden. Das Schiff ist doch für Holothetik ausgerüstet, nicht wahr?«

Noch nie hatte er solche Leidenschaft bei ihr gesehen. *Ich werde zu dem zurückkehren, was ich bin,* strahlte es aus ihr heraus. Heiß und kalt lief es ihr über die Wangen. *Ich werde wieder eins sein mit dem All.*

Rueda sah sie aufmerksam an. Es war, als ob Brodersen die Gedanken des Peruaners lesen könnte. *Wirst du für uns werden, was die Anderen nicht sein wollen?*

*

Sie wollten Sergej Nikolajewitsch Zarubajew eine Raumfahrerbestattung geben. Seine in eine Flagge gehüllte Leiche sollte auf einer von einer Signalrakete angetriebenen Bahre durch eine Luftschleuse in den Raum hinausgleiten, während seine Schiffskameraden dabeistanden und ihr Captain den Gottesdienst abhielt.

Caitlin, als Bordarzt, übernahm es, ihn zu waschen und in seiner Kabine aufzubewahren. Aus vier Schalen, die sie mit Öl füllte und mit an Weinflaschenkorken angebrachten Dochten aus Tau versah, machte sie Lampen, die ihm zu Kopf und Füßen brennen sollten. Sie schaltete das fluoreszierende Licht aus und rief eine Totenwache für ihn aus.

Sie traf auf Überraschung und auch ein wenig Widerspruch – eine barbarische Sitte; zivilisiert war es, sich anschließend beim Kaffee zu versammeln – aber Brodersen, Dozsa, Granville und von Moltke verstanden sie, obwohl es nicht in ihrer eigenen Tradition lag, und auch die anderen waren einverstanden. (Der Skipper hatte das Bedürfnis, sich in dieser Kampfpause mit seinen Leuten zu besaufen, und Sergej hätte sich gefreut, der Anlaß dafür zu sein.) Die Party fand im Gemeinschaftsraum statt. Su und Stefan hatten ihn mit Papierblumen und Ähnlichem dekoriert. Neben den üblichen Erfrischungen wurden harte Getränke und Bier aufgefahren; die Sichtschirme brachten das Universum in den Raum. Sergejs Lieblingsmusik erklang, und Balletszenen liefen ab, die er besonders geschätzt hatte. Die Leute standen herum und dachten an ihn.

Nach einigen Stunden ging Martti Leino. Inzwischen war eine gewisse Lebhaftigkeit eingekehrt. Brodersen, Weisenberg und Dozsa hatten sich gegenseitig die Arme um die Schulter gelegt und sangen mißtönend »Die Furt vom Kabulfluß«. Von Moltke und Rueda kuschelten sich in einer Ecke aneinander. Granville und Ky führten ein ernsthaftes Gespräch. Fidelio beobachtete die Angehörigen dieser exotischen Rasse.

Leino ging den runden Gang zu Zarubajews Quartier hinunter. Die Tür stand auf. Er hörte ein paar Töne, zögerte, runzelte die Stirn und trat dann ein.

Ebenso kahl wie die übrigen, war dieser Raum in Schatten und das gelbe Licht der Lampen getaucht. Zarubajew lag in Uniform auf seinem Bett. Haar und Bart schimmerten durch das Halbdunkel; sein Gesicht war leer. Die Flammen um ihn herum verströmten einen reinen Duft und ein wenig Wärme. Caitlin saß neben ihm. Sie trug einen blauen Kaftan, das schönste unter den Kleidungsstücken, die sie mithatte. Ihr ungebundenes Haar flatterte. Im linken Arm hielt sie ihren Sonador, dem ihre Finger Töne wie von gedämpften Holzblasinstrumenten entlockte.

Sie hörte auf, als Leino hereinkam. »Oh«, hauchte sie.

»Was –« er straffte sich. »Ach, nichts. Es tut mir leid, daß . . .«

»Nein. Warten Sie. Bleiben Sie doch.« Caitlin machte Anstalten, aufzustehen, sah, daß seine Haltung sich ein wenig lokkerte und sank auf den Stuhl zurück. »Sie sind gekommen, Abschied zu nehmen. Da möchte ich nicht im Weg sein.«

Er ballte die Hände zu Fäusten und öffnete sie rasch wieder. »Sie stören nicht, Miss Mulryan.«

»Sie sind immer so unfreundlich zu mir.«

»He, jetzt ist nicht Zeit zu streiten.«

»Ich meinte nur dies, Mr. Leino: wenn Sie mit Ihrem Freund allein sein wollen, kann ich später wiederkommen.« Sie stand auf.

Erschrocken rief er aus: »Halt. Bitte. Ich wußte, daß Sie ihn von früher kannten, aber nicht, daß Sie ihn . . . mochten.«

Sie lächelte ihr sanftestes Lächeln. »Ja, er war so ein ruhiger Junge, nicht wahr?« Schweigen; dann leise: »Sogar als er mir während der Reise den Umgang mit Feuerwaffen zeigte, hat er keine der vielen Möglichkeiten ausgenutzt, vertraulich zu werden, obwohl er wußte, daß es mir gefallen hätte. Denn er betrachtete mich jetzt als Daniels Frau, nicht als die seines Captains, sondern als die seines Freundes. Das sagt doch viel über ihn aus, nicht wahr?«

Er errötete. »Wann haben Sie ihn kennengelernt?«

»Noch vor Daniel. Er kam verletzt ins Hospital, wie Sie vielleicht noch wissen. Trotz seiner Schmerzen scherzte er mit mir. Alle Welt hielt ihn für humorlos, aber das war er nicht. Oh, er hat mir die wildesten Geschichten über den Ärger erzählt, den er hatte, weil er sich als Russe nicht für das Schachspiel begeistern konnte . . . als er wieder gesund war, trafen wir uns so oft es ging, bis ich dann später meine Zeit in Eopolis bei Daniel verbrachte. Es war keine große Liebe zwischen Sergej und mir, aber er hat mir sehr viel bedeutet.«

»Mir auch«, sagte Leino langsam und sah zu ihr hinüber, wie sie vor dem Toten stand. »Wir haben viele Arbeiten im Raum gemeinsam erledigt, Arbeiten, bei denen das eigene Leben vom Partner abhängt. Auf Demeter haben wir zusammen Ausflüge gemacht, wir sind gesegelt und zu Partys gegangen –« Seine Stimme verlor sich.

»Keine Frau wird jemals eine Freundschaft zwischen Männern wirklich verstehen; aber sie ist etwas Wertvolles.«

Halb betrunken warf er ihr entgegen: »Und was ist mit Mann und Frau?«

Sie strich mit den Fingerspitzen über das Gesicht, das einmal Zarubajews gewesen war. »Dafür Worte finden, ist noch schwerer, so sehr sich die Dichter auch bemüht haben.« Ihr Blick richtete sich wieder auf Leino. »Sergej und ich hatten mehr als bloßes Vergnügen miteinander.« Wieder schaute sie zu der reglosen Gestalt hinüber. »Sie haben ihn nie verstanden. Sie hielten ihn für stur, dabei war er nur schüchtern; und wenn er sich wohlfühlte, konnte er so lustig sein. Sie hielten ihn für so nüchtern und praktisch wie eine Maschine, aber ich erinnere mich an einen Abend, an dem wir ein Teleskop nach draußen schafften, und nachdem wir uns in Ewigkeiten verloren hatten, fing er an, über die *Anderen* zu sprechen. Er glaubte, daß sie uns nicht ignorieren, wenn es auch so scheint, sondern daß sie Sorge und Mitleid haben, und daß wir zu klein sind, das zu begreifen –«

Sie brach ab. »Sie wollen gewiß nicht mein Gefasel hören. Sie wollen ihm einen letzten Gruß bringen. Gute Nacht, Martti Leino.«

»Nein!« Er hob die Hand, als ob er sie aufhalten wollte. »Bitte bleiben Sie. Ich wußte nicht, daß jemand anders ihm so nahesteht.« Er rieb sich mit dem Handgelenk die Augen. »Verzeihung. Darf ich fragen, was Sie hier gemacht haben?«

»Nichts Wichtiges.«

Er war beharrlich: »Sie haben gesungen.«

Sie hob die Schultern. »Nun, ja, das stimmt. Ein Lied, wie es in Irland auf dem Lande üblich ist. Aber es wäre falsch, eine Schau zu veranstalten, wenn das den anderen an Bord nicht gefällt. Gute Nacht.«

Er hielt ihr seinen Arm in den Weg. »Bitte, Miss Mulryan – Caitlin – bitte, gehen Sie nicht.«

Sie schaute mit ihren grünen Augen in seine blauen. »Warum?«

»Weil, oh, ich sagte Ihnen doch, wir beide betrauern einen schweren Verlust . . . im Gemeinschaftsraum singen sie Lieder von Kipling –. Was ist Ihres für eins?«

Sie schlug die Augen nieder. »Nur ein *ochlán*. Sie würden es eine Totenklage nennen.«

»Würden Sie es noch einmal singen?«

Sie sah ihn einen Augenblick an, bevor sie entschied. »Ja, weil Sie es sind, der mich darum bittet. Er hätte es selbst hören wollen.«

Sie setzten sich zu beiden Seiten an das Bett. Die Lampen

flackerten, Schatten bewegten sich nach innen, Ventilatoren flüsterten. Der grobe Lärm der Teilnehmer an der Trauerfeier, der schwach herüberdrang, schien nicht einmal unpassend. Caitlins Finger entlockten dem Instrument die Melodie der »Londonderry Air«.

Ach, wollten doch die Sterne um ihn weinen
Mit Silbertränen aus zerrissnem Blau,
Ach, wollte doch ein Frühlingswind ihn küssen
Mit zarten Blüten frisch von klarem Tau,
Ach, wollte doch ein Abschiedslied ihm singen
Ein großer Regen auf sein Heimatland:
Dann wär'n wir nicht allein in unserem Kummer,
Betrübt wär auch die Welt, die er so herrlich fand.

Doch schweigend stehen Sonnen und Planeten,
Die Blätter stumm, das Wetter blind und taub.
Nur wir betrauern unseren Kameraden
Und wissen, er war klug und stark und gut.
Ochon, ochon! Er ist dahin für immer.
Ochon, ochon! Und lachte doch so gern.
Ochon, ochon! Verblaßt wie Sternenschimmer.
Nun liegt er hier ganz still und ist unendlich fern.

XXI

Ich war eine Krähe. Meine ersten dunklen Träume endeten in Hunger, als mein Universum leer und nutzlos wurde. Ärgerlich klopfte ich gegen seine Schale, bis sie auseinanderbrach; und da war der Tag. Meine Augen geblendet vom Überfluß des Lichtes. Ich öffnete ihm meinen Mund und schrie nach Futter. Flügel überschatteten mich. Ein langer, harter Schnabel füllte meine klaffende Öffnung, und Liebe ergoß sich in mein Inneres. Andere nackte kleine Körper bedrängten mich, so drängelte ich zurück und schrie genauso laut wie sie.

Gefieder wuchs auf uns, und wir vertrieben uns die Zeit, indem wir stolz unsere eigene glänzende Schwärze bewunderten. Aber es dauerte nicht lange, da schubsten unsere Eltern uns aus dem Nest. Nach erstem, herrlichen Entsetzen und wildem Flügelschlagen lernte ich, wie der Wind mich trug, und welche Kraft in meinen Flügeln verborgen lag. Ich mußte sie nur entfalten. Ich machte mir die Luft untertan. Ich stieg auf, schoß herab, glitt dahin und genoß es. Der Himmel gehörte mir, und die ganze Erde darunter wartete darauf, geplündert zu werden.

Natürlich gehörte ich zum Schwarm und hatte meinen Platz in der Hierarchie und meine gelegentlichen Pflichten, wie nach Habichten und Menschen Ausschau halten, wenn wir das Land in der Umgebung unserer Wälder heimsuchten. Ich konnte mir nichts Schöneres vorstellen. Krähen *haben* Spaß. Wir schwatzten, intrigierten, schrieen unsere Fröhlichkeit hinaus, gingen auf Entdeckungsreisen, trieben mit Eulen unsere Scherze, fanden Leckereien und funkelnde Kostbarkeiten, amüsierten uns über die Possen fremdartiger Kreaturen, spielten die Herren über den Baumkronen. In der kahlen Kälte des tiefsten Winters noch konnten wir genug aus der Schneekruste herauspicken, um am Leben zu bleiben. Aber, ach, die grünen und geschäftigen Sommer! Und, oh, mein Weibchen und unsere herzigen Küken!

Am Ende wurde ich alt – schwach, langsam. Ich erinnere mich nur dunkel daran. Eines Tages erwischte mich ein Fuchs. Ich riß mich los aus seinem Rachen, aber Blut spritzte aus mir heraus, bis ich nicht mehr fliegen konnte. Ich suchte mir ein Dickicht, streckte mich hin auf feuchtem, pilzigem Boden und lag dort, dem Himmel verborgen, keuchend, während Dunkelheit in mich eindrang. Dann kam der Tod – und, noch ein wenig lebendig für eine Weile, nahm ich Abschied von dem Land, in dem ich ein Vogel gewesen war.

XXII

In der Kabine, die Joelle bezogen hatte, erklang eine Glocke. »Herein!« rief sie.

Brodersen trat ein und schloß die Tür hinter sich. In dem unpersönlichen, kahlen Raum kamen seine Größe und Lebendigkeit doppelt zur Geltung. Verlangen nach ihm flackerte in ihr auf.

Schluß mit dem Unfug, rief sie sich zur Ordnung. *Er ist beschäftigt, er hat den Kopf voll. Wie übernächtigt er aussieht, und wie er die kräftigen Arme hängen läßt. Welcher besorgte Ausdruck in seinen grauen Augen. Ich werde bald mit meiner eigentlichen Arbeit beginnen. Das Wunder des Einsseins wird von mir Besitz ergreifen und nichts anderes mehr wichtig sein.*

Dennoch spürte sie noch schwach die Erregung in ihren Adern. Vor acht Jahren, nein, fast neun war Brodersen bei einem Besuch auf der Erde ihr letzter Liebhaber gewesen. – Während der Expedition war die Enthaltsamkeit nicht schwergefallen, da jede wache Stunde mit Entdeckungen ausgefüllt war. Das Risiko, daß ein Mann sich bei ihr gefühlsmäßig engagierte und sie belästigte, wenn sie ein Projekt ausführen wollte (wie es zu Hause ein paarmal geschehen war), war ein zu hoher Preis für die Befriedigung eines Verlangens, das sich ohnehin nur selten einstellte. *Natürlich hat alles seinen Preis. Christine* – Chris lag auf Beta begraben. Dan stand zwei Meter von ihr entfernt.

»Ich wollte mal sehen, wie es dir geht«, hörte sie seine tiefe Stimme sagen.

»Recht gut, danke«, erwiderte Joelle. »Wir haben Glück, daß du so vorsorglich warst, das Schiff komplett auszurüsten.«

»Vorsorglich, verdammt.« Er grinste. »Ich habe es einfach riskiert. Ich überlegte mir, daß ich, wenn irgendein Problem auftauchte – wie eure frühe Heimkehr – bereit sein mußte, selbst abzuhauen, bevor irgendein Bürokrat einen Grund fand, mir die Starterlaubnis zu verweigern.«

Er schaute sich um. »Trotzdem sind wir auf dem falschen Fuß erwischt worden«, sagte er. »Und ihr Leute vom Rad seid noch schlimmer dran. Äh, ihr braucht Kleidung zum Wechseln. Pegeen – Caitlin Mulryan, unser Versorgungsoffizier, du erinnerst dich gewiß, wird dir gern ein paar Sachen leihen – du hast ungefähr ihre Größe – und bei Gelegenheit kann sie aus den Stoffen, die wir mithaben, für dich und die anderen weitere

Sachen schneidern. Sie kann sehr gut nähen. Ihr könnt euch schon mal überlegen, was ihr haben wollt.«

Joelle zuckte die Achseln. »Du weißt, daß es mir gleich ist. Es muß nur bequem sein. Aber danke ihr bitte in meinem Namen. Ich werde versuchen, selbst daran zu denken, aber du weißt, wie vergeßlich ich in diesen Dingen bin.«

»Was brauchst du sonst noch? Die meisten von uns haben einen kleinen privaten Vorrat an Lebensmitteln und Getränken. Ich kann mir denken, daß du nicht jede Mahlzeit in der Messe einnehmen möchtest.«

»Oh, wenn es den Leuten nichts ausmacht, daß ich nicht sehr unterhaltend bin, macht es mir nichts aus, mit ihnen an einem Tisch zu sitzen. Den Lärm ignoriere ich . . . aber es wäre nett, wenn ich etwas hätte, das ich dir – das ich einem Gast anbieten könnte.« Sie vollführte eine Geste und merkte selbst, wie linkisch die Bewegung war. »Willst du dich nicht setzen? Und – ich habe während meiner Abwesenheit keine Abneigung gegen das Pfeiferauchen entwickelt.«

»Das habe ich bei der Konferenz gemerkt, und ich bin froh darüber.« Er nahm sich einen Stuhl. Sie holte einen zweiten und setzte sich ihm gegenüber. Er holte seinen Tabaksbeutel hervor und sagte: »Ich kann nur ein paar Minuten bleiben. Ich muß für das Salzwasserbad sorgen, das Fidelio nach euren Angaben braucht. Ich bin sicher, daß wir die Chemikalien haben und auch Metall oder Plastik, aus dem wir einen Behälter bauen können, aber wir müssen auch Vorkehrungen für ein Recycling treffen, denn die Reise mag länger dauern, als ich hoffe.«

»Ist das nicht ein Problem für deine Ingenieure?«

»Ja, aber zuerst muß Fidelio genau erklären, was er benötigt. Das wird eine gewisse Zeit dauern, auch wenn Carlos uns hilft, der die betanische Sprache ein wenig kennt. Nein, es sind mehrere Sprachen, nicht wahr? In diesen bist du zwar Expertin, aber du wirst dich wohl jetzt an den Computer anschließen müssen. Ich denke, ich kann dazu beitragen, daß die Unterhaltung in Fluß kommt, ganz zu schweigen von den vierzig Millionen anderen Dingen, die ich bedenken muß, bevor ich Feierabend habe.«

»Wenn ernsthafte sprachliche Probleme auftauchen, wende dich bitte an mich. Würdest du dir übrigens überlegen, ob man einen Satz Anschlußgeräte für Fidelio passend machen kann? Er kann sich dann mit mir zusammen anschließen. Fidelio ist nämlich Holothet.«

»So? Davon hatte ich keine Ahnung.«

»Bei den Betanern scheint es die Persönlichkeit weniger zu beeinflussen als bei Menschen.« Schweigen senkte sich über den Raum, während sie versuchte, was sie sagen wollte, in Worte zu fassen. Dann überwand sie rasch die Barriere. »Dan, es ist wunderschön, dich zu sehen. Schöner als befreit worden zu sein. *Du* warst der Mann, der das geschafft hat.«

Er stopfte sich die Pfeife. »Nein, wir, die Mannschaft; und Sergej – vielleicht haben wir euch keinen Gefallen getan. Ihr geht Gefahren entgegen.«

»Schwebten wir im Rad denn nicht auch in Gefahr?«

»Ja, richtig . . . ich denke . . . es ist ein Alptraum, sich vorzustellen, daß wir uns in dem, was wir tun wollen, schrecklich irren. Daß ich Menschenleben für nichts aufs Spiel setze.«

Sie beugte sich vor und legte ihm die Hand auf das Knie. »Quäl dich nicht. Politik verwirrt mich nur, aber du kennst dich darin aus. Ich verlasse mich auf dein Urteil, wie du dich auf meine Berechnungen verlassen mußt. Du mußt an dich glauben, Dan.«

»Mir bleibt nichts anderes übrig«, sagte er trocken. Seine Finger beschäftigten sich mit der Pfeife. »Bist du so weit, daß du die Analyse machen kannst, Joelle?«

Ob ich zu mager und grau für ihn geworden bin? Sie zog ihre Hand zurück. »Ja. Es wäre besser und vielleicht genauer, wenn Fidelio und ich als holothetische Einheit operieren und aus der Datenbank eine komplette theoretische Struktur gewinnen könnten. Allerdings beherrsche ich die physikalischen Prinzipien, die nach den Erkenntnissen der Betaner für die T-Maschinen gelten – die fielen genau in mein Fach, wie du sagen würdest –, und Fidelio und ich haben gerade die Datensammlung deines Schiffs nach genauen Parametern der örtlichen Raum-Zeit durchsucht. Die Informationen scheinen auszureichen. Ich denke, ich fahre das Programm heute ab. Morgen arbeite ich den Leitpfad dann detailliert aus.«

Seine Stirn legte sich in Sorgenfalten wie damals, als sie sich kennenlernten. Er war Ingenieur bei der Firma Aventureros und konsultierte sie wegen eines schwierigen Konstruktionsproblems. Oh, er hatte gewaltigen Respekt vor ihrem Intellekt gehabt, obwohl sie eigentlich bezweifelte, daß er besser war als seiner – anders ausgelegt und orientiert, aber im Wesentlichen nicht besser, außer wenn sie an ihre Maschine angeschlossen war. Er fand Vorwände, sie später wiederzusehen, was zu regelrechten Verabredungen führte. Als er Witwer geworden und nach Demeter gegangen war, traf er sich bei seinen Aufenthalten auf der Erde gelegentlich mit ihr zum Essen. Sie fand an seiner Gesellschaft Gefallen, so wie ihr ein frischer Wind von der See her gefiel. Eines Tages ließ sie ihn ganz impulsiv zu sich ins Bett und war erstaunt . . . Wie jung ihn jetzt diese Sorgenfalten erscheinen ließen.

»Angenommen, wir erreichen Beta«, sagte er, »werden sie uns dann helfen? Du und Carlos habt uns doch deutlich gemacht, wie ungern sie sich einmischen, wie sehr sie stets weniger entwickelte Arten respektiert haben.«

»Die Menschheit ist für sie aber etwas Besonderes«, versicherte sie ihm. »Ich gebe zu, wir werden viel zu erklären haben und alle Überredungskunst aufbieten müssen. Aber als wir von der *Emissary* unsere Geschichte und unsere Soziologie beschrieben, soweit wir es überhaupt konnten, erschien es ihnen nicht grotesker als das, was sie über andere Rassen erfahren hatten. Ihre führenden Persönlichkeiten sind aber davon überzeugt, daß wir ihnen über ihre psychosexuelle Krise hinweghelfen können.«

»Dann würden sie also – hmmm – was tun?«

»Sie würden im Sonnensystem auftauchen, könnte ich mir denken, wo sie unbesiegbar wären. Aber sie würden sich darauf beschränken, uns zu beschützen, während wir der Erde die Tatsachen berichten.«

»Und du sagtest, daß sie uns fabelhafte Verträge anbieten. Ihre Technologie im Austausch gegen das Recht, sich Jupiter und Saturn nutzbar zu machen, was wir sowieso nicht können.

Stimmt das?« Brodersen setzte seinen Tabak in Brand und sah sie über seine Pfeife hinweg an. »Dann sind die Aktionisten natürlich erledigt. Und auch ihre Parteigänger. Vom weltweiten Skandal ganz abgesehen. Die ganze Philosophie wäre im Eimer.«

»Wie das?«

»Nun, das ist doch klar. Sobald wir uns dieselbe Technologie angeeignet haben, stehen uns alle Sternentore offen, die die Betaner kennen, und gleichzeitig werden wir selbst ein Programm entwickeln, um weitere zu finden. Der Gewinn, den wir an allen möglichen Orten und auf jede erdenkliche Weise machen könnten, muß jede Vorstellung sprengen. Warum sonst wären die Betaner an unseren Riesenplaneten interessiert? So wird sich also, noch bevor eine Massenauswanderung einsetzt, das wirtschaftliche Schwergewicht von der Erde wegverlagern, und auch die Regierungen, Vereinigungen und die großen Gesellschaften werden ihren Einfluß verlieren. Mehr und mehr wird die Entwicklung von kleineren Unternehmen und Individuen vorangetrieben werden, und schon geht der saubere weltweite Wohlfahrtsstaat zum Teufel, den diese Typen von der Aktionspartei errichten wollen. Ich möchte meinen, daß Quick dies vorausgesehen hat.«

Joelle runzelte die Stirn und versuchte zu begreifen. »Aber das ist unlogisch, Dan. Vermutlich befriedigen öffentliche Wohlfahrtsmaßnahmen ein Bedürfnis. Wenn das Bedürfnis nicht mehr besteht, wer würde diese Maßnahmen fortsetzen wollen?«

Brodersen lachte sein schallendes Lachen, das sie so gut kannte. Dabei stieß er ganze Rauchschwaden aus. »Liebes, du verfällst in deinen alten Fehler. Du glaubst, daß Menschen logisch denken. Sie tun es nicht. Der Wohlfahrtsstaat – jeder Staat – ist Selbstzweck. Er ist eine Möglichkeit für wenige, der Mehrheit ihren Willen aufzuzwingen. Und, bei Gott, daran ist diesen wenigen sehr viel gelegen! Muß es sein.« Er zog an seiner Pfeife. »Unterhalte dich mal mit Stef Dozsa, wenn es dich interessiert. Sein Land wurde immer wieder in die Mangel genommen. Das Heilige Römische Reich, das Mongolische Reich, das Osmanische Reich, das Österreichische Reich, das

Sowjetische Reich, das Balkanische Reich . . . Nein, verzichte lieber darauf. Die Geschichte seines Landes hat ihn zu einem wütenden Anarchisten gemacht. In seinem Fall ist das harmlos, aber wenn er dich überzeugt – nun, Joelle, unter deiner äußeren Gelassenheit liegt eine ganze Menge Wildheit verborgen. Ich weiß es.«

Ja, du weißt es, Dan!

Brodersen stand auf. »Ich schweife ständig ab. Eine persönliche Schwäche von mir«, sagte er. »Ich sollte aufhören, dich zu langweilen und mich wieder an meine Arbeit machen.«

»Du hast mich nicht gelangweilt«, antwortete Joelle unter Anstrengung. In Gesicht und Brüsten spürte sie Hitze aufsteigen. »Du hast mich nie gelangweilt, sondern immer fasziniert. Wahrscheinlich weil wir so ungleich sind.«

»Ja, das sind wir. Aber was soll's.«

Auch sie stand auf. »Warum kommst du nicht heute abend her, wenn wir beide Feierabend haben. Ich könnte eine Kleinigkeit zu essen und etwas Wein anfordern. Weißt du noch, wie du damals gekocht hast? Ich kann es immer noch nicht, aber du hast bestimmt dazugelernt.«

»Nicht sehr viel.« Er sah auf seine Schuhe. »Außerdem habe ich – eine Verabredung. Es tut mir leid, aber sie gehört nicht zu den Verabredungen, die man nicht einhält.«

»Darf ich fragen, um was für eine Verabredung es sich handelt?« fragte sie und versuchte zu verbergen, daß sie gekränkt war.

»Caitlin und ich feiern ein Jubiläum. Nach dem demetrischen Kalender ist so etwas häufiger.« Er sah sie an. »Wußtest du das nicht? Es müßte dir doch aufgefallen sein . . . Nein, wir sind nicht verheiratet, ich bin immer noch mit Lis zusammen, und das soll auch so bleiben. Aber Caitlin – nun, sie und ich sind sehr eng befreundet.«

»Ach so.«

Er nahm ihre Hände. »Joelle, ähh, sie ist nicht eifersüchtig, ich meine – es ist verdammt schön, daß du hier bist und –. Ich mache dir keine Anträge, aber wenn du Lust hast – vielleicht später –«

Sie zwang sich zu einem Lächeln, beugte sich vor und

berührte mit dem Mund leicht seine Lippen. »Vielleicht. Aber es eilt nicht. Und fühle dich bitte nicht verpflichtet.« *Und genau das tust du in diesem Augenblick. Du fühlst dich verpflichtet. Caitlin ist eine hellhäutige Chris.*

Außerdem werde ich mich bald in einem transhumanen Zustand befinden. »Gut, Dan. Bis bald.«

*

Klein, einfach, bescheiden, aber nicht servil wartete Susanne Granville in der Computerzentrale. Sie hatte die Sichtschirme eingeschaltet und auf die Sonne eingestellt. Sie sah auf den Schirm. Abgeblendet, aber vergrößert war die Scheibe ein Durcheinander von Flecken, Emanationen und sprühenden Protuberanzen innerhalb der perlmuttfarbenen Korona. Musik erklang. Joelle erkannte Nielsens *Fynsk Forar.* Musik ebenso wie Architektur war eine der wenigen formalen menschlichen Künste, auf die sie ansprach. Sie und Susanne hatten sich anläßlich der Feier zu Ehren des gefallenen Waffenoffiziers über eine Stunde lang darüber unterhalten.

»Hallo«, sagte sie. »Ich hätte Sie hier gar nicht erwartet.«

Susanne sprang auf. »Ich wußte, daß Sie die Software noch einmal durchlaufen lassen wollten, Dr. Ky, und 'abe mir überlegt, ob ich vielleicht be'ilflich sein kann. Für den Fall 'abe ich mich beim Versorgungsoffizier (Caitlin Mulryan) von der Mitarbeit bei der Bereitung des Essens freistellen lassen.«

Oh, ja. Joelle antwortete nicht. *Wie oft habe ich das schon erlebt. Du bist nur die Frau am Computer, und ich bin die große Holothetin. Du möchtest nur zu gern bestätigt haben, daß du mir nützlich sein kannst. Wie Chris. Genau wie Chris.*

Du wirst mich in einer Verbindung sehen, die dir nicht möglich ist. Ich werde zu einem Himmel aufsteigen, den du nicht erreichen kannst, von dem du nur Fragmente kennst. Ich werde das Absolute berühren, ich werde im Begreifbaren sein, ich werde die letzte Wirklichkeit erkennen, nicht als mathematische Konstruktion, sondern mit dem Gehirn und dem ganzen Körper.

Oh, Susanne, dachte sie. *Ich wünschte, ich könnte dich*

küssen und trösten, wie ich es bei Chris nicht konnte, und wie ich es bei Eric nicht konnte.

Ihre Gedanken schweiften ab (und das irritierte sie und machte sie doppelt versessen darauf, an die Schaltung angeschlossen zu sein, wo so etwas Undiszipliniertes nicht vorkam), und sie fragte sich, ob sie sich wohl deshalb so sehr zu Brodersen hingezogen gefühlt hatte, weil seine Mutter eine Stranathan war und er selbst die Familie als Kind oft besucht hatte. Eric Stranathan gehörte zu dieser Familie, Joelles erster und unvergessener Liebhaber, Sohn des Generalkapitäns von Fraser Valley und selbst ein Computermann.

Sie beide, Joelle und Eric, hatten als erste erfahren, daß die Kluft zwischen einem Computermann und einem Holotheten nicht quantitativ, sondern qualitativ bestimmt war. Sie war unüberbrückbar. Aus einem unerfindlichen Grund mußte sie an einen langweiligen Vortrag in einem stickigen Saal bei einer Versammlung in Calgary denken . . . und doch war der Grund klar; an jenem Abend hatte sie ihn kennengelernt.

XXIII

DIE DATENBANK

»Das menschliche Gehirn und daher das gesamte Nervensystem kann in einen Computer von geeigneter Konstruktion integriert werden«, tönte der Sprecher. »Wir haben das Studium der ›Verdrahtung des Kopfes‹ lange hinter uns gelassen. Elektromagnetische Induktion reicht zur Herstellung einer Verbindung aus. Der Computer stellt seine enorme Kapazität hinsichtlich der Speicherung und Verarbeitung von Daten sowie seine Fähigkeit, mathematikologische Operationen in Mikrosekunden oder schneller durchzuführen, zur Verfügung, während das Gehirn, obwohl wesentlich langsamer, seine Kreativität und Flexibilität beisteuert; es schreibt praktisch das Programm ständig neu. Es gibt natürlich Computer, die das selbst können, aber für die meisten Zwecke funktionieren sie nicht annähernd so gut wie die Verbindung von Computer und Mensch, und möglicherweise wird es uns nie gelingen, sie entscheidend zu verbessern. Immerhin enthält das Gehirn Trillionen von Zellen in einer Masse von etwa einem Kilogramm. Überdies gewährt die Verbindung den Menschen direkten Zugang zu etwas, was sie sonst nur indirekt erfahren würden.

Für praktische Zwecke hat eine solche Verbindung zwei Vorteile. (a) Wie schon bemerkt, können die Programme noch während sie ablaufen geändert werden. Früher mußte man sie durchlaufen lassen, die Ergebnisse sorgfältig prüfen und sie zeitraubend neu schreiben, wobei Fehler unterlaufen konnten und man nicht die Garantie hatte, daß die neuen Versionen das waren, was wir am dringendsten brauchten. Wenn die Verbindung zwischen Mensch und Computer erst zur alltäglichen Routine geworden ist, werden wir von diesem Handikap befreit sein. (b) Wie ich schon angedeutet habe, gewinnt der Angeschlossene allein durch seine Erfahrung Einblicke, die er anders nicht hätte erlangen können, und wird dadurch, auch wenn er unabhängig vom Apparat arbeitet, zum fähigeren Wissenschaftler – und zum fähigeren Programmierer.«

Guter Gott! dachte Joelle. *Müssen wir das wirklich ertragen?*

Gewiß, die Konferenz war ein wichtiges politisches und wissenschaftliches Ereignis. Die militärische Geheimhaltung, in der sie aufgewachsen war, wurde gelockert; hier in Calgary konnten die Leute Entwicklungen, die jahrzehntelang geheimgehalten worden waren, frei diskutieren. Während der Eröffnungszeremonien hatte die Öffentlichkeit ein Recht darauf, in allgemeinverständlicher Form informiert zu werden.

Das Dumme war, daß Worte das Gefühl des Angeschlossenseins nicht beschreiben konnten: man erschuf n-dimensionale Räume und die entsprechenden in der Zeit variierenden Krümmungen sowie die ihnen innewohnenden Tensoren. Man erkannte Funktionen und fand Verfahren, die sich früher niemand hätte vorstellen können. Man formte einen Begriff vom Kosmos, merkte, daß er Mängel aufwies, anullierte ihn und ersann einen neuen, dann noch einen, und man sah, was man geschaffen hatte, und, siehe, es war sehr gut. Jedesmal spulte das Gehirn die Zahlen ab, um die Richtigkeit zu prüfen, und man erkannte, wieviel Realität man erfaßte. Es war wie eine wunderbare Offenbarung. Die Christen hoffen, ewig in Gott zu ruhen, die Buddhisten hoffen, im Nirwana eins mit dem All zu werden, an den Computer angeschlossen hofft man, mehr als Genialität zu erreichen – ist der Unterschied wirklich so gewaltig? Ja: der Angeschlossene schafft es schon in diesem Leben. In Tagen, Stunden, Bruchteilen von Sekunden. Nachher begreift er oder sie das Geschehene nie ganz. Auch der Höhepunkt in der Liebe liegt außerhalb der Zeit; aber wir verstehen ihn besser, wenn wir wieder Ruhe haben, als der Angeschlossene versteht, was der Angeschlossene gewußt hat.

Joelle ließ die Blicke wandern. He, war das nicht ein gutaussehender junger Mann ein Dutzend Sitze weiter zu ihrer Rechten? Warum hatte sie ihn nicht schon früher gesehen? Nun, sie nahm selten von anderen Leuten Notiz. Sie war Kriegswaise und seit ihrer frühen Kindheit mit dem bahnbrechenden Holothetik-Programm aufgewachsen, sie war eine Jungfrau, die nicht wußte, was sie mit dem anderen Geschlecht anfangen sollte, die nicht einmal sicher war, ob sie mit ihm überhaupt etwas anfangen wollte –.

»– während die Anschließung an makroskopische Maschinerie sich als nicht kosteneffektiv erwiesen hat, war es bei der Überwachung und Steuerung medizinischer Instrumente anders. Hierzu ist es nicht ausreichend, dem Gehirn Werte wie etwa den jeweiligen Stand eines Voltmessers einzugeben. Ein Spektrum zum Beispiel ist am besten zu betrachten – rational zu begreifen –, wenn der Betrachter es sieht und gleichzeitig die genaue Wellenlänge und Intensität jeder Linie kennt. Durch geeignete maschineneigene und eingegebene Programme ist das heute möglich. Subjektiv ist es, als nähme man die Daten direkt wahr, als seien dem Nervensystem komplette neue Eingabeorgane von einmaliger Leistungsfähigkeit und Empfindlichkeit gewachsen.

Auch anderswo hat man auf diesem Gebiet experimentiert. Die wichtigste Leistung beim Projekt Ithaka (mit dem Joelle aufgewachsen und von dem sie ein Teil war) war, daß man einen Schritt weiterging. Was *bedeuteten* diese Daten und Wahrnehmungen?

Im täglichen Leben betrachten wir die Welt nicht als ein

Durcheinander grober Eindrücke sondern als geordnete Struktur. Dort drüben sehen wir keinen grünen und braunen Farbtupfer, wir sehen einen Baum einer bestimmten Art und in einer bestimmten Entfernung. Obwohl das unbewußt, ja, instinktiv geschieht, denn auch bei Tieren ist es so, kann man doch sagen, daß wir Theorien aufstellen und Weltmodelle entwerfen, in denen unsere direkten Wahrnehmungen einen Sinn ergeben. Natürlich modifizieren wir diese Modelle, wenn es uns vernünftig erscheint. So kommen wir zum Beispiel zu dem Schluß, daß wir gar keinen Baum sehen, sondern ein Stück Tarnung. Oder wir erkennen, daß wir seine Entfernung falsch geschätzt haben, weil die Luft klarer oder diesiger ist als wir zuerst dachten. Im Grunde aber begreifen wir die Welt anhand unserer Modelle und sind in einem objektiven Universum handlungsfähig.

Die Wissenschaft hat uns ständig neue Erkenntnisse vermittelt und uns dadurch gezwungen, unser Modell des Kosmos als eines Ganzen immer wieder zu ändern, bis es Milliarden von Jahren und Lichtjahren umfaßt, in dem es Galaxien, subatomare Teilchen, die Evolution der Lebensformen und vieles andere gibt, das sich unsere Vorfahren nicht träumen ließen. Für die meisten von uns ist dieser Teil des Weltbildes zugegebenermaßen recht abstrakt gewesen, wie unmittelbar auch der Einfluß der dadurch ermöglichten Technologien sein mochte.

Um die Arbeitsmöglichkeiten zu erweitern, begann man beim Projekt Ithaka, an Mitteln zu arbeiten, den an den Computer angeschlossenen Menschen direkt mit Theorie und Daten zu beliefern. Das bedeutete, mehr als einen Stoff ständig oder zeitweilig zu beherrschen. Das muß jeder Angeschlossene tun, um über eine gegebene Aufgabe nachdenken zu können. Und tatsächlich hat das hiesige Turing-Institut hervorragende Ergebnisse erzielt und bahnbrechende Methoden entwickelt, den Computer in die Lage zu versetzen, seinem an ihn angeschlossenen menschlichen Partner das nötige Wissen zu vermitteln. Das Projekt Ithaka hat solche Systeme enorm verbessert, und auch seine zivilen Nachfolgeorganisationen machen weiter Fortschritte. Wir nennen diese Systeme holothetisch.

Die Arbeit hat ein unerwartetes Ergebnis gehabt. Die Holotheten, die Ithaka seit ihrer Kindheit ausgebildet hat und die heute erwachsen sind, haben ihrerseits in der Kunst Fortschritte erzielt. Mehr und mehr beherrschen sie sie auf eine Art, die ich intuitiv nennen muß. Ein Baseballspieler, ein Akrobat oder einfach ein Mensch, der spazierengeht, sie alle lösen ständig komplizierte physikalische Probleme, ohne daß sie bewußt darüber nachdenken. Der Organismus tut selbsttätig das Erforderliche. Analog können wir zum Beispiel individuelle Aminosäuren innerhalb von Proteinmolekülen mit Hilfe von durch Kraftfelder gelenkten Ionen, die von Holotheten gesteuert werden, auf eine Weise manipulieren, wie sie vielleicht nur die *Anderen* Schritt für Schritt nachvollziehen können. Das gilt für jede Menge verschiedener Vorhaben. Direkte Wahrnehmung durch Holothetik führt zu einem Begreifen auf nonverbaler Ebene.

Dies stimmt um so mehr, als unser theoretisches Wissen alles andere als perfekt ist. Heutzutage geschieht es recht häufig, daß ein Holothet spürt, daß die Dinge nicht wie beabsichtigt laufen, daß etwas mit dem Modell nicht stimmt – und intuitiv weiß er, welche Veränderungen zu treffen sind, erkennt er die reale Situation, wie wir es im täglichen Leben selbst so oft tun. Systematische Überprüfung bestätigt anschließend meistens die Richtigkeit der Intuition.

Meine Kollegen werden die verschiedenen Aspekte der holothetischen Verbindung diskutieren. Meine einführenden Worte –«

Als die Langeweile überstanden war und die Zuhörer sich ihren Getränken widmeten, kam Eric zu ihr und stellte sich vor. Sie war auch ihm aufgefallen.

*

In einem Kanu auf dem Louisensee legten sie die Paddel weg und ließen sich treiben. Blau, grün und diamantfarben tanzten die Wellen. Um den See herum über dem Wald ragten Berge in das Schweigen hinauf. Ganz leicht schaukelte das Boot bei jeder ihrer Bewegungen.

Sie tauchte einen Finger in das Wasser und beobachtete, wie

sich kräuselnde Ringe bildeten. »Auch aus Elektroneninterferenzen entsteht Moiré«, sagte sie nachdenklich. »Es ist wunderbar, hier dasselbe festzustellen. Darauf habe ich vorher nie geachtet.« Sie sah ihn an und atmete tief ein. »Danke, daß du mich hergebracht hast.« Ein wenig ängstlich schaute sie woanders hin. »Elektronen bewirken es in drei Dimensionen. Nein, in vier, aber das habe ich nicht wahrgenommen . . . noch nicht.«

Sie hatte schon ähnliche Bemerkungen gemacht, nachdem sie eine Ballettaufführung in Calgary besucht hatten. Bei Kaffee und Brandy hatte sie ihm gesagt, wie *Schwanensee* und *Undine* doch auf erhabene Art Newtonianisch seien, während sie für ihn – wie er sagte – auf erhabene Art sexy waren. Und doch fand er, ein Computermann, genau so viel Methematik wie Melodie in einer Bachwiedergabe und bewunderte mehr als alles andere die gelungenen Perspektiven bei Monet. (Sie dagegen wies ihn auf das Zusammenspiel der Farben hin, worauf er die Ansicht äußerte, daß die Kritiker in den letzten paar hundert Jahren blind gewesen seien.) Heute schien ihn aus irgendeinem Grund eine innere Unruhe erfaßt zu haben.

»Hör zu, Joelle, verlier dich nicht in Abstraktionen – Warte bitte. Laß mich erklären, was ich meine. Gewiß, du und ich arbeiten mit Daten, erstellen Paradigmen, berechnen Resultanten. Gut und schön, interessante Arbeit. Aber was hat das mit dem, was wir hier vorfinden, zu tun? Was hat es in unserem Privatleben zu suchen? Dies hier – er ließ die Hand um den Horizont kreisen – ist wirklich. Alles andere schließen wir nur. Dies hier ist die Welt, in der wir leben.«

Sie sah ihn lange an, und seine Augen glühten. In dieser Nacht wurde sie seine Geliebte.

*

Er Kanadier, sie Amerikanerin, zu einer Zeit, da die Militärregierungen nach den Unruhen paranoid waren, bevor sich ihre Länder zusammenschlossen und der Weltunion beitraten . . . er und sie waren länger als ein Jahr getrennt. Inzwischen entwickelte sich die Holothetik erheblich weiter, von einer simplen Verbesserung der Anschließung zu einer völlig neuen Dimension des Wahrnehmens und Existierens.

Sie empfand deutlich, daß sie sich immer mehr von ihm entfernte, und das tat weh, aber sie konnte ihre Entwicklung so wenig aufhalten wie ein Fötus im Mutterleib die seine. Als er endlich zu Forschungs- und Entwicklungsarbeiten zu ihr an die Universität von Kansas gekommen war, wußte sie, was er lernen mußte, und hatte schon die nötigen Vorkehrungen getroffen.

Als er in ihrem Büro ankam, liebten sie sich. Anschließend bereiteten sie Sandwichs zum Lunch und unterhielten sich. Zuletzt beugte sie sich zu ihm hinüber und küßte ihn zögernd aber zärtlich, fast als wolle sie sich von einem Kind verabschieden. »Gehen wir«, sagte sie. Als sie ihm voran ihrem Labor zustrebte, war ihr Gang von triumphierender Beschwingtheit.

Unten angekommen warnte sie ihn: »Worte sind hier zwecklos. Du mußt die Erfahrung selbst machen. Wir werden uns jetzt näher sein als jemals im Bett. Sehr viel näher.«

Es hatte Berichte über quasi-telepathische Effekte gegeben, wenn ein passiver Angeschlossener in einem holothetischen Schaltkreis nicht nur mit dem Gehirn dieselben Daten und dieselbe Theorie aufnahm wie der aktive, sondern gleichzeitig die von dem letzteren vorgenommenen Bewertungen ›fühlte‹. »Du, äh, du willst meine Einheit zum Sklaven der deinen machen?« erkundigte sich Eric. »Nach dem, was ich in der einschlägigen Literatur darüber gefunden habe, vermittelt das keinen besonders starken und klaren Eindruck.«

»Es findet sich nicht alles in der einschlägigen Literatur. Ich sagte dir schon, daß ich – wir – *ich* mache Fortschritte wie ein Wirbelwind. Ich habe etwas erworben, ich weiß nicht, einen Einblick, fast einen Instinkt, und die Rückkopplung zwischen mir und dem System, die ständige Neuprogrammierung bei jeder Sitzung –« Sie zog ihn am Ärmel. »Komm. Lern es kennen!«

»Was hast du vor?«

Sie runzelte ganz leicht die Stirn. »Das wird zum Teil von dir abhängen, davon, wie du das aufnimmst, was geschieht. Wir fangen mit dir an und mit 707. Denk dich hinein und bleib ganz ruhig. Ich werde dich dann über die Querverbindungen mit mir und meinem Computer gleichschalten. Du bleibst strikt auf Eingabe und hast keinen Zugang zum ausführenden Teil, denn sonst könntest du empfindliche Experimente ruinieren. Du mußt wissen, ich überprüfe sie gelegentlich. Man bittet mich so oft um Hilfe, daß wir ständig zwischen ihnen und meinem System einige Kanäle offenhalten. Genetik in einem Labor direkt hier auf dem Campus; Nuklearphysik beim großen Teilchenbeschleuniger in Minnesota; Kosmologie in Sagan Orbital. Ich hoffe, daß ich dir eine Andeutung über das vermitteln kann, was ich dieser Tage hier tue. Ich werde es wissen, denn ich erhalte auch von dir Daten. Ich werde tatsächlich deine Gedanken lesen. Ja«, sagte sie ihm in seiner Bestürzung. »Ich habe dieses Stadium erreicht.«

»Nachher –« sie legte die Arme um ihn und küßte ihn. »Es muß ein Nachher geben.«

Er erwiderte ihren Kuß, aber sie spürte, daß er merkte, daß ihr Ton nur freundlich gewesen war, und daß sie ihren Wunsch nicht ernstgemeint hatte.

Er ließ sich in dem für ihn bestimmten Sessel nieder, verstellte die Lehne nach hinten und entspannte Muskeln und Glieder, bevor er sich den Helm über den Kopf zog, zurechtrückte und festband. Er legte sich die Kontaktschlaufen um die Handgelenke, fuhr mit den Fingern über die Steuerkonsole und prüfte die Einstellung. Während sie sich ebenfalls anschloß, spürte sie, wie die alte Erregung seinen Ärger vertrieb.

»Aktivieren?« fragte er.

»Es geht los«, antwortete sie.

»Ich liebe dich«, sagte er und betätigte den Hauptschalter.

Danach erfühlte und begriff sie mit einem kleinen Teil ihres Bewußtseins genau, was er tat.

Für kurze Zeit wirbelten Sinne und Intellekt durcheinander, er glaubte, ein scharfes, hohes Pfeifen zu hören. Erinnerungen stiegen aus langer Vergessenheit herauf, als ob er durch die Zeit in seine Kindheit zurückgefallen wäre. Er sah den Teich, in dem er als Knabe geschwommen war, spürte kalt und grün das Moos auf dem Felsen, bemerkte den rüttelnden Habicht und fühlte die rauhe Wolle der Decke, in die er gehüllt war. Dann aber beruhigte sich sein Nervensystem, und er begann, die Maschinerie zu beherrschen. Das Grundprogramm, das er über die Jahre verfeinert und genau auf sich selbst abgestimmt hatte, kam jetzt zum Tragen; Mensch und Computer wurden ein Ganzes.

»Denken«, sagte sie und kannte genau seine Reaktion. Wie sollte er nicht denken. War er doch jetzt ein gewaltigeres Genie als jedes, das die Erde je gesehen hatte.

»Worte sind hier zwecklos«, hat sie mir gesagt.

Sie hatten volle Kenntnis von ihrer Umgebung. Hätten sie es gewollt, hätten sie in ihr die winzigsten Einzelheiten wahrnehmen können, einen Kratzer oder eine Lichtberechnung auf poliertem Metall, das leiseste Zittern der Nadel eines Meßgeräts, kaum hörbares Rauschen der Ventilation und die aus ihr dringende Andeutung eines Ölgeruchs. Aber sie spürte, daß für ihn jetzt nicht einmal sie von Bedeutung war. Er hatte die Wahrnehmung eines ganzen Universums zu bewältigen.

In den nächsten Millisekunden, während er nach einem Problem suchte, das sich anzupacken lohnte, berechnete ein Teil seines Verstandes ein elliptisches Integral auf tausend Dezimalstellen genau. Es war eine angenehme, halb automatische Übung. Die Zahlen reihten sich aneinander wie Ziegel unter den Händen eines Maurers. *Ah,* fiel ihm ein, *die Stabilität der Wirbel der Roten Flecken auf Planeten wie Jupiter, ja, darüber habe ich in Calgary gehört.* Der Gleitzeiger einer Wanduhr hatte sich noch kaum bewegt.

Er legte sich eine Reihe von Daten zurecht, die er zu benötigen glaubte, und schickte einen Befehl. Für ihn war es so, als ob er sich ganz normal eine oder zwei Tatsachen ins Gedächtnis zurückrief, nur, daß es mit meteoritenhafter Geschwindigkeit und größerer Sicherheit ablief, und das, obwohl er die Daten von Hunderte von Kilometern entfernten Speichern abrief. Die Theorie erreichte ihn, Formeln, Quantenwerte, ja, und dann diese kaum lösbare Differentialgleichung; doch halt, er sah einen Ausweg; aber war die Gleichung wirklich plausibel? Konnte er nicht eine Reihe von Relationen erstellen, die die Bedindungen auf einer erkalteten Sonne besser beschrieben –?

Ein eisklares Feuer stieg auf, in dem er sich verlor. Reiner

Verstand ließ ihn trunken werden.

Eric, rief sie: keine Stimme, kein Name, eine Berührung.

Er mußte seine Aufmerksamkeit von Jupiter abwenden, aber er gelobte: Ich werde zurückkommen.

Eric, bist du bereit, mir zu folgen?

Es war keine eigentliche Frage, es war eine Absicht, die er spürte. Es war ganz einfach sie. Mit ungeheurer Geschwindigkeit, so wie Netze von Nervenzellen sich an den Übergangsstellen zusammenschließen, ging sie in ihn über. Die gestaltlosen Wirbel, die man bei geschlossenen Lidern sieht, formten sich nicht zu ihrem Bild; eher erhielt er flüchtige Eindrücke seiner selbst, bevor ihre Gegenwart ihn überflutete. War es ihre Weiblichkeit, die geheimnisvoll in seinen Adern strömte, ein Warten auf das Empfangen, auf die Hingabe, ein Geheiß, das sie nicht beachten wollte, und das doch immer da war? Er wußte es nicht, und vielleicht würde er es nie wissen, denn die Vereinigung war nur partiell. Er hatte nicht gelernt, die Signale, die ihn erreichten, aufzunehmen und zu verstehen, und es gab noch eine Unmenge solcher Signale, die sein Körper nie würde empfangen können. Es war für ihn ein Schmerz, und auch ihr tat es weh.

Eric, auch hier bist du mein erster Mann und wohl auch mein letzter.

Ihre Großhirne, die einander mehr ähnelten als ihr übriger Organismus, griffen ineinander. Joelle hatte Querverbindungen auf dieser Ebene geübt und mit ihren verschiedenen Partnern die Technik so weit entwickelt, daß sie Expertin war. Sekunde um Sekunde wurde ihre Kommunikation mit Eric stärker und klarer. Sie erfolgte nicht direkt, sondern über die Computer, und unvermeidlicherweise waren deren Übersetzungen nicht perfekt. Die Eindrücke waren oft bruchstückhaft und verzerrt, manchmal ein ausgesprochenes Kauderwelsch – plötzliches Auftauchen zufälliger Zahlen, Formen, Lichtblitze, Geräusche und weniger erkennbare Nicht-Symbole, die ihn ohne Joelles ruhige Beständigkeit geängstigt hätten. Was als ihre Gedanken seinen Verstand erreichte, waren mit Sicherheit durch seine erweiterten logischen Fähigkeiten erstellte Rekonstruktionen dessen, was dieser im gegebenen Augenblick für ihre Gedanken hielt. Die Verständigung durch richtige Worte geschah zwischen ihnen wie bei normalen Sterblichen von Lippe zu Ohr. Dennoch begriff er, was sie ihm übermittelte in einer Fülle und Tiefe, die er sich hier, an der Schwelle ihres Universums, nie erträumt hätte.

»Genetik«, sagte sie laut. Einen weiteren Hinweis brauchte er nicht. Sie würde ihn zu den Forschungsarbeiten an jenem Institut hinführen. Wissen erhellte ihn. Die Arbeiten erfolgten auf submolekularer Ebene, es ging um die Grundlagen belebten Seins überhaupt. Sie wurde häufig damit beauftragt, höchst anspruchsvolle Aufgaben zu übernehmen, neue zu ersinnen oder Resultate zu interpretieren. Heute lief das Programm teils automatisch ab, teils stand es auf Abruf, aber ihr war jederzeit der Zugang möglich.

Ihr Gehirn schickte Befehle zum Schließen der entsprechenden Schaltkreise, und sie war an den ganzen Komplex von Instrumenten, Sensoren und Effektoren angeschlossen. Das gesamte Wissen des Menschen um die Chemie des Lebens stand ihr zur Verfügung. Eric begriff, indem er von ihr empfing.

Er erhielt keine Darstellung der Mengen, keine Meßwerte, deren Bedeutung nach langwierigen Berechnungen klar wurde. Das heißt, die Zahlen waren vorhanden, aber praktisch war er sich ihrer fast so wenig bewußt wie seines eigenen Knochengerüsts. Er betrachtete das Problem nicht von außen, um dann Schlüsse zu ziehen, er steckte *darin.*

Es war Sehen, Fühlen, Hören, Sichbewegen, und doch nichts von alledem, denn es ging weit über das hinaus, was ein armseliges menschliches Wesen in seiner Beschränktheit je empfinden oder tun konnte.

Die Zelle lebte. Ein Vibrieren durchlief ihre Membrane wie Farbenspiel, die Zelle war eine irisierende Kugel, die in der komplizierten Flüssigkeit pulsierte, in der sie so köstlich geborgen war, und die gierig Energien aufnahm, die über ständig wechselnde Gefälle auf sie zu stürzten. Grüne Weiten erstreckten sich in goldene Unendlichkeit. Unter jeder Erfüllung, die sich so vollzog, herrschte Frieden. Der Kosmos der Zelle war ein tanzendes Nirwana.

Jetzt durch die Regenbogen nach innen, zum inneren Meer.

Hier gab es Wirbel von . . . Geschmacksempfindungen . . . und hier waltete eine ungeheure Zweckgerichtetheit; in der Zelle arbeitete es für immer weiter, von einem so allumfassenden Gesetz getrieben, daß es Gott der Herr gewesen sein könnte. Organellen trieben vorbei, die zu singen schienen, während sie chemische Teilchen zusammenwoben, damit ein Stoff entstand, der lebte. Als der Grad seines Erkenntnisvermögens feiner wurde, sah Eric sie sich zu gotischen Streben voller Geheimnisse und Musik erheben. Vor ihm wuchs der Zellkern von einer Insel molekularer Wälder zu einer Galaxie zueinander in Konstellation stehender Atome, deren Kraftfelder glänzten wie vom Wind gejagte Sternenwolken.

Er drang in sie ein, er schoß in einer doppelten Spirale nach oben, an Reihen von schrecklichen und völlig harmonischen Labyrinthen vorbei, er war bei Joelle, als sie das Feuer hervorrief und einen Teil des Tempels umformte, der danach nicht weniger schön war, er hatte teil an ihrem Stolz und ihrer Demut, hier im Herzen des Lebens.

Ihre Stimme kam wie von weit und rätselhaft, er hörte sie durch einen Traum. »Folge mir weiter.« Er schoß aus der Zelle heraus, mit Lichtgeschwindigkeit durch Zeit und Raum, über weite Ebenen, die er nicht sah, in die durch einen großen Teilchenbeschleuniger tobenden Stürme. Er wurde eins mit ihnen, ihn ergriff der gleiche vorwärtsstürmende Drang, die gleiche Geschwindigkeit war in ihm, und er raste auf sein Ziel zu, als gelte es, zu einer Geliebten zu eilen.

Diese Welt war von größerer Ausdehnung als die Materie. Er war mehr als ein Komet, er war ein Meson, denn er war gleichzeitig eine Welle, die sich mit Trillionen anderen Wellen vermischte, wie ein Wellenkamm, der die See durchquert, bis er sich noch einmal tosend erhebt und in sonnenüberfluteten Schaum auflöst – obwohl diese Wellen unendlich viel schöner geformt und fließend veränderlich waren. Sie flossen zusammen, um eine Einheit zu bilden, die um eine unerbittliche Stille herum flammten und donnerten. *Bach könnte einiges darüber erzählen,* ging es ihm durch den Sinn, denn er konnte bei allem noch Überlegungen anstellen; das war Teil dieser Herrlichkeit – *aber nur er, und es würde nur wenig sein –*

Das Atom erwartete ihn. Sein Kern, in dem die Energien sich aneinander rieben, war unaussprechlich majestätisch. Er war vor ihm durch elfenhaft funkelnde Elektronenschalen verschleiert. Er stieß hindurch, unzähliche Male von den Kräften liebkost, und vorn leuchtete der Kern auf, der selbst eine ganze Schöpfung in sich selbst war. Er durchdrang seine äußeren Schranken und erlebte verzückte Schauer. Immer wieder sondierte er.

Der Kern barst. Es war kein Unheil, es war eine Entfaltung. Das Atom umfing ihn, gab ihm nach, sein ganzes Sein reagierte auf jede ihrer leisesten Bewegungen. Er kannte sie. Nach außen explodierte strahlende Helle. Die Sterne des Morgens sangen zusammen, und alle Söhne der Götter jauchzten vor Freude.

»Kosmologie«, sagte Joelle, die Allmächtige. Er tastete in der herabstürzenden Dunkelheit umher, um sie zu finden. Sie umschloß ihn, und sie flogen zusammen einen Laserstrahl hinauf, durch Satellitenrelais, zu einem jenseits des Mondes umlaufenden Observatorium.

Ganz kurz sah er die Sterne wie mit eigenen Augen, durch keinen Himmel getrübt. Ihre Vielzahl, stahlblau, frostweiß, golden wie die untergehende Sonne und korallenrot strahlte fast die Nacht aus dem Himmel. Silbern strömte die Milchstraße, Nebel glühten, wo neue Sonnen und Planeten geboren wurden, eine Schwestergalaxie warf ihren schwachen Schimmer über Ginnungagap. Aber sofort war er eins mit dem Instrumentarium, das Raum-Zeit bis zu den fernsten Enden auslotete.

Zuerst gewahrte er optische Spektren. Sie erzählten ihm von Licht, das aus tanzenden und wirbeldnen Gasen erblühte. Sie erzählten ihm von den Verschiebungen in der Masse einer Sonne – ein Körper, der der lebenden Zelle ähnlicher als er es sich früher hätte vorstellen können – und von den Schmelzöfen tief unten, in denen Atome höhere Generationen von Elementen zeugten und raumwärts eilende Photonen dabei der Geburtsschrei waren. Und an diesem brahmanischen Spiel hatte er teil. Als nächstes spürte er einen Sonnenwind, der vorbeifegte. Er witterte seine Kraft, empfand prickelnd seine Schärfe und erkannte die tausendjährige Kompliziertheit seiner

Funktion. Danach widmete er sich Radiospektoren, kosmischen Strahlungsspektoren, Magnetfeldern, Neutrinenflüssen und der Relativistik, die Sternentore gewährte und Reisen durch die Zeit zu ermöglichen schien und die Krümmung des Kontinuums, aus dem das All bestand.

Im Grand Canyon des Colorado kann man Schichten sehen, die eine Milliarde Jahre alt sind, und davor das Bild eines knorrigen Wacholders. So erfährt man etwas über die Erde. Auf diese Weise aber lernte Eric etwas über die Tiefen und die Ordnung in der Raum-Zeit kennen. Der ursprüngliche feurige Ball wurde für ihn wirklicher als die Heftigkeit seiner eigenen Geburt, und die Frage, was diese herbeigeführt hatte, wurde genauso erschreckend. Gleichzeitig erkannte er die Spiralen der Galaxien und das DNA-Molekül mit einer Energie, die nie zu ihm zurückkehren würde, und er sah, wie sie alterte, während sie noch reifte, ebenso wie du und ich; das ewige Gesetz ist unteilbar. Er lebte das Leben der Sterne; wie vielfältig waren die Wellen, aus denen sie gebildet waren, wie stark später die Bindung an eine ganze Existenz. Mitten unter den erdrückenden Massen der Blauen Riesen und Schwarzen Löcher fand er noch Raum, Planeten zu formen, auf denen Kristalle und Pflanzen wachsen konnten. Er schaute das noch Unbekannte – fast alles überwältigend – und er sah, wie sehr Joelle sich danach sehnte, mehr zu erfahren.

*

Aber die ganze Zeit über spürte der beobachtende Teil in ihm, daß, verglichen mit ihr, seine Wahrnehmung trübe war und daß sein Verstand in Fesseln lag. Als sie ihn in seine normale Existenz zurückholte, schrie er laut auf.

*

Sie saßen im Büro. Ihr Schreibtisch trennte sie. Sie hatte die Jalousie hochgezogen und das Fenster geöffnet. Schatten hasteten über das Gras, das Sonnenlicht, das ihnen folgte war hell, aber irgendwie schien die Luft, durch die es fiel, abgekühlt zu sein, die Windstöße hörten sich hohl an, und sie trieben den Geruch feuchter Erde in den Raum, den Geruch des heraufziehenden Herbstes.

Sie sprach so sanft wie möglich. »Bevor du nicht selbst dort gewesen warst, hätten wir uns nicht sinnvoll unterhalten können, nicht wahr, Eric?«

»Wie sinnvoll war denn irgend etwas zwischen uns von Anfang an?« Sein Blick glitt zur leeren Couch hinüber.

Sie seufzte. »Ich wollte, daß es sinnvoll sein sollte.« Ein Lächeln huschte über ihr Gesicht. »Es hat mir Freude gemacht.«

»Nicht mehr? Nur Freude?«

»Ich weiß es nicht. Ich mache mir sehr viel aus dir und aus allem, was ich von dir gelernt habe. Ich bin bis dahin gegangen, wohin ich auch dich führen wollte.«

»Und wie weit bin ich gekommen?«

Sie sah auf ihre Hände, sank hilflos über dem Tisch zusammen und murmelte: »Noch weniger weit als ich schon fürchtete. Es war, als ob man einem Blinden ein Gemälde zeigt. Seine Fingerspitzen geben ihm einen winzigen Eindruck von der Struktur, die dunklen Flächen sind geringfügig wärmer als die hellen – aber oh, wie winzig!«

»Während du auf alles ansprichst, von Quanten bis zu Quasaren«, sagte er heiser.

Sie hob den Kopf und kämpfte gegen ihren gemeinsamen Kummer an. »Nein. Ich stehe erst am Anfang, und natürlich werde ich das Ende nie erreichen. Aber verstehst du denn nicht? Das ist schon das halbe Wunder. Immer mehr zu entdekken. Direkte Erfahrung, so direkt wie das Sehen, das Fühlen, Hunger oder Sex. Erfahrung der wahren Wirklichkeit. Die ganze Welt, die die Menschen kennen, ist davon nur eine flüchtige und zufällige Konsequenz. Jedesmal wenn ich hinausgehe, kenne ich es besser und schlägt es mich stärker in seinen Bann. Wie könnte ich aufhören?«

»Ich nehme nicht an, daß ich es lernen könnte?«

Sie wußte, daß er die Hoffnung aufgegeben hatte. »Nein. Ein Holothet muß so früh anfangen wie ich und darf kaum etwas anderes tun, besonders nicht in jenen frühen Entwicklungsjahren.« Ihre Augen brannten. »Es tut mir leid, Darling. Du bist gut und freundlich . . . wie wünschte ich mir, daß du mir folgen könntest. Wie sehr verdienst du es.«

»Wünschst du dir nicht manchmal, du könntest wieder das werden, was du warst, als wir uns kennenlernten?«

»Du denn?«

Ihm wurde nie ganz klar, was an diesem Tage geschehen war. »Nein«, sagte er. »Aber ich wage es nicht noch einmal zu versuchen. Es könnte zur Sucht führen. Für mich zu Sucht und Wahnsinn. Für dich –« er zuckte die Achseln. »Kennst du den Rubáiyát?«

»Ich habe davon gehört«, sagte sie. »Ich habe keine Gelegenheit gehabt, mich zu bilden.«

Er zitierte:

Oh, wenn die Seele sich dem Staub entwindet
Und nackt den Weg auf in den Himmel findet,
Wär's dann nicht Schande – Schande nicht für ihn,
Wenn ihn der Erdenleib als Krüppel bindet?

Sie nickte. »Der alte Mann sagte die Wahrheit, nicht wahr? Ich habe einmal gelesen, daß Omar Mathematiker und Astronom war. Er muß sehr einsam gewesen sein.«

»Wie du, Joelle?«

»Ich habe ein paar Kollegen, wie du weißt. Sie lernen bei mir –« sie unterbrach sich, lehnte sich über den Tisch und fragte besorgt: »Was ist mit uns beiden? Wir werden zusammenarbeiten. Du bist stark genug, weiterzumachen und deine Arbeit zu erledigen. Davon bin ich überzeugt. Aber unser Privatleben – was wäre für dich das Beste?«

»Oder für dich? Laß uns darüber zuerst sprechen.«

»Ich tue, was du willst, Eric. Ich wäre gern deine Frau; oder auch deine Geliebte. Wie du willst.«

Er schwieg eine Weile und suchte nach Worten – wie sie annahm –, die sie nicht kränken würden. Es kamen keine.

»Du erzählst mir, daß es dir gleich ist, was du für mich bist«, sagte er endlich. »Du bist bereit, mich so gut zu behandeln wie du kannst, weil es dir nicht so wichtig ist.« Er hob die Hand, um ihr die Antwort abzuschneiden. »Oh, kein Zweifel, das Zusammenleben und sogar die Unterhaltung mit mir bereiten dir ein begrenztes Vergnügen. Wenn auch sonst nichts, könnte ich die Zeit ausfüllen, während der du nicht angeschlossen bist . . . bis du mitsamt deinen Kollegen soweit fortgeschritten bist, daß du keine Zeit mehr für Kindereien hast.«

»Ich liebe dich doch«, protestierte sie. Ein paar Tränen lösten sich.

Er seufzte. »Ich glaube dir ja. Es ist nur, daß verglichen mit jener Pracht, die Liebe nicht mehr wichtig ist. Ich liebe die Hunde, die ich früher hielt. Aber – nenn es Stolz, Vorurteil, Sturheit, nenn es, was du willst – ich kann nicht die Rolle eines Hundes spielen.«

Er stand auf. »Bis ich nach Hause gehe, werden wir zweifellos gut zusammenarbeiten. Heute aber will ich mich von meinem Mädchen verabschieden, solange noch etwas von ihr übrig ist.«

Sie streckte die Arme nach ihm aus, und er hielt sie fest, während sie weinte. Aber als sie ihn dann küßte, zitterten ihre Lippen nicht.

»Du solltest dich noch eine Weile an dein Gerät anschließen«, riet er ihr.

»Das werde ich tun«, sagte sie. »Dank dafür, daß du es mir gesagt hast.«

Er ging in den kalten Abendwind hinaus. Sie stand in der Tür und winkte. Er sah es nicht, denn er schaute nicht zurück. Vielleicht wollte er nicht sehen, wie rasch die Tür sich wieder hinter ihr schloß.

XXIV

Die Neuankömmlinge waren an Bord der *Chinook* natürlich hochwillkommen. So war es auch umgekehrt für Weisenberg keine große Überraschung, als Rueda Suárez ihn zu einem Drink einlud. Der Ingenieur erschien zur verabredeten Zeit und hörte die leise Melodie eines Volkslieds aus dem andischen Altiplano. Auf dem Bildschirm sah er eine Seite Verse.

Rueda folgte seinem Blick. »Garcia Lorca«, sagte der Peruaner. »Ich bin froh, daß Ihre Datenbank so gut ausgestattet ist. Meine Favoriten, er, Neruda, Cervantes, alles ist vorhanden, von der Musik ganz abgesehen.«

»Nun, wir haben genau wie Sie eine jahrelange Abwesenheit eingeplant«, antwortete Weisenberg. »Und genau wie Sie hoffen wir, Nichtmenschlichen ein wenig von der Kultur der Menschheit zu zeigen.«

»Jahre . . . in Ihrem Fall, Sir? Sind Sie denn nicht verheiratet?«

»Ja, mit fünf netten Kindern. Aber das jüngste fängt gerade mit dem Studium an, und die anderen sind schon alle selbständig. Sarah war für die Expedition als Versorgungsoffizier vorgemerkt. Als wir dann so überstürzt aufbrechen mußten, wollte ich sie natürlich nicht mitnehmen.« Unter Weisenbergs Lächeln erkannte man eine leise Traurigkeit. »Genau genommen habe ich es ihr gar nicht gesagt – ich habe eine Nachricht hinterlassen und bin einfach verschwunden – man muß sich nämlich in einem schön sicheren Schwarzen Loch verstecken, wenn Sarah wütend wird.«

»Das glaube ich gern. Setzen Sie sich doch. Was darf ich Ihnen anbieten? Ich habe mir von jedem Getränk aus den Vorräten ein wenig abgezapft.«

»Dann nehme ich Scotch, danke sehr. Pur; und Wasser zum Nachspülen.« Rueda schenkte sich das gleiche ein und nahm seinem Gast gegenüber Platz.

»Ich dachte, wir sollten uns ein wenig kennenlernen«, sagte er. »In vierzig Stunden werden wir bei der T-Maschine sein, und Gott allein weiß, was dann geschieht. Selbst wenn Daniels Plan gelingt und wir Beta erreichen, haben wir noch lange und schwere Anstrengungen vor uns. Gelingt er nicht, könnten wir in unmittelbare Lebensgefahr geraten. Wir sollten feststellen, auf welche Weise wir uns auf einander verlassen können . . . und vielleicht haben Sie etwas für mich zu tun. Ich fühle mich so überflüssig, ich mache mir Sorgen, ich trinke zuviel.« Er lächelte bitter. »Frieda könnte mich auf Trab halten, aber sie probiert die anderen Männer aus.«

Weisenberg nahm einen Schluck von dem rauchigen

Getränk. »Können Sie den Skipper nicht um Arbeit bitten?«

»Ich will ihn nicht noch zusätzlich belasten. Außerdem sind Sie unser technischer Experte. Haben Sie nicht einen konkreten Vorschlag, den ich ihm unterbreiten kann? Sie und ich werden uns vielleicht besser verstehen als die meisten andern. Ich hörte, sie waren jahrelang in Peru, wo Sie für Aventureros arbeiteten.«

Weisenberg nickte. »Ich habe in Lima Nukleartechnik studiert. Dazu war auf Demeter keine Möglichkeit. Später nahm ich einen Job bei Ihrer Firma an. Dabei wurde ich dann raumsüchtig. Aber mir gefiel auch die Stadt sehr gut. Sie ist wunderschön, und ich habe dort eine herrliche Zeit verbracht. Ich war dort, als der Vertrag zur Union unterzeichnet wurde!«

»Warum sind Sie denn zurückgekommen – wenn Ihnen meine Frage nichts ausmacht?«

»Oh, hauptsächlich meiner Eltern wegen. Es war nicht leicht, wieder auf dem Boden zu arbeiten, aber als ich dann eine Familie gründete, war ich einigermaßen zufrieden. Als Dan Chehalis aufbaute, fing ich bei ihm an.«

Rueda starrte auf sein Glas, trank und starrte wieder, als sei es ein Orakel. »Der Weltraum«, murmelte er. »Ja, von ihm sind wir alle besessen, nicht wahr? Warum wären wir sonst hier? Mich hat es schon erwischt, als ich noch ein Junge war. Es war an einem kalten und strahlenden Abend in Machu Picchu. Die Sterne über den Inkaruinen waren wie Scharen von Engeln.«

»Oder von *Anderen*«, sagte Weisenberg ebenso leise.

Rueda sah ihn prüfend an. »Gehören Sie auch zu denen, die die *Anderen* für Götter halten?«

»Nein, eigentlich nicht.« Schnell entspann sich eine vertraute Unterhaltung; aber es blieben nur noch vierzig Ruhestunden. »Allerdings habe ich die neo-chassidische Rabbinerschule in Eopolis besucht. Das prägt einen Mann für sein ganzes Leben, auch wenn er den Glauben nicht mehr hat.«

»Nun, ich bin eine Art Katholik, aber ich muß zugeben, daß die Jahre auf Beta mir doch zu denken gegeben haben. Bis dahin hatte ich die Existenz der *Anderen* als sicher angenommen. Aber als die Betaner mit ihren phantastischen Fähigkeiten sich als genauso sterblich und beladen wie wir herausstellten –

für die die *Anderen* in Dunkel gehüllt sind, vor denen sie Ehrfucht haben – ja, das brachte manches in mir durcheinander.« Rueda schnitt eine Grimasse. »Ich war auch politisch konservativ eingestellt. Nun sehe ich aber, daß die Regierung von Dingen infiziert wird, die ich mir nie hätte träumen lassen, und auch dieser Glaube gerät ins Wanken.« Er trank seinen Whisky aus. »Es ist weiterhin möglich, an die Macht, die Weisheit und die Güte der *Anderen* zu glauben. Möge es immer möglich bleiben.«

Er trank einen Schluck Wasser, nahm die Whiskyflasche vom Tisch und hob sie einladend hoch, aber der Ingenieur schüttelte den Kopf. Rueda schenkte sich selbst ein und führte das Glas zum Mund.

»Ich mache keinen Kult aus ihnen«, sagte Weisenberg. »Zum Beispiel glaube ich nicht, daß sie unbemerkt uns und das ganze Universum lenken. Vielleicht tun sie es doch, aber ihre *Stimme* stritt es uns und den Betanern gegenüber ab. So langsam glaube ich nicht mehr so recht an sie, und das wird so bleiben, bis wir direkte Informationen über sie bekommen, was möglicherweise nie der Fall sein wird.«

»Und doch sind sie für Ihre Seele wichtig«, bemerkte Rueda.

Wieder nickte Weisenberg. »Grundsätzliich ja. Besonders wenn ich im Raum den Himmel beobachte. Obwohl es wahrscheinlich keine Götter sind, halte ich es für ausgeschlossen – ich jedenfalls kann es nicht glauben –, daß wir ihnen gleichgültig sind . . . daß sie uns bloß deshalb ihre Tore benutzen lassen, weil wir ihnen nicht zu nahe treten können, daß sie uns aus leuter Freundlichkeit Wege zu neuen Planeten zeigen, so wie ein Mann Brotkrumen an Tauben verfüttert, weil er sie selbst nicht essen will. Nein, offenbar haben sie uns schon bevor Fernández Dávila die Erde verließ genau beobachtet. Können sie seitdem das Interesse an uns verloren haben?«

»Sie halten sich vielleicht woanders auf«, sagte Rueda. »Bedenken Sie doch, daß niemand, auch die Betaner nicht, je eins ihrer Schiffe gesehen hat.«

»Vielleicht machen sie ihre Schiffe unsichtbar. Vielleicht brauchen sie überhaupt keine Schiffe. Es liegt doch kein Sinn darin, daß sie die T-Maschine aufgeben – bedenken Sie den

Aufwand an Energie und Material – und ich bin sicher, daß sie auch uns nicht aufgeben. Vielleicht zeigen sie sich uns nur nicht, weil ihre Anwesenheit uns überwältigen, uns erdrücken würde. Aber, verdammt, sie müssen uns wohlgesonnen sein. Sie müssen an uns interessiert sein!«

»Das Universum ist riesengroß. Es gibt Millionen, vielleicht Milliarden von intelligenten Rassen. Hätten sie überhaupt Zeit für uns?«

»Wenn sie um ich weiß nicht wie viele Sonnen herum T-Maschinen aufstellen können, wissen sie auch, was auf den Planeten geschieht.«

»Wie Gott? Seine Augen sind überall.«

»Oh, die *Anderen* haben kaum unendliche Macht. Allerdings erkennen wir vielleicht nicht den Unterschied.«

Rueda wurde wütend. »Sie tun nicht sehr viel, um uns hier auf unserem Schiff zu helfen, nicht wahr?«

»Ich habe noch nie gehört, daß sie zum Vorteil von Individuen Wunder vollbringen«, gab Weisenberg zu. »Ich habe immer wieder vergeblich versucht zu erraten, welcher Art ihre Beziehungen zu uns sind, wie ihre Sorge um uns zum Ausdruck kommt. Aber ich bin zutiefst davon überzeugt, daß sie an uns interessiert sind – daß die *Stimme* nicht log, als sie sagte, daß sie uns lieben.«

*

Es war an der Zeit, die nächste Mahlzeit vorzubereiten. Auf dem Weg zur Küche betrat Caitlin den Gemeinschaftsraum und blieb stehen. Der Fremde . . . der Betaner . . . Fidelio stand oder saß oder hockte oder schwebte vor einem der großen Sichtschirme. Die Innenbeleuchtung ließ den Himmel für ihre Augen dunkler erscheinen, aber über seinen Kopf hinweg erkannte sie die Milchstraße. Er war allein.

»Oh«, platzte sie heraus. »Ich wünsche dir einen guten Tag.« Obwohl er sich nicht umschaute, sagte er heiser und pfeifend: »Buenas dias, Sefreiora Mulryan.«

Auch Caitlin sprach jetzt spanisch. »Du erkennst mich also schon, ohne mich überhaupt zu sehen?«

»Meine Rasse hat ein schärferes Gehör als eure.« Ohne Übung war schon ein gutes Gehör nötig, um Fidelios Worten zu folgen. Er sprach fließend und grammatisch korrekt. Es war nur, daß die Natur ihn nicht dazu bestimmt hatte, Laute dieser Art zu äußern. Als ob ihm einfiel, daß er wohl ein wenig zu knapp geantwortet hatte, sagte er: »Jedes Individuum hat eine bestimmte Ausdünstung. Ihr seid anders entwickelt, so daß ihr es nicht bemerken könnt. Dafür könnt ihr in der Luft weiter sehen als ich, und ich kann nur hilflos euren hochempfindlichen Tastsinn bewundern.« Mit einer einzigen fließenden Bewegung drehte er sich um – das Licht ließ sein Fell glänzen – und wandte sich ihr zu.

Sie ging auf ihn zu und blieb vor ihm stehen. »Ich mag deinen Geruch«, sagte sie. »Er erinnert mich an mein Heimatland, wo ich als Kind an der See spielte und die Brandung den Kies zermahlte wie mit Mühlsteinen . . . und ich bin immer noch ein träumendes Kind am Meeresufer, das ein Märchenland in den Wolken sieht . . . Entschuldigung, das könntest du nicht verstehen.«

»Vielleicht doch. Auch mein Volk hat seine Mythen und Phantome, und besonders bei den Jungen ist das stark ausgeprägt.«

Sie legte die Hände auf die Pfoten mit den Krallen und Schwimmhäuten, denn seine Hände hielt er nach hinten, und sagte fröhlich: »Davon war ich überzeugt, aber ich wußte nicht, daß du so viel über uns weißt. Du hast sogar das Wort ›Märchenland‹ verstanden!«

»Ich habe viel mit anderen denkenden Arten zu tun gehabt. Das hilft mir beim Verständnis dessen, was für eure Art von Wichtigkeit ist.« Er sah sie aus seinen tiefblauen Augen an. »Ich gebe zu, daß ich überrascht bin, daß du mich sofort verstanden hast. Mein Akzent ist doch für jeden, der nicht von der *Emissary* kommt, sehr schwer verständlich.«

Caitlin ließ ihn los und zuckte die Achseln. »Nun, ich sammle Lieder in verschiedenen Sprachen.«

Die große braune Gestalt richtete sich auf, und seine Schnurrhaare zitterten. »Heißt das, daß du selbst singst? Und keine formale Musik, wie sie die Leute von der Expedition mir vorspielten, sondern gewöhnliche?«

»Wieso? Haben die denn nie gesungen?«

»Ja, hin und wieder, aber –« Fidelio zögerte. »Ich bemerkte doch, daß meine Rasse sehr empfindliche Ohren hat.«

Caitlin grinste. »Ich verstehe schon, was du so taktvoll sagen willst. Wenn du dich nach den Aufnahmen, die du gehört hast, für unsere Musik interessierst – ich bin zwar keine besonders gute Sängerin, aber –«

»Guten Tag«, sagte eine neue Stimme.

Fidelio brauchte nicht zu sehen, wer sprach. Caitlin aber. Joelle Ky stand im Haupteingang.

»Oh, guten Tag, Sefreiora!« beeilte sich Caitlin, die andere zu begrüßen. »Kann ich etwas für Sie tun?«

»Nein, ich kam nur zufällig vorbei.« Die Holothetin hielt ihre magere Figur so straff, wie ihre Stimme streng klang.

»Wir haben uns ein wenig unterhalten –«

»Dies ist das erste Mitlgied der Besatzung,mit dem ich mich frei unterhalten kann«, erklärte Fidelio.

»Wollen Sie uns nicht Gesellschaft leisten, Dr. Ky?« fragte Caitlin ängstlich.

»Nein«, sagte die andere Frau, und auch ihr Gesicht war wie gefroren. »Was könnte ich zur Unterhaltung beitragen? Machen Sie nur weiter, Sefreiorita Mulryan. Das Essen kann warten. Es ist zweifellos wichtiger, Fidelios Wissen über . . . die Menschheit zu erweitern.« Sie schritt hinaus.

Caitlin starrte auf den Fleck, an dem sie gestanden hatte. Des Betaners Frage lenkte ihre Aufmerksamkeit wieder auf ihn: »Gibt es Konflikte zwischen euch beiden?«

»Nein. Ich habe nie – das heißt –« Caitlin holte Atem. »Schließlich kennen wir uns kaum, sie und ich. Natürlich hatte ich von ihr gehört. Ich bewunderte sie und hoffte –« Halb seufzte und halb erschauerte sie, dann nahm sie sich zusammen. »Ein Konflikt ist jedenfalls möglich«, gab sie zu. »Captain Brodersen hat mir einiges erzählt. Vielleicht verübelt sie es mir, daß wir einander so nahestehen. Aber ich bin sicher, daß diese Dinge dir völlig fremd sind.«

Zuckte Fidelio wie in Abwehr zurück? »Hast du nicht verstanden? Wir wollen, daß diese Dinge uns *nicht* mehr fremd sind.«

»Nun, ja –« stotterte Caitlin. »Ich nehme an – ich habe gehört – es ist so überaus seltsam, aber –« In ihren Augen glänzten Tränen, doch sie blieben unter den Wimpern verborgen. »Was, wie ihr hofft, euch die Liebe eröffnen soll, wird nur zu Haß und Furcht führen. Oh, du armes, liebes Wesen.«

Sie faßte sich. »Wir gehen etwas Besserem entgegen. Dafür wird Dan Brodersen sorgen. Inzwischen wäre es gut, wenn du außer den wenigen Menschen, die auf eurem Planeten waren, noch andere kennenlernen würdest. Es gibt bei uns viele verschiedene Charaktere. Gewiß können einige von uns dir helfen. Und wenn wir uns näher kennerlernen, denken wir nicht mehr so viel an unseren Verlust und an die verzweifelten Aktionen, die uns in wenigen Tagen bevorstehen.« Wieder faßte sie ihn an, aber diesmal ergriff sie seine Hände, die er ihr entgegengestreckt hatte. »Laß mich dich führen. Ich kann dir die Dinge deuten und gelegentliche Zusammenkünfte arrangieren. Ich werde versuchen, alle ein wenig aufzuheitern. Das haben wir wirklich nötig.«

»Vielen Dank«, erwiderte er. »Du bist sehr freundlich.«

Immer stand er noch gebeugt da, und seine Worte kamen mechanisch. Caitlin beobachtete ihn genau vor dem Hintergrund der mitleidlosen Sterne. »Einen Augenblick warst du glücklich«, murmelte sie zuletzt, »aber das ist vorüber.«

Er machte ein Geräusch, das ein Seufzer sein konnte. »Es ist nichts, bei dem du mir helfen könntest, Señorita. Und wenn wir wieder frei sind, wird es rasch geheilt werden.«

»Darf ich fragen, um was es sich handelt?«

»Ich bin Holothet wie Joelle Ky, und ich war schon lange nicht mehr im . . . Zustand des geistigen Austauschs. Du weißt, wie wichtig das für uns ist, wenigstens für unser Wohlbefinden.« Fidelio hob den Kopf. »Aber was soll's. Es ist für mich nicht schlimmer als für sie.«

»Aber du bist unter Fremden!« rief Caitlin. »Wir haben die Ausrüstung an Bord, aber sie ist nicht für dich geeignet, nicht wahr? Oh, wie elend mußt du dich fühlen!«

Sie warf sich an den massigen braunen Körper und umarmte ihn. Scheu erwiderte Fidelio ihre Berührung.

»Hör zu, Fidelio«, sagte sie, als sie sich losließen, »du hast den Geist, zu erkennen, daß Grübeln sinnlos ist. Vergiß deine Sorgen ein wenig. Du hast auch nicht an sie gedacht, als wir unterbrochen wurden. Wo waren wir stehengeblieben? Ach, ja, bei der Musik. Du möchtest gern unsere Lieder hören, und ich wäre überglücklich, wenn ich auch eure hören könnte.« Dann hastig: »Jetzt muß ich aber das Essen bereiten, aber ich sehe keinen Grund, warum wir dabei nicht singen können.«

Er bewegte sich, richtete sich auf. In seiner Stimme war wieder Leben. »Ja, laß uns das tun. Könnte ich dir bei der Arbeit helfen?«

Zum ersten Mal, seit sie das Rad verlassen hatten, lachte sie.

»Was ist?« fragte er.

»Oh . . . danke . . . du könntest vielleicht einige Sachen tragen. Aber ich erinnerte mich gerade an eine primitive Hütte in Irland. Und da habe ich mir dich mit einem Geschirrtuch an der Küchenspüle vorgestellt.«

Als ob ein Gewicht von ihr genommen wäre, tänzelte sie zur Küche hinüber und gab ihm auf dem Weg schon gleich Unterricht.

La cucaracha, la cucaracha,
Ya no quiere caminar –

*

»Ah.« Frieda vom Moltkes Atem war heiß und roch nach Moschus. »Das war gut. Du bist sehr gut.«

Martti Leino öffnete die Augen und sah das runde, breitnasige Gesicht mit den vollen Lippen unter sich. Er war nicht groß; sie war es aber. Lange hatte sie ihn geküßt, bis es in ihr aufstieg. Da brüllte sie los, und es war, als ritte er auf einem Erdbeben. Ihre Arme und Schenkel hielten ihn noch umklammert. Schweißnasse Strähnen ihres blonden Haars klebten ihr an der Stirn und im rosigen Gesicht; er fühlte die gleiche Feuchtigkeit am Bauch.

»Du auch«, sagte er. »Ich hatte viel Spaß, und den brauchte ich auch mal. Vielen Dank.«

Sie lachte. »Wir sind noch nicht fertig, mein Freund. Aber

wie wär's erstmal mit einem Bier? Und stört es dich, wenn ich rauche?«

»Nein. Ich rauche zwar selbst nicht, aber bitte.« Er rollte von ihr runter und lehnte sich gegen sein Kissen am Kopfbrett. Ihre Füße klatschten auf das Deck. Sie war schwer: nicht fett, abgesehen von den gewaltigen Brüsten, aber kräftig. Auf dem Weg durch ihre Kabine nahm sie eine Zigarre aus der Schachtel – auf dem Schiff war für eine Reihe von kleinen Lastern vorgesorgt – und steckte sie zwischen die Zähne, bevor sie sich mit den Flaschen beschäftigte.

Als sie zurückkam, blieb sie vor dem Bett stehen. Sie sah ihn nachdenklich an. »Martti«, fragte sie, »warum machtest du denn die Augen zu, als wir anfingen?«

Er rückte von ihr ab. »Angewohnheit«, murmelte er.

»Das glaube ich nicht. Wenn du gewollt hättest, hätten wir das Licht ausschalten könnn. Du hast alle Sinne gebraucht bis – Wolltest du so tun, als sei ich jemand anders?«

»Bitte!«

»Oh, das hätte mich nicht beleidigt. Wir lieben uns ja nicht. Ich will auch nicht in dich dringen. Ich bin nur neugierig.«

Er schwieg. Sie reichte ihm eine Flasche, an der von der Kälte das Wasser perlte, und zündete ihren Tabak an. Beißender Rauch stieg auf. Sie setzte sich neben ihn auf das Bett, wobei sie sich an ihn schmiegte.

»Ich glaube, ich kann dich gut leiden, Martti«, sagte sie. Dann spitzbübisch: »Verglichen mit deinen Schiffsgenossen schneidest du gut ab. Stefan Dozsa ist nett aber – zu hastig? Vielleicht nicht sehr vielversprechend. Ich weiß nicht, ob ich die andern beiden überhaupt schaffe. Weisenberg ist durch und durch der treue Ehemann, wenn wir uns unterhalten, und Brodersen hat eine Geliebte, die viel hübscher ist als ich.«

Leino starrte finster vor sich hin. »Das hat er.«

Wieder wurde Friedas Blick nachdenklich. »Sie ist eine reizende Person. Und so begabt. Während sie bei mir Maß nahm, um mir vernünftige Kleidung zu nähen, sang sie ein paar von ihren eigenen Liedern. Und sie kann hervorragend kochen. Auch sonst macht sie ihre Arbeit als Versorgungsoffzier gut. Was kann man mehr verlangen?«

»Ich kann es nicht sagen.« Leino sprach schnell. »Ich kenne sie nicht lange. Ja, sie ist schon ein Mädchen.« Plötzlich fuhr er herum und sah sie an. »Erzähl mir etwas über dich, Frieda. Wir haben alle fast nur über die Betaner und die Politik auf der Erde und ähnliche Dinge geredet. Jetzt haben wir kaum noch Zeit, bevor – nun, was hast du in deinem Leben gemacht?«

Der Waffenoffizier zuckte die Achseln und blies einen Rauchring in die Luft. »Ich bin herumgekommen.«

»Erzähl doch.«

»Dann mußt du mir auch deine Geschichte erzählen.«

»Da gibt es nicht viel zu sagen«, sagte Leino. »Ich bin noch ein junger Kerl – ich merke jetzt erst, wie jung –, du hast mehr erlebt.«

Sie nahm Flasche und Zigarre in die rechte Hand, damit sie ihm mit der linken durchs Haar fahren konnte. »Du bist ganz schön schlau,Martti.«

Dann lehnte sie sich bequem ins Kissen zurück: »Wenn du willst, berichte ich in Umrissen. Ich wurde vor dreißig Jahren in Ostpreußen geboren, wenn es für mich jetzt auch achtunddreißig gewesen sind. Meine Familie war nicht reich, aber wir haben uns über die Jahrhunderte hinweg daran erinnert, daß wir früher Junker waren, und später stellten wir Offiziere für das Sowjetische Reich, und als es auseinanderbrach – ach, das Herrenhaus, das unseren Vorfahren gehörte, konnten wir von unserer Wohnung aus sehen. Während der Unruhen gehörte mein Vater zu den Guerilleros. Ich schloß mich der Freiheitsjugend an. Wir mußten nie kämpfen, aber wir hielten uns bereit. Zuletzt nahm ich mir ein Wanderjahr, bevor ich in das Friedenskommando eintrat. Dort erhielt ich eine Raumfahrerausbildung. Als die *Emissary* Leute rekrutierte, meldete ich mich und wurde angenommen.«

»Du bist nicht gerade ein häuslicher Typ«, meinte Leino.

Leise Wehmut schlich sich in ihre Züge. »Ich würde gern heiraten, meine Empfängnisfähigkeit wiederherstellen lassen und Kinder bekommen, solange meine Eltern noch jung genug sind, das Großelterndasein zu genießen. Wenn sie überhaupt noch leben . . . und auch wir gehen vielleicht dem Tod entgegen.«

»Ja, es ist schwer, nur hilflos warten zu können, nicht wahr?«

»Oh, das ist das übliche Schicksal der Menschen. Man wartet auf medizinische Laborbefunde, auf das Urteil einer Jury, darauf, wo die nächste Granate wohl einschlägt oder – sonst was.« Frieda sog an ihrer Zigarre, daß das Ende rot wurde wie Aldebaran. »Was an unserer Situation so schrecklich ist: wir sind vielleicht die letzte Chance der Menschheit, wirklich die Sterne zu erreichen. Unsere Feinde werden es nicht dabei bewenden lassen, uns auszulöschen, uns spurlos verschwinden zu lassen. Sie werden fürchten, daß die Betaner kommen könnten oder sonst jemand, und aus diesem Grunde wollen sie die Macht übernehmen. Dann können sie ganz offen Waffen bei den T-Maschinen um Sonne und Phöbus aufstellen und ihr Eremitenreich aufrechterhalten. Das wäre nur allzu leicht möglich. Mein Volk erinnert sich noch gut an die Sowjets.«

»Wenn die *Anderen* sich nicht einmischen«, sagte Leino. »Ist das denn nur eine Wunschvorstellung? Habt ihr von der *Emissary* denn nicht die geringsten Anhaltspunkte gefunden?«

Friedas Gesichtsausdruck gewann an Schärfe. »Nein. Welches Zeichen außer der *Stimme* haben die *Anderen* uns denn je gegeben . . . oder den Betanern, oder irgendeiner der Rassen, die den Betanern bekannt sind?« Sie trank ihre Flasche aus, ließ sie polternd auf das Deck fallen und schlug sich mit der Faust auf das Knie. »Martti, ich denke nicht gerne über die *Anderen* nach. Das haben wir schon acht Jahre lang getan. Sie lassen die Betaner so wenig los wie Christus Europa losgelassen hat – oh, ich fühlte es, als ich anfing, ihre Sprache zu lernen und bei unseren Forschungsarbeiten mithalf. Ich konnte es spüren. Ich sagte doch, daß ich aus einem Land komme, in dem es von Träumen und Alpträumen, an die man sich erinnert, nur so wimmelt.« Heftig: »Vergiß diese verdammten *Anderen*! Wir zwingen unser eigenes Schicksal!«

»Nun, ja, vielleicht.« Er hatte die Stimme gesenkt. »Ich habe es selbst überlegt. Ich bin Christ – leider kein sehr guter – Und das läßt mich darüber nachdenken, welchen Einfluß sie auf uns haben. Oh, sie sind zweifellos nichts anderes als eine Spezies, die uns in Wissenschaft und Technologie voraus ist. Ich nehme an, daß ihr Gehirn dem unseren überlegen ist, aber zählt denn der Verstand wirklich so viel? Ich wäre nicht überrascht, wenn unsere Holotheten genauso intelligent sind wie sie; vielleicht sogar intelligenter. Wenn es Engel sind, und unser Pastor in meiner Heimatstadt hält das für möglich, oder wenn sie ganz einfach von der Erbsünde frei sind, warum haben sie dann zugelassen, daß die Unruhen sich ereigneten? Und die Ketzereien und die wilden Kulte, die sich um sie ranken? Könnten es tatsächlich Verdammte sein oder richtige Dämonen? Ich weiß es nicht. Ich weiß es einfach nicht.«

Überrascht sagte Frieda: »Laß uns nicht mehr über Religion reden.« Sie schwieg eine oder zwei Minuten. »Darf ich Musik drücken, Martti? Ich möchte gerne Beethoven hören – die Erste Symphonie, als er noch froh und glücklich von Haydn und Mozart lernte. Ich will etwas Frohes hören.«

»Gern«, sagte Leino und streichelte sie.

Inmitten schwingender Harmonien kam sie zu ihm zurück. Sie legte die Zigarre weg und drückte ihn an sich. »Dies ist auch ausgezeichnete Hintergrundmusik beim Bumsen«, sagte sie.

»Ach, warte«, sagte er unschlüssig. »Ich brauche jetzt Ruhe.«

Sie streckte die Hände nach ihm aus. »Ich bin sicher, daß du mehr schaffst, als dir je eine Frau gezeigt hat.« Pause; Berechnung; dann ein Stich: »Caitlin Mulryan kann es genauso gut, oder ich sollte mich sehr geirrt haben.« Sie sah ihn zusammenzucken. »Mach dir nichts draus. Ein Scherz. Du bist ein lieber, netter Kerl. Laß uns die kurze Zeit genießen, bevor wir das Tor erreichen.«

Wieder schloß er die Augen.

XXV

Heute wehrte sich Ira Quick gegen Torontos Winter, indem er eine Aufzeichnung über seinen Riesenbildschirm laufen ließ, die das Münster in York zeigte. Es waren keine statischen Aufnahmen, sondern ein Film, bei dem die Kamera langsam am feinen Filigran der Fassaden entlangfuhr und dann die hochaufstrebenden, komplizierten Bogen dieser schönsten aller mittelalterlichen Kirchen zeigte. Kaum hörbar, und doch nichts von ihrer Macht einbüßend, waren die dem Film unterlegten gregorianischen Gesänge eingestellt. Der Anblick war eine lebendige Erinnerung daran, welcher Leistungen der erdgebundene Mensch fähig gewesen war: Ein Erbe, das jetzt durch Un-Menschlichkeit bedroht war. Das Geschaute bestärkte ihn in seiner Entschlossenheit.

Simeon Iljitsch Makarow, Premierminister von Großrußland, saß ihm gegenüber am Schreibtisch. Er war auf Quicks dringliches Ersuchen inkognito hergeflogen. »Sie sind das mächtigste Mitglied unserer Gruppe«, hatte der Nordamerikaner gesagt, »und wir beide sind die entschlossensten. Wir stehen vor einer Krise. Es tut mir leid, aber wir müssen uns besprechen und dann entscheiden. Ich kann am Telefon nicht deutlicher werden, Zerhacker hin, Zerhacker her. Und zu Ihnen kann ich nicht kommen. Zur Zeit kann ich nur hier in meinem Büro alle wichtigen Mitteilungen empfangen.«

Bei seiner Ankunft steckte sich Makarow sofort eine seiner grauenhaften Zigaretten an, zog tief den Rauch ein und wollte in stark akzentgefärbtem Spanisch wissen: »Nun, was haben Sie zu berichten?« Er war ein stämmiger Mann mit einem Walroßbart, schütterem grauen Haar und unmodischer zerknitterter Kleidung. Als Überlebender der Kämpfe in den Bürgerkriegen, die sein Land geteilt hatten, war seine ganze Existenz seither der Wiedervereinigung der Landesteile gewidmet.

»Nichts, was Sie nicht schon wüßten. Sie haben ja gehört, daß die *Chinook* sich der T-Maschine nähert und in drei Stunden ankommen muß. Deshalb muß ich hier bleiben. Falls Unvorhergesehenes geschieht, muß jemand in der Lage sein, neue Befehle zu erteilen.« Quick schlug mit der flachen Hand auf den Tisch. »Verdammt! Die Übermittlungszeit beträgt mehr als zwanzig Minuten!«

»Ja, unsere Gruppe ist übereingekommen, daß Sie in Ihrer Position am besten die Verantwortung übernehmen können. Warum soll ich sie plötzlich mit Ihnen teilen?«

»Sie teilen sie ohnehin, Sefreior Makarow.« Quick runzelte die Stirn. »Es gibt eine neue Entwicklung. Hoffentlich nichts Wichtiges. Ich erfuhr darüber, als Sie unterwegs waren. Man hält mich persönlich informiert über das San-Geronimo-Rad. Die

Tatsache, daß dort angeblich eines meiner Lieblingsforschungsprojekte läuft, genügt dafür als Vorwand. Troxell übermittelt per Laser natürlich keine Einzelheiten. Aber er soll in regelmäßigen Abständen signalisieren, daß alles in Ordnung ist. Dieses Signal ist überfällig.«

»Das könnte schlimm sein.«

»Es könnte auch reine Nachlässigkeit sein. Er ist nicht mehr pünktlich. Die Isolierung, die ständige Anspannung machen ihm und seinen Leuten zu schaffen. Ich denke nicht, daß ich sofort rückfragen sollte – das wäre zu auffällig, würde mich zu besorgt wirken lassen – gerade jetzt, wo die *Chinook* meine ganze Aufmerksamkeit in Anspruch nimmt.« Quick machte eine Pause, bevor er gewichtig hinzufügte: »Jedoch ergibt eine Analyse der Radardaten, daß das Schiff ein höchst seltsames und unwirtschaftliches Beschleunigungsmuster wählte, um auf den von uns geforderten Kurs zu gelangen. Das hatte zur Folge, daß es sich – unter Berücksichtigung der astronomischen Entfernung und der elektromagnetischen Abschirmung – stundenlang im Radarschatten des Rades befand.«

Makarow ächzte als hätte man ihm einen Schlag versetzt. »Warum haben Sie uns anderen das nicht sofort mitgeteilt?«

Quick seufzte. »Ich habe es erst kürzlich festgestellt. Bitte verstehen Sie, Sir, wir, ich *muß* behutsam vorgehen. Wie die Dinge liegen, sind schon zu viele Leute mit dieser Angelegenheit befaßt. Wenn ich auf der Grundlage höchster Priorität Informationen erbitte, wird man überlegen warum. Lege ich besonderen Wert auf die Beantwortung einer bestimmten Frage, wird man weitere Überlegungen anstellen.«

»Hmmmh! In Großrußland habe ich die Dinge besser organisiert.«

»Das ist einer der Hauptgründe, warum Sie für uns so wertvoll sind und unseren Bemühungen so kritisch gegenüberstehen.« *Du barbarischer Tyrann.*

»Wie viele Informationen genau sind denn durchgesickert, welcher Art und an wen?«

Quick spreizte die Hände. »Das ›genau‹ zu sagen, ist eine unmögliche Forderung. Ich habe es, wie schon gesagt, nicht mit einer Handvoll disziplinierter Leute, wie Ihre es sind, zu tun, deren Schweigen garantiert ist. Ich habe mein Bestes getan, Sie auf dem Laufenden zu halten, soweit ich den Ereignissen selbst noch folgen kann.«

»Ja, meine Aufmerksamkeit wird allerdings noch von verschiedenen anderen Angelegenheiten in Anspruch genommen. Fassen Sie doch einmal zusammen, und erzählen Sie mir, ob Sie schon bestimmte Einzelheiten beschrieben haben oder nicht.«

Spielt er mit mir? Oder ist er bei all seiner Bauernschläue im Grunde ein Dummkopf? Dafür brauche ich ihn heute wirklich nicht . . . Ich brauche ihn. Ich muß höflich bleiben. Vielleicht in einigen Jahren –. Quick ordnete im Geist die Fakten und begann seinen Bericht:

»Unsere ursprüngliche Gruppe kennt natürlich die gesamte Geschichte. Das schließt auch die Untegebenen ein, für die wir uns gemeinsam entschieden haben.« Zu ihnen gehörte die gesamte Mannschaft der *Lomonossow,* die meisten frisch abkommandiert. Dieses Wachschiff war vorausgeschickt worden, um bei der phöbischen T-Maschine die Ankunft der *Chinook* abzuwarten. Die Besatzung bestand zum größten Teil aus Makarows Veteranen, die nach den Kriegen zur Raumfahrt gegangen waren, ihrem alten Führer aber immer noch ergeben waren, die übrigen waren Quicks eigene, technisch ausgebildete, getarnte Agenten. Quick hatte die Geschwindigkeit bewundern müssen, mit der Makarow das alles auf seine Bitten hin arrangierte. Die Astronautische Kontrollmission war dankbar gewesen, daß die Anordnungen in ihrem Sinne so schnell getroffen werden konnten. So war es nicht nötig, die *Bohr* von ihrer Station abzuziehen, um das Fahrzeug mit den Gesuchten in die Haft zu begleiten.

»Ich ließ die Besatzung der *Dyson* durch ein Psychologenteam befragen. Der Vorwand, den die Psychologen mir auch abnahmen, war, daß ich herausfinden wollte, wie Raumfahrer in gewissen Situationen reagieren. Anscheinend ahnt keiner von ihnen die Wahrheit, obwohl sie sich über den Zwischenfall Gedanken machen. Das ist nach meiner Ansicht kein ernstes Problem.« Die *Dyson* war das Wachschiff am Sonnentor, als die *Emissary* ins phöbische System zurückkehrte. Quick wünschte sich fast, es gäbe einen Gott, dem er dafür danken könnte, daß Tom Archer, der Kommandant des Wachschiffs *Faraday* am anderen Ende des Tores, nicht nur gescheit sondern auch loyal war. Er hatte einen Lotsenfisch geschickt und die *Dyson* gebeten, durchzukommen, um Nothilfe zu leisten. Dann hatte er die *Emissary* in die entgegengesetzte Richtung geleitet. Als er am Ausgang des Sonnensystems, wie er gehofft hatte, niemanden vorfand, führte er das beschlagnahmte Schiff sofort auf sichere Distanz und setzte sich mit Quick in Verbindung. Bis die *Dyson* zurückkam, hatte der Minister für den verblüfften Kapitän schon eine Botschaft präpariert – er entschuldigte sich, es sei plötzlich notwendig geworden, eine gewisse Fracht unter Geheimhaltung zu transportieren, es handele sich um ein Unternehmen, über das extremistische Elemente auf der Erde oder auf Demeter nichts erfahren dürften.

»Mit der *Faraday* haben wir es wesentlich schwieriger, aber das brauche ich wohl nicht zu wiederholen.« Archer und sein Erster Offizier waren zwar auf seine Sache eingeschworen, aber es war nicht möglich gewesen, die übrige Mannschaft entsprechend auszusuchen. Die Leute waren natürlich über die Rückkehr der *Emissary* begeistert gewesen, und es hatte ihnen überhaupt nicht gefallen, daß sie nicht lediglich vorsichtshalber in Quarantäne genommen wurde, sondern so behandelt wurde, als sei sie ein feindliches Schiff. Nach Beratung mit seinen Offizieren teilte der Captain der Besatzung etwa Folgendes mit: »Es hat sich herausgestellt, daß sie tatsächlich etwas Gefährliches mitgebracht hat – vielleicht auch nicht, aber die Regierung will erst gründliche und vorsichtige Ermittlungen anstellen und will in der Zwischenzeit eine öffentliche Hysterie vermeiden. Damit hundertprozentig gewährleistet ist, daß strikte Geheimhaltung gewahrt bleibt, hat man uns mit einem wissenschaftlichen Auftrag nach Hades geschickt.« Die schnellen und wendigen Wachschiffe wurden in der Tat oft als Forschungsschiffe verwendet; und die Welt ganz am äußersten Ende des phöbischen Systems wies wirklich einige interessante Charakteristiken auf, über die die Planetologen gern mehr erfahren würden. »Ja, das wird Sie noch eine Zeitlang von Ihren Familien und Freunden fernhalten, die Sie schon bald wiederzusehen hofften, aber Befehl ist Befehl. Sie werden alle benachrichtigt, daß es uns gutgeht. Und denken Sie daran, daß wir für diesen Sonderauftrag auch ein fettes Sonderhonorar einstreichen werden.« – Die *Faraday* würde nicht ewig dort draußen bleiben.

»Troxell und seine Agenten sind vielleicht das größere Risiko«, fuhr Quick fort. »Wie sorgfältig wir sie auch ausgewählt haben, sie sind viele Wochen lang verdammt überzeugungskräftigen prostellaren Argumenten ausgesetzt gewesen. Wenn auch nur einer oder zwei von ihnen bekehrt sein sollten . . . sobald sie den Fuß wieder auf die Erde setzen, könnten sie uns ruinieren.

Über diese Leute müssen wir uns ganz offensichtlich Sorgen machen. Aber es gibt andere, bei denen das nicht ganz so offensichtlich ist. Das reicht über die ganze Skala von meinem Assistenten Chauveau oder Zo Palamas etwa, denen ich gesteckt habe, daß auf Demeter eine Rebellion zu befürchten ist, bis zu Technikern in Raumstationen, die wir baten, die *Chinook* zu orten und ihr den Befehl zu übermitteln, nach Hause zurückzukehren.

Sir, die Situation ist äußerst prekär und verschlechtert sich noch. Ich bin immer weniger imstande, sie allein im Griff zu behalten. Ich brauche starke Hilfe. Von unserer ganzen Gruppe, und das können Sie am besten veranlassen.«

Mit einer heftigen Bewegung drückte Makarow seine Zigarette aus, bevor er sie in den Aschenschlucker warf und nach einer neuen griff. »Und was soll ich nach Ihrer Meinung in diesem Moment tun?«

Quick seufzte. »Wenn ich das wüßte, Sir, hätte ich Sie wahrscheinlich nicht herbitten müssen. Die Wahrheit ist leider, daß nicht vorauszusehen ist, was als nächstes passiert. Wenn etwas schiefläuft, kann ich allein vielleicht die Geheimhaltung nicht mehr wahren. In diesem Ausmaß habe ich es auch noch nie tun müssen. Ihr Rat, Ihre Beziehungen, Ihr Handeln. Können Sie mir folgen?

Nehmen wir an, alles läuft so ab wie wir hoffen. (Die *Chinook* erreicht die T-Maschine, wobei sie gehorsam strikte Funkstille nach außen wahrt. Das regluäre Wachschiff ist die *Copernicus*, das rasch entsandte Spezialschiff die *Alhazen*. Die Besatzungen beider wissen, daß die Reisenden unter schwerer Anklage auf Demeter verlangt werden und als gefährlich anzusehen sind. Zusätzlich hat Broussard von der Europäischen Föderation dafür gesorgt, daß der Captain und der Waffenoffizier auf der *Alhazen,* obwohl sie die Fakten nicht kennen, im Zweifelsfalle seinen Befehl, das Feuer zu eröffnen, zuverlässig befolgen würden; seine nationale Regierung wird sie später vor dem Untersuchungsausschuß decken ... Wenn wir allerdings annehmen, daß die *Chinook* das Tor nach Phöbus ohne Zwischenfall passiert, werden sie dort von der *Lomonossow* erwartet und von ihr begleitet. Wenn sie weit genug von der *Bohr* entfernt sind, schickt die *Lomonossow* ein Enterkommando, das die Demetrier festnimmt, sie verhört, sich mit Gouverneur Hancock in Verbindung setzt und weitere Instruktionen abwartet.)

Wir werden eine Weile immer noch nicht genau wissen, was die Brodersen-Bande getan hat oder noch tun kann. Wir könnten eine üble Überraschung erleben. Sie könnten zum Beispiel Informationen über das Rad weitergegeben haben. Wir sollten bereit sein, schnell und entschlossen zu reagieren.

Was aber machen wir jetzt, wenn wir während der nächsten Stunden Ärger kriegen, der auf hunderterlei unvorhersehbare Weise geschehen kann? Was dann? Ich wiederhole, Sir, die Ereignisse laufen uns davon. Wir haben improvisieren müssen. Die Geschichten, die wir zum Vertuschen erfunden haben, weisen klaffende Löcher auf. Zu viele Leute – von Hades bis zum Rad und zurück – werden in Kürze sehr viele Fragen stellen. Was sollen wir *tun*?«

Makarow stieß seinen Rauch aus, der entsetzlich stank. »Das hängt davon ab, wie es sich mit der Realität verhält«, sagte er. »Sie haben recht, ich sollte mit Ihnen gemeinsam wachen.«

Einen Augenblick später fügte er hinzu: »Die absolute Realität ist immer der Tod.«

Quick saß kerzengerade da. *Das habe ich fast gefürchtet. Habe ich es auch fast gewünscht?* »Ich verstehe nicht ganz«, stammelte er.

»Es gibt doch ein englisches Sprichwort: ›Tote reden nicht‹.«

Ja; und wie viele Gräber haben eure Henker gefüllt, Makarow? Quick hatte einen Geschmack wie Watte im Mund. Ihn fror, obwohl das Büro gut geheizt war. »Wir haben . . . unsere Gruppe hat . . . extreme Maßnahmen diskutiert, aber nur für den äußersten Notfall.«

»Sie haben mir erzählt, daß dieser äußerste Notfall eingetreten ist – ob Sie sich nun daran erinnern oder nicht.«

Quick umklammerte die Stuhllehnen. *Attacke!* »Vielleicht sollten Sie sich deutlicher ausdrücken, Sir.«

Makarow fuhr mit der Zigarette durch die Luft. »Also gut.« Sein Ton blieb sachlich. »Sie können sich denken, daß ich darüber nachgedacht habe, und ich habe auch die anderen in unserm Team befragt. Daß Sie nicht hinzugezogen wurden, war nicht kränkend gemeint. Ihre Handlungen und Ihre Führungsqualitäten zeigen, daß Sie im Grunde Realist sind.

Wir können die *Chinook* und ihre Besatzung vernichten lassen. Wir können ein zuverlässiges Kommando entsenden, das die Leute im Rad, einschließlich Troxell und seine Männer erledigt.

Die *Faraday* – da bin ich noch nicht sicher. Wir können sie von der *Lomonossow* bei Hades zerstören lassen. Später können wir diese Verluste als eine tragische Kette von Unfällen erklären, die sich zufällig kurz nacheinander zugetragen haben. Nun, das mit der *Faraday* eilt nicht. Ich würde es vorziehen, sie zu verschonen, da ihre Besatzung mit Andeutungen über Ungeheuer von den Sternen gefüttert wurde.

Im Idealfall können wir die Szene im Rad so arrangieren, daß es scheint, als hätten die Ungeheuer nach Gefangennahme der Mannschaft der *Emissary* auch die Quarantänestation in Besitz genommen. Ja, und als dann Brodersen auf seinem privaten Forschungsflug das Rad erreichte, lockten sie ihn in die Nähe, überwältigten ihn und seine Mannschaft und nahmen dann mitsamt den Gefangenen Kurs auf ihren Planeten. Das war jedoch der Aufmerksamkeit der *Lomonossow* nicht entgangen, die daraufhin das Schiff zerstörte.«

Obwohl Quick schon ähnliche Vorstellungen gehabt hatte – *natürlich nur in der Phantasie* –, fühlte er sich veranlaßt zu flüstern: »Glauben Sie denn ernsthaft, daß die gesamte

Menschheit uns derartige Sensationsberichte abkaufen wird?«

»Wahrscheinlich die meisten«, sagte Makarow. »Wenn eine Regierung etwas behauptet, kann es noch so hirnverbrannt sein, die meisten ihrer Bürger glauben es trotzdem.

Bedenken Sie aber eines. Ich habe nicht gesagt, daß diese Strategie durchführbar ist. Das müssen wir erst feststellen. Wird zum Beispiel Stedman mitmachen? Er könnte die Nerven verlieren, wenn er daran denkt, daß er sich eines Tages vor seinem Gott verantworten muß. Wenn wir uns auf ihn oder andere plötzlich nicht mehr verlassen können, was soll dann mit ihnen geschehen? Und wie erklären und rechtfertigen wir die Tatsache, daß so viele hohe Ratsmitglieder nicht sofort benachrichtigt und konsultiert wurden? Welche Ausreden können wir uns zurechtlegen? Welche besonderen Einzelheiten könnten ein paar gescheite Leute für uns erfinden?

Unsere Geschichte von den Eindringlingen aus der Sternenwelt hat allerdings den Vorteil, daß wir dann unser Ziel erreichen: Wachschiffe bei beiden T-Maschinen, die jedes auftauchende fremde Schiff sofort in die Luft jagen. Die öffentliche Meinung wird uns darin unterstützen, ja, es sogar fordern. Das wäre dann das Ende der Forschungsflüge. Wir riskieren allerdings einen Fehlschlag und unsere anschließende Entlarvung.

Vielleicht wäre es doch am besten, die *Faraday* zusammen mit den anderen zu vernichten und die Sache als einen Unfall hinzustellen. Oder, hmm, wir könnten einen Teil der Schuld den Terroristen zuschieben. In diesem Fall würden wir allerdings unsere Politik ändern müssen, und wir würden unser Ziel langsamer erreichen.

Was immer wir tun, Sefreior Quick, und darauf kommt es an: wir dürfen nicht zaghaft handeln. Wir müssen die Stirn haben, erhebliche Risiken einzugehen. Glauben Sie mir, die größte Gefahr läge in unserer Unentschlossenheit.

Sie haben recht, während der nächsten Stunden muß ich Ihnen zur Seite stehen«, schloß Makarow.

»Sie sprechen entsetzliche Dinge aus«, protestierte Quick. »Sie sind bereit, auch die zu töten, die uns geholfen haben.«

»Ich kenne noch ein englisches Sprichwort«, gab Makarow zurück. »Es lautet: ›Man kann kein Omelett machen, ohne

Eier zu zerschlagen‹. Das ist ein ausgezeichneter Spruch.

Ich habe es früher für notwendig gehalten, Todesurteile gegen Anhänger zu unterschreiben, die wertvolle Dienste geleistet hatten. Sie waren einfach zu selbständig geworden; oder sie hatten fragwürdigen Umgang; oder – schließlich mußte ich aus Chaos den Staat neu aufbauen. Wie konnte ich da jeden einzelnen Fall genau prüfen?

Aus jeweils verschiedenen Gründen, Sefreior Quick, halten wir es für lebenswichtig, daß die Menschheit auf der Erde bleibt, hier ihre von der Natur gesetzten Aufgaben wahrnimmt und alle Fremden meidet . . . jedenfalls bis sie zu Organisationsformen gefunden hat, die ihr das Ausgreifen in den Weltraum ermöglichen. Das ist in der Tat lebenswichtig. Welche Frau hätte vor der Einführung der Zelltherapie gezögert, sich die von Krebs befallene Brust amputieren zu lassen? Es beeinträchtigt ihre Schönheit, aber wenn sie am Leben bleiben wollte, hatte sie keine andere Wahl.

Außerdem, Sefreior Quick, *haben Sie sich festgelegt.*« Makarow lehnte sich vor. »Das trifft auf unsere ganze Organisation zu. Wir hatten ein Ideal, das wir mühsam zu verwirklichen suchten. Wir machten Fehler, wie es Menschen eigen ist, und heute stehen wir fast vor dem Ruin. Das bedeutet aber doch nicht, daß unser Ideal falsch war! Wie sollen wir der Menschheit noch dienen, wenn wir im Gefängnis sitzen?

Und wenn die Tatsachen auch nur andeutungsweise bekannt werden, dann *bedeutet* das Gefängnis. Werden sie bekannt, wird auch ermittelt. Unsere Untergebenen werden uns belasten, um ihre eigene Haut zu retten. Die *Chinook* zwingt uns ganz einfach dazu, die Grenzen formaler Legalität weit zu überschreiten. Wir mißachten ganz offenbar die durch den Bund besiegelten Rechte ihrer Mannschaft. Wir haben diese Rechte schon verletzt, indem wir ganz bewußt einen durch nichts begründeten Haftbefehl gegen sie erwirkten. Daraus ergeben sich zahllose weitere Anklagen wegen Amtsvergehen. Wir werden für lange Zeit eingesperrt bleiben, für *sehr* lange Zeit, wenn wir den Schlag nicht sofort führen und zwar *hart*!«

Quick erinnerte sich in diesem Augenblick flüchtig an einen Aufsatz, den er vor Jahren gelesen hatte, wie Intellektuelle ständig von der Gewalt als Mittel fasziniert waren – zu ihr hingezogen, dann zurückgeschreckt und wieder hingezogen, ganz wie sie sich den Geschlechtsverkehr mit einem kaum schon pubertierenden Mädchen wünschen oder den mit einem denkenden fremden Wesen; es handelt sich dabei um eine Art Xenophilie, und wenn ein Konflikt, den sie billigen (und sie billigen die meisten) ausbricht, sind sie an der Spitze derer, die die Sprengköpfe auf den Weg schicken wollen, und sie sind die ersten, die nach Soldaten schreien, um den Ofen anzuheizen. Damals hatte er das für reaktionären Unsinn gehalten. Später, als er anfing, ein wenig Fairness zu kultivieren, hatte er zugeben müssen, daß dieser These eine gewisse Wahrheit anhaften mochte. *Dieser Hundesohn hat im gegenwärtigen Zusammenhang recht. Man kann kein Omelett machen, ohne Eier zu zerschlagen. Man kann in der Gesellschaft keine Ordnung aufrechterhalten, ohne daß es gelegentlich einen Kopf kostet.*

Und, mein Gott, er mußte weitermachen. Sonst – Verhaftung, Anklage, Prozeß? Verurteilung zu einer Freiheitsstrafe? Vielleicht einer langjährigen? Ein Psychiater (klein, dick, mit blaugeäderten Hängebacken und Kartoffelnase) würde Ira Quicks Psyche sondieren, die er und seine dreckige Zunft auch in geologischen Epochen nicht begreifen würden? Entlassen als alter Mann, der nach dem Zusammenbruch seiner Karriere und dem Verlust seiner gesellschaftlichen Stellung ins Elend geraten würde? Sollten seine Söhne, seine Frau, seine Freunde und seine Geliebten ihn einen Entführer und Mörder nennen dürfen, ihn, der nur das Gute für die Menschheit im Auge gehabt hatte?

Jeder weiß, daß ich ein Mann schneller Entschlüsse bin.

Quick fuhr sich mit der Zunge über die Lippen. »Sir, ich bin nicht unbedingt mit irgendeinem ihrer Vorschläge einverstanden.« Ah, wie gelassen er noch sein konnte, obwohl es in ihm tobte. »Dennoch, wenn sie von einem Staatsmann Ihres Formats kommen, schenke ich ihnen Beachtung. Würden Sie sich bitte zu Einzelheiten äußern?«

Die Stimmen um das Bild der Kathedrale sangen einen triumphierenden Schlußchor.

XXVI

Die *Chinook* war über eine Million Kilometer von ihrem Ziel entfernt und bremste ab, als sie die erste Mitteilung einfing. Brodersen nahm sie in seinem Büro entgegen.

Der Schirm zeigte ihm ein eckiges Gesicht, das britisches Englisch sprach: »Vicent Lawes, Kommandant, Wachschiff *Alhazen*, mit Sonderauftrag. Sie sind die *Chinook* von Demeter, nicht wahr?« Es klang kaum wie eine Frage. »Geben Sie mir Ihren Captain.«

»Den sehen Sie vor sich«, sagte Brodersen. »Was kann ich für Sie tun?«

Die Sekunden vergingen, während die Lichtstrahlen hin- und herflogen. Caitlin saß neben Brodersen und hatte seinen entblößten Unterarm ergriffen. Die Wärme, der leichte Druck und der schwache, süße Geruch der Frau waren ihm deutlich bewußt.

»Jetzt hören Sie gut zu, Captain Brodersen«, sagte Lawes. Sein Ton war scharf, und in der Gegend des rechten Auges hatte er Nervenzucken. »Sie werden aufgrund schwerwiegender Beschuldigungen gesucht. Ihr Schiff ist bewaffnet. Meine Befehle lauten, dafür zu sorgen, daß Sie sich ins phöbische System begeben, um dort festgesetzt zu werden. Ich habe Sie als gefährlich zu betrachten und darf, was Sie anbetrifft, kein Risiko eingehen. Nicht das geringste. Haben Sie verstanden?«

»Welche Verhaltensweise schreiben Sie uns vor?«

Zeit. »Manövrieren Sie wie gewöhnlich, aber nach unseren Anweisungen, nicht denen der *Copernicus*. Mit der *Copernicus* haben Sie keinerlei Kontakt aufzunehmen. Die *Copernicus* wurde aus ihrer normalen Umlaufbahn herausgenommen und befindet sich auf der Ihnen gegenüberliegenden Seite, während Sie auf Transitkurs gehen. Sie könnten nur über Radio mit ihr Kontakt aufnehmen – und das auf spanisch, da niemand an Bord englisch versteht. Wir würden es also merken. Bei der geringsten Zuwiderhandlung Ihrerseits werden wir sofort das Feuer eröffnen. Ich wiederhole: haben Sie verstanden? Das liegt in Ihrem eigenen Interesse, Captain Brodersen.«

»Mein Himmel.« Der Demetrier schnalzte mit der Zunge.

»Sie sind ja ganz schön eng am Arsch, was? Wieso? Ein kleiner Schwatz kann doch nichts schaden.«

Zeit. Ein singendes Flüstern von Caitlin – ein gälischer Fluch, wie Brodersen meinte.

»Ich habe meine Befehle«, erwiderte Lawes, wobei er die Worte scharf trennte. »Unter anderem wird Ihnen vorgeworfen, technologische Informationen weiterzugeben, die die öffentliche Sicherheit gefährden. Ich ziehe die Pflichttreue der Besatzung der *Copernicus* nicht in Zweifel, aber ich soll darauf achten, daß Sie sich weder mit ihnen noch mit sonst jemandem in Verbindung setzen. Ich brauche nicht zu erwähnen, daß auch sie nicht mit Ihnen reden dürfen. Sollte es zu einem Gefecht kommen, werden sie mitmischen.«

»Ich verstehe. Hmm, was ist mit Ihnen selbst, Captain Lawes? Unsere Seite der Geschichte ist ganz schön interessant. Wir können Ihnen auch eine ganze Menge zeigen.«

Zeit. Die einzige Überraschung war die Heftigkeit seiner Antwort und das Entsetzen, das man heraushörte. »Nein! Absolut nicht! Sobald ich merke, daß Sie einen derartigen Versuch machen, werde ich abschalten. Versuchen Sie es noch einmal, wenn ich mich später wieder melde, steht es mir frei, Sie anzugreifen.«

»OK, OK, was noch?«

Zeit. Brodersen wandte sich flüsternd an Caitlin: »Den haben sie aber gut im Griff, was? Wahrscheinlich haben sie mehr getan, als an seine Loyalität appelliert. Er ist schließlich nicht nur Europäer, sondern Offizier der Union. Bestechung, Erpressung –«

»Ihr Kurs und die Vektoren für den Transit stimmen nicht«, sagte Lawes. »Erklären Sie das bitte.«

»Ja, darauf wollte ich gerade zu sprechen kommen. Wir haben Schwierigkeiten mit dem Hauptkontrollsystem. Wir haben falsche Impulse und müssen sie ausgleichen. Anstatt unsere erste Basis direkt anzusteuern, werden wir Parameter anwenden, die uns bei Leuchtzeichen Bravo auf relative Nullgeschwindigkeit bringen. Von dort aus gehen wir an den Punkt, der eine Standardannäherung ermöglicht. Ich habe die Daten hier, wenn ich sie Ihnen übermitteln darf.«

Die Unterhaltung drehte sich einige Minuten lang um technische Einzelheiten. Endlich sagte Lawes wiederwillig: »Gut. Aber vergessen Sie nicht, daß wir Sie ständig überwachen. Wenn nichts geschieht, das uns verdächtig vorkommt, werden wir um neunzehn Uhr dreißig wieder direkten Kontakt aufnehmen. Ist das klar?« Als er die Bestätigung hatte, verschwand er grußlos aus dem Bild.

Brodersen lehnte sich zurück. »Wau«, sagte er. »Einen Augenblick dachte ich schon, er würde schießen. Er hält die Finger recht nervös am Abzug. Bei dieser Entfernung könnte Frieda natürlich alles abfangen, was er schickt – hoffe ich wenigstens.«

»Mir scheint, unsere Feinde verzweifeln langsam«, sagte Caitlin.

»Stimmt. Und je verzweifelter die Leute sind, um so gefährlicher sind sie auch. Wir selbst nicht ausgenommen.« Lächelnd drehte er sich zu ihr um. Ihr liebes Gesicht war seinem ganz nah. »Wir haben noch drei bis vier Stunden, bevor die Sache schwierig wird. Wenn du kannst, solltest du dich ein wenig ausruhen, Macushla.«

Sie streichelte ihm die Wange. »Ich habe eine viel interessantere Idee, mein Leben.«

»Hmm? Ich – Hör zu, ich muß die Runde machen. Der Truppe gut zureden. Alles überprüfen –«

»Wenn die Verantwortlichen jetzt noch nicht auf dem Posten sind, kommst du sowieso zu spät«, sagte sie entschieden. »Sie sind es aber. Ich habe ihnen auf den Zahn gefühlt, wie du als ›der Alte‹ es nicht kannst. Die meisten sind mit fliegenden Fahnen dabei, der Rest hat wenigstens keine Angst. Vielleicht sollten wir eine Versammlung einberufen und zur Aufmunterung Revolutions- und Freiheislieder singen. Am besten erst kurz bevor wir untertauchen.« Sie grinste. »Du hast mehr als eine Stunde frei, Daniel Brodersen, und ich bin sicher, daß du gescheit genug bist, sie stilgerecht zu verbringen.«

»Ja, aber sieh mal, ehrlich, ich mache mir solche Sorgen ich bezweifle –«

Sie schloß ihm die Lippen mit einem Kuß und ließ ihre Hände gleiten. »Siehst du? *Die* Sorge hätten wir ausgeräumt.« Sie lachte. Dann sprang sie auf und packte ihn am Handgelenk. »Komm mit, Alter. Widerstand zwecklos. Du bist verurteilt.«

*

Sterne flammten in allen Sichtschirmen der Kommandozentrale. Das abgeblendete Licht der Sonne hing wie ein brennender Mond, und die Erde war hinter ihr der Sicht verborgen. An anderer Stelle glühte eine Kugel schwachgolden. Es war das Markierungszeichen, an dem das Schiff abgebremst hatte. An wieder anderer Stelle wirbelte die gewaltige Masse der T-Maschine um ihre eigene Achse und erschien durch die Entfernung – etwa fünfzig Megameter, kaum mehr als der Umfang eines terrestroiden Planeten – wie ein Juwel am Himmel.

Brodersen schwebte allein in seinen Gurten und hörte sein Blut pulsieren. Sein Puls ging ruhiger, als er erwartet hatte. Ein Mittel zur Unterdrückung der Angst hätte er in keinem Fall genommen, denn er brauchte jede Millisekunde seiner normalen Reaktionszeit. Er war erstaunt über seine Gelassenheit. *Pegeen ist eben gute Medizin,* dachte er.

Wenn sie nur hier sein könnte. Absichtlich würde sie ihn bestimmt nicht stören. Allerdings würde er in ihrer Anwesenheit nicht so perfekt und roboterhaft funktionieren, wie es nun einmal nötig war. Mit Gewalt mußte er den Gedanken verdrängen, daß sie vielleicht bald sterben mußte.

Stef hockte in der Elektronikbude vor den Konsolen für Detektor und Übertragungsgerät. Joelle als Holothetin war zusammen mit Sue an den Computer angeschlossen. Sie waren Teil des Schiffs, das sie durch die heraufziehenden Gefahren hindurchsteuern sollten. Phil und Martti besetzten den Maschinenraum. Sie waren zu fast völliger Untätigkeit verurteilt und konnten einfach nur schwitzen. Frieda befand sich mit Carlos im Waffenstand. Er verstand genug davon, daß er ihr assistieren konnte. Caitlin blieb es überlassen, Fidelio zu trösten. Bei einer kurzen Einblendung hatte Brodersen gehört, daß sie und der Betaner sich gegenseitig etwas vorsangen.

Ein Licht blitzte auf, der Summer ertönte, und Brodersen

konzentrierte sich. Lawes hohlwangiges Gesicht erschien auf dem Bildschirm »Wachschiff – sind Sie so weit?«

»Mehr oder weniger«, erwiderte Brodersen. »Wir haben immer noch Probleme. Ich hoffe nur, daß die Apparaturen nicht plötzlich verrücktspielen. Dann gute Nacht.«

Es gab kaum noch eine Zeitverzögerung. Dozsa hatte berichtet, daß die *Alhazen* ein paar tausend Kilometer entfernt war. Durch Vergrößerung hätte man ihren schlanken Rumpf sichtbar machen können. Brodersen hielt es für überflüssig. »Das ... hoffe ich auch ... in Ihrem eigenen Interesse«, sagte Lawes. »Verfahren Sie nach dem angegebenen Flugplan. Ich bleibe mit Ihnen in Verbindung ... Machen Sie weiter!«

»Ja.« Brodersen sprach ins Intercom. »Captain an Besatzung. Sie haben den Mann gehört. An die Arbeit.« Er sah, wie Lawes rot wurde und die Zähne zusammenbiß, als sei er jetzt doppelt überzeugt, daß er es mit einer Piratenbande zu tun hatte.

Als die *Chinook* mit Hilfe ihrer Kreisel rotierte, wich die Schwerelosigkeit leichten und wechselnden seitlichen Impulsen, und man empfand einen Coriolisdrall. Das endete jedoch, und einen Augenblick befand sich das Schiff auf normaler Umlaufbahn. Dann setzte der volle Schub ein. Die Beschleunigung stauchte Brodersen in den Sitz zurück.

Es dauerte eine Minute, bis Lawes Instrumente und Computer registrierten, was vor sich ging und ihn informierten. »Halt!« brüllte er »Falsche Richtung!«

»Verdammt nochmal, das weiß ich selbst«, kläffte Brodersen. Er gab die gelungene Vorstellung eines Mannes, der seiner Verzweiflung Herr zu werden versucht. »Ich sagte Ihnen doch, daß wir Schwierigkeiten haben. Warten Sie ab und stören Sie mich nicht.«

»Was haben Sie denn *vor*?«

»Glauben Sie, ich will auf irgendeinen Zufallskurs gehen und für immer verschwinden? Sitzen Sie mir nicht dauernd im Genick. Ich muß versuchen abzubremsen.«

»Ich warte nicht mehr lange, Captain«, Lawes klappte hörbar den Mund zu. Brodersen und seine Leute wechselten ein paar vorher verabredete Worte.

Der Ionenantrieb wurde ausgeschaltet, was nötig war, wenn

die *Chinook* die Flugwerte erreichen wollte, die Joelle berechnet hatte. Das Schiff drehte seine Nase wieder, um in Richtung auf die nächste Wendemarkierung abzusinken. Bei entsprechender Einstellung konnte dieses Manöver auf dem Radar erkannt werden, aber Brodersen hoffte, daß Lawes eine Zeitlang nicht daran denken würde.

»Die Navigatoren schätzen, daß wir sechs Stunden auf dieser Flugbahn bleiben können, ohne zu weit ins Feld zu geraten«, sagte er. Das stimmte. »Die Ingenieure meinen, daß sie die Reparatur bis dahin leicht geschafft haben können.«

Lawes kniff die Augen zusammen. »Ich will mehr darüber wissen. Warum haben Sie sich nicht früher dazu geäußert?«

»Sollten wir nicht absolute Funkstille wahren? Wir sind wirklich keine Verbrecher, Captain. Wir sind gesetzestreue Bürger, die nichts anderes wollen als nach Hause zurückkehren, um ihren Ruf von jedem Makel zu befreien. Ich wüßte verdammt gern, wieso wir überhaupt irgendwelcher Vergehen bezichtigt werden . . . Also gut, wenn Sie es wünschen, werde ich Ihnen die entsprechenden Logbucheingaben und die Stellungnahme des Chefingenieurs übermitteln.«

Beides hielt Brodersen zwar für wahre Kunstwerke, dennoch zögerte er, sie zu präsentieren. Als Skipper hatte er die Aufgabe, zu reden, nur zu reden – den Mann so lange wie möglich hinzuhalten – seine Gegner zu beschäftigen, während Joelle und Su und die Gesetze der Physik sein Schiff vorwärtstrieben.

Ihm blieben nur noch etwa zwanzig Minuten, plausible Erklärungen abzugeben, bevor die nächste Beschleunigung fällig war. Seine Piloten würden auf Höchstgeschwindigkeit gehen, ohne einen nennenswerten Sicherheitsspielraum einzuhalten. Sie hatten weit und breit ohnehin kaum noch Spielraum . . .

Ein erneuter Schub.

»Halt! *Chinook!* Sind Sie wahnsinnig?«

»Die Kontrollen sind wahnsinnig, weiter nichts.«

»Das kann ich nicht mehr glauben.«

»Dann sagen sie Ihrem Chefingenieur, daß er unsere Angaben prüfen soll. Und er soll sie verdammt genau prüfen.« Auch diese Debatte hatte Brodersen gewonnen.

Das Schiff beschleunigte nicht mehr, und wie von einem Traum umfangen hing er in den Gurten. Schweißtropfen lösten sich aus seinem Gesicht und schwebten wie kleine Kügelchen im Raum. Ob Pegeen ebenfalls zu zwischen den Sternen zerstreutem Glanz werden würde? Seine Unterwäsche fing den Schweiß auf, aber ihn fror, und er fühlte sich unsauber. Die Zeit zog sich in die Länge.

Lawes erschien wieder auf dem Bildschirm. »Mein Ingenieur sagt, daß Ihr Material keinen Sinn gibt. Man erkennt sofort, daß es gefälscht ist. Sie versuchen, uns zu entkommen.«

»Entkommen? Wohin?«

»Egal, Brodersen. Sie werden jetzt beidrehen, oder wir schießen.«

Er reagiert wie geplant. »Moment, Captain Lawes. Warten Sie eine halbe Sekunde. Sie sind im Begriff, Ihren Auftrag zu gefährden und Ihre Karriere aufs Spiel zu setzen. Bedenken Sie das gut, solange noch Zeit ist.«

»Was phantasieren Sie da?«

»Ich phantasiere nicht. Nehmen Sie zur Kenntnis, daß ich meine Worte sehr sorgfältig wähle.« *Und so viel und so langsam spreche, wie man es mir gerade noch durchgehen läßt.* »Zügeln Sie Ihre Emotionen und hören Sie zu. Sie haben bestimmt ein paar Minuten Zeit, wenn es daraum geht, daß Sie Ihr Fell retten und vielleicht das Ihrer Vorgesetzten dazu.«

»Nun –« Lawes schluckte. »Reden Sie. Aber zur Sache.«

»Genau das werde ich tun. OK, wir haben Sie belogen. Wir wollten Zeit gewinnen, um uns weiter zu entfernen. Das war notwendig. Tatsache ist: hinter unserer Verhaftung steckt weit mehr als ein Justizirrtum. Wollen Sie die Geschichte hören?«

»Nein! Ich habe meine Befehle!«

»Sie wären Ihres Lebens nicht mehr sicher, wenn Sie alles wüßten. Genau das ist es. Wir dagegen haben nichts mehr zu verlieren. Wenn wir nach Phöbus gehen, sind wir nach Lage der Dinge erledigt. Wenn wir in der Galaxis verschwinden, haben wir eine winzige Chance, Hilfe zu finden. Wir rechnen damit natürlich nicht. Aber solange unsere Vorräte reichen, würden wir am Leben bleiben, und das wären immerhin einige Jahre.

Ich denke, das wird Ihre Bosse nicht weiter stören. Sie werden froh sein, uns auf so billige Weise losgeworden zu sein.«

»Meine Befehle schreiben mir vor, Sie entweder nach Phöbus zu bringen oder zu vernichten. Wenn Sie nicht sofort umkehren, werden Sie nicht eine Stunde der von Ihnen erwähnten Jahre erleben.«

»Auch wir sind bewaffnet, Captain. Eine Weile können wir Ihre Geschosse abwehren. Inzwischen werden wir unsere Geschichte ausstrahlen – auf spanisch und über Bildschirm, das ganze mit voller Sendeleistung. Sind Sie sicher, daß man auf der *Copernicus* nicht auf Empfang geschaltet hat? Wir haben genügend Watt zur Verfügung, um zehn Millionen Kilometer entfernt noch gehört zu werden. Vielleicht erreichen wir auch ein anderes Raumschiff. Unsere Geschichte wird einige hochgestellte Persönlichkeiten in üble Schwierigkeiten bringen. Den Kleinen geht es in solchen Fällen ja sowieso an den Kragen . . . Ich wünschte, Sie würden mich erzählen lassen, Captain Lawes.«

»Nein.« Einige quälende Senkunden. »Haben Sie sonst noch etwas zu sagen, bevor wir das Feuer eröffnen?«

»Nun, ja. Ich hätte noch einen letzten Vorschlag.« Brodersen legte seine ganze Persönlichkeit in seinen Vortrag. »Setzen Sie sich mit der Erde in Verbindung und holen Sie endgültige Anweisungen ein. Gewiß, wir werden weiterkreuzen, aber Sie wissen ja, wie lange man zu einem korrekten Transitkurs braucht. Es ist doch klar, daß wir lieber irgendein Planetensystem mit T-Maschinen erreichen, als im interstellaren Raum zu verschwinden. Das heißt, daß wir uns von Markierungszeichen zu Markierungszeichen bewegen – es werde viele sein – und am letzten direkt nach innen abdrehen. Sie haben also Zeit für Ihre Anfrage. Inwischen verhalten wir uns absolut ruhig, es sei denn, Sie schießen.«

»Ja – aber Sie haben nicht das Recht zu verhandeln.«

»Uns bleibt nichts anderes übrig. Hören Sie! Wenden Sie sich nicht an das Büro, das man Ihnen genannt hat, sondern an Ihr eigenes Oberkommando. Unterbreiten Sie ihm die Angelegenheit. Sie werden feststellen, daß man dort über den ganzen Vorgang verdammt erstaunt sein wird.«

»Aber dies läuft unter strikter Geheimhaltung.«

Brodersen seufzte. Er hatte nichts anderes erwartet. »OK, wie Sie wollen.« Lauter: »Aber tun Sie's *trotzdem*!!«

Zwei, drei weitere Argumente, und er hatte gewonnen. Die Mattscheibe blitzte auf, und er sank schweratmend in sich zusammen. Der Austausch der Botschaften zwischen hier und der Erde würde über den Relais-Satelliten etwa eine dreiviertel Stunde dauern. Bis dahin war die *Chinook* schon weit im Transportfeld, denn sie fuhr Höchstbeschleunigung.

Die Sterne jubelten. Er wandte sich um und sprach durchs Intercom: »Habt ihr gehört, Jungs und Mädchen? So weit sind wir wenigstens. Freut euch.«

Zaghafter Beifall. Caitlin schlug auf ihrem Sonador einen klingenden Akkord an und erklärte: »Du hast uns gerettet, Dan.«

»Nein, ihr alle«, antwortete er. »He, Pegeen, ich liebe dich.«

»Das hätte warten können, bis ich dich wieder bei mir habe«, sagte sie.

Joelle hört zu – wie durch schweigende Übereinkunft erstarb die Unterhaltung. Gelegentliche Worte wurden noch gewechselt, aber die meisten drehten sich um die jeweiligen Tätigkeitsbereiche. Der musikalische Geschmack der einzelnen Besatzungsmitglieder war zu verschieden, als daß man ein gemeinsames Konzert hätte veranstalten können. Die Leute verharrten einsam auf ihren Posten. Brodersen dachte an die verschiedenen intimen Begegnungen mit Caitlin seit ihrem Wiedersehen. Die erste hatte einen Wert von zwölf auf der Beaufort-Skala gehabt. Die zweite war so sanft und zärtlich gewesen wie jene letzte Vereinigung kurz vor dem Morgengrauen unter dem Mount Lorn . . . Er nickte sogar kurz ein. Die Bewegungen des Schiffes, das den Kurs änderte, weckten ihn. Die chemischen Hilfsaggregate mußten verschwendet und reichlich Kernbrennstoff verbraucht werden, um die Höchstgeschwindigkeit zu halten.

Als die Antwort von der Erde erwartet wurde, war er wach wie ein Luchs.

Dozsas Stimme übermittelte sie, ein Schrei: »Raketen!«

Die Entscheidung hieß »Vernichten«, erkannte Brodersen.

Quick, oder wer immer am anderen Ende sitzt, hat Angst, daß wir einen Plan haben könnten.

Er konnte nur die Fäuste ballen und abwarten. Das Überleben war nicht mehr seine Angelegenheit.

Mit hoher Beschleunigung, um die Distanz in wenigen Minuten zu überbrücken, und mit sich ständig ändernden Vektoren, um das Abwehrfeuer fehlzuleiten, rasten die Geschosse auf die *Chinook* zu. Niemand an Bord trug einen Raumanzug. Wenn ein Atomsprengkopf in der Nähe des Rumpfes explodierte, das wär's dann schon.

Brodersen erkannte die schmalen, silbernen Streifen ihrer Antriebe. Sensoren steuerten sich ein. Der Computer extrapolierte. Zarubajew hatte eine Feinsteinstellung des Systems vorgenommen. Feuer sprühte durch die Dunkelheit, als Laserstrahlen von höchster Energie ihre Ziele fanden. »Alles klar!« jubelte es, und die Menschen wußten, daß sie innerhalb der nächsten paar Sekunden nicht sterben mußten.

Das Schiff erzitterte. Von Moltke hatte eigene Raketen auf den Weg geschickt. Schließlich war es ihre Aufgabe, einen tatsächlichen Gegner auszuschalten.

Die *Chinook* war nicht nur viel größer als die *Alhazen*, sie führte auch eine über alle Maßen stärkere Bewaffnung. Wachschiffe waren eigentich nicht für kriegerische Zwecke bestimmt. Ihre Waffen waren teils Relikte aus den Zeiten der Unruhen, teils Zugeständnisse an vage Ängste . . . die Quicks Partei wachhalten wollte . . .

Das Fahrzeug drehte sich um Brodersen und tauchte in Richtung auf die nächste Markierung ab.

Blitze am Himmel – »Waffenoffizier an Captain«, intonierte von Moltke, »sie haben unsere Salve abgefangen.«

»Das sollten sie diesmal auch«, erinnerte er sie. »Eine Lektion. Stef, hast du Kontakt? . . . OK, dann stell mich durch.«

Er wollte seine anfängliche Drohung wiederholen und um freien Abzug für sein Kommando verhandeln. Er wolle nicht, und immer wieder *nicht*, noch mehr Männer töten, die nur das taten, was man ihnen als ihre Pflicht eingeredet hatte.

Auf den Sichtschirmen war jetzt deutlich zu sehen, daß sich die Sterne bewegten. Bald würde er sich in einer so versetzten

Raum-Zeit befinden, daß keine Rakete auch nur die leiseste Chance haben würde, ihn zu erreichen. Natürlich würde jedes Signal, das er von dort schickte, hoffnungslos unverständlich sein. Nun, dann könnten eigentlich alle zufrieden sein –

»Raketen!« brüllte Dozsa. Er spuckte einen Fluch aus und rasselte ihre Vektoren bis auf ein paar Dezimalstellen genau herunter. Sie mußten von der *Copernicus* kommen.

Mein Gott, also haben sich meine schlimmsten Befürchtungen bestätigt. Quicks Einfluß hat ausgereicht, auch Janigian und seine anständige Mannschaft zu einer solchen Handlung zu zwingen.

»Raketen!« Diese kamen von der *Alhazen*, eine, noch eine, noch eine, noch eine, was die Ausstoßschächte hergaben.

»Captain«, sagte von Moltke laut, »ich glaube nicht, daß wir so viele auf einmal schaffen.«

Granvilles Jammern: »Nein, nach meinen Berechnungen schaffen wir es nicht. *Mon père* –«

Joelle, als ob Stahl auf Stahl schlüge: »Wir können die nächste Markierung erreichen und direkt nach innen beschleunigen, bevor sie ankommen.«

Brodersens Gurte strafften sich, als wieder Schwerkraft einsetzte. »Nein!« brüllte er. »Wir werden wer weiß wo landen –« Eine bestürzende Erkenntnis. »Weitermachen.«

Dann wieder Höchstbeschleunigung. Fast glaubte er, die unablässig wirbelnde T-Maschine näherkommen zu sehen.

Er sah die ersten Flammenblitze, als Frieda parierte. Dann verschwand die Sonne aus dem Schirm, und völlig andere Sterne tauchten auf. Er sah eine andere Sonne, die nicht weiß oder gelb war und auch nicht blutorangenrot wie Centrum sondern geschrumpft und von der Farbe glimmender Kohle. Bräunlich, unter bunten Ringen und dreimal so groß, wie man von der Erde aus den Mond sieht, stand ein Planet. Erschrekkend nahe rotierte ein großer, glänzender Zylinder. Für eine Minute versank Brodersen in tobender Nacht.

*

Schnee fiel, und Weiß lag um den Turm von Toronto.

»Ja«, sagte Quick nach einiger Zeit. »Sie sind verschwunden.«

»Sind Sie sicher?« fragte Makarow durch eine stinkende Rauchwolke. Ihm fehlte die wissenschaftliche Ausbildung, um die Einzelheiten zu verstehen, die soeben durchgegeben worden waren.

»Ja«, erklärte Quick. »Welchen Plan sie auch immer hatten – wenn überhaupt – ich vermute, daß sie aufs Geratewohl verschwunden sind, wenn sie natürlich auch versucht haben . . . mit möglichst großer Wahrscheinlichkeit – aber wer kann das wissen? . . . Egal. Sie mußten von dem Punkt aus, an dem sie sich befanden, durch das Tor. Sie sind weg, Makarow. Verzeihung. Sie sind weg, Premierminister Makarow. Wie die Tausende von Sonden, die von der Menschheit verschwendet wurden, um neue Leitpfade zu finden. Wir können sie vergessen.«

Makarow reckte seine massige Figur. »Sind Sie wirklich ganz sicher?«

»Ja. Absolut.« Quick sackte zusammen und hielt sich die Hände vor die Augen. Er zitterte vor Erschöpfung.

Makarow blies Rauch in die Luft. »Sehr gut. Welche Vereinfachung.«

Quick sah auf. »Hmm?«

Makarow lächelte. Das tat er selten. »Ein Faktor weniger in der Gleichung, vielleicht der am wenigsten bekannte. Sehen Sie das nicht?«

Ich sehe, daß du ein mathematischer Analphabet bist, dachte Quick.

Er nahm alle Kraft zusammen. ein zivilisierter Mann sollte sich einem barbarischen Kriegsherrn gewachsen zeigen. »Richtig. Wir werden natürlich das Personal der *Alhazen* und der *Copernicus* verhören, aber anscheinend haben sie nichts erfahren, was sie nicht wissen dürfen. Wir haben also noch die *Lomonossow* für eventuelle Sondermissionen, zu denen wir uns entschließen. Im übrigen haben wir vorläufig eine Atempause, würde ich sagen.«

»Wir sollten nicht lange herumsitzen und nach Luft schnappen«, warnte Makarow. »In dieser neuen, günstigen Situation müssen wir sofort handeln. Zuerst, nachdem wir unsere wichtigsten Gesinnungsfreunde verständigt haben, müssen wir die *Lomonossow* zum Rad schicken. Wenn sie dort keine besonderen Komplikationen vorfinden, erledigen sie die Leute, die dort sind, einschließlich Troxell und seine Mannschaft. Anschließend haben wir Zeit, endgültige Regelungen zu treffen. Sind Sie einverstanden?«

Es war ein Inferno, sich stundenlang mit der moralischen Seite der Angelegenheit abzuquälen, dachte Quick. *Die Zeit kommt, da ein zivilisierter Mann den Kampf zusammen mit einem Verbündeten führen muß, dem er sich nur aus Zweckmäßigkeitsgründen angeschlossen hat, denn sonst wird er überspielt und hat bei der Friedenskonferenz nicht mitzureden.* »Sir, lassen Sie uns darüber schlafen und dann weiter darüber reden. Im Augenblick neige ich allerdings zu der Ansicht, daß Sie im Prinzip recht haben.«

XXVII

Caitlin schwebte allein im Gemeinschaftsraum. Wegen der Luftströmungen, die aus ihrem ungebundenen Haar eine Wolke formten, mußte sie sich mit einer Hand an der Tischkante festhalten. Sie hatte das Licht ausgemacht, um jede Einzelheit auf den Bildschirmen sehen zu können, die ihr wie riesige Fenster das weite Rund des Universums zeigten.

Auf den meisten drängten sich, wie immer, die Sterne, immer derselbe göttliche Schatz geschliffener Edelsteine in kristallschwarzem Gefäß; so viele, daß sie nicht sehen konnte, wie der Himmel sich verändert hatte. Auch der Silberstrom der Milchstraße verlief kaum anders als von Erde oder Demeter aus gesehen. Die T-Maschine war nur mit Mühe auszumachen, wie eine in der Unendlichkeit verlorene Nadel. Die *Chinook* hatte, bevor sie sich in eine stabile Umlaufbahn um den Planeten manövrierte, zuerst den gebührenden Abstand zwischen sich und die Zeitmaschine gelegt.

Was Caitlin rechts und links von sich sah, war von eigenartiger Fremdheit. Rechts stand die Sonnenscheibe, nur ein Sechstel so groß wie die Sonne, die ihr Geburtsland beschien. Ihr roter Schein brauchte nicht gedämpft zu werden. Man konnte direkt hineinsehen und eine schwache, ockerfarbene Kornona erkennen. Caitlin fand keine Zodiakallinse, was den Anblick noch fremdartiger erscheinen ließ Zu ihrer Linken sah sie eine gigantische Welt. Das Schiff befand sich zufällig der Tagseite gegenüber und würde in dem gegebenen Abstand einige Erdenjahre brauchen, um einen Umlauf zu vollenden. So blieb die Scheibe in ihrer fast vollen Phase groß und hell genug, um alles andere auf dem Bildschirm verblassen zu lassen. Man konnte mit bloßem Auge erkennen, wie die Drehung die Pole abgeplattet hatte. Unter blaß- bis tieforangefarbenen Wolkengürteln, die von blaugrünen und rostroten Streifen durchzogen waren, spielten verschiedene Bernsteintöne in zarten Schattierungen ineinander. Der Schatten eines Mondes sah aus wie die Pupille eines Auges. Seine sichelförmige Nachtseite war nicht ganz dunkel, sondern zeigte schwach schimmernden Glanz.

Der Abglanz all dieser Farben machte das Zimmer zu einer Höhle voll sanften Lichts und lagernder Schatten, zu einem Ort geheimnisvollen Schweigens.

Als Martti Leino hereinkam, wurde die Stille nicht unterbrochen. Er stoppte seinen Flug, als er Caitlin erspähte und starrte für eine Minute, im Türrahmen hängend, auf die wie eingefroren wirkende schlanke Gestalt, bevor er etwas sagte. »Hallo.« Es war fast ein Bellen.

Ihr Haar wirbelte in dunklem Glanz, als sie sich auf ihrem Arm herumdrehte. Die freie Hand wischte eine Locke zur Seite: »Oh, einen wunderschönen guten Morgen wünsche ich dir!« rief sie ihm zu, wenn auch in gedämpftem Ton.

»Morgen – na meinetwegen, unsere Uhren zeigen achthundert – warum sollte man das nicht Morgen nennen«, platzte er heraus. »Ich habe nach dir gesucht.«

»Tatsächlich? Warum?«

Er stieß sich vom Türrahmen ab, schoß zum Tisch herüber, ergriff ihn, und ließ seinen Körper frei schweben, genau wie sie. Direkt neben ihr. Aus dieser Nähe konnte er in dem Licht von draußen ihr Gesicht klar erkennen, während Schatten die Konturen zeichneten. »Mir ist aufgefallen, daß du ziemlichen Ärger mit dem Frühstück hattest –« stotterte er.

»Ja, Schwerelosigkeit ist herrlich, solange man nicht abwachen und Geschirr stapeln muß.« Es gab zwar für diese Situation reichlich Tubenrationen und Ähnliches; trotzdem wurde die Haushaltsführung für neun Menschen und einen Betaner unter den Bedingungen der Schwerelosigkeit ziemlich kompliziert, selbst für einen erfahrenen Versorgungsoffizier. »Nun, meine Vorfahren haben Schlimmeres erlebt. Stell dir vor: ich als Dienstmädchen in einer protestantischen Familie in der Victorianischen Zeit. Da lerne ich lieber dies!«

»Es ist zuviel für dich allein, jetzt, wo Su zu beschäftigt ist. »Ich – ich kann dir helfen, Caitlin.«

»Du? Wirst du denn nicht ständig gebraucht?«

»Nein. Sicher, man wird mir Aufgaben übertragen, aber – natürlich, ich habe als Raumfahrer auch gelernt, bei Forschungsaufgaben zu helfen, und wenn es an richtigen Wissenschaftlern fehlt – aber, unsere qualifizierten Leute brauchen meine Hilfe nicht. Phil Weisenberg kommt mit seiner Arbeit allein zurecht. Ich habe mit ihm darüber gesprochen, und er ist auch der Ansicht, daß ich mich nützlicher mache, wenn ich dir helfe . . . wenn du willst.« Er senkte den Blick.

»Ach, da ist lieb, und ich danke dir.« Sie streichelte seine Schulter. »Mögen die Straßen, die du gehst, immer angenehm unter deinen Füßen sein.«

»Wir, wir müssen einander helfen . . . wir müssen so freundlich zueinander sein, wie nur irgend möglich«, murmelte er. »Müssen wir das nicht? Solange wir leben? Für uns wird es keine Straßen mehr geben. Wir werden nie mehr auf einer richtigen Straße wandern.«

Sie lächelte. »Du verlierst doch nicht etwa schon den Mut, Martti, mein Junge? Wo wir gerade unser Leben zurückgewonnen haben und wieder frei sind?«

»Frei?« Er blickte wild um sich. Seine Hand umklammerte die Tischkante so fest, daß seine Fingernägel weiß wurden. »Gefangen in einer Metallhülle, blind durchs All irrend, solange unsere Lebensmittel reichen, keinen Tag länger, falls wir nicht vorher verrückt werden –« er kämpfte um Beherrschung.

Sie streichelte seinen Kopf und machte beruhigende Laute tief unten in der Kehle. Schließlich sagte er in schlichter Verzweiflung, »Du weißt doch selbst, daß wir verloren sind, oder nicht? Fidelio hat bestätigt, daß seine Leute niemals hier gewesen sind. Wir werden uns mühsam von T-Maschine zu T-Maschine tasten – tausend Jahre haben die Betaner gebraucht und Milliarden von Sonden verpulvert um herauszufinden, wie man zwischen zwei Markierungssternen hindurchmuß . . . und die *Anderen* sind nicht da, keiner, der uns hilft . . . Caitlin, es ist aus mit uns.«

Sie schüttelte, immer noch lächelnd, den Kopf und antwortete ruhig, fast fröhlich: »Das glaube ich erst, wenn sie mir die Kupfermünzen auf die Augen drücken. Und vielleicht dann noch nicht. Aber nehmen wir mal an, du hättest recht, Martti, Liebling.«

Er machte eine heftige Bewegung. »Ach«, hauchte sie, »du bist in schlechter Verfassung, das ist es. Wenn du mir helfen willst, laß mich zuerst dir helfen. Halt still.«

Sie ließ den Tisch los, manövrierte sich geschickt hinter ihn, faßte seinen linken Arm mit ihrer linken Hand und klemmte seine Beine zwischen ihre Knie. Er war perplex. »Ruhig, mein Junge, ganz ruhig«, sagte sie, »ich muß festen Halt haben, wenn ich dir die schöne, kräftige Rückenmassage geben soll, die du brauchst.« Sie strich mit ihrer rechten Hand über ihn hin. »Ei, ei, da haben wir's ja, ein ganzes Rattennest voll Muskelkater, wie mein Vater sagen würde, wenn er ein bißchen irischer wäre und nicht so vornehm. Mach dich bis zur Taille frei.«

Er zitterte, als er gehorchte. »Entspanne dich«, befahl sie. »Ganz locker. Wir lassen uns einfach treiben, bis wir an eine Wand stoßen, inzwischen lockere ich diese häßlichen Muskelverspannungen in deinem Rücken.«

Sie kicherte beim Kneten. »Alles meine eigene Erfindung. Sex in Schwerelosigkeit ließ mich nachdenken über Massieren in Schwerelosigkeit, und das um so mehr, als man selbst oft angespannt ist – nein, locker, habe ich gesagt, bleib locker.«

Sie blickte um sich während sie seinen Rücken bearbeitete: »Nehmen wir mal an, wir gehen tatsächlich im All verloren, bis wir nach ein paar Jahren nichts mehr zu essen haben, und jeder von uns sich aussuchen muß, wie er sterben will. Ich glaube nicht, daß uns das passieren wird, wohlgemerkt, aber nehmen wir's mal an. Was für ein großartiges Schicksal wäre das!«

»Was?« schrie er, »das kann doch wohl nicht dein Ernst sein.«

»Das *ist* mein Ernst. Oh, es würde schwer sein, Abschied zu nehmen von Bergen und Meer, Sonnenschein und Regen, dem Herdfeuer am Abend. Aber bedenke doch, Martti, mein Lieber – sieh dir doch die Herrlichkeit da drüben an, und wir auf dem besten Wege, das alles *kennenzulernen* – noch mehr Sonnen, noch mehr Welten, noch mehr Schönheit und Wunder, vielleicht am Ende sogar ein neues Demeter für uns. Und wenn nicht? Nun, dann hätten die paar Jahre hier draußen im All uns mehr gebracht als alle vergangenen Jahrhunderte.« Der Griff ihrer Hände wurde fester, sie legte ihre ganze Begeisterung hinein: »Sei glücklich in deinem Leben!«

*

Für Reisen ins Unbekannte bestimmt, trug die *Chinook* eine Prachtausstattung wissenschaftlicher Instrumente. Aber abgesehen von den Computerfachleuten war niemand an Bord, der gelernt hätte, sie zu benutzen. Die Besatzung hatte genügend technisches Wissen, einschließlich der Fähigkeit, notwendige Informationen zu beschaffen, so daß sie in der Lage waren, unter Weisenbergs Anleitung einiges über die Welt, in der sie gestrandet waren, in Erfahrung zu bringen. Es konnte sich jedoch herausstellen, daß es zum Überleben zu wenig war.

Dann verkündete Joelle dem Captain und dem Ingenieur, daß Fidelio Spezialist auf diesem Gebiet sei. Seine Rasse hatte viele Planetensysteme erforscht, von denen nicht eins dem anderen glich. Bei den Berufsraumfahrern der Betaner gab es eine Gruppe, die darauf spezialisiert war, Beobachtungen zu machen und die so gewonnene riesige Menge an Einzeldaten auszuwerten, bis die nächste Sonde mit der Information zurückkehrte, daß sie ein weiteres Tor für den Rückweg gefunden hatte. Fidelio war ein solcher Beobachter und Auswerter gewesen und ein »Fremden-Offizier«, der die Aufgabe hatte, für sein Schiff zu sprechen, wenn sie fremde Welten besuchten.

Wegen dieser Kombination hatte man ihn für die *Emissary* ausgewählt.

»Selbstverständlich beherrscht er auch Holothetik«, sagte sie. »Wir müssen ein Gerät für ihn umrüsten. Die Möglichkeit dazu ist auf Beta schon entwickelt worden, und Fidelio und ich erinnern uns gut daran. Natürlich wird man ein bißchen herumexperimentieren müssen. Für seinen Entwicklungsstand ist unsere Ausrüstung ohnehin primitiv.«

»Können wir ihm das richtige Gerät bauen?« fragte Weisenberg.

»Wenn Sie zu Galileos Zeiten gelebt hätten, wären Sie in der Lage gewesen, ihm einen Hundertmeterumlaufreflektor zu bauen?« spottete sie. »Oh, ich glaube schon, daß wir ein paar kleinere Verbesserungen hier und da zur rechten Zeit zustandebringen. Besonders in Software. Zunächst müssen wir möglichst viele Daten sammeln. Sie fangen bitte gleich an, das Nächstliegende zu tun. Maße bestimmen, Spektogramme nehmen, usw. Das ist ja sowieso ihre Aufgabe. Wenn Fidelio erst angeschlossen ist, kann er ihnen selbst sagen, was wir noch brauchen, wohl hauptsächlich direkt und kontinuierlich in uns einzugebende Informationen.

Lassen Sie uns jetzt zur Beratung allein. Gehen Sie an Ihre Arbeit. Ich werde Ihnen sagen, was noch zu tun ist und wann.«

Brodersen hob eine Braue ohne etwas zu sagen. Sie erkannte seinen »Sag mal, ist die Luft nicht ein bißchen dünn da oben auf dem hohen Roß?«-Ausdruck von früher. *Niemals hat er ihn auf mich angewandt!* durchfuhr es sie eisig. *Dazu hatte er viel zu viel Respekt vor meinem Verstand. Was hat diese Änderung bewirkt? Der Streß dieser Expedition? Diese Abenteuerin Caitlin?*

Die Frage ließ sie während der nächsten Tage nicht los. Nicht daß sie besessen gewesen wäre, außer von ihrer Arbeit, wie die anderen auch. Trotzdem kehrte diese Frage immer wieder in ihr Bewußtsein zurück, besonders wenn sie versuchte zu schlafen.

Das war oft schwierig. So ganz hatte sie sich nie mit der Schwerelosigkeit angefreundet. Sie empfand das Schweben und Herumfliegen zwar als Vergnügen, aber es war keine ausreichende Entschädigung für die täglichen langweiligen und umständlichen Übungen an den Gymnastikmaschinen, die man machen muß, damit das Blut aufgefrischt wird und die Knochen nicht schrumpfen. (Die anderen schwatzten, sangen oder sahen sich Unterhaltungssendungen an. Alles Dinge, denen sie keinen Geschmack abgewinnen konnte. Theoretisch hätte sie sich auf ihren Verstand zurückziehen können, wo Mathematik und die Erinnerung an das zu Begreifende auf sie warteten. Sie tat das manchmal in ihrer Feizeit. Die öden, schweißtreibenden Übungen waren jedenfalls fürchterlich.)

Schlimmer war, daß sie jetzt, gerade wenn sie anfing zu träumen, immer öfter aus dem Schlaf hochfuhr mit dem Gefühl, in eine bodenlose Tiefe zu stürzen. Wenn sie dann, in der Dunkelheit treibend, versuchte sich zu beruhigen, kamen ihr Gedanken, die sie nicht denken mochte.

Warum kümmert es mich, daß Dan sich nicht mehr um mich kümmert? Er hat mir nie mehr bedeutet als ein Tier, gewitzer und stärker als die meisten und unübertrefflich im Bett, war er doch nur ein Tier für die Stunden, in denen ich auch nur ein Tier war. Wenn mein Körper gebraucht werden will, hatte er angedeutet, würde er mir gern den Gefallen tun – wahrscheinlich nicht gerade jetzt. Im Moment ist er wohl zu beunruhigt und zu unsicher, aber irgendwann. Ich könnte mich ja auch an jemand anderen wenden, etwa an . . . Rueda. Ein Mann von Welt wie er würde mein Alter und mein graues Haar ignorieren und sicherlich ein rechter Künstler sein. Würde – was soll das. Sex ist ein rein körperliches Bedürfnis, wie Darmentleerung.

Wirklich? Eric, Eric!

Halt. Nein. Es ist nicht mal ein Bedürfnis. Ich habe fast neun Jahre darauf verzichten müssen und selten Verlangen danach verspürt.

Warum fühle ich mich einsam? Aus Angst vor dem Tode? Wir werden hier draußen sterben. Die Chancen, unseren Weg zurück zu finden sind . . . nein, nicht unberechenbar . . . lächerlich . . . Aber, wenn wir vernünftig wirtschaften und ein bißchen Glück haben, können wir, oh, zehn Jahre mit unseren Lebensmitteln auskommen. Da wir keinen Gerontologen an Bord haben, bin ich bis dahin wahrscheinlich längst an Altersschwäche gestorben.

Außerdem habe ich schon lange begriffen, daß man den Tod nicht zu fürchten braucht. Ich habe die Wirklichkeit gesehen – es gibt kein ›Ich‹, dessen Verlust man befürchten müßte. Es gibt einen vorübergehenden Zusammenschluß von Mitochondrien, eukaryotischen Zellen, Darmflora und dergleichen. Die ganze Symbiose dient keinem anderen Zweck als der Weitergabe der Gene darin. Würde mir die Unsterblichkeit meiner ›Person‹ angeboten, ich würde sie nicht wollen. Eine Banalität inmitten von Atomen, Äonen und Galaxien.

In der Tat, ich sollte diese unvergleichliche Chance zu forschen, erfahren und lernen, begrüßen. Daß ich meine Erkenntnisse nicht an meine Kollegen weitergeben kann, ist bedauerlich. Verglichen mit dem, was mich in der nächsten Dekade erwartet, ist das aber nur der Verlust einer ganz trivialen Befriedigung.

Wenn das so ist, warum will ich dann jemand, der mich in den Arm nimmt? Warum wird mir die Zeit so lang bis zur Morgenwache und meiner Arbeit?

Trotz allem Ärger mt Null-Schwerkraft und Murphys Gesetz nahm die Arbeit Joelle ganz gefangen. Das Ziel war, *Chinook's* holothetisches System für Fidelio umzubauen. Zuerst kam der mechanische Teil: Ein Helm, der richtig auf seinen Kopf paßte und Zusatzteile für den Rest seines Körpers. Das war einfach. Dann kam die Elektronik. Schaltkreise mußten aufgebaut und an ein Nervensystem angepaßt werden, das das Ergebnis mehrerer Milliarden Jahre separater Evolution war. Dieses hätte ein großes Forschungsprojekt erfordert, hätte es nicht schon auf Beta eins gegeben. Tatsache war, daß fast alles dazu Notwendige bekannt war. Trotzdem verbrachten Su Granville und Joelle Stunde um Stunde mit dem Schreiben von Programmen, und dann am Computer, wenn Weisenberg wieder eine Handvoll Daten aus seinen Instrumenten geliefert hatte. Leino half, und die anderen taten, was sie konnten, wenn Hilfe gebraucht wurde. Im übrigen waren sie mit Astronomie und Raumphysik beschäftigt. Da die Leute verpflegt und ihre Kleidung und Bettwäsche gewaschen werden mußten, überwand Caitlin ihre

Lustlosigkeit und tat das Nötige. Während der Mahlzeiten oder bei der Gymnastik sang Caitlin ihnen gelegentlich etwas vor. Das war das Einzige, was ihnen an Ablenkung geboten wurde.

Nachdem die Hardware vorhanden war, kam die wahre Herausforderung: das Basisprogramm zu schaffen, mit dem Fidelio sich in den Computer integrieren konnte. Dabei war selbst unter Menschen jeder einzelne Holothet ein individueller Fall. Aber Fidelio war kein Mensch. Außerdem wies die Computertechnologie der Betaner gegenüber der irdischen beträchtliche Unterschiede auf. (Eigenartigerweise jedoch, soweit Vergleiche möglich waren,sah es nicht so aus, als ob Holotheten der einen Rasse zu tieferen oder umfassenderen Einsichten fähig wären als die der anderen. Die Maschinen der Betaner waren zwar in vieler Hinsicht überlegen, aber, an sie angeschlossen, hatte Joelle mehr oder weniger genauso funktioniert wie zu Hause. Hatten die Gehirne beider Rassen etwa nur eine begrenzte Kapazität? War selbst das Unendliche begrenzt?)

Diese Aufgabe zu lösen wäre noch schwieriger oder unmöglich gewesen, wenn die Betaner es nicht schon getan hätten, weil man gemeinschaftliche Computerarbeit von Mitgliedern beider Rassen als wünschenswert angesehen hatte. Joelle und Fidelio versuchten einfach, etwas zu wiederholen, was sie auf der *Emissary* schon getan hatten und an das sie sich ziemlich gut erinnerten . . . nur daß das überhaupt nicht einfach war. Man brauchte eine vollkommen neue Computersprache – mit neuer Wortbedeutung – und ein gutdurchdachtes Programm, das diese Sprache in eine Sprache übersetzte, mit der die *Chinook*-Maschine zurechtkam, und ein Programm zum Rückübersetzen, und ein Open-End-Set für besondere Anweisungen. Joelle und Fidelio hatten die grundlegenden Fakten im Kopf und wußten im Prinzip, wie die Einzelheiten zu rekonstruieren waren: durch rohe Logik, Berechnung und Experiment.

Dies nicht als Gleichnis, sondern als Metapher: Es war etwa so, als ob ein Peruaner, in beiden Sprachen aus der Übung, zwischen einem Chinesen und einem Araber dolmetschen sollte, von denen einer stottert und der andere taubstumm ist.

Ohne direkten Computeranschluß wäre das Problem unlösbar gewesen. Susanne schloß sich gelegentlich an, um Versuchsprogramme nach Fehlern und Unzulänglichkeiten abzusuchen, wenn sie nicht woanders bei den laufenden Untersuchungen gebraucht wurde. Joelle und Fidelio probierten sie dann aus. Das war hart für Joelle, denn sie empfing die Wirklichkeit verzerrt, ausgebleicht, fiebernd und hatte hinterher Alpträume, in denen sie meistens Erics verwesten Leichnam sah. Dann wachte sie auf, machte sich klar, daß Fidelio nicht klagte, obwohl es für ihn noch schlimmer sein mußte, und ging wieder an die Arbeit. Wieder in das reine zu Begreifende einzutauchen, war immer wohltuend.

Die *Chinook* befand sich für ein paar Wochen auf einer Umlaufbahn um den Planeten, dem die Menschen keinen Namen gegeben hatten.

*

»Alles scheint fertig zu sein, Frau von Verstand«, sagte er, nachdem er die ganze Anlage sorgfältig untersucht hatte. Er sprach in der kehligen und pfeifenden Überwassersprache seiner Rasse. Das war für ihn wesentlich einfacher als spanisch. »Laß uns einen Versuch machen, und wenn wir feststellen, daß eine starke Flut uns trägt, wollen wir gleich fortfahren, um die Gänze dieses Volumens-in-dem-wir-schwimmen zu empfinden . . .«

Sie lächelte über diesen Ausdruck. Aber ihr Lächeln verschwand, als sie ihn ansah. Als Auch-Meeres-Wesen stand ihm die Schwerelosigkeit gut. Lang und braun wellte sich sein Körper von der vorspringenden Schnauze und den lapizlazulifarbenen Augen bis zum kraftvollen, wohlkontrollierten Schwanz. Jeder Finger und jede Zehe seiner sechs Glieder wußten genau, was sie taten, und sie taten es in fließender Bewegung. Sein Jodgeruch überschüttete Joelle mit Erinnerungen an Meeresstrände auf der Erde, Brandung und Wind, Sonnenlicht und Möwenschwingen. Wie schlimm, daß er in dieser Enge zwischen zwei Computern eingesperrt war, daß er Meßgeräte und Schalter um sich hatte statt lebendiger Unterwasserfarne, daß seine Sicht durch bemaltes Metall begrenzt wurde statt durch wallendes Grün in der Tiefe und oben durch glitzerndes Licht.

Sie zwang sich, an etwas anderes zu denken und drückte einen Knopf auf dem Intercom-Gerät, während ihre andere Hand weiter den Haltegriff umklammerte. »Su«, rief sie, »hier spricht Joelle. Bitte kommen.« Es würde sicher einige Minuten dauern, bis sie ihre Arbeit unterbrechen konnte.

»In die Tiefen unter den Tiefen zurückzukehren, das wird sein wie die Rückkehr an die Küste nach Jahren im Inland«, hauchte Fidelio.

»Ich weiß«, sagte Joelle. In ihr war die gleiche Sehnsucht. Gemeinsame Holothetik mit einem Betaner hatte Dimensionen, die kein menschlicher Partner bieten konnte, unter anderem das Wissen, daß ihre Andersartigkeit auch ihn beflügelte. Sie hatten gemeinsam darüber nachgedacht, ob die *Anderen* nicht vielleicht mehrere unterschiedliche Rassen sein könnten, die in ständiger Verbindung standen.

»Es war so trocken . . .« Fidelios Stimme erstarb. Er war außerstande, Selbstmitleid zu empfinden.

Ihr schnürte Mitleid die Kehle zu. Ihre freie Hand suchte seinen nächsten Arm. Es war der obere rechte. Die Krallen an dieer Tatze hätten sie zerfetzen können, aber sie fühlte nur Wärme und Samt. »Oh, Fidelio«, flüsterte sie.

Dein Lebensmittelvorrat reicht kaum noch ein Jahr. Du wirst sterben zwischen unbehaarten, schwanzlosen, viergliedrigen Trollen, die ohne Hilfe nicht einen einzigen Tag schwimmen können. Keine Frau wird dich zum letzten Mal nähren, bevor du in die ewige Tiefe sinkst, und wir kennen nicht die Rituale, dich richtig zu betrauern.

Sein unirdischer Blick fing den ihren ein. »Ich habe eine Bitte an dich, Joelle«, sagte er leise. Sie erwartete, daß er seinen Blick sofort abwenden würde, denn kein Betaner starrte seinen Gesprächspartner ununterbrochen an, es sei denn, er ist wütend auf ihn, oder er liebt ihn und will sich ihm anvertrauen. Er wandte den Blick nicht ab. In Joelles Ohren klopfte das Blut. »Sei gewarnt: es ist keine Welle, es ist eine Woge.«

»Sprich.«

»Jetzt wo ich die Ausrüstung benutzen kann, laß mich Holothet sein, sooft einer allein gebraucht wird, solange ich noch da bin.«

Denn das ist das einzige was dir noch geblieben ist, nicht wahr, Fidelio? Sie ließ den Handgriff los, um seinen Arm mit beiden Händen zu ergreifen. »J-ja.«

»Du kannst eigene Untersuchungen durchführen, wenn ich Pause mache. Die ganze Anlage wird dir bald wieder allein gehören.«

Sie spürte ein Stechen in den Augen. Verdammt, sie würde doch nicht etwa weinen? Joelle schüttelte den Kopf. Die Tränen zitterten glitzernd.

»Ist das nicht annehmbar?« Klang er resigniert? Wie sollte sie das wissen »G'ng-ng, ich verstehe, Frau von Verstand. Meine Bitte verebbt.«

»Nein, nein!« Sie war bestürzt über die Heftigkeit ihrer Reaktion. *Ich bin überarbeitet, unausgeschlafen, das Großhirn funktionsfähig, aber der Rest ist in unkontrollierte Schwingungen geraten. Wenn ich nicht aufpasse, kriege ich hysterische Anfälle.* »Du . . . hast das mißverstanden. Das war keine Ablehnung. Natürlich übernimmst du. Jederzeit, jederzeit.«

»Du hast Wasser fließen lassen, Joelle. Hast du Kummer (bist du verwundet? ohne lebenswichtige Nahrung? auf ein scharfkantiges Riff geworfen?) durch meine Schuld?«

»Nein. Du – nein. Fidelio, wir können uns gemeinsam anschließen!«

»Ja, oft, wie ich hoffe. Laß uns heute damit anfangen. Ich wittere Herrlichkeiten. Aber Joelle, liebe Geistesfreundin, meistens –« Er fing an zu stottern und sie sah, wie die Sehnen hinter seinen Klauen sich spannten. »Allein im All, kann ich Beta heraufbeschwören, Frau, Mit-Ehemänner, Kinder, Enkel, Freunde, die lebenden wie die toten, keine bloßen Erinnerungen, sondern wahrgenommene Wirklichkeit in Raum-Zeit: Ich kann dann *fühlen*, daß sie existieren. Es ist fast so gut, als wäre man bei ihnen.«

Er machte eine Pause. Obwohl sie ihn nur verschwommen sah, bemerkte sie sein Erstaunen. »Wußtest du das nicht, Joelle? Hast du es niemals selbst getan? Man kann es nicht mit Worten erklären. Ich denke, ich kann es dir zeigen, dich lehren, bevor ich untergehe. Ich muß es unbedingt versuchen. Es ist sehr schön, daß ich dir ein Geschenk machen kann.«

Sie umarmte ihn, drückte ihn an sich und weinte.

Susanne kam durch die Tür. »'ier bin isch«, sagte sie, und: »Oh! Pardonnez-moi! Vous me pardonnerez!« Sie versuchte, sich zurückzuziehen, was ihr wegen der Schwerelosigkeit ziemliche Schwierigkeiten machte. Als Joelle den Kopf zur Tür gedreht hatte (wobei ihre Wange Fidelios Fell streifte, der seine beiden unteren Arme um sie gelegt hatte und ihr mit den Krallen seiner oberen linken Klaue über das Haar strich) sah sie die Computerfrau wie eine große schwarze Spinne in der Türöffnung zappeln. Wenn Fidelio, mit dem sie gemeinsam neue Einsichten erschuf, bald sterben würde, ihr aber vorher den Weg zeigte zum Einssein mit Eric und Chris und ihm selbst und – »Raus.« kreischte sie. »Du häßliche kleine Hure, verschwinde!«

Susanne floh weinend.

»Was ist passiert?« fragte der Betaner besorgt.

Niemand, niemand dürfte mich so sehen . . . außer dir, du bist kein Mensch, du bist ein Mit-Holothet . . . ich benehme mich unvernünftig. Ich war unfair. Ich muß mich entschuldigen. Nein. Wie soll ich es erklären? Ärgerlich: *Warum sollte ich es erklären. Warum soll denn nur ich immer vernünftig sein?* Verwirrt: *Warum habe ich in den letzten Wochen soviel an Eric gedacht? Er ist auch nicht mehr als ein normaler Computerfachmann. Weniger als das. Nach dem, was ich zuletzt von ihm hörte, ist er ein lange verheirateteter unbedeutender Beamter in Calgary.*

Joelle rang nach Luft. »N-nichts, Fidelio. Ich bin müde und – halt mich fest, laß mich eine Weile ausruhen. Dann hole ich mir eine Schlaftablette«, *von unserem Bordarzt, dieser Mulryan, hoffentlich spart sie sich ihr Mitgefühl,* »und dann . . . bin ich wieder in Form . . . oh, Fidelio!«

*

Susanne ging in ihre Kabine, ohne mit irgend jemand zu sprechen, außer daß sie Caitlin sagte, sie würde nicht zum Essen kommen.

Am nächsten Morgen kam sie mit ausdruckslosem Gesicht ins Computerzentrum. »Es tut mir leid, daß ich Sie angeschrieen habe«, begrüßte Joelle sie flüchtig in Englisch. »Ich war unglücklich wegen Fidelio. Er ist ein alter Freund.«

»Ich verstehe, Madame«, antwortete die andere vorsichtig. Dann gingen sie an ihre gemeinsame Arbeit.

Susanne hatte nur einfache Kontrollfunktionen zu erfüllen. Sie mußte darauf achten, daß die Einheit Joelle, Fidelio, Computer und Instrumente nicht durcheinandergeriet. Aber das passierte nicht mehr. Das System hatte seine Kinderkrankheiten überstanden. Die beiden Holotheten vereinigten ihre Gehirne wie zwei Liebende ihre Körper, sie wurden mehr als die Summe beider und ließen das Universum durch sich hindurchströmen.

Vieles wußte man schon durch die Beobachtungen und Schlußfolgerungen der übrigen Mannschaft. Die Stellung der Nachbargalaxien zeigte, daß diese Region ungefähr fünfhundert Lichtjahre von der Sonne entfernt sein mußte, und zwar in der allgemeinen Richtung auf Herkules. Wenn man das wußte, konnte man verschiedene helle Sterne wie Deneb und Objekte wie den Orion-Nebel identifizieren, wodurch sich wiederum die eigene Position genauer bestimmen ließ. (Als ob das etwas ausmachte: schon ein einziges Lichtjahr ist ein Abgrund, in dem jede Vorstellungskraft ersäuft.) Die Sonne war ein roter Zwerg vom Typ M, Masse 0,02 Sonne, Helligkeit 0,004 Sonne. Sie hatte fünf Planeten. Keiner von ihnen war auch nur im geringsten erdähnlich. Sie schienen alle dürr und ohne Leben. Bis – vielleicht – auf den größten, den die T-Maschine und *Chinook* in einem Abstand von etwa vierundzwanzig Millionen Kilometern umkreisten.

Dieser war ein Gigant. 92% der Masse Jupiters, begleitet von einem Dutzend Monden. Sein mittlerer Abstand von seiner Sonne war 1,64 astronomische Einheiten, etwas mehr als der Abstand Mars/Sonne. Wie Jupiter hatte er eine riesigeAtmosphäre, hauptsächlich Wasserstoff und Helium; in geringeren Mengen Amoniak, Methan und kompliziertere organische Verbindungen. Wie Jupiter war er heiß durch Kontraktion. Die äußere Lufthülle war dünn und kalt. Weiter unten wurde sie dichter und wärmer, bis das Wasser verdampfte und Stürme tobten, die das Ausmaß kleinerer Planeten hatten. Der größte

Teil der Masse war flüssig, und trotz der hohen Temperatur bewirkte der starke Druck einen festen metallischen Kern, fünfmal so groß wie die Erde.

Da er sich in zehn Stunden und 35 Minuten einmal um sich selbst drehte, baute er ein mächtiges magnetisches Feld um sich herum auf, das von der Sonne aufgeladene Partikel auffing. Diese Sonne war jedoch ein derart schwacher Heizkörper, daß die Van-Allen-Gürtel an keiner Stelle die Intensität der des Jupiter erreichten. Kein menschliches Wesen konnte sich hier länger aufhalten, aber die *Chinook* mit ihrer elektrostatischen Absicherung konnte zwischen den Gürteln auf- und absteigen, ohne daß ihre Insassen einer nennenswerten Strahlendosis ausgesetzt wurden.

Sie würde noch Grund dazu haben.

Joelle und Fidelio gingen auf in Sonne, Monden und angrenzenden komplizierten und einzigartigen Herrlichkeiten. Aber kaum hatten sie sich in diesem wunderbaren Kaleidoskop eingerichtet, als etwas an ihrer beider Bewußtsein zupfte. Sie schoben es erstmal beiseite, untersuchten einen Wirbel, fanden heraus, warum ein innerer Körper gegenläufig rotierte, stellten fest, daß dieses System älter war als das der Sonne. Aber das Zupfen hörte nicht auf. Fast ärgerlich brachten sie ihren Doppel-Verstand dazu, sich der Sache anzunehmen. Natürlich, es waren Radiowellen aus der Welt, die sie umkreisten. Was hätte es auch sonst sein sollen?

Blitze, synchrotrone Effekte, hundert verschiedene Quellen erzeugten dort drüben Radiowellen, jede nach einem anderen Muster, die die Holotheten verstanden, wie ein Ballettänzer den *pas seul* eines anderen Ballettänzers versteht. Aber ein kleines Element darin war wie eine Flöte, frech und variabel mitten in dem Aufruhr eines Sturmes auf See.

Ohne fremde Hilfe hätte die Menschheit mindestens zehn Jahre konzentrierter Forschungsarbeit für diese Entdeckung gebraucht. Die Holotheten begriffen sofort, daß dies nicht das Produkt unbelebter Natur sein konnte und schlossen daraus, daß es sich um die Verständigung zwischen lebenden intelligenten Wesen handelte.

*

Im Gemeinschaftsraum vor seiner Mannschaft schwebend, hinter sich die glänzende Pracht des Planeten, sagte Brodersen in die eingetretene Stille: »Ja, ich meine, wir sollten es uns ansehen.«

»Das Risiko ist zu groß«, wandte Joelle ein. Auf unserer Umlaufbahn sind wir sicher. Wir müssen weiter Signale aussenden.«

»Bis wir verhungert sind?« fragte Dozsa, der die Signale gegeben hatte.

»So lange könnte es durchaus dauern.«

»Wirlich?« fragte Caitlin. »Wieso denn das? Hast du nicht auf ihren Wellenlängen gesendet – ein mathematisches Signal, das ihnen auffallen muß?«

Dozsa sah müde aus, aber er lächelte: »Du warst wohl zu beschäftigt, um die neuesten Nachrichten zu hören? Unser Grundproblem ist die riesige Größe dieser Welt. Und, ja, der natürliche Hintergrund dieser Frequenzen, der Geräuschpegel. Ohne Holothetik hätten wir die winzigen informationführenden Teilchen wahrscheinlich gar nicht herausfiltern können. Das sind bloße Nebenprodukte der Radiowellen. Die Lebewesen dort, wer immer sie sind, haben nicht den geringsten Grund, auf Signale von außerhalb zu horchen, nehme ich an. Wir müssen mit sehr großer Intensität senden, damit sie uns hören und identifizieren können. Aber wir erreichen nur ein winziges Gebiet.« Er wies auf den lohfarbenen Planeten. »Das Ganze hat riesige Ausmaße, und die Sender sind nicht stationär, sie scheinen in ständiger Bewegung zu sein.«

»Ich möchte wissen, wie sie das machen«, bemerkte Brodersen, »oder wie Elektronik dort funktioniert.«

»Ich habe es jedenfalls versucht«, fuhr Dozsa fort. »Wenn auch hauptsächlich, um mir die Zeit zu vertreiben, während die anderen planetologische Daten sammelten. Die Wahrscheinlichkeit, daß wir auf einen Empfänger treffen, der zufällig auf genau die richtige Wellenlänge eingestellt ist –« er ließ sich für einen Augenblick los, um ein besonders eindrucksvolles Achselzucken zustandezubringen, »ist ungefähr so groß wie die Wahrscheinlichkeit, den Kurs um die T-Maschine herum zu erraten, der uns zum Sonnensystem zurückführt.«

»Außerdem«, erklärte Rueda überflüssigerweise, »sind wir unter Zeitdruck. Gymnastische Übungen werden unsere Gesundheit in der Schwerelosigkeit nicht bis in alle Ewigkeit erhalten. Wir müssen bald wieder Gewicht haben. Unsere Reaktionsmasse ist begrenzt, und wenn wir zu Eigendrehung übergehen, ist das unwiderruflich, dann bleiben wir auf ewig in der Umlaufbahn.«

»Das bedeutet: entweder machen wir uns durch das nächste Tor davon, oder wir versuchen, mit den Bewohnern dieser Welt Kontakt aufzunehmen«, faßte Brodersen zusammen. »Ich bin dafür, daß wir nicht aufgeben bevor wir wissen, daß es sinnlos ist.« Er hätte taktische Befehle zur sofortigen Ausführung geben können, aber in einer Einsamkeit wie dieser würde ein Captain, der seine Untergebenen nicht um ihre Meinung fragt, nicht lange Captain bleiben. »Auf diesem Planeten gibt es denkendes, technologisch hochentwickeltes Leben. Und es ist Leben, das bei den *Anderen* sehr hoch im Kurs stehen mag, denn sie haben die T-Maschine nicht in Lagrange-Position gesetzt, sondern direkt in eine Satellitenumlaufbahn vor Gott und der Welt.« Er machte eine Pause. »Die Bewohner könnten die *Anderen* selbst sein.«

Es wurde still, bis Caitlin flüsterte: »Wunder über Wunder wenn es so wäre, Liebling!« Das Licht des Planeten leuchtete golden in ihren Augen.

»Aber die Bedingungen dort«, protestierte Joelle.

»Die *Williwaw* sollte in der Lage sein, sie zu meistern«, antwortete Brodersen. »Das Schiff ist auf Zeus getestet worden – wegen der Strahlung natürlich mit Robotern. Dennoch, es hat allem standgehalten, von dem es getroffen wurde.« Der größte Begleiter von Phöbus übertraf Jupiter in der Tat an Masse um einige Erden oder Demeters. »Ich schätze, daß eine Mannschaft einige Sunden übersteht. Natürlich ist es rikant, aber ich habe schon schlimmeren Risiken ins Auge gesehen und lebe immer noch.«

Kaum jemand widersprach.

Dann sagte Brodersen: »OK, nächste Frage. Wer kommt mit mir?«

Caitlin hob ruckartig den Kopf, aber es war Rueda, der ausrief: »Mit dir? Wovon redest du?«

»Da es riskant ist, werden wir nur eine Mini-Mannschaft auf die Reise schicken«, sagte Brodersen. »Pilot und Kopilot, die gleichzeitig als Funkoffiziere fungieren müssen, und, da die beiden so beschäftigt sein werden wie ein einarmiger Tintenfisch, meine ich, daß ein dritter Mann dabei sein muß, als Beobachter und Mädchen für alles andere.«

»Ich!« Leino und Frieda überboten sich an Lautstärke.

Weisenberg räusperte sich und sagte lauter, als man es von ihm gewohnt war: »Macht mal 'n Punkt, Leute. Denkt noch mal nach. Laßt uns vernünftig reden. Was du nicht tust, Skipper, wenn es dein Ernst ist, selbst mitzugehen.«

»Was?« grunzte Brodersen. »Ich bin mindestens als Kopilot qualifiziert. Denkst du denn, ich schicke Männer in eine Gefahr, der ich mich nicht selber stelle?«

»Dan, das ist chemisch reine Pferdescheiße.« Aus Weisenbergs Mund hatten die Vulgarismen Schockwirkung. »Ein Captain tut das nicht. Dazu hat er kein Recht.«

»Sehr richtig«, warf Rueda ein. »Du bist für unser Überleben zu wichtig.«

Brodersen wurde rot. »Ich bitte dich!«

»Nein, du – du hörst mit diesem Unsinn auf«, stieß Weisenberg hervor. »Gewiß, wenn dir etwas passiert, wählen wir einen neuen Chef und machen weiter. Aber wir würden nicht so gut weitermachen können, nicht wahr? Du bist kein Supermann, Dan. Aber du hast ein Talent dafür, die Arbeit von Leuten zu koordinieren. Außerdem weißt du eine Menge über Verantwortung. Solches Wissen steht nirgends geschrieben.«

Weisenberg erntete allgemeine Zustimmung. Er wandte den Leuten sein Mumiengesicht zu. »Wir müssen kaltes Blut bewahren und ganz sachlich überlegen«, sagte er rasch. »Wer geht, muß dafür qualifiziert sein, aber es müssen gleichzeitig Leute sein, deren Verlust wir notfalls verkraften könnten. Außer Dan haben wir drei Leute, die das Schiff steuern können. Wir brauchen zwei. Stef, Carlos, Frieda, korrekt? Welche beiden?« Er schnitt das einstimmige ›Ja‹ der drei mit einer wütenden Handbewegung ab. »Maul halten und nachdenken.

Carlos könnte Stef leicht ersetzen und du auch, Frieda. Aber du bist unser einziger Waffenspezialist. Ich sage nicht, daß wir hier draußen in ein Gefecht verwickelt werden. Höchstwahrscheinlich nicht, es sei denn gegen jede Voraussicht, aber in einem solchen Fall könnte es nötig sein, einen Strahl oder ein Geschoß genau dorthin zu schicken, wo wir den Gegner treffen müssen. Stimmt's? Es stimmt.

Also gut, Stef und Carlos als Piloten. Sie können unter sich ausmachen, wer das Sagen hat.«

Seine Blicke schossen hin und her. »Wer wird der dritte sein? Gewiß nicht unsere beiden Holotheten. Auch nicht Martti und ich – ich habe gesagt, du sollst das Maul halten, Martti! Ich bin Chefingenieur, und er ist mein Assistent und mein Rückhalt. Ohne richtige Wartung und laufende Reparaturen ist dieses Schiff tot. Su hat die bessere technische Ausbildung. Aber die Schwerkraft auf diesem Planeten ist etwa zweieinhalb mal so groß wie auf der Erde. Du bist nicht sehr kräftig, Su.« Er verkniff den Mund. »Du bist zäh, vielleicht zäher, als mancher denkt, aber eben nicht stark. Du hast schwache Muskeln und auch keine sehr guten Reflexe. Caitlin –«

»Nun halt aber die Luft an!« brüllte Bordersen.

»Nein!« schrie Leino.

»Ist das Ihr *Ernst*?« rief Caitlin. Sie ließ den Handgriff los, stieß sich ab und schoß auf Weisenberg zu, der bei dem Aufprall ebenfalls den Halt verlor. Zusammen schwebten sie rotierend davon, während sie ihn immer wieder küßte, und um sie herum kochte es vor Aufregung.

XXVIII

Gelenkt von ihren Holotheten sank die *Chinook* ohne Schwierigkeiten auf eine synchrone Umlaufbahn, bei der sie ständig über der Region blieb, die ihr Tochterschiff sich als Ziel gewählt hatte. Sie geriet dadurch in eine Position unterhalb der Strahlungsgürtel, so daß der Partikelstrom, dem sie im freien Raum ausgesetzt gewesen war, sie nur noch zu einem geringen Teil erreichte.

Förderband und Kräne hoben die *Williwaw* aus dem Schiff, und das Fahrzeug schoß davon. »O-o-o-h«, hauchte Caitlin, und es klang wie ein Gebet. Sie hatte die Annäherung auf den Sichtschirmen beobachtet, was schon sehr eindrucksvoll gewesen war, aber jetzt war sie dem schrecklichen Glanz direkt konfrontiert.

Die optischen Systeme in der Steuerkanzel zeigten eine ganze Hemisphäre und zusätzlich noch weitere große Teile des Himmels. Der Planet selbst nahm fast den halben Raum ein. Wenn sie zu ihm hinübersah, war nichts anderes mehr zu erkennen. Das hereinflutende bernsteinfarbene und goldene Licht ließ jeden anderen Stern verblassen. Zur Rechten, unsagbar weit entfernt, gingen rote Streifen am Rande der Welt in tiefes Purpur über, um sich dann in kosmischer Schwärze zu verlieren. Zur Linken, an der näheren Nachtseite, war das Dunkel von schwachem Schimmer und entfernten Blitzen belebt, und die orangefarbenen Streifen waren hohe Wolken, die den ersten Schein der Morgendämmerung auffingen. Dazwischen erstreckte sich die vom Tageslicht beschienene Fläche, helle Zonen, Streifen mit reicheren Farben in tausend wechselnden Schattierungen, die sich ihrerseits ständig veränderten, wogten und durcheinanderflossen, Wirbel, Gezeiten und Flüsse bildeten, ein endloser Tanz, majestätisch und wunderschön.

Das Schiff summte und vibrierte. Die Düse zog einen hellen Kondensstreifen hinter sich her, der sich, kaum hatte er sich gebildet, schon auflöste. Dennoch verschwand die Rundung der *Chinook* bald hinter seinem Schleier. Schwerkraft hielt die Besatzung in ihren Sitzen fest. Obwohl weniger als ein G, war die Beschleunigung doch beträchtlich, denn man wollte kurz nach dem örtlichen Sonnenaufgang unten sein. Ruedas Sprechverkehr mit dem Mutterschiff beschränkte sich auf den Austausch notwendiger Informationen und hörte sich unwirklich an.

Als er ihn beendete, war er fast erleichtert. Bisher lief alles gut. Wie seine Gefährten saß er eine Weile ruhig in seinem Sitz. Die Strahlen von draußen umgaben seinen Kahlkopf mit einem Heiligenschein. »Heilige Mutter Gottes«, sagte er leise, »so könnte ein Mann glücklich sterben.«

Dozsa grinste, wenn auch nicht sehr heiter. »Wie du wünschst«, sagte er mit belegter Stimme. »Aber ich habe Frau und Kinder zu Hause. Eine Erfahrung wie diese hätte ich lieber schon *hinter* mir.«

Rueda sah ihn erstaunt an. »Und trotzdem bist du mitgekommen?«

»Was denn sonst? Ich weiß, daß diese Suche notwendig ist, und ich bin dafür am besten qualifiziert.« Dozsa saß an den Kontrollen, denn abgesehen von seiner langen Praxis, war er durch seine Kriegsausbildung auf Kraft und Geschwindigkeit trainiert. »Versteh mich nicht falsch, Carlos, ich habe keine Angst. Ich freue mich über die Herausforderung. Nur würde ich mich lieber rückblickend freuen.« Er bekreuzigte sich. »Oder im Jenseits, falls Gott unsere Rückkehr nicht zuläßt. Unser Tod sollte schnell und sauber sein.«

»Ja.« Caitlin sprach kaum hörbar. »Eine Sternschnuppe an einem solchen Himmel – ganz gewiß gibt es schlimmere Schicksale.«

»Auf einer solchen Mission fühlt man sich Gott nahe, nicht wahr?« sagte Rueda. »Aber er ist nicht der freundliche alte Vater, von dem die Schwestern in der Schule mir erzählten, und auch nicht der gerechte Herr, als den ihn unsere Priester bezeichneten.«

»Er ist alles das und mehr«, erwiderte Dozsa. »Caitlin, du Heidin, selbst du mußt dich an ihn noch aus deiner Kindheit erinnern.«

Sie schüttelte den Kopf. Ihr Haar hatte sie geflochten und hochgesteckt. »Nein. In Irland waren die Leute wohl zu katholisch für mich – nach den Unruhen und ganz besonders, als man von den *Anderen* erfuhr, hingen sie verstärkt ihrem alten Glauben an . . . und ich bin eine geborene Rebellin. Aber in mir ist jeder Zorn erloschen.«

Dozsa lächelte. »Nun, wir wollen uns nicht streiten. Dafür haben wir keine Energie übrig. Wenn es dir nichts ausmacht, werde ich dich in meine Gebete einschließen. Ich werde einige denken, wenn ich sie auch nicht spreche.«

Rueda schaute sich zu ihr um. »Woran glaubst du nun wirklich, wenn ich fragen darf?« erkundigte er sich.

»An das Leben«, sagte sie.

Alle drei schwiegen, sahen den Planeten näherkommen, sahen, wie die Nacht zurückwich und Helligkeit sich ausbreitete. Plötzlich kamen neue Anfragen hinsichtlich einiger Meßwerte und die Bitte um Bestätigung gewisser Einzelheiten des Flugplans. Rueda antwortete und fügte hinzu: »Das wäre aber nicht nötig gewesen, Freunde.«

Statt Joelle sprach jetzt Brodersen. »Meine Schuld. Ich bestand darauf. Ist wirklich alles in Ordnung?«

»Mir geht's so gut wie nie, mein Schatz«, sagte Caitlin keck, »außer daß du nicht hier bist. Und für sportliche Übungen ist diese Kabine ohnehin zu eng. Mach unser Bett, bevor ich zurückkomme. Es ist noch ganz zerwühlt, wie du weißt.«

»Pegeen, ich bitte dich –«

»Oh, es tut mir leid.« Sie griff an den Lautsprecher, als wollte sie Brodersen streicheln. »Du hast Angst um mich. Aber hätte ich im umgekehrten Fall nicht auch um dich Angst? Sei nicht so selbstsüchtig. Freu dich, daß ich dieses großartige Abenteuer erlebe.«

»Das . . . versuche ich ja.«

»Nein, mehr als ein Abenteuer. Ein Zauber, von dem man in Tir na nóg nie träumte. Weißt du, ich habe mir gedacht, wir brauchen einen Namen für unseren Planeten, falls wir hier Lebewesen finden. Ihren Namen würden wir wahrscheinlich nicht aussprechen können.«

Brodersen zögerte. »Und?«

»Ich dachte an Danu, die Muttergöttin der Tuatha von Danaan, die später die großen Sidhe wurden.«

Er fluchte Zustimmung.

*

Die *Williwaw* erreichte rascher als über Demeter spürbare Atmosphäre, da die Luft hier durch die Schwerkraft stärker verdichtet war. Das war bei der Berechnung des Kurses und der Vektoren berücksichtigt worden. Das Schiff bekam von Joelle laufend Richtdaten. Sie war holothetisch an Instrumente angeschlossen, deren Bedienungspersonal seine Anweisungen von Fidelio erhielt. Ohne diese Hilfen wäre der Flug Selbstmord gewesen.

Dozsa wurde während der ersten Stunde sowieso bis an die Grenzen seiner Leistungsfähigkeit gefordert, und Rueda war fast genauso sehr beschäftigt. Er besorgte den Funkverkehr und half dem Piloten. Bald stank die Kabine nach Schweiß. Ein entsetzliches Brüllen, Kreischen, Rumpeln und Pfeifen erfüllte den Raum. Zweieinhalb mal ihr eigenes Gewicht zerrte an den Menschen. Jeder Finger wurde schwer, ein Arm war eine Last, und der Nacken hatte Mühe, den Kopf aufrechtzuhalten. Die Eingeweide sackten nach unten, und das Herz mußte Schwerstarbeit leisten. Die Rippen schmerzten beim Atmen, der Mund wurde trocken, die Kehle rauh.

Das wäre in einer Testzentrifuge oder an Bord eines Wachschiffs unter voller Beschleunigung, wo man bequem sitzen oder liegen konnte, anders gewesen. Danu aber raste. Der Aufprall auf die Stratosphäre ließ das Fahrzeug zittern und tanzen und bocken wie ein Pferd. Weiter unten wurde es bei niedriger relativer Geschwindigkeit von Stürmen geschüttelt. Wenn man nicht geschickt steuerte, konnten die Tragflächen abbrechen. Das Schiff war für erdähnliche Welten konstruiert, und für diese war seine Aerodynamik ungünstig. Auch Geschicklichkeit allein schuf keinen Ausgleich, wo hier der ganze Himmel seltsam war. Mehr als einmal war Joelle selbst überrascht, wenn irgendein heftiger Stoß erfolgte, den sie anhand ihrer Daten nicht vorausgesehen hatte. Wie schnell sie auch jeweils reagierte, es mußte gesprochen werden, und das dauerte Sekunden. Von einem betanischen Mutterschiff aus hätte sie das Fahrzeug direkt steuern können, wäre praktisch mit ihm eins gewesen, Dozsa und Rueda aber mußten selbst so gut sie konnten fertigwerden, bis sie eine hilfreiche Information bekamen.

Zweimal mußten sie durch solche Stürme hindurch. Sie waren blind und hilflos, bis Blitze die vorbeirasenden Wolkenfetzen hell erleuchteten. Dann folgte der Donner. Tobend griffen die Sturmböen nach dem Fahrzeug. Jedes Absinken durch eine Turbulenz endete mit schmerzhafter Wucht. Das Rollen, Stampfen und Schwanken schleuderte die Besatzung in den

Gurten hin und her. Einmal prasselten Hagelkörner auf den Rumpf, dann wieder gab es sintflutähnliche Regenböen.

Die ganze Zeit über beobachtete Caitlin die Umgebung. Sie konnte nichts anderes tun. Nur gelegentlich tippte sie auf eine Schulter und wies auf finstere Erscheinungen in der Ferne hin – riesige Wolkenberge, wirbelnde Turbulenzen und andere wilde Phänomene, für die Menschen keine Worte haben. Sonst aber störte sie die Männer nicht. Sie schaute nur. Sie konzentrierte ihr ganzes Selbst auf die Welt dort draußen und lachte vor Glück.

Die *Williwaw* kam durch. Gelegentlich schien es zweifelhaft, obwohl die Berechnung ihr gute Chancen gaben. Jedenfalls schaffte sie es. Sie erreichte eine Höhe, aus der etwa die Radiosignale gekommen sein mußten, und hier war es ruhig. Die Luft war dicht und warm und hatte keine Eile. Thermalströme kamen von unten herauf und trugen das Schiff. Der Autopilot konnte eingeschaltet werden. Sie flogen eine weite Kurve und fingen selbst an zu senden, und zwar vorher aufgezeichnete Signale auf verschiedenen danaanischen Wellenlängen. Ein Strahl trug Ruedas lustlose Stimme nach oben: »Wir sind wohlauf. Ich wiederhole, wir sind wohlauf. Gebt uns ein paar Minuten zum Ausruhen. Dann berichten wir.«

Wie Dozsa sank er nach vorn und ließ das Kinn auf die Brust sinken. Caitlin beugte sich vor, um die beiden Männer zu berühren. »Ihr Armen, ihr seid so müde –« sie schwieg, denn sie wurde sich wieder der Umgebung bewußt.

Ohne Restlichtaufhellung wäre sie blind gewesen. So aber konnte sie weit sehen. Der Anblick war so fremdartig, daß es eine Weile dauerte, bis ihre Augen alles registrierten. Es war ein Bild von überwältigender Schönheit.

Der am Horizont indigofarbene Himmel ging im Zenit in helles Violett über. Einzelne märchenhaft geformte Wolken zogen dahin. Die Farben waren die eines Sonnenuntergangs in Colorado. Von einem Regenbogen umgeben stand hoch oben die Sonne. Die Wolkendecke lag unter ihr wir ein Meer, ein Meer allerdings, das kein Mensch je durchsegelt hatte. Seine Ausdehnung war gewaltig. Man sah Berge, Schluchten, rauchige Ebenen, große, langsamfließende Katarakte, unendlich kompliziert und doch nie ganz gleich. Ein goldener Schimmer, rötliche Farbtöne, Streifen in den verschiedensten Abstufungen von blau, grün und braun, und ganz in der Ferne in geheimnisvollen Schatten versinkend.

Weit weg zog ein Schwarm vorbei. Hatten sie Flügel? Hatten sie Flossen? Sie waren zu schnell verschwunden, als daß man es hätte erkennen können; aber sie hatten geglänzt.

Der leichte Wind draußen verursachte ein einschläferndes Geräusch.

Caitlin verstellte ihren Sitz nach hinten, und langsam fingen die Schmerzen an abzuklingen. Die Schwere empfand sie nur noch als eine auf ihr ruhende starke aber freundliche Hand.

Nach einer Weile hatten sich die drei Menschen genug erholt, um sich wieder mit ihrem Schiff zu beschäftigen. Sie lasen die Instrumente ab, machten Außenaufnahmen und unterhielten sich. Wenig später erschienen gewisse Danaaner.

*

Caitlin sah sie zuerst. Ihre Partner waren beschäftigt, nicht so hektisch wie beim Abstieg, aber sie machten sich Sorgen. Die Verbindung zum äußeren Raum war abgerissen. Aus dem Lautsprecher kam nur Knacken, Summen und Chaos, wie sehr sich Rueda auch bemühte. Irgendwo über ihnen in dem so ruhig wirkenden Himmel hatten elektrische Vorgänge die Atmosphäre für alle Frequenzen, die er zur Verfügung hatte, undurchlässig gemacht. Mit einer solchen Möglichkeit oder Wahrscheinlichkeit hatten die beiden Holotheten nicht gerechnet. Sie waren schließlich keine Götter, und sie besaßen weniger Informationen, als eine betanische Expedition sie erlangt hätte. Außerdem ist jede Welt im Universum etwas Einzigartiges. Dozsa fürchtete, daß diese Panne eine ebenso plötzliche Veränderung der Luft anzeigte. Die Luft war so dicht, daß der Druck fast die Grenzen dessen erreichte, was der Rumpf an Belastung aushalten konnte. Gab es vielleicht Gasströme, die die Atmosphäre trübten und gefährlich waren? Ohne große Hoffnung versuchte er den Instrumenten und dem Verhalten des Schiffs Hinweise abzugewinnen.

So hätten ihnen die Neuankömmlinge leicht entgehen können, wenn Caitlin nicht aufgepaßt hätte. Sie schrie es hinaus – sang es hinaus – stieß die Männer in den Rücken, während sie mit der anderen Hand hinauszeigte, die Schirme auf Vergrößerung stellte und erneut nach draußen zeigte. Rueda pfiff durch die Zähne. »Wunderbar«, sagte er. »Flieg näher heran, Stefan.«

Dozsa runzelte die Stirn. »Ich weiß nicht recht«, erwiderte er. »Unter den Umständen sollten wir lieber unseren Kurs beibehalten –«

»Runter, du *amadán*!« schrie Caitlin. »Ich schwör's dir, ihretwegen sind wir hergekommen!«

»Wie willst du das wissen?« fragte der Offizier.

»Willst du behaupten, es geht nicht?«

»Nun . . . ja – in Ordnung. Ich denke, wenn wir der Sache nicht nachgehen, war unsere ganze Mühe umsonst.«

Sie fuhr ihm mit der Hand durchs schweißverklebte Haar. »Nun redest du, wie Dan es getan hätte.«

Bei dem zusätzlichen Auftrieb durch die Thermalwinde war die Überziehungsgeschwindigkeit der *Williwaw* gering. Dozsa verlangsamte den Flug so sehr er nur wagte, vielleicht noch ein wenig mehr. Der Ausblick nach vorn wurde klar und strahlend hell.

Wenn die Frau richtig gezählt hatte, waren neunzehn Wesen, die zu zweit oder dritt flogen, aus den Wolken aufgestiegen und strebten einem Punkt ziemlich weit vor dem Fahrzeug zu. Sie schwebten einen Kilometer niedriger aber auf der gleichen Bahn. Sie hatten die Größe von Pottwalen und im Grunde eine ähnliche Gestalt, die gleiche stumpfe Schnauze – an der vorn die kreisförmige Mundöffnung (?) saß, die durch einen Schließmuskel verschlossen werden konnte – und Flossen am hinteren Ende – obwohl diese vierfach waren, sowohl horizontal als auch vertikal standen und eher bewegliche Steuerflächen waren, als daß sie dem Antrieb dienten. Kurze Glieder und lange Fühler, die die Mundöffnung umstanden, enthielten oder waren zweifellos Sinnesorgane. An ihrer Körpermitte standen komplizierte Muskelstrukturen.
hervor, aus denen glatte, schmale Flügel ragten, die den Körper an Länge übertrafen. Vor den Flügeln sah man zwei Arme

(oder Rüssel, da in ihnen offenbar keine Knochen waren), die in etwas endeten, was Menschen nur als Hände bezeichnen konnten.

Ihre Färbung war exquisit: der Rücken leuchtendes Königsblau, das nach unten in Saphierfarbe überging, während die Flügel mit den Farbbrechungen von Juwelen leuchteten. Die geschmeidigen Flächen zeigten bei jeder Bewegung ein Zusammenspiel chromatischer Wellen. Herrlich entfaltete sich die Pracht, als die Kreaturen sich tanzend dem Raumschiff näherten. Sie schossen durch die Luft, glitten elegant dahin, wendeten, segelten um Zentimeter aneinander vorbei, bildeten dann einen weiten Bogen, bewegten sich in einem kreisenden, wirbelnden Takt, der die Betrachter in seinen Bann schlug und nicht wieder losließ, wie es bei großer Kunst oder in der Liebe immer der Fall ist.

»Gewiß gibt es dazu Musik«, ahnte Caitlin. »Carlos, kannst du nicht versuchen, sie aufzufangen?«

Rueda riß sich aus seinem Entzücken los und beschäftigte sich mit dem Sonarempfänger. Bald hatte er die Fluggeräusche und die des Windes ausgeblendet, und man hörte den Gesang der Wesen. Töne, von meerestiefem Baß zu eisklarem Sopran und solche unterhalb und oberhalb der für menschliche Ohren wahrnehmbaren Frequenzen drangen in die Kabine. Sie lagen auf keiner den Kindern der Erde bekannten Skala, und wenn sie beiden Männern überhaupt einen klaren Eindruck vermittelten, dann der unerschütterlichen Macht; Caitlin aber sagte mit Tränen in den Augen: »Oh, wie sie sich freuen! Ihr hört es nicht? Dann schaut doch, wie ausgelassen sie sind.«

»Ich sollte mich darauf konzentrieren, uns in der Luft zu halten«, sagte Dozsa. Obwohl sich seine Blicke immer wieder zu der halb majestätischen, halb heiteren Harmonie der Bewegungen um ihn herum verirrten, zog er die *Williwaw* in eine Steilkurve.

»Sie heißen uns willkommen«, sagte Caitlin. »Wenn es wirklich die *Anderen* sind, ach, ich wußte schon immer, daß sie ein glückliches Volk sein müssen.«

»Moment mal, liebe Caitlin«, ermahnte Rueda sie. »Es ist zwar ein wunderbarer Anblick, aber du ziehst voreilige

Schlüsse. Es könnte sich ganz einfach um neugierige und verspielte Tiere handeln, wie Delphine, die ein Schiff begleiten.«

»Mit Händen? Sie gebrauchen ihre Hände besser als Hula-Tänzer.«

»Wo siehst du Kleidung, Schmuck, Werkzeuge, irgend etwas Angefertigtes?«

»Das brauchen sie doch im Augenblick nicht. Pssst. Ich glaube, ich fange an, ihre Musik zu begreifen.«

»Beeil dich lieber«, warnte Dozsa. »Wir manövrieren gefährlich. Ich brauche einen größeren Radius. Das Dumme ist, unsere Überziehungsgeschwindigkeit ist größer als ihre Höchstgeschwindigkeit.«

»Das war zu erwarten«, meinte Rueda. »Die Natur hat sie für . . . Danu bestimmt. Unser Schiff wurde nicht für diese Welt konstruiert. Außerdem hat es Kernkraftantrieb, während sie wahrscheinlich mit chemischen Substanzen operieren – Verzeihung, Caitlin, du wolltest, daß wir still sind.«

»Nein, sprich nur, wenn dir etwas einfällt«, sagte sie. »Ich wollte zuhören. Aber ich habe trotzdem ein Ohr für dich. Auch die Wissenschaft gehört zu den Künsten.«

Rueda lächelte schief. »Ich bin kein Wissenschaftler. Höchstens ein Amateur . . . wir nehmen diese Szene doch auf Band auf, oder?«

»Selbstverständlich.«

»Gut«, sagte Dozsa mürrisch. »Ein solches Leben auf einer solchen Welt. Darüber werden wir noch nach Jahren sprechen.«

Das Schauspiel ging weiter. Beim Klang der fremden Melodien sprachen die Menschen miteinander, während sie zwischen der roten Zwergsonne und dem Wolkenmeer dahinzogen und dabei gebannt nach draußen starrten.

»Ich meine, daß es sich um lebende Schiffe handelt, die leichter als Luft sind«, wagte sich Rueda hervor. »Diese riesigen Körper enthalten Gasblasen, die sich durch ihre eigene Temperatur ausdehnen. Mit Hilfe von Ventilen können sie steigen oder sinken. Sie bewegen sich nicht nur mit den Flügeln vorwärts sondern benutzen auch eine Art Düse, die vielleicht wie ein Blasebalg funktioniert oder – ich weiß nicht, aber die Atmosphäre ist dafür in dieser Höhe dicht genug. Sie atmen natürlich nicht Sauerstoff sondern Wasserstoff, aber ansonsten sind sie von uns nicht so sehr verschieden. Auch sie bestehen aus Proteinen in Wasserlösung.«

»Woher kommen sie?« wollte Dozsa wissen. »Was hat ihre Evolution veranlaßt? Wie hat das Leben angefangen? Wo beginnt die Nahrungskette?«

»Wie viele Jahre und wie viele Forscherteams sind wohl notwendig, um diese Frage zu beantworten, mein Freund? Wenn ich aber raten darf, möchte ich meinen, daß unter den Wolken dort unten der ›Urschlamm‹ liegt. Dort ist die Luft noch dichter und Chemikalien können sich konzentrieren – ursprünglich vielleicht auf der Basis von Kolloiden? Vergeßt nicht, daß dieser Planet wie Jupiter oder Zeus ist. Er strahlt mehr als er selbst an Strahlung erhält. Das bedeutet, besonders weil die Sonne so schwach ist, daß die Vorgänge der Biochemie nur von diesen Thermalströmungen bewirkt werden. Von unten kommt mehr Energie als von oben. Ich meine, daß die Höhe, auf der wir uns jetzt befinden, die Randzone ist, innerhalb derer noch Leben möglich ist; wie die Arktis, Antarktis oder der Meeresboden auf der Erde.«

Stirnrunzelnd betrachtete Dozsa die tanzenden Wesen. »Wie kann sich Intelligenz entwickeln, wenn die ganze Zoologie schwebt? Wie denn? Keine Steine als Werkzeuge, kein Feuer –«

Rueda nickte. »Ich gebe zu, das irritiert auch mich an diesen sonst herrlichen Geschöpfen.«

Caitlin richtete sich in ihren Gurten auf. »Jungs, wo bleibt denn eure Phantasie?« forderte sie die beiden heraus. »Könnt ihr euch denn nichts Gewachsenes vorstellen, das genauso schweben kann, wie etwa trockener Tang oder Fischgräten, nur besser? Wenn ihr etwas braucht, das dem Feuer entspricht, was wäre dann mit gewissen Enzymen, die bei der Reduktion organischer Verbindungen als Katalysator dienen? Und wissen wir denn, wieso auf der Erde aus Affen Menschen wurden? Wie können wir dann Dogmen über einen fremden Planeten aufstellen?«

Rueda strich sich den Schnurrbart. »Alles richtig. Ich kann

aber nicht glauben, daß es ohne festes Material, ohne Metall Elektronik geben kann. Es ist vorstellbar, daß die *Anderen* mit reinen Kraftfeldern umgehen können. Aber wie gelangt etwas von hier bis dort? Doch wohl nicht in einem einzigen Sprung! Die hiesige danaanische Wahrnehmungsfähigkeit mag sich entwickeln, sie mag so edel und künstlerisch und intellektuell werden, wie ihr nur wollt, aber von *sich* aus hat sie *nicht* die Möglichkeit, eine wissenschaftlich-technologische Zivilisation aufzubauen.« Er lachte dünn. »*E púr si mouve.* Auf jeden Fall haben sie Sendegeräte.« Er sackte zusammen. Er konnte vor Müdigkeit kaum noch sprechen. »Was soll's. Die Schwerkraft macht mir zu schaffen. Ich kann nicht mehr gut denken. Hoffentlich passiert bald etwas.«

Dozsa nickte. Er hatte keinen Grund zu wiederholen was alle wußten. Ihr Aufenthalt hier war zeitlich eng begrenzt. Muskeln konnten sich an die höhere Schwerkraft anpassen, nicht aber das kardiovaskuläre System und der gesamte Flüssigkeitshaushalt im Körper. Das Blut drängte in die unteren Gliedmaßen; das schwer arbeitende Herz war immer weniger in der Lage, das Gehirn mit Sauerstoff zu versorgen. Wurden erst die Zellen durchlässig, war mit Ödemen zu rechnen; am Ende wäre der Schaden nicht mehr zu reparieren.

Auch der Rumpf des Schiffs war nicht undurchdringlich. Bei diesem Druck konnten verschiedene Wasserstoffverbindungen ins Innere gelangen, und zuletzt würde eine explosive Mischung entstehen.

»Wir hatten uns vorgenommen, ungefähr so lange zu bleiben bis die Sonne untergeht«, seufzte Dozsa. »Wahrscheinlich war das zu optimistisch. Auf Danu müssen die Entfernungen riesig sein. Jene Wesen, wenn es überhaupt denkende Wesen sind, müssen sich gerade in der Nähe aufgehalten haben. Die anderen – die *Anderen* –«

»Die wahren *Anderen* wären früher gekommen, wolltest du das damit sagen, Stefan?« fragte Caitlin.

Wieder nickte er.

»Ich fürchte, du hast recht.« Sie schaute noch einmal zurück. »Aber wie wunderbar sie sind, und wie sie sich freuen!«

Dozsa brachte die *Williwaw* wieder auf die alte Höhe und

den alten Kurs. Der Tanz ging weiter. Die Besucher schauten zu und versuchten, alles so gut wie möglich auf Band aufzunehmen.

Die glimmende Sonne überschritt den Mittag. Weitere Danaaner tauchten auf.

*

An ihrem Denkvermögen war nicht länger zu zweifeln. Der Tanz löste sich auf, und es erschienen welche, die Gerätschaften mitgebracht hatten. Einige dieser titanischen Wesen hatten Lenkfahrzeuge verschiedener Art umgeschnallt, aus denen Apparaturen herausragten (Teleskope? Spinngewebe? Kettenähnlich zusammengefügte Ringe?). Sie machten keinen Versuch, sich dem Raumschiff zu nähern, sondern blieben ziemlich weit unten und stellten ihre Apparate ein.

Über den Radioempfänger hörte man geordnete Geräusche im gleichen Frequenzbereich der früheren Gesänge, aber diesmal handelte es sich ganz eindeutig um Sprache.

»Ich brauche fünf Minuten«, murmelte Rueda und beschäftigte sich mit einem Reflektionsspektrometer, der schon an Bord der *Chinook* für ihn eingestellt worden war. Dozsa steuerte das Schiff mit gleichbleibender Geschwindigkeit, obwohl der aufkommende Nachmittagswind sich deutlich bemerkbar machte. Schmerzen, Erschöpfung und die Belastung durch die Schwerkraft waren vergessen.

»Wie antworten wir ihnen?« fragte Caitlin aus ihrer Hochstimmung heraus; und dann gleich: »Ach, ich wüßte schon, wenn ihr keinen besseren Vorschlag habt, Jungs.«

»Das Mikrophon gehört dir«, sagte Dozsa. »An was hattest du gedacht?«

»Irgendein Signal, das ihnen zeigt, daß wir uns mit ihnen in Verbindung setzen wollen. Warum sollten wir mit Mathematik anfangen? Sie wissen ohnehin, daß uns Pi keine unbekannte Größe ist. Aber wenn wir ihre Musik als solche erkennen und uns daran erfreuen können, gelingt ihnen das bestimmt auch bei unserer.« Sie griff in die Gurttasche neben ihrem Sitz. »Gut, daß ich meinen Sonador mitgenommen habe.«

Sie gab ein Programm ein und fuhr über die Tastatur. »Eine kleine Nachtmusik« erklang. »Sie haben uns fröhlich begrüßt. Laßt uns fröhlich antworten.«

Ein Schirm mit hoher Vergrößerung zeigte, daß die Danaaner reagierten. Jedenfalls bewegten sie sich . . . wollten sie untereinander beraten?

»Ha!« sagte Rueda. »Das habe ich erwartet.« Er klopfte auf den Spektrometer. »Ihre Fahrzeuge und die meisten ihrer Geräte sind aus Metall. Ich möchte nur wissen, wie sie es auf einem Planeten gewonnen haben, dessen Oberfläche aus heißem, flüssigen Wasserstoff besteht.«

»Sie haben es hier nicht gewonnen«, erklärte Dozsa. »Es stammt von außerhalb.«

Vor dem Hintergrund des purpurfarbenen Himmels und einer Wolkenbank sah man, daß sich zwei der danaanischen Tragerfahrzeuge zusammenkoppelten. Einer der Piloten verschwand auf Perlmuttschwingen, der andere blieb. Plötzlich waren er (?!) und die Maschinen hinter einem großen Lichtvorhang verschwunden, der immer stärker aufleuchtete und in allen Farben schimmerte, eine künstlich hergestellte Himmelsfärbung. Er schien verlöschen zu wollen, um erneut hell zu strahlen. Dann –

»Jesus, Maria und Joseph«, flüsterte Caitlin. »Sie antworten auf Mozart.«

Sie mußte den Männern erklären, daß es wirklich der Fall war. Sie erklärte, wie das züngelnde Farbenspiel den Noten entsprach (auf komplizierte Weise, aber um so deutlicher war zu erkennen, daß der unsichtbare Künstler die Absicht eines schon vor Jahrhunderten gestorbenen Erdlings genau erkannte) bis Spektrum und Tonskala sich zu einem einzigen Jubilieren steigerten. Sie verstand dieses Geschehen nicht streng wissenschaftlich, hätte es nicht mit Hilfe überkommener analytischer Methoden demonstrieren können. Sie erlangte ihre Einsicht auf die gleiche Art wie einst Newton und Einstein.

Spätere Ausstrahlungen und ihre Umsetzung in ein Farbenspiel bestätigten ihre Erkenntnis. Direkter Kontakt über Sichtschirm war nicht herzustellen, offenbar wegen der Verschiedenheit der jeweiligen Elektronik. Nur mit Musik und Farbstrahlungen konnte man einander die Botschaft vermitteln: »Hallo, ihr dort, wir mögen euch.«

Der kurze Tag ging langsam zu Ende. Caitlin war immer noch entzückt, während die Männer sich Sorgen machten.

Endlich:

»Wir müssen hier weg«, sagte Dozsa. »Wir haben keine Wahl.«

»Wir werden wieder herkommen.« Caitlin sprach wie aus einem Traum.

»Das glaube ich kaum«, sagte Rueda voller Mitleid. »Hatten wir uns darüber nicht geeinigt? Hier länger zu bleiben, wäre unser Tod. Ganz gleich, ob wir hier unten bleiben oder auf einer höheren Umlaufbahn. Genau wissen wir es nicht . . . aber wir hatten uns geeinigt, stimmt's?«

Caitlin senkte den Kopf. Golden brach die Dämmerung an. Die Danaaner dort unten warteten auf die nächste Botschaft.

Rueda drehte sich in seinem Sitz um und nahm Caitlins Hand. »Das sind nicht die *Anderen*«, meinte er. »Sie können es nicht sein. Ich denke aber, sie gehören als Art zu den Favoriten der *Anderen*, die mit ihnen direkten Umgang pflegen, weil sie so freundlich, heiter und kreativ sind. Wenn das stimmt, sind es auch die *Anderen*, die ihnen diese metallenen Gegenstände zur Verfügung stellen, damit sie ihrer Bestimmung entsprechend als geborene Künstler leben können. Wer weiß, was sie sonst noch sind. Bestimmt sind sie keine Wissenschaftler und Ingenieure. Sie können uns also nicht helfen. Und wir können hier nicht lange überleben, es sei denn, wir brächten die *Chinook* auf eine Umlaufbahn, aus der sie nie wieder freikäme. Und wie oft besuchen die *Anderen* diese ihre Adoptivkinder? Vielleicht schon nächste Woche. Vielleicht aber auch erst in tausend Jahren. Wie können wir das wissen?«

»Ja.« Caitlin stemmte sich mit den Schultern gegen die Schwerkraft.

»So weit haben wir gesehen, was hier lebt und webt. Jetzt auf zur nächsten Welt.« Sie lachte verzagt. »Wir müssen weitersuchen.«

Dozsa biß sich auf die Lippen. »Wenn das überhaupt möglich

ist«, sagte er. »Wir haben immer noch keine Verbindung mit der *Chinook*. Wir müssen allein und ohne Hilfe zu ihr zurückfinden.«

Caitlin vergaß ihr Bedauern. »Nur zu, Junge«, sagte sie. »Du wirst es schaffen. Wir werden noch schönere Wunder als dieses sehen.«

XXIX

Ich war eine Schimpansin, geboren wo der Wald in Steppe übergeht. Meine erste Erinnerung war, daß meine Mutter mich an sich drückte. Die Wärme und die Ausdünstung ihres Fleisches mischte sich mit dem schärferen Geruch des Fells und den Düften aus der Erde und vom Bewuchs überall um uns herum. Grüngolden schimmerten oben Blätter, durch die hindurch Sonnenstrahlen die Stelle auf dem Boden beschienen, an der wir saßen. Meine Lippen suchten in ihren rauhen Zotteln, bis sie eine Zitze fanden und ich meinen Magen laben konnte.

Später lief ich frei und lärmend im Rudel mit, bis ein älterer die Zähne bleckte. Dann wich man respektvoll zurück. Der Älteste, Er, war wie der Himmel über uns, der Regen und Sonnenschein herabsandte, und manchmal brüllte und blitzte, daß wir entsetzt aufkreischten. Aber er führte uns zu sicheren Bäumen und köstlichen Früchten. Unter Grimassenschneiden führte er uns in diesem heulenden Drohtanz, der selbst den Leoparden davonschleichen ließ.

Ich lernte, wo man Bananen und Vogelnester finden konnte, Insekten und Wurzeln. Später lernte ich, einen Stock anfeuchten und mit ihm in den Termitenhügeln stochern, die unter der sengenden Sonne der Steppe hoch aufragten. Gelegentlich mußte ich Wache halten, wenn wir am Fluß tranken. Als ich größer geworden war, wurde ich das einzige Weibchen, das an unseren Jagdzügen teilnahm, wenn wir ein kleineres Tier verfolgten, fingen, auseinanderrissen und von seinem warmen Fleisch, dem salzigen Blut und den knackenden Knochen ganz wild wurden. Noch reinere Verrücktheit war es, springend und sich von Ast zu Ast schwingend durch die Wipfel zu sausen, nur noch Geschwindigkeit und leicht wie die Luft zu sein, sich an den Baum zu klammern und ihn loszulassen, wie einen Liebhaber.

Der erste, der mich bestieg, war Er. Mit der Kraft einer Pythonschlange packte er mich. Er knurrte und stieß mit aller Macht in mich hinein. Ihn zu spüren war hinreißend. Später aber, als ich trächtig war, mochte ich ein anderes männliches Tier am liebsten, das freundlicher war. Lange und träge lausten wir uns und rieben die Schnauzen aneinander, oder wir saßen Hand in Hand auf einem Ast und schauten über die mondhelle Ebene.

Was gab es alles zu bewundern, die Sonne, das Wetter, einen Schmetterling, Elefanten, das Brüllen der Löwen, den Duft der Blüten, die Wesen, die in hellem Federkleid auf zwei Beinen angelaufen kamen, das Flackern der Feuer, die bei einbrechender Dämmerung in der Ferne angezündet wurden . . . Wir hielten Ausschau, prüften, witterten, knabberten, lauschten, schrien unsere Freude hinaus, plapperten wütend oder staunten nur stumm.

Das größte aller Wunder war, wenn mein schwerer Leib sich unter Schmerzen erleichterte und ein Junges sich dann an mich klammerte. Es wuchs auf und verließ mich nach einiger Zeit. Manchmal aber war es ganz still, und ich war gekränkt und bestürzt. Ich trug es mit mir herum, bis es ganz seltsam aussah, aber es gab immer wieder neue Liebe und neue Junge.

Einmal begehrte mich das männliche Tier, das ich am liebsten mochte, als Er auch gerade wollte, und leistete Widerstand. Aber bald war es fortgescheucht und zeigte kriechend und demütig sein Hinterteil. Ein anderer überwand Ihn endlich und wurde selbst Er. Eines späteren Morgens sahen wir den Leib, der uns so lange beherrscht hatte, am Rande unserer Lichtung liegen. Ein leiser Wind spielte mit den Haaren seines grauen Fells. Die Termiten waren an der Arbeit. Die Geier kamen. Wir mochten nicht mehr bleiben. Angst hatte uns angerührt.

Nachdem ein Krokodil meinen Freund erwischt hatte, schloß ich mich einem anderen Rudel an. Stufe um Stufe stieg ich zum ersten seiner Weibchen auf. Wir regelten unsere Rangordnung weniger klar und bewußt als die männlichen Tiere, aber wir wußten genau, wer wen beherrschte. Nun, in meiner Reifezeit, fürchtete ich niemanden mehr, von Ihm angefangen bis ganz nach unten. Sie kamen und gingen und besorgten ihre lächerlichen Dinge; wir hielten aus, und das Rudel war unser – war meines. Ich nahm mir die erlesenste Nahrung und die schönsten Rastplätze unter den Weibchen, aber oft auch wachte ich über andere Junge, nicht nur meine eigenen, und trieb sie aus der Gefahr zurück.

Immer seltener wurde ich trächtig. Immer weniger mochte ich mich bewegen. Immer öfter setzte ich mich abseits und starrte nach draußen, in Schatten und Regen, weit über das Land und nachts auf in den Sternenhimmel. Ich fühlte, daß es dort mehr geben mußte, als wir ahnen.

Plötzlich, aus der Dunkelheit, kam der Große Rufer. Ich wurde hinweggetragen und wurde eins mit der Dämmerung und den Blitzen. Der Baum, durch dessen Äste ich mich geschwungen hatte, war der Baum, der die Welten trägt. Ich sollte aus meinem Schimpansendasein ins Leben zurückkehren, unversehrt, aber für immer heimgesucht von einer Freude, an die ich mich nicht wirklich erinnerte. Ich war Säugetier.

XXX

Der Planet Danu hatte abgenommen und stand nur noch als fahle Sichel am Himmel. Auf der entgegengesetzten Seite standen zwei Monde vor dem Glanz des Firmaments.

Martti Leino konnte den Anblick nicht länger ertragen. Als er in seiner Kabine allein war, rang er die Hände, daß die Knöchel weiß wurden. Er war am Ende seiner Kräfte. Wild trommelte er mit der Faust gegen die Wand, schoß durch den Anprall zurück und trat mit den Füßen ins Leere, wenn er sie nicht hilflos schleifen ließ. Um seinen Kopf schwebten glitzernde Tränen.

»Oh, mein Gott, Herr, nein«, krächzte er. »Bitte. Du weißt nicht was du tust, wenn du sie sterben läßt –« Entsetzt: »Vergib mir, Herr! Ich habe übel geredet. Aber rette sie. Du kannst es. Du wirst es doch tun, nicht wahr? Bitte –«

Er atmete so heftig aus und ein, daß ihm schwindlig wurde

und seine Glieder zu kribbeln anfingen, aber er konnte doch noch mit tonloser Stimme auf finnisch sagen: »Martti, alter Junge, du entwickelst dich zu einem klassischen Fall von Hysterie. Weißt du das? Gut, dann hör auf. Es hilft Caitlin kein bißchen. Sag ein ordentliches Gebet, wenn du willst, aber sag Gott nicht, was er tun soll. Kümmere dich lieber um deine Sachen.

»Au-u-u-u!« heulte er und wand sich wie wild.

Er hatte sich halbwegs wieder unter Kontrolle, als der Summer ertönte. »Heh?« fragte er laut und ungeschickt. Das Summen wiederholte sich. »Herein.« Er mußte schlucken. Und wieder summte es. Ihm fiel ein, daß er sich eingeschlossen hatte, um in seiner Verwirrung allein zu sein. Er ließ die Leine los und stieß sich ab, um die Tür zu erreichen, aber er verschätzte sich und landete an einem Tisch. Dann machte er noch ein paar Anfängerfehler, bevor es ihm endlich gelang, den Riegel zu öffnen.

Frieda von Moltke erschien. Sie bremste ihren Flug am Türpfosten ab und sah Leino besorgt an. Dann schloß sie die Tür hinter sich. Er gaffte sie nur an, und sie sagte: »Verdammt, es geht dir schlechter, als ich dachte.«

Er machte den Mund wieder zu. »Was willst du?« konnte er gerade noch sagen. Sie packte ihn an den Oberarmen. Sie gerieten ins Rotieren, so daß sich der Raum langsam um sie zu drehen schien. »Ich sah, wie erregt du warst«, sagte sie. »Dann gingst du weg. Gut, dachte ich, er will sich einen Drink holen oder eine Beruhigungstablette. Vielleicht auch ein wenig schlafen. Aber du bliebst zu lange weg.«

»Er wandte sich ab. »Sie bleiben auch zu lange weg.«

»Ja, die Verbindung ist seit Stunden abgerissen. Sie müssen den Rückweg vom Planeten allein finden, wenn sie überhaupt noch leben. Es wäre schlimm für uns, wenn unser Boot verloren wäre.«

»Jesus Christus, als ob das noch eine Rolle spielte.«

Sie packte ihn fester. »Martti, hör zu. Meine Vorfahren waren Soldaten, soweit ich meine Familie zurückverfolgen kann. Sie wissen, was es heißt, einen Freund zu verlieren. Man trauert. Aber das Leben geht weiter.«

Er ballte die Fäuste. »Wenn du denkst, daß es nur ein Freund ist –«

Frieda nickte. Sie stoppte beider Flug, indem sie ihren Fuß an einem Stuhl festhakte. Sie hielt ihn mit der Linken fest und hob mit der anderen Hand sein Kinn. »Du nützt niemandem«, sagte sie sanft.

»So? Und was ist mit den anderen? Die ganze Mannschaft wartet und wartet. Was sollten wir auch sonst tun?«

»Wir können einander Mut machen, um für das Morgen gerüstet zu sein«, sagte sie. »Wir können einander trösten. Deshalb bin ich gekommen. Weine ruhig. Dafür brauchst du dich nicht zu schämen. Ich habe meinen Vater oft genug weinen sehen, wenn wir die Gräber seiner Guerillakameraden mit Blumen schmückten.«

»Frieda, Frieda.« Er hielt sie ganz fest und barg sein Gesicht an ihrem Busen. Sie streichelte ihn.

»ACHTUNG!« dröhnte das Intercom. »Alle herhören!«

Ihre Köpfe fuhren herum.

»Hört zu.« Brodersens Stimme klang brüchig. Er schluckte, und es war, als ob er weinte. »Nachricht von der *Williwaw*. Sie, sie . . . es geht Ihnen gut. Sie sind auf dem Rückweg. Ankunft in zwei bis drei Stunden. Sie haben keine Hilfe für uns gefunden aber . . . sie leben! Sie kommen zurück!«

»Juhuu!« kreischte Frieda und drückte Leino ganz fest an sich. Er hing wie eine Stoffpuppe in ihren Armen, nur sein Mund arbeitete. Zwischen Geräuschen, die sie nicht kannte, hörte sie ihn sagen: »Herr, ich danke dir . . . Christus, ich danke dir . . .«

Nach einigen Minuten kam von Brodersen eine ruhigere Durchsage. Joelle sollte das Tochterschiff nach Hause lotsen, er selbst würde das Anlegemanöver überwachen. Alle anderen sollten sich ruhig schlafen legen. Die drei von der Williwaw würden es ganz gewiß müssen. Nach zwölf Stunden oder wie lange es auch dauern würde, sollte dann zum Frühstück gerufen werden. Nachher war Freizeit. Anschließend würde die *Chinook* wahrscheinlich wieder in Richtung auf die T-Maschine beschleunigen, um zu einem weiteren Sprung anzusetzen. Das würde länger als einen Erdentag dauern. Inzwischen konnte man die Sache mit einer Saufparty feiern. »Gute Nacht. Es ist wirklich eine gute Nacht, nicht wahr? Wirklich eine gute Nacht.«

(Die *Chinook* trat in den Schatten Danus ein, und der halbe Himmel wurde dunkel.)

»Wir feiern sofort«, lachte Frieda und küßte Leino.

Er zuckte zurück. »Was meinst du damit?«

Ihre porzellanblauen Augen wurden ganz groß. »Dreimal darfst du raten, Schatz. Wir freuen uns doch beide.«

Er riß sich von ihr los und hob im Davonschweben abwehrend die Hände. »Nein. Das ist nicht recht. Ich will dem Herrn Danken.«

»Oh, ja, aber dann –«

»Raus!« kreischte er. »Du Nutte!« Er nahm sich zusammen. »Nein. Verzeih mir. Ich meinte es nicht so. Aber – geh bitte, Frieda. Du meinst es gut, aber bitte geh.«

Sie sah ihn einige Sekunden an und verschwand.

*

Brodersen mußte seine Unruhe loswerden. (Pegeen. Pegeen.) In solchen Fällen absolvierte er gewöhnlich einige sportliche Übungen, aber das wäre jetzt unerträglich gewesen. Deshalb machte er einen Inspektionsgang. Alles war in Ordnung, das wußte er, aber die bloße Geste gab ihm das Gefühl, daß er etwas für diese kleine Welt tat, in der er und Caitlin wahrscheinlich bis zu ihrem Lebensende gefangen sein würden. Nicht, daß er der Gott dieser Welt wäre – bei Judas, nein! (Diese Gegenüberstellung entlockte ihm ein kurzes Lächeln.) Er mußte nur sein Bestes geben.

Leb wohl, Lis, dachte er, als er die ruhigen Korridore entlangschwebte. *Leb wohl, Mike, mein Junge. Du wirst es schon schaffen. Vielleicht wirst du dich nicht einmal an mich erinnern. Leb wohl, Barbara, mein kleiner Liebling. Vielleicht . . . Warum mache ich mir deinetwegen am meisten Sorgen, Babsy? Wenn du groß bist, wirst du wie deine Mutter sein, eine tatkräftige Frau, die jeder Bedrohung, die die Welt für sie bereithält, gewachsen ist.*

Ich werde euch vermissen, meine Kleinen. Ich will zwar nicht, daß ihr auch mich vermißt, aber es wäre schön zu glauben, daß ihr mich in guter Erinnerung behaltet.

Er erreichte eine Ecke und griff nach einer Metallstrebe, um sich herumzuschwingen. *Lis – verdammt, Lis, ich liebe dich!*

Ich liebe auch dich, Pegeen, und wie zum Teufel soll ich messen, wen von euch beiden mehr? Und warum überhaupt? Lis sitzt verlassen da, aber wenn sie will, kann sie sich einen Mann oder auch mehrere nehmen und ein langes, erfülltes Leben leben. Pegeen ist hier, aber wahrscheinlich wird sie jung sterben, hier im All und zusammen mit uns anderen. Das bin ich nicht wert.

Brodersen brachte ein Grinsen zustande. *Ich fühle mich nicht schuldig. Ich war im Krieg, und so sind die Dinge nun mal gelaufen, und wenn ich Fehler gemacht habe, so ist es der Opposition nicht anders ergangen. Es ist eine Schande was geschah, aber Pegeen und Lis würden mir den Hintern versohlen, wenn ich anfinge, darüber zu jammern. Sie würden wollen, daß ich weitermache.*

Pegeen lebt, dachte er triumphierend. *In wenigen Stunden werde ich sie sehen.*

Die breite Tür zum Gemeinschaftsraum tauchte vor ihm auf. Hier gab es nichts zu überprüfen, aber er tat es trotzdem. Als er den Eingang passierte, hörte er Schluchzen.

Er stieß gegen einen Spieltisch, spürte die Reaktion seiner Muskeln und hielt sich mit den Fingern fest. Die Sichtschirme zeigten eine fast völlige Verfinsterung des Planeten. Danu – von Caitlin getauft – stand riesengroß. Er war nicht ganz schwarz, sondern zeigte einen geheimnisvollen Schimmer und war tiefrot eingefaßt, während ringsum die Sterne flammten und ein paar Sichelmonde vorbeizogen. Das Rauschen der Ventilatoren unterstrich die Stille. Der normale, gesundheitsförderliche Temperatur- und Ionisationszyklus hatte zur Abkühlung der Luft geführt, und ein Hauch von Nacht lag im Raum. Wie ein Tintenfleck hockte Susanne Granvilles schmale Gestalt in einer Ecke. Sie klammerte sich an eine Stuhllehne und bedeckte mit der anderen Hand die Augen.

Brodersen stieß sich ab und schoß durch die Kälte zu ihr hinüber. »He, Su, was ist los?«

»Oh, Monsieur le capitaine . . .« Sie rang nach Atem, während auch er sich an ihrem Stuhl festhielt. »Verzeihung. Nichts, es ist nichts«, sagte sie und mußte dabei husten.

»Ach, komm.« Wieder stellte er fest, wie nett sie eigentlich war, und wie sehr er sie mochte, ja, achtete. Fast schüchtern legte er ihr den Arm um die Schulter. »Du hast Kummer, Su.«

»Isch . . . es tut mir leid . . . isch 'ätte in meine Kabine gehen sollen –«

»Aber?« Er zog sie sanft an sich.

»Dort ist es leer. 'ier sieht man die Galaxie.« Sie ließ den Kopf auf seine Brust sinken.

Nach einiger Zeit hob sie ihn wieder – er sah ihr wirklich nicht sehr hübsches Gesicht im Glanz der Sterne – und gab zu: »Ja, ich muß mich entschuldigen Daniel, mein guter Freund. Es ist nicht rischtig zu weinen, wo sie doch gesund zurückkommen, nicht wahr? Aber –« Ihre Augen, ihre wirklich schönen Augen suchten seine. »Da ist eine Sache. Aber es eilt nischt. Du 'ast Wischtigeres zu tun. Aber –« Sie keuchte. »Wir sind in der Ewigkeit verloren. Sag mir bitte, wenn du Zeit 'ast – was kann isch *tun*?«

»Ah-h«, murmelte er und empfand in diesem Augenblick, daß sie auch eine Frau war (ohne Verlangen, denn Caitlin würde bald hier sein, aber mit ein wenig mehr Zuneigung). »Du wirst nicht mehr an den Computer angeschlossen, nicht wahr?«

»Es ist mir nischt verboten. Aber Fidelio und Dr. Ky machen alles selbst –« Er spürte, wie sie sich in seinen Armen straffte, und im Glanz der Milchstraße erkannte er, wie sehr sie sich bemühte, ihre Lippen unter Kontrolle zu halten. »Was ist für misch übrig, Daniel? Wie kann isch helfen?«

Er sagte etwas Begütigendes und brachte sie schließlich in ihre Kabine. Dann gab er ihr ein Beruhigungsmittel und küßte sie behutsam bevor er ging. Als er die Tür hinter sich schloß, überlegte er sich, was zum Kuckuck er ihr zu tun geben könnte.

XXXI

Die *Chinook* war auf Autopilot geschaltet und beschleunigte in Richtung T-Maschine. Inzwischen feierte die Mannschaft. Brodersen riet jedermann, sich keinen Zwang aufzuerlegen. Schnaps, Bier, Marihuana standen reichlich zur Verfügung. Caitlin bereitete ein kaltes Buffet, wobei Susanne ihr half, und Weisenberg steuerte in seiner Werkstatt gefertigte Dekorationen aus buntbemaltem Metall und aus Plastik bei.

»Ladies and gentlemen«, sagte der Captain, als die Mannschaft versammelt war, »vor uns liegt die ernste Aufgabe, betrunken zu werden – besoffen –, high wie ein Drachen, voll wie 'ne Eule. Ich meine natürlich den Internationalen Standarddrachen, der bei einer Schwerkraft von ein g nach Standardzeitprogramm durch die Luft fliegt, und die Internationale Standardeule, deren Zustand nach Verzehr eines Liters hundertprozentigen schottischen Whiskeys per Enzephalogramm bestimmt wird.«

»Nein, irischer Whiskey«, forderte Caitlin und hob ihr Glas, in dem sie welchen hatte. *»Slainte go fail leat.«* Sie grinsten sich an. Obwohl ihr die übermäßige Schwere und der aufreibende Flug noch in den Knochen steckten, hatte sie ihn selten so gut bedient wie nach ihrer Ankunft, als sie sich erst einmal ausgeschlafen hatte. Vielleicht würden die nächsten Male noch besser.

»Wir trinken auf die versammelten Exzellenzen«, wandte er sich an die Anwesenden.

Die meisten erwiderten seinen Trinkspruch nicht übermäßig begeistert. Er sah sie an. Die Sichtschirme zeigten die glänzende Sternenwelt. Danus Tagseite wurde kleiner am Himmel, wenn sie sich auch noch weithin erstreckte, die Sonne wie ein Rubin, Sterne über Sterne, der Fluß der Milchstraße. Niemand betrachtete es – zwar nicht absichtlich, aber es schien, als wandten sie dem Kosmos den Rücken.

Carlos Rueda wirkte heiter. Frieda von Moltke hatte ihm einen fürstlichen Empfang bereitet. Heute abend allerdings widmete sie sich eher Stef Dozsa, obwohl er sich ziemlich abweisend verhielt. Phil Weisenberg trug sein ruhiges, höfliches Lächeln zur Schau. Su Granville hatte sich, indem sie Caitlin half, ein wenig aufrichten können. Dennoch sah ihr Brodersen an, wie unglücklich sie war. Joelle Ky hatte ihren Stuhl abseits gestellt und beschäftigte sich mit Fidelio – fast aufdringlich, was überhaupt nicht zu ihrem Stil paßte. Martti Leino hatte, wie man deutlich sah, kaum geschlafen, und, obwohl er versuchte, es sich nicht anmerken zu lassen, konnte er den Blick kaum von Caitlin abwenden.

Er hat sich in sie verliebt, dachte Brodersen. *Verständlich. Vielleicht sollte sie – oder vielleicht auch nicht. Ich weiß es nicht. Vielleicht würde es mehr Schaden als Nutzen stiften. Der Junge nimmt alles so ernst . . . Und was soll ich mit Joelle machen? Irgend etwas quält sie. Ich weiß allerdings nicht was.* Er legte einen Arm um das Mädchen neben ihm, fühlte ihren geschmeidigen, schlanken Leib, atmete den Duft ihrer Jugend. *Ich will auf keine Minute verzichten, die ich mit Pegeen verbringen könnte.*

Er lachte.

»Was ist so komisch, mein Liebling?« fragte sie.

»Nichts«, sagte Brodersen schnell. *Haha! Ich Idiot denke, ich bin eine solche Gottesgabe für die notleidenden Weiber, daß eine Nacht mit mir Joelle sofort zum Schnurren bringt. Joelle!* »Heh, wie wär's mit etwas Musik? Von dir natürlich. Wo du jetzt wieder zurück bist.« Er strich mit dem Mund über die herrlich weiche Haut ihrer Wange und merkte genau, wie Leinos Blick ihn praktisch durchbohrte, und es war nicht nur Leino, der Anstoß nahm. *Ich sollte aufhören, zur Schau zu stellen, was ich habe und die anderen nicht. Nur, wie kann ich das?*

»Wenn die Leute es wollen.« Caitlin überlegte. »Was halten denn die Leute von einem kleinen Tanz anstatt eines Gesangsvortrags? Es gibt nichts Besseres, wenn man seine Traurigkeit vergessen will.«

»Wir haben zuwenig Frauen«, meinte Weisenberg. »Vier. Gut, dann sind Fidelio und ich eben die Mauerblümchen.«

»Drei«, sagte Joelle. »Mich könnt ihr vergessen.«

»Quatsch, nein«, bat Brodersen. »Warum?« Als sie verstockt sitzen blieb, ging er hinüber, beugte sich zu ihr hinab und flüsterte: »Als wir zusammen waren, hast du immer gern getanzt. Was ist denn jetzt nur los?« Sie sah ihn noch finsterer an als sonst. »Wir brauchen dich. Die Enttäuschung bei Danu war ein harter Schlag. Wenn wir uns nicht gegenseitig aufheitern, werden wir mit nichts mehr fertig. Bitte, Joelle.«

»Und was ist mit Fidelio?« antwortete sie. »Um seine Gefühle kümmert sich niemand.«

Als ob sie zugehört hätte, rief Caitlin: »Ach, wir brauchen ja keine direkten Partner. Square dance oder so was – ja, und Fidelio macht natürlich mit. Dann springen sie auf Beta vor Freude herum.« Sie kicherte. »Glaubt mir, dies wird etwas ganz Besonderes. Es ist in der menschlichen Geschichte der erste Tanz zwischen den Arten.«

Brodersen befragte den Fremden auf spanisch und war überrascht, als dieser sofort eifrig zusagte.

»Dann ist's also abgemacht«, sagte Caitlin. »Laßt uns überlegen, wie wir es am besten machen. Ich brauche ein paar Minuten, um alles vorzubereiten.« Sie nahm ihren Sonador, programmierte ihn auf die Klänge eines Akkordeons, fing an zu spielen und hüpfte dabei über das Deck. Ihr gelbes Kleid wogte um ihre schlanken Beine, das bronzefarbene Haar flatterte.

Irgendwie nahm der Anblick den Leuten die düstere Stimmung. Als Caitlin dann Vorschläge zur Durchführung machte, war der Bann gebrochen. Als nach Musik aus der Datenbank der eigentliche Tanz begann, wurde sogar gelacht – zuerst über die eigene Ungeschicklichkeit, wenn etwa Rueda über Fidelios Schwanz stolperte; dann über allerlei Scherze und Albernheiten, obwohl die meisten ziemlich lahm waren. Endlich spürten sie wieder ihr Blut pulsieren; sie schwitzten, erkannten einander als Menschen von Fleisch und Blut; sie stampften mit den Füßen, klatschten in die Hände, und der anfeuernde Rhythmus trug dazu bei, ihnen bewußt zu machen, daß sie lebten.

Nach einigen Runden wurde zu den Getränken gegriffen, man unterhielt sich und gab sich anderen Freizeitbeschäftigungen hin. Sogar Tischtennis wurde gespielt. Caitlin sang Weisenberg, Rueda, Susanne und Frieda ihr »Mittsommerlied« vor. Später tanzte man paarweise langsamere Tänze. (Brodersen und Susanne machten ein gutes Bild, Dozsa und Frieda alles andere, aber die Partner wechselten. In seinem alkoholisierten Zustand wurde Leino recht fröhlich als er Caitlin im Arm hielt, und Joelle schmiegte sich eng an Brodersen.) Es wurde eine gute Party.

In die allgemeine Ausgelassenheit hinein sagte Caitlin: »Ja, wir haben wirklich Glück gehabt. Ihr habt die Filme aus Danu gesehen. Wen das nicht begeistert, den sollten wir aus der Luftschleuse werfen, denn er ist schon tot. Und die Bilder, die ihr saht, sind nichts gegen die Wirklichkeit. Ich kenne sie, aber ich bin nicht egoistisch. Warum sollte das nächste Wunder statt meiner nicht ein anderer sehen, das nächste wieder ein anderer? Wenn wir nie wieder nach Hause kommen, haben die Götter uns doch mehr Abenteuer geschenkt als unserer Art je zuteil wurden.« Sie schlug auf ihrem Instrument einen hellen Akkord an. »Und wer sagt denn, daß wir nicht zurückkehren? Das ganze Universum gehört uns. Ich sehe überhaupt keine Grenzen.«

»Hast du über dieses Thema nicht eine Ballade komponiert?« fragte Brodersen ein wenig benebelt. »Ich habe dich dabei doch ein paarmal erwischt seit du wieder hier bist.« Er hatte die Sache damals nicht weiterverfolgt, denn sie hatte keine Lust gehabt, über ein Kunstwerk zu sprechen, das gerade erst entstand. Das störe die schöpferischen Kräfte, hatte sie gesagt und ihn natürlich sofort auf ihre Weise abgelenkt.

Sie nickte. »Ja, das stimmt.«

»Ist das Lied fertig?« fragte Leino aufgeregt. »Um alles in der Welt, Caitlin, dann laß es uns doch hören!«

»Wenn ihr wollt«, sagte sie. Die Antwort war prasselnder Beifall. »Nun, es ist nicht eigentlich über uns, versteht ihr, sondern über die Zukunft, da die Menschheit sich den Raum erobert, wie wir es heute tun. Ganz bestimmt wird ihr einst das Universum offenstehen.

Sie schwang sich auf einen Tisch und ließ die nackten Beine baumeln. Ihren Sonador richtete sie als Gitarre ein. Die Milchstraße krönte ihren erhobenen Kopf.

Die lauen Winde wehen,
Mein Schatz, ich muß jetzt gehen
Von Sommerwolken in zartem Blau,
Die Sonnenlicht durchbricht,
Von Nächten voll Mond und Tau.
Wie weit auch mein Fernweh mich treibt,
Das Lied meiner Sehnsucht bleibt.
Ein Wort, ein Klang,
Eine Melodie
Zur Erinnerung an dich.
Die Sterne sind kalt, und schienen so freundlich
Auf unser geliebtes Land,
Doch mich ziehts hinaus, und ich hoffe, daß du
Meine Sehnsucht verstehen kannst.

Wo fremde Sonnen glühen
Und ihre Welten blühen,
Da lebt der Tag,
Da lebt die Nacht
In steter Wiederkehr,
In Berg und Tal und Meer.
Unwissend irren wir umher,
Vielleicht gar ins Verderben,
Ein Wort, ein Ton,
Eine Melodie
Wird dann erst mit mir sterben.
Die Wunder, die's dort draußen gibt,
Und weise, fremde Wesen,
Wir ahnen's nur und wissen's nicht
Bevor wir dort gewesen.

Im All, dem Wundervollen
Hör ich den Donner rollen,
Wenn unser Schiff
Erstmals durchquert
Den jungfräulichen Raum.
Ich will die Wunder schaun.
Will neue Welten finden

Und singend Staaten gründen.
Ein Klang, ein Lied,
eine Harmonie.
Ich denk' dabei an dich.
Und wenn dein Ausreißer zum Schluß
Vom Abgrund kehrt zurück,
Von Sternennacht zu hellem Tag,
Vergib mir mit 'nem Kuß

Stunden später erklärte Weisenberg, er sei ein alter Mann und zog sich mit ein wenig schwankenden Schritten zurück. Nicht viel später folgte Fidelio. (Brauchte jede denkende Rasse diese periodische Flucht in Träume?) Frieda führte Dozsa davon. Brodersen nahm Joelle in eine Ecke, wo sie Platz nahmen, und sprach ruhig und ernst mit ihr. Leino kümmerte sich um Caitlin. Rueda hatte Susanne eine zeitlang geflissentlich übersehen, obwohl sie ihn immer wieder ansprach. Dann lächelte der Peruaner verkniffen und schlug vor, daß man noch einen Drink nehmen sollte – worauf er sie, die Hand an ihrem Ellbogen, zum Sichtschirm schob, wo Danu glühte. Dort setzten sie sich auf nebeneinanderstehende Stühle. Sie dunkelten die Lichter ab, und fast das ganze Licht kam jetzt von draußen und zeichnete weiche Schatten. Gedämpft drangen aus dem Lautsprecher die Klänge eines von Bachs Brandenburgischen Konzerten.

*

»Hör bitte gut zu.« Brodersens Pfeife beschrieb einen Bogen. Der Stiel zog eine beizende Qualmwolke hinter sich her. »Du hast die arme kleine Su verdammt schäbig behandelt. Sie leidet sehr darunter. So etwas können wir uns nicht erlauben. Bei niemandem von uns.«

»Und was soll ich jetzt tun?« fragte Joelle. »Ich gebe ja zu, daß ich sie einmal ohne Grund angeschrien habe. Aber anschließend habe ich mich doch entschuldigt, wie du weißt. Zu was sonst bin ich verpflichtet?«

»Du sollst aufhören, sie aus ihrem Job zu drängen. Es genügt ihr nicht, die Assistentin des Versorgungsoffiziers zu spielen. Caitlin hat mir gesagt – und das ist streng vertraulich –, sie hat mir gesagt, daß sie so getan hat als könne sie ihre Arbeit nicht schaffen, damit Su sich nützlich vorkommt. Das ist nicht leicht für Caitlin. Sie hat schließlich auch ihren Stolz. Die Grenzen sind da sowieso eng gezogen.«

»Ich soll ihr also künstlich Arbeit verschaffen? Dan, das kann ich nicht. Das würde sie sofort merken und um so gekränkter sein. Außerdem kann ich Fidelio seine Arbeit nicht wegnehmen. Es war schon schlimm genug, daß ich selbst der *Williwaw* den Kurs vorgeben mußte, weil Fidelios Spanisch so schwer verständlich ist.« Joelle nahm Brodersens Handgelenk. »Ich habe ihm versprochen, daß er alle erdenklichen Bererechnungen selbst machen darf, vom einfachen Computeranschluß an aufwärts. Was bleibt ihm denn sonst, Dan? Er wird bald sterben.«

Er sah sie schweigend an. Wie hager sie geworden war, aber es war dennoch das Gesicht von früher. »Weißt du«, sagte er endlich, »du bist gar nicht die eiskalte Intellektuelle, für die du dich ausgibst.«

»Habe ich das je getan? Dann ganz bestimmt nicht absichtlich.«

»N-nein. Wahrscheinlich nicht.« Er wurde nachdenklich. »Plötzlich, nach all den Jahren, die ich dich kenne . . . Joelle, fange ich an zu glauben, daß du der unschuldigste Mensch bist, den ich je getroffen habe.«

Sie lehnte sich an ihn, nicht mit der trügerischen Glätte Caitlins, auch nicht mit der Herzlichkeit, die er bei Lis kannte, sondern mit der Sprunghaftigkeit, an die er sich von früher erinnerte; sie hatte nie gelernt zu nuancieren. »Und . . . du . . . bist in Wirklichkeit auch nicht der harte Bursche . . . oder?« stotterte sie.

*

Rueda und Susanne tauschten Erinnerungen an Europa aus. Sie sprachen über Kathedralen und Museen, die sie beide kannten, bis sich herausstellte, daß es auch eine ganze Reihe kleiner Kneipen und Kaffeehäuser gab, in denen sie beide schon gewesen waren. Sie wurde ganz lebhaft, als sie sich darüber unterhielten. Sie hatte auch Peru bereist, aber sie kannte nur das, was gemeinhin von Touristen aufgesucht wurde. Es machte ihm Spaß, ihr von anderen Gegenden zu erzählen.

»Falls wir je zurückkommen – es könnte ja sein, es könnte sein –, nehme ich dich dorthin mit«, versprach er.

»Das ist lieb von dir«, sagte sie.

Er hob abwehrend die Hände. »Oh, nein, ich würde mich freuen. Ich muß ehrlich sagen, bis heute abend erschienst du mir ziemlich farblos. Ich bin sehr froh, daß ich mich geirrt habe.«

Sie wurde ganz rot und schlug die Augen nieder.

Als er sie so verwirrt sah, wurde er noch ernster, um ihr aus der Verlegenheit zu helfen. »Wir sitzen in einem Boot, nicht wahr? Wir sind beide eigentlich überflüssig – im besten Fall Ersatzteile.«

Sie schaute zu Danu hinüber. »Du nicht. Du warst beim Planeten.«

»Eben *weil* ich entbehrlich bin. Es steht noch gar nicht fest, ob man mich für so etwas je wieder brauchen wird. Und wenn, dann liegen dazwischen Tage oder Wochen. Und die werden wir gemeinsam verbringen, wir beide – möchtest du?«

Sie zuckte zusammen. »Was?«

»Das kriegen wir schon hin.« Er schnippte mit den Fingern. Er hatte eine Idee. »Schau mal, Susanne«, sagte er begeistert, »auf diesem Schiff haben wir kaum ausgebildete Wissenschaftler. Wir haben aber eine Datenbank, in der fast das gesamte Wissen der Menschheit gespeichert ist. Auch Fidelio wäre zweifellos gern bereit, uns seine Kenntnisse zu vermitteln. Warum machen wir uns nicht zu Experten?«

Sie hob die Augen. »Nom de Dieu!«

»Wir werden viel nachdenken müssen«, sagte er rasch, »und studieren und experimentieren und – du wirst vielleicht Chemikerin und ich Planetologe . . . oder welche Talente auch immer wir bei uns entdecken . . . Su.« Er war ganz begeistert. »Wir werden viel zu tun haben«, rief er.

*

Leino saß bei Caitlin und war sogar so dreist, sie zu necken. »Das letzte Lied, das du da gesungen hast«, sagte er. »Ich dachte immer, du seist strikt gegen geschlechtsspezifisches Rollenverhalten. Aus deinen Versen aber muß man schließen, daß es ein Mann ist, der in den Weltraum aufbricht. Du solltest dich schämen.«

Sie rümpfte die Nase. »Zu deiner Information, mein Junge, die ganze Menschheit ist gemeint. Warum sollten die Zeilen nicht von einer Frau sein, die weggeht und ihn zurückläßt?« Sie tat als verfiele sie in dumpfes Brüten. »Oh, Martti Leino, das sollst du mir büßen. Warte nur auf mein nächstes Lied.«

»Sei nicht böse«, rief er aus. Er setzte eine Leidensmiene auf. »Ich wollte dich nicht kränken.«

Sie nahm seine Hand. »Es war doch Spaß. Sei nicht so empfindlich, mein Schatz.«

Er senkte den Kopf und murmelte: »Dir gegenüber bin ich es aber.«

Sie hob die Hand und ließ sie ihm über Wange und Schläfe bis hinter das Ohr gleiten, um ihm dann in den Haaren zu wühlen. »Ach, du bist doch ein lieber Junge.«

Er sprach unzusammenhängend. Mit der freien Faust schlug er sich auf den Schenkel. »Caitlin, ich – ich habe dich zuerst gehaßt –, ich bin Dans Schwager, wie du weißt, und Lis – aber du bist nicht das wofür ich dich hielt. Du bist schön. Du *gibst* einem etwas. Ach, du bist wunderbar.« Er rang nach Atem. »Verzeih mir. Hier sprach der Whiskey.«

»Warst du es nicht auch selbst?« fragte sie zärtlich.

»Welchen Zweck hätte das schon?«

Caitlin umarmte ihn. Über seine Schulter hinweg sah sie Brodersen, der Joelle im Arm hielt. Sie sahen einander kurz an, und beide machten mit der Hand eine eindeutige Geste, was aber niemand bemerkte.

*

Susanne und Rueda gingen als letzte. Sie hatten sich so angeregt unterhalten, daß sie gar nicht aufhören konnten. Endlich forderte die Natur ihr Recht. Immer häufiger mußten sie gähnen. Er begleitete sie zu ihrer Kabine.

»Gute Nacht, Carlos«, sagte sie. »Oder vielmehr guten Morgen.«

Er erkannte an ihrer Stimme, daß sie nervös war und beugte sich hinab, um ihr die Hand zu küssen. »Gute Nacht, Susanne«, sagte er und ging.

*

Nach Programm brachte der Autopilot die *Chinook* in einiger Entfernung von der T-Maschine auf eine Umlaufbahn. Der Übergang in Schwerelosigkeit weckte einige Leute, die gerade ihren Rausch ausschliefen. Die Erfahreneren träumten weiter.

Brodersen war in seinem Büro und stellte einige Berechnungen an – die *Williwaw* hatte auf ihrem Flug verdammt viel Reaktionsmasse verbraucht, und er versuchte zu schätzen, wie oft solche Flüge noch zugelassen werden konnten – als Caitlin durch die Tür kam. »Hallo«, rief er erfreut. »Wie war's denn?«

Er merkte ihr an, daß sie Kummer hatte, schnallte sich von seinem Stuhl los und katapulierte sich zu ihr hinüber. Er nahm sie in die Arme, und auch sie hielt sich an ihm fest. »Heh, Liebling, was ist denn los?«

»Ach, ich weiß nicht«, sagte sie und lehnte sich gegen seine Schulter. »Sag mir erst, wie es mit dir und Joelle war.«

»Oh . . . ganz gut. Zwei oder dreimal. Mit dir natürlich nicht zu vergleichen, aber sonst ganz gut, macushla. Sehr oft wird sich das nicht wiederholen. Ehrlich gesagt – ich will sie nicht zurücksetzen –, ehrlich, ich möchte nicht noch einmal. Du bist mir wirklich lieber.«

»Und du mir.« Sie zitterte.

»Moment mal. Soll das heißen, daß Martti dir weh getan hat?«

»Nein, nein, nein. Er war ungeschickt und besoffen, aber er hat mich wie eine Prinzessin behandelt oder versuchte es wenigstens. Sonst schaffte er allerdings nichts. Als er geschlafen hatte und der Alkohol nicht mehr wirkte, fing er an zu weinen. Aber du sagst ihm doch nicht, daß ich es dir erzählt habe?«

»Natürlich nicht.«

»Glaubst du, ich sollte weitermachen? Er sagte nein, aber ich wäre eine schlechte Geliebte, wenn ich meinem Liebhaber nicht helfen könnte –« Caitlin spürte Brodersens Enttäuschung. »Nein, ich sollte ihn besser eine Zeitlang seinem Kummer überlassen.«

»Das meine ich auch. Es ist ja nicht weil ich neidisch bin.«

»Das bist du bestimmt nicht, mein Liebling, ganz bestimmt nicht.«

Er lachte und drückte sie an sich. »Weißt du, Pegeen, ich bin der Captain dieses Fliegenden Holländers, und ich kann hier bestimmen. Okay, wir ruhen uns ein wenig aus, bevor wir uns wieder an die Arbeit machen . . . M-m-m-m.«

XXXII

Während das Schiff tiefer in das Feld gelangte, das zu den Sternentoren führte, und der Anblick Danus zu leuchtender Gestaltlosigkeit schrumpfte, überlegte Brodersen, wie ungern Caitlin wohl von der Welt Abschied nahm, die sie so verzaubert hatte, und die sie bestimmt nie wiedersehen würde. Oder war sie zu sehr von ihrem Forschungseifer besessen? Wie wünschte er sich, daß sie hier in der Kommandozentrale bei ihm sein könnte, wo er so müßig herumsaß. Was sprach überhaupt dagegen? Nun ja, in ihrer Rolle als Bordarzt mußte sie sich natürlich für den Notfall in der Krankenstation bereithalten. Dennoch, ein solcher »Notfall« wäre wahrscheinlich ohnehin für sie alle tödlich.

Unter dem Flüstern der chemischen Raketen trat für ein paar Minuten geringe Schwerkraft ein. Die *Chinook* näherte sich dem letzten Markierungszeichen. Fidelio hatte dringend geraten, vor dem Sprung jede Basis anzusteuern. All diese Zeichen zusammen mußten einen Sinn haben, mußten zu weiteren T-Maschinen führen. Andererseits war es möglich – sogar wahrscheinlich –, daß die Erbauer keinen Grund gesehen oder keine Zeit gehabt hatten, am Ende jedes kürzeren Leitkurses ein Gerät aufzustellen. Viele solche Kurse mochten in den leeren interstellaren Raum hinausführen, wie sie bei einem Zufallskurs um den Zylinder fast mit Sicherheit der Fall wäre. Gewiß, es kam auf die Reihenfolge an, in der man die Signalpunkte passierte. Neun von ihnen, die Gesamtzahl, die sich bei dieser Transportmaschine befand, ergaben mehr als ein drittel Million Ziele. Hatten die *Anderen* selbst jedes davon besucht?

Die *Chinook* nahm die einfachste und nächstliegende Route, vom äußersten nach innen, auf jenem Zickzackkurs, der den geringstmöglichen Verbrauch an Gesamtenergie bedeutete. Dieser Kurs *müßte* zu irgend etwas führen – wenn die *Anderen* Sinn für technische Eleganz hatten –, wenn sie nicht unter dem Zwang äußerer Faktoren standen –

Nun, wenn jenseits des Tores nichts lag, würden die Schiffbrüchigen sich eben auf ein Leben im leeren Raum einrichten müssen. Nullschwerkraft war nur für bestimmte Zeit zu ertragen. Dann mußte im Interesse der Gesundheit wieder normale Schwerkraft hergestellt werden. Bei ständiger Beschleunigung wäre die Reaktionsmasse bald verbraucht. Folglich würde es nötig sein, das Schiff in eine Rotation mit großem Radius zu versetzen, um Fliehkraftveränderungen und den Corioliseffekt möglichst gering zu halten.

Die Konstrukteure hatten eine solche Möglichkeit einkalkuliert und bei der Modifizierung der Fahrzeuge der *Reina*-Klasse entsprechend Vorsorge getroffen. Der Rumpf konnte durch Trennung der vorderen von der hinteren Hälfte in zwei Teile zerlegt werden. Das erforderte umfangreiche Arbeiten, da die Teile nur an einigen Stellen an den Nähten auseinandergesprengt werden konnten, aber die Möglichkeit bestand. Ein Kabel aus hochelastischen Fasern, die die Dehnungsbelastung aushalten konnten, verband die beiden Teile dann immer noch. Durch die Seitendüsen angetrieben würden sich die Teile dann um einige Kilometer voneinander wegbewegen, und die gleichen Düsen würde die Konstruktion dann in Rotation versetzen. An Bord würde dann Pseudo-Erdschwerkraft herrschen. Das Kabel würde vom Reaktor aus den Wohnteil mit Energie versorgen. Und ein weiteres Rad würde durch den Raum wirbeln: ein weiteres Gefängnis.

Brodersen schnitt nicht zum ersten Mal eine Grimasse, wenn er an die Aussicht dachte, diese Arbeit mit seiner unzulänglichen Mannschaft ausführen zu müssen. Das Ganze war nämlich ein verdammtes Stück komplizierter, als es sich anhörte. Allein die Massen in den Halbkugeln auszutarieren, ganz davon zu schweigen, daß man draußen in Raumanzügen herumklettern mußte –

Wenn wir müssen, werden wir es trotzdem irgendwie schaffen, gelobte er sich. *Und auf den Schrott mit diesem albernen Wort »Gefängnis«. Pegeen wird hier sein!*

Um am Ende zu sterben.

Er machte eine wegwerfende Geste und wandte seine Aufmerksamkeit nach draußen. In der Nähe glänzte der Zylinder. Er hätte gern gewußt, welches Gefühl es für Joelle und Fidelio war, durch die Instrumente alles direkt wahrzunehmen, während sie das Schiff durch Kräfte steuerten, die die Raum-Zeit negierten. Er würde es nie erfahren. Ein solches Erlebnis lag jenseits aller Worte; es war mystisch, vielleicht transmystisch. Beide Holotheten waren an den Computer angeschlossen, denn sie hatten selbst keine Ahnung, wo sie auftauchen würden und was vielleicht in Sekundenschnelle zu verstehen und zu tun war.

Und hier ist das Markierungszeichen, hart an Steuerbord.

Die Warnsirene erklang. Der Rumpf drehte und tauchte weg. Die *Chinook* war durch.

*

Er drehte sich um und starrte wild einer T-Maschine hinterher. Sein Herz raste. Er sah sie weit entfernt, ein heller Stab vor dem Hintergrund der Dunkelheit, und sein Atem entlud sich in einem Schrei.

Dann fiel ihm auf, wie schwarz draußen alles war. Kein Stern leuchtete hinter der rotierenden Nadel. Fast überall nichts als Nacht. An einer Stelle glühte ein fahler blauweißer Funke inmitten eines perlenden Nebels, der nach beiden Seiten hin schwingförmig auslief. An anderer Stelle, aber weit davon abliegend, entdeckte er schwache Lichtpunkte und einige kleine, wolkenartige helle Punkte. Mit abgestelltem Antrieb sank das Schiff lautlos durch die Dunkelheit.

»Mein Gott«, murmelte Brodersen. »Wo sind wir?«

Aber dann handelte er sofort. Er ging an das Intercom. »Captain an Mannschaft. Alle Stationen bitte melden.« Die einzelnen Stimmen, manche ein wenig zittrig, zeigten ihm, daß niemand zu Schaden gekommen war.

Joelle sprach, als ob sie träumte. »Fidelio und ich glauben schon zu wissen was passiert ist. Es ist sehr merkwürdig –« Dann plötzlich wie ein Automat: »Wir brauchen mehr Daten. Beschleunigen Sie bei fünfundvierzig Grad unseres gegenwärtigen Radiusvektors um die dort sichtbare Sonne nach innen. Lassen Sie die geplanten Beobachtungsprogramme anlaufen und halten Sie sich für weitere Anweisungen bereit.«

»Aye, aye«, sagte Brodersen. Er wunderte sich ein wenig, wie selbstverständlich er gehorchte. Die Joelle von früher, die ihn mochte und seinem Verlangen nach ihrer Gesellschaft nachgab – wie wenig von ihren Kenntnissen er auch begriff –, die aber im Herzen immer unbeteiligt blieb; diese Joelle existierte nicht mehr. Was er vor ein paar Wachen im Arm gehabt hatte, war eine ältere, ja altjüngferliche Frau, die ihn auf mitleiderregende Art begehrte, in ihrer ungelenken Art ihre Sehnsucht zeigte, und die so hilflos aussah, als sie eingeschlafen war. Seit sie damit beschäftigt war, mit den Leuten an den Instrumenten die Entwicklung zu diskutieren, hielt sie sich in ihrer Freizeit fast nur in ihrer Kabine auf und war in der Messe kurz angebunden – sogar verlegen. Er grübelte darüber nach, ihm fiel aber kein Grund dafür ein.

Ihr Gehirn funktioniert aber noch gut, und jetzt ist seine Kapazität so erweitert, wie es sich ein normaler Verstand nicht vorstellen kann.

Wieder war Schwerkraft hergestellt. Brodersen kannte mindestens drei Gründe für eine Geschwindigkeitserhöhung. Messungen des Doppler-Effekts waren vorzunehmen. Das Sondieren der Umfeldbedingungen, wie zum Beispiel der Sonnenwinde, wurde so verbessert. Die Kameras entdeckten Planeten als Streifen vor dem Sternenhintergrund. *Aber wo sind die Sterne selbst? In diesem System gibt es nichts, das uns nützen könnte.*

Bis er sicher war, daß alles seine Ordnung hatte, wollte er

lieber im Kommandozentrum bleiben. Wenn allerdings kein Notfall eintrat, war er überflüssig. Er fummelte an den Kontrollen, las Meßinstrumente ab und versuchte zu erfahren, was zu erfahren war. Der blauweiße Glanz, den Joelle Sonne genannt hatte, war *wirklich* strahlend. Die Optik mußte die Helle enorm herunterfahren. Der Lichteinfall auf die *Chinook* war dem der Sonne auf die Erde zu vergleichen, aber selbst bei starker Vergrößerung war die Scheibe winzig, was auf sehr weite Entfernung schließen ließ. Durch gezieltes Sondieren und durch Verstärkung gelang es ihm, einen kleineren Begleiter zu entdecken, gelb und im blendenden Glanz fast verloren.

Die unklaren Flecken stellten sich als in glänzenden Nebel und kompliziertes Fadengewirr verwobene Lichtpunkte heraus. Es mußte sich um nahe gelegene Nebel des Oriontyps handeln, wo aus Staub und Gas neue Sonnen entstanden. Zum größten Teil waren die scheinbar einzelnen Sterne weit auseinanderliegende Sternhaufen.

Berichte aus dem Astrolabor gingen ein. Außerhalb der Reichweite der normalen Sichtschirme, aber von den Instrumenten des Observatoriums noch gut aufzufassen, waren weitere Nebel. In einer bestimmten Richtung und dem Auge unsichtbar strahlte ein riesiges Gebiet infrarote und Radiowellen aus. Am ganzen Himmel gab es keine Spur von den vertrauten äußeren Galaxien, obwohl man Quellen ähnlicher Strahlung entdeckte.

Im Laufe von Stunden erreichte man unter Fidelios Leitung mehr und mehr solcher Ergebnisse. Er sagte den Menschen, was sie suchen sollten, und sie fanden es. Er mußte verdammt gut wissen, wo sich die *Chinook* befand.

*

Su mußte für die Forscher Anfängerarbeit verrichten. Caitlin bereitete das Essen allein zu. Bisher hatten alle auf ihren Stationen höchstens rasch ein Sandwich verzehrt. Sie hatten den Alten davon überzeugt, daß eine in aller Ruhe eingenommene vernünftige Mahlzeit notwendig war.

In der schmucklosen Küche sang sie bei der Arbeit heitere

Lieder aus entlegenen Winkeln der Erde. Als sie anfing, die Sachen in die Messe zu tragen, verstummte ihr Gesang. Die Kammer lag neben dem Gemeinschaftsraum, und die Tür dazwischen war geöffnet. Aus den Sichtschirmen drüben sprang ihr Urdunkelheit entgegen, und mitten darin flammte der blaue Stern.

»Du strahlst aber wunderschön«, murmelte sie. »Ich habe Gleiches in Gletscherspalten gesehen und einmal in einem Atommeiler. Aber worauf scheinst du?«

Sie blieb stehen. Joelle war in den Gemeinschaftsraum gekommen. Nach kurzem Zögern nickte sie grüßend. Caitlin ging zu ihr hinüber.

»Hallo. Warum sind Sie nicht angeschlossen?« fragte die Jüngere. »Das Essen ist erst in einer Stunde fertig, und ich dachte, ich würde eine Brechstange brauchen, um Sie loszubekommen.«

Joelles Gesicht und Körper erstarrten. »Ich werde nicht mehr gebraucht.«

»Oh, ich verstehe. Fidelio will allein sein.« Caitlin streckte die Hand aus und legte sie auf die Schulter der anderen. »Dann sind Sie um so einsamer.«

Joelle entzog sich ihrer Berührung und wandte sich ab. Wieder faßte Caitlin sie an. »Habe ich Sie gekränkt. Es tut mir leid, aber das wollte ich nicht. Sie sind hergekommen, um den Anblick zu sehen, wo er am schönsten ist. Ich wollte Sie nicht vertreiben.«

Joelle blieb stehen. »Das tun Sie auch nicht.«

»Das fürchte ich aber doch. Ich bin so unüberlegt. Ich war nur ein wenig traurig und – aber warum sollte ich Ihretwegen traurig sein, die ich so sehr bewundere?« Dann im gleichen Atemzug: »Dr. Ky, wenn Sie sich wegen Dan Kummer machen, das brauchen Sie nicht. Ich habe mehr Fehler als es Sterne gibt, aber Eifersucht ist nicht darunter.«

Joelle schaute immer noch beiseite und sagte scharf: »Danke. Sie wissen, daß wir früher ein Verhältnis hatten, nicht wahr? Nun, ich möchte diese Unterhaltung nicht fortsetzen.«

»Wie unbedeutend sind wir mit unseren Sorgen doch in diesem Universum.«

Joelle grinste fast höhnisch. »Sie wollten sich bestimmt weiter erkundigen, nicht wahr? Nun, Miss Mulryan, was glauben Sie, auf was wir gestoßen sind?«

»Wie kann ich eine ehrliche Antwort geben, wenn ich es nicht weiß? Sie werden es uns zu gegebener Zeit schon sagen, und es wird großartig sein, es zu erfahren.«

Joelle machte ein etwas freundlicheres Gesicht. »Es ist kein Geheimnis. Wahrscheinlich wissen es einige Leute schon. Sie waren nur zu beschäftigt, ihnen zuzuhören. Rechnen Sie nicht damit, daß wir lange bleiben. Der Captain wird bald einen Bericht verlangen und uns zur T-Maschine zurückbeordern, um einen weiteren Sprung zu versuchen. Inzwischen halten Fidelio und ich das Schiff noch hier, teils wegen der mikroskopisch geringen Chance, etwas zu finden, das uns helfen könnte, hauptsächlich aber . . . seinetwegen. Fidelios wegen. Es *ist* faszinierend.«

Wieder streckte Caitlin die Hand nach ihr aus. »Und Sie sind davon ausgeschlossen.« Sie wagte die Geste nicht zu Ende zu führen sondern ließ den Arm sinken.

»Ich werde die Daten später für mich abspielen.«

»Aber das ist doch nicht dasselbe, oder?«

Joelles Blicke hefteten sich auf den blauen Stern. »Es ist kaum zu sagen, wo im Raum wir uns befinden«, sagte sie leise. »Das ist allerdings unter den gegebenen Umständen ein Satz ohne jede Bedeutung. Sagen wir einmal, irgendwo in einer gerade entstehenden Galaxie, und setzen wir einen Zeitpunkt an, der zwischen zehn und zwanzig Millionen Jahren vor unserer Geburt liegt.«

Caitlin pfiff durch die Zähne. »Dann sind wir also durch die Zeit gereist?«

»Warum nicht? Das hat die *Emissary* auch getan. Bei Reisen zwischen unserer Sonne und Phöbus ist es in geringerem Maße und variabel der Fall. Der Planet Danu, den die *Chinook* fand, könnte, vom Rad zum Zeitpunkt des Angriffs der *Chinook* aus gesehen, sehr wohl um Tausende von Jahren in der Vergangenheit oder in der Zukunft liegen – allerdings aus relativistischer Sicht. Meine Sprache ist nicht sehr präzise.

»Was wir an Theorie haben, besagt, daß ein Transportfeld

uns nicht weiter in die Vergangenheit zurückversetzen kann als bis zum Zeitpunkt seiner eigenen Entstehung. Aber ich glaube kaum, daß Danu schon existiert. Deshalb ist . . . war . . . wird seine T-Maschine extrem alt sein. Oder aber jenes Feld und das der T-Maschine hier greifen irgendwie ineinander. Das letztere scheint viel wahrscheinlicher.

»Und auf jeden Fall müssen die *Anderen* einen noch früheren Ursprung haben.« Joelle lächelte ohne jede Lustigkeit. »Wir sind noch ganz schön früh, nicht wahr?«

»Ja«, flüsterte Caitlin, »wenn die Sterne noch nicht geschaffen wurden.«

»Bisher nur wenige. Es gibt noch nicht viele Atome, die komplizierter sind als Wasserstoff und Helium. Die Gaswolken fallen noch in sich zusammen, um die Galaxien zu bilden. Die Sonne wird sich aus ihnen verdichten –«

»– wie Tautropfen aus dem Morgennebel –« Caitlin glühte.

»– und höherwertige Kerne bilden sich innerhalb jener –«

»– Luft, die wir atmen, Eisen für unser Blut, Gold zu einem Trauring.«

»Aber der Prozeß hat kaum begonnen. Was Sie dort drüben sehen ist ein junger Stern. Er ist so groß, daß er sich nur mit einem einzigen Begleiter ausbilden könnte anstatt als Teil eines Haufens innerhalb von Nebeln – ein Superriese des Typs O, fünfzigtausendmal so hell wie die Sonne. Wenn wir sehr viel näher wären, würde seine Strahlung uns umbringen. Er wird nicht lange in der Hauptreihe verharren, höchstens ein paar Millionen Jahre. Dann wird er sich eruptiv zu einer Supernova verändern. Für kurze Zeit wird er so hell sein wie die gesamte Galaxie war – oder ist. Dann werden seine Reste zusammenfallen, daß ein schwarzes Loch entsteht. Die schweren Elemente, die sich bei dieser Explosion bilden, werden in den Raum hinausgeschleudert. Sie werden Teil späterer Sonnen- und Planetengenerationen.

»Sehen Sie, daß der Stern einen kleineren Begleiter hat? Er wird in Mitleidenschaft gezogen werden. Was wir bekommen, wenn Menschen und Betaner etwas von Astrophysik verstehen, ist eine neue Nova, nicht mit der Supernova zu vergleichen, aber auch sie wird Elemente in das Universum schleudern.

»Ich möchte annehmen, daß es eine ähnliche Situation schon anderswo gegeben hat, abnorm früh in der Geschichte des Kosmos, vielleicht innerhalb eines Nebels.«

»Möglicherweise«, sagte Joelle abschließend, »wird ein kleiner Teil von dem, was Sie und mich ausmacht, dort drüben in jenen Sternen gerade jetzt erschaffen.«

Caitlin klatschte in die Hände und sagte: »Kein Wunder, daß die *Anderen* sich einen Zugang verschafften, um das zu sehen!«

»Zweifellos.« Joelle seufzte. »Ich hatte gehofft, es könnte hier eine ihrer wissenschaftlichen Stationen geben. Deshalb bewegen wir uns schräg zur T-Maschine anstatt sie direkt anzusteuern. Ich glaube aber nicht mehr, daß das der Fall ist. Wenn sie existierte, müßte sie in der Nähe sein, nicht wahr? Schließlich hätte alles, einschließlich des Materials für die T-Maschine selbst, aus der Vergangenheit durch die Zeit hergeschickt werden müssen. Das wäre für jeden ein gewaltiges Unterfangen, ob es nun Halbgötter sind oder nicht. Ihre Aufmerksamkeit richtet sich gewiß auch auf andere Dinge. Und wenn der Riese explodiert, wird er alles vernichten, was sich auf einer Umlaufbahn befindet, wenn nicht vielleicht die T-Maschine selbst eine solche Explosion übersteht. Nein, ich denke, daß die *Anderen* nur gelegentlich kommen, um Beobachtungen anzustellen. Vielleicht in Schiffen oder Ähnlichem. Die Zeitabstände mögen Tausende von Jahren betragen.«

Nach einer Weile fügte sie hinzu: »Wenn sie entgegen meiner Vermutung eine solche Einrichtung haben, ist sie woanders. Wir haben nicht den Hauch einer Chance sie in einem so riesig ausgelegten System zu finden. Nein, wir werden uns hier einen oder zwei Tage aufhalten, um zu sondieren, zu schauen und Radiowellen auszustrahlen – eine verlorene Hoffnung, wenn es je eine gab – und endlich einen weiteren Zeitsprung versuchen.«

Weil sie so intensiv den Stern betrachtete, fragte Caitlin sie: »Sie wären gewiß glücklich, wenn sie hierbleiben könnten, um mehr zu erfahren, nicht wahr?«

»Das geht nicht.« Joelle lächelte gequält. »Uns würde die Reaktionsmasse ausgehen, und wir würden uns in Rotation versetzen müssen, was unsere Forschungen sehr erschweren würde. Schlimmer noch, wir würden uns ständig fragen, welche Chancen wir verpaßt haben. Wir müssen weiter suchen.« Wieder zögerte sie. »Das ist erschreckend.« Als ob sie es aussprechen wollte, bevor der Impuls dazu erstickt war: »Bitte, Caitlin, heitern Sie uns auf.«

Der Versorgungsoffizier errötete. Ihre Wimpern zitterten, und ihre Stimme verlor an Festigkeit. Noch nie hatte die Holothetin sie so verwirrt gesehen. »Kann ich das denn? Ich? Ich bin doch nur eine Art Bardin. Sie sind eine Handelnde – Dr. Ky –, eine Wissende, eine Druidin. Unser Leben hängt von Ihnen ab.«

»Nein. Von Fidelio, wie die Dinge zur Zeit stehen. Und Sie verstehen etwas, das ich nicht verstehe – Entschuldigen Sie mich«, Joelle wandte sich rasch ab. »Ich denke gerade an etwas, was ich noch tun muß.« Eilig war sie verschwunden. Von hinten sah man, daß ihre Schultern zitterten.

XXXIII

Zeitsprung.

Der Himmel war wieder voller Sterne. Brodersen blieb fast das Herz stehen, als er unter ihnen keine T-Maschine fand. Durch die Entfernung winzig, entdeckte er sie dann, und dann konnte er sich umschauen und staunen.

Dort draußen hing eine Sonnenscheibe. Sie hatte etwa die Größe der von der Erde aus gesehenen Sonne, war deutlich grün – er stieß vor Verwunderung einen Fluch aus – und stark gefleckt. Wie er an einem Meßgerät ablas, überstieg die Helligkeit die der Sonne um etwa dreißig Prozent. Der Stern hatte eine riesige rötliche Korona. Ohne Vergrößerung erkannte er flammende Ausbrüche und Protuberanzen wie Feuergeysire, aber es gab kein Zodiakallicht, obwohl er eine Helligkeit erkannte und nach Verstärkung auf seinem Schirm einige schwächere Lichtquellen gerade noch ausmachen konnte.

Nachdem er die Berichte entgegengenommen hatte, ließ er die *Chinook* auf der Umlaufebene der Transportmaschine beschleunigen und die Forschungsarbeiten beginnen. Dann kratzte er sich am Kopf und sprach kläglich ins Intercom: »Heh, was geht hier vor? Ich wußte nicht, daß die Hauptreihe grüne Sterne enthält.«

Die Holotheten antworteten nicht. Sie waren zu sehr vertieft. Nach einiger Zeit erreichte ihn Susanne Granvilles schüchterne Stimme: »Isch denke, das kann man erraten. Grün ist keine unmögliche Farbe, aber der Temperaturbereich an der Oberfläche ist für sie zu schmal, so daß wir sie selten beobachten.«

»Sind die *Anderen* deshalb an diesem Stern interessiert?«

»Nein, isch nehme an, er verläßt nur die Hauptreihe und durchläuft eine kurze Grünphase.«

Wasserstoff verbrannte im Innern, während die Kernreaktionen sich nach außen hin fortsetzen. »Moment. Wird er ein roter Riese?«

»Ja, im Laufe der Zeit. Aber zuerst schrumpft er und wird sehr viel 'eißer. Die Ausdehnungsphase 'at eingesetzt. Das verkürzt die Wellenlängen, aber es dauert noch bis die Oberfläche abkühlt und er rot leuchtet, während die Gesamtabgabe zunimmt –« Plötzlich war sie ganz bestürzt. »Oh, Sie kennen ja selbst die Grundlagen der Astronomie. Es tut mir leid.«

»Keine Ursache, Su. Ich hätte selbst darauf kommen müssen.«

Nachdem er sich vergewissert hatte, daß niemand etwas Gefährliches entdeckt hatte, verließ Brodersen die Kommandozentrale. Er konnte es sich nicht versagen, die einzelnen Forscher aufzusuchen und Fragen zu stellen, aber er ließ sie allein bevor er lästig wurde und suchte Caitlin. Sie stand im Gemeinschaftsraum inmitten der Ausblicke, die sich hier boten, und staunte. Als er eintrat, eilte sie zu ihm hinüber, fiel ihm um den Hals und küßte ihn mit der Gewalt eines Zyklons.

Er erwiderte ihren Kuß. Als sie sich voneinander lösten, um Luft zu holen, jubelte sie: »Oh, Dan, Dan, welcher Anblick! Was werden wir alles erfahren und tun!«

»Ich würde sehr gern etwas tun«, brummte er. »Diese Untätigkeit geht mir auf die Nerven.«

Sie legte den Kopf schief und grinste spitzbübisch. »Nun, Captain, Sie sollten einem armen, notleidenden Versorgungsoffizier Gerechtigkeit widerfahren lassen. Der Anblick dort macht mich ganz geil.«

»Mein Gott! Tut das nicht jeder Anblick?«

Sie entzog sich ihm und nahm ihn beim Ellbogen. »Später, du kannst mir jetzt kochen helfen.«

*

Während der nächsten Stunden gingen ständig Berichte ein.

Nach den veränderten Umrissen der Milchstraße und der veränderten Stellung der Nachbargalaxien zu urteilen, befand sich das Schiff Tausende von Lichtjahren von der Erde entfernt. Identifizierbare astronomische Objekte standen nicht merklich anders, einschließlich des monströsen S Doradus. Daher mußte die Zeit seit der hypothetischen Entstehung des Universums mit einer möglichen Abweichung um ein paar Millionen Jahre dieselbe sein wie zu Hause. Die *Chinook* war aus der entfernten Vergangenheit zurückgekehrt.

Doppler-Messungen an der T-Maschine und Radarwerte von der Sonne ergaben eine größere Masse, als die Erdensonne sie hat. Auf dieser Basis lag ihr theoretisches Alter in der Größenordnung von zehn Milliarden Jahren. Um das Alter genauer zu bestimmen würden präzisere Messungen erforderlich sein. Es war allerdings klar, daß sie zu einer frühen Generation gehören mußte. Das bewiesen die geringen Staubmengen um sie herum und die schwachen metallischen Spektrallinien. Sie enthielt aber mehr schwere Elemente, als man hätte erwarten können. Vielleicht hatte sie sich in der Nähe einer Supernova-Explosion gebildet. (Konnte das die Detonation des blauen Riesen gewesen sein, den die Menschen vorher gesehen hatten. Sie grübelten intensiv, aber vergeblich darüber nach.)

Sie hatte Planeten. Einer bewegte sich etwa in derselben Entfernung wie die T-Maschine, ein wenig mehr als eine astronomische Einheit, etwas weniger als neunzig Grad voraus. Der Körper war von Erdengröße und hatte Sauerstoff in seiner Atmosphäre.

Man konnte nicht sagen, wo die *Anderen* ursprünglich ihre T-Maschine aufgestellt hatten, außer daß eine Position von sechzig Grad vermutlich nicht in Frage kam. Vielleicht hatte sie einst der belebten Welt genau gegenübergestanden, wie die Maschinen bei Sonne und Zentrum und die bei anderswo gelegenen Sternen, die den Betanern bekannt waren. Wenn das so war, hatte sie die Fähigkeit verloren, ihre Position zu halten, denn jetzt kreiste sie wie jeder natürliche Himmelskörper und war den gleichen Bahnstörungen unterworfen.

Brodersen schüttelte den Kopf und schnalzte mit der Zunge. Was er sagen konnte war ohnehin unzulänglich. »Nun«, sagte er, »ich glaube, das Interesse der *Anderen* an diesem System ist schon vor langer Zeit erloschen, es sei denn, sie wollten es selbst sterben sehen.«

Bald ließen Dozsas Empfangsgeräte starke Zweifel an seinem Schluß aufkommen. Eine Quelle auf diesem terrestroiden Planeten sandte Radiosignale aus, die, obwohl einfach und ständig wiederholt, künstlichen Ursprungs sein mußten. Ein Markierungszeichen? Eine Botschaft? Für die *Chinook* war es eine absolute Aufforderung.

*

Es war ein Flug von drei Tagen.

Diejenigen, die sich auf Astronomie verstanden, blieben weiterhin damit beschäftigt, Fidelio mit Daten zu versorgen, die dieser in ein immer kompletteres Bild einbaute. Sie waren ihm zu langsam. Dennoch blieb er fast die ganze Zeit in Holothese und prüfte seine stellare Umgebung durch direkte Eingaben in die Instrumente, die er dann auswertete. Vielleicht dachte er noch öfter auf die ihm eigene Art über die Letzte Wahrheit nach, was ihm das Gefühl gab, daß seine Lieben in der Raum-Zeit wirklich und dadurch mit ihm vereint waren. Inzwischen unterzogen die Ingenieure nach den Belastungen während der Reise nach Danu die *Williwaw* einer eingehenden Inspektion und überholten sie gründlich. Sie richteten sie, so gut es ging, entsprechend den vorausgesagten Bedingungen ein und füllten aus den Schiffsvorräten die Massetanks wieder auf. Brodersen half, wo immer er konnte. Für ein größeres Arbeitsteam war kein Platz.

Rueda und Su hatten mehr Muße als ihnen lieb war. Joelle tat fast gar nichts.

Während der zweiten Frühwache konnte sie plötzlich nicht mehr schlafen. Bücher und Musik konnten sie nicht trösten, und deshalb stand sie auf, zog einen Kittel über und verließ die Öde ihrer Kabine. Sie wollte sich in der Küche ein wenig Tee bereiten, denn sie hatte vergessen, eine Privatration mit ins Quartier zu nehmen. Während später der Betaner ruhte, wollte sie sich wieder an den Komputer anschließen. Allein war das schwierig, aber sie wollte nicht um Hilfe bitten. Das wäre eine regelrechte Demütigung, wo sie doch nichts Nützliches tun wollte. Sie wollte nur eine zeitlang in das Herz der Atome und Sterne hinabtauchen – nur in das, was über sie schon bekannt war, sonst nichts. Es war nicht einmal so, daß dieser Zustand eine Sucht war, die befriedigt werden mußte. Sie hatte ihn doch erst vor kurzem in seiner ganzen Fülle ausgekostet.

Fülle . . . Alles war leer geworden.

Der Korridor unterstrich, als sie ihn erreichte, noch dieses Gefühl. Eine nach beiden Seiten abbiegende Metallröhre mit Türen auf beiden Seiten und von kühler Luft durchrauscht. Als eine der Türen sich öffnete, es war die zu Frieda von Moltkes Kabine, fuhr Joelle zusammen.

Martti Leino kam heraus, winkte, bevor er die Tür schloß, und als er sich umdrehte, sah er die Holothetin. Auch er war überrascht. »Guten Morgen, Dr. Ky. Wie geht es Ihnen?« Sein Haar war zerwühlt und seine Kleidung nur oberflächlich geordnet.

»Ich konnte nicht schlafen«, sagte Joelle, denn das mußte ihr anzusehen sein. »Und Ihnen?«

Leino wirkte selbstzufrieden. »Nun, ich habe auch nicht viel geschlafen. Ich wollte mir in der Küche einen Kaffee machen. Ich habe keinen mehr im Quartier.

Kommen Sie doch mit.«

Joelle überlegte es sich anders mit dem Tee. Warum sollte ihr Gesicht heiß werden. »Nein danke, ich laufe nur ein wenig herum.« Sie ließ ihn stehen.

Bedient diese Schlampe denn jeden Mann an Bord? dachte sie. *Aber wenn schon, was geht es mich an? Immerhin hat sie ihm diese Leichenbittermiene ausgetrieben, die man in letzter Zeit bei ihm sah.*

Wodurch war sie wohl verursacht? Ich hatte den Eindruck, daß er nach der Party mit Mulryan verschwand – aber nein, er scheint sie seitdem gemieden zu haben –, hatte er geglaubt, bei ihr landen zu können, und wurde abgewiesen? Ein Streit? Aber während der Mahlzeiten hat sie freundlich mit ihm gesprochen, während er einsilbig blieb.

Ich weiß es nicht. Niemand sagt mir etwas. Vielleicht weil ich nicht frage. Ich weiß auch nicht, wie ich es machen sollte. Ich weiß überhaupt nicht viel über Dinge, die Menschen betreffen.

Durch Eric wurde ich für kurze Zeit menschlich – ganz menschlich –, aber als ich ihm weit vorauseilte in eine unendlich fesselnde Wirklichkeit, wurde ich zum Cartesianer. Ein Paar weitere Liebhaber, die Holotheten waren, hatten an ihrem Verstand einen Körper angebracht, aber was mich betraf, eben nur angebracht. Die übrigen waren kaum etwas anderes als Körper, Bedürfnisanstalten, allenfalls Schoßtiere.

War ich deshalb Chris gegenüber so verletzlich, der schönen, süßen Chris? Ich glaube, lieben bedeutet verletzlich sein. Aaach! Es bringt nichts ein. Ist das nicht wahr?

Was Dan angeht –

Ihre Füße gingen eine Treppe zur Wissenschaftlichen Sektion hinauf, wo der Computer stand. Sie war in enges Metall eingeschlossen. Das erinnerte sie an einen Satz aus ihrer Mädchenzeit in Tennessee. Obwohl sie Teil des Projekts Ithaka war, das an die Grenzen menschlichen Wissens vorstieß, hatten ihre Pflegeeltern sie in die Sonntagsschule geschickt. Dort pflegte der protestantische Militärpfarrer aus dem Katechismus und der Bibel vorzulesen. Die ganze Szene war ihr wieder gegenwärtig: weißgetünchte Wände, ein banales Bild von Jesus, der Kinder segnete, die Fenster zu den Kleefeldern und dem Gesumm der Bienen hin geöffnet, die ganze Klasse adrett gekleidet auf Holzstühlen, während der Baß des hochgewachsenen Mannes über sie hinwegtönte. »– gefangen in Elend und Eisen –«

Weißt du, er sah ein wenig wie Dan aus, und auch seine Stimme klang ähnlich wie die Dans. Als kleines Kind hat er mir mächtig imponiert. Ich möchte wissen, ob er wohl trotz seiner Frömmigkeit auch so gut im Bett gewesen sein mag.

Hör auf damit!

Joelle brachte ein Lächeln über sich selbst zustande. *Warum? Ist das Gotteslästerung?*

Nein, sagte sie sich. *Es ist gefährlich! Ich darf nicht von Dan besessen sein, und ich neige schon dazu. Dann wäre ich ja genauso Chris. Er gehört der Mulryan. Oh, sie würde ihn mir hin und wieder leihen, wenn ich es wünschte, und er wird auch sehr rücksichtsvoll sein. Aber er würde sich über jede Stunde ärgern, die er während der paar Jahre, die uns noch bleiben, sonst mit ihr hätte verbringen können. Und das wird ein sehr einsames Gefühl sein.*

Ich darf nicht zugeben, daß Descartes (als Erfinder von Symbolen, die nicht mehr wissenschaftliche Bedeutung haben als das Jüngste Gericht) sich irrte.

Sie erreichte den Gang zu dem sie wollte und nahm eine Route, die am Astrolabor vorbeiführte. Die Tür war geöffnet, und aus dem dunklen Raum hörte sie Stimmen. Wieder blieb sie überrascht stehen.

Carlos Rueda Suárez: »Ja, ich gebe zu, daß die Regierung von Demeter gründlicher Reformen bedarf, und wahrscheinlich braucht der Planet mehr Einfluß in Dingen, die ihn politisch betreffen. Aber Autonomie? Demeter ist doch keine eigene Nation.«

Hatte ich bei ihm einmal vage Absichten? Joelle blieb wo sie war.

Susanne Granville: »Was verstehst du unter ›Nation‹? Ist Peru etwa homogen? Die Andische Föderation? Warum können unsere separat gelegenen Kolonien nicht ihre eigene kleine Weltunion gründen?« In fast akzentfreiem Spanisch sprach sie nicht mehr ängstlich sondern bestimmt und, wie es schien, mit einem gewissen Vergnügen.

Rueda: »Du redest wie Daniel Brodersen.«

Granville: »Ich habe ihm zugehört und dabei gelernt.«

Rueda: »Und auch selbst nachgedacht, wie ich bemerke.« Ein trauriges Lachen. »Warum streiten wir uns? Was soll uns die Politik noch interessieren. Wir treiben in der Raum-Zeit. Es ist vorstellbar, daß die Erde und Demeter und die ganze menschliche Rasse nicht mehr existieren, wenn das kein Unsinnsatz ist. Wir werden es nie wissen.«

Granville: »Vielleicht doch.« Auf englisch: »Wir sind noch nicht erledigt, mein Freund.«

Rueda: »Ich höre schon, das ist wieder Daniel. Nun ja, Su, in den letzten Stunden haben wir über vieles geredet. Über Leben, Schicksal und Gott und kleine Dinge, die für uns wichtig sind – warum dann nicht über Demeter? Aber wenn wir weniger müde sind.«

Granville, leise: »Du hast recht, Carlos. Der Anblick ist viel zu schön, als daß man streiten könnte. Sieh nur.«

Dan würde mich für meine Lauscherei ermorden, wußte Joelle. *Ich könnte wieder in die andere Richtung gehen. Aber er würde wollen, daß sie meine Anwesenheit bemerken.* Sie bemühte sich, ihre Schritte so zu setzen, als käme sie von weiter weg. Dann blieb sie am Eingang stehen und rief: »Hallo, ihr beiden.«

Der Raum lag voll unförmiger Schatten. Das Licht aus der Halle zeigte schwach Ruedas und Granvilles Umrisse. Sie saßen einander auf Knieberührung an der hinteren Wand gegenüber. Ein einziger Sichtschirm hinter ihnen zeigt die reine Dunkelheit und in ihr die Milchstraße, Sterne, den Planeten in seinem gelbgrünen Glanz und in seiner Nähe einen goldenen Punkt, der sein Mond war. Caitlin hatte vorgeschlagen, den Planeten Pandora zu nennen, da niemand wußte, was sie dort erwartete, Schwierigkeiten oder Hoffnung oder beides.

Rueda sprang auf, um eine höfliche Verbeugung zu machen. »Ah, Dr. Ky. Was verschafft uns das Vergnugen?« Weder er noch die Computerfrau schienen auch nur im geringsten nervös, obwohl Joelle vermutete, daß die Unterbrechung sie verärgerte.

»Ich . . . ich wollte ein paar Ausdrucke prüfen«, sagte die Holothetin. *Warum, zum Teufel, bin ich so verlegen?* »Sie beide?« *Moment, mit dieser Frage hätte ich sie wirklich nicht anbellen müssen.*

»Es ist kein Geheimnis. Ich dachte, das wüßten alle. Su und ich sind totes Holz geworden. Höchstens dürfen wir mal am

Rande assistieren. Wir haben beschlossen, spezielle Dinge zu lernen, die auf dem Schiff gebraucht werden, aber wir haben noch kaum angefangen zu prüfen, was uns am besten liegen könnte. So sind wir hergekommen, um ein bißchen mit den Apparaten zu spielen, solange sie nicht gebraucht werden.«

Und habt eine Unterhaltung angefangen, die die ganze Nachtwache gedauert hat. Wie warm eure Stimmen klangen. Joelle fröstelte in der kühlen Luft. »Ach so. Dann viel Spaß.« Steif ging sie davon und machte sich auf den Weg zu ihren Computern.

*

In fünfundzwanzigtausend Kilometern Höhe umkreisten sie Pandora, und die Leute von der *Chinook* sahen ihn groß auf dem Bildschirm im Gemeinschaftsraum. Unter dem blendenden Glanz der sterbenden Sonne, die gegenüberstand, lagen aquamarinfarben die zurückgegangenen Ozeane, und die Kontinente hoben sich als bräunliche Flächen scharf von ihnen ab. Ein paar Regenwolken waren blaß olivgetönt; größer waren die sandfarbenen Staubstürme. Nirgends gab es Anzeichen für Eis oder Schnee, aber riesige Salzwüsten schimmerten aschgrau. Jenseits stand der Mond, eine zerfurchte Sichel von der halben scheinbaren Größe des Erdmondes von der verlorenen Erde oder Persephone von der verlorenen Demeter aus gesehen. Hinter allem das leuchtende Universum.

Brodersen schwebte vor seiner versammelten Mannschaft. »Verdammt noch mal, wir müssen eine Gruppe hinunterschikken oder zugeben, daß wir nicht ernsthaft versuchen, Hilfe zur Heimreise zu bekommen. Es mag nicht vielversprechend aussehen, aber wie können wir das wissen? Beta würde auch nicht sehr einladend aussehen, wenn wir es nicht besser wüßten. Habe ich recht, Fidelio?«

Der Fremde machte ein zustimmendes Geräusch. Seine Blicke fingen das Leuchten einer Welt auf, die ihm genauso unbekannt war wie den Menschen.

Einst war Pandora die richtige Masse in der richtigen Entfernung von der richtigen Sonne gewesen, damit Leben entstehen konnte. Pflanzen hatten Sauerstoff an die Luft abgegeben, das Land erobert, und in ihrem Gefolge entwickelte sich eine reiche Vielfalt an Tieren. Die Hefe der Evolution war Hunderte von Millionen Jahren tätig gewesen, bis eine Kreatur entstand, die dachte und arbeitete.

Aber nun war der Globus vom Alter gezeichnet. Von Tideströmungen verlangsamt drehte er sich in etwas weniger als einem Monat um die eigene Achse. Der nächstgelegene Mond war weit davongezogen. Ein anderer, kleinerer Körper auf seiner eigenen Bahn wirkte, als sei er gestohlen worden. Die schon lange zerfallenen radioaktiven Elemente im Kern gaben keine Hitze mehr, um Krustenverschiebungen herbeizuführen und neue Berge entstehen zu lassen. Erosion hatte die hohen Gebirgsketten zu Hügeln verkrümmen lassen. Dennoch gab es riesige Höhenunterschiede, wo kontinentale Gesteinsmassen auf den Boden einer toten See hinabgesunken waren, zu verkrusteten Einöden und Salzsümpfen.

Die ihrem Verlöschen entgengenwachsende Sonne hatte durch Erhitzung und Solarwinde schon viel von der Atmosphäre in den Raum geblasen. Pandora hatte kein starkes Magnetfeld mehr, das als Schutz dagegen gedient hätte. Dann folgte das Wasser. Von den austrocknenden Ozeanen wurde aufgelöstes Kohlendioxyd abgegeben, und der Treibhauseffekt ließ die Temperaturen erheblich ansteigen.

Obwohl in einigen Regionen immer noch wütende Regenstürme auftraten, besonders bei Sonnenuntergang und während der Morgendämmerung, war der größte Teil des Landes ausgedörrt, und die Winde führten Sand mit sich. Die Tropen waren schon völlig der Trockenheit zum Opfer gefallen; wenigstens konnten die Instrumente dort keine Spuren von Leben entdecken. In den früher gemäßigten und in den Polarzonen gab es noch spärliche Vegetation. Dort waren die Winter, die an Dauer denen auf der Erde entsprachen, und die Nächte, die fünfundzwanzig mal länger als Erdennächte waren, extrem kalt. Der Tag war immer ein Inferno.

Und das würde sich während der nächsten zwei Milliarden Jahre noch verschlimmern, bis zuletzt der rote Riese den Himmel füllte und sein eigenes Kind verschlang, bevor er auf den öden Zustand eines schwarzen Zwerges reduziert wurde.

»Wir haben etwas identifiziert, was Ruinenstädte sein könnten«, fuhr Brodersen fort. »Mit Sicherheit haben wir etwas ausgemacht, bei dem es sich um eine große Bodenstation handeln könnte, die ständig Piepgeräusche ausstrahlt, und wir haben den Radiosatelliten inspiziert, der wahrscheinlich Besuchern, nachdem sie durch das Tor gekommen sind, das Navigieren erleichtern soll.«

Er und Weisenberg waren in Raumanzügen hinübergeschwebt, um den letzteren in Augenschein zu nehmen. Es war eine Metallkugel von etwa der Größe der *Chinook*, die völlig glatt war, außer daß sie Spuren von Einschlägen von Mikrometeoriten aufwies (das ließ darauf schließen, wie alt sie in diesem System war, in dem es nur noch wenige kleinere Körper gab). Die Männer hatten angenommen, daß Transduktoren in der Legierung die Solarenergie in Radiofrequenzen umwandelte. Das konnte zwar funktionieren, entsprach aber nicht Brodersens Vorstellung von dem, was die *Anderen* getan hätten. Enttäuschender noch war es, daß keine Wesen gekommen waren, um die Ankömmlinge zu begrüßen, und daß auch die wiederholten Signale nicht beantwortet wurden.

Er schob das Kinn vor. »Ihr wißt eines«, sagte er. »Die Frage vor diesem Hohen Hause ist, was wir dabei tun können. Ich behaupte, wir sollten die *Williwaw* auf eine kleine Schnüffeltour schicken. Irgend jemand müßte mit uns Verbindung aufnehmen. Vielleicht wartet auch schon jemand um zu erfahren, wer wir sind. Einverstanden?«

Keiner hatte etwas dagegen.

Er setzte seine freundlichste Miene auf. »Sehr schön. Okay, als nächstes müssen wir entscheiden, wer von uns geht. Zuerst einmal ich . . . Halt! Hört zu!

»Diese Situation ist anders als die bei Danu. Dort hatte das Schiff es hauptsächlich mit der Atmosphäre und der Schwerkraft zu run – also mit der Natur. Hier muß die Mannschaft landen und von Bord gehen, oder wo läge sonst der Sinn des ganzen Manövers? Wir brauchen vielleicht einen Soldaten, einen Diplomaten, einen Waldläufer oder sonst was. Bei aller gebotenen Bescheidenheit, die bei mir verdammt schwach ausgeprägt ist, möchte ich euch daran erinnern, daß ich ähnliche Jobs schon bestens erledigt habe.

»Sei ruhig, Phil. Vorher hattest du vielleicht recht damit, daß der Captain unentbehrlich ist; aber seitdem haben wir uns eingewöhnt. Ich könnte drei oder vier unter euch nennen, die sofort von mir übernehmen könnten und die Sache bald genausogut im Griff hätten. Außerdem fühle ich mich ganz schlapp, wenn ich nicht hin und wieder mal meinen *machismo* austoben kann.

»Ich habe gesprochen. Laßt uns überlegen, wen wir sonst noch schicken können.«

Die Debatte war kürzer, als Brodersen erwartet hatte. Wieder Dozsa als Chefpilot, wieder Rueda als Kopilot und für allgemeine Aufgaben (Su Granville sah noch gequälter aus als schon bei der Selbstbenennung des Skippers); Fidelio wegen seiner Erfahrungen mit Xenosophonten (der Betaner stimmte feierlich zu); Caitlin, diesmal zur medizinischen Versorgung, sollte eine solche nötig werden (Leino stand schweigend da).

Pegeen – oh, nein, nein! Ich habe die Dinge wirklich nicht mehr unter Kontrolle. Sie hüpfte singend umher. *Pegeen, was ist, wenn es auf dieser Höllenkugel schiefgeht?*

XXXIV

Die *Chinook* sank auf eine niedrigere Umlaufbahn und ging derart in eine Schräglage, daß die *Williwaw* leichter ihr Ziel erreichen konnte. Das Schiff kam frei, der Dampf schoß aus der Düse, und das Fahrzeug nahm Kurs auf den Planeten.

Hinter Dozsa und Rueda angeschnallt, griff Brodersen hilflos zu Caitlin hinüber, die neben ihm saß, und nahm ihre Hand. Kräftig erwiderte sie seinen Druck. Die nächsten Minuten würden schwer sein und vielleicht sogar tödlich. Obwohl man die Atmosphäre vom Raum aus gründlich studiert hatte, war sie nicht vertraut. Sie mochte Überraschungen enthalten, die ein Schiff in Brand setzen konnten. Es gab keine Bodenkontrolle, um es sicher nach unten zu lotsen. Das Mutterschiff konnte nicht helfen, bevor sie wieder in eine synchrone Position aufgestiegen waren. Es hatte für den Start der *Williwaw* tief hinuntergehen müssen, und zwar wegen der Strahlen, gegen die die letztere keinen elektrostatischen Schutz hatte.

Brodersens Handfläche war so schweißnaß, daß er nicht wußte, ob Caitlins trocken war oder nicht. Sie grinste ihn an und reckte den Daumen in die Luft. Plötzlich drehte sie sich um und streichelte mit der freien Hand Fidelio, der hinten in einem speziell ausgelegten Geschirr hockte. Der Betaner legt ihr eine Weile behutsam die Klauen auf den Kopf: ein Segen?

Sie drangen in die Atmosphäre ein. Ein dünnes Pfeifen schwoll zu einem Brüllen an. Der Aufprall erschütterte den Rumpf, der gelegentlich torkelte. Nach einiger Zeit aber schaute sich Dozsa mit strahlendem Gesicht um. »Wir haben es geschafft«, rief er.

Brodersen klatschte Beifall. *Verdammt,* dachte er undankbar. *Warum müssen wir hier so eingepfercht sitzen, daß ich Pegeen nicht erreichen kann, um sie zu küssen? Aber warte nur bis wir gelandet sind, mein Mädchen, warte nur.*

Auf einer langen, flachen Bahn, die die Hitze nicht zu hoch ansteigen ließ, glitt die *Williwaw* quer über die fremde Welt nach unten. Brodersen starrte fasziniert nach draußen und war sich schaudernd bewußt, daß er den Fuß auf sie setzen würde. (Wie mochte sich Armstrong wirklich gefühlt haben?) Träge rollte unter dem kleinen Mond eine nächtliche See; Eine gespenstische Salzfläche endete an einem kilometerhohen Steilhang; jenseits lag das Plateau, das einmal ein Kontinent gewesen war; die aufgehende Sonne enthüllte seine ockerfarbene Nacktheit, den zu Ziegeln gebrannten, zerrissenen und zerfurchten Boden. Im Augenblick nahm ein Staubsturm die Sicht; einen ausgetrockneten Canyon entlang ragten einige große, scharfe Zacken aus Hügeln von Trümmern empor. Waren das die Überreste einer Stadt?

Dozsa startete die Düsen, Rueda navigierte für ihn, zuerst nach der Sonne, anhand vorher angestellter Berechnungen, dann, indem er sich auf die vom Zielort ausgehenden Radiowellen einpeilte.

Während sie nach Nordosten flogen, stieg das Land an; auch die Jahreszeit war günstig. Auf der nördlichen Halbkugel war

Herbst, und immer mehr Leben kam in Sicht. Verstreute glänzende und ledrig aussehende Büsche und einzelne größere Pflanzen, die mit ihrem bizarren Wuchs vage an Saguaros oder Josuabäume erinnerten, vereinten sich zu immer dichterem Bewuchs; Bäche flossen in Teiche; ein rötlicher Rasen, der zuerst nur büschelweise wuchs, wurde zu einem den ganzen Boden bedeckenden Teppich. Einzelne baumförmige Stauden waren jetzt ein Wald. Der Himmel über ihnen war eher purpurfarben als blau und hatte keine Wolken. Von der Sonne, die fast unbewegt hinter dem Raumschiff stand, hatte er gleichzeitig einen leicht grünen Schimmer.

Fidelio sprach, und Brodersen mußte sich konzentrieren, um sein rauhes, pfeifendes Spanisch zu verstehen. »Ich glaube, die Jahreszeiten sind hier in biologischer und klimatischer Hinsicht extremer als auf irgendeinem unserer Planeten. In den langen Nächten wächst hier nichts und auch nicht im Winter noch im schrecklichen Hochsommer. Die Tiere müssen notwendigerweise daran angepaßt sein. Wahrscheinlich sind wir zur Zeit der Ernte und fieberhafter Vorbereitungen angekommen.«

Brodersen wollte schon sagen, daß diese Vermutung weit über die vorhandenen Tatsachen hinausginge, aber er unterließ es. Die Betaner hatten Kenntnisse über eine Vielzahl von Welten – natürlich nicht solcher wie Pandora, aber es waren doch welche darunter, die einige Ähnlichkeiten aufwiesen. Außerdem war sein eigenes Interesse an der hiesigen Ökologie im Augenblick eher beiläufig –.

Dort lag das Ziel!

Caitlin schrie auf. Brodersen und Dozsa murmelten erstaunte Flüche, Rueda bekreuzigte sich. Fidelio bewegte sich, und sein Jodgeruch wurde stärker. Aufnahmen aus dem Raum gaben kaum je die Wirklichkeit auch nur annähernd wieder.

Eine Stadt hatte hier vor langer Zeit gewiß existiert. Die Überreste der Mauern erhoben sich noch an einigen Stellen aus dem dichten Unterholz. Ihre lebhaften ursprünglichen Farben und das weiche Pastell waren kaum verblichen. Wo Gras die Lichtungen bedeckte, lagen umgestürzte, nur halb vergrabene große Blöcke mit verschwommenen Konturen.

Nördlich der Ruinen stand ein Komplex mehrerer anscheinend intakter Gebäude. Dozsa schwenkte die Düsen nach unten und schwebte, damit seine Begleiter ihre Beobachtungen anstellen konnten. Zuerst war es schwer, die Strukturen als etwas anderes als auffällig durcheinandergewürfelte Steinmassen, aber dann zeichnete das Auge die Konstruktion nach und entdeckte eine Art feierlicher Schönheit. Auf Sechsflachen errichtete Säulengänge fügten sich harmonisch ineinander und umrundeten einen zentralen aus Bögen und Spiralen konstruierten Turm, den eine goldene dreidimensionale Sonneneruption krönte. Im Innenraum schwang sich eine Brücke mit der Eleganz einer Vogelschwinge vom äußersten östlichen Bauwerk zum äußersten westlichen.

Zwei Kilometer weiter nördlich hörte die Wildnis auf. Sie war ausgesperrt und mußte um etwas herumwachsen, das eine Basis für Raumschiffe sein mußte (und für was sonst noch?). Obwohl die Anlage eindrucksvoll war und die Besucher eigentlich hergelockt hatte, bot sie dem Auge wesentlich weniger. Hauptsächlich sahen sie einen türkisfarben gepflasterten Platz von etwa vier Kilometern im Quadrat. Halbzylinder (Hangara? Baracken?) von der gleichen Farbe umstanden ihn, in deren Rundungen etwas eingearbeitet war, das man für Eingänge und Abtastgeräte halten konnte. Am entfernten Ende des Feldes stand eine große taubengraue Kuppel, um die sich kleinere Halbkugeln drängten. Ein kompliziertes metallenes Gitterwerk, das oben breiter wurde, ragte empor. Zweifellos war es Bestandteil des Radiosenders und vielleicht noch anderer Geräte. Auf der ebenen Fläche erkannten sie eine Reihe von großen, durch Rillen beschriebenen Kreisen. Waren das Luken zu Silos, in denen ihre Schiffe sicher untergebracht waren?

Dieses feine Detail war nicht gut zu sehen, weil über allem eine Art Zittern lag, etwa wie hemisphärisches Hitzeflimmern.

Tränen liefen über Caitlins Wangen. »Ruhm der Schöpfung«, stammelte sie. »Noch eine Rasse im Universum, die Wissen hat und denken kann . . . und sie sind nicht tot.«

»Was?« fragte Rueda abwesend. Er arbeitete daran, die *Chinook* wieder hochzubringen. Sie hätten inzwischen schon in synchroner Position sein müssen. »Was meinst du?«

»Ist das nicht klar, Mann? Das Land liegt verödet da, die

Städte sind verfallen, außer hier, wo etwas restauriert wurde – im alten Stil, denn der Raumflughafen vor uns ist eine völlig andere Architektur. Wer außer den Pandoranern hätte zurückkehren sollen, um hier ein solches Denkmal zu errichten, nachdem sie durch die Tore eine junge Welt erreichten?«

Sie hatte englisch gesprochen. Brodersen stellte Fidelio die Frage auf spanisch, und dieser meinte: »Das scheint mir vernünftig, lieber Mitschwimmer, obwohl ein Fangzahn im Fleisch steckenbleibt. Warum sollten sie sich so viel Mühe machen nur um – ang'gh k'hrai – Selbstbespiegelung? Sentimentalität? Ja, wegen mehr Sentimentalität. Datenspeicherung kann jede Erinnerung an den Mutterplaneten viel besser bewahren als ein paar unbenutze Häuser auf diesem zerbröckelnden Riff. Und diese Erinnerungen können nach Belieben zur Unterhaltung als Hologramm abgerufen werden.«

Dozsa nahm das Schiff aus dem Schwebeflug und ließ es kreisen. »Die Antwort darauf«, sagte er dabei, »ist, daß die Häuser nicht unbenutzt dort stehen. Sie bekommen Besucher.«

»Wieso?« fragte Rueda. »Welche Besucher? Touristen? Wohl kaum, da doch, abgesehen von diesem Stück Kopie dort drüben, nur noch Trümmer übrig sind. Fidelio hat recht, die Elektronik kann vom alten Pandora viel besser erzählen. Vielleicht Wissenschaftler, die der weiteren Entwicklung auf der Spur bleiben wollen? Sie würden keine so aufwendigen Anlagen brauchen. Besonders nicht bei einer astronautischen Technologie, die der der Betaner gleichkommt, ihr womöglich gar überlegen ist.«

»Vorhin brachte ich ein paar Gedanken zu den hiesigen Lebenszyklen vor«, sagte Fidelio leise. »Sie waren vernünftig, wenn sie auch vielleicht, ohne in der Wahrheit verwurzelt zu sein, herumschweben. Dogmen über Sophonten aufzustellen, die wir nie gesehen haben, ist ein ganzer Wasserfall an Unverstand. Wenn wir je erfahren, wie sie aussehen, ist die einzige Gewißheit, daß wir überrascht sein werden.«

»Leben heißt, ständig erneut überrascht sein«, sagte Caitlin. »Und das ist schön.«

»Das ist jetzt nicht wichtig«, unterbrach sie Brodersen. »Wir müssen erst versuchen, Kontakt aufzunehmen . . . verdammt, Carlos, pennen die da oben auf ihrer Umlaufbahn?«

Wie gerufen erschien Weisenbergs Gesicht auf dem Bildschirm. Er verlor völlig seine gewohnte Ruhe. »Wie geht's euch?« brüllte er fast. »Ist nichts passiert?« Er beruhigte sich, als er die Berichte hörte und die Bilder sah, die ihm direkt vom Band überspielt wurden. Joelle war in Holothese, und ihr Gehirn nahm alles direkt auf. Der Rest der Mannschaft erlebte alles auf den jeweiligen Stationen mit.

»Hier scheint niemand zu Hause zu sein«, sagte Brodersen und seufzte. »Nun, wir werden weitermachen. Vielleicht können wir feststellen, wann das nächste Schiff hier landet. Oder wir könnten eine Nachricht hinterlassen oder – ich weiß nicht.«

Weisenberg zog die Stirn in Falten. »Irgendwer muß dort sein«, warnte er. »Oder irgend etwas. Denn sonst hätte der Wind doch Staub und Dreck auf den Platz geweht, und Unkraut wäre gewachsen, von Tieren ganz zu schweigen, die ja auch ihre Spuren hinterlassen. Seid vorsichtig, wenn ihr wieder anfliegt.«

»Ja, machen wir. Wir müssen aber weitermachen. Richtet euch auf eine weitere spannende Episode ein.«

Nach einer kurzen Konferenz an Bord drehte die *Williwaw* ab und flog die Basis erneut an. Das Schiff hatte in jeder Tragfläche ein Maschinengewehr. Dozsa ließ einen Feuerstoß los. Es war niemand dort, der hätte verletzt werden können. Es war einfach nur ein Versuch. Rueda zeichnete alles auf. Brodersen richtete eine Kamera so ein, daß man es später in Zeitlupe und in Vergrößerung abspielen konnte.

Die Geschosse trafen die durchsichtige Schicht. Die Leuchtspurmunition spritzte nach allen Seiten auseinander. Rasch drehte Dozsa ab, und mit heulenden Düsen stieg er wieder in den Himmel auf.

Niemand sagte etwas, bis Brodersen seine Aufzeichnung geprüft hatte. Kein Geschoß war tiefer als ein paar Zentimeter eingedrungen. Vom Aufschlag abgeplattet waren sie alle abgeprallt. »Hmmm«, murmelte er. »Wenn wir da fröhlich hineinsegeln würden – Fidelio, hast du eine Ahnung, was das sein könnte?«

Der Betaner vollführte eine nicht zu beschreibende Geste.

»Vorstellbar, daß es sich um Überschallwellen von ultrahoher Schwingungsweite handelt, die heterodyn verstärkt wurden, so daß sie eine Hülle bilden. Es könnte auch eine komplizierte und hochwirksame Art von Feld sein, wie sie meinem Volk nicht bekannt ist. Wenn pandoranische Schiffe niedergehen, sonden sie möglicherweise ein Signal aus, wodurch es ausgeschaltet wird. Ich glaube aber nicht, daß wir die Art dieses Signals durch Ausprobieren ermitteln können.«

»Ich auch nicht. Okay, was tun wir als nächstes?«

Brodersens Frage war rhetorisch. Von Anfang an hatten sie damit gerechnet, das Schiff verlassen zu können – und waren dazu auch entschlossen. Dozsa brachte die Maschine ganz langsam wieder auf geringe Höhe. Genau zwischen der Basis und dem hübschen Gebäudekomplex lag eine Waldlichtung, die sich für eine Senkrechtlandung und einen späteren Start anbot. Mit äußerster Vorsicht und heulenden Düsen ging Dozsa herunter. Messungen ergaben, daß, von dem flachen rötlichen Bewuchs abgesehen, der Boden das Gewicht aushalten würde. Dennoch ließ er das Fahrgestell eingezogen und fuhr statt dessen Gleitkufen aus, die er, wenn sie irgendwo steckenblieben, abwerfen konnte.

Die *Williwaw* landete glatt und sicher. Die Maschinen heulten auf und verstummten. Ein Knall und ein Zischen erfolgte, als Luft entwich, damit das Fahrzeug sich dem niedrigeren Druck auf Pandora anpaßte. Die Leute lösten ihre Gurte, Caitlin kam Brodersen mit dem Kuß zuvor, den er sich versprochen hatte.

»Nun«, sagte er, als er allen in der Runde die Hände geschüttelt hatte, »laßt uns anfangen. Macht eure Feuerwaffen klar.« Er nahm ein automatisches Gewehr und zwängte sich zwischen den Sitzen durch, um in den Rumpf hinabzusteigen, wo er die Luftschleuse betätigte. Er schleuste sich durch, als ob es gelte, in Gift einzutauchen . . . was sehr wohl der Fall sein konnte, egal welche Spektroskope zutrafen.

Er rechnete nicht damit. Chichao Yuan war auf Beta an einer tödlichen Dosis auf natürliche Weise produzierten Giftes gestorben, aber dabei hatte es sich um ein sehr unwahrscheinliches Ereignis gehandelt, das die Betaner noch nie erlebt hatten.

Noch weniger wahrscheinlich war, daß man von einer einheimischen Krankheit angesteckt werden konnte, etwa durch Pilze, Mikroben oder Viren, da die beiden einander am ähnlichsten Biologien, die Fidelio kannte, nicht einmal die gleiche nukleotide Basis hatten. Normalerweise wäre man bei einer solchen Expedition weit vorsichtiger verfahren. Man hätte ferngelenkte Maschinen geschickt, um Proben zu sammeln, die dann in einer Isolierkammer analysiert worden wären, bevor auch nur ein einziges Besatzungsmitglied sich ins Freie gewagt hätte, und der Betreffende hätte sich anschließend einer Quarantäne unterziehen müssen. Der *Chinook* fehlte allerdings das dafür ausgebildete Personal. So machte sich der Skipper zum Versuchskaninchen.

Er schwang sich nach draußen und stand da wie im Traum. *Ich, der alte Dan Brodersen, habe als erster Mensch den Fuß auf eine neue Welt gesetzt.* Ihn schwindelte. Er bückte sich, um den Boden abzutasten, nahm etwas davon in die Hand und rubbelte es zwischen den Fingern. Es war warm und trocken und roch wie . . . Holzkohle?

Hitze umfing ihn, glühendheiß wie in der Sahara. Dörrend zog sie alle Feuchtigkeit aus den Nüstern, bis sie schmerzten, sie trocknete die Lippen aus, bis sie rissig wurden. Ein brausender Wind ließ Äste knacken und Zweige rauschen. Man konnte kaum etwas hören. Es war wie Hitzeschwaden aus einem Hochofen. Teergestank erfüllte die Luft.

Er sah sich um. Nun, da er im Freien war, zeigte der grüne Glanz mehr Farbnuancen, als er erwartet hatte: Aus dem federnden, mattroten Rasen reckten sich dunkle Baumstämme empor, die vierfache Mannshöhe erreichten und gezackte Auswüchse aufwiesen. Weiter hinten wuchsen Büsche, die das Sonnenlicht zurückwarfen, daß sie wie Glimmer aufglänzten. Der brütendheiße Himmel war purpurfarben. Ein Dutzend bronzehelle, geflügelte Kreaturen zog vorbei, zwergenhafte Wesen, die wohl keine Insekten waren, die nach der störenden Landung hier herumsummten.

»Dan, mein Schatz, wie fühlst du dich?« Caitlins Besorgnis drang ihm aus dem Walkie-Talkie ans Ohr.

»Gut«, antwortete er. »Wirklich. Du kannst dich darauf verlassen. Beruhige dich und denke daran, daß wir vorsichtig sein müssen. Ich muß erst sichergehen.«

Ich kann natürlich nicht sicher sein, dachte er. *Das kann man nie. Vielleicht atme ich in diesem Augenblick den Tod ein.* Er stellte fest, daß ihn dieser Gedanke nicht einmal beunruhigte. Er war wohl auch ein bißchen weit hergeholt. *Warum aber habe ich dann solche Angst davor, daß Pegeen aussteigt?*

Ich kann es aber nicht mehr viel länger aufschieben.

Während er umherstolperte merkte er zum ersten Mal, daß er mehr wog. Die Schwerkraft auf Pandora war etwa fünf Prozent höher als die auf der Erde. Auf einem Baumstumpf drüben im Wald erspähte er ein etwa katzengroßes Tier und erstarrte, während er es beobachtete. Es war ein schwanzloser Vierfüßer mit glatter, fahlblauer und glänzender Haut, einem Schnabel und drei Augen – das dritte am Hinterkopf – und einer fächerähnlichen Rückenflosse. Als das Wesen ihn seinerseits bemerkte, faltete es diese Flosse zusammen und sprang davon.

»Zu schnell für ein Reptil oder ein ähnliches niederes Wesen«, sagte Brodersen, als er das Tier über Funk beschrieben hatte. »Entspricht es einem irdischen Säugetier? Ich weiß es nicht, aber ich hätte das Wesen wahrscheinlich nie gesehen, wenn nicht meine Gestalt und mein Geruch ihm so seltsam vorgekommen wären, daß es völlig verwirrt war. Ich nehme an, daß es sich hier um die normale hiesige Lebensform handelt: vierbeinig, dreiäugig und mit einem Schnabel versehen. Die Rückenflosse ist vielleicht eine Kühlvorrichtung. Ich möchte sogar annehmen, daß sie Sinnesorgane enthält.«

Dieses kleine Tier nahm ihn ganz gefangen. Es war ein Wunder. Eine völlig andersartige Evolution, Leben mit einem ganz anderen Gesicht. Und Ira Quick wollte die Menschheit in ihren soziologischen Kuhställen festnageln.

Brodersen sondierte weiter das Terrain. Halb über die Lichtung gelangt blieb er stehen. Was er jetzt sah war eine Spur.

Das bißchen Unterholz war kein Hindernis. Aber er fand einen etwa einen Meter breiten hartgetretenen Lehmpfad, der direkt in den Wald führte, soweit er feststellen konnte, auf die Gebäude zu, die sein nächstes Ziel waren. Nachdenklich blieb er im glühendheißen Wind stehen, bevor er seinen Weg fortsetzte. An der gegenüberliegenden Seite fand er dieselbe Spur, genauso schnurgerade wie die erste. Auch sie verlor sich zwischen den Bäumen.

Wilde Tiere auf der Erde und auf Demeter machten solche Spuren nicht. Auf Befragen meinte Fidelio, daß das auch für Beta zuträfe. Nun, auf Pandora mochte es anders sein.

*

Brodersen ging voraus. Im Gänsemarsch folgten ihm Caitlin, Dozsa und Fidelio. Alle trugen Waffen, Walkie-Talkies, Feldflaschen, aus denen sie häufig tranken, und Rucksäcke mit verschiedenen Geräten und Werkzeugen. Rueda blieb im Schiff. Er hatte sich dagegen gewehrt, aber einer mußte als Reserve bleiben, und es war ganz logisch, daß das Los auf ihn fiel. Vom Rauschen des Windes abgesehen und gelegentlichem Krächzen und Trillern war es im Wald ruhig. Die »Bäume« sahen eher aus wie Sukkulenten verschiedener Art, und röhrenförmige Gewächse standen weit auseinander, wahrscheinlich wegen Wassermangel, aber ihr weit gefächertes Laub bildete ein Dach, so daß von grünen Sonnenstrahlen betupfte Schatten die Umgebung etwas kühler sein ließen als es im offenen Gelände der Fall war. Hin und wieder huschten und flatterten verschiedenartige Kreaturen vorbei, und einmal sahen die Planetenwanderer ein Tier von der Größe eines Ponys, das gleichfalls eine Rückenflosse hatte. Im ganzen gesehen aber war dies eine trostlose Einöde.

»Das Leben schwimmt flußaufwärts, bis es überwältigt wird und versinkt«, philosophierte Fidelio. »Als Pandoras Sonne den Planeten im Stich ließ, müssen die höheren Arten ausgestorben sein, es sei denn, die denkenden Wesen hätten bei ihrer Flucht ein paar Exemplare mitgenommen. Zurück blieben geringere, einfachere Arten, und die Evolution begann von neuem, denn so schnell änderte sich die Sonne nicht – es mag einige Millionen Jahre gedauert haben –, so daß sie überleben konnten.« Er ließ seine Schnurrhaare hängen, was ein Zeichen des Bedauerns oder des Schmerzes sein konnte. »Aber sie *wird* sterben. Wieder werden Arten ausgerottet. Und wieder erhebt sich neues Leben, aber es wird immer schwächer und kümmerlicher. Wann wird Pandora endgültig tot sein. Vielleicht in einer Milliarde Jahren.«

In einer Milliarde Jahren, dachte Brodersen während er weiterging. *Bei vier Zahlen pro Sekunde bis zu einer Milliarde zu zählen, würde* – er hatte es mit einem Minicomputer errechnet – *fast acht Jahre dauern. Eine Milliarde Jahre wirkliche Zeit. Verdammt langes Rückzugsgefecht gegen die Nornen.*

Aber welche existente Rasse kämpft je gegen anderes?

*

Der Gang war kurz, wenn der Nachmittag auch einige Erdentage dauerte. Sie schritten unter dem glutheißen Himmel dahin und sahen die Häuser unbekannter fremder Wesen.

Um sie herum wuchsen nur Rasen, Buschwerk und Ableger von größeren Pflanzen. Hoch ragten die Wände empor, wie Klippen, regenbogenfarben, und oben gab es kunstvolle Architektur, Säulengänge und Nischen. Keine Türen oder Fenster beeinträchtigten die glatte Struktur. Durch ein Portal erreichte man einen Hof. Brodersen führte seine Gefährten hindurch. Auch hierher wollte die Natur zurückkehren. Zwar hatten die Wurzeln noch nicht das Pflaster gesprengt, aber in den Ecken, wo sich Staub gesammelt hatte, wuchs schon dichte Vegetation, und Schlingpflanzen krochen an den gewundenen Pilastern empor. Von einem Mauervorsprung floh ein Tier. Hatte es dort ein Nest?

Die Besucher kümmerten sich nicht weiter darum. Mitten im Hof standen zwei Statuen.

Die Fundamente waren aus Stein, die Skulpturen aus dem gleichen (?) dauerhaften Material wie die Fassaden. Realistische Farbtönung vermittelte den Eindruck, daß es sich um Porträts handelte. Die Dinger waren doppelt mannshoch. Es mochte Kunst sein, aber Brodersen hielt es für die Wahrheit. Ihre Nacktheit zeigte, daß es zweigeschlechtliche Wesen waren (wahrscheinlich, meinte Fidelio, und Brodersen erinnerte sich an eine Tafel, einen der ersten Gegenstände, die von Menschen aus dem Sonnensystem hinausbefördert worden waren). Die

Figuren waren gedrungen, langarmig und stummelschwänzig auf zwei kurzen Beinen. Sie hatten drei Augen, aber flache Gesichter ohne Schnabel. Das Blau ihres Äußeren zeigte weder Fell noch Schuppen, noch Federn . . . Man könnte ihr Erscheinungsbild noch weiterbeschreiben.

In vierfingrigen Händen hielt der eine einen Hammer hoch und einen Gegenstand, der als Axt nicht zu verkennen war. Der andere hatte ein Stück Haut oder Gewebe, auf denen Piktogramme (oder Hieroglyphen oder –) zu sehen waren. Wie fremd diese Erscheinungen auch wirken mochten, sie strahlten Ruhe aus.

Nach längerem Schweigen murmelte Caitlin: »Glück euch, Leute von Pandora.«

»Oder sind es vielleicht die *Anderen*?« fragte Dozsa leise.

Brodersen schüttelte den Kopf. »Kaum«, antwortete er. »Die *Anderen* bauen T-Maschinen so schwer wie der Mond, mit deren Hilfe man das Universum in Raum und Zeit durchqueren kann. Was interessieren sie da noch Hammer und Axt?«

»Könnten die Pandoraner vielleicht eine Art Lehrlinge der *Anderen* sein?« überlegte Caitlin.

Dozsa war pragmatischer. »Sind dies überhaupt Pandoraner? Wie können wir das wissen?«

»Das müssen sie wohl sein«, meinte Fidelio. »Sie haben die viergliedrige trioptische Anatomie. Merkmale wie Rückenflosse und Schnäbel statt Kiefer sind zweifellos auf frühere primitive Tiere zurückzuführen, aus denen sich die höheren Formen der gegenwärtigen Epoche entwickelt haben.«

Als ob Säugetiere ausgestorben wären oder die Erde verlassen hätten, und als ob ganze Zeitalter später neue Arten entstanden seien, deren Vorfahren der Gattung Platypus angehörten, dachte Brodersen. *Vielleicht auch der Gattung der Eidechsen oder Würmer.*

»Nun, schauen wir uns ein wenig um«, sagte er.

*

Es mußte einen Zugang zu den Gebäuden geben, aber die Fremden fanden keinen.

»Sie kommen in gewissen Zeitabständen wieder her und beseitigen das Unkraut«, behauptete Brodersen. »Sonst wäre hier alles zugewachsen.«

»Wie oft aber?« wollte Dozsa wissen.

»Um das zu schätzen«, sagte Fidelio, »müßten wir wissen, wie schnell diese Pflanzen wachsen, und das zu erfahren würde ein oder zwei Jahre dauern. Und auch dann können wir nur raten. Zehn Jahre? Zwanzig? Ihr könntet euch hier einrichten, denn die Schwerkraft entspricht euren körperlichen Voraussetzungen. Aber ich glaube nicht, daß ihr euch hier ernähren könnt.«

Caitlin zuckte zusammen und umarmte ihn. Ihm blieb nur noch ein knappes Jahr. Einen Augenblick lang erwiderte er ihre Umarmung. Dann gewann seine schnurrhaarzitternde und schwanzwackelnde Neugier wieder die Oberhand.

»Nein«, sagte Brodersen langsam. »Das erscheint mir nicht praktikabel. Ich denke, wir könnten eine Botschaft hinterlassen, vielleicht auf rostfreien Stahl eingraviert. Symbole, die besagen . . . ich zitiere . . . ›Wir sind verloren und versuchen durch ein Tor nach dem anderen zu gelangen, und zwar nach dem und dem Muster, aber bitte, nehmt euch unserer an.‹«

»Ob sie sich darum kümmern würden?« fragte Dozsa.

»Würdest du dich denn etwa nicht um so etwas kümmern?« gab Caitlin zurück. Er nickte. »Aber wie machen wir uns ihnen verständlich?« wollte sie von Fidelio wissen.

»Ich habe nicht die geringste Ahnung«, mußte er zugeben. »In den acht Jahren unseres vertrauten Umgangs mit eurer Rasse haben wir uns gegenseitig ein wenig verstehen gelernt. Und es scheint, als wiesen unsere beiden Rassen mehr Gemeinsamkeit auf als die meisten anderen.«

Er blieb eine Weile auf Füßen und Flossen sitzen. Eine lange, anmutige Gestalt, die sich mahagonifarben von den backofenheißen hellen Wänden abhob. Die Klauen und Schwimmhäute einer oberen Hand hielt er sich vor die Schnauze. Die Finger der beiden unteren Hände waren gespreizt. »Nein«, sagte er endlich in seinem krächzenden und pfeifenden Spanisch, das ihm wahrscheinlich in der Kehle weh tat. »Ich begreife nichts. Denkt daran, wenn ihr weitermacht, tut ihr das mit dem Risiko, euch im leeren Raum zu verlieren. Die Pandoraner sind nicht die *Anderen*. Wenn sie die *Anderen* nicht kennen – und warum sollten sie das eher als euer oder mein Volk? –, selbst wenn sie euer Ansuchen entziffern können, könnten sie euch nur mit dem gleichen Risiko eine Mannschaft hinterherschicken. Caitlin, Frau der Liebe, würdest du ihnen das zumuten?«

Sie schwieg.

Nach einigen weiteren Minuten sagte Fidelio: »Was mich betrifft, so werde ich gern mitmachen. Vielleicht entschließt ihr euch zu bleiben, in der Hoffnung, daß euch geholfen wird, bevor euch die Vorräte ausgehen. Mein Rat wäre, und er mag falsch sein, daß ihr weitersucht. Aber das ist eure eigene Entscheidung, liebe Freunde.«

»Nein«, brach es aus Caitlin heraus, und sie sprach dabei englisch. »Soll ein Meereswesen wie er auf dieser mumienhaften Welt sterben? Wenn er schon die See nicht mehr hat, sollen ihm wenigstens die Sterne bleiben.«

Brodersen lächelte traurig und legte ihr eine Hand auf die Schulter. »Du bist wieder mal zu schnell, Honey. Ich wollte das auch gerade sagen.«

*

Sie konnten nicht mehr viel tun, und die Hitze schlauchte sie. Auch Sonnenbrand drohte sie heimzusuchen, wenn sie nicht aufpaßten, und zwar schneller und bösartiger als auf der Erde. »Fürs erste müssen wir hier weg«, übermittelte er Rueda über Radio. »Wir ruhen uns ein paar Stunden im Schiff aus. Laß die Klimaanlage eingeschaltet, hörst du? – und überleg dir schon mal, was wir als nächstes versuchen könnten. Vielleicht sollten wir uns ein wenig auf dem Landefeld umsehen, um mehr zu erfahren. Vielleicht sollten wir Leitern anbringen, um die oberen Bogengänge zu erkunden. Vielleicht sollten wir auch gleich wieder starten, obwohl ich dagegen wäre. Auf jeden Fall sind wir gleich zurück.«

»Ich habe das Essen für euch fertig«, versprach Rueda.

In lockerer Ordnung gingen sie durch das Portal wieder nach draußen und über die Lichtung, die zwischen den Gebäuden und dem Wald lag.

Fidelio schrie laut auf. Nie zuvor hatten sie in der Stimme eines Betaners solche Überraschung und solche Qual erkannt.

Brodersen sah kurze, dicke, gefiederte Pfeile aus dem Wald herausfliegen, die Metallspitzen mit Widerhaken trugen. »Hinlegen!« brüllte er und warf sich selbst in den Dreck. Sein Gewehr hämmerte los, und die Geschosse rissen Fetzen von den jetzt unheimlich erscheinenden Stämmen.

Ein schrilles Geheul war die Antwort. Einige Wesen sprangen aus dem Hinterhalt. Später erfuhr Brodersen, daß Caitlin ihre Kamera auf sie gerichtet hatte. Ihm schien das unnötig. Er erkannte alles überdeutlich und würde den Anblick solange er lebte nicht vergessen.

Es waren schlanke Zweibeiner, die ihm ungefähr bis an die Brust reichten. Sie hatten drei Augen im Kopf und Schnäbel. Ihre Hände hatten drei Finger, die in gleichem Abstand zueinander standen. Ihre Füße waren wie Hufe, auf dem Rücken spreizten sich Flossen, und ihre Farbe war braun. Sie trugen kurze Hosen, in deren Gürteln Messer und Tomahawk steckten. Einer hielt eine Art Armbrust. Ein anderer war verwundet, und schwarzes Blut troff ihm vom Arm.

Sie griffen nicht an, sondern rannten nach allen Seiten auseinander und stießen dabei laute Schreie aus. Brodersen schoß auf den nächsten. »Nein!« schrie Caitlin. »Sie fliehen voller Angst, Dan. Es sind denkende Wesen!«

Er ließ sie laufen, schoß aber wieder in den Wald. Auch Dozsa eröffnete das Feuer. An diesem Angriff hatten mehr als zwei Wilde teilgenommen. Eine Gegenwehr erfolgte nicht. *Ich habe sie alle verjagt,* sagte sich Brodersen. *Die zwei, die herausgelaufen kamen, waren sichtlich in Panik. Hoffentlich habe ich ein paar getroffen.*

Er ließ den Abzug los. Eine vom Wind noch verstärkte Stille überrollte ihn. Er hockte sich hin und schaute sich um. Er sah kein Zeichen einer weiteren Gefahr. »Paß weiter auf, Stef«, befahl er. »Bei der geringsten Bewegung sofort schießen.«

Er ging zu Fidelio hinüber. Der Betaner lag in einer Blutlache. Und mehr Blut quoll aus einer Wunde, die ihm zwischen den oberen und den unteren Armen zugefügt worden war. Caitlin kniete neben ihm und versuchte, den Fluß aufzuhalten. Ihre Kleidung war schon blutdurchtränkt.

Sie sah Brodersen an, als er näher kam. »Keine Hoffnung«, sagte sie dumpf. »Ich habe weder die Instrumente noch die Kenntnisse, noch Zeit. Eine Hauptschlagader, ein lebenswichtiges Organ –« Der Blutstrom versiegte, und auch Fidelios rauher Atem war nicht mehr zu hören. Sein Todeskampf war fast zu Ende. Caitlin legte seinen Kopf in ihren Schoß. Seine blauen Augen sahen sie an. »Fidelio«, sagte sie auf spanisch, »kannst du mich hören?«

»Si«, kam sein schwaches Röcheln.

»Fidelio, wir werden nach Hause kommen. Und wir werden deinem Volk unsere Art zu lieben zeigen, obwohl ihr uns gewiß auch viel lehren könnt.«

»Gracias –« Brodersen konnte ihn kaum verstehen.

Caitlin streichelte ihm mit der Hand das Fell und sang ganz leise: *Schlafe, mein Liebling, die Biene summt die stille Nacht herbei. Aeobhaill vom grauen Felsen kommt und hüllt die Welt in Zauber ein.*

Sie hatte das alte »Wiegenlied einer gartanischen Mutter« oft Brodersens Kindern vorgesungen. Es hatte eine wunderschöne Melodie.

Schlummere süß mein Kind, mein Glück, meine Liebe, meines Herzens Freude,

Die Grillen singen dein Wiegenlied neben dem sterbenden Feuer. –

Brodersen ließ sie allein und durchsuchte unter Beachtung aller erdenklichen Vorsichtsmaßnahmen das Gebüsch. Er fand keine Toten oder Verwundeten, aber feuchte Stellen zeigten ihm, daß er mehr als einmal getroffen hatte. Wahrscheinlich hatten sie ihre Verwundeten fortgetragen. Er sammelte ein paar Waffen auf, die liegengeblieben waren, um sie später zu untersuchen. Als er zurückkam war Fidelio tot.

Als er dem entsetzten Rueda berichtet hatte, befahl Brodersen: »Du bleibst wo du bist. Hier ist zuwenig Platz für eine sichere Landung, zumal du allein im Schiff bist. Dir kann wahrscheinlich nichts passieren. Im Zweifelsfall aber sofort starten. Die *Williwaw* ist zu wichtig für unser aller Überleben, als daß wir sie aufs Spiel setzen könnten.« Nach kurzem Protest. »Maul halten, Mister, und Befehle ausführen.«

Er wandte sich an Caitlin und Dozsa. »Okay, wir gehen. Du hältst dich in der Mitte, Pegeen. Aufpassen. Beim geringsten Verdacht Feuer eröffnen. Wir bleiben im Schiff, bis die *Chinook* uns wieder empfangen kann.«

Stumm deutete sie auf die leblose Gestalt, die zu ihren Füßen lag. Er schüttelte den Kopf. »Nein, wir können nichts mehr tun. Schließlich könnten wir wieder überfallen werden. Und auch nachher werde ich niemanden schicken, um ihn zu holen. Ich wünschte, wir könnten es, aber – möchtest du etwa deine Freunde wegen deiner Leiche in Lebensgefahr bringen? Ich glaube, das würde er auch nicht wollen.«

»Kommt jetzt.«

XXXV

Das Raumschiff beschleunigte, weg vom Planeten, zurück zur T-Maschine für den nächsten Sprung. Während der ersten Abendwache nach dem Essen lag der Gemeinschaftsraum ungenutzt. Niemand hatte Lust, Pandora und seine grüne Sonne zu sehen, oder dieses einzugestehen und die Sichtschirme auszuschalten. Paarweise oder allein suchten sie ihre Quartiere auf.

Brodersen und Caitlin klappten ihr Bett herunter, denn nur so konnten sie richtig nebeneinander sitzen, gegen Kissen und Wand gelehnt. Sie hatten sich Pyjamas angezogen, was selten vorkam, und sich steife Whiskys eingeschenkt.

Das Getränk schwappte in seinem Glas. Er nahm einen Schluck von seinem Rauch und Feuer, und noch einen, und merkte, daß seine Hand ruhiger wurde. »Oh, Gott, Pegeen, oh, Gott«, stöhnte er, »ich habe noch einen Mann verloren. *Ich.*«

»Dich trifft keine Schuld, Liebling«, antwortete sie. »Niemand klagt dich an.«

»Nur ich!«

Eine halbe Minute lang ließ sie ihn ins Leere starren und schlucken. Dann stellte sie ihr Glas auf ein Bord, faßte ihn am Kinn und drehte sein Gesicht zu sich herum. »Nun ist es aber genug, Daniel Brodersen«, sagte sie ärgerlich. »Hör auf, dich selbst zu bemitleiden. Das ist die niedrigste Gefühlsregung, die es gibt.«

Er sah sie an. Ihr Blick war ernst, in einem Rahmen von lockerem, bronzenem Haar. Er schluckte noch einmal und nickte. »Ja. Du hast recht, und es tut mir leid. Es war ein verdammter Schock, aber ich hätte ihn wie ein Mann nehmen sollen.«

Sie legte ihren Arm um seine Schultern. »Nein, Liebster, das darfst du nicht sagen. Du hast diese Last lange genug getragen. Wirf sie jetzt ab.« Sie küßte ihn, lange, aber eher zärtlich als leidenschaftlich.

Dann seufzte sie. »Um die Wahrheit zu sagen, um dich habe ich mir keine großen Sorgen gemacht. Aber Phil Weisenberg – ich fürchte ihm geht es ganz schlecht.«

»Phil? Weil er nicht zum Essen gekommen ist? – Ein Mißerfolg wie dieser könnte jedem den Appetit verderben.«

Caitlin biß sich auf die Lippen. »Du hast ihn nicht gesehen als wir an Bord gingen, oder danach, als wir uns auf den Start vorbereiteten . . . Ach, natürlich, *gesehen* hast du ihn, aber du kannst es nicht bemerkt haben; du hattest zuviel anderes im Kopf. Er ist ein stiller, tüchtiger, höflicher Roboter.«

Brodersen runzelte die Stirn. »Das ist allerdings schlimm.«

Caitlin drückte seine Hand. »Mach dir darüber keine Sorgen, mein Herz. Vielleicht kann ich etwas tun. Ich weiß, ihr seid alte Freunde, aber ich habe das Gefühl, daß er sich dir gegenüber nicht aussprechen wird, einfach weil er dich nicht noch zusätzlich belasten will. Bei mir wäre das anders.«

»M-m-m . . . ja, du kannst das auch besser . . . All right.« Brodersen nahm wieder einen Schluck und sagte heiser: »Kannst du dir vorstellen, warum diese Teufel uns angegriffen haben?«

Caitlin suchte nach Worten. »Es sind keine Teufel, Dan«, sagte sie dann in sanftem Ton. »Es sind denkende Wesen wie du und ich – die sich noch von der Jagd ernähren, deren in der Wildnis verstreute Behausungen wir von oben nicht gesehen haben – unsere Vorfahren haben vor gar nicht langer Zeit genauso gelebt. Oh, wie froh ich bin, daß wir anscheinend keinen von ihnen getötet haben.«

»Nach dem was sie getan haben?«

Überleg doch mal. Was sind sie denn? Eine Rasse, die sich in den letzten paar Millionen Jahren nach der Veränderung der Sonne aus niederen Tieren entwickelt hat.

»Ja, das ist offensichtlich.«

»Überleg weiter, Dan. Die ältere Rasse ist verschwunden. Sie könnte vielleicht eines Tages zurückkommen. Aus Achtung oder sorgendem Interesse. Aber warum haben sie diesen Flughafen gebaut, und jene Gebäude im alten Stil, und Abbilder von sich selbst aufgestellt? Warum, wenn nicht, um ihren Nachfolgern zu helfen? Schaff die schlimmsten Schrecken solcher Umgebung ab. Gib den neuen Lebewesen was nützlich ist – vielleicht Eisen für Speerspitzen für die Jagd. Nur ein Stück Technologie zur Zeit, vielleicht nur einmal in einem Jahrhundert, damit sie sich langsam daran gewöhnen es zu gebrauchen – nicht zu mißbrauchen –« Caitlin legte eine Hand über Brodersens Mund. »Pscht, Macushla; laß mich ausreden. Ich glaube, die Älteren beobachten und lenken die Entwicklung der jüngeren Kultur, oder auch aller anderen Kulturen, die möglicherweise auf dem unglücklichen Planeten existieren. Ich glaube auch, daß diese Anleitung sehr sorgsam und vorsichtig geschieht, damit die Eigenart und Fähigkeit dieser Wesen in ihrer Entwicklung nicht gestört sondern gefördert werden. Meinst du nicht auch, daß das die Existenz der Statuen erklären würde – Erinnerung an die Lehrer, die nach Generationen wiederkehren, um weiterzulehren –, Lehrer, die, wie ich glaube, alles in ihrer Macht Stehende tun, um nicht zu Göttern zu werden.

»Endlich, und hoffentlich früh genug, bevor der Planet noch schlimmer verbrannt ist, sollten sie sich zu einer Zivilisation gemausert haben, die bereit und fähig ist, die Sterne zu erobern.«

Caitlin lächelte, nahm ein Schlückchen, berührte Brodersens Wange mit ihren Lippen und fragte: »Klingt das nicht einleuchtend, mein Liebster?«

»Nun ja . . . Wir können nur Vermutungen anstellen –« Er stieß sein Glas gegen das Bord. »Aber warum, zum Teufel, haben sie auf uns geschossen?«

»Sie hatten niemals etwas wie uns gesehen. Keiner von uns sah aus wie ihre Lehrer. Vielleicht hielten sie uns für Dämonen, die ihr Heiligtum schänden wollten, oder für zwei neue Tierarten, die man vorsichtshalber abschießt, und deren Fleisch man vielleicht verwerten kann. Fidelio meinte, daß dies die Jahreszeit ist, in der sie Vorräte sammeln für einen schrecklichen Winter – für ihre Frauen und Kinder, für alle, die sie lieben. Er hätte auch im Rad umkommen können, aus einem schlimmeren Grunde. Hier ist es nur aus Unwissenheit geschehen, und aus Liebe.«

»Wir haben das nicht vorausgesehen. Das Universum hat uns überrascht.«

»Damit müssen wir immer rechnen, Dan. Du weißt das.«

Er nickte, trank sein Glas leer, stellte es ab und sah sie an. »Pegeen, du machst alles wieder gut –«

Sie hielten sich fest umschlungen, weiter nichts. Als sie fühlte, daß sein Körper sich entspannte, drängte sie ihn, sich niederzulegen. Er schloß die Augen, und sie küßte seine Lider. Er lächelte. Sie legte sich neben ihn, und bald war er eingeschlafen.

*

Sie hatte nur wenig Whisky getrunken. Nach einer Weile stand sie auf und ging barfuß im Zimmer umher. Ihr Gesichtsausdruck wurde immer besorgter. Schließlich, nachdem sie sich durch einen Blick vergewissert hatte, daß Brodersen fest schlief, ging sie an sein privates Intercomgerät und drückte eine Nummer.

Schleppend kam Weisenbergs Stimme aus dem Gerät. »Ja?«

»Ich hoffe, ich hab dich nicht geweckt«, sagte sie.

»Oh, nein. So spät ist es ja noch nicht.« Eine Maschine könnte das gesagt haben. »Was gibt es, Caitlin?«

»Ich möchte gern zu dir rüberkommen, wenn ich darf.«

Er zögerte. »Ist es wichtig? Ich bin müde und würde nicht sehr unterhaltend sein.«

»Zum Teufel mit Unterhaltung. Dein Arbeitsvertrag sieht nicht vor, daß du mich unterhalten sollst. Ich möchte einen Augenblick rüberkommen und mit dir reden. Du kannst mich jederzeit rausschmeißen.«

»Gu, wenn du darauf bestehst.«

»Ich danke dir, Phil, mein Lieber. In zwei Quantensprüngen bin ich bei dir.« Sie warf noch einen zärtlichen Blick auf Brodersen und verließ das Zimmer.

Im Korridor kam Leino ihr entgegen, ungekämmt, mit einer Marihuanazigarette zwischen den Fingern. Sie blieben beide stehen und sahen sich ein paar Sekunden lang an.

»Ich wünsche dir einen guten Abend«, sagte sie schließlich.

Sein Blick ging an ihr auf und ab und durch sie hindurch. Ihr Pyjama war dünn. »Wohin willst du?« fragte er.

»Entschuldige, Martti, ich habe etwas Wichtiges zu erledigen.« Als sie an ihm vorbeiging hob er eine Hand, als ob er sie aufhalten wollte, ließ sie aber wieder fallen. Sie erreichte Weisenbergs Kabine und ging hinein. Er sah es.

Caitlin schloß die Tür und hielt einen Augenblick inne. Eine auf Minimumhelligkeit gedrosselte Lampe war die einzige Lichtquelle. Der Sichtschirm der Datenbank, der fast das ganze geistige Erbe der Menschheit hervorbringen konnte, war schwarz. Weisenberg saß zusammengesunken im Dämerlicht. Seine Unterarme hingen kraftlos über die Sessellehnen, sein Kinn war fast bis auf die Brust gefallen.

Er hob den Kopf um ein paar Grad. »Hallo«, deklamierte er. »Kann ich dir etwas anbieten?«

»Sicher, aber nichts Alkoholisches. Bleib wo du bist, Phil.« Sie machte einen Stuhl los und stellte ihn so, daß sie sich ihm gegenüber hinsetzen konnte.

Er ließ den Kopf wieder fallen. »Entschuldige. Ich sagte dir, daß ich müde bin.«

»Wenn du richtig müde wärst, würdest du jetzt im gesunden Tiefschlaf liegen.« Sie lehnte sich vor und nahm seine beiden Hände in ihre. Wärme umfing Kälte. »Was ist los mit dir?«

Die Silben kamen mühsam von seinen Lippen: »Bedauerst du nicht Fidelios Tod?«

»Bedauern ist ein schäbiges Wort dafür.«

»Gut, dann betrachte mich als trauernd um den zweiten Kameraden, den wir verloren haben.« Weisenberg erschauerte ein wenig. »Ich will kein Theater machen. Es ist nur – ich hab nun mal nicht dein Talent für –«, er blieb stecken.

»Für was?« fragte sie, sanft und unerbittlich.

Er schluckte. »Bitte . . . versteh das nicht falsch . . . Ich möchte dich nicht beleidigen, Caitlin, ich glaube nicht, daß du . . . weniger . . . Gefühl hast . . . vielleicht mehr . . . Aber du hast dein Talent . . . deine Begabung . . . Du komponierst ein Lied und . . . bannst damit den schlimmsten Schmerz . . . wie du es für Sergei getan hast . . . nicht wahr?« Er schluckte wieder. »Ich möchte es gern hören. Das würde mir helfen.«

»Nein, Phil«, sagte sie. »Ich werde für Fidelio keine Totenklage schreiben.«

Erschreckt fuhr er hoch und sah sie an.

»Das kann man nicht machen«, erklärte sie. »Ich kannte ihn nicht. Nicht wirklich. Keiner von uns kannte ihn. Nur die *Emissary*-Leute. Am besten vielleicht Joelle Ky. Und wieviel wußte sie von ihm? Ich, was kann ich von ihm singen? Ein ausgebleichtes Skelett nackter Tatsachen. Nichts was für ihn wirklich wichtig war. Ich kann ihm kein Lied widmen, das für mich nur mechanisch ist. Er hat etwas Besseres verdient.«

»Das verstehe ich nicht.«

Ihre Lippen zitterten. »Ach, du bist kein Barde. Wir sind eine eigene Rasse.« Sie ließ seine Hände los, aber nicht seinen Blick, lehnte sich zurück und sagte: »Denk mal nach. Als Sergei uns verließ, hat dich das nicht aus der Bahn geworfen, obwohl du sehr lange mit ihm zusammengearbeitet hast, und obwohl ihr euer Menschsein als Gemeinsamkeit hattet, mit allen Einsichten und allem Verständnis, das daraus folgt. Wir müssen Fidelios Andenken in Ehren halten, denn er war ein liebenswertes Wesen, aber wir waren ihm nicht nahegekommen, wir konnten ihn nicht verstehen, und er uns auch nicht. Wir können ihn betrauern, wie du sagst, Phil. Aber du *grämst* dich, und das ist nicht richtig.«

Er zuckte zusammen und preßte die Lippen aufeinander.

»Nimm's doch nicht so schwer«, sagte sie. »Was gibt es denn zu befürchten? Worüber machst du dir Sorgen? Deine Niedergeschlagenheit hat einen anderen Grund, und den glaube ich zu kennen.«

Sein Blick verfinsterte sich. »Nun paß mal gut auf. Du meinst es gut, aber ich habe keine Lust, mir in meinem Seelenleben herumstochern zu lassen. Sei mir nicht böse, aber ich möchte jetzt schlafen.«

»Lieber Phil, ich habe nicht die Absicht, in deinem Seelenleben herumzustochern. Ich meine nur, daß deine Schwierigkeiten ganz offensichtlich von einer Art sind, die man dir hoch anrechnen sollte.«

Er starrte sie entgeistert an, fing sich wieder, und wollte etwas entgegnen, aber sie kam ihm zuvor, nahm wieder seine Hände und sagte ernst: »Als auch Pandora sich als Fehlschlag erwies – und das auf so grausame Art –, als wir erkannten, daß wir weitersuchen mußten – immer weiter, Gott weiß wie lange noch –, da brach dein Lebensmut zusammen. Vorher warst du wie ein Felsen in der Brandung. Durch nichts zu erschüttern. Ruhiger noch als Dan. Vielleicht hat sich noch keiner an deiner Schulter ausgeweint, vielleicht auch doch, wer weiß? Aber du hast uns mit deiner unerschrockenen Besonnenheit enorm geholfen. Du hast nie etwas von uns verlangt; in deiner ruhigen Art hast du immer nur gegeben.«

»Mag sein. Wer gibt *dir?*«

»Nun, als die Hoffnung, zu deiner geliebten Familie zurückzukehren, dir wieder zerstört wurde –«

Sie stand auf und umarmte und streichelte ihn. Er wehrte ab und versuchte, sich freizumachen. Sie ließ nicht locker. Ihre Locken tanzten auf seinem weißen Bordanzug. Plötzlich zog er sie an sich, barg sein Gesicht in der Weichheit ihres Busens und fing an zu weinen. »Sarah, Sarah!« Sie glitt auf seinen Schoß und nahm ihn ganz fest in die Arme ohne zurückzuzucken, wenn sein Griff zu hart wurde.

Dies dauerte nur ein paar Minuten, dann hatte er sich wieder in der Gewalt. »Entschuldige, Caitlin – ich wollte nicht –«

»Pscht.« Sie zog ihn wieder an sich. »Es ist nicht unmännlich zu weinen. Achilles hat es getan, und Cuchulain –«

»Ich weiß – aber es untergräbt die Moral in unserer jetzigen Situation.«

»Niemand hört uns. Wir sind ganz allein, Philip. Und ich werde nichts erzählen. Heute nacht bleibe ich bei dir.«

Sie ließ sich von ihm über seine Frau, seine Kinder und Großkinder erzählen. Als ihm darüber die Beine einschliefen, klappte sie das Bett herunter, damit sie nebeneinander sitzen konnten. Als ihm später die Augen zufielen, schlug sie vor, er sollte sich ausziehen und hinlegen. Er lehnte das entsetzt ab. Sie lachte und verbarg ihre Augen in der Ellenbeuge.

»Ich mach die Augen ganz fest zu – Ehrenwort. Sag Bescheid, wenn du akzeptabel bist. Ich gehe nicht, bevor du fest eingeschlafen bist.«

Weisenberg erfüllte ihren Wunsch. Sie setzte sich auf die Bettkante, deckte ihn zu, und animierte ihn weiterzuerzählen. Dann erklärte sie ihm, was ihrer Meinung nach die Wahrheit über die Pandoraner war. Er hielt es für eine tröstliche Idee.

Trotzdem konnte er nicht einschlafen. Kurz davor schreckte er jedesmal wieder auf. »Ich könnte dir eine Spritze oder 'ne Tablette geben«, sagte sie schließlich. »Aber in deinem jetzigen Zustand hilft das nicht.«

»Sie schwang sich über ihn hinweg und schlüpfte unter die Bettdecke. »Hey!« protestierte er, als ihre Hand über seine Brust strich. »Warte! Was machst du?«

»Du brauchst das, Phil, und ein paar Küsse dazu. Das würde Sarah bestimmt nicht übelnehmen.«

»Ah, ach . . . nein, aber –« Er schnitt Grimassen. »Ich bin alt und entsetzlich müde.«

»Verlange ich irgend etwas von dir, außer daß du lernst, du bist nicht allein?« Sie griff zum Lichtschalter und machte den Raum völlig dunkel. Dann liebkoste sie ihn und murmelte beruhigende Worte, wie eine Mutter zu ihrem Kind.

Endlich lag er ruhig atmend da. Sie versuchte, sich ganz vorsichtig aus seiner Umarmung zu lösen. Aber er hielt sie fest, und sie blieb noch neben ihm liegen. »Caitlin«, flüsterte er halb im Traum.

Sie setzte ihre Liebkosungen noch fort bis er endlich ganz tief und fest schlief.

*

Caitlin schloß die Tür hinter sich und wandte sich Brodersens Kabine zu. Leino kam um eine Ecke des Flurs. Laut und unstet klangen seine Schritte in der nächtlichen Stille des Korridors. Er blieb stehen, als er sie sah, stemmte seine linke Hand zur Faust geballt in die Hüfte und führte die rechte mit der Marihuanazigarette zum Mund.

»Ach«, sagte er. »Guten Abend, zum zweiten Mal. Ich darf wohl annehmen, daß Sie einen angenehmen Abend verlebt haben, Miz Mulryan?«

»Ja und nein«, antwortete sie ruhig. »Phil und ich hatten eine wichtige Besprechung.«

Er zog die Brauen hoch und musterte ihre zerzauste Erscheinung. Wo ihre Oberschenkel sich trafen war ihr Pyjama feucht. »Besprechung«, sagte er. »Ach so. Über welches Thema denn?«

»Mein lieber Martti. Du weißt genau, daß diese Frage unsinnig ist. Es ist schlimm genug, daß hier jeder fast alles hört und sieht, was der andere tut. Oder ist es das Rauschgift, das aus dir spricht? Wie viele von diesen Zigaretten hast du geraucht? Hast du die ganze Zeit hier deine Runden gedreht?«

»Nenn mich nicht ›mein lieber‹!« sagte er ärgerlich.

»Soll ich dich ›Feind‹ nennen?« Sie trat näher. Sein erster Impuls war zurückzutreten, um seinen persönlichen Freiraum zu erhalten, er blieb dann aber doch stehen. Sie legte eine Hand auf seine Schulter. Ihre grünen Augen sahen ihn an. »Auch dich hat es schwer getroffen. Auch du mußt hart kämpfen, um dein seelisches Gleichgewicht wiederherzustellen, stimmt's? Du bist aber auf dem falschen Weg. So wird alles nur schlimmer für dich.«

Er zeigte die Zähne. »Welches ist *dein* Weg?« fragte er herausfordernd.

Sie sah ihn einen Augenblick nachdenklich an, bis ein Lächeln ihr Gesicht erhellte. »Immerhin«, kam die Antwort aus der Tiefe ihrer Kehle, »er führt ans Ziel.«

Er starrte sie an. Sie wiegte sich ein wenig in den Hüften als sie ihre freie Hand an seine Taille legte. »Wir haben noch etwas zu erledigen, Martti«, erklärte sie, »du und ich.«

Er versuchte, sich freizumachen, aber sie hielt ihn fest. »Du bist überarbeitet«, sagte sie. »Wahrscheinlich hast du gar nicht bemerkt, wie oft das schon der Fall war. Du hast mir nie Gelegenheit gegeben, dir zu helfen, sosehr ich es auch wollte. Schon immer. Und mein Verlangen danach ist immer stärker geworden.«

»Soll das heißen –« er konnte nicht weitersprechen.

Sie nahm die Zigarette aus seiner Hand und ließ sie zu Boden fallen. Der Teppich war dagegen immun, und Stummel und Asche würden der nächsten regulären Säuberung zum Opfer fallen. »Es ist wirklich wahr, Martti, Liebling, das ist der falsche Weg.«

Er riß sie an sich.

– Nicht lange danach in seiner Kabine lag er zufrieden lächelnd und etwas benommen auf seinem Bett. Sie drängte sich an ihn. »Siehst du nun, daß ich recht hatte?« fragte sie.

»Du hattest recht«, murmelte er. »Sicher. Ich danke dir Caitlin.« Er starrte mit halbgeschlossenen Augen an die Decke und sagte. »Ich danke dir. Ah, ich fürchte ich war zu schnell. Bleib doch den Rest der Nacht bei mir.«

»Ja, gerne. Denn ich bin eine schamlose, gierige alte Schlampe.« Sie gab ihm einen Kuß, den er leidenschaftlich erwiderte.

– Sie hatten kurze Zeit geschlafen, sich ein drittes Mal vereinigt, und ruhten jetzt an die Wand gelehnt, wie sie vor Stunden mit Brodersen gesessen hatte. Der Raum war warm und roch nach Leben. Die Nacht würde bald zu Ende sein.

»Kannst du heute abend zu mir kommen?« fragte er. »Nicht daß ich dich und Dan stören will. Aber wenn du es einrichten kannst – es wäre wunderbar.«

»Wie dringend brauchst du mich?« fragte sie. »Ich bin sicher, Frieda würde dich gern –« sie grinste – »einschieben.«

Er drückte sie an sich und sagte im Dialekt seiner Heimat: »Nichts gegen Frieda, aber du bist viel hübscher und viel lebendiger und aufregender als sie.«

»Ah, das ist gut. Hübsch, aufregend; wenn das alles ist, bin ich froh.«

»Was?« Sein Kopf fuhr herum, um sie anzusehen.

Sie sah ihn auch an. »Ach, nichts. Ich fürchtete nur, du hättest dich in mich verliebt. Das wäre schlimm für dich.«

Er protestierte: »Ich bin in dich verliebt, Caitlin!«

»Du hast das heute abend mit keinem Wort erwähnt . . . Warte, bitte. Laß mich ausreden. Das verletzt oder beleidigt mich kein bißchen. Stell dir bloß mal vor, wie lästig das für mich wäre, wenn alle Männer dieser Welt mich begehrten. Ich glaube, daß wir gute Freunde geworden sind. Und ich freue mich darüber.« Sie umarmte und küßte ihn.

Er reagierte kaum. Als sie ihn losließ, sah er sie entsetzt an. »Caitlin, mein Herz, ich liebe dich wirklich«, sagte er rauh. »Für mich bist du das Liebenswerteste, das jemals lebte.«

Sie saß kerzengerade da. Ihre Worte waren wie Peitschenhiebe: »Und warum wolltest du mich dann erst, nachdem du mich als Flittchen gesehen hattest?«

Er würgte. Sie setzte nach und stieß einen Finger gegen seine Brust: »Hör mir gut zu, Martti Leino. Denk bitte daran, daß ich mir diese Mühe nicht machen würde, wenn ich nicht etwas für dich übrig hätte. Es wäre einfacher, dich in deiner Selbstzufriedenheit schmoren zu lassen. Einfacher für uns beide, solange diese Reise dauert. Aber vielleicht dauert sie ja gar nicht bis zu unserem Untergang. Vielleicht finden wir ja nach Hause zurück. In dem Falle wirst du wahrscheinlich sehr bald heiraten wollen warte. Du meinst jetzt natürlich, daß du mich heiraten willst. Ich warne dich: Das ist unmöglich. Aber das spielt auch keine Rolle. Jedenfalls wirst du eine Frau heiraten wollen, die du respektierst, eine Frau auf die du stolz sein kannst.

»Wie aber willst du Ehemann einer Frau sein, die du respektierst, Martti?«

– Dann, nachdem das Schimpfen getan war und der Schmerz verebbte, lagen sie ruhig, und sie flüsterte an seiner Schulter: »Ach, sei nicht böse. Ich glaube, dies mußte dir gesagt werden – irgendwann – und warum nicht gleich von einem Kumpel, der dich gut kennt, denn ich weiß nur zu gut, daß man alte Denkgewohnheiten nicht von einem Tag auf den anderen überwinden kann; und hier haben wir Wochen, Monate, vielleicht Jahre . . . Hab keine Angst, ich werde nicht versuchen herauszubringen, wie dein Verhältnis zu deiner Mutter oder deiner Schwester ist, besonders Lis.« Er zuckte zusammen. »Nein, lieber Martti, das tue ich nicht. Das ist weder nötig noch fair, glaube ich. Dein Verstand hat das alles längst akzeptiert, nur dein Fleisch noch nicht; die Tatsache nämlich, daß wir Frauen keine Heiligen sind, für immer entweiht, wenn wir derselben ehrlichen Lust nachgeben, wie ihr sie empfindet. Wir sind in der Beziehung kaum anders als ihr, und ihr seid genau so zerbrechlich wie wir.

»Caitlin.«

»Es ist durchaus möglich, daß die Frau, die du bekommst, nur für dich da sein will. Wie Lis es mit Dan hält. Daran ist ja nichts verkehrt, wenn es das ist, was ihr zwei euch wirklich wünscht. Aber sie hat dasselbe Recht auf Freiheit, auf jede Art Freiheit, wie du, und wenn sie diese Freiheit haben will, dann wird sie dadurch kein schlechterer, sondern ein besserer Mensch. Ach, Freiheit kann Einsamkeit bedeuten, kann Angst machen, weshalb viele Menschen ihr abschwören, für sich selbst oder – was ganz schlimm ist – für jeden. Und doch denke ich oft, daß es das ist, was unser Menschsein ausmacht. Alles andere kann ein Tier oder eine Maschine machen. Freiheit gehört uns.

»Wir . . . wir mißbrauchen sie –«

»Das ist wahr. Wir sind nur Affen mit viel zu großen Gehirnen. Sollten wir jemals die *Anderen* treffen, können wir vielleicht anfangen zu lernen, was Freiheit wirklich ist. Inzwischen müssen wir versuchen, uns ihrer so würdig zu erweisen, als wir eben können.«

Sie lachte leise. »Ach, was predige ich da! Martti, ich muß bald Frühstück machen. Aber zuerst, und falls du nicht zu müde bist – das wärst du mit Recht, wie mancher andere Bursche auch –, falls also nicht, würde ich gerne anfangen dir zu zeigen, was ich meine.« Sie lachten beide ausgelassen, und mitten darin sagte sie: »Ach was, es wird nichts ausmachen, wenn das Frühstück heute mal um eine oder zwei Stunden verschoben wird, meinst du nicht auch?«

Überall sonst an Bord schliefen die Menschen. Frieda und Dozsa zusammen, die anderen allein: Brodersen und Weisenberg friedlich; Joelle schwer, unter Sedativen; Rueda wälzte sich herum; auf Susannes Gesicht war ein Lächeln, das kam und ging und wiederkam. Die *Chinook* steuerte sich selbst der T-Maschine entgegen.

XXXVI

Ich war ein Kind des Volkes, mein Vater ein Mann der Getreidegemeinschaft, ein achtbarer Mann, der niemals in irgendeiner Weise versuchte, sich über andere zu erheben. Im zehnten Monat vor meiner Geburt jedoch, in einer Nacht, in der er und die anderen Männer der Gemeinschaft in der Kiva für ihre Toten beteten, hatte meine Mutter einen seltsamen Traum. Es schien ihr, als ob die Kachinas gekommen waren und sie sanft hinuntergetragen hätten in ihre schöne Welt, die unter der unsrigen liegt. Als meine Mutter mich gebar, gestützt von ihren Schwestern auf einer Matte kniend, tanzten deshalb die Männer aus meines Vaters Gemeinde – nachdem sie sich den vorgeschriebenen Reinigungsriten unterzogen hatten – einen bestimmten Tanz, bliesen geheiligten Rauch aus ihren Pfeifen und beteten.

Da ihnen daraufhin kein Zeichen zuteil wurde, weder gut noch böse, nahmen sie mich für das was ich war, ein weiteres männliches Baby, und präsentierten mich der Sonne. Später krähte ich oder schrie, strampelte oder schlummerte, wurde in den Armen meiner Eltern und Verwandten herumgetragen und trank Leben von den Brüsten meiner Mutter. Wenn sie in den Bohnen-, Kürbis- oder Baumwollfeldern arbeitete, trug sie mich auf dem Rücken. Zu jener Zeit war mein Kopf fest bandagiert, damit mein Schädel flach und hübsch würde. Bald tapste ich herum in der Obhut älterer Kinder. Wir spielten viele fröhliche Spiele, die nur selten durch einen Tränenbach unterbrochen wurden. Meine früheste Erinnerung aber ist die an einen vorüberfliegenden Raben. Ich stand nahe am Rand des Felsens. Mir gegenüber stieg die Mauer des Canyons auf aus weidenbestandener Tiefe durch Wacholder und Kaktus, dann kahl und nackt. Und umgeben von diesem dunklen, dunstigen Grün, dem lohfarbenen Felsen mit bläulichen Schatten, der Hitze und dem Licht und der Stille, den harzigen Gerüchen, das alles unter einem Himmel, in dem sich der Blick für immer verlieren konnte: oh, diese stolze, schimmernde Schwärze, auf Schwingen dahingleitend!

Unser Pueblo war ungefähr in der Mitte der Canyonwand auf einem Felsvorsprung errichtet. Die Höhen darüber spendeten uns an glühenden Sommernachmittagen Schatten. Unsere Gemeinschaft war weder die größte noch die kleinste auf diesem Tafelland wo unser Volk lebte. Die Luftziegelwände waren dick und stark, ich mochte ihre Rauheit. Die Räume waren dunkel, aber zu jeder Jahreszeit angenehm. Leitern verbanden die verschiedenen Ebenen miteinander, und wir benutzten sie um an unsere Arbeit zu gelangen oder um Besuche zu machen. Obwohl wir sehr viel Wert auf gute Manieren legten, hatten wir viel Spaß.

Da in der Nähe eine Quelle war, gingen wir oft zum Fluß hinunter um uns zu waschen, um zu fischen oder um Kräuter zu sammeln, oder einfach nur um uns abzukühlen, wenn es heiß war. Dann tollten die Jungen lärmend auf den Sandbänken herum, während die älteren in ruhiger Heiterkeit dasaßen. Ein anderer Pfad führte hinauf zu unseren Feldern und Wäldern. Dort wuchs unsere Nahrung, und dort schnitten wir unser Holz (nicht ohne vorher den Bäumen erklärt zu haben, daß wir sie brauchen). Dort jagten wir und wanderten zu anderen Pueblos, dort versuchten wir, uns den Geistern zu nähern, in Traum oder Meditation. Von dort konnte man in klaren Nächten – und die meisten Nächte waren klar – unzählige Sterne sehen, mehr Sterne als Dunkelheit, die sich um das Rückgrat der Welt drängten. Ein voller Mond trübte solche Pracht, ließ aber das Land geheimnisvoll erglühen.

Ja, die Schöpfung war voller Licht. Selbst der mächtigste Gewittersturm, der schlimmste Wolkenbruch lärmten nicht nur, sondern leuchteten auch. Selbst unsere Toten, für die wir unser feinstes Geschirr zerbrachen, um es mit ihnen zu begraben, selbst unsere Toten sahen Licht in der Welt unter der Welt, oder wenn sie unbemerkt zu uns zurückkamen.

Ich wuchs an meinen Aufgaben. Zuerst half ich, die ganz kleinen Kinder zu beaufsichtigen. Später half ich, Getreide anzubauen, was ein Privileg der Männer war. Noch später trug ich Lasten und arbeitete mit Werkzeugen, die für Frauen zu schwer waren. Angeleitet von den Alten ging ich jagen, Holz fällen und auf Reisen. Ich nahm an den Feiern Teil, die meinem Alter zukamen; so lernte ich, was ein Mann wissen muß.

Abgesehen von einigen Arbeiten, die übermäßig schwer oder langweilig waren, genossen wir alles, was wir taten. Und was die Arbeiten betrifft, die keiner mochte, so versuchten wir, ihnen ihre besten Seiten abzugewinnen, und außerdem war da ja auch noch der erfreuliche Gedanke, daß wir damit die Gemeinschaft am Leben erhielten. Wenn z. B. die Frauen das Korn mahlten, das die Männer eingebracht hatten (nachdem wir unsere Gebäude gereinigt hatten, damit das Korn sich glücklich fühlen konnte), dann machten sie ein Fest daraus, indem sie fröhlich plauderten über den Metaten, während ein Mann in der Tür stand und für sie die Flöte spielte.

Als meine Glieder sich streckten, bemerkten alle, wie sehr ich meiner Mutter ähnlich wurde. Mit meinem Vater hatte ich überhaupt keine Ähnlichkeit. Dies gab Anlaß zu einigem Tratsch unter den niedriggesinnten, der aber bald einschlief, weil unser Volk die Beziehungen zwischen Mann und Frau nicht als etwas Geheiligtes betrachtet, sondern als etwas ganz Normales (obwohl Böses nicht geheiligt sein kann). Mein Vater nahm es einfach für ein Zeichen, daß ich nicht in seine Gemeinschaft eintreten sollte, sondern in die meines Onkels. Dies wäre sowieso geschehen, da bei uns Herkunft und Erbfolge über die mütterliche Linie gehen.

Was auch immer seither geschehen ist, über meine Einführungsriten mag und werde ich nichts berichten, außer, daß sie unten in der Kiva endeten, wo die Geister aus dem Sipapu aufstiegen, um uns zu segnen. Dort trat ich der Kräutergemeinschaft bei. Daraufhin studierte ich jahrelang die Frage, welche Pflanzen heilen können, welche verletzen, welche Schmerzen betäuben, welche zum Würzen zu gebrauchen sind oder welche unheimliche Träume verursachen und deshalb gemieden werden müssen, und wie man die verschiedenen

Arten von Pflanzen mit Respekt und Liebe richtig anredet.

Dann heiratete ich, gründete einen Haushalt und übernahm die Pflichten eines Ehemannes. Meine Frau war eine aufrechte Gefährtin, die mir bald reizvoller erschien als der Aufgang des Mondes oder Yuccablüten. Und dann schenkte sie mir mein erstes Kind, und wir präsentierten es der Sonne –!

Aber unser Leben bestand nicht nur aus Freude. Einige von uns wurden zu Krüppeln, einige bekamen Krankheiten, die wir nicht heilen konnten, viele starben jung, und wer alt wurde, hatte seine Zähne bis auf die Gaumen abgenutzt, das Fleisch war verbraucht, Blindheit und Taubheit lauerten, bis wir zu nichts mehr taugten. Wie lieb auch Kinder und Großkinder sich um die Alten bemühten, was sie daran erinnerte, wie sie selbst für die Neugeborenen gesorgt hatten, dies schmerzte vielleicht am schlimmsten.

Immer öfter wurden wir von den Nomaden, die unterhalb des Tafellandes lebten, angegriffen. Diese Brüder der Koyoten hatten stärkere Bogen als wir und lebten vom Krieg. Damals überfielen sie ein Pueblo, marterten die Männer, die sie nicht gleich erschlagen hatten, zu Tode, entführten Frauen, nachdem sie sie vergewaltigt hatten, und überließen die Kinder ihrem Schicksal. Da besannen wir uns auf alte Arten der Verteidigung, die wir fast vergessen hatten und lernten wieder, eine Belagerung auszuhalten, bis das wilde Pack vom Hunger vertrieben wurde. Aber ich erinnere mich auch an schreckliche Kämpfe.

Es waren nicht nur ihre bösen Seelen, die sie trieben, uns anzugreifen, es war auch Not. Wir hatten zu meiner Zeit eine Dürreperiode. Wir hatten von zwei aufeinanderfolgenden Jahren ohne Regen gehört, und es wurde erzählt, daß sie schlimm waren. Jetzt zählten wir drei, vier, fünf . . . Unsere Ernten verdorrten, die Saat keimte nicht in dem hartgebrannten Boden wenn wir nicht unaufhörlich Wasser schleppten . . . Sechs, sieben acht . . . Unsere Sonne brannte gnadenlos aus einem weiß gewordenen Himmel, die Sommerhitze lag flimmernd über dem Land. Die Winter waren trocken, ruhig, beißend kalt . . . Neun, zehn, elf . . . Wir teilten aus, was an Nahrung noch irgend aufzutreiben war. Die alten und die sehr jungen Menschen gingen zugrunde. Auch vier meiner Kinder. Zwei sah ich sterben, und zwei starben, als ich fort war, um mit den anderen zu beten . . .

Der große Rufer kam zu mir. Ich wurde zu einer Welt getragen, die nicht unter noch über der Welt ist, noch daneben, sondern welche die ganze Welt ist. Was ich dann erlebte, dafür gibt es keine Worte. Noch weniger als für eine Nacht mit einer geliebten Frau, oder eine Nacht in der Kiva, oder die Nacht in der deine Mutter stirbt in deinen Armen. Es gibt dafür keine Worte. Ich war jeder Gott, den es jemals gegeben hatte, und nichts war mir unverständlich. Das ist unvorstellbar schön und schrecklich. An mehr kann ich mich in diesem Leben nicht erinnern.

Endlich sagte jemand zu mir etwas, was ich so verstanden habe: »Du wirst in dein Leben zurückkehren. Wenn du willst, kannst du vergessen, was du hier erlebt hast. Bedenke es gut.«

Ich dachte nach, schwebend in einem mächtigen Gefühl des Friedens, bis ich endlich sagte: »Nein, nimm nicht mehr von mir, als sein muß.« Hörte ich darauf ein liebendes Gelächter, das auch ein Weinen hätte sein können?

Ich kehrte zu meinem Volk zurück. Sie bemerkten nicht, daß ich fort gewesen war. Ich wußte nicht, wie ich es ihnen hätte erzählen sollen. Ich war immer noch ein Mann, der sich seiner Frau, seiner Freunde, und seiner lebenden Kinder freute, der Trauer empfand über Schmerzen und Tod. Aber die fanden mich verändert, weil ich jetzt oft lange Zeit einsam unter den Sternen verbrachte.

Zwölf Jahre, dreizehn . . . Wir hielten fest an den Häusern und Gräbern unserer Ahnen wie Flechte am Felsen. Aber wir sind keine Pflanzen, fiel mir ein. Wir sind das Volk. Und Harmonie in dieser Welt ist nicht ewig und nicht überall, so daß nichts außer schwarzer Magie sie stören könnte. Es ist ein Fehler, wenn wir an unserem Aberglauben festhalten. Das ist schlechte Lebensart. Ich habe gelernt, daß die Welt sich fortwährend wandelt, und daß sie so riesig und so vielgestaltig ist, wie wir es uns gar nicht vorstellen können. Vielleicht ist das gut, vielleicht ist das schlecht, aber es ist wahr.

Wenn wir bleiben wo wir sind, sterben wir. Wir müssen uns aufmachen und besseres Land suchen.

Ich redete, machte Prophezeiungen, tobte, erhob mich über die anderen, und wurde dafür verspottet. Ich reiste herum und erkundete Gegenden, in die wir ziehen könnten. Dies waren Tatsachen, mit denen ich die Leute überzeugen konnte. Ich hatte auch große Erfolge im Heilen von Krankheiten, ein Zeichen dafür, daß die Kachinas mir wohlgesinnt waren.

Endlich führte ich sie hinweg.

Jetzt geht es aufwärts mit uns. In einem Land, wo die Sommer grün sind und ein Fluß hellschimmernd zwischen den Baumwollwäldern dahinströmt, bauen wir unser Pueblo jedes Jahr weiter aus. Ich will nicht, daß sie mich verehren, aber ich nehme mir das Recht, allein zu sein wann immer ich will – es ist sehr oft – und meine Seele den Sternen zu öffnen. Hinter ihnen wartet das Einssein. Wird der große Rufer mich noch einmal dorthinholen bevor ich sterbe, oder werde ich in die Erde eingehen? Meine Kraft verläßt mich und meine Augen werden schwach. Ich werde bald nicht mehr das sein, was ich jetzt bin, sondern etwas anderes, was immer es sein mag. Ich bin dem Leben dankbar für alles, was es mir gab. Ich war Mensch.

XXXVII

Sprung.

Ein wirbelndes Lichterschwert; eine T-Maschine und ein wunderbares Paar Monde dabei. Im Hintergrund Sterne. Eine Sonne war nicht zu sehen.

Langsam – es dauerte Sekunden – riß sich Joelles Bewußtsein von dem herrlichen Erlebnis eines Überganges in Raum-Zeit unter Holothese los. Sie brauchte sich das Schauspiel nicht auf dem Schirm zu betrachten. Sie konnte alles durch jedes beliebige Bordinstrument wahrnehmen. »Mein Gott, oh, mein Gott, was *ist* das?« drang ihr Brodersens erstaunter Ausruf über das Intercom in die Ohren. Sonst herrschte Stille im Computerraum. Schwerelos in ihren Gurten hängend hätte sie genausogut entkörperlicht sein können. Und doch wußte keiner der anderen, wie sehr sie eins mit dem Universum war. Die Photonen der Gammastrahlen oder ein Magnetfeld waren für sie so wirklich und unmittelbar wie ein Anblick oder eine Berührung. Wie jemand, der plötzlich in eine völlig fremde Umgebung versetzt wird, richtete sie alle Sinne und ihren aufs äußerste angespannten Intellekt auf das Umfeld und versuchte zu begreifen.

»Joelle«, bat Brodersen, »hast du vielleicht eine Ahnung, wo wir sind?«

»Ja«, antwortete sie, wobei sie ihm nur einen winzigen Bruchteil ihrer Aufmerksamkeit widmete. »Ein Pulsar. Ich brauche natürlich viel mehr Informationen. Keine lineare Beschleunigung einleiten. Es könnte gefährlich sein, sich von der Maschine zu entfernen. Bringen Sie das Schiff auf eine Umlaufbahn, und warten Sie weitere Anweisungen ab.«

»Aye, aye. Habt ihr alle gehört? Auf Station bleiben. Klar zum Manöver.« Der Captain sprach mit zitternder Stimme.

Für diese einfache Aufgabe brauchte man sie nicht. Navigationsinstrumente und der von Susanne bediente Computer in der Kommandozentrale genügten. Joelle gab sich wieder dem Kosmos hin.

Nur langsam gewann sie während der folgenden Stunden neue Erkenntnisse in dieser gespenstischen Welt. Wiederholt machte sie Fehler, analog denen, die jedem normalen Menschen in einem Raum unterlaufen, der optische Täuschungen geradezu herausfordert. Kräfte, Energien, freie Atome und Ionen und subnukleare Partikel waren in ihrer Anordnung und ihrem Verhalten auf verwirrende Weise verschieden von allem, was sie bisher kannte. Allein der gleißende Strahl, der über Nacht und Sterne fegte, hatte hypnotische Wirkung. Es war eine Herausforderung für sie und deshalb dreimal so schön.

Und in den Programmen, der Datenbank und ihrem eigenen Gedächtnis lag Fidelios Vermächtnis. Am besten wäre es gewesen, wenn er gleich ihr jetzt an den Computer angeschlossen sein könnte. Aber als sie anfing zu erkennen, wie sie das Wissen, das er ihr hinterlassen hatte, einsetzen konnte, entwickelte sich bei ihr auch das Gefühl, daß sie ganz allein ihre frühere Partnerschaft ersetzen können würde. In gewisser

Weise war er noch an Bord. Ein Geist in der Maschine und in ihr. Das gab ihr Kraft und Ruhe wie sonst nichts und niemand sie ihr hätten vermitteln können.

Begriff für Begriff erkannte sie, was sich um das Schiff herum befand.

Die *Chinook* war weit durch die Galaxie gelangt, auf dem gleichen Spiralarm, aber ihrem wolkenverhangenen Zentrum um Tausende von Lichtjahren näher. Sie war gleichzeitig um einige Millionen Jahre in die Zukunft gereist. Hier, in der größeren Magellanschen Wolke, wo einst S Doradus gestanden hatte, war jetzt ein glühender Nebel. Der Körper hier war explodiert, selbst ein Supernova, aber lange bevor das Schiff zu seinem Flug gestartet war – etwa zu der Zeit, da auch der Erde noch Dinosaurier herumliefen, falls diese Aussage irgendwelche physikalische Bedeutung hat.

Es war vielmehr eine riesige Sonne explodiert, wobei das meiste ihrer Substanz in den Raum geschleudert wurde, um später neue Sonnen, neue Welten entstehen zu lassen. Der Neutronenstern war nur ein Rest von zwei Dritteln der Masse unserer Sonne. Die Schwerkraft hatte ihn kollabieren lassen, bis er nur noch einen Durchmesser von zwanzig Kilometern hatte. In ihm existierten wenige Atome. Statt dessen war er ein Ozean von Elementarteilchen, die so dicht zusammenlagen wie es die Quantenmechanik zuließ, die lebhaft wechselseitig ihre Beschaffenheit änderten, und das bei Dichten, die der Mensch wohl messen aber kaum begreifen konnte.

Ein Teil der Materie des Sterns, die sich in dem gewaltigen Magnetfeld, das er durch seine Rotation aufbaute befand, wurde über ein paar Spiralen nach außen geschleudert bis die Geschwindigkeit sich der des Lichts annäherte. Darauf gab diese Materie in schmalen Bündeln mit geringer Streuung eine Synchrotronstrahlung ab, deren Temperatur der einer ganzen Sonne gleichkam. Das meiste war in Radiofrequenzen; das sichtbare Licht machte nur einen Bruchteil der Gesamtstrahlung aus. Astronomen auf entfernten Planeten, die auf der Bahn des Strahls lagen, konnten mit fein abgestimmten und empfindlichen Geräten ein pulsares Blinken empfangen.

Die *Anderen* hatten ihre T-Maschine so gebaut, daß ihre

Umlaufbahn mit diesen Energieflüssen auf einer Ebene lag, und zwar in etwa fünfundsiebzig Millionen Kilometern Entfernung. In größerer Nähe, wo das aus dem Raum einfallende Gas und die gebändigte Energie des Sterns selbst einen Wirbel harter Strahlung bildeten, wären die Bedingungen tödlich gewesen. Joelle fragte sich, warum der Radiusvektor nicht viel länger war. Wie die Dinge lagen mußte die Maschine während des »Jahres« von 157 Tagen wiederholt Energien ausgesetzt sein, die sie zerstören müßten. Gewiß würde ein Schiff, das gerade dann auftaucht, sofort verdampfen.

Nein. Ein großer, runder Körper umkreiste die Maschine. Joelle stellte fest, daß die Periode so war, daß sich das Obejkt während des Transits ständig zwischen der T-Maschine und dem Stern befand. Dies war keine stabile Situation, aber zweifellos hatte das Gerät Roboteraggregate, die wenn nötig die Bahn korrigierten. Es war eine Schutzabschirmung.

Ein anderer, größerer Körper begleitete ebenfalls die T-Maschine auf eine Weise, daß er bei gewissen Korrekturen genauso als Abschirmung dienen konnte, falls ein solcher Schutz nötig wurde.

»Und was, zum Teufel, kann *das* sein?« fragte Brodersen die Himmel.

*

Er, Dozsa, Weisenberg und Granville unternahmen mit der *Williwaw* einen Erkundungsflug. Durch Telemetrie und audiovisuelle Übermittlung war auch Joelle dabei. Der Datenfluß erfolgte so langsam und unvollständig, daß sie hätte verrückt werden können, wenn eine Holothetin nicht jenseits aller Ungeduld stünde. (Neben den Eingaben mußte sie auch alles andere bedenken.) Dennoch war sie viel intensiver mit von der Partie als Rueda, Leino, von Moltke oder Mulyran, die vor den Sichtschirmen Augen und Ohren anstrengten, auch nur ahnen konnten. Was der Erkundungstrupp herausfand verstand sie besser als die Leute selbst, und ständig erklärte sie ihnen, nach was und wie sie danach Ausschau halten sollten und was ihre Entdeckungen zu bedeuten hatten.

Der Schutzschild bestand aus einer gekrümmten Schale. Seine mittlere Dichte war ungefähr die gleiche wie die des Zylinders, und zweifellos wurde sie von denselben Kräften zusammengehalten. Ihr Durchmesser betrug etwa fünf Kilometer, und um einen Feuerstrahl von einem Fünftel dieser Breite abzufangen, war das reichlich. Der Schild war hart genug, um diese Energien ohne Schaden zu reflektieren. Seine Form maximierte die Zerstreuung der auftreffenden Partikel und hielt gleichzeitig den Rückaufprall auf den Stern möglichst gering. An seiner äußeren Hülle waren Vorrichtungen angebracht, einige schwere Geräte, andere filigranartig, mit denen wahrscheinlich Felder aufgebaut wurden, die aufgeladene Teilchen ablenkten, die sonst vorbeischießen und sich nach innen konzentrieren würden, wodurch die Maschine gefährdet werden konnte. Eine weitere Vorrichtung an der nach innen gewölbten Seite war gewiß der Motor, mit dem die Bahn korrigiert wurde. Joelle sah all diese Dinge so, wie niemand sonst sie sehen konnte – denn sie waren in menschlicher Sprache nicht leicht zu beschreiben –, und sie war sich dieser Exklusivität auch bewußt.

Was Brodersen und seine Reisegesellschaft sahen war in der Tat eindrucksvoll, die glänzend weiße Schale vor dem schwarzen, vielfältig schimmernden Himmel, dahinter gleißender Sternenwirbel. Obwohl sie schwerelos schwebten, empfanden sie die gewaltigen Kräfte, die hier am Werk waren. In der unendlichen Stille um sie herum brachte ihnen das Pfeifen und Knacken aus den Radioempfängern die Geräusche eines Kosmos, der sich fortwährend neu gebar.

Joelle hatte nur eine vage Vorstellung von diesen Abläufen. Die *Anderen* kannten Naturgesetze, die von Menschen oder Betanern noch nicht entdeckt waren. Das war keine Überraschung. Wenn sie sie je fand, dann war sie, die Holothetin, ganz sicher, daß sie lernen würde . . . mit ihnen sprechen . . . vielleicht mit ihnen Gemeinsamkeit pflegen.

Brodersen steuerte die *Williwaw* zum gegenüberliegenden Satelliten.

*

»Bitte«, sagte Caitlin fast ängstlich. »Essen Sie dieses Sandwich und trinken Sie diese Milch. Sonst werden Sie verhungern.«

Joelle blinzelte unter ihrem Helm hervor. Sie war nicht hungrig, aber wann hatte sie zuletzt gegessen? *An die Schaltkreise sollten physiologische Monitoren angeschlossen sein, die mich überwachen,* fuhr es ihr durch den Kopf. *Ja, das wäre ein interessantes Zusatzgerät, wenn auch kein besonders wichtiges.* Sie beschloß, dem Rat des Mädchens zu folgen, und griff nach dem Brot und der Milchtube.

»Sie sollten auch einmal schlafen«, wagte sich Caitlin weiter vor. »Sie sehen aus wie die abgelegte Geliebte des Todes. Denken Sie doch daran, wie vorsichtig das Tochterschiff beschleunigt. Erst nach Stunden werden sie am Ziel sein.« Da Joelle ihr nicht gleich den Kopf abriß, fuhr sie fort: »Ehrlich gesagt, ich halte es für einen Fehler, daß sie einen Wasservorrat haben und direkt an die Entsorgung angeschlossen sind. Es wäre besser für Sie, wenn Sie diese Verdrahtung ein paarmal am Tag verlassen *müßten*.

Bei Schwerelosigkeit und ohne Ausgleichsübungen schrumpft mein Herz, stagniert mein Blut und verkrümmen meine Knochen. Die Ermahnung schien ihr unwirklich. Sie war auch bestimmt nicht wichtig, außer daß sie eine Art Apotheose symbolisierte. *Die Anderen werden nicht so heimgesucht. Sie brauchen sich nichts in einen widerstrebenden Schlund hineinzustopfen und anschließend die dreckigen Reste auszuschneiden.*

»Wenn Sie fertig sind«, bat Caitlin, »möchte ich Sie zu Ihrer Kabine bringen, und dann müssen Sie schlafen. Sie nützen niemandem, wenn Sie zusammenklappen. Wenn Ihr Kreislauf nicht funktioniert, ist auch Ihr Verstand nicht zu gebrauchen.«

Die verdammte Kuh hat recht. »Meinetwegen.«

– Lose in ihren Gurten schwebend spürte sie, wie sich Beine um ihre schlangen, Hände ihr den Rücken kneteten, ihre Glieder bearbeitet wurden. Ihre ganze nackte Haut wurde behandelt. Caitlin war warm und federnd. Sie hatte gerade ihre Tage und roch deshalb etwas strenger. Eine verirrte Haarlocke wischte an Joelles Wange vorbei, kitzelte sie und duftete ganz anders, sauber und angenehm.

»Ich muß zugeben, daß ihre Behandlung wohltut. Ich hatte gar nicht bemerkt, wie steif ich geworden bin.«

»Für Ihr Alter sind Sie besser in Form, als Sie es bei Ihrer Lebensweise verdienen«, erwiderte Caitlin, die langsam mutiger wurde. »Das wird aber nicht lange so bleiben, wenn Sie sich nicht regelmäßig körperlich betätigen.«

»Das habe ich doch getan bis wir hier ankamen, und Sie wissen es. Im Moment habe ich keine Zeit dafür.« *Ich kann mich nicht von der Herrlichkeit ringsumher lösen. Im Augenblick fühle ich mich halb tot!*

»Sie sollten sich die Zeit einfach nehmen. Wir haben keine Eile. Ich empfehle Ihnen auch Männer.«

Joelle zuckte zusammen. »Es tut mir leid«, sagte Caitlin. »Es geht mich nichts an. Aber Sie und Dan – Sie verstehen mich hoffentlich richtig? Ich empfinde nicht die geringste Eifersucht.«

Wie könnten Sie es bei Ihrem Verhalten auch wagen, eifersüchtig zu sein? wollte Joelle schon antworten. Aber sie verzichtete darauf. Die ganze Sache war einfach zu unwichtig. *Im übrigen,* sie merkte es an ihren Nerven und Drüsen, *würde es mir, seit ich nicht mehr menstruiere, schon Spaß machen, wenn er mich lieben – ach was, ganz einfach bumsen würde. Ich wäre dabei passiv.* Die Handflächen und Finger an ihrem Rücken ließen Hitze in ihr aufsteigen. *Oder vielleicht diese Frau bei mir hier in der Kabine? Sie würde es natürlich nicht wollen, aber – nein! Christine, Christine! Nein!*

Caitlin hielt inne. »Was ist denn los?« fragte sie erschrocken.

»Nichts«, hustete Joelle.

»Das können Sie mir nicht erzählen. Sie haben eben gezuckt und gezappelt, als hätten Sie einen Schlag von tausend Volt bekommen.« Caitlin bewegte sich an ihr vorbei, damit sie ihr ins Gesicht sehen konnte. Dabei hielt sie die ältere Frau auf Armeslänge leicht fest und sah ganz bekümmert aus. »Wenn Sie darüber sprechen wollen? Ich kann Geheimnisse für mich behalten, und ich habe schon alle möglichen Leute gekannt. Heute teilen wir die Angst um Dans Schicksal. Möchten Sie nicht mehr mit mir teilen?«

Joelle schüttelte den Kopf bis ihr ganz schwindlig wurde.

»Nein. Es ist nichts. Das sagte ich doch schon. Aber hören Sie mit der Massage auf. Geben Sie mir eine Schlaftablette, die vier Stunden wirkt. Ich muß hellwach sein, wenn das Schiff irgendeinen Kontakt aufnimmt.« Als Caitlin zögerte, kreischte sie: »Das ist ein Befehl, du Hure!«

Es gibt keine Christine mehr. Auch keinen Eric. Ich kann mir das alles nicht leisten. Es tut zu weh. Warum soll ich mich weiter quälen? Es ist eine simple Randerscheinung, genau wie das Verlangen, das Schwesterphantom dieses Gefühls, das zugleich seine Mutter ist. Nur im zu Erkennenden liegt Frieden. Es übt nie Verrat. Es soll mein Geliebter sein, mein Leben, solange ich von den Anderen getrennt bin.

*

Der zweite Satellit war ein silbern glänzender Ellipsoid von neun mal fünf Kilometern Größe, dessen Hauptsache auf der Ebene seiner eigenen Umlaufbahn und der der T-Maschine lag. Er kreiste ein wenig jenseits des äußersten Markierungszeichens aber noch innerhalb der Bahn des Abschirmschildes. Die Ähnlichkeit eines Gegenstandes am »hinteren« Ende mit einem anderen Gegenstand innerhalb der Schale bestärkte Joelle in der Ansicht, daß es sich dabei um die Antriebsaggregate handelte, mit denen Bahnstörungseffekten entgegengewirkt wurde. Was sonst noch herausragte war weniger leicht zu identifizieren, aber zweifellos waren es Instrumententeile, darunter vielleicht Sendegeräte. Das meiste bildete zusammen ein metallenes Filigran. Hier und da sah man ein phosphoreszierendes Leuchten und ineinander verwobenes Farbenspiel, das Ganze ein wunderschöner Anblick vor dem Hintergrund des Sternenhimmels.

An einem Abschnitt des Satelliten waren seltsame muschelförmige, mit rätselhaften Apparaturen bestückte Einbuchtungen zu erkennen. »Wißt ihr«, sagte Brodersen, »ich wette, das ist ein Dock, an dem Raumschiffe der verschiedensten Größe und Bauweise anlegen können.« Er stieg in seinen Raumanzug, verließ das Fahrzeug und beförderte sich mit Hilfe einer Düse hinüber, um die Sache zu prüfen. Das Metall enthielt kein

Eisen, so daß magnetische Sohlen keine Hilfe waren. Er hatte aber ein paar mit einer Haftmasse bestrichene Galoschen übergezogen, wie sie auf den Asteroiden von Minenarbeitern verwendet wurden. Durch die Kamera in seiner Hand erkannte Joelle die riesige Wölbung zu seiner linken und die unbekannten Apparaturen, die rechts von ihm über den Rand des Anlegers herabhingen.

In seiner Stimme schwang Erregung. »Wir haben Pech, daß gerade niemand hier ist, aber sie sind hier gewesen und werden wiederkommen. Diese Station sieht aus als würde sie *benutzt.*«

Nichts war so recht auf die *Williwaw* zugeschnitten. Dennoch fand er eine Einbuchtung, in die das Schiff vorsichtig hineinlaviert werden konnte. Wahrscheinlich würde eine der an der Seite angebrachten Maschinen das Fahrzeug sichern, wenn er nur wüßte, wie sie betätigt wurden. Er ließ den widerstrebenden Dozsa als Wache zurück, und die anderen folgten ihm nach innen, wobei jeder seinen eigenen Raketenantrieb hatte.

Eine höhlenähnliche Öffnung am »Bug« bildete den Eingang zu einem Tunnel, der durch drei Viertel der Länge der Station führte (denn um irgendeine Art von Station mußte es sich handeln). Kleinere Gänge zweigten nach den Seiten ab, und auch diese verzweigten sich wieder. Die Wände schimmerten in einem weichen Licht, das laut Spektrometer die ganze Farbskala vom nahen Ultraviolett bis zum fernen Infrarot zeigte . . . für verschiedenartige Augen? An seitlich angebrachten Geländern konnte man sich vorwärts ziehen. In Abständen waren Rahmenstrukturen angebracht, die vielleicht zum Ausruhen dienten oder als Beobachtungsstände oder –? Verschieden gestaltete Türen waren so glatt eingepaßt, daß sie fast unsichtbar waren, und es schien keine Möglichkeit zu geben, sie zu öffnen. »Jeder Bewohner hat seinen Schlüssel«, vermutete Brodersen.

Er sagte das, weil nicht jede Tür von dieser silbernen Unauffälligkeit war. Aus welchem Grund auch immer, waren einige durchsichtig. Einige schienen nicht einmal aus irgendeinem Material zu bestehen, aber wenn es sich um Kraftfelder handelte, reagierten sie härter als Stahl. Während sie sich umsahen, fotografierten und Spektren prüften, hatten sie flüchtige Ausblicke auf ein Dutzend völlig verschiedene Umgebungen. Trübe rote oder gleißend blaue Beleuchtung und solche, die etwa zwischen den beiden lag, zeigte ihnen eine schmucklose Zelle, wirbelnde Nebel, ein wild wucherndes Treibhaus mit vielfarbiger Vegetation, durch die wie Juwelen glänzende Flugwesen hin- und herschossen, die holographische Szene eines felsigen Landes, über das gelber Staub unter einem orangefarbenen Himmel dahinzog, sich bewegende Mechanismen und andere noch schwerer zu benennende Anblicke. Es gab Andeutungen von Atmosphären, dichten, mittleren und dünnen, die freien Sauerstoff oder freien Wasserstoff oder nichts von beidem enthielten, bei Temperaturen zwischen dem Siedepunkt von Stickstoff und dem Schmelzpunkt von Blei. Was die Menschen sahen war jedenfalls offenbar eine Art Vorraum zu einem reichen Komplex von Wohnquartieren, Laboratorien und Gott weiß was sonst. (Die Benutzer wußten es, und die *Anderen* wußten es.) Brodersen war überzeugt, daß ein Raum mit einer Zentrifuge immer dazugehörte, wenn nicht etwas Eleganteres zur Verfügung stand, damit etwaige Besucher, wann immer sie wollten, ihre Heimatschwerkraft herstellen konnten.

Besucher! durchfuhr es Joelle. *Eine Bruderschaft von Intelligenzen, Kulturen und Rassen, die von den Anderen für würdig befunden worden waren und für die sie deshalb diese Station gebaut hatten. Wir sind nicht darunter.*

Dieser Schmerz übertraf den, eine Menschenfrau gewesen zu sein. Sie schüttelte ihn ab und ließ ihr Bewußtsein in andere Entdeckungen eintauchen, taufte es mit ihnen.

Denn tatsächlich fanden die Leute des Erkundungstrupps die Räume einen nach dem anderen fast beiläufig, während sie durch das Labyrinth schritten. Was wirklich zählte, war das Ding in seinem Kern. Es war überwältigend.

Dort verbreitete sich der Korridor zu einem kilometerbreiten sphärischen Raum. Ein dreidimensionales Drahtgeflecht gewährte leichten Zugang zur Innenfläche. Darüber waren kompliziert aussehende Vorrichtungen angebracht, von Licht in allen Farben des Regenbogens umspielt. Es gab auch Ausblicke auf den Weltraum draußen, sie kamen aber nicht erkennbar von Sichtschirmen. Und es gab Schaustücke –, keine Bilder oder plastische Schaubilder vor hellem Hintergrund sondern sich bewegende, massive, aus Licht, das sich nicht auf den für Menschen sichtbaren Bereich beschränkte, hergestellte Figuren. Es waren nicht Darstellungen irgendeiner Spezies, es waren vielmehr völlig abstrakte Formen, Farben und Bewegungen. Ein Strich leuchtete zum Beispiel auf und zeigte auf eine Zahl, die ihrerseits von einem Funkenregen umsprüht wurde. Der Wirklichkeit am nächsten kam eine schematische Darstellung des Pulsars.

Das vermutete Joelle wenigstens. Das meiste was sie sah, war unverständlich, nichts als Streifen, Lichtschleier, farbige Bänder, Wirbel und leuchtende Katarakte. Wahrscheinlich war dies alles für Wesen bestimmt, deren Sehgepflogenheiten und ganzes Weltbild von den ihren völlig verschieden waren. Sie konzentrierte sich auf das Objekt, dessen Sinn sie am besten zu begreifen glaubte. Es dauerte nicht lange, bis es ihr außerordentlich sinnvoll erschien. Nicht, daß es ausgerechnet auf menschliche Wesen gewartet hatte. Aber in der Raum-Zeit mußte es außer den Betanern eine ganze Menge Kreaturen geben, die es auf eine von der ihren nicht sehr abweichende Art wahrnahmen und überdachten.

Haben die Anderen das zum Nutzen Fremder eingerichtet, die sich hierher verirrt haben? Ja, ich denke, das haben sie getan.

Darstellungen von Atomen, die periodische Reihe, Quantenzustände und ihre Veränderungen – der Kern von Wasserstoff-1 war eine Masseeinheit, seine neutrale Emissionslinie im Raum eine Längeneinheit, die Frequenz eine in Relation zur Zeit umgekehrt proportionale Einheit. Zwischen dem absoluten Nullpunkt, wie er sich durch das Verhalten der Moleküle zeigte, und der Kernverschmelzung durch die Deuterium entstand, war die Temperaturskala in zwölf hoch zwölf Grade eingeteilt. Variationen und Wiederholungen machten die ursprünglichen Darstellungen jedem Holotheten klar.

Sie entwickelten sich weiter. Bald erfolgte eine Demonstration, wie eine bestimmte Vorrichtung zu bedienen war. Aus einer Aufhängung nahm man einen Stab und berührte damit in einer bestimmten Reihenfolge bestimmte Lichtpunkte. »Verfahren Sie entsprechend«, befahl Joelle Brodersen. Er gehorchte.

Sie wurde von Informationen überflutet.

Es begann mit der Übermittlung binärer Ziffern. Sie formten sich bald zu Mustern, die sie erkennen konnte. (Genügend Ja- oder Nein-Angaben pflegen ein Bild, einen Ton oder eine mathematische Funktion genau zu beschreiben –) Innerhalb von Minuten erfuhr sie, daß sie reagieren mußte, und sie tat es mit Hilfe der Schiffsinstrumente. Minuten später hatte der Automat seine Übermittlungsgeschwindigkeit und sein Verfahren den technischen Grenzen ihrer Geräte und ihrem Nervensystem.

Auf sich allein angewiesen, hätte ihr Gehirn Jahre gebraucht um auch nur tastend zu begreifen. Holothetisch angeschlossen aber konnte es hundert hypothetische Deutungen in der Sekunde vornehmen und sie am schon vorhandenen Wissen testen. Auf diese Weise konnte es sterile Äste kappen, neue hervorschießen lassen, Stärke und Schwäche offenlegen und einen Baum der Logik erklimmen, wobei sie dem Stamm immer näher kam, der die Wahrheit bedeutete. Niemand im Schiff außer Fidelio hätte wirklich begreifen können, was sie tat, und sein Geist half ihr weiter.

Und doch brauchte sie Stunden, um die zentrale Tatsache zu erkennen, Tage, um sie in ihrer ganzen Bedeutung zu erfassen. Es war einfach unglaublich: Auf diesem Pulsar gab es Leben, intelligentes Leben.

*

Die Chinook schwenkte um die T-Maschine als ihr dritter Mond. Die *Williwaw* war zu ihr zurückgekehrt. So weit wie möglich war die Station untersucht worden, und man hatte nicht eben viel erfahren. Jetzt hatte man mit ihr Kommunikation aufgenommen, deren Ergebnis wahrscheinlich völlig offen war. Brodersen und seine Leute konnten dort kaum noch etwas ausrichten. Während sie suchte und Informationen abrief, fiel ihr kurz ein, daß die übrige Besatzung jetzt wieder ihrer täglichen Routine nachging – Spiele, Intrigen, Träume, Verzweiflung –, sie waren wie Pantoffeltierchen in einem Tropfen Brackwasser.

Der Roboter der Station brachte Joelle in Kontakt mit dem Orakel, das eine Schöpfung der *Anderen* aber kein Automat war.

Quasi-fest und gewaltigen Beben unterworfen, lag der Neutronenstern unter einer sechs Millimeter dicken Atmosphäre. Dort, unter dem Druck billionenfacher Erdschwerkraft, und bei vergleichsweise noch höheren Dichten, wirkten rohe Kerne so auf einander ein, wie es woanders undenkbar wäre. Protonen, Neutronen, Elektronen, Neutrinos, ihre Antikörper – flüchtige höhere Elemente –, Mesonen aller Art – Baryonen, Leptonen, Bosonen, Fermionen –, Zauber, Rotation, Farbe, Fremdheit – die miteinander verschmelzen, sich trennen, die sich ineinander verwandeln und zurückverwandeln, kurz umeinander kreisen, Zusammensetzungen bilden, die ganze Mikrosekunden lang existieren – die Materie des Sterns war so vielfältig und veränderlich wie das Gas, das Wasser und der Staub, aus dem wir selbst einst entstanden.

Das Leben ist kein Ding, es ist ein Vorgang. Es ist eine Serie von Ereignissen, es ist die Evolution von Mustern, die Informationen tragen, es ist Wachsen und Zerfall und erneutes Wachsen. Wo eine solche Möglichkeit besteht, muß es Leben geben.

Als Caitlin davon hörte, sagte sie: »Das ist keine Chemie. Das ist Alchemie.« In der Tat gingen Strukturen, die sich eher auf subatomarer als auf molekularer Ebene selbst kopierten, über die der Menschheit oder den Betanern bekannte Physik hinaus. Sobald sie aber das Orakel gefunden hatte, erlangte Joelle ein immer besseres Verständnis. In der mystischen Ekstase dieses tieferen Eindringens in die Letzten Dinge verlor sie ihren Kummer wie sie ihr Selbst verlor.

Sie konnte sich nicht direkt mit den Bewohnern des Pulsars in Verbindung setzen. Sie waren zu kurzlebig. Ein paar Sekunden ein paar Bewegungen am Himmel, und schon war die

Spanne eines solchen mikroskopisch kleinen Wesens abgelaufen. Aber so schnell und so ungeheuer energetisch liefen alle Vorgänge in ihm ab, daß diese Sekunden mehr Wahrnehmung und mehr Erfahrung umfaßten als ein menschliches Jahrhundert. Für diese Wesen war sie so inaktiv wie es für sie ein Stein war.

Das Orakel berichtete in einer langsam abgespielten Aufzeichnung über gewisse Lebewesen. Sie verstand nur bruchstückweise und zufällig einiges von der Geschichte. Ihre Helden waren ihr zu fremd. Aber daß es Helden gewesen waren, erkannte sie.

Sie forschten Milliarden Jahre lang und entdeckten die Feuerquellen, die gewaltig höher und höher schossen, bis man sie nicht mehr verfolgen konnte. Im Dunst der Strahlung, der die ihnen bekannte Welt erfüllte, hatten sie keine Ahnung von einem Himmel gehabt. Jetzt –.

Es gab Berge, von denen einige nach Erdenmaßstäben schon einige Jahre alt waren. Die größten waren zwölf oder dreizehn Millimeter hoch. Wer Erkenntnis suchte, folgte den Feuerquellen, indem er sie bestieg.

Es entstanden Dynastien der Mutigsten, Eltern, Kinder, Enkel und Urenkel plagten sich, litten, wagten und starben endlich bei diesem großen Unternehmen. Ganze Zivilisationen entstanden, erlebten Blüte und Niedergang, während die Kletterer sich weiterkämpften, wobei jede Generation der nächsten eine höhergelegene Basis hinterließ. Viele von ihnen kamen um, und noch mehr verzweifelten, als sie die obere Luftgrenze erreichten. Aber ein Rat der Furchtlosen setzte sich durch, und in einem dafür ausgewählten Berg begann man an einem nach oben führenden Tunnel zu arbeiten.

Millionen Leben später erkannte eine Gruppe, die den Gipfel erreicht hatte, durch eine transparente Kuppel, wohin die Feuerquellen rasten – sie sahen die Sterne.

War es reine Unbesiegbarkeit? überlegte Joelle. Oder gaben die Anderen ihnen . . . die Kraft . . . sich durch etwas hindurchzukämpfen, was für die Menschen ein ganzes geologisches Zeitalter bedeutet hätte?

Ihr fehlte die Sprache, das zu fragen, und sie bezweifelte

ohnehin, daß das Orakel sich dazu bekannt hätte, denn es war über jeden Stolz erhaben.

Es war von den *Anderen* für den Verbleib auf dem Pulsar gestaltet worden. Neben den Einheimischen nahm es sich gigantisch aus. Praktisch unsterblich, verharrte es an seinem Platz und wurde für jene zum Schrein. In sich selbst ruhend, von einer Intelligenz, die der Joelles entsprach, wenn sie sich in Holothese befand, empfand es doch niemals Einsamkeit oder Langeweile, denn es hatte Anteil am Denken und Tun, ja, an den Seelen jener Existenzen. (Sie dachte an Quasi-Telepathie durch Modulation starker nuklearer Kräfte, aber das Vokabular, das sie mit ihm gemeinsam hatte, war zu primitiv – allenfalls eine Art Zeichensprache –, als daß sie hätte fragen können. Es würde ihnen raten, wenn sie es wünschten, aber sie gewann den Eindruck, daß seine Aussagen genauso doppeldeutig waren wie die des Orakels von Delphi, damit es in ihnen keine Pseudometamorphose auslöse, die das Heranreifen ihrer eigenen Kräfte hemmen würde. Es hatte die gesamte Geschichte längst verschwundener Nationen und lange vergessener Taten aufgezeichnet und teilte sie ihnen auf Verlangen mit.

Hauptsächlich vermittelte es zwischen ihnen und fremden Arten. Über ein Medium, das sie befördern konnte, gingen Botschaften an die Station und zurück. (Quark-Strahlen?) Die Station leitete sie mit verschiedenen Mitteln, einschließlich Radiowellen, weiter. Das Orakel übermittelte langsamer oder schneller, je nachdem, wer die Botschaften auffing.

So ermöglichte es den Bewohnern des Sterns und den Besuchern, die herkamen, um etwas über den Stern zu erfahren, einander kennenzulernen. Näher kamen diese Leute der Bruderschaft wohl nicht, die von den *Anderen* gepflegt wurde. Oder vielleicht doch?

*

Brodersen hielt sich an einem Handgriff auf einem Tisch fest und wandte sich im Gemeinschaftsraum an seine Leute. Hinter seinem Rücken zeigte ein Bildschirm die kreisenden Strahlen – Schwertklingen, Uhrzeiger – immer näher und heller. Bald mußte der Schutzschild diese wütende Energie abwehren.

»Wir können hier nicht viel länger bleiben«, sagte er ihnen. »Das wißt ihr. Schon bevor die Schwerelosigkeit bei uns nicht wiedergutzumachende Veränderungen hervorgerufen hat, werden wir mehr als die zulässige Strahlendosis aufgenommen haben. Die Intendität der Strahlung ist einfach zu verdammt hoch, und wir haben dagegen keinen ausreichenden Schutz. Wir können uns auf eine sichere Distanz zurückziehen und warten bis jemand kommt, der uns helfen kann bevor wir verhungern. Das würde natürlich bedeuten, in Rotation überzugehen, und wir könnten dann nie wieder beschleunigen. Aber vielleicht zahlt es sich aus. Wir könnten eine Freifahrt nach Hause bekommen.

»Joelle, du hast in den letzten Wochen verdammt wenig mit uns gesprochen. Weil wir wissen, wie hart du arbeiten mußtest, haben wir Nachsicht mit dir gehabt. Damit verglichen war das Erlernen einer betanischen Sprache ohne Vorkenntnisse bestimmt ein Kinderspiel. Aber heute müssen wir einen Bericht von dir haben. Ich habe dich gebeten, ihn uns allen vorzutragen, denn er geht uns alle an.

»Du hast das Wort.«

Als sie neben ihm vor den anderen schwebte, meinte sie ein Erschrecken in ihren Gesichtern zu bemerken. *Ich sehe auch wirklich schrecklich aus.* Im Spiegel hatte sie ihr Haar als verfilzte, graue Mähne gesehen. Die tief in den Höhlen liegenden, blutunterlaufenen Augen hatten dunkle Ringe. Ihr Gesicht war kaum mehr als über einen Schädel gespannte Haut, und ihr Körper war ganz mager und gelb geworden. Die langen, dünnen Hände mit den ungepflegten Fingernägeln hörten nicht auf zu zittern. *Oh, wie verfluche ich dies widerliche Fleisch, das es mir unmöglich macht, mit dem Orakel in Verbindung zu bleiben!*

Sie zwang sich zur Sachlichkeit. »Ich möchte betonen, daß der Datenaustausch nur rudimentär gewesen ist. Trotz großzügiger Hilfe von seiten meines Gegenspielers, bleiben mir nicht genug Jahre, die Sprache vollkommen zu begreifen. Eine Übermittlungsverzögerung von einigen Minuten ist auch nicht gerade hilfreich. Möglicherweise mißdeute ich einige Dinge total, einschließlich solcher, die für uns entscheidend sind.«

»Ohne Sie wären wir nirgends angekommen«, sagte Susanne Granville, die Rueda eingehakt hatte.

Joelle holte Luft. »Nun denn, wenn Sie also diese Vorbehalte bedenken wollen –. Die anderen bauten die Station, weil sie wußten, daß der Raumfahrt kundige Arten den Wunsch haben würden, eine so einzigartige Welt kennenzulernen.« *Ich vermute nur, daß sie darauf vertrauen, daß die Bewohner des Sterns und die Besucher von außerhalb an solchen Studien wachsen und sich ihnen ein wenig angleichen werden.* »Ich habe nicht feststellen können, ob sie sich irgendwelchen in Frage kommenden Rassen direkt offenbaren, aber ich meine, daß das nicht der Fall ist. Wahrscheinlich kommen sie selbst, um die vom Orakel aufbereiteten Daten und Biographien abzufragen.«

»Dann haben sie also daran Anteil«, hauchte Caitlin. »Sie wollen das Leben auf jeder anderen Welt kennenlernen. Um es besser lieben zu können?«

»Sie kannten uns bestimmt schon, als sie diesen Roboter in der T-Maschine am Sonnensystem programmierten«, sagte Frieda. »Was für ein Orakel haben sie denn auf der Erde eingerichtet?«

»Offenbar kein mit diesem Vergleichbares«, sagte Brodersen. »Fahr bitte fort, Joelle.«

»Eine Anzahl fortgeschrittener Arten haben den Weg hierher gefunden, wahrscheinlich durch Ausprobieren«, setzte die Holothetin ihren Vortrag fort. »Sie schicken von Zeit zu Zeit wissenschaftliche Expeditionen. Es gibt keinen festen Plan, und niemand kommt oft. Vergeßt nicht, wie viele anderen Dingen eine Rasse ihre Aufmerksamkeit und ihre Anstrengungen widmen muß, wenn sie die Routen durch verschiedene Tore erst kennt. Es ist gut möglich, daß die eine oder andere im Verlauf der nächsten Dekade einen Besuch macht. Aber sie wissen nicht, wie sie nach Phöbus oder Centrum oder zu unserer Sonne gelangen. Wie könnten Sie auch? Das Orakel weiß es selbst nicht.«

In das bestürzte Schweigen hinein sagte sie rasch: »Ich habe Fortschritte gemacht. Wenn wir hier im Kommunikationsbereich bleiben könnten, würde ich weitere machen. Das Orakel ist anscheinend bereit, mir alles zu sagen. Aber das können wir nicht. Also habe ich mich darauf konzentriert, mich nach den Sternentoren selbst zu erkundigen. Und ich habe eine gewisse Ahnung.

»Ich kann nicht ausrechnen, wo und wann ein gewisser Pfad uns hier herausbringt. Nach dem, was ich hier erfahren habe, kann ich allerdings Wahrscheinlichkeitsrechnungen über Größe und Richtung eines solchen Transitfeldes anstellen. Wichtiger noch, ich kann recht gut abschätzen, wie wahrscheinlich es ist, daß sich am anderen Ende des Tores eine T-Maschine befindet.

»Ihr müßt wissen, daß die anderen fortfahren, sie zu bauen.« Sie ließ ein kehliges Gelächter hören. »Das Wort ›fortfahren‹ ist ein klassisches Beispiel für leeres Wortgeklingel, nicht wahr? Ich bitte um Entschuldigung. Ich bin es nicht mehr gewohnt, auf meinen natürlichen Verstand beschränkt zu sein.

»Eines steht fest, die *Anderen* arbeiten nicht aufs Geratewohl. Dazu kennen sie den Weltraum zu gut. Ständig dehnen sie ihre Grenzen aus – um Wissen zu erlangen, nicht, um zu erobern. Davon bin ich überzeugt –« (*Aus Liebe,* sah Joelle Caitlin flüstern) »und sie gehen dahin, wo sie mit einiger Wahrscheinlichkeit etwas anderes finden als Vakuum. Bedenkt, daß sie Material und vielleicht auch die Werkzeuge mitbringen müssen, um eine neue T-Maschine zu konstruieren, bevor eine Expedition überhaupt zurückkehren kann. Das ist auch für sie keine leichte Sache.

»Ich denke, wenn wir uns nach einem Plan, den ich nach Erhalt weiterer Daten während des Fluges ausarbeiten kann, von T-Maschine zu T-Maschine bewegen . . . wenn wir jedes Mal einen möglichst weiten Sprung versuchen, und zwar in eine plausible Richtung . . . ich denke, das wird uns am Ende in ihren Bereich tragen. Zu ihnen selbst.

Joelle fühlte sich matt. Ihr war, als sei ihr Kopf voll Sand. Jede ihrer Zellen schien zu schmerzen. Sie sackte in sich zusammen und sehnte sich nach Schlaf.

Wie von weit hörte sie Brodersen: »Haben alle verstanden, daß wir damit ein Risiko eingehen? Die Dame garantiert nicht, daß wir bei jedem Sprung eine Möglichkeit zum Weitertransport finden. Unsere Chancen mögen gut stehen, aber bei jeder Wiederholung verringern sie sich.«

»Wir könnten hierbleiben und auf einer weiten Umlaufbahn rotieren«, schlug Weisenberg vor. »Anscheinend haben wir keine schlechte Chance, daß ein Schiff kommt bevor wir verhungert sind. Ich möchte annehmen, daß seine Besatzung die Technologie besitzt, synthetisch für uns Nahrung herzustellen, und auch bereit ist, das zu tun. Die Mannschaft wird uns nicht den Weg nach Hause zeigen können, aber gewiß könnten wir auf ihrem Heimatplaneten ein ganz interessantes Leben zu Ende leben.«

»Ist das dein Ernst, Phil?« fragte Caitlin.

»Nein. Ich habe eine Familie. Ich meinte nur, einer von uns müßte glaubhaft begründen, warum wir hierbleiben sollten.«

»Und die Menschheit Leuten wie Ira Quick überlassen?« knurrte Dozsa.

»Laßt nur«, sagte Brodersen. »Wir haben Zeit genug, darüber nachzudenken. Inzwischen – Joelle, werden wir dich behandeln, und ich denke, wir fangen mit vierundzwanzig Stunden Schlaf an.«

Sie spürte kaum seine Umarmung, als er sie den Korridor entlang in ihre Kabine trug, sie achtete auch nicht darauf, als Caitlin ihr den angetrockneten Schweiß von der Stirn wischte und beide zusammen sie im Bett anschnallten und warteten bis sie einschlief. Als Dunkelheit sie umfing, waren ihre Gedanken ausschließlich bei dem Orakel und denen, die es geschafft hatten.

XXXVIII

Sprung.

Die Anzahl der sichtbaren Sterne war geringer wie in einer diesigen Nacht auf der Erde. Die hellsten waren fast alle rot, was die Vermutung nahelegte, daß sie nicht weit entfernt standen; ein paar Riesen glänzten stahlblau.

Groß hing eine Sonne über ihnen. Ihre matte Blutorangefärbung brauchte nicht optisch verdunkelt zu werden. Die Zodiakallinse war gewaltig, wenn auch schwach beleuchtet, aber die Scheibe selbst war völlig glatt – keine Flecken, Ausbrüche und Vorsprünge und auch keine Korona – und sie hatte keinen photosphärischen Rand, sondern verblaßte verschwommen im Raum.

Näher und für das Auge noch größer stand ein Planet, den offenbar die T-Maschine umkreiste, in trojanischer Stellung zu einem großen Mond. Auch diese beiden Körper glühten rötlich. Bei Vergrößerung sah Brodersen die eigentliche Kugel geschmolzen unter einer dichten, mit rußschwarzen Wolken durchsetzten Atmosphäre liegen. Als er hinschaute, zog ein Asteroid quer über das Sichtfeld. Dunkel und zerklüftet torkelte er, sich überschlagend, vorbei.

Joelle meldete sich: »Hier bildet sich gerade ein neues System. Die Energie der Sonne rührt von der Kontraktion her. Sie ist im Kern noch nicht genügend verdichtet, daß thermonukleare Reaktionen beginnen können. Der Raum um sie herum ist noch voller Staub, und es gibt reichlich Felsen jeder Größe. Stürzen sie auf den entstehenden Planeten, erhitzen sie ihn zur Weißglut und vergrößern gleichzeitig seine Masse. Ich denke, dieser hier wird später der Erde ziemlich ähneln.«

Oder könnte es die Erde sein? durchschauerte es Brodersen. *Nein, das ist zu unwahrscheinlich. Ich will und werde es nicht glauben.* »Wie lange wird das dauern?« fragte er laut und ein wenig ungeschickt. Dabei war er wie gelähmt vor Neugier.

»Vielleicht fünf Millionen Jahre, bis die Sonne in der Hauptreihe steht. Auf dem Planeten mag die Bildung einer festen Kruste ein wenig länger dauern. Ich brauche mehr Daten, um eine genauere Schätzung vorzunehmen.«

»Tut mir leid. Wir können uns nicht länger hier aufhalten. Für uns gibt es hier nichts.« *Außer, mein Gott, einen neuen Einblick zu gewinnen, in welchen riesigen Weiten sich die Anderen bewegen. Um ein System von Welten entstehen zu sehen – gewiß auch, um zu sehen, wie sie sich entwickeln, aufblühen und schließlich sterben –, zu diesem Zweck haben sie dieses Tor geöffnet.*

XXXVX

Sprung.

»O-o-o!« tönte Caitlins Stimme über das Intercom. »Welche Pracht!« Fast schluchzte sie.

Der Weltraum war flammend hell, und Sterne über Sterne standen so dicht nebeneinander, daß man die Milchstraße kaum erkennen konnte, und daß kaum Schwärze zwischen ihnen zu sehen war. Der Glanz vieler war wie der von Venus oder Jupiter, wenn sie am hellsten auf die Erde herabstrahlten. Die meisten hatten die Farbe von Rubinen, aber einige zeigten alle Tönungen von hellem Orange bis zu dunklem Gold.

Weißgolden war die Sonne, zu der die *Chinook* gekommen war. Einen halben Bogengrad breit, hatte sie eine herzzerbrechende Ähnlichkeit mit Phöbus.

»Wo sind wir, Joelle?« rief Brodersen mit rauher Stimme.

Der Ton ihrer Antwort hatte etwas Ungewohntes, einen Anstrich von Entzücken und . . . Demut? . . . etwas was ihrer Stimme lange gefehlt hatte. »Wie wunderschön – Wir müssen uns in einem Kugelhaufen befinden, Dan, mein Alter; es gibt kaum noch freien Staub oder freie Gase. Die kurzlebigeren Körper sind schon lange verglüht, und hauptsächlich Zwerge sind übriggeblieben, obwohl auch die unserer Sonne ähnlichen G-Typen noch existieren – Laßt uns eine Weile bleiben, ganz gleich was geschieht.«

Alle waren einverstanden. Außerdem (wer konnte das wissen?) mochten die *Anderen* irgendwo in dieser strahlenden Herrlichkeit wohnen. Die Standard-Forschungsprogramme wurden in Angriff genommen. Kurz darauf beschleunigte das Schiff. Die Schwerkraft war ein gutes Gefühl.

Die Studien waren nach wenigen Stunden beendet. Joelle hatte die meisten Daten direkt gewonnen und interpretiert. Die gelbe Sonne hatte mindestens sieben Planeten. Einer, ein wenig weiter als eine astronomische Einheit von ihr entfernt, schien ein Terrestroid zu sein und hatte mit Sicherheit Sauerstoff in seiner Atmosphäre. Die T-Maschine kreiste sechzig Grad vor ihm auf der gleichen Umlaufbahn. Es gab keine Anzeichen dafür, daß irgendwelche Kommunikation vor sich ging.

Dennoch entschied Brodersen: »Wir werden uns das mal ansehen. Es ist eine Reise von ungefähr drei Tagen. Wenn nicht anders, kommen wir so jedenfalls mal für eine Zeitlang aus G-Null raus.«

»Und wandern vielleicht auf einer Welt wie zu 'ause?« fragte Susanne traurig.

Nachtwache

In seinem Bett ließ Leino Caitlin los und legte sich neben ihr zurück. »Ah-h«, sagte er. »Das war wunderbar. Es macht auch Spaß, wenn man schwebt. Aber letzten Endes sind wir doch für ein Schwerefeld konstruiert, nicht wahr?«

Sie setzte sich hoch, schlug die Arme um ihre angezogenen Knie und starrte vor sich hin. Die glänzenden Locken flossen ihr über Wange und Schultern. Auf ihrer weißen Haut glitzerte ein wenig Schweiß; er fing ihren weiblichen Duft ein, es war eine Mischung von Sonne und Moschus; und er spürte die Wärmeausstrahlung ihrer Haut. Es dauerte ein paar Minuten, bis er sich genug erholt hatte, um den Ausdruck von Sorge in ihrem Gesicht zu erkennen.

Er stützte sich auf einen Ellbogen. »Was ist los, querida?« fragte er.

Sie sah immer noch die Wand an und nicht ihn. »Nichts«, sagte sie leise. »Und doch wieder eine ganze Menge. Es ist nicht deine Schuld, Martti. Meine.«

Er liebkoste einen seidigen Schenkel. »Möchtest du es mir nicht sagen?«

»Ich möchte dich nicht absichtlich verletzen.«

Er straffte die Muskeln. »Erzähl schon. Du . . . redest immer so zwanglos, Caitlin, gewöhnlich fröhlich, und – nun, ich bin ziemlich spät darauf gekommen, was für ein unabhängiger und, ja, verschlossener Mensch du bist.« Schweigen. »Bitte, vielleicht kann ich dir helfen. Du weißt, daß ich für dich barfuß durch die Hölle gehen würde.«

Er sah ihre plötzliche Entschlossenheit. »Das ist es ja gerade, Martti.«

»Heh?« Auch er setzte sich aufrecht hin.

»O.K., dies mußte kommen.« Sie sah ihn an. »Du hast recht, es ist gut, daß wir wieder unter Schwerkraft leben. Auch für die

Liebe. Aber bei dieser ersten Gelegenheit hätte es mit Dan sein müssen.«

Er wurde rot. »Hmmh, wenn ich mich nicht irre, hat er heute Abend Frieda. Jedenfalls sind sie zusammen verschwunden.«

Caitlin nickte. »Sicher, und das gönne ich ihm auch. Ich freue mich sogar für Frieda, daß sie vor ein paar Wochen bei ihm Erfolg hatte – nachdem ich so viel Zeit mit dir verbracht hatte. Sie ist eine gute Seele und verdient ihren Teil vom besten.«

Er wich zurück. Sie sah es, berührte ihn mit der Hand und sagte ruhig: »Ich bin voreingenommen, das mußt du verstehen. Ich mag alle an Bord; jeder ist etwas Besonderes; aber Dan liebe ich, und er liebt mich.« Einen Augenblick später: »Ich hätte ihn nicht so oft vernachlässigt, wenn du nicht Hilfe gebraucht hättest. So gut denke ich über dich, Martti Leino. Jetzt ist es Zeit, zur Normalität zurückzukehren.«

»Du willst mich doch nicht fallenlassen? Nein! Ich *liebe* dich!«

Sie küßte ihn flüchtig. »Ach nein. Solange diese Reise dauert, werden wir gelegentlich eine kleine Rangelei veranstalten, du und ich. Und das wird kein Gefallen sein, den ich dir aus Freundlichkeit tue. Ich habe hier viel Spaß gehabt.« Sie rückte ein wenig zur Seite, und als sie weitersprach, war sie wieder ganz ernst. »Aber du entwickelst mir gegenüber zuviel Gefühl. In letzter Zeit tust du so, als sei ich dein Eigentum. Heute abend hast du mich aus dem Gemeinschaftsraum fast rausgezerrt, als ich noch mit Phil sprechen wollte und eine unausgesprochene Verabredung mit Dan hatte. Ich hielt es für das beste, keine Szene zu machen . . . Sei nicht gekränkt, Liebling. Es war schön heute abend. Trotzdem, diese Sache muß aufhören, und sie muß in dir selbst aufhören.«

Er schlug sich mit der Faust in die Handfläche. »Ich kann nicht aufhören, dich zu lieben, Caitlin.«

»Nein, wenn es nicht schrecklichen Streit gegeben hat, hören wir Menschen nie so recht auf zu lieben, nicht wahr? Aber alte Feuer brennen ruhiger, als neue sich entzünden. Wären wir zu Hause, würdest du bald selig um ein Mädchen werben, das ganz anders ist als ich. Ich glaube, ich habe dir bewiesen, daß sie lebhaft und dennoch anständig sein kann, und deshalb wirst du mich auch in guter Erinnerung behalten.

»Aber, Martti«, sagte sie, und es war eine gesprochene Liebkosung, »was du für den Rest deiner Tage brauchst, ist eine feste Frau, eine Partnerin, ein Baum, unter dem dein Haus stehen kann. Wie Lis; oder wie deine Mutter. Ich muß dir helfen, dich nicht so auf mich zu fixieren. Und wenn unsere Suche noch viele Monate dauert, wird das geschehen, wenn wir nicht beide aufpassen und überlegt handeln. Sonst wärst du als Familienvater, wozu dich deine Natur bestimmt hat, nicht mehr zu gebrauchen. Ich bin für dich nicht geeignet, außer als Freund, der zufällig dem anderen Geschlecht angehört. Ich bin zu wild und unbeständig.«

»Oh, was dich anbetrifft habe ich meine Eifersucht so ziemlich überwunden.«

Sie lächelte. »Das meinte ich gar nicht hauptsächlich, Schatz. Meine Füße wollen wandern. Selbst Dan kann mich in Eopolis nicht halten. Du brauchst eine Ehefrau und keine fahrende Geliebte.« Sie schwang die Beine über die Bettkante. »Martti, ich weiß sehr gut, daß wir unsere Probleme nicht in einem einstündigen Gespräch lösen können. Wir brauchen Geduld, ein bißchen Nachdenken und ein wenig Sympathie füreinander.« Sie stand auf. »Zu allererst sollten wir Freunde werden – sobald zwischen uns wieder Melodramatik hochkommt, mußt du sie niedertreten, aber wenn ein wenig Komik aufsprießt, mußt du sie hegen – denn wir Menschen sind komische Tiere, habe ich nicht recht?

»Wir haben noch eine fast volle Flasche Whiskey, wenn ich mich recht erinnere.«

. . . Als sie sich bequem zurücklehnten, ein wenig angetrunken und aufgelockert genug für ein paar Scherze, fuhr sie über die Saiten ihres Sonadors und meinte: »Nein, ich werde dich während dieser Reise nicht rausschmeißen. Keine Angst. Es wäre schade um ein so hervorragendes Talent. Du mußt nur einsehen, daß ich eine geborene Herumtreiberin bin . . . Weißt du noch, wie du mich wegen des Liedes geneckt hast? Du meintest doch, ein Mann sang über seinen Aufbruch zu den Sternen. Und sagte ich nicht, daß ich es dir in meinem nächsten Lied heimzahlen würde? Nun, das nächste ist fertig. Genau auf dich gemünzt.«

Der Gedanke an jenen Abend schmerzte ihn nicht mehr. »Nur zu«, lud er sie ein.

Sie grinste und fing an.

Auf endloser Fahrt durch endlosen Raum
Kann keine Welt mich fassen.
Ich fliege dahin und singe mein Lied
Von dem Burschen, den ich verlassen.
Dem treuesten und lustigsten Kerl,
Dem Burschen, den ich verlassen.
Er war wunderbar, und der Sterne Schar
Läßt die Erinn'rung an ihn nicht verblassen.
Er war hübsch von Statur und von heitrer Natur
Wie außer ihm kaum einer,
Dabei weder zahm noch beim Küssen lahm,
Und unermüdlich wie keiner.
Quälten mich Sorgen, ging ich zu ihm,
Er machte mich immer glücklich;
Wir spielten und scherzten und liebten uns heiß,
Und mein Kummer verging augenblicklich.

Ich gab ihm 'nen Kuß und weinte zum Schluß,
Als wir uns zum Abschied trafen.
Seit ich zu den Sternen reisen muß,
Kann ich nicht mehr ruhig schlafen.
Und so, lieber Freund, wirst du gut verstehn,
Daß ich hoffe, mir zu erhaschen
Nur einen oder zwei und dich dabei,
Wie den Burschen, den ich verlassen.

Nachtwache.

»Du bist unglücklich Dan«, sagte Frieda.

»Hmmh? Nein, nein, warum sollte ich das sein? Unsere Freiübungen waren doch großartig.« Brodersen lehnte seinen Arm gegen sie. Sie wölbte den Rücken nach oben, und er griff ihr um die Hüften. »Ich war nur ein wenig geistesabwesend. Verzeih bitte.«

»Du warst sehr weit abwesend und an keinem guten Ort.

Wie du die Mundwinkel hängen ließest, und dann die Falte zwischen deinen Brauen –« Sie ließ ihre Fingerspitzen über sein Gesicht gleiten. Vor lauter Sorge schienen ihre blauen Augen noch heller zu werden.

Er versuchte zu lächeln. »Ich bin immerhin der Alte. Sich Sorgen um das Schiff zu machen, ist eine Berufskrankheit. Hilf mir, diese Sorgen abzuwerfen.«

Die Blonde schüttelte den Kopf. »Das ist es nicht. Du bist robust und praktisch veranlagt; zu brüten ist nicht deine Art. Wenn du also ins Brüten verfällst, muß es etwas sein, gegen das du wehrlos bist.«

»Es geht schon vorüber. Wie wär's wenn wir 'ne Kleinigkeit trinken oder rauchen oder beides?«

Sie hielt mit ihrem schweren Körper seinen Arm unter sich fest. »Bitte noch nicht, Dan. Caitlin konnte dir helfen. Darf ich es wenigstens versuchen?«

Er starrte finster auf seine Füße. Frieda und er waren in ihrer Kabine, in der es außer ihr fast nichts zu sehen gab, keinen der bunten Farbtupfer, mit denen die Irin seine eigene Kabine freundlicher gestaltet hatte. Wie immer hatte sie Musik eingeschaltet, eine Fuge von Bach, leise gedreht zwar, aber unwiderstehlich erhabene Klänge.

»Laß mich raten.« Sie rollte sich auf die Seite und schmiegte sich an seine Brust, um ihm ihre Blicke zu ersparen. Du hast Schuldgefühle wegen Zarubajew und Fidelio, und auch unseretwegen, weil wir in der Raum-Zeit verloren sind. Du denkst nämlich du bist jemand, der du in Wirklichkeit gar nicht bist. Liebling, du weißt, daß wir freiwillig und gern mitgekommen sind. Wir, die du aus dem Rad gerettet hast – Fidelio auch. Ja, vor allem Fidelio. Ich glaube – was auch geschehen mag, solange wir leben, werden wir dir dankbar sein. Fehler und Mißgeschick kennt jeder Captain. Du bist ein zu guter Captain, als daß du deshalb in trüber Stimmung sein müßtest. Nein, du wirst daraus lernen und weitermachen, zum besten deiner Mannschaft. Und wenn wir am Ende, was ich für das Wahrscheinlichste halte, wenn wir am Ende erfolglos sind, wenn wir nie wieder nach Hause kommen . . . nun, dann haben wir doch ein wunderbares Abenteuer erlebt!«

»Ja«, seufzte er.

»Bei Caitlin spürst du es in deinem Blut. Es ist schade, daß sie heute nacht nicht bei dir ist.« Frieda machte eine Pause. »Aber vielleicht ist es auch besser so. Vielleicht macht sie dich zu glücklich, weil sie einen viel tieferen Einblick in deinen Kummer hat. Dan, du hast auch an deine Familie gedacht.«

Er atmete krampfhaft.

»An deine Frau und deine Kinder«, sagte sie. »Du glaubst, du hättest sie im Stich gelassen. Wenn Caitlin nicht da ist, denkst du zuviel an sie. Dann bestrafst du dich selbst auf jede erdenkliche Weise.«

Seine Mundwinkel zuckten, die Lider flatterten. »Hör zu, laß uns das Thema beenden«, knirschte er. »Du bist . . . kein Seelentechniker . . . und ich bin kein verdammter Patient.«

»Ja, ja, ich weiß, ich bin einfach nur dein Besatzungsmitglied Frieda. Können wir nicht trotzdem miteinander reden? Kannst du mir nicht etwas über Lis erzählen. Ich möchte so gern etwas über sie erfahren.«

– Eine ganze Zeit später lag er einigermaßen friedlich und schläfrig da. »Du bist eine wunderbare Frau«, sagte er noch leiser als die wirklich nicht laute Musik. Ich hatte keine Ahnung, wie freundlich du bist – so hilfreich und verständnisvoll –«

Ihr kam ein Anflug von Bitterkeit, was er aber nicht merkte. »Oh, ja, ich habe natürlich einen Ruf als rauhe alte Kriegerin. Nun, die beiden Grenadiere in dem Lied kamen nach Hause und weinten, als sie erfuhren, daß ihr Kaiser gefangen war.« Sie kicherte. »Und wenn du mir jetzt einen Gefallen tun willst, wirst du jetzt schlafen und morgen vor dem Frühstück in bestem Zustand wieder aufwachen. Eine Stunde vor dem Frühstück.«

Er faßte sie ein wenig fester an. »Mach ich. Gute Idee.«

Ihre Impulsivität gewann die Oberhand, als sie sagte: »Dan, wir müssen ganz schnell nach Hause finden, denn sonst werde ich mich schrecklich in dich verlieben.«

*

Von außen gesehen zeigte der Planet ein tieferes Blau als Erde oder Demeter, von Wolken marmoriert, deren Weiß einen Schatten von Bernstein enthielt. Kontinente zeichneten sich als rostfarbene Flächen in der Klarheit ab, außer wo auf Gipfeln oder Hochebenen Schnee lag. Ihre Umrisse waren dunstverhangen. Als die *Chinook* auf einer niedrigen Umlaufbahn kreiste, waren die Farben des Sonnenaufgangs und des Sonnenuntergangs phantastisch lebhaft. Polarkappen fehlten. Der Planet hatte drei Monde als Begleiter.

Massiv und von erheblicher Dichte, mit einer Schwerkraft, die um ein Fünftel höher war als auf der Erde, hatte diese Welt eine dichte Atmosphäre. Ohne Hilfsgeräte hätten Menschen in Höhe des Meeresspiegels nicht atmen können. Ihre Lungen würden zwar die Mischung von Sauerstoff und Stickstoff aufnehmen, nicht aber in dieser Konzentration, und der Treibhauseffekt hielt in höheren Breiten und niedrig gelegenen Landstrichen die Temperaturen schon hoch, in Äquatornähe waren sie unerträglich. Nur auf den höchsten Plateaus konnte ein Mensch überlegen.

Und doch war der Globus von Leben bevölkert, das von dem auf der Erde nicht allzu verschieden war, soweit man das im Kosmos eben geringe Unterschiede nennt.

»Verdammt das *könnte* das Reflektionsspektrum von Chlorophyll aus der Vegetation sein«, murmelte Dozsa. »Natürlich von etwas anderem überdeckt, aber –«

»Die Chancen, daß wir uns dort ohne Samen oder Synthesegeräte ernähren können, sind lächerlich gering«, unterbrach Weisenberg.

»Das könnten wir ja feststellen«, schlug Leino vor.

Brodersen schüttelte den Kopf. »Nein, ich würde es zwar gern tun, aber das Risiko ist zu hoch für eine ziemlich geringe Chance. Denn wir haben keine Anzeichen dafür gefunden, daß es hier eine Zivilisation gibt, daß hier eine denkende Art lebt.«

»Außerdem«, sagte Caitlin, »halten die *Anderen* diese Welt für eine Rasse bereit, die dort wirklich leben kann, genauso wie sie Demeter für uns bereitgehalten haben.«

*

Nachtwache.

Die *Chinook* befand sich auf dem Rückweg zum Tor. Caitlin lag noch wach, als Brodersen schon eingeschlafen war. Dann stand sie auf, streifte ihren Schlafanzug über und verließ das Quartier. Sie ging zum Gemeinschaftsraum, wo sie die Tür hinter sich schloß. Sie schaltete das Licht und den Sichtschirm, der die Sonne zeigte, aus und setzte sich hin, um sich in der stillen Dunkelheit dem Anblick des Sternhaufens hinzugeben.

Eine halbe Stunde war vergangen, als sich die Tür erneut öffnete. Jemand kam herein und schloß sie ebenfalls hinter sich. Der Himmel, strahlender als der Vollmond, zeigte Susanne Granville. Tränen liefen ihr über das Gesicht.

Sie blieb stehen, als sie Caitlin sah. »Oh«, stammelte sie, »entschuldigen Sie«, und wandte sich zum Gehen.

»Warten Sie, Su.« Der Versorgungsoffizier sprang auf und eilte auf sie zu. »Was haben Sie?«

»*Rien* – isch wußte nischt, daß Sie 'ier sind. Isch gehe wieder in meine Kabine.«

»Sie werden verdammt bleiben.« Caitlin legte die Arme um sie. »Wenn jemand geht, bin ich es. Sie kamen doch, um Trost zu suchen, Mädchen.« Sie betrachtete das verzweifelte Gesicht der anderen, ihren gesenkten Kopf. Sie bemerkte ihren unregelmäßigen Atem und daß sie nervös die Finger verschränkte. »Oder Kraft?«

Susanne gab nach. Caitlin hielt sie im Arm, streichelte sie und murmelte begütigende Worte, bis sie aufhörte zu schluchzen. Dann führte sie sie an einen Spieltisch, setzte sie auf einen Stuhl und nahm ihr gegenüber Platz. Sie nahm eine ihrer Hände. Um die beiden herum strahlten die Himmel.

Su schauderte. »Es ist kalt«, sagte sie mit dünner Stimme.

»Ja, das liegt an dem Temperaturzyklus, der den Raum um diese Zeit kälter werden läßt«, erwiderte Caitlin. »Und an Ihrer leichten Kleidung, obwohl ich ja auch nur dieses Fähnchen trage. Die eigentliche Kälte liegt in Ihnen selbst, Liebes. Können Sie nicht ein wenig Wärme hereinlassen?«

Su schaute verloren nach draußen.

»Ich möchte nicht in Sie dringen«, sagte Caitlin. »Aber schließlich bin ich Arzt auf diesem Schiff, und auf Demeter habe ich schlimmere Dinge gehört, als Sie sich vielleicht vorstellen können. Und wo ich konnte habe ich geholfen und darüber immer Stillschweigen bewahrt . . . Es hat etwas mit Carlos zu tun, nicht wahr?«

Su nickte heftig.

»Ja, alle haben gesehen, daß ihr beide euch nähergekommen seid, und sie haben sich für Sie gefreut«, fuhr Caitlin fort. »Sehen Sie, wenn Sie mir jetzt sagen, ich soll mich um meine eigenen Angelegenheiten kümmern, werde ich mich entschuldigen und Sie hier alleinlassen. Aber trotz Ihrer sanften Art haben Sie schließlich auch ein Herz. Ein Streit mit ihm könnte Sie unglücklich machen, aber er würde Sie doch nicht so niederschmettern. Was ist geschehen, Su?«

Die Computerfrau hob die Faust und sagte so schnell, daß man kaum folgen konnte: »Er 'at misch gebeten, ihn zu 'eiraten.«

»Was? Das ist doch wunderbar. Zwei so liebe Menschen – aber Sie haben abgelehnt?«

»Ja, ich mußte. Es geht nischt.«

»Warum nicht?« Su antwortete nicht gleich sondern schluckte erst ein oder zweimal trocken. Caitlin faßte zusammen und sprach dabei so begütigend, wie sie nur konnte: »Zweifellos hat er Ihnen einen Liebesantrag gemacht, und Sie haben ihn zurückgewiesen. Heute hat er Ihnen einen Heiratsantrag gemacht. Das zeigt, daß er Sie liebt, mein Kleines. Sex könnte er doch überall bekommen, zum Beispiel bei Frieda. Und ich muß gestehen, auch ich hätte bei ihm meine Neugier befriedigt, wenn er sich nicht für Sie so sehr interessiert hätte. Gewiß, wenn Dan eine Trauung vornehmen würde, wäre sie weder nach weltlichem noch nach kanonischem Recht gültig, aber hinter der Zeremonie hätte doch eine ehrliche Absicht gesteckt, und ganz gewiß würde er die nötigen Formalitäten nachholen, wenn wir je wieder nach Hause finden sollten. Dan, der ihn lange kennt, hat mir gesagt, daß Carlos, wenn er Treue verspricht, sie auch nie brechen wird.«

Su bewegte ruckartig den Kopf.

»Warum ziehen Sie nicht einfach zu ihm in seine Kabine?« fragte Caitlin. »Wie Sie sagen, sind Ihre Eltern religiös, aber sich selbst haben Sie mir gegenüber eine fromme Atheistin genannt.«

»Ihretwegen«, flüsterte Su heiser. »Isch 'abe ihnen schon genug Kummer gemacht. Isch bin nischt zu ihnen zurückgekommen.« Sie wurde ein bißchen energischer. »Aber isch würde es sowieso nischt tun.«

»Aber Sie würden eine Trauungszeremonie an Bord akzeptieren? Sie lieben ihn doch. Warum, zum Kuckuck, haben Sie dann nein gesagt?«

»Isch bin – *une vierge.*«

»Noch Jungfrau?« Caitlin lächelte. »Das ist in Ihrem Alter zwar ungewöhnlich aber doch keine Schande. Eher ein Unglück, würde ich sagen.« An Susannes elender Verfassung hatte sich nichts geändert, und Caitlin fuhr ganz sachlich fort. »Haben Sie denn Angst vor ehelichem Verkehr? Vielleicht nicht vor Schmerzen sondern vor ihrer eigenen Unzulänglichkeit? Ich könnte Ihnen ein wenig helfen, das zu überwinden, und Carlos könnte es noch besser. Frie – ich habe Grund zu der Annahme, daß er sehr rücksichtsvoll ist . . . Oder fürchten Sie sich davor, beherrscht und unterdrückt zu werden? Er ist nicht ganz frei von *machismo*. Aber ich traue Ihnen die Energie zu, nach Ihrem eigenen Kompaß zu steuern. Denken Sie an Lis Leino.«

»Sie begreifen nischt. Isch bin nie geimpft worden.«

»Was?« Caitlin war geradezu schockiert.

»Meine Eltern – isch bin ihnen nischt böse. Sie sind reizend. Aber isch lebte zu 'ause, und wenn isch die Spritze vor der Ehe genommen 'ätte, wäre es für sie wie eine Erklärung gewesen, daß isch . . . misch billig machen will wie die meisten Mädchen.«

Caitlin blickte finster. »Das ist eben die Einstellung Ihrer Eltern.«

»Isch verurteile Sie nischt«, sagte Susanne schnell. »Es ist nur, daß isch dazu erzogen wurde, eine andere Wahl zu treffen. Wenn isch auf der Erde des'alb zu einem Arzt gegangen wäre, 'ätte isch misch – feige gefühlt.« Sie lächelte traurig. »Es war auch nischt nötig. Das Problem tauchte nischt auf.«

»Und dann sind Sie zurückgekommen und haben sich in Dan

verliebt – oh, ja, ich habe es gemerkt – bis Carlos und Sie, – und nun fürchten Sie sich vor einer Schwangerschaft.«

»Ja. Abtreibung ist Tötung. Wenn sie nischt nötig ist, um das Leben der Mutter zu retten, ist sie Mord.«

»Das finde ich auch. Außerdem sind wir für einen solchen Eingriff nicht eingerichtet. Wir könnten ihn hier nicht gefahrlos durchführen. Kindsmord, nein! Eher würde ich mich durch die Luftschleuse stürzen.«

»Und wir dürfen keine Kinder . . . in dieses verlorene Schiff bringen . . . die Rationen brauchen und die paar Jahre verkürzen, die unserer Besatzung noch bleiben –« Su richtete sich in ihrem Sitz auf und schlug mit der freien Hand auf den Tisch. »Isch 'abe nein gesagt. Er wollte weitersprechen, aber isch bin weggelaufen. Nun kann isch ihn gewiß wieder treffen. Danke. Auch Dan war in diesem Raum so nett zu mir.«

»Moment.« Caitlin zog sich am Kinn und sah stirnrunzelnd in das Universum hinaus. »Lassen Sie mich überlegen. Bei manchem quälenden menschlichen Dilemma stellt sich heraus, daß es, wie unser Skipper sagt, eine technische Lösung hat . . . Ich habe nicht die Ausrüstung und die Kenntnisse, einen von euch zu sterilisieren. Aber früher gab es mechanische Verhütungsmittel. Vielleicht können Phil und ich zusammen so etwas neu erfinden.« Sie spürte den Widerwillen der anderen. »Sie brauchen nicht so schamhaft zu sein. Können Sie nicht wenigstens ein Körnchen von dem, was Sie Würde nennen, opfern, wenn es um Ihr Glück und das Ihres Mannes geht?«

Susanne kämpfte mit sich. »Ja, ja«, sagte sie dann.

»Das wird vielleicht nicht einmal nötig sein.« Caitlin hatte eine Idee, und ihre Begeisterung verwandelte sich in Freude. »Ich werde die Datenbank befragen. Sie enthält vielleicht einige Verfahren – ja, Vasektomie ist kein komplizierter Eingriff, wenn ich erfahren kann, wie man es macht, und er ließe sich wieder rückgängig machen, falls wir je wieder nach Hause kommen – aber ich habe auch über intrauterine Mittel gelesen – oder vielleicht etwas Chemisches –. Ach, die Einzelheiten können wir später besprechen. Das Wichtigste ist, Sie kleine Unschuldige, daß Sie nicht ohne Hilfe sind. Nur zu! Heiraten Sie ihn und werden Sie glücklich.«

Su war wie gelähmt. »Wenn es aber nischt gelingt, und isch schwanger werde?«

»Dann«, sagte Caitlin, und ihre Stimme klang wie eine Fanfare, »war es kein Mißlingen sondern ein Triumph. Es bedeutet, daß wir vor dem Tod nicht kapitulieren, auch wenn er uns mit allen militärischen Ehren winkt. Wir kämpfen weiter, leben weiter, suchen weiter – und euer Kind mit uns!«

Langsam wuchs in Susanne eine Helle, die der der Sterne gleichkam.

XL

Sprung.

Die Sternenscharen waren nicht so zahllos und glänzend wie vorher, aber es gab doch mehr und hellere als um Sonne oder Phöbus – außer daß zu einer Seite hin finsterste Nacht herrschte, die nur von einigen schwachen Lichtstreifen im Vordergrund unterbrochen wurde. Eine Sonne war nicht in Sicht. Die T-Maschine hatte einen, dem beim Pulsar ähnlichen, großen Ellipsoiden als Satelliten. Sie befand sich auf einer Umlaufbahn um etwas, das das Auge als zitternden blauweißen Funken wahrnahm, Joelle und ihre Instrumente jedoch als höllische Quelle einer harten Strahlung.

Ihre Worte fielen wie ein Gottesurteil: »Wir haben uns dem Kern der Galaxie genähert. Das dort sind Staubwolken, die ihn uns immer verborgen haben. Hier ist ein schwarzes Loch.«

Ein Kollapsar im Endzustand, der Rest einer Supernova, von einer so gewaltigen Masse, daß die auf ihn selbst gerichteten Gravitationskräfte ihn zu einer Kleinheit komprimierten, ein Feld von einer solchen Stärke entstehen ließen, daß das Licht nicht mehr länger nach außen dringen konnte . . . Die bekannten physikalischen Gesetze waren hier aufgehoben, und die Materie schrumpfte mehr und mehr, bis auf einen geometrischen Punkt, ein einzigartiges Phänomen, bei dem überhaupt keine Gesetze mehr Gültigkeit haben. Aber nichts von alledem konnte der Suchende bemerken. Nur ein unendlich geringes wellenmechanisches Durchsickern kam aus diesem alles verschlingenden Loch zurück. Interstellare Materie wurde von ihm eingesogen und gab als letzten Verzweiflungsschrei ihre Energie ab, bevor sie für immer verschwand – in die Ewigkeit?

Ich nehme an, die Ewigkeit ist ein menschlicher Aberglauben, und die Anderen wissen das sehr wohl, dachte Brodersen. Laut: »Das dort drüben muß ein Observatorium sein, ähnlich dem, das wir vorher antrafen, außer daß es eine Menge verdammt interessante Unterschiede aufweist. Darauf wette ich. Wir werden es uns ansehen. Die Hintergrundstrahlung ist nicht so stark, daß wir nicht eine Weile bleiben können.«

»Nein.« In Joelles Stimme lag etwas Drängendes. »Tu das nicht. Wir müssen hier weg. Sofort.«

»– Warum?«

»Das kann ich dir nicht sagen. Eine Vorahnung . . . Wir Holotheten müssen uns oft auf Ahnungen verlassen, Dan, und hier – Kräfte, Energien, und wie der Raum hier aussieht, das ist alles sehr seltsam. Ich fürchte, wir schaffen es nicht.«

Nicht ohne mehr zu wissen, sagte ihre Selbstachtung. *Die Anderen können mir zeigen, wie ich wieder herkommen kann, um mehr zu erfahren, wenn ich sie finde und falls ich sie überhaupt finde.*

XLI

Sprung.

Fast so dicht wie vor zwei Sprüngen drängten sich Sterne am Himmel, fast alle von roter Färbung, blutrot bis zur Farbe von Rosen, aber von kristallener Klarheit. Die meisten waren nicht so hell wie die des Sternhaufens aber heller als die des inneren Spiralarms, was auf ihre Entfernung und Stellung zueinander schließen ließ. Nebel, äußere Galaxien oder die Milchstraße waren nicht zu erkennen. In einer Richtung wurde die Sternendichte immer größer, bis sie für das Auge zu einer rubinfarbenen Kugel verschmolz wie eine riesige, glückbringende Sonne.

Die T-Maschine stand allein, Lichtmonate vom nächsten astronomischen Körper entfernt, und auch der bestand nur aus einem trüben Schimmer, der zufällig vorbeizuziehen schien.

Der Zylinder war doppelt so groß wie die anderen, die die Reisenden gesehen hatten. Über hunderttausend Kilometer verteilt, umstanden ihn dreiundzwanzig Markierungszeichen.

»Wir sjnd innerhalb der Wolken in der Nähe des Zentrums der Galaxie.« Joelles Stimme hatte ihre Festigkeit wiedergewonnen, eine traumhafte Ruhe. Hier gibt es mehr Sterne als in ihrem übrigen Teil, und die wir sehen sind die ältesten, die sich gleich nach ihrer Entstehung bildeten. Es mag ein riesiges Schwarzes Loch geben, das Millionen von ihnen verschlungen hat und noch weitere verschlingt, jedoch nicht mehr im gleichen Ausmaß, denn die Strahlungsintensität ist nur mäßig. Wir müssen weit in unsere Zukunft gelangt sein, wo nur die langlebigsten Zwerge noch leuchten.«

In stummem Erstaunen und schwerelos an seinen Kommandositz geschnallt, hörte Brodersen sich fragen: »Warum führte uns das Tor denn nicht zu einem von ihnen?« *Pegeen könnte für das, was ich jetzt empfinde, Worte finden, aber mein dumpfes Gehirn bringt nur plattes Gequake hervor – und es wäre auch nicht anders wenn ich nicht wie gelähmt hier säße.*

»Die Reichweite der T-Maschinen ist nicht unendlich. Zwischenstationen sind erforderlich, die an den für ihre Zwecke günstigsten Punkten in der Raum-Zeit plaziert werden. Mit Hilfe dieser Maschine hier könnte man vielleicht an mehr Orte gelangen, als die Galaxie Sterne hat. Bedenkt man ihre Dimensionen, und berücksichtigt man was ich bereits beobachtet und berechnet habe, dann glaube ich, daß die durch sie ermöglichten längeren Routen extrem weit führen.«

»Ein Knotenpunkt – Warte!« brüllte Brodersen. Schlagartig kam ihm die Erleuchtung. Sein Puls wurde zur Kriegstrommel. »Hört zu, hört zu! Eine Zivilisation, eine ganze Menge Zivilisationen, oder, oder wahrscheinlicher noch etwas, für das wir kein Wort, von dem wir keine Ahnung haben – und die *Anderen* selbst –, ihre Leute müssen hier vorbeikommen. Wenn wir bleiben, werden wir sie treffen!«

Rufe von jeder Station und allgemeines Durcheinandergerede über das Intercom. Weisenberg wartete bis es abebbte, bevor er seine Zweifel anmeldete: »Moment. Wie oft kommt hier jemand vorbei? Wahrscheinlich erfolgen die meisten ihrer Übergänge direkt, zumal schon die durchschnittliche Maschine uns zu mehr Welten führen kann, als wir je besuchen könnten, und würden wir Millionen Jahre alt. Vielleicht wird diese nur etwa alle hundert Jahre einmal benutzt. Nach den Zeitmaßstäben der *Anderen* hätte sich dann ihre Konstruktion gelohnt.«

»Wir wissen es nicht, bevor wir es ausprobiert haben«, sagte Brodersen ruhiger.

»Wir können nicht die ganze Zeit in Schwerelosigkeit leben«, warnte Caitlin. »Unsere letzte Beschleunigung dauerte nicht lange genug, um uns in Form zu halten.«

Brodersen überlegte. »Richtig.« Dann übermütig: »Kannst du nicht diese widerliche Gewohnheit aufgeben, immer recht zu haben, Pegeen?«

»Also gut, wir brauchen Schwerkraft, und wir wollen uns nicht in Rotation versetzen, bevor uns keine andere Wahl mehr bleibt. Wir müssen uns jede Chance offenhalten. Also werden wir hier in der Nähe beschleunigen. Sagen wir – hmm – vier Stunden nach außen, dann wenden und vier Stunden zurück, dabei abbremsen. Auf diese Weise sind wir nie mehr als eine Million Kilometer weit weg und haben auch keine zu hohe relative Geschwindigkeit. Es dürfte unproblematisch sein, ein auftauchendes Raumschiff zu orten und ihm ein Signal zu senden.«

»Warum sollten sie zu Kommunikationszwecken denn eigentlich elektromagnetische Wellen verwenden?« warf Dozsa ein. »Ich habe gehört, daß die Betaner es auch nicht tun.«

»Die Betaner haben aber immer noch die Möglichkeit, im Notfall solche Wellen aufzufangen«, sagte Rueda. »Im übrigen müßte die Strahlung aus unserem Antrieb mit Instrumenten aufzufangen sein.«

»Und wir könnten ein schönes großes Blinklicht am Rumpf installieren!« rief Leino aufgeregt.

»Nun«, sagte Brodersen, »worauf warten wir noch?«

*

Die *Chinook* flog. Die Beschleunigung betrug drei Viertel g, weniger als ihr Captain angenommen hatte. Caitlin hatte darauf hingewiesen, daß es genügte und so die Reaktionsmasse länger reichen würde. Die Leute liefen mit leichten Schritten umher, und ihnen war auch leichter ums Herz.

Als Caitlin Joelles Kabine betrat, stand die Holothetin mitten in dem trostlosen Raum. Fast alle hatten gewöhnlich irgendetwas auf der Datenabrufanlage eingestellt, und sei es ganz einfach Musik oder ein statisches Kunstwerk. Hier aber war der Sichtschirm leer und stumm. Vom sorgfältig gemachten Bett vielleicht abgesehen, trug der Raum nicht das geringste persönliche Gepräge.

In dem losen blauen Kaftan, den Caitlin für sie geschneidert hatte, wirkte Joelle wie die Statue einer Boddhisatva. Die alte Unordentlichkeit war weg. Sie war gewaschen und gepflegt und einigermaßen ausgeruht; aber auch das letzte wirklich Irdische an ihr war weg. Die Augen unter ihrem grauen Haarschopf waren weit geöffnet, ihr Gesicht war von elfenbeinerner Blässe, fast fleischlos, geschlechtslos, und seine Ruhe hatte nichts Menschliches. Ihre erhobene Hand und das Lächeln, mit dem sie die Eintretende begrüßte, ergaben ein abstraktes Bild. Ihre Stimme klang wieder melodiös, aber die Melodie war nicht für die Ohren Sterblicher bestimmt.

»Wie nett von Ihnen, mich zu besuchen«, sagte sie: eine Formel.

»Oh, das tu ich gern«, erwiderte Caitlin. »Wir müssen Sie physisch aufbauen, und wenn Sie lieber in Ihren privaten Räumen damit anfangen wollen, bitte sehr. Für die ersten Übungen brauchen wir keine Geräte.« Sie stellte ihre Arzttasche ab und öffnete sie. »Wir fangen mit einer Untersuchung an.«

Joelle zog sich ihr Gewand über den Kopf und ließ es auf einen Stuhl fallen. Caitlin begutachtete ihre Vogelscheuchenfigur, ging um sie herum und tastete mit den Fingern ihre Haut ab. Joelle verhielt sich völlig ruhig und nahm lediglich nach Aufforderung ihre Arme aus dem Weg.

»Ein geringes Untergewicht schadet nichts«, bemerkte Caitlin. »Ich wünschte, mein Hintern wäre etwas weniger auffällig.

Ihrer aber ist geradezu ätherisch.« Mit diesem Versuch, die Unterhaltung zu eröffnen, hatte Caitlin kein Glück, und sie sprach rasch weiter: »Wir müssen das zurückgegangene Muskelgewebe wieder aufbauen, und das bedeutet, daß Sie mehr Proteine essen müssen; bei einer Frau ist eine leichte Fettschicht normal. Haben Sie irgendwelche Lieblingsgerichte? Ich will gern versuchen, Mahlzeiten für Sie zu bereiten, die Ihnen auch schmecken.«

»Das ist mir gleichgültig«, sagte Joelle. »Sagen Sie mir nur, was und wieviel ich essen soll, und ich werde es tun.«

Unmut huschte über Caitlins Züge, aber sie fand nicht gleich eine Antwort. Sie setzte die Untersuchung fort und stellte einen im großen und ganzen guten Gesundheitszustand fest. Das galt auch für den neurologischen Befund. Die Spannungen und das Muskelzucken waren verschwunden, die Reflexe ausgezeichnet. Der langsame und gleichmäßige Herzrhythmus führte zu Blutdruckwerten, um die sie mancher zwanzig Jahre jüngere Mensch beneidet hätte.

»Ende der Routine«, sagte sie zum Schluß. »Sie können sich anziehen. Später mache ich die Standard-Tests hinsichtlich der Zellen und der Flüssigkeitsproben, aber ich zweifle nicht daran, daß sie günstig ausfallen werden.«

Joelle schlüpfte wieder in ihren Kaftan. »Dann könnte ich ja mit Ihrem Programm beginnen, wenn Sie es mir nennen.«

»M-m-m, ich bin noch nicht fertig. Nehmen Sie sich einen Stuhl. Ich will noch mit Ihnen reden.«

Als sie saßen und Joelle passiv darauf wartete, daß Caitlin etwas sagte, ergriff diese das Wort. »Ich kann Ihnen etwas für Ihre körperliche Gesundheit verschreiben, aber das mag wenig nützen, wenn ich nichts über Ihre geistig-seelische Verfassung weiß. Wie zuverlässig werden Sie meine Anweisungen befolgen?«

»Sehr.« Das Versprechen wurde weder beflissen noch widerwillig gegeben. »Ich nehme an, daß es meine Arbeit nicht allzusehr beeinträchtigt. Der Zweck ist wohl, zu verhindern, daß mein Zusammenbruch die Arbeit noch schlimmer beeinträchtigt.«

Caitlin preßte die Lippen zusammen. »Gerade das macht mir

Sorgen. Ich weiß nicht, wie lange Sie die Holothese ertragen können, bevor Ihnen etwas passiert. Und was könnte das sein? Wäre es gutzumachen? Hat es etwa schon angefangen? Joelle, niemand aus der Mannschaft der *Emissary* behauptet, Sie gut zu kennen, aber alle sind sich darin einig, daß Sie ihnen völlig fremd geworden sind. Ich habe noch nie davon gehört, daß jemand jede wache Stunde an den Computer angeschlossen verbringt. Zu Hause ist die Zeitdauer durch Vorschriften geregelt, und ich überlege mir schon sehr, ob Dan Sie nicht zwingen sollte, diese Vorschriften zu beachten.«

»Fürchten Sie irgendeinen Schaden?« fragte die andere Frau ungerührt.

»Ja. Induzierte Schizophrenie vielleicht, oder einen ähnlichen Zustand, oder – wer kann das sagen? Ich bin kaum mehr als eine Krankenschwester mit zusätzlicher Ausbildung. Die medizinischen Unterlagen an Bord enthalten jede Menge technische Angaben zu diesem Komplex, aber sie geben keine diagnostischen Symptome und keine Prognosen, da die Situation einmalig ist. Auf jeden Fall legen Sie ein immer . . . autistischeres Verhalten an den Tag.« Caitlin beugte sich vor. »Seien Sie ehrlich. Sind wir, die übrigen Besatzungsmitglieder, für Sie irgend etwas anderes als Teil der Maschinerie?«

»Natürlich«, antwortete Joelle immer noch ruhig. Ein Lächeln lief über ihr Gesicht, als ob ein Mondstrahl durch Wolken fällt. »Ich mag Sie alle, wünsche Ihnen nur Gutes und will alles in meiner Macht Stehende tun, um Sie heil nach Hause zu bringen. Ich sollte die nötige Kraft für diese Aufgabe entwickeln. Ich kann Ihnen versichern, ich bin weit davon entfernt, verrückt zu werden. Im Gegenteil, von Tag zu Tag werde ich vernünftiger als irgendein Angehöriger unserer Spezies es je gewesen ist.«

»Oh, das ist aber ein gewaltiger Anspruch.«

»Ja, es klingt hochtrabend, wenn man es in dem Affengeplapper vorträgt, das die Menschen Sprache nennen. Ich wünschte, Sie könnten dieses Erlebnis haben. Sie sind Dichterin und könnten vielleicht eine Andeutung des Gefühls, wenn auch nicht der Realität, vermitteln. Mir fehlt es an Beredsamkeit, und in meinem ganzen Leben hatte ich weniger Übung als der Durchschnitt, wenn es galt, mich gewöhnlichen Leuten gegenüber auszudrücken. Außerdem lebe ich nur halb, wenn ich nicht an den Computer angeschlossen bin.« Joelle schwieg und rang nach Worten. »Ich denke, Susanne Granville hat versucht zu erklären, was das Angeschlossensein für sie bedeutet. Das ist nur ein blasser Schatten dessen, was es für mich bedeutet. Sie halten sie doch nicht für geisteskrank? Oder – wenn Sie komponieren – wenn Sie lieben, sicher intensiver als die meisten – das sind doch transzendente Erlebnisse, nicht wahr? Sie werden sie bei jeder Gelegenheit immer wieder suchen. Dabei hakt Ihnen doch nicht der Verstand aus. Im Gegenteil, es macht sie stärker und ausgeglichener.«

»Es sind natürliche Dinge«, argumentierte Caitlin. »Sie entwickelten sich in uns seit sich auf der Erde zum erstenmal Leben regte. Und Sie verzichten ganz darauf. Das kann nicht gesund sein. »Oh, ja, Priester und Nonnen und fromme Mystiker, Wissenschaftler und Künstler, die sich nur ihrer Arbeit widmen, haben manchmal so gelebt. Vielleicht entsprach Askese eher ihrem Temperament als gewöhnliches Vergnügen. Und doch blieben sie in der Welt der Menschen, verfolgten menschliche Ziele und waren von Dingen umgeben, die von menschlichen Sinnen erfaßt werden konnten – nicht mit Kabeln an eine Maschine angeschlossen. Ich würde Ihnen doch Ihre Holothese nicht verbieten, Joelle. Ich meine nur, Sie sollten auch den anderen Teil Ihrer Persönlichkeit gebrauchen.«

Zum ersten Mal erkannte sie einen Anflug von Schmerz in Gesicht und Stimme ihres Gegenüber, als Joelle antwortete: »Ich habe mich bemüht. Mehr als Sie denken. Aber von Jahr zu Jahr brachte es mir weniger Gewinn, dafür um so mehr Schmerzen, bis ich ohne meinen Computer nur noch ein fahriges altes Weib war.« Ihre Ruhe kehrte zurück. »Auf diesem Flug aber fing ich an wirklich anzuwenden und zu beherrschen was ich auf Beta gelernt hatte. Fidelio hat mich noch mehr gelehrt. Und die unglaublichen Eingaben, der ganze Kosmos, der sich mir erschloß, die Facetten des zu Begreifenden, von dem weder die Betaner noch die Menschen je geträumt hatten. Bei dem Versuch, Einblicke zu erlangen, entdeckte ich neue Techniken – Methoden der Unterscheidung, des Denkens, des Verstehens –,

Philosophien – und sie erlaubten mir tiefere Einblicke, was mich immer weiter führte –«

Der Friede in Joelle wich beherrschter Lfidenschaft. »Glauben Sie mir, Caitlin, ich war noch nie so glücklich wie jetzt, und je weiter ich über das hinausgelange, was ihr Menschsein nennt, um so glücklicher und geistig normaler werde ich. Nein, ich bin nicht besser als Sie, aber ich bin anders, und was würden Sie empfinden, wenn ein Befehl Sie ihrer Gabe Lieder zu machen und zu lieben berauben würde? Ich . . . Ich werde bald in der Lage sein, in mir etwas zu überwinden, von dem ich weiß, daß es falsch ist: nämlich, daß Sie mir leid tun. Sie armes, liebes, schönes Tier, Sie tun mir leid. Aber ich glaube nicht, daß die *Anderen* Ihnen gegenüber das gleiche Gefühl haben, und deshalb sollten Sie auch mir nicht leid tun.

»Die *Anderen* – vielleicht finden wir sie nicht. Vielleicht sterben wir im Weltraum oder auf der Welt einer Art, die lediglich eine der unseren überlegene Technologie besitzt. Beides würde ich, sollte es geschehen, ertragen. Aber ich bin überzeugt, daß jede Rasse, sobald sie dazu in der Lage ist, sich auf die Suche nach den *Anderen* macht, ganz wie wir es umherirrend jetzt tun. Welchen höheren Zweck könnte es geben?

»Und falls wir sie finden, falls . . . werde ich darauf vorbereitet sein, mit ihnen zu sprechen.«

– Erst später, nachdem sie versprochen hatte, Joelle keine Beschränkungen aufzuerlegen, solange keine Gefahrensignale erkennbar wurden, dachte Caitlin über den letzten, unausgesprochenen Satz nach. *Und ich werde eine der ihren sein.*

*

Die *Chinook* flog.

Der Gemeinschaftsraum glänzte von neu hergestellten Dekorationen. Orgelklänge ertönten aus einem Datenabrufgerät, auf dessen holographischem Schirm Szenen von Erde und Demeter langsam vorbeizogen, ein Blumengarten, ein Sonnenuntergang am Meer, ein Berggipfel, ein einsamer Baum auf einer Wiese. Mit ihrer besten Kleidung angetan saßen Dozsa, Weisenberg,

Leino, Frieda und Caitlin an einem Tisch, vor dessen einem Ende Brodersen stand. Ihm gegenüber standen Hand in Hand Carlos und Susanne. Im Hintergrund warteten die Zutaten zu einem Fest, das schon seit Tagen vorbereitet worden war.

Joelle war nicht anwesend, aber es lag in ihrer Macht, von ihrer Station aus die Vorgänge nebenbei wahrzunehmen. Vorher hatte sie ungeschickt ihre Glückwünsche ausgesprochen. Für den Fall, daß ein fremdes Schiff auftauchte, mußte eine ständige Wache aufrechterhalten bleiben, damit das vorgesehene Programm sofort ablaufen konnte. Sie allein konnte die zwei Leute ersetzen, die normalerweise diesen Posten versahen.

Brodersen griff zu den Papieren, die er brauchte. Da er weder Priester noch Standesbeamter war und das Paar nicht denselben Glauben hatte, schien es nicht angezeigt, sich der traditionellen Zeremonie zu bedienen. Caitlin hatte den Text geschrieben und das Blatt mit sorgfältig gezeichneten Schnörkeln geschmückt, ein zusätzliches Geschenk für ihre Freunde.

Auch sie hätte präsidieren sollen, dachte er. *Sie hätte eine viel bessere Show daraus gemacht. Als Priester bin ich eine Flasche. Ich . . . verdammt, meine Augen brennen und tränen, ich werde doch nicht etwa weinen? Lis, Lis, die Sonnenstrahlen die durch die Kirchenfenster fielen, als wir –*

»Meine Lieben«, begann er, »an diesem Tag unseres Exils sind wir zusammengekommen, um uns eine Heimat zu schaffen. Verloren, aber in Glanz verloren, in Gefahr, aber voller Hoffnung: Wir bitten um den Segen Gottes oder wir bitten um den Segen des Lebens für diese beiden unter uns, Carlos und Susanne. Wir danken ihnen dafür, daß sie unseren Mut erneuert und unseren Geist beflügelt haben. Schiffsgenossen, möge euch nur Freude zuteil werden! Und nun laßt uns Zeugen eures gegenseitigen Versprechens sein, während wir euch einander –«

Eine Sirene kreischte.

Auf dem Wege nach außen war die *Chinook* nicht weit von der T-Maschine entfernt, um die ganzen vier Stunden für die Zeremonie und die anschließende Festlichkeit zur Verfügung zu haben, bevor die Wende erfolgte. Mit elektronischer

Geschwindigkeit schaltete Joelle den entsprechenden Sichtschirm auf volle Vergrößerung. Der rasend rotierende Zylinder und ein paar seiner Markierungszeichen schienen in den Raum zu springen, aber niemand sah mehr als einen unscharfen Lichtfleck, der heranschoß und schon wieder verschwunden war.

Einen Augenblick später kam Joelles tonlose Stimme: »Ein Schiff. Es vollzog den Transit in siebenunddreißig Sekunden.«

»Nombre de Dios«, flüsterte Rueda und zog seine Braut an sich.

Bevor ihr die Tränen kamen, hielt Caitlin beide fest. Über ihre zitternden Schultern hinweg rief sie Brodersen zu: »Dan, wir haben jetzt Wichtigeres zu tun, ja, um zu feiern. Über diesen ärgerlichen Zwischenfall können wir später nachdenken. Mach bitte weiter!«

*

Der Captain saß allein in seinem Büro. Über Privatleitung war er mit der Holothetin verbunden. Er biß auf das Mundstück seiner Pfeife, deren beißender Rauch den Raum füllte und ihm auf der Zunge brannte. Auf seinem Schreibtisch stand eine Flasche Whiskey neben den Ausdrucken von Hochgeschwindigkeitsaufnahmen.

Diese zeigten ein dreidimensionales Gitterwerk, dessen größte Dimension etwa einen Kilometer betrug, und das recht kompliziert konstruiert zu sein schien. Elegant und zerbrechlich wirkend, sah es aus wie ein Spinnennetz im Morgengrauen, und es glänzte ebenso mit einem Licht wie von Tautropfen, die in der Sonne glitzern. Ein Schimmer wie von Perlen überzog das Ganze. Das und die Entfernung machte es unmöglich, mehr als Andeutungen von Einzelheiten zu erkennen. Auch der genaue Kurs, den das Schiff genommen hatte, war nicht identifiziert worden.

Joelle sagte: »Ich vermute, das Fahrzeug hat nahezu keine Masse sondern ist fast ausschließlich aus Kraftfeldern konstruiert. Diese könnten Passagiere und Ladung gegen die phantastischen Beschleunigungen sichern, mit denen es sich auf seinem Leitkurs bewegte. Wenn es eine Ladung gibt; wenn es Passagiere gibt. Das Schiff könnte durch Roboter gesteuert sein – nein, das ist zweifellos eine zu primitive Vorstellung –, vielleicht trägt es nur einigen Molekülen aufgeprägte Muster, die Informationen darstellen. Warum sollte man seinen Körper irgendwohin schicken? Warum nicht eine Aufzeichnung der eigenen Persönlichkeit, die bei Ankunft aktiviert werden kann – in einem identischen neu erstellten Körper oder in einem eigens für diesen Zweck konstruierten? Er kann alles tun und erfahren was man selbst tun und erfahren will. Dann kann er als molekulares Muster wieder zurückkehren und auf einen selbst . . . übertragen werden . . . So könnte man tausend getrennte Leben auf ebenso vielen verschiedenen Welten leben und sie später alle zusammenfassen.«

»Weißt du genau, daß das stimmt?« fragte Brodersen dumpf.

»Natürlich nicht. Aber ich weiß, daß es möglich ist. Ich erkenne sogar schon in Einzelheiten, wie es zu bewerkstelligen ist. Wenn du eine solche Möglichkeit hättest, würdest du sie dann nicht nutzen?«

»Das denke ich schon. Sie werden uns also nie entdecken?«

»Das habe ich nicht gesagt. Vielleicht passieren auch primitivere, aus Material gebaute Schiffe diesen Punkt. Die Rassen in der Gemeinschaft mögen sich nicht alle auf der gleichen technologischen Ebene befinden, und zwar aus einer ganzen Anzahl von Gründen. Oder vielleicht kommen die *Anderen* hin und wieder vorbei. Ich glaube nicht, daß dies *Andere* waren, Dan. *Ihnen wäre* unsere Anwesenheit aufgefallen.«

Brodersen nahm einen Drink. »Wie groß sind nach deiner Meinung die Chancen, daß eine der von dir genannten Möglichkeiten zutrifft? Daß jemand vorbeikommt, der nicht zu fortgeschritten ist, um uns zu beachten, genau wie wir nicht zu fortgeschritten sind, einen Artgenossen in einem Wald zu bemerken. Oder vielleicht jemand, der so hoch überlegen ist, daß ihm nichts entgeht.«

»Ich würde die Chancen äußerst gering nennen.«

»Ja, ich auch. Wir könnten uns sehr irren, Joelle, tödlich irren, aber was bleibt uns übrig als so gut wie möglich zu raten, du mit deinem Verstand und ich mit blindem Instinkt? Wenn wir hier noch ein paar Monate bleiben und wegen der Schwerkraft ständig hin und her pendeln, haben wir unsere Reaktionsmasse verbraucht, müssen in Rotation übergehen und kommen hier nie wieder weg. Ich halte es für besser, uns so viel Handlungsfreiheit wie möglich zu bewahren. Ich werde dafür plädieren, den Anker zu liften, wenn wir die Sache diskutieren und darüber abstimmen.«

Brodersens Pfeife war ausgegangen. Er zündete sie wieder an.

»Während der nächsten paar Wochen werden wir darüber allerdings nicht sprechen«, bestimmte er. »Irgend etwas könnte in der Zwischenzeit ja auftauchen. *Könnte.* Außerdem brauchen Su und Carlos richtige Flitterwochen.«

*

Es kam kein Schiff mehr vorbei.

XII

Sprung.

Inmitten tiefster Schwärze flammte ein riesiges Feuerrad und bedeckte ein Viertel des Himmels. Vom Standort der *Chinook* aus erschien es schräggestellt. Der Blick erkannte eine Speiche und den Kern, um den es sich drehte, jenseits noch eine Speiche. Das Leuchten war strahlend hell, innen rotgolden, die Spiralen blauweiß. Wie Funken blitzten verstreute Haufen auf. An anderer Stelle schimmerten wolkenartige Formationen, die den erhabenen Anblick begleiteten, und weit entfernt leuchteten andere seinesgleichen.

»Intergalaktischer Raum«, flüsterte Brodersen.

»Einige fünfzigtausend Lichtjahre draußen. Weiter noch von dem Ort, an dem wir zuletzt waren«, sagte Joelle. Ihre Stimme klang ganz verzückt. »Nach den Farben zu urteilen, der relativen Helligkeit der inneren und äußeren Teile, gibt es weniger

Riesensterne, als unsere Astronomen geschätzt haben, und weniger Staub und Gas, aus denen sich neue bilden könnten. Wir müssen uns noch immer in unserer Zukunft befinden, vielleicht weiter als vorher. Eine Milliarde Jahre? Laßt uns hier eine Weile bleiben, damit ich es feststellen kann.«

Brodersen betrachtete den Zylinder und seine gluthellen Markierungszeichen. »Eine weitere T-Maschine, die hier ganz allein steht und genauso groß ist wie die letzte. Ein Ausgangspunkt für die Reise zu ganzen Galaxien . . . und Zeitaltern – als du ausrechnetest, welcher Leitkurs uns am weitesten bringen würde, hast du richtig gerechnet.«

»Aber wir haben immer noch keine Anzeichen dafür, daß wir Hilfe finden«, kam Leinos müde Stimme. »Wie lange können wir noch weiterjagen? Und das auch noch an so unheimlichen Orten.«

Brodersen schnitt eine Grimasse. »Ja«, sagte er, »das frage ich mich langsam selbst. Vielleicht sollte Joelle uns wieder zurückführen. Es mag nicht ratsam sein, weiter vorzustoßen. Wenn wir nur wüßten wie.«

»Ganz allgemein kenne ich den Rückweg«, sagte die Holothetin den anderen. »Aber das erfordert weitere Informationen, die ich ohnehin sammeln muß, um meine Berechnungen zu verbessern, egal was wir am Ende beschließen.«

»O.K.«, sagte Brodersen, »warum sollten wir nicht noch eine Weile bleiben?« Er rieb sich mit den Fingerknöcheln die Augen. »Wir hätten eine Chance nachzudenken, vielleicht sogar, uns ein wenig auszuruhen. Wir müssen den letzten Schlag erst einmal verdauen.«

»Sieht denn niemand von euch, wie schön das alles ist?« fragte Caitlin leise.

*

Allein schwebte sie im Gemeinschaftsraum und war voll stummer Bewunderung. Die Uhren zeigten zweiundzwanzig Uhr dreißig, ein weiterer Tag, den die Mannschaft mit sich herumschleppen mußte, und wer immer dort zusammengekommen war, hatte sich früh zurückgezogen.

Dozsa kam herein und stieß sich in ihre Richtung. Er bremste sich ab, indem er sich an einem Stuhl neben dem ihren festhielt. Die einzige Beleuchtung kam von außen, silbern und rosafarben und weich wie das Licht des Mondes. Gegen dieses Licht war sie im gesprenkelten Schatten und in noch tieferen Dunkelheiten des Raumes in Umrissen zu sehen.

»Ich wußte, daß ich dich hier finden würde«, sagte er. »Wie geht es dir?«

»Ich bin überglücklich«, sagte sie und wandte den Blick nicht vom Himmel.

»Ja, es ist ein herrlicher Anblick. Schade, daß die anderen nicht ebenso begeistert sind. Außer wahrscheinlich Joelle, auf ihre kühle Art . . . Ein Himmel für Liebende.«

»Das ist es wirklich, Stefan.«

Der Erste Offizier lächelte und legte seinen Arm um ihre Hüfte. Sie reagierte nicht spürbar, weder zustimmend noch ablehnend. Er legte sein Gesicht an ihre Wange und atmete den Duft ihres Fleisches und des lose geflochtenen Haars. »Du bist ein noch viel prächtigerer Anblick, Caitlin«, murmelte er.

Sie kicherte. »Vielen Dank, Sir, für Ihre Verlogenheit.« Dann verließ sie der Humor. »Trotzdem, sei nicht böse, aber ich will mich in dem verlieren, was wir vor uns sehen, solange wir es noch sehen.

»Aaach.« Er zog sie an sich. »Caitlin, Sweetheart.«

Sie straffte sich und sah ihn direkt an. »Stefan, wir sind gute Freunde gewesen. Das willst du doch nicht verderben.«

Er küßte sie auf den Mund. Sie warf sich zurück. Er hielt sie zwar noch fest, aber im übrigen lag ein halber Meter zwischen ihnen. »Laß mich los«, verlangte sie.

Er zerrte sie zu sich herüber. »Laß mich los«, sagte sie ganz langsam, »oder, so hilf mir der Mórrigan, ich werde dich in die Krankenstation schaffen.«

Dozsa tat es. Seine Empörung stand gegen ihre Wut. »Wenn du mir nicht glaubst«, warnte sie, »oder dich auf dein Karate verläßt, bist du gleich mindestens ein Auge los, und wahrscheinlich den Familienschmuck. Ich kann Leute genausogut auseinandernehmen wie zusammenflicken.«

Sie bekam ihren Zorn unter Kontrolle. »Ich habe ein wenig

die Beherrschung verloren«, sagte sie mühsam. »Ich bin sicher, du hast es nicht so gemeint. Wir wollen die Sache vergessen.«

Sein Ärger stieg an. »Du bist nicht nur ganz einfach Dan Brodersens Frau«, giftete er. »Du bist auch Martti Leinos. Wessen noch?«

Wieder mußte sie sich zügeln. »Meine eigene. Niemandes sonst.«

»Du wackelst mit dem Hintern, wenn du gerade Lust hast, was? Und ich bin dir nicht gut genug.«

Sie versuchte es mit Freundlichkeit. »Stef, mein Lieber, Martti brauchte Hilfe. Ich darf dir nicht sagen warum, aber es war so. Das ist vorbei. Jetzt ist es Dan, der leidet. Er muß eine schreckliche Entscheidung nach der anderen treffen und weiß nie, ob die nächste nicht unser Ende bedeutet. Ich helfe ihm ein wenig in dieser trostlosen Lage. Und er ist für mich die Hauptperson. Er ist der Mann, den ich liebe und der mich liebt.«

»Ja, und heute ist er mit Frieda abgehauen. Glaub nicht, ich hätte euch nicht tuscheln sehen, und dann sind die beiden verschwunden.«

Caitlin nickte. »Ja, ich erfuhr, daß auch sie Hilfe braucht. Kennst du denn nichts anderes als deinen großen, starken Körper? Sie fühlte sich so elend, daß ich beschloß – aber was soll's.«

»Und was ist mit mir? Ist dir denn noch nie eingefallen, daß auch ich leiden könnte?«

»Oh, Stefan, in dem Theater laß nur die Vorhänge fallen«, seufzte sie. »Du hast oft mit Frieda deinen Spaß gehabt, und das wird auch in Zukunft so sein. Hier hast du nur auf eine Möglichkeit gehofft.« Sie machte eine abwehrende Geste. »Ja, ich weiß wohl, wie sehr du deine Lieben zu Hause vermißt, und daß du fürchtest, sie nie wiederzusehen. Aber du hast eine starke Seele wie ich, und du trägst nicht die letzte Verantwortung wie Dan, und du bist auch nicht – Außer daß wir uns gegenseitig helfen zu überleben, können wir einander schließlich nichts geben als ein bißchen Spaß.«

»Und ich wäre kein Spaß für dich?« fragte er verbittert.

Sie lachte. »Nun, mein Junge, ich habe dich wochenlang

interessiert beobachtet. Aber die Verhältnisse ließen es nun einmal nicht zu.«

Seine Miene hellte sich auf. »Und nun?«

Sie schüttelte den Kopf. »Vielleicht später. Ich sagte dir doch, daß Dan mich braucht. Er ist heute nacht so freundlich, und dennoch mußte ich ihn drängen. Man kann ruhig anderswo sein Vergnügen haben, aber noch eine so intensive Affäre wie die mit Leino kann ich nicht riskieren.«

Er war jetzt geradezu fröhlich. »Ich verspreche dir, Caitlin, etwas anderes als ein Vergnügen hatte ich nicht im Sinn.«

»Aber du hast angenommen, daß du ein Recht darauf hast«, sagte sie mitfühlend. »Es tut mir leid, Stef, aber das kann ich nicht zulassen.«

Der Erste schluckte und sah auf seine Hände mit denen er sich am Stuhl festhielt. Endlich sagte er: »Ich möchte mich entschuldigen.«

»Ich wußte, daß du die Kraft dazu aufbringen würdest.« Sie streichelte seine Wange. »Nun wollen wir wirklich nicht mehr daran denken. Wir wollen Freunde sein, die zusammengekommen sind, um all diese Schönheit zu bewundern.«

XLIII

Sprung.

Schwärze, Nichts, absolut und blind. Die Leute stöhnten vor Entsetzen.

Die Markierungszeichen um die T-Maschine herum waren keine hellen Kerzen, rot, violett, smaragd- und bernsteinfarben, die gegen die verfluchte Dunkelheit ausstrahlten; sie blinkten verloren und winzig, als wollten sie jeden Augenblick verlöschen. Dann fand das Auge weit entfernt, fast an der Sichtgrenze, einen einzelnen Lichtpunkt.

»Beruhigt euch«, sagte Joelle mit einem für diesen Zweck freigestellten Teil ihres Verstandes. »Wir sind nicht in unmittelbarer Gefahr. Ich werde Untersuchungen anstellen.« Dann faßte sie beide Teile ihres Verstandes wieder zusammen. Zusammen mit den Instrumenten des Schiffs griff sie weit aus.

Das Radar zeigte ihr den rotierenden Zylinder. Es war der größte, den sie bisher angetroffen hatten. Obwohl schwerelos, spürte sie dennoch seine Masse und die in ihm gebundenen Kräfte. Bei höchster Verstärkung erkannte sie durch die Optik und durch Radiowellen dünn und weit verstreute Sterne, schwache Kohlestückchen, die der Vergessenheit entgegenglühten. Um den Rumpf des Schiffs herum stellte sie ein nahezu totales Vakuum fest. Was sie an Strahlung und Materieteilchen von früher kannte, war hier fast gar nicht mehr vorhanden und hinterließ ein Loch, das leer und kalt zu nennen sinnlos war. Sie suchte weiter und fand Nachbargalaxien, die genauso verkohlt waren wie diese. Ihre Formen waren chaotisch. Sie versuchte, ganze Haufen von ihnen zu finden, und anhand der letzten Photonen, die sie je noch ausstrahlen würden, hätte es ihr gelingen müssen, einige der nächstgelegenen zu entdecken, wie etwa die Virgo-Gruppe, aber es gelang ihr nicht. Sie waren schon zu weit zurückgebildet.

Ihr Bewußtsein richtete sich wieder auf die unmittelbare Umgebung. Die Instrumente hatten genug Daten registriert, daß sie wußte, daß die T-Maschine sich auf einer Umlaufbahn um eine völlig tote Sonne befand. Ähnlich der Erdensonne war sie wegen ihrer geringen Größe nie explodiert, sondern hatte die Phase des roten Riesen und veränderliche Phasen durchlaufen und war dann zu einer Kugel von Planetengröße geschrumpft, mit einer Höchstdichte, unter der Atome noch Atome sein konnten. Langsam war sie dann von Weißglut zu einem Klinker abgekühlt. Einige Planeten waren geblieben, die aus nacktem Fels bestanden oder unter gefrorenen Atmosphären lagen. Außer einem –.

Joelle besann sich darauf, daß sie aus ihren geistigen Höhen herabsteigen und den Leuten berichten mußte, was sich ihr offenbart hatte.

»Wir befinden uns in einer fernen Zukunft – räumlich wieder innerhalb der Galaxie, aber zeitlich gesehen liegt unsere Geburt zwischen siebzig und hundert Milliarden Jahre zurück. Außer wenigen nur noch schwach leuchtenden leben keine Sterne mehr, und auch diese sterben jetzt, während die Galaxie selbst sich auflöst. Das Universum hat sich auf das Vier- bis Fünffache der Größe ausgedehnt, die es zu unserer Zeit hatte. Wenn wir noch weiter in die Zukunft reisen, werden wir wahrscheinlich erfahren, ob es tatsächlich ständig expandiert oder ob es nach innen zu einer neuen Feuerkugel, einem neuen Kosmos zusammenfällt.«

»Weiterreisen?« rief einer aus der Mannschaft. Sie erkannte seine verzerrte Stimme nicht. Es war ihr auch gleichgültig. »Oh, nein, nein!«

Nüchtern mischte sich Brodersen ein. »Was ist das für ein winziger gelber Lichtschein, den wir dort sehen. Muß in der Nähe sein.«

»Das stimmt. Der schwarze Zwerg, den wir umkreisen, hat Begleiter, und die Lichtquelle ist ein Satellit eines dieser Begleiter. Ihre Natur ist mir nicht ganz klar. Wir sollten das prüfen. Die T-Maschine steht in trojanischer Position zu ihrem Planeten, und die Entfernung beträgt etwa eins-komma-fünf astronomische Einheiten, nicht ganz vier Standardtage bei einem vollen g Beschleunigung.«

»Ja, das sollten wir«, sagte Brodersen.

Joelle erinnerte ihn mit ruhiger Stimme – das Wunder sang und donnerte in ihrem holothetischen Selbst – »es wurde zweifellos von den *Anderen* geschaffen.«

*

Die *Chinook* flog.

Die Sichtschirme im Gemeinschaftsraum waren ausgeschaltet, und niemand wußte, wer das vorgeschlagen hatte; es hatte nicht die geringste Diskussion darüber gegeben. Statt dessen zeigten die Schirme der Datenabrufgeräte immer neue Serien von Bildern und anderem Menschenwerk – Pericles, Hokusai, Monet, Phidias, Rodin. Dazu erklang lärmende Musik. Wenige interessierte es.

Da das Schiff schwach bemannt war, pflegte jeder, der nicht gerade Dienst hatte, nach den Mahlzeiten dem Versorgungsoffizier und dessen Assistentin zu helfen, die Sachen abzuräumen. So ergab es sich, daß Philip Weisenberg mit Caitlin aus der Küche kam.

»Du bist heute abend ziemlich niedergeschlagen, nicht wahr?« fragte er. »Was ist los? Kann ich dir irgendwie helfen?«

»Danke, aber es ist nichts weiter«, sagte sie mit der Andeutung eines Lächelns. »Wohl nur eine Stimmung, eine Laune.«

»Nimm's nicht zu leicht, Liebes. Isoliert wie wir sind – werden wir, ganz gleich welchen Glanz wir um uns herum sehen, uns selbst gegenüber immer hilfloser.« Er brachte seinen Mund dicht an ihr Ohr. »Du hast mir über eine schlimme Nacht hinweggeholfen. Das habe ich nicht vergessen. Ruf mich, wann immer du mich brauchst.«

»Nun –« Plötzlich nahm sie seinen Arm. »Können wir irgendwo miteinander sprechen?«

Sie gingen in seine Kabine. Er stellte *Schwanensee* an, eine Aufführung, die vor vielleicht hundert Millionen Jahrtausenden auf Luna aufgenommen worden war. Er wollte nur den Raum etwas beleben. Alkohol oder Marihuana standen nicht zur Verfügung, und sein Angebot, auf der Heizplatte einen Tee zu bereiten, lehnte sie ab. Er setzte sich schweigend auf einen Stuhl und ließ sie auf und ab gehen.

»Du hast recht mit dem, was du sagst«, meinte sie. »Wir sind von allem abgeschnitten. Unsere kleinlichen Probleme setzen uns so zu, daß wir zu Affen in einem Käfig werden. Das erkannue ich zuerst nicht, weil wir immer neue Herrlichkeiten entdeckten. Aber jetzt, in diesem Grab der Schöpfung, wird es mir endlich klar – Dinge, die geschehen sind –, und wir, ist es denn wirklich unsere Schuld, wenn wir verrückt werden? Wenn wir zu Hause Sorgen hatten, gab es immer noch Sonnenaufgänge und Sonnenuntergänge, Wälder, Heide, Gewässer und Lerchen, oder einfach eine Stadt, eine Welt von Mitmenschen, wo man hinausgehen und etwas *tun* konnte. Hier, in einer Metallhülse können wir nur auf ein Irrlicht starren, dem wir folgen, vielleicht ins Nichts? . . . Nein, schlimmer noch, dort würde uns ein Irrlicht ganz einfach in einen Sumpf locken, durch kühles, spritzendes Wasser inmitten von rauschendem Ried und dem Quaken der Frösche, und wenn wir am Ende ertrunken wären, würde uns der Torfboden aufnehmen und für die staunende Nachwelt konservieren, die uns schon in Tausenden von Jahren finden würde!«

»Du also auch?« fragte er. »Auch du willst, daß wir umkehren? Niemand kann sich noch vorstellen, daß wir nach Hause finden, aber – eine neue Erde? Caitlin, eine solche Chance gibt es nicht.«

»Ach, das weiß ich. Aber wir würden Sterne sehen. Oder – die Erde und Demeter sind nicht die einzigen belebten Welten. Mit Freuden würde ich auf Danu sterben, zwischen den Sängern und Tänzern.«

»Auch dorthin können wir nicht wieder zurückkehren. Die Rückreise ist nicht einfach die Umkehr der Reise nach draußen, und Joelle hat nicht die Informationen, geschweige denn das Grundwissen, um einen genauen Kurs zu berechnen.«

»Auch das weiß ich. Aber wir könnten zu einer Zeit zurückfinden, da die Galaxie noch lebte, nicht wahr?«

Eine Zeitlang lief Caitlin hin und her. Aus dem Sichtschirm sprangen helle Phantome, und immer noch erklang die Musik. Endlich blieb sie stehen, sah Weisenberg an und fragte: »Was sollen wir denn nach deiner Ansicht tun, Phil?«

»Weitersuchen«, sagte er. »Solange wie nötig oder solange wir können.«

»In der schwachen Hoffnung, daß wir einen Piloten zum Sonnensystem finden?«

»Ja.« Er wandte ihr sein verschlossenes, hageres Gesicht zu und sah ihre ganze Verzweiflung. »Caitlin«, sagte er, »ich glaube, bei all deinen Sehnsüchten gibst du mir doch recht. Gewiß, für mich ist es in vieler Hinsicht leichter. Ich bin kein Kind des weiten Landes unter den weiten Himmeln. Ich bin Ingenieur. Für mich ist eine Maschine etwas so Natürliches wie ein Baum oder ein Regenschauer. Der Weltraum war immer meine Liebe, die Sterne, der Gedanke an die *Anderen* . . . neben Sarah und den Kindern natürlich, aber, verdammt noch mal, weiterzusuchen ist die einzige Chance, sie vielleicht wiederzusehen. Und bis dahin, ob wir nun gewinnen oder verlieren – zur Hölle, ich werde rührselig.«

Sie stand da und sah ihn nur an.

Er bewegte sich, sah hierhin und dorthin und sagte besorgt: »Caitlin, du würdest dir nicht solche Sorgen machen, wenn du nicht versuchtest, Dans Last mitzutragen. Stimmt das nicht?«

»Er trägt die Last der ganzen Besatzung«, erwiderte sie.

»Und doch hat er keine Ahnung, wieviel er von dir verlangt.«

»Du übertreibst, Phil. Aber soweit ich ihn aufheitern kann, ihn, der mein Leben ist, soweit will ich das tun.«

Fast entsetzt: »Ein unabhängiger Mensch wie du sagt so etwas?«

»Warum nicht? Würde er für mich nicht dasselbe tun, wenn es nötig wäre?«

Weisenberg saß schweigend da, den Blick auf den Boden gerichtet, bis er sie wieder ansah und sagte: »Gut, das ist nicht so verschieden von dem, was zwischen Sarah und mir ist – war. Wenn du dich ein bißchen gehenlassen willst, dann vergiß doch deine Beherrschung. Sing etwas von Irland, oder tu was du willst. Ich bin doch auch hier.«

– Viel später erst wünschte sie ihm eine gute Nacht. Sie hatten sich zwar gelegentlich aneinandergeschmiegt aber sonst nur geredet, er genausoviel wie sie, und ihr waren beim Sprechen manchmal die Tränen gekommen. »Schlaf gut, Phil«, sagte sie, »und vielen Dank für alles.«

»Wenn einer hier zu danken hat«, antwortete er, »bin ich es.«

*

In Luft gehüllt, deren Wolken weiß glänzten, von Meeren in allen Schattierungen von Saphier und Lapislazuli umspült, mit Kontinenten, die grün von Bewuchs waren, leuchtete der Planet unter ihnen auf. Sein naher Mond strahlte hell wie die Sonne.

Immer wieder umkreiste die *Chinook* diese Welt, während die Instrumente sehnsuchtsvolle Hoffnungen wachriefen. »Erdähnlich«, flüsterte Susanne.

»Ich fürchte, nicht ganz«, erklärte ihr Rueda. »Wir haben Spektren erhalten. Was du dort siehst ist kein Chlorophyll, und es gibt Anzeichen dafür, daß die Biochemie von der unseren noch grundsätzlicher abweicht. Es gibt dort nichts, womit wir uns ernähren könnten, aber der Planet lebt.«

Joelle gab einen Bericht über das Intercom: »Der Satellit ist ein riesiger Kernreaktor, der seine eigene Masse verbraucht, anscheinend bei fast völliger Umwandlung in Energie. Das widerspricht den von uns formulierten Gesetzen der Physik, aber die genannten Gesetze drücken offenbar einen Sonderfall aus. Ich vermute, daß wir hier eine künstlich herbeigeführte direkte Wechselwirkung zwischen Quarks vor uns haben. Der Apparat, der dies bewirkt, befindet sich wahrscheinlich in einem Hohlraum im Zentrum und wird von demselben Feld abgeschirmt, das den Prozeß antreibt. Zweifellos war diese künstliche Sonne ursprünglich ein natürlicher Mond mit entsprechenden Eigenschaften – ich gebe ihr noch eine Lebensdauer von fünf oder sechs Milliarden Jahren –, und deshalb haben die *Anderen* diesen Planeten gewählt, um ihn wiederzubeleben.«

»Die *Anderen*?« fragte Frieda erschüttert.

»Wer sonst?« sagte Brodersen. »Ich möchte wissen, ob sie ihm Leben eingepflanzt oder seine Entwicklung der chemischen Evolution überlassen haben.«

»Wie dem auch sei«, sagte Caitlin begeistert, »hier *ist* Leben. Vielleicht – wir haben keine Anzeichen gesehen, aber sie könnten noch Waldbewohner sein –, vielleicht sogar denkende Wesen. Obwohl sie nie die Sterne sehen werden, was könnten sie einmal werden und tun und lieben?« Ein wenig später dann leise: »Haben die *Anderen* es vielleicht getan, um diese Frage noch einmal beantwortet zu bekommen?«

Das Schiff nahm wieder Kurs auf die Transportmaschine.

Die Besatzung hatte sich im Gemeinschaftsraum versammelt und hörte Brodersen erklären: »Wir müssen uns entscheiden. Joelle kann uns nicht zu einem genau voraussehbaren Punkt in der Raum-Zeit navigieren, obwohl sie die allgemeine Richtung angeben kann. Wenn wir weiterreisen, werden wir früher oder später durch ein Tor kommen, an dessen anderem Ende keine T-Maschine steht. Von dort kämen wir nie wieder zurück. Bestenfalls könnten wir uns in unserer eigenen Zeit befinden oder ein paar tausend Jahre früher oder später, als das Universum noch hell und irgendwie vertraut war. Natürlich würde das auch bedeuten, jede Hoffnung, die *Anderen* zu finden, aufzugeben, und wahrscheinlich würden wir nicht länger leben, als unsere Rationen reichen. Der Plan, nach dem wir operieren hat uns allerdings in immer seltsamere Umgebungen gebracht. Die nächste könnte uns umbringen« – er schnippte mit den Fingern – »ungefähr so. Oder langsam.«

Er stopfte den Tabak in seiner Pfeife fester, zündete sie an und atmete den Rauch ein. »O.K.«, sagte er, »wir wollen hören was jeder von euch will.«

Bleich und mit ausdruckslosem Gesicht saß Joelle in seiner Nähe. »Ich bin dafür, daß wir die Reise fortsetzen«, sagte sie. »Aber, um ehrlich zu sein, nur weil wir tatsächlich die *Anderen* finden könnten. Der Gedanke an eine Heimkehr an sich läßt mich kalt. Welche Richtung wir auch wählen, wenn wir einmal zur Ruhe kommen, kann ich die Realität erforschen.«

Leino: »Kehrt um. Was gibt es denn in der Zukunft anderes als ein völlig augebranntes Universum? Wenn es zyklisch ist, wird sein Zusammenbruch alles zerstören. Wenn nicht, wird es bis in alle Ewigkeit nur Dunkelheit sein. Warum sollten die *Anderen* dort sein *wollen*?«

Weisenberg: »Nein, wir können nicht aufgeben.«

Rueda: »Muß das Aufgabe bedeuten? Wir *haben* eine Chance, eine mikroskopisch kleine zwar, aber doch eine existierende, in einer jüngeren Galaxie Hilfe zu finden.«

Susanne: »Wenn wir zwei oder drei weitere Sprünge versuchen, bevor wir umkehren –«

Dozsa: »Nein. Die Wahrscheinlichkeit, in diesen fliegenden Sarg eingesperrt zu bleiben, ist zu groß. Ich will in Aktion sterben, bei der Erforschung eines Planeten etwa, egal wie, aber in Aktion.«

Frieda: »Ich wollte für den Weiterflug stimmen, aber was du sagst, Stef, führt bei mir zu neuen Überlegungen.«

Caitlin trat vor.

»Versteht ihr denn alle nicht?« rief sie mit erhobener Stimme. »Oh, auch ich hatte vorübergehend den Mut verloren, aber Phil hat mich in einem langen Gespräch wieder aufgerichtet, und dann, als ich jene Welt sah – versteht ihr das nicht? Die *Anderen* treten für das Leben ein. Sie sind die großen Gegenspieler des Todes. Wo sonst können wir sicher sein, einen ihrer Vorposten zu finden, wenn nicht an seinen eigenen Toren, wenn nicht am Tage des Jüngsten Gerichts? Und wie anders dürfen wir sie um Hilfe bitten als mit dem stolzen Mut, der auch der ihre ist?«

*

Nachtwache.

Mittels ihrer elektronischen Sinne, durch ihr elektronisches Zusatzgehirn und seine Erinnerungen (Fidelio, Fidelio) in ein sinnvolles und großartiges Ganzes integriert, durchdrang das zu Begreifende Joelle, und sie wurde mit ihm eins. Die Raum-Zeit krümmte sich, stark, kunstvoll und mysteriös, durch immer neue Dimensionen; Energien flossen, die Materie wurde zur Welle, von der ihr Auf und Ab überlagert wurde. Das immanente, alles beherrschende Gesetz war keine unveränderliche Gleichung sondern eine Musik, die sie schwach zu hören begonnen hatte.

Ich danke dir, Caitlin, du armes Tier, flackerte es in einem winzigen Teil ihres Verstandes. *Nie hätte ich solche groben Emotionen in deinen Mit-Tieren wecken und in Willen umsetzen können, wie es dir in einer wilden Stunde gelang. Nun erwartet mich eine Auflösung, die ich nicht fürchten kann, ich, die ich in meinem Innersten weiß, daß nur die Letzten Dinge zählen; oder mich erwarten* (Erregung durchtobte sie) *die Anderen.*

*

Nachtwache.

Das Licht in der Kabine war abgedunkelt und leuchtete goldgelb. Der Sichtschirm vermittelte die Illusion von Rosen. Caitlin hatte den Thermostat auf warm gestellt und versprühte Mandel- und Kleearoma aus ihrer Küche, damit die Luft angenehm duftete. Das Audiogerät spielte »Schafe dürfen sicher grasen«, diese schönste aller Melodien.

Sie entledigte sich ihrer Kleidung, trat vor Brodersen hin und streckte die Hände nach ihm aus. »Verdammt«, sagte er ganz von unten heraus und wünschte sich die Gabe schöner Worte, »Pegeen, du bist so schön, daß es weh tut.«

»Sie lächelte. »Das bist du für mich auch, Dan, mein Liebling.«

»Nein; warte –«

Ihr Gelächter freute ihn. »Ja, neben Apollo von Belvedere siehst du nicht so besonders aus, aber ich bin auch nicht gerade glänzend ausgestattet. Du siehst wie du selbst aus, der Mann, den ich liebe. Und umgekehrt ist es genauso, nicht wahr, mein Schatz?«

Einen Herzschlag später wurde sie ganz ernst – verwundbar – und warf sich ihm in die Arme. »Oh, Dan, Dan, wir reisen ins Unbekannte, wir wissen nicht, was aus uns wird und wo wir enden; aber wir haben diese Nacht. Halt mich fest, Dan, und liebe mich. Bitte, liebe mich.«

XLIV

Sprung.

Licht, überall Licht. Es war, als sei der Raum zu einem Tautropfen im dämmernden Morgen geworden und als befänden sie sich in seinem Inneren. Ein weiches Irisieren, alle Farben die ein sehendes Wesen je wahrgenommen hatte, wirbelten, mischten sich, zitterten, flossen und fluteten, dabei hier und dort ein kurzer Ausbruch sternengleicher Funken in Fontänen, Haufen, zu zweit und zu dritt, einzelne, die sich im Bogen in anmutigen Kurven bewegten, um dann zu erlöschen und sich an anderer Stelle erneut zu entzünden. Der Anblick nahm das Bewußtsein aller schlagartig gefangen und trug den Betrachter fort in seine mächtige Harmonie.

Die in der *Chinook* hatten keine Möglichkeit, auch nur zu schätzen, welche Größe die sie umgebende Lichtkugel hatte. Gewiß war sie von gewaltiger Ausdehnung. Durch die Entfernung, in der das Schiff aufgetaucht war, erschien die T-Maschine zwergenhaft. Genauso weit entfernt und von vergleichbarer Größe waren zwei andere Dinge. Das erste war vielleicht ein weißglühender Körper, obwohl Kräfte und Schwingungen die Wahrnehmung beeinträchtigten; kleinere, ebenfalls verhüllte Objekte bewegten sich auf komplizierten

Bahnen um ihn herum. Das zweite war ein schön geschwungener Ellipsoid, der noch weniger aus Materie zu bestehen, noch weniger solide zu sein schien als das Fahrzeug, das vor ganzen Zeitaltern das galaktische Zentrum passiert hatte. Auch schienen noch gewaltigere Kräfte von ihm auszugehen. Ein Netzwerk sprang aus ihm vor, das mit dem der Observatorien am Neutronenstern und am Schwarzen Loch nicht identisch war, wenn es auch eine ähnlich feine und komplizierte Struktur aufwies.

Hier sind die Anderen, blitzte es in Joelle auf. *Die Anderen sind die einzigen Wesen, die das angefertigt haben könnten.*

Sie schickte ihre Sonden aus, öffnete ihre vielfältigen Sinne, faßte ihr ganzes Verständnis des zu Begreifenden zusammen. *Ich werde nicht alles erkennen, was hier vor sich geht, aber ich werde genug verstehen, um die richtigen Fragen zu stellen, wenn die Anderen kommen, Fragen, mit denen ich mich würdig erweise, in ihre Gemeinschaft einzutreten.*

Dann war sie blind, sie war taub, sie war erstarrt und lahm. Die Instrumente registrierten nur das, wofür sie konstruiert waren. Theorie konnte nichts erklären in einer Umgebung, deren Natur Prinzipien zugrunde lagen, die weit über jede Theorie hinausgingen. Ein Regenwurm konnte sich den Flug der Vögel besser vorstellen, ihn besser erklären, als sie diesen Ort zu einem Teil ihrer Realität machen konnte.

Sie war wie betäubt und merkte kaum, daß nicht weit von der *Chinook* plötzlich ein Asteroid auftauchte. Die dunkle, gezackte Masse hatte einen goldglänzenden prismenähnlichen Körper als Begleiter, der sich sofort in Richtung auf die weißglühende Kugel bewegte. Der Asteroid folgte ihm. Rasant beschleunigend waren beide bald außer Sicht.

Brodersens Zuruf erreichte sie wie durch eine Steinwand: »Joelle, wie sieht's aus? Was kannst du uns berichten?«

»Nichts«, hörte sie sich wimmern.

»Das überrascht mich nicht.« Obwohl er sachlich sprach, schwang Erregung in der Stimme des Captains. »Hört zu, Freunde. Was immer wir gefunden haben, und ich glaube, es ist das, wonach wir gesucht haben, wir können nur warten, bis diese . . . Konstrukteure . . . mit uns Verbindung aufnehmen.

Ich denke, daß sie es tun werden, denn sie müssen uns bemerkt haben. Verlaßt eure Stationen. Wir treffen uns im Gemeinschaftsraum. Am besten bleiben wir jetzt zusammen.«

Joelle hatte sich wieder gesammelt. »Ich bleibe in Holothese«, sagte sie.

»Gut. Danke. Das habe ich gehofft.«

»Sie werden trotzdem bei uns sein«, rief Caitlin.

Bestimmt nicht. Ich bin ganz sicher. Ihr Stolz und ihr Vertrauen waren zurückgekehrt. *Ich hätte nicht darüber entsetzt sein sollen, daß ich ein ganzes neues Reich des Gesetzes entdeckt habe. Ich will mich lieber befleißigen, mehr zu erfahren und in mich aufzunehmen. Ich vertraue darauf, daß ich von den Anderen lernen darf.*

Gegen den rötlich leuchtenden Himmel sprang plötzlich ein Lichtpunkt in Sicht. Rasch wuchs er, bis man ihn als perlmuttfarbene Pfeilform, der aus der Richtung des Ellipsoiden direkt die *Chinook* anflog. Die Erbauer mußten in diesem Ellipsoiden wohnen. *Sie kommen, sie kommen. Und ich bin diejenige, die mit ihnen sprechen wird, sprechen kann. Ich allein unter den Menschen, die ich über das Menschliche weit hinausgelangt bin.*

*

Die Mannschaft schwebte und wartete. Die Schirme zeigten ein unendliches und sanftes Glänzen; Regenbogenfarben glitten über sie hinweg und tauchten den Raum in standig wechselndes Licht. Sie legten einander die Arme um die Hüften, Rueda und Susanne, Frieda zwischen Leino und Dozsa, Caitlin zwischen Brodersen und Weisenberg. Sie atmeten gemeinsam, spürten ihren Schweiß, nahmen jeder des anderen animalische Ausdünstung wahr, schmeckten einander, wenn sie sich küßten, merkten die Wärme.

Das fremde Schiff, wenn es eines war, kam nahe heran, nicht größer als die *Williwaw,* fließende aber gestaltlose Umrisse hinter seinem irisierenden Glanz. Auf unerklärliche Weise verharrte es jetzt in hundert Metern Entfernung längsseits. Und im Raum ringsum schwiegen die Himmel eine halbe Stunde lang.

»Kannst du sie erreichen, Joelle?« fragte der Captain heiser.

»Nein«, hörte er. »Weder über Laser noch Radio. Auch von ihnen kommt nichts.«

»Aber ich wette, daß sie uns beobachten«, sagte er, »auf eine Weise, die wir nicht kennen, die wir nicht einmal fühlen können.«

Caitlins Körper straffte sich in den Armen des Mannes. »Kannst du das wirklich nicht?« flüsterte sie.

»Was?« Sein Kopf flog zu ihr herum. Ein Leuchten spielte über ihr rotbraunes Haar, ihre grünen Augen schauten verloren nach draußen, im Atemrhytmus wölbten sich ihre Brüste unter der Kleidung. »Du denn?« fragte er.

»Ich weiß es nicht«, antwortete sie mit der Stimme einer Schlafwandlerin. »Wie könnte ich es auch wissen? Aber ich empfinde – Worte können es nicht beschreiben – eine helle Bewegung – verlorene Erinnerungen steigen auf wie Fische aus der See springen – spürt denn keiner von euch etwas?«

Furcht ergriff ihn. Ein Abtasten des ganzen Körpers, der Nerven, des Gehirns . . . war sie ausgewählt worden, oder war sie nur sensibler? . . . Plötzlich erinnerte er sich an die Geschichte vom Elfenhügel, die sie von ihrer Mutter gehört hatte. »Oh, Pegeen!« Er packte sie fester und spürte, daß auch Weisenberg seinen Griff verstärkte.

»Habt keine Angst um mich, ihr Lieben«, sagte sie, ohne den Blick vom Universum abzuwenden. »Ich fühle mich glücklich in diesem Zustand. Wie könnten die *Anderen* anders als gut sein?«

Ein oder zwei Minuten später – viele Herzschläge in Brodersens schmerzender Brust – zitterte sie und schaute verwirrt umher. Dann sagte sie mit dünner Stimme: »Es ist weg. Es hat mich verlassen.«

»Um in einen anderen überzugehen?« bellte Weisenberg. Verneinendes Gemurmel war die Antwort. »Dann sind sie wohl durch«, meinte er. »Was kommt als nächstes?«

Der Pfeil lag immer noch reglos.

»Sie schicken eine Botschaft über die T-Maschinen«, sagte Joelle. Unsere Ankunft muß selbst ihnen ungewöhnlich vorkommen, möglicherweise ein noch nie dagewesener Vorfall.

Sie werden Unterlagen studieren wollen oder Spezialisten anfordern. Aber wir werden wohl nicht sehr lange warten müssen.«

»Nein, sie würden uns nie quälen«, sagte Caitlin. Wie an sich selbst spürte Brodersen, daß sich ihre Spannung löste und sie Sekunde um Sekunde aus ihrem Wachtraum aufwachte und wieder sie selbst wurde.

»Aber was werden sie tun?« Susanne hatte Schwierigkeiten mit ihrer Stimme. Der Blick mit dem sie Rueda bedachte verriet, daß er es war, um den sie Angst hatte. »Wir sind in die 'eimat der Götter eingedrungen.«

»Ja, und die alten Mythen berichten, daß Menschen, die das taten, nie wieder so wurden wie vorher«, erwiderte Caitlin. »Aber ich denke, wir werden mehr sein als wir waren, nicht weniger.« Zu Brodersen gewandt hauchte sie: »Solange ich dich nur weiter lieben darf.« Die halbe Stunde neigte sich dem Ende. Ein zweiter schlanker Rumpf kam in Sicht. Er raste aus Richtung T-Maschine auf die *Chinook* zu.

*

Er lag auf der seinem Zwilling gegenüberliegenden Seite des Menschenschiffs. Strahlender Glanz umfing alle drei und die mächtigen Konstruktionen im Hintergrund.

Auf jeder Frequenz, die ihr zur Verfügung stand, strahlte Joelle ihre Begrüßung aus. *Hier bin ich* proklamierte sie in allen menschlichen Sprachen, die sie kannte, und auf betanisch. Sie benutzte sogar was sie von der Sprache des Orakels wußte. *Hier bin ich, sie, mit der ihr sprechen könnt, sie, die euch erwartet hat wie eine Braut wartet.*

Eine Antwort stieg in ihr auf, die wie ein Segensspruch war: – Wir grüßen dich, Joelle Ky. Freue dich und sei beruhigt. (Man nahm sie mehr und mehr wahr). Oh, armer kummerbeladener Geist, hab nun endlich deinen Frieden!

Wer bist du? Was bist du?

– Hab keine Angst.

Vor euch?

– Ja, du fürchtest kein Leid, Joelle Ky, und darin hast du recht. Hier, am Ende eurer Suche gibt es Schutz. Aber eine noch tiefere Furcht liegt in euch, daß wir euch euren sehnlichsten Wunsch nicht erfüllen wollen oder können. Und kein Versprechen wird diese Furcht tilgen, denn es könnte sich als wahr erweisen. Kannst du den Schrecken heilen und ruhig das abwarten, was geschehen muß?

Wann werdet ihr entscheiden? schnitt es durch ihr tiefstes Inneres.

– Erst nach einiger Zeit, fürchten wir. Wir sind keine übernatürlichen Wesen, die sofort allwissend und unfehlbar sind. Wir sind gekommen, euch kennenzulernen, zu erfahren, woher ihr kommt und warum, was ihr erstrebt, wie euer Sieg den Lauf der Zeiten ändern könnte, vielleicht für viele verschiedene Welten – um diese Dinge so ausführlich zu erfahren, daß wir ein Urteil wagen dürfen.

Wären ihre Arme nicht mit dem Computer verbunden gewesen, hätte sie nicht am Firmament geschwebt, sie hätte sie zum Gebet erhoben. *Ich verstehe. Hier bin ich also. Nehmt mich, prüft mich, befragt mich, verfahrt mit mir wie immer ihr wollt.*

Der freundliche Gedanke (wie Sonnenschein konnte sie die Freundlichkeit innerlich spüren) sagte: – Du wirst nicht benötigt. Das ist gut, da du für deine Rasse nicht repräsentativ bist; du siehst den Kosmos anders als deine Schiffsgenossen. Wir hätten sie so gut wir können überprüft. Aber durch einen großen Glücksfall brauchen wir auch sie nicht. Ein Avatar von uns ist an Bord.

Was? Ich verstehe nicht.

– Wir müssen dich nun verlassen und sie suchen. Es wäre grausam, deine Leute länger warten zu lassen als wir brauchen um zu erfahren was wir wissen wollen. Laß Mut dir Ruhe bringen, Joelle Ky. Bleib nicht in deiner Holothese. (Kein Befehl; eine Bitte:) Geh zu deinen Mitmenschen und sei einer von ihnen. Leb wohl.

Die fremde Gegenwart verschwand. Joelle saß in ihren Gurten und nahm nur am Rande wahr was durch das Intercom zu ihr drang. Sie versuchte zu weinen, aber es gelang ihr nicht. Unnachgiebig blieb sie wo sie war.

*

Die wohlklingende Altstimme einer Frau kam in einem Englisch über das Intercom, dessen singender Tonfall Caitlin zusammenfahren ließ: »Möge das Beste, das es gibt, immer euch gehören. Wir möchten gern hereinkommen. Wenn ihr wollt, laßt uns bitte durch eure Personalschleuse Nummer drei ein. Wir werden glücklich sein, euch kennenzulernen.«

»Und ob wir wollen –!« entfuhr es Brodersen. Dennoch ließ der alte Soldat in ihm nur eine Reaktion zu: »Bleibt wo ihr seid«, rief er seinen Kameraden zu. »Ich hole sie herein.«

Außerdem ist es hier ein bißchen zu eng für den Empfang der Herren des Universums, ging es ihm durch den Kopf. Der Gedanke war genauso lächerlich wie das Bewußtsein einen trockenen Mund und eine überhöhte Pulsfrequenz zu haben. Sich mit den Füßen abstoßend hangelte er sich durch die Korridore und über die Treppe zur Schaltkonsole. Er mußte eine Minute warten, bis er nicht mehr so stark zitterte, bevor er den Motor bedienen konnte.

Das innere Ventil fuhr zurück. Zwei kamen herein. Sie waren von einer silbrigen Aura umgeben, die zweifellos im freien Raum als Schutz diente – wie Brodersens wackliger Verstand ihm sagte – denn sie verschwand sofort. Vor ihm schwebten ein Mann und eine Frau.

Ob ich mich hinknieen sollte? Nein, bei Schwerelosigkeit kann man nicht knieen! »W-w-willkommen. Wir, äh, wir stehen euch zu Diensten.«

Beide waren groß, gutgebaut, geschmeidig, blond und blauäugig. Langes blondes Haar umrahmte ihre angenehmen und ausdrucksvollen Gesichter, die jugendlich und gleichzeitig unvorstellbar reif wirkten. Der Mann hatte einen Bart und trug eine Bluse, die Leinen, einen Kilt, der Wolle, und Schuhe, die Leder sein konnten. Außerdem war er mit einem weiten Mantel bekleidet. Die Frau, deren Haarflechten fast bis zu den etwas leichter beschuhten Füßen herabfielen, trug ein wallendes Gewand und einen Umhang. Beider Kleidung war vielfältig gefärbt und mit Stickereien verziert. Sie waren mit in Gold und Silber gefaßten Juwelen geschmückt und trugen kristallene Stirnbänder, Armreifen, Broschen und Ringe mit ineinander verwobenen Mustern. Die Messer, die in ihren bunten Gürteln steckten, mochten eher Werkzeuge als Waffen sein. Er führte einen mit Bronzestreifen versehenen Stab, aus dessen Knauf einige frische grüne Zweige wuchsen, in denen Vögel saßen, Lerche, Drossel, Hänfling, Rotkelchen, die alle sangen. Einige flogen umher. Sie trug eine kleine Harfe im Arm.

Sie lächelten beide. »Nein, wir sind es, die euch willkommen heißen sollten, mutige Wanderer«, sagte der Mann in einem sonoren Bariton. »Möchtest du mich zu deinen Gefährten führen?«

»Aye, aye, Sir.« Brodersen tat es, wobei der Tumult in seinem Kopf jedes Denken verhinderte. Das Paar brauchte keine Geländer oder Handgriffe, um sich weiterzubewegen. Aufrecht geisterten sie durch den Gang.

Über die Treppe, durch den Korridor, bis vor die Tür zum Gemeinschaftsraum . . .

Brodersen trat zurück, um den Besuchern den Vortritt zu lassen. So war ihm der Blick auf Caitlin versperrt, als er sie laut rufen hörte. *»O-o-o-o!«* – auch der phantastischste Anblick während der ganzen Reise hatte ihr keine solchen Laute entlockt. Erschrocken schwang er sich um den Türpfosten. Sie schwebte mit erhobenen Armen, während Weisenberg sie festhielt. Sie hatte die Lippen geöffnet, und brach in Tränen aus, die glitzernd um sie herumtanzten. Er vergaß jede Vorsicht und Höflichkeit, schoß auf sie zu und riß sie so heftig an sich, daß der Ingenieur sie fast losgelassen hätte.

»Pegeen, was ist los?«

»Nichts«, würgte sie hervor. »Sie – Aengus mac Óg, der Gott der Liebe. Brigit, seine Schwester, die Göttin der Barden – das könnt ihr nicht sein. Könnt ihr das wirklich sein?«

Der Mann schüttelte den Kopf. »Nein«, sagte er ruhig. »Das ist eines, was diejenigen, die ihr die *Anderen* nennt, wirklich nicht sind: Götter. Für euch allerdings, zu eurem Trost und um euch zu huldigen, haben wir danach gestrebt, wenigstens ihr Schatten zu sein.«

Die Frau bewegte sich auf Caitlin zu. Die Männer neben ihr ließen das Mädchen los, damit sie ungehindert die Berührung der anderen empfangen konnte. »Lieb bist du«, murmelte die man Brigit nannte, »und sehr wünschen wir uns, dich ganz kennenzulernen und dir für das zu danken was du uns geben wirst.«

»Was? Ich?« stotterte Caitlin, »Landstreicherin, Närrin und Dichterin von Knüttelversen, was um alles in der Welt könnte ich euch bieten?«

»Das was du gelebt hast.« Brigit ließ ihre Harfe entschweben und zog sie an sich. Brodersen benutzte einen Handgriff, um sich umzudrehen und Aengus anzustarren. Von seinen Singvögeln umgeben sagte der Sohn des Dagda: »Fürchte nicht sie. Niemals werden wir ihr willentlich Kummer verursachen, noch wissentlich mehr als wir müssen. Alles Leben muß gehegt werden. Oh, auch wir töten, auch wir lassen sterben, denn wir sind *keine* Götter und schon gar nicht Gott selbst. Aber wir bewahren das Leben wo wir nur können und wachen über die Freiheit und achten sie, soweit es uns möglich ist, denn sie ist für uns die höchste Epiphanie des Lebens, die wir kennen. Und da sollten wir die Rechte unserer Avatare nicht achten?«

»Avatar – Fleischwerdung –« plötzlich sah Weisenberg ganz alt aus. »Wollt ihr damit sagen, daß sie ein Ding ist, das ihr hergestellt habt? –«

»Nein«, erklärte Aengus, während Brigit Caitlin im Arm hielt und leise auf sie einredete. »Wie könnte etwas, das wir hergestellt haben, in seiner Ganzheit ein Leben leben, das nicht das unsere ist? Sie ist ein Mensch wie du. Die Verschiedenheiten in ihr sind geringer als die Verschiedenheiten – im Zellaufbau, in den Eigenschaften des Blutes – bei beliebigen zweien von euch. Wäre nie der Ruf an sie ergangen, hätte sie ihre Tage beendet ohne je zu wissen, welche Kräfte in ihr schlummerten.«

»Was für Kräfte sind das?« krächzte Leino.

Brigit wandte ihr Antlitz von Caitlin. »Mit uns eins zu werden«, sagte sie.

Aengus: »Wären wir in Wahrheit Götter, könnten wir euch in die Seele schauen. Aber wir sind nur die *Anderen*, die aus sich selbst heraus nur die dünnsten obersten Schichten eines Geistes berühren und die innere Natur eines Wesens, das keinen hat, nicht ergründen können.«

Brodersen, heftig: »Nun, was zum Teufel seid ihr? Reine

Intellekte, die sich frei in Raum und Zeit bewegen oder was sonst?«

Brigit lächelte leise und sprach mehr zu Caitlin als zu ihm: »Das sind wir in der Tat nicht. Wo, wenn nicht in einem Körper, hat ein Verstand seinen Ursprung und seine Grundlage? Und wenn es anders wäre, dann müßte doch der Verstand allein, seiner Sinne, seiner Körperkraft und aller Wonnen des Kosmos beraubt, ein recht armseliges Ding sein. Wir, eure *Anderen,* sind körperlich wie ihr, die Materie in uns wurde aus den Sternen geboren wie eure, und wir haben die gleichen animalischen Bedürfnisse. Wir sind von eurer Art.«

Brodersen: »Wie? Was seid ihr denn wirklich unter euren Masken?«

Aengus: »Sind es Masken?«

Brigit: »Ach, nur ein paar geringfügige Veränderungen, unserem Avatar zuliebe. Wäre sie eine andere Art von Menschenwesen, hätten wir auch schwarzhäutig, schlitzäugig oder gar mit gezackten Augen erscheinen mögen, oder wie immer wir es für richtig befunden hätten. Aber unter der Oberfläche – wir haben nicht den ganzen Weg von der Erde bis hier zurückgelegt, um einer Bitte zu entsprechen, Daniel, bloß weil wir gerade dort waren.«

Aengus: »Wir sollten dies nicht weiterführen. Nicht, bevor wir von Caitlin eure ganze Geschichte gehört haben, und besser als sie in bloßen Worten oder Gedanken wiedergegeben werden kann.« Er war ganz ernst geworden. Sein Blick durchbohrte Brodersen. »Ihr müßt verstehen, Captain, daß wir *euch* noch nicht verstehen. Wir glauben, daß ihr wohlmeinende Leute seid. Dennoch könntet ihr bei eurer Rückkehr Unheil anrichten, teils aus einem Wissen heraus, das in Tagen der Gefahr unter eurem Volk nicht preisgegeben werden sollte. Wenn wir euch den Heimweg nicht zugestehen können, werdet ihr euer Leben an einem angenehmen Ort zu Ende leben können, den wir euch bereiten werden. Aber ich denke, ihr möchtet lieber nach Hause.«

Brodersen und fast die ganze Mannschaft: »Ja, oh, ja.«

Aengus: »Laßt uns nichts mehr sagen, bevor wir genau wissen, was wir sagen dürfen. Caitlin ist für uns das Gefäß einer solchen Erkenntnis.«

Brigit: »Nur wenn sie will.« An das Mädchen gewandt, das sie immer noch im Arm hielt: »Mein Liebes, du wirst keinen Schaden leiden und keinen Schmerz, außer dem, den du dir anschließend selbst wählst. Erinnerung hat ihren Preis; aber wenn du willst, können wir dich von jeder Erinnerung befreien.« Sie küßte sie auf die Stirn. »Ich warne dich aber. Ich glaube nicht, daß du das wünschen wirst.

»Denk gut darüber nach, mein Kind, und nimm dir Zeit. Niemals würden wir dich zwingen oder zur Eile antreiben. Wir können nicht ganz sicher sein, was das Einssein mit uns dir zufügen mag. Denk nach; frag uns; frag deine Gefährten; es mag so lange dauern wie du willst, und scheue dich nicht, nein zu sagen.«

Caitlin hob den Kopf zu jener auf, die eine »Göttin« war, und antwortete unter Tränen: »Wenn ich nicht mitgehe, werden wir nie nach Hause kommen. Ist es nicht so?« Sie lachte, und ihre Heiterkeit wirkte echt. »Außerdem steht hier der Herr der Liebe.«

»Genug geredet«, sagte Brigit. »Laßt uns Lieder hören.« Sie ergriff die Harfe, die neben ihr schwebte.

*

Später wußte niemand so recht, was geschehen war, außer daß alle Aengus, Brigit und Caitlin bis zur Luftschleuse folgten und sie zu den Klängen irgendeiner Musik verabschiedeten. Zuletzt war das Mädchen ganz hingerissen. Wie im Traum gab sie ihren Männern Abschiedsküsse.

Die beiden gleißend hellen Schiffe verließen die *Chinook*.

XLV

Ich war ein Avatar, dessen Schicksal so wunderbar war, wie es nicht mal meine Schöpfer vorausgesehen hatten. Wäre ich zu Haus geblieben, hätten mich sicher diejenigen, deren Aufgabe es war, sich um die Menschen zu kümmern, irgendwann zu sich gerufen. Was sie dann in mir gefunden hätten, wäre viel

Freude, ein bißchen Kummer, viel Sehnsucht und Wissensdurst, Ärger, Berufung, Taten, Triumphe, Fehlschläge, Ängste, Staunen, Wünsche, Bindungen, Verluste, vielleicht ein langsames, geringes Anwachsen von Wissen: die Jahre eines normalen Menschenlebens. Zufall und Sehnsucht jedoch führten mich zu ihnen, am äußersten Ende unseres Universums.

Was dann passierte, weiß ich nicht mehr. Ich kann mich kaum noch an etwas davon erinnern, und das Wenige ist nur ein Phantom der Wahrheit, für das ich keine Worte finde. Die Schönheit und Herrlichkeit – kann man ein Gemälde singen, oder eine Melodie in Stein hauen?

Es war so: die *Anderen* und ich waren nicht einfach vereinigt, sondern wir waren ein Ganzes. Ihr Bewußtsein und Verstand, ihre Sinne, Erinnerungen, Vorstellungen, Gefühle, ihre Seelen waren meine, so wie meine Seele ihnen gehörte. Sie waren ich, und ich war sie. Ich war eine *Andere*.

Wie das war, kann ich nicht denken, geschweige denn in Worte fassen. Es sind die Vorstellungen des Zeitalters, in das ich hineingeboren wurde, die ich benutzen muß für diesen – wahrscheinlich vergeblichen – Versuch, zu berichten, was ich behalten habe von dem was ich erlebte. Ich weiß nicht, ob diese Vorstellungen besser oder schlechter dazu geeignet sind als die von jemand, der vor dreißigtausend Jahren das erste Avatar meiner Rasse war, oder als der Instinkt eines Tieres oder der Keim einer Pflanze.

Die ersten *Anderen* lebten auf einer Welt, die schon früher entstanden war als die Galaxie. Vielleicht gab es dort so wenig Metalle, daß sie gezwungen waren, Technik und Wissenschaften sehr langsam zu entwickeln, so daß ihre geistige und seelische Entwicklung mit der technischen Schritt halten konnte. Vielleicht aber auch paßten sie sich selbst, seelisch und körperlich, an eine schnellere Entwicklung an. Wie auch immer, am Ende flogen sie zu den Sternen, die inzwischen auch geboren waren, in Schiffen, die fast Lichtgeschwindigkeit erreichten. Sie trafen fremde Intelligenzen, und der Gedankenaustausch mit diesen gab ihnen so mächtigen Auftrieb, daß sie die großen Transport-Maschinen bauten. Zu der Zeit waren sie schon nicht mehr nur eine Rasse; und ihre Raum und Zeit absuchenden Entdecker fanden andere Wesen, die willens und in der Lage waren, sich ihnen anzuschließen.

Die meisten Arten aber hatten nicht den nötigen Entwicklungsstand. Wenige würden ihn jemals erreichen. Die *Anderen* drängen niemand und versuchen nicht, unbemerkt Einfluß auszuüben, und nur in ganz seltenen Fällen enthüllen sie überhaupt ihre Existenz. Sie glauben nicht daran, daß andere Wesen dazu bestimmt sein könnten, so zu werden wie sie sind; sie glauben überhaupt nicht an Bestimmung. Für sie ist jede Art von Leben gleich kostbar und hat das Recht, seinen eigenen Weg zu gehen. Darüber hinaus ist solche Vielfalt die Nahrung, die ihr Geist braucht, um weiterzuwachsen.

Das bedeutet nicht, daß sie gleichgültig wären. Nein, mit dem Wissen, der Intelligenz und dem Feingefühl, das ihnen eigen ist, haben sie während der ganzen Geschichte des Universums, von seiner feurigen Geburt bis zu seinem aschenen Tode, an dem Leben auf vielen seiner Planeten teilgenommen. Sie kennen die Tragödie des Lebens so genau, daß es gut ist, sich nicht erinnern zu können. Wo es ihnen möglich ist zu helfen, ohne die Integrität eines Volkes anzutasten, tun sie es. Aber meistens können sie nur zusehen und trauern.

Trotzdem nehmen sie das Leben nicht übermäßig ernst. Ihr Humor, ihre Fröhlichkeit, Verspieltheit und Lebensfreude übersteigen mein Fassungsvermögen. Ebenso ihre Kreativität. Sie betrachten ihr Leben als Kunstwerk, das zur Freude von Künstler und Publikum täglich neu geformt wird.

Zu dieser Lebensweise mögen sie gekommen sein, weil ihr Verstand, ihr Bewußtsein wandelbar ist. Die beliebige teilweise oder totale Verschmelzung von Persönlichkeiten könnte ich Telepathie nennen, nur daß das ein sehr schwaches Wort dafür ist. Was passiert ist nichts Magisches. Man braucht eine Trägerwelle, die den Gesetzen der Physik gehorcht. Verkümmerte Ansätze dazu gibt es auch unter uns Menschen. Die *Anderen* haben es zur Meisterschaft entwickelt.

Dazu gehört die Fähigkeit, das Muster einer Persönlichkeit auszuarbeiten und auf einen anderen Körper zu übertragen. Das kann ein natürlicher Körper sein oder ein künstlicher, organisch oder mechanisch oder – nun ja, da gibt es zum

Beispiel das Orakel. Das Muster ist natürlich unvollständig und verzerrt. Ein Verstand ist kein isolierbares Objekt. Was ihn antreibt und in Gang hält beherrscht ihn, muß aber auch von ihm beherrscht werden.

Ein *Anderer* kann verschiedene Existenzen führen, um sie am Ende im ursprünglichen Wesen zusammenzufassen. Ein *Anderer* kann in gewissem Sinne unsterblich sein, indem er eine ganze Vergangenheit aus einem sterbenden Körper in einen neuen, womöglich eigens zu dem Zweck konstruierten, verpflanzen kann, oder auch in mehr als einen Körper. Diese Verschmelzung wird schon einen Teil dieser Persönlichkeit in viele verschiedene Wesenheiten integriert haben. Auch Aufzeichnungen, die einem späteren Bewußtsein nach Bedarf eingespielt werden, führen zu einer Art Wiederaufleben.

So sind die *Anderen* in keiner Weise eine unteilbare Einheit. Sie sind auch nicht zu einem enormen Übergeist verschmolzen; der Gedanke wäre lächerlich. Die Individualität, fließend in ihrer jeweiligen Gestalt, ist durch eben diese Aufnahmebereitschaft wirklicher als bei uns. Dieser Wurzel mag ihr leidenschaftliches Eintreten für die Freiheit entspringen.

Sie sind keine Götter. In unserer Galaxie gibt es jederzeit mehr als sie wissen oder voraussehen können. Wie weit sie auch reisen, welche gewaltigen Konstruktionen sie auch errichten, sie erkennen viel besser, als wir es können, daß die Realität viel größer ist als sie und bis in alle Ewigkeit geheimnisvoll. Ihre Symbole sind nicht das Zunehmen oder Abnehmen eines Mondes, sondern Geburt und Tod der Sterne. Trotzdem aber müssen auch sie sich Mythen schaffen, müssen auch sie in Ehrfurcht leben.

Ihre Technologie, gigantisch oder subatomar, ist für sie mittlerweile zur Nebensache geworden, verschiedene Mittel zu verschiedenen Zwecken. Was sie erstreben ist feiner, zu fein für unsere Wahrnehmung. (Wenn jemand eine Statue meißelt, sieht sein Hund nur, daß sich ein Steinklumpen geringfügig verändert.) Aber ich muß versuchen, eine Andeutung zu vermitteln, und wenn es nur eine Scherbe ist.

Ich will deshalb sagen, daß es ein Anliegen der *Anderen* ist, zu forschen, zu verstehen, und ihre Existenz zu feiern.

Unter vielen ein Mittel dazu sind ihre Avatare.

Dieses Mittel handhaben sie sorgfältig und sparsam, aber sie halten die Erschaffung eines Avatars nicht für eine ruchlose Tat. Solch ein Organismus ist in keiner Weise abnorm. Er ist höchstens anstelle eines ähnlichen Bions entstanden. Er enthält tief im Innern gewisse, unglaublich feine Strukturen an der Grenze zwischen Molekülen und Atomen. Sie haben keinen Einfluß auf seine Funktion und werden nicht vererbt. Aber sie ermöglichen das Einssein.

Ein wenig mehr mag es zur Folge haben. Im Falle der meisten terrestrischen Wirbeltiere ist es am einfachsten, ein Ei durch Parthenogenese zu befruchten, während man jenes Mikro-Organ hinzufügt, damit die Zelle es kopieren kann. Wird ein männliches Exemplar gewünscht, sind außerdem einige Veränderungen in den Chromosomen erforderlich. Gleich welche Behandlung angewendet wird, und gleich wie der Organismus beschaffen ist, es ist ungefährlich und konserviert eher, als daß es zerstört.

Ein Avatar lebt also sein Leben als völlig normales Exemplar seiner eigenen Art. Es mag nie gerufen werden. Die *Anderen* halten sich nicht ständig über jedem Planeten auf; dazu ist der Kosmos zu groß. Wenn aber einer der jeweiligen Art in die Gemeinschaft aufgenommen wird, ist es ein Akt der Liebe. Kein Schaden entsteht, und kein Bruch findet statt; außer bei denen, die sterben, und für die Vergessenheit Gnade sein mag. Sie werden an den Ort ihres Ursprungs zurückgeschafft, und leben dort ihr Leben weiter wie vorher. Sie haben einfach nur das Einssein erlebt. Auf diese Weise versuchen die *Anderen*, an allem Leben teilzuhaben, wo es sich auch befindet.

Wenn das Avatar Wahrnehmungsfähigkeit besitzt, mögen Schatten einer Erinnerung in seiner Existenz weitergetragen werden . . .

– Darf ich nicht bleiben? bat ich.

– Nein, Liebes, sang der Teil von mir, der in Brigits Herz ruhte. – Es würde dir zum Verhängnis.

Aus einem anderen Teil von mir sprach Aengus: – Du würdest auch nicht passiv sein wollen, ein bloßer Parasit. Wir sind dir dankbar für das, was du uns gabst. –

– Aber nun, da du mein Leben gelebt hast, habe ich nichts mehr zu bieten.

– Wenn es doch anders wäre! . . . Nein, das ist falsch. Richtig ist, daß du sein mußt, was *du* bist. Wir rufen kein Avatar zweimal.

– Weil du ein Bewußtsein hast, und daher auch einen freien Willen, können wir dir das Geschenk des Vergessens geben. Wenn du es annimmst, wirst du alles vergessen, was hier war. Es wird für dich wie eine traumlose Nacht sein.

– Überleg es dir gut, Liebes. Du weißt, daß es dich ewig heimsuchen, wird, wenn du dich erinnerst.

– Aber welch ein wunderbarer Geist wird mich heimsuchen, antwortete ich.

– Er wird viele Gesichter haben, und einige von ihnen werden entsetzlich sein.

– Solange ich noch eins mit ihnen war, dachte ich lange nach. Erinnere dich an deine schönsten Momente der Liebe, des Wissens, der Schöpfung, der Schönheit, des Sieges, als du für einen flüchtigen Augenblick über dich hinauswuchsest, mehr noch, du warst eine *Andere*, und dennoch warst du nur im flachen Land, im Schatten ihrer stolzen Gipfel.

– Nein, beschloß ich – Was ich von euch behalten darf, würde ich um alles in der Welt nicht hergeben. Ja, schlimm wird es sein, zu wissen, daß meine Seele einst so viel von der Wirklichkeit fassen konnte, daß ich sogar ein wenig ahnte, wie unendlich viel mehr zu erforschen ist, an dem man wachsen kann, und an dem man sich erfreuen darf. Aber ich werde nie ganz das Wissen um das verlieren, was eure Liebe bedeutet.

Als wir uns verabschiedeten, waren wir einander nähergerückt. Zu diesem Anlaß nahmen sie das Aussehen an, in dem sie zuerst aufgetreten waren, weil gerade das mir so gefiel. Nicht, daß an ihrer wahren Erscheinung irgend etwas besonders seltsam war. Es war auch nichts Seltsames an dem, was zwischen Aengus macóg und mir vorging. Die Zeit ist nicht viele Jahrhunderte von der meinen entfernt, da die Menschen, einer nach dem anderen, *Andere* werden. Damit hören sie nicht auf, menschlich zu sein.

XLVI

Eine knappe Stunde war vergangen, als Brigits Stimme im Intercom der *Chinook* zu hören war. »Caitlin kehrt zu euch zurück. Sie wird durch dieselbe Luftschleuse kommen.«

Allein in seinem Büro, nagte Brodersen am Stiel seiner Pfeife, die er fest zwischen den Zähnen hielt. Der Kopf des Rauchwerkzeugs bewegte sich ruckartig durch die scharfen blauen Wolken, die er ausgestoßen hatte. Weil Brodersen nicht mehr zog, führte die Schwerelosigkeit bald zum Erlöschen des Feuers. Er fummelte an seinen Sitzgurten, konnte sie endlich lösen, und schoß von seinem Stuhl hoch. Hinter ihm trieb ein vergessener Rest Whiskey.

»Die Kunde, die sie bringt, wird euch erfreuen«, hörte er die Stimme hinter sich. »Durch sie haben wir festgestellt, daß ihr ein gerechtes Anliegen habt. Es ist nicht absolut gerecht; nie dürft ihr das von irgendeinem Zweck glauben, den ihr zu erreichen sucht; aber euer Erfolg wäre besser als eure Niederlage. Obwohl wir euch in eurem Vorhaben nicht unterstützen, zeigen wir euch den Weg. Obwohl wir nicht sagen, daß ihr euch durchsetzen werdet, begleiten euch unsere guten Wünsche.«

»Aber bereitet euch auf eine baldige Abreise vor. Die Kräfte, die diesen Ort schaffen und erhalten, hier am Ende und am Anfang des Universums, sind äußerst fein ausgewogen. Wie winzig die Masse eures Schiffs auch ist, während eures Aufenthalts reicht sie aus, jede Arbeit zum Stillstand zu bringen. Außerdem habt ihr hier unter uns nichts mehr zu besorgen. Bis jetzt habt ihr gewonnen und dadurch eure Heimreise erlangt – oder das Recht, zurückzugehen und um eure Heimkehr zu kämpfen. Mehr können wir euch nicht bieten. Zu Beginn eurer nächsten Wache werden wir euch bitten aufzubrechen.«

»Inzwischen heißt Caitlin willkommen. Seid gut zu ihr.«

»Herr im Himmel!« schrie Brodersen während er flog, »wie könnte ich auch nur versuchen, anders als gut mit ihr zu sein?«

Ein paar Besatzungsmitglieder hatten die Schleuse vor ihm erreicht. Er stieß sie mit den Ellbogen zur Seite und ließ sie selbst ein. Ein Silberglanz leuchtete auf, um sofort zu erlöschen, und da stand sie. Er fing sie in seinen Armen auf, und in lächerlichen Drehbewegungen schwebten sie im Raum. Ihr Duft, ihre Wärme und ihre Geschmeidigkeit überwältigten ihn. *Verdammt,* dachte er, *ich weine doch tatsächlich*.

»Ist alles in Ordung, Pegeen, Liebling, macushla, was ist geschehen? So schnell –«

»Ich meine, es hat sehr lange gedauert«, sagte sie, als ob sie im Schlaf redete. Ihr Lächeln war aus dem Nirwana. »Sie haben mich durch die Zeit zurückgeschickt. Sieh mal.« Sie zog ein Notizbuch aus der Tasche, wie es Raumfahrer gewöhnlich mit sich führten. »Hier sind die Muster aufgeschrieben, denen wir folgen werden, um den ganzen Hinweg in umgekehrter Richtung zu passieren, bis wir Danu erreichen, von wo aus wir mit dem nächsten Sprung im betanischen System ankommen. Wir werden etwa einen Monat nach dem Abflug der *Emissary* dort sein.«

»Aber was ist mit dir, Pegeen, mit dir?«

»Ach, ich fühle mich gut. Gib mir ein wenig Zeit . . . herabzusteigen.« Plötzlich klammerte sie sich an ihm fest. Er spürte, wie sie erschauerte. »Halt mich, Dan. Ich sollte nicht weinen nach dem, was ich erlebt habe. Ich sollte es wirklich nicht!«

*

Aus den Tiefen ihrer Existenz übermittelte Joelle: *Wollt ihr euch nicht wenigstens verabschieden*?

– Ja, und mehr, war die Antwort – wir haben vom Avatar gelernt, wie sehr du dessen bedarfst.

Dann nehmt mich zu euch!

– Das kann nicht sein. Oh, Joelle, kann ein Baum fliegen oder ein Vogel die Sonnenstrahlen einfangen? Du bist was du bist, und du bist was du, wenn du willst, vielleicht werden kannst. Begnüg dich damit.

In ein paar elenden Jahren, die mir noch bleiben, und dabei wissen, daß ich nie wissen werde, was ihr wißt, wissen, daß das von mir zu Begreifende nur ein Schatten ist?

Wenn du es wünscht, können wir dich es vergessen lassen.

Nein!

– Was sonst?

Wenn ich eurer Gesellschaft nicht würdig bin (– Hierin liegt kein besonderes Würdigsein.) *dann eröffnet mir die Realität. Ob es mich tötet oder ob es mich verrückt macht, aber zeigt mir die Letzten Dinge.*

– Wir haben die Letzten Dinge nicht.

Was aber habt ihr –

– Die Bruchstücke, die wir besitzen, werden dir als solche nicht schaden. (Würde eine Vorlesung über Relativität einem Affen schaden?) Das Avatar könnte es dir sagen, aber du hast mehr Talent und einen besseren Hintergrund als sie. Deshalb hör zu, wenn du willst.

– (Mathematik und Brocken von dem, was direkte Wahnehmung sein könnte oder auch nicht, und:) Unser Raum-Zeit-Kontinuum ist nicht die ganze Schöpfung. Es ist ein Tropfen in einem überdimensionalen Ozean, der unendlich viele seiner Art hervorbringt, fast wie die alten Ozeane auf der Erde, auf Demeter und auf Beta ständig neues Leben hervorbrachten weil es in ihrer Natur lag. Jedes Universum stirbt wie Sterne und Blumen, aber seine Materie geht in etwas über, das es noch nie gab.

– Hier und jetzt hat sich unser ausgebrannter Kosmos mit einem anderen geschnitten. Wenn diese Vereinigung vollkommen ist, wird aus ihr eine völlig neue Welt der Welten enstehen. (Möge nur das andere All selbst alt sein, damit kein Leben – so beten wir – bei der Genesis zerstört wird!) Wie der nächste Zyklus aussehen wird, können wir nicht voraussagen.

Schon ändern sich selbst die Gesetze und Konstanten der Physik. Außerhalb dieser Schutzburg der Kräfte könnten weder ihr noch wir auch nur einen Augenblick lang existieren. Was kommen soll wird ganz fremd sein. Und doch versuchen wir, ein Teil davon zu werden, es zu verstehen und zu bewahren. Wir bauen eine Maschine –

– die nur Mittel zu einem Zweck ist, Joelle, dem Zweck, der nie ein Ende findet.

Schweigen. Dann: Möchtest du immer noch einen Blick erhaschen?

Ja!

– Nimm wahr –

Sie kreischte. Nicht vor Schmerz oder Angst. Es war Hoffnungslosigkeit.

– Leb wohl. Leb wohl für immer.

*

Caitlin regte sich. »Ich sollte zu ihr gehen«, sagte sie.

»Heh? Ich weiß nicht was du meinst«, sagte Brodersen.

»Mir wurde auferlegt, Joelle zu helfen«, erklärte sie ihm. »Sie wußten, wie sie leidet. Sie können sie nicht heilen. Vielleicht gibt es kein Heilmittel. Aber ich muß es versuchen, Dan.«

»Und was ist mit mir? . . . Oh, ich will dich nicht quälen. Ich brauche im Augenblick nicht unbedingt Trost, aber . . . du hast dich verändert, Pegeen.«

»Ja.« Sie packte ihn hart. »Von dir weg. Ich werde mir den Weg zurück erkämpfen. Jetzt aber – du bist stärker als sie.«

*

»Die Stunde eures Aufbruchs ist gekommen«, sagten die Stimmen der *Anderen*. »Nehmt unseren Segen mit auf den Weg.«

XLVII

Riesig und rotgolden am purpurblauen Himmel stand die Sonne von Beta am späten Morgen. Einer der Gewitterstürme, die diesen Teil des langen Tages beherrschten, war gerade zuendegegangen. Verstreute, sanft leuchtende Wolken zogen dahin, und ein Regenbogen überspannte den westlichen Horizont. Das Land glitzerte feucht, als seien die Grasflächen, das Buschwerk und die Zweige der Bäume mit Diamanten bestreut. Eine kühle Brise wehte und trug würzige Düfte herüber. Im Osten glänzte eine Meeresbucht, an der die Shilhouetten von Gebäuden emporragten, aber in der Nähe gab es wenig, das andeutete, daß sich hier der Hauptsitz einer raumfahrenden Zivilisation befand. Die grauen, weinumrankten Felssteine eines alten Turms erhoben sich hoch über den Boden hinaus.

Es war die Zeit des Wachstums zwischen der eisigen Nacht und dem sengend heißen Nachmittag. Überall sproß frisches Pflanzenleben hervor und wuchs so rasch, daß man es fast sehen konnte. Der Himmel war voller Vogelschwingen, und Gesang widerhallte aus Feld und Wald.

Joelle und Caitlin näherten sich dem Turm zu Fuß. Eine geringere Schwerkraft als die auf der Erde beschwingte ihre Schritte. Und doch lächelte keine von ihnen. Die junge Frau war gelassen, die ältere trug eine finstere Miene zur Schau.

»Und warum können Sie Ihren Kummer nicht abwerfen?« wollte Caitlin wissen. »Ja, es hat Sie schockiert zu erfahren, daß Ihr ganzes Wissen nur ein Gischttropfen ist, der im Nu ins Meer zurückfällt und verloren ist. Aber ist das wirklich so überraschend? Wird es deshalb weniger aufregend sein, morgen eine Entdeckung zu machen?«

Joelle schüttelte den Kopf. »Es ist viel schlimmer«, sagte sie in ihrer Trostlosigkeit. »Ich habe festgestellt, daß ich nicht nur unwissend bin, ich bin *dumm*. Nein, nicht einmal das. Es würde bedeuten, daß ich etwas mit den *Anderen* gemeinsam habe. Trotz unserer holothetischen Tricks bleiben wir niedere Tiere. Wir sind wie Affen, die versuchen, durch Zufall auf einer Schreibkonsole einen Text von Shakespeare zu schreiben und außerstande sind, sich länger als fünf Minuten zu bemühen. Oder wir sind wie Blindschleichen, die zu sehen versuchen.

Eine Sekunde lang ballte Caitlin die Fäuste und starrte in den Wind. Als sie ihr Gesicht wieder unter Kontrolle hatte, erwiderte sie: »Sie schauen nicht auf uns herab. Wie oft muß ich Ihnen das noch sagen? Für sie ist jede Art von Leben edel. Uns ist aufgegeben, mit Stolz das zu sein was wir sind.«

»Das können Sie leicht sagen.«

Caitlin hielt ihre Antwort zurück.

»Sie sind gesellig, natürlich und leichtblütig, alles Eigenschaften, die mir fehlen«, fuhr Joelle fort. »Und was ich zu sein glaubte stellt sich als Illusion heraus. So bin ich also ein Nichts.«

Caitlin wurde rot und starrte finster vor sich hin. »Wird es nicht höchste Zeit, daß sie sich nicht länger in Selbstmitleid suhlen?« fauchte sie böse.

»Oh, ich werde meinen Pflichten ausreichend nachkommen, keine Angst.«

Versöhnlich berührte Caitlin Joelles Wange. »Lernen Sie, wieder menschlich zu sein. Das Gehirn ist nur *eine* Facette der Existenz, weder die größte noch die hellste. Ich werde Ihnen helfen wo ich kann. Das wird auch die übrige Besatzung tun.«

Verachtung stieg in Joelle auf, und sie hatte einen bitteren Geschmack im Mund. »Ja, und zuerst jede Menge Sex. Das ist doch Ihr beliebtes Universalmittel. Zweifellos können Sie Ihre Hengste dazu überreden, der alten Dame den Gefallen zu tun, sie regelmäßig zu bumsen. Nein, danke!«

»Habe ich den Vorschlag gemacht?« sagte Caitlin ruhig. »Ich würde es auch nicht tun, denn ich empfände das als genau so schlimm wie Sie. Ich nehme nicht an, daß Sie je wieder einen Mann als Mann wollen. Das ist keine Schande für Sie. Es ist Geschmackssache und schließlich Ihr eigener Entschluß. Aber schrecklich ist es, Sie in diese Einsamkeit eingefroren zu sehen. Lassen Sie uns Ihnen Wärme geben, damit Sie auftauen. Das geht, wenn auch Sie uns Wärme entgegenbringen: wenn Sie uns *mögen.*«

»Ich bin immer noch Holothetin, und ihr übrigen seid immer noch Tiere für mich. Wohlmeinend, aber doch Tiere. Und ich machte mir noch nie viel aus Tieren. Was meine Kollegen auf der Erde anbetrifft, wie kann ich sie lieben, wenn ich sie nicht mehr achte? Oder mich selbst achten? Klebrige Sentimentalitäten werden daran nichts ändern . . . Wir sind schon da.«

Ein Fluggerät parkte vor dem Gebäude, dessen Türen zurückgeschoben waren. Die Frauen betraten ein kühles, widerhallendes Halbdunkel und gingen über eine spiralenförmig angelegte Rampe zum zweiten Stock. Dort waren die von den Betanern und den Wissenschaftlern der *Emissary* zu gemeinsamen Gebrauch entwickelten Einheiten für den Computeranschluß. Joelle überkamen Erinnerungen an Fidelio. *Wir hätten denselben Verlust erlitten, einander in unserem gemeinsamen Schmerz geholfen. Aber er ist tot.*

Drei Einheimische warteten schon; ein weibliches Wesen

stand zwischen zwei kleineren männlichen. Durch das Fenster einfallende Sonnenstrahlen ließen das mahagonifarbene Fell glänzen. Ihr Jodgeruch drang den Frauen wie Seeluft in die Nase. Mit den oberen Klauen und den unteren Händen vollführten sie Begrüßungsgesten. Die Menschenwesen erwiderten die Höflichkeit so gut sie konnten.

Joelle nahm ihren Platz ein und Caitlin half ihr, sich anzuschließen. Holothese erwachte. Sie verscheuchte jeden Gedanken daran, das zu Begreifende, diese schäbige Fiktion, zu erfassen. Sie wollte ganz einfach die Sprache der Einheimischen beherrschen. Dennoch merkte sie, wie der Zustand von ihr Besitz ergriff, spürte seine Kräfte in ihrem ganzen Wesen. Ja, hier gehörte sie hin.

Durch die Zusatzvorrichtung für Sprache brachte sie die vollen manchmal flötenden Obertöne der Landessprache hervor. »Mögen die Wetter dir günstig sein Matriarchin, und deinen standhaften Männern.«

»Mögen die Gezeitenströme dich tragen, Frau von Verstand«, erwiderten die Betaner die rituelle Anrede.

»Wir bedauern, daß wir so spät kommen«, erklärte Joelle. »Wir wurden durch den Regen im Lager aufgehalten. Die anderen aus unserer Herde brauchten die zur Verfügung gestellten Fahrzeuge, um Dinge zu besorgen, die wir benötigen, um uns hier einzurichten, und ich hatte die Möglichkeit eines Sturms von gefährlicher Stärke erwogen.«

»Wir sind nicht vor Durst verschmachtet«, sagte das weibliche Wesen.

»Wir haben die Wogen in uns geglättet für das, was wir hören werden«, fügte der größere ihrer beiden Gatten hinzu.

»Es ist freundlich von euch, uns aufzusuchen, da ihr doch so hart arbeiten müßt«, sagte sein Partner.

»Es ist das Mindeste, das ich der Frau und den Brüdern im Haushalt dessen schulde, der mein Freund war«, sagte Joelle.

Plötzlich erkannte sie mit aller Deutlichkeit, daß sie das wirklich meinte. Daß sie der Bitte um ein Interview entsprochen hatte, war eine kalkulierte Geste. Die Besatzung der *Chinook* brauchte viel Wohlwollen auf der Gegenseite, um sich eine ganze Welt zu Verbündeten zu machen. Aber nun, da sie bei denen war, die Fidelio geliebt hatte, brannten und tränten ihr die Augen. Sie wischte irritiert mit dem Handrücken darüber und fuhr fort, wobei sie froh war, daß ihrer künstlichen Stimme keine Erregung anzumerken war:

»Neben mir steht Caitlin, eine Frau aus unserem Rudel. Er starb in ihren Armen. Vorher aber schätzte er nächst meiner auch ihre Gesellschaft, denn er liebte ihre Musik und gab ihr dafür seine Lieder. Ich werde zwischen euch und ihr dolmetschen. Gemeinsam werden wir versuchen, die Geschichte seiner Erlebnisse für euch zu wirken. Fragt was ihr wollt.«

Caitlin trat vor, bis die große Gestalt der Witwe hoch vor ihr aufragte und sie ihr einen Kasten reichen konnte, den sie mitgebracht hatte. »Nehmt dies, meine Dame«, sagte sie leise. »Noch auf dem Schiff habe ich Ausdrucke von allen Aufnahmen gemacht, die wir von ihm hatten, und die besten zu Bildern für euch vergrößert.«

Während Joelle übersetzte, sahen die Betaner was es war. Eine Weile betrachteten sie schweigend die Aufnahmen. Dann legte das weibliche Wesen behutsam seine Klauen auf Caitlins Kopf, streichelte sie mit großen, zitternden Händen und brummte und pfiff – Meereslaute – »Mögest du nie ohne sauberes Salzwasser sein. Möge jeder Sturm dir Glück zublasen. Dies im Namen und vor den Augen Gottes.«

»Ach, ich konnte so schmerzlich wenig tun. Man ist so hilflos.«

»Vielleicht weißt du nicht, welche Hilfe du uns verschwenderisch angedeihen läßt, wenn du deine Erinnerungen an ihn mit uns teilst. Du läßt seine Tage wiedererstehen, die für uns schon tief unter den Wassern lagen.«

– Die Begegnung dauerte Stunden, denn die Betaner wollten alles, jeden flüchtigen Eindruck, den die Menschenwesen sich ins Gedächtnis zurückrufen konnten. Ihre Fragen flogen wie Regentropfen im Küstenwind. Eine Kamera hielt die Szene fest, aber Joelle vermutete, daß sie das eigentlich gar nicht nötig hatten, denn sie beschworen Fidelio in sich selbst herauf. Caitlin nahm ihren Sonador von der Schulter und ließ sie die Lieder und Weisen hören, die sie ihm gesungen hatte. Zuletzt legte sie das Instrument beiseite und sang das irische Wiegenlied.

Als sie fertig war, herrschte im Turm eine Weile Schweigen. Dann regte sich die Witwe, hob einen oberen Arm wie zum Segen und sagte: »Möge immer Gnade auf euch ruhen, die ihr selbst gnädig seid. Ich werde eure Sache vor dem Obersten Rat vertreten, und ich glaube fast, daß ich ihn dazu bewegen kann, euch zu helfen.«

»Was?« rief Joelle erschrocken. »Du?«

»Hattest du denn nicht die ganze Wahrheit über mich erfahren? Dann seid ihr zwei also nur aus Freundlichkeit gekommen. Wisset denn, um ihn, der einmal war, und der mit euch reiste zu ehren, hat die Liga der Raumfahrer mich unlängst zu ihrer Delegierten gewählt. Da ihre Mitglieder meine Autorität anerkennen, wird alles, was ich im Rat sage, Gewicht haben.«

»Ein Glücksfall. Ich möchte ihr hinsichtlich meiner Motive nicht die Illusionen nehmen . . . oder besser hinsichtlich der Motive, die ich vorgab, da ich nicht erwartete, daß irgendetwas je wieder für mich von Bedeutung sein würde. Außerdem ist die Tragweite dieser Angelegenheit für die Betaner erschrekkend. Wenn Caitlin wüßte – Joelle warf einen Blick auf die junge Frau und sah, daß sie aus dem Fenster schaute. Ihr Gesicht zeigte so wenig Gefühlsregung wie eine Totenmaske. Für kurze Zeit hatte ihr Mitgefühl Caitlin aus jenen Regionen entführt, in denen ihre Seele, seit sie die Anderen verließ, geschwebt hatte. Nun war sie dorthin zurückgekehrt.

Joelle richtete ihre Aufmerksamkeit auf die Betaner. »Gibt es denn so viele Zweifel, daß eure Leute uns helfen werden?« fragte sie.

»Ursprünglich ja«, antwortere das weibliche Wesen aufrichtig. »Die Geschichte, die ihr brachtet, ist schrecklich. Wir hofften, von euch zu lernen, wie wir das werden, was wir werden müssen. Heute überlegen viele, ob wir nicht stattdessen – unsere Nachkommen, unsere ganze Rasse – nicht vielleicht Verrat, Unterdrückung und Gewalttätigkeit lernen, von denen ihr berichtet, anscheinend ohne sie für ungewöhnlich zu halten. Einige von uns wollen euch in Quarantäne stecken.«

»Ist denn eure Spezies vollkommen?« gab Joelle zurück, eher

im Interesse der Genauigkeit als aus einer Verteidigungshaltung heraus.

»Natürlich nicht. Ihr wißt, an welcher Krankheit wir leiden, und welche Dürre sie im Gefolge hat. Die Frage ist, werden die Wasser, die ihr anbietet heilend oder giftig sein?«

»Wir haben mehr zu bieten als nur uns selbst.«

»Ja, die Darstellung des Kurses, auf dem ihr hergekommen seid. Das stützt eure Sache. Dennoch – die Witwe streckte in umarmender Geste beide Hände aus. »Nun, ihr habt uns dreien heute gezeigt, wieviel Anständigkeit es in eurer Art gibt. Sollten wir von dieser Welt euch nicht so gut wir können helfen? Darum werde ich den Rat bitten.«

Joelle war erstaunt über ihre eigene Erleichterung.

Einige Minuten später verabschiedete sich die Familie schweigend und verschwand. Sie hätten die Terrestrischen mitfliegen lassen, aber diese hatten es vorgezogen zu gehen.

Als sie sich aus der Holothese löste, empfand Joelle nicht die Depressionen, die darauf gewöhnlich folgten. Ihre Denkfähigkeit betrug nur noch einen Bruchteil, aber das war jetzt nicht wichtig. Der erweiterte Verstand hatte das, was jetzt in ihr aufstieg, bisher niedergehalten.

– Die Sonne hatte sich kaum bewegt. Blauschwarze, von Blitzen zerrissene Gewitterwolken standen im Westen. Fetzen wurden aus ihnen losgerissen und von einem scharfen, pfeifenden Wind über den Himmel gejagt, und ein neuer Sturm kündigte sich an. Er würde nicht losbrechen bevor die Frauen das Lager erreichten, und vorläufig war der Wind eine willkommene Abkühlung. Wellenförmig bewegte sich das Gras.

Caitlin nahm Joelles Arm. Das Gesicht des Mädchens, ihre ganze Haltung zeigten wieder ganz menschliche Besorgnis. Daß sie mit fast allen Gedanken abwesend war, deutete sich nur an. »Warum weinen Sie nicht?« fragte sie.

»Was?« Joelle zwinkerte mit den Augen.

»Ich sah Sie immer wieder dagegen ankämpfen. Die Maschine hat Ihnen die Kraft dazu gegeben. Warum lassen Sie sich jetzt nicht gehen? Sie wissen doch, daß ich auch manchmal weine.«

»Sie sind anders als ich.«

»Wie sehr anders denn wirklich?«

Das möchte ich auch gern wissen, dachte Joelle.

»Sie sollen ja nicht Kummer haben um des Kummers willen«, fuhr Caitlin fort. »Aber heute habe ich bei Ihnen ein gutes Zeichen gesehen. Es zeigt, daß Sie noch lieben können.«

»Nun – ich –« Joelle schluckte. »Das waren Fidelios Leute. Keine Menschen.«

»Was macht das aus? Es sind Wesen mit einem Bewußtsein. Sie hoffen auf Ihre Freundschaft. Gewähren Sie sie ihnen, und nehmen sie ihre dafür. Werden Sie endlich wieder lebendig.«

Nein, verdammt, ich will nicht heulen! Ich –

»Unsere Rassen werden immer engeren Kontakt aufnehmen«, sagte Caitlin nachdenklich. »Die Erde wird eine Art Botschafter auf diesem Planeten haben müssen, der zugleich Leiter einer ständigen wissenschaftlichen Mission ist. Und wer wäre dafür besser qualifiziert als Sie?«

»Wenn die Betaner uns akzeptieren.«

»Das werden sie, da bin ich ganz sicher.« Welches wortlose Wissen lag dieser Zuversicht zugrunde? »Nicht nur weil sie die Notwendigkeit spüren, unser Leben zu studieren. Das wird sich zwar als wertvoll erweisen, aber es wird kaum die einfache Medizin sein, die sie in ihrer ersten Freude erhofften. Solche Medizinen existieren nicht. Oder gibt es sie etwa?«

»Aber *gemeinsam* mit ihnen und anderen Rassen könnten wir . . . ach, ganze Welten stehen uns offen. Die *Anderen* hätten uns nicht gezeigt, wie wir jedes Tor, das wir auf unserer Suche passierten, wiederfinden, wenn sie uns nicht für vertrauenswürdig genug gehalten hätten – die ganze Menschheit und Beta. Auf ihrem Außenposten mußten wir sie verlassen, ja, aber woanders –«

Caitlins Stimme verlor sich. Sie kam aus dem Tritt und blieb eine Weile wie erstarrt stehen, den Blick zum Himmel gerichtet, den Mund verzerrt und die Finger gekrümmt, als wollte sie den Wind greifen. Joelle konnte fast ihre Gedanken lesen. *Wir müssen sie lassen. Nie wieder werden wir sie kennen.*

Mit einer abrupten Geste, wie um ihrem Schmerz zu gebieten, nahm Caitlin ihren Weg wieder auf und sprach weiter. In ihrer Stimme schwang sogar Begeisterung:

»Die Tänzer von Danu. Die Lehrer von Pandora. Das Orakel am Pulsar und die von draußen, die es besuchen. Die Lenker des Schiffs, das wir im Kern der Galaxie vorbeiziehen sahen. Und immer mehr! Joelle, ich könnte Sie beneiden. Welche Abenteuer des Verstandes und des Geistes können Sie erleben . . . werden Sie erleben. Ich schwöre Ihnen, auch die *Anderen* stehen am höchsten wenn sie forschen. Was sonst können Sie verlangen? Und – jene zwei, die wir trafen – Kinder der Menschheit – auf eine Weise, die mehr bedeutet als Blut, stammen sie von Ihnen ab.«

ES MAG SO SEIN. Sie mag rechthaben. Hier auf Beta ist Herausforderung, Liebe, innerer Friede.

»Und von Fidelio«, schloß Caitlin.

Joelle weinte.

XLVIII

Das Auge erkannte keine Veränderung. Die Sonne stand strahlend vor einer Dunkelheit, in der zahllose Sterne unaufhörlich funkelten. Silbern floß die Milchstraße dahin, die Nebel und die Schwestergalaxien schimmerten fern, und der gigantische Zylinder der T-Maschine wirbelte zwischen seinen Markierungszeichen, auf der Umlaufbahn der Erde, doch ihr für immer verborgen. Jedes Gefühl, daß etwas Unwiederbringliches geschehen war, konnte nur Narretei sein, entstanden aus Unsicherheit und emotionaler Erschöpfung. Vor einigen Stunden hatte ein Schiff mit flüchtigen Kriminellen zu entkommen versucht, war durch ein zufälliges Tor geirrt, und hatte sich bis zum Ende aller Zeiten im Raum verloren. Das war alles. Nichts Wichtiges war geschehen. Nichts.

Außer daß Menschenleben aufs Spiel gesetzt worden waren. Außer Getuschel unter der Besatzung – man verheimlicht uns etwas, aber was und warum? Außer einem Gewissen, das zu schlecht ist, als daß ich schlafen könnte.

Stumm schwebte Aram Janigian, Kommandant des Wachschiffs *Copernicus*, in seiner Kommandozentrale und starrte über die Sichtschirme nach draußen. *Ob Lawes an Bord der*

Alhazen wach ist? Überlegt er, ob wir richtig gehandelt haben, und findet er, daß was man uns erzählt hat nicht leicht zu glauben ist? Verflucht er sich vielleicht dafür, daß er nicht den Mut hatte, seine Karriere zu riskieren und den Vorfall an die Öffentlichkeit zu tragen, um so eine Untersuchung zu erzwingen? Oder kennt er die Wahrheit und schläft seelenruhig in der Erwartung, daß er zur Morgenwache die Order erhält, nach Hause zu kommen?

Hatte er je an die Tatsache gedacht, daß *doch* etwas geschehen war, immer noch geschah und solange geschehen würde wie es eine Zukunft gab? Nur war die Zeitskala kosmisch. Unaufhörlich entwickelten sich die Sterne; in Millionen von Jahren würden jene, die jetzt am hellsten strahlten, aufgeglüht und gestorben sein. Inzwischen würde der Orion-Nebel und seinesgleichen neue Sonnen und neue Planeten hervorgebracht haben. In etwa fünf Milliarden Jahren würde der langsame Todeskampf unserer Sonne beginnen. Bis dahin würde sie schon lange jene Konstellationen verloren haben, nachdem sie – wieviele? vielleicht fünfundzwanzig? – Umläufe in einer Galaxis hinter sich gebracht hatte, die sich selbst ruhelos veränderte. Danach –

Vor Janigian tauchte ein Schiff auf.

Der automatische Alarm dröhnte. Die Männer brüllten von ihren Stationen aus durchs Intercom. Kein Lotsenschiff hatte gewarnt, hätte es auch nicht sollen. Jener große, stumpfe Zylinder mit den seltsamen Vorsprüngen und dem blauen Nebel, der ihn umwob, konnte nicht von Menschenhand gebaut worden sein. Aber Bilder von ihm lagen in allen Bibliotheken und Datenbanken auf der Erde und auf Demeter. Ein sehr ähnliches Schiff hatte einmal das phöbische System durchflogen.

»Alle Mann auf Station!« schrie Janigian. »Bereithalten! Zunächst keine eigene Aktion. Anweisungen abwarten! Verbinden Sie mich mit der *Alhazen*.«

Der Fremde drehte unter leichter Beschleunigung ab. Ein Schwesterschiff erschien und gab dem ersten den Weg frei. Dann kam ein drittes.

»Lawes, sind Sie das? Kein Feuer eröffnen, haben Sie verstanden?«

»Glauben Sie, ich bin wahnsinnig? Natürlich werde ich nicht das Feuer eröffnen. Ich werde mich über Strahl mit meinen Vorgesetzten in Verbindung setzen. Versuchen Sie doch inzwischen, mit diesen, diesen Kreaturen Kontakt aufzunehmen. Benachrichtigen Sie mich sofort und schalten Sie mich ein, wenn es gelingt.«

Ein viertes, ein fünftes, ein sechstes – dann nichts mehr. Die Fremden manövrierten sich in eine Formation, die defensiv sein mochte aber –

Das siebte Schiff sah anders aus, es war kleiner, kugelförmig und nicht so elegant wie die anderen, als es mit etwa einem g beschleunigte . . . eine *Reina*. »Lawes, die *Emissary* ist zurückgekommen. Heilige Mutter Maria, sie hat die fremden Schiffe zu uns gebracht!«

»Gegen jeden Befehl –«

»Nein, warten Sie. Das ist nicht die *Emissary*. Schalten Sie Ihr Bild auf Vergrößerung; sehen Sie genau hin. Das ist die *Chinook*. Die *Chinook*, von den Toten zurückgekehrt.«

Ist dies ein Traum? Nein, es ist alles zu wirklich, die Gurte, in denen ich hänge, die Meßgeräte, deren Skalen nicht schmelzen, die gewohnte Trägheit meines Körpers, obwohl dort draußen das ganze Universum explodiert.

Die Fremden hatten sich um sie herumgestellt. Eine Schutzburg.

In weniger als einer Minute erschien Brodersens Gesicht auf dem Schirm. Die Zeit, die vergangen war, seit er das letzte Mal zur Sonne durchgereist war, hatte die Furchen darin noch tiefer eingegraben, mehr Grau war in seinem dichten schwarzen Haar. Und dann sein Blick, der von weither zu kommen schien . . . Wie war das möglich?

Er lächelte und dehnte sein Spanisch wie immer: »Guten Tag, Captain, oder gute Nacht, wenn das die Uhren sagen. Hören Sie bitte zu. Wir sind nicht die harmlosen Unschuldslämmer, die sie aus der Luft pusten können, bevor sie wissen, was los ist. Aber wir kommen in absolut friedlicher Absicht. Wenn Sie schießen, werden wir nicht zurückschießen. Das brauchen wir auch nicht. Ich hoffe, Sie werden die teure Munition des Steuerzahlers nicht auf uns verschwenden. Wir werden zur

Erde weiterfliegen. Da wir aber der gesamten Menschheit eine Geschichte zu erzählen haben, fangen wir am besten gleich bei der *Copernicus* und der *Alhazen* an. Wir hoffen, daß Sie uns bis zum Schluß anhören und dann das offizielle Hauptquartier verständigen, um was wir sagen zu bezeugen. Wir bitten Sie sehr darum.«

In Janigian trompetete es. »Ja«, sagte er.

Lawes benutzte das Hilfsgerät. »Nein«, stöhnte er. »Es sind Aufständische, sage ich Ihnen, die eine Flotte von Ungeheuern rekrutiert haben müssen.«

»Wer hat Ihnen *das* gesagt?« knurrte Brodersen.

»Lawes«, sagte Janigian, »halten Sie das Maul. Und lassen Sie Ihre Leute zuschauen.«

Brodersen fing an. Er projizierte Aufnahmen und Live-Szenen aus den betanischen Schiffen. Während er seinen Vortrag hielt, verwandelte sich Janigians anfänglicher Schock in Wut, die zu wildem Zorn anschwoll. Auch Lawes, zuerst ungläubig, wurde nach einiger Zeit böse. Dann mußte er seinen Posten verlassen, um eine Meuterei zu verhindern.

*

Das Telefon am Bett weckte Ira Quick aus einem Alptraum. Ein zerstörtes Haus, ein kleines totes Mädchen, das den Himmel anklagte, während es noch seinen Teddybär im Arm hielt, das Blut war unglaublich scharlachrot . . . er fror unter seinem Schweiß. Als er sich auf seinen Ellbogen stützte und das Licht einschaltete, sah er, wie der Schnee an den nachtdunklen Fenstern vorbeistob. Neben ihm lag ein warmes Bündel, seine Frau. Sie bewegte sich und schwamm dem Erwachen entgegen.

Er nahm den Anruf an. Ein Gesicht erschien auf dem Schirm, eine Stimme rasselte die neuesten Meldungen herunter. Sekunden später sagte Quick: »Halt. Moment. Das nehme ich auf eine andere Leitung. Zeichnen Sie alles auf was reinkommt, bevor ich wieder Kontakt aufnehme, und beachten Sie strengste Geheimhaltung.«

Er stellte seine Füße auf den Boden, und Alice richtete sich auf. »Was ist denn los?« fragte sie.

»Streng vertraulich«, erwiderte er. »Bleib hier.« Er stand auf. *Komisch*, dachte er, *daß man die Katastrophe nicht sofort merkt. Wie damals, als ich mir beim Skilaufen das Bein brach, oder dieser Versuch, mich zu erpressen, oder als Bergdahl die Stimmen neu auszählen wollte und eine Untersuchung verlangte. Den Dingen bin ich ganz gut beigekommen. Hin und wieder wird ein Mensch zu einem zuverlässigen Automaten. Der Schmerz kommt später.* Er sah Alice an, fand sie schön, bedauerte, daß er sie wahrscheinlich verlieren würde und wünschte sich vage, daß er sie mehr beachtet hätte.

»Darling, es muß was Schreckliches sein«, flüsterte sie. »Laß mich bei dir sein, bitte.«

»Nein, bleib hier. Das sagte ich dir doch.«

In seinem Büro hörte er sich den ganzen Bericht an, der ein wenig konfus und unvollständig war, aber dennoch eindeutig. Er machte einige Einwände, ließ das Gerät auf Empfang und stieg die Treppe hoch, wo er an die Tür seines Gastes klopfte.

Simeon Iljitsch Makarow ließ ihn ein. Seine kurze, gedrungene Gestalt war in einen gräßlich farbenprächtigen Pyjama gehüllt. »Nun, worum geht es?« bellte der Premierminister von Großrußland.

Quick drängte ihn in das Zimmer zurück und schloß die Tür hinter sich. »Schlechte Nachrichten«, sagte er. »Die schlechtesten, die man sich vorstellen kann.«

Makarow kaute an seinem Schnurrbart, zeigte aber sonst keine Regung.

»Es scheint, daß Brodersen mit einer betanischen Flotte zurückgekommen ist«, stieß Quick hervor. »Die *Alhazen* versuchte, mich zu erreichen, aber es ging alles zu schnell. Die Nachricht ging von *Copernicus* an die Astronautische Kontrollkommission. Palamas hat mich verständigt. Sie war stinksauer und weiß nicht, was sie noch glauben soll, aber sie meint, daß ich eine Chance verdiene. Was konnte ich ihr sagen? Im wesentlichen: ›Lügen, Betrug, strikte Geheimhaltung bis wir mehr wissen.‹«

»Aber es ist kein Betrug«, sagte Makarow langsam.

»Das glaube ich auch kaum. Irgendwie hat dieser Teufel –«

Quick verschluckte den Satz und versuchte sein Zittern zu unterdrücken. Dann berichtete er Einzelheiten.

»Und nun?« sagte Makarow.

Wieder zitterte Quick, diesmal schlimmer als vorher. »Was sollen wir nur *tun*?«

»Ich reise natürlich nach Hause.« Makarow drehte sich um, ging an den Kleiderschrank, öffnete ihn und holte seinen Koffer heraus. »Sie werden mir einen Wagen zum Flughafen besorgen.«

»Aber – Sir –«, Quick kämpfte mit sich. »Wir müssen planen, koordinieren, die Organisation alarmieren.«

»Ganz recht. Leugnen Sie vorläufig alles ab. Bleiben Sie hart, wie ihr Nordamerikaner sagt. Uns bleiben noch ein paar Tage, bis der Feind hier auf der Erde ankommt.«

»Wenn er aber hier ist –«

»Dann müssen wir bereit sein.« Makarow sackte in sich zusammen. Er sah plötzlich ganz grau aus. »Politisch bin ich genauso am Ende wie Sie.« Er wandte sich ab, legte den Koffer auf das Bett und fing an zu packen. »Ich werde versuchen, in die Lage zu kommen, wenigstens um mein eigenes Überleben zu kämpfen. Wenn nicht, werde ich Anstalten treffen, unterzutauchen. Ihnen rate ich das gleiche.«

Nein, dazu bin ich nicht bereit. Dafür bin ich nicht der Typ. Dies ist ein anders Land, und ich habe im Ausland nicht die geeigneten Verbindungen. Ich bin erledigt. Quick starrte nach draußen in den Schneesturm. *Die ganze Öffentlichkeit wird gegen mich aufgebracht sein. Mir bleibt nur eine Wahl: Gefängnis oder Pistole.*

»Gott verdamme sie!« kreischte er. »Diese undankbaren Hunde! Gott verdamme sie in die tiefste Hölle!«

XLIX

Es gab wenige Straßenlaternen in Eglise de St. Michel und keine in der Nähe von Brodersens Haus. Als Elisabeth Leino die Tür öffnete, sah sie ihren Rasen, die Blumenbeete, die Baumwipfel, auf die der Mondschein Frost zauberte. Persephone und Erion standen hoch am Himmel, und doppelte Schatten fielen auf den Tau des frühen Morgens. Die Luft war kühl und ruhig.

Sie unterdrückte einen erstaunten Ausruf und wartete darauf, daß der frühe Besucher sich meldete. Das Licht von innen war nicht so gnädig gegen Aurelia Hancock wie es der Schein des heraufziehenden Morgens gewesen sein mußte. Der Generalgouverneur von Demeter blieb ein Weile stehen, starrte zu Boden und verbog sich die Finger. Endlich hob sie den Blick und bat: »Darf ich eintreten?«

»Ja«, erwiderte Lis und trat zur Seite.

Hancock ging hinein. »Würden Sie bitte die Tür schließen? Ich bin heimlich hier.«

Lis tat ihr den Gefallen, drehte sich um und wandte sich der Besucherin zu. Das Wohnzimmer mit dem Hartholzfußboden, dem Teppich, der Wandtäfelung, dem Panoramafenster und dem Kamin, den Dan gebaut hatte, wirkte nicht mehr anheimelnd. Hochspannung trat ein. Selbst die Katze auf dem Sofa wachte auf und schoß einen gelben Blick herüber.

»Möchten Sie sich nicht setzen?« sagte Lis automatisch.

»Ich weiß nicht, ob ich kann«, sagte die andere Frau kläglich. Sie fummelte in ihrer Tasche nach einer Zigarette.

»Vielleicht einen Drink?«

Hancock sah Lis erstaunt an. »Sie würden mit mir zusammen einen Drink nehmen?«

»Ich habe *Ihnen* einen Drink angeboten.«

»Ach so . . . Nein, danke.«

Lis trat an den Kamin und stützte einen Ellbogen auf das Sims. Hier standen einige Souvenirs – ein Leuchter, den sie von ihren Eltern geerbt hatte, ein Pfeifenständer, eine Trophäe, die sie gemeinsam bei einem Eiskunstlaufwettbewerb gewonnen hatten, Dinge, die in eine Wohnung gehören. Neben ihnen fühlte sich Lis sicher. »Warum sind Sie gekommen?« wollte sie wissen.

Hancock fing an zu zittern. »Um, um ihre Hilfe zu erbitten, und um Verzeihung und –«

Lis gob die Brauen. »Und was kann ich Ihrer Meinung nach tun? Die Sache ist längst an der Öffentlichkeit. Der kommisarische Gouverneur wird in einem oder zwei Tagen durch das Tor kommen, und der Untersuchungsausschuß wird wenig später aufkreuzen. Ich habe kein öffentliches Amt.«

»Aber Sie sind Dan Brodersens Frau!«

»Sie haben alles getan, ihn umzubringen.« Lis schlug mit der Faust auf das Sims. »Nein, das hätte ich vielleicht nicht sagen sollen. Ich glaube Ihnen schon, wenn Sie mir vorhin am Telefon sagten, das sei nicht Ihre Absicht gewesen. Aber wie dem auch sei, Aurie, Sie haben eine Verantwortung übernommen, und Sie werden die Konsequenzen zu tragen haben.«

Mit gesenktem Kopf stand Hancock da. Sie zog die Zigarette hervor, die sie gesucht hatte, aber anstatt sie anzustecken, zerpflückte sie sie mit zittrigen Fingern. »Sie verstehen nicht«, murmelte sie. »Ich erbitte nichts für mich. Ich bitte Sie um Mitleid für Ira Quick.«

Lis fuhr überrascht hoch. »Was?«

Hancock zwang sich dazu, sie anzusehen. »Sie sehen in ihm ein Ungeheuer, den Mann, der tatsächlich Ihren Gatten umbringen und alle Ihre und Dans Hoffnungen zunichte machen wollte.« Ihre Stimme festigte sich. »Das ist er aber nicht. Gewiß, er hat schreckliche Fehler gemacht – obwohl wir nie wissen werden, was geschehen wäre, wenn er sich durchgesetzt hätte. Er wäre als Staatsmann und Held in die Geschichte eingegangen . . . Egal. Er hat verloren, das ist alles. Aber können Sie sich denn nicht vorstellen, daß es nicht unbedingt üble Beweggründe gewesen sein müssen, aus denen heraus er handelte? Er ist ehrgeizig und großsprecherisch, das stimmt. Aber ist das nicht menschlich? Er hat ehrlich geglaubt, zu tun, was getan werden mußte.«

»Da bin ich nicht so sicher«, sagte Lis.

»Egal«, wiederholte Hancock. Sie weinte jetzt. »Fragen Sie sich doch, ob es Sinn hat, sich zu rächen. Wäre es nicht für alle besser – würde euer neues Zeitalter nicht besser anfangen –, wenn ihr vergeben könntet?«

Lis schwieg einige Sekunden und sagte dann: »Was kann ich denn tun, um Ihnen zu helfen, vorausgesetzt ich wollte es?«

»Alles!« rief die Besucherin. Dann leiser: »Sie werden zugeben, daß ich etwas von Politik verstehe. Dan ist der Mann der

Stunde, der Mann des Jahrhunderts, aber dennoch muß er die Anklagen entkräften, die sich auf illegale Handlungen beziehen, bei denen Menschen getötet wurden, und – Wenn er jetzt öffentlich eine Generalamnestie verlangte, wer würde das ablehnen?« Sie rieb sich die Augen. »Sie könnten ihn dazu veranlassen. Er ist nicht rachsüchtig, und . . . ich sagte Ihnen doch, es wäre eine Geste, die hoffen ließe. Um mich geht es nicht. Ich erwarte was auf mich zukommt. Ich war ohnehin nur ein Pfand, wie es sich herausstellt. Es geht auch nicht um die anderen Verschwörer. Aber Ira –« Sie sank zu Boden, rollte sich zusammen. Dann stützte sie sich auf ihre Arme. »Ira, bitte, Ira!«

Eine Weile stand Lis noch da, stark und langbeinig. Ihre Miene verdüsterte sich und hellte sich wieder auf. Endlich murmelte sie, mehr zu sich selbst gewandt: »Im öffentlichen Leben sind sie alle erledigt. Dürfen sie sich noch länger frei auf der Erde bewegen? Aber auf Demeter gibt es ganze Kontinente für Leute, die einen neuen Anfang suchen.«

Sie wollte die zusammengesunkene Gestalt vor sich nicht berühren, aber sie sagte: »Ja, Aurie, ich werde ein gutes Wort einlegen. Auch für dich.«

*

Lis ging in ihr Arbeitszimmer. Es war ein ausreichend großer, gut ausgestatteter Raum mit modernster Büroeinrichtung, aber über dem Schreibtisch stand ein Hologramm des Mount Lorn mit seinem ewigen Schnee. Sie wartete einen Augenblick und starrte finster das Aufnahmegerät an, bevor sie den Schalter betätigte und Brodersens letzte Nachricht aus Lima abspielte. Sowohl Bild als auch Stimme zeugten von Müdigkeit:

– Ich muß mich hier durch so viel Unsinn durcharbeiten, und ein Ende ist nicht in Sicht. Du würdest damit besser klarkommen als ich, Honey. Ach, es wäre herrlich, wenn du hier sein könntest. Ich sage mir selbst dauernd, daß das unpraktisch wäre, aber dann versuche ich, mir das Gegenteil zu beweisen –«

Bald aber erwähnte er Caitlin. Zuerst ließ Lis diesen Teil aus, aber dann biß sie sich auf die Lippen und spielte ihn zweimal ab. Anschließend setzte sie sich hin und dachte nach. Endlich überspielte sie noch einmal die Antwort, die sie gerade zusammengestellt hatte, als sie von Aurelia Hancock unterbrochen wurde. Sie hatte jetzt manches zu sagen was neu und wichtig war. Bevor sie es aber tat, blieb noch etwas, das vielleicht noch viel wichtiger war.

Ihr elektronischer Doppelgänger starrte sie aus dem Bildschirm an und erklärte: »– Du erzählst mir so wenig von ihr. Laß mich selbst mit ihr sprechen. Die nächsten paar Minuten sind für sie.«

Sie räusperte sich ein wenig albern und setzte sich zurecht. Dann sagte sie: »Hallo, Caitlin, Liebes. *Salud*. Was Dan mir über dich berichtet, klingt nicht gut. Nicht, daß er viel sagt. Ich denke, er hat auch nicht viel zu sagen. Anscheinend führst du dein Leben einigermaßen normal. Aber er hat zum Beispiel über keine Scherze zwischen dir und ihm berichtet, die er mir sonst nie vorenthält. Oder –« Auf dem Band hörte man jetzt die Türklingel. Dann stoppte es.

Lis überlegte kurz und schaltete das Gerät wieder ein. Sie sprach in die Lichtjahre hinein, die hinter allem steckten.

»Dan, dies ist für Caitlin. Nur für sie. Schalte ab, der Rest ist für sie. Du hörst später von mir, aber erst auf dem nächsten Band.« Sie wußte, daß er ihrer Bitte entsprechen würde.

»Caitlin, ich meine, dies solltest du nicht Dan zeigen. Sag ihm, es ist ein Gespäch unter Frauen. Er hat weiß Gott Sorgen genug. Du und dein Kummer sind wohl die schlimmsten.«

»Bitte«, sagte Lis und mußte plötzlich nach Atem ringen, »versteh doch, ich will nicht, daß du Schuldgefühle entwikkelst. Was du durchgemacht hast, werde ich mir nie vorstellen können. Oder nach was du dich sehnst – das ist wohl eher dein Kummer, nicht wahr? Du lebst in einem Traum, hast dich ganz in ihn verloren, und das spürt er, und –«

Sie nahm ihre Gedanken zusammen. »Du mußt zurückkehren aus diesem Traum, deinetwegen und seinetwegen und auch meinetwegen. Meinetwegen nicht, weil es mit Dan etwas zu tun hat. Ich könnte eine Reise zur Erde buchen, Caitlin, weil er ja noch Monate dort bleiben muß. Ich würde es auch tun, aber du brauchst jetzt alles, was er dir geben kann. Er darf dich nicht an das Halb-Leben verlieren, in dem du jetzt bist. Auch ich darf dich nicht verlieren. Ich weiß erst jetzt, wieviel du mir bedeutest.«

Sie seufzte. »Oh, ja, ich bin neidisch auf dich gewesen, und das werde ich gelegentlich wohl auch in Zukunft sein. Aber nicht eifersüchtig. Nicht mehr. Wir lieben ihn beide, und auch er liebt uns beide. Warum sollten wir uns dann nicht mögen? Ein Kichern. Vielleicht kommt der Tag, da er mich ein wenig beneidet . . . oder ein wenig eifersüchig ist. Und das schadet ihm gar nichts!«

»Caitlin, komm nach Hause.«

»Ich bin nicht gewesen wo du gewesen bist, aber ich bin älter als du, und ich habe im Leben Dinge kennengelernt, die dir vielleicht fremd sind. Ich möchte vorschlagen, ich nenne dich –«

Als Lis fertig war, stand sie auf und reckte sich, Muskel für Muskel. Sie wollte das Gesagte am nächsten Tag noch einmal abspielen, vielleicht korrigieren, aber nur, um klar verstanden zu werden; sie wußte, worin ihr Rat bestand und hoffte, daß er hilfreich sein könnte. Nun noch etwas Musik zum Abschluß, vielleicht Sibelius. Und dann zu Bett. Sie mußte morgen frisch sein.

Sie wollte verdammt weder Griselda noch Penelope sein. Sie hatte zu tun.

L

In diesem Jahr kam der Frühling früh nach Irland. An einem Morgen dieses Frühlings machten Brodersen und Caitlin sich zu einer Tageswanderung auf.

Es war im County Clare. In der Hütte, die sie bewohnten, fünf Jahrhunderte alt, lange verlassen, kürzlich wiederhergestellt zur Vermietung an Besucher, lebte trotz allem noch die Erinnerung an Generationen, die in diesen Mauern geboren und aufgewachsen waren, sich verliebt, Kinder gezeugt und aufgezogen, gearbeitet, gelitten, gesorgt, gelacht, gesungen und geträumt hatten, die dort alt geworden, gestorben und betrauert worden waren. Niedrig und weißgetüncht unter moosigem Strohdach stand sie einsam auf einer Ahöhe und blickte aufs Meer hinaus. Ihre Bewohner hatten wohl hauptsächlich von der Schafzucht gelebt. Einige Kilometer entfernt war ein Fischerdorf in einer Bucht. Diese Menschen waren noch altmodisch. Sie hatten kein Interesse daran, in die Welt hinauszuposaunen, wer sich bei ihnen einquartiert hatte, sondern respektierten ihr Verlangen nach Still und Zurückgezogenheit, von dem ihr Priester ihnen erzählt hatte. Wenn sie das berühmte Paar auf der Straße oder in einem Laden trafen, es zu einer Bootsfahrt mit hinausnahmen, mit ihnen in der Kneipe tranken, gaben sich die Fischer damit zufrieden, einfach nur freundlich zu sein.

Brodersen sah sich um: »Das wird ein schöner Tag«, sagte er, während er sich den Rucksack mit der Wegzehrung auf den Rücken schnallte.

Westwärts erstreckte sich Ginster und anderes Gebüsch bis zu der Stelle, wo der Felsen abrupt ins Meer abfiel. In der Ferne schienen die Wasser ockerfarben, und kleine Wellen glitzerten in Smaragdgrün und Silber. In der Nähe zerbarsten sie als Brandung, weiße Fontänen an Felsen und Steilhängen. Selbst in dieser Höhe hörte er ihr Brüllen. Gen Süden war das Land auch zerklüftet, nach Norden noch mehr. Ostwärts rollte es in grünen Wellen dem blauen Massiv eines Berges entgegen, dessen Gipfel das Ziel ihrer Wanderung war. Hagedornhecken säumten mit ihren schneeweißen Blüten die Feldwege. Hier und da stieg aus dem Schornstein eines Bauernhauses Rauch in einen Himmel, an dem ein paar Wolken wanderten. Näher am Weg stand ein grasüberwucherter Erdwall, der ein Heim geschützt hatte bevor St. Patrick durch Irland wanderte; als schließlich niemand mehr darin wohnte, nannte man es eine Behausung der Sidhen, von denen man sich die ersten Geschichten erzählte bevor Jesus durch Galiläa wanderte. Eine kühle Brise brachte ihnen den Duft von Meer und Erde und Pflanzen. Hoch über ihren Köpfen sang eine Lerche.

»Das ist«, sagte Caitlin, »als ob das Land uns zum Abschied einen Segenswunsch darbringt.«

Er sah sie an. Die derbe Wanderkleidung, die sie heute trug, konnte ihre aufrechte Schlankheit und ihren anmutigen Gang nicht verdecken. Ihr bronzenes Haar wurde von einem Band zusammengehalten; eine Locke hatte sich befreit und flatterte im Wind. Die Augen in ihrem von der Sonne getönten und etwas sommersprossigen Gesicht waren grüner als das junge Grün der Felder ringsum, und in ihrem Lächeln war eine Fröhlichkeit, die er bei ihr seit ihrem Besuch bei den *Anderen* bis zu der Zeit, da sie schon eine Weile gemeinsam in dieser Einsamkeit verbracht hatten, nicht mehr gesehen hatte.

»Sie, ah, sie hat mir auf Demeter den besten Segen gegeben, den es gibt«, sagte er. »Dich.«

Caitlin lachte. »Hallo, Dan, willst du Barde werden?«

»Nein. In der Richtung liegt meine Begabung wohl kaum. Aber – ach, verdammt – ich will dir schon seit Ewigkeiten sagen, was ich für dich empfinde, aber ich kann es nicht.«

»Du hast bessere Möglichkeiten, mir das zu zeigen, als mit Worten, und wenn wir auf jenem Gipfel gerastet haben, kannst du mir das demonstrieren. Aber zuerst müssen wir mal da sein. Komm.« Sie nahm ihn bei der Hand und führte ihn einen Pfad hinunter auf einen schmalen Feldweg, der sich zwischen den blühenden Hecken dahinschlängelte, mal nach rechts, mal nach links, mehr oder weniger in der Richtung, in die sie wollten.

Als sie in eine stetige Gangart verfallen waren – locker die Muskeln, leicht und schwingend der Schritt, die Lungen voll, das Blut kreisend – sprach er weiter. »Eine andere Sache, für die ich keine Worte finde. Pegeen, das ist, wie glücklich ich bin, daß du zu dir selbst zurückgefunden hast. Glücklich? Ach! Ich hätte dafür sterben können.«

Sie wurde ernst. »War ich denn so traurig?«

»Oh, nein. Wer dich vorher nicht kannte, wäre nie auf die Idee gekommen, daß du etwas Sonderbares erlebt hast.«

»Na, hoffentlich.« Ihr Ton war etwas grimmig. Das Geheimnis, das die Leute der *Chinook* mit sich herumtrugen, war die Tatsache der Avatars.

»Ich nehme euch einen heiligen Eid ab, daß ihr darüber tiefes Schweigen bewahrt«, hatte sie zu ihren Schiffsgenossen gesagt,

»um meinetwillen, um der *Anderen* willen, und wahrscheinlich einer ganzen Menge mehr.« Brodersen hatte das letzte unterstrichen, indem er ausmalte, was für Wahnideen, Illusionen und unnützes Sehnen dieses Wissen auslösen würde. Und es wäre niemandem damit gedient. Zweifellos hatte die Überzeugung, daß seine Mannschaft dieses Versprechen geben und daran festhalten würde, zu der Entscheidung beigetragen, sie nach Hause gehen zu lassen. Im übrigen genügte es zu sagen, daß die *Anderen* nach reiflicher Überlegung so entschieden hätten.

Neben Caitlin ausschreitend fuhr er fort: »Du bist nicht geistesabwesend herumgelaufen oder hast dich wichtig gemacht. Das wäre kindisch gewesen. Man hatte eher den Eindruck, daß das Kind in dir gestorben sei. Du hast keine Witze mehr gemacht, uns nicht mehr geneckt, bist nie mehr auf einem Bein den Korridor runtergehüpft, ach diese tausend Kleinigkeiten, die früher deine Art waren. Gesungen hast du nur noch, wenn man dich darum bat, und nur noch trauige Lieder, und neue hast du überhaupt nicht mehr gemacht. Im Bett mit mir – na schön, Freude hat es dir sicher noch gemacht, aber *Spaß* hatten wir nicht dabei. Und manchmal fand ich dich weinend. Nachts, wenn du dachtest ich schliefe. Oder ich sah nur hinterher die Spuren. Aber du bist ausgewichen, wenn ich dich nach dem Grund fragte, bis ich mir sagte, daß es besser ist, so zu tun, als ob ich nichts merkte.«

Sie griff heftig nach seinem Arm.

»Dan, Liebling, warum hast du mir nicht gesagt wie verletzend das für dich war?«

»Ach, das hätte sicher alles nur noch schlimmer gemacht.«

»Schon! Der Traum von den *Anderen* hielt mich gefangen, und ich konnte nichts tun, als versuchen zu leben, Tag für Tag, um zurückzufinden von ihnen. Ach wenn ich gewitzt genug gewesen wäre, meinen Blick vom Vergangenen zu lösen und statt dessen zu sehen, was um mich herum vorging, und wer –«

»Unsinn, Schatz, die Hauptsache ist, daß jetzt alles wieder in Ordnung ist. Stimmt's? Im übrigen war es ein Glück für uns, daß wir die ganze Zeit so irrsinnig beschäftigt waren auf Beta und auf der Erde.«

Naja, auf der Erde, da bin ich nicht ganz sicher. Brodersen machte ein finsteres Gesicht und spuckte aus. *Die offizielle Anerkennung unserer Taten als nicht kriminell, eine Formalität, aber langwierig und peinlich. Verammlungen, Ansprachen, Feiern, Konferenzen, Festessen, Empfänge, tonnenweise Post, Tausende von Anrufen, und immer und überall diese verdammten Presseleute. Wir waren keine Minute ungestört, bis es uns endlich gelang, uns hierher zu verdrücken. Dieses ganze Tohuwabohu hat womöglich ihre Genesung verzögert . . . Ist »Genesung« das richtige Wort? Das wage ich nicht zu fragen.*

Lieber das Thema wechseln. »Und bald: auf nach Demeter«, sagte er.

Was zu tun war, hatten sie getan. Neben all dem ärgerlichen Unsinn, der letzten Monate hatten sie auch ein paar wichtige Aufgaben erledigt: den Betanern geholfen und sie beraten, an der Ausarbeitung von Plänen und Gesetzen zur Etablierung regulärer Beziehungen zwischen den beiden Rassen teilgenommen, den Informationsschatz, der sich an Bord der *Chinook* und in den Köpfen ihrer Mannschaft befand an Wissenschaftler weitergegeben – und er gestand sich gerne ein, daß da ein paar Sachen dabei waren, um die es sich gelohnt hatte zu kämpfen. Der Held der Milliarden konnte Geld lockermachen für die Erhaltung der Meere; der Politik einen Anstoß in Richtung auf Vernunft und Freiheit geben, den Kindern in einem Krankenhaus eine fröhliche Stunde bereiten.

Aber endlich war es soweit, daß die *Chinook* ihre Wanderer bald heimbringen würde. (Carlos und Susanne wollten Susannes Eltern begrüßen. Frieda und ihr Ehemann, den sie auf der Erde gefunden hatte, wollten auswandern.) Die Betaner hatten noch nicht genügend Daten gesammelt, um ausrechnen zu können, wie sie in diesem Tor chronokinetische Tricks anwenden könnten. Den Menschen würde das wohl sowieso nicht möglich sein, sie müßten dazu erst sehr viel klüger werden. Die Zeitspanne, die Brodersen vom Phoebussystem abwesend war, würde daher ungefähr der Zeit seiner Anwesenheit im Sonnensystem entsprechen.

Ob Barbara und Mike sich sehr verändert haben? Die Briefe

und Bänder von Lis – die mit ihm übereingekommen war, zu Haus zu bleiben, sich um die Kinder und das Geschäft zu kümmern, und sich von der Unruhe, die ihn heimsuchte, fernzuhalten – zeigten lediglich, daß sie ein paar Fertigkeiten dazugelernt hatten, die sie begierig waren, ihrem Papa vorzuführen. Aber in ihrem Alter konnte die Zeit zwischen Spätwinter und Frühling so lang sein wie die, die man braucht, um zum Ende des Universums und zurück zu fliegen.

Brodersen bemerkte, daß Caitlin nicht geantwortet hatte. Beunruhigt schaute er zur Seite und sah, daß sie ernst geblieben war, den Blick auf den Horizont und die blauen Tiefen dahinter gerichtet. *Nein! Bitte!* »Es tut mir leid«, sagte er tastend. »Habe ich etwas Falsches gesagt? Um alle Planeten im Universum möchte ich dich nicht wieder traurig machen. Habe ich das getan?«

»Nein, Liebling.« Sie tätschelte seinen Rücken. »Du hast mich nur an etwas erinnert.«

»Ich Idiot! Ich ja, ich habe beschrieben wie du vorher warst, um zu erklären, daß du wieder du selbst bist. Ich hätte das nicht tun sollen. Es tut mir so leid. Kannst du mir verzeihen?«

»Es gibt nichts zu verzeihen. Ich *habe* mein Verlangen überwunden, diesen vergeblichen Versuch, etwas zurückzugewinnen; wirklich.« Ihre Finger umschlossen seine Hand. Sie blieben mitten auf dem Weg stehen und sahen sich an. Der Schatten einer Wolke ging über sie hinweg, dann wurden sie wieder von Sonnenlicht überschüttet.

»Ehrlich, Dan, mein Geliebter, die Erinnerungen, die ich noch habe, liegen ruhig und tief, jenseits von Gram oder Freude. Ich bin es, die dich um Verzeihung bitten muß, weil ich blind war für deinen Wunsch, mit mir darüber zu sprechen.«

»Nun ja, ich habe ihn wohl auch nicht deutlich genug zum Ausdruck gebracht, Pegeen, macushla.«

– Nach dem Kuß, als sie wieder nebeneinander hergingen, erzählte sie ihm: »Eins macht mir Sorgen. Du sagst, du hättest dein Leben gegeben, damit ich wieder die Alte würde.«

»Das meinte ich auch so.«

»Wirklich? Das ist nicht gut. Denkst du denn nicht an Lis und die Kinder?«

Er zuckte zusammen. »Ja, du hast recht. Ich hab' überhaupt nicht gedacht. Wenn ein Mensch einen anderen so liebt wie ich dich liebe –« er konnte nicht weitersprechen.

»Dan«, sagte sie, »ich habe dir schon oft gesagt, daß es nur einen einzigen Grund gibt, aus dem ich dich verlassen würde, nämlich, wenn ich zwischen dich und Lis geriete. Das würde alles, was bis jetzt gut und glücklich war, in Kummer und Sorgen verwandeln; und wie könnte ich dann ich selbst bleiben?«

»Das brauchst du nicht zu befürchten«, versprach er. »Es ist gut, wenn du mich gelegentlich daran erinnerst, aber . . . ja, ich halte meine Verträge; und außerdem, ich liebe sie doch auch.«

Ihr ganzes Gesicht war ein strahlendes Lächeln. »Bravo! so spricht mein Skipper.«

Dann: »Aber, mein Leben, ich spüre, daß du dir Sorgen machst.«

»Warum?«

Jetzt ließ er seinen Blick in die Ferne gehen, wie sie es vorher getan hatte. »Der Gedanke wird mir immer unerträglicher, wie unfair dies alles gegen dich ist.«

»Wie?«

»Ich habe ein Heim und eine Familie, die mir die Welt bedeuten. Das steht auch dir zu. Ist es meine Schuld, daß du darauf verzichtest? Ich fürchte das.«

Sie lachte so laut, daß er vor Schreck mit seinem Fuß in eine Furche geriet und fast hinfiel. Als er sich wieder gefangen hatte sagte sie: »Dan, Dan, kannst du dir wirklich vorstellen, daß ich in einer Situation dahinvegetiere, die ich nicht frei gewählt, nicht selbst herbeigeführt habe? – Dafür mußten erst die *Anderen* kommen, und dann war es nicht von Dauer.«

»Ja, aber freie Entscheidungen erweisen sich nicht immer als gut und richtig.«

»Ich weiß immer was ich will, obwohl sich das ändern kann. Es könnte gut sein, daß ich eines Tages heiraten möchte, wenn ich den richtigen Mann finde, einen, der versteht, warum ich dich nicht aufgeben will. Es kann ebensogut sein, daß das nie passiert. Aber ist das tragisch? Ich denke, daß ich schließlich ein oder zwei Kinder haben möchte, vielleicht von dir. Laß uns abwarten was passiert. Wir haben den ganzen Kosmos vor uns.«

Nach einer Minute, die vom Gesang einer Lerche ausgefüllt war, fuhr Caitlin fort: »Ich habe mir Gedanken über meine Zukunft gemacht – vielleicht gehe ich noch mal zur Schule, verbessere meine medizinischen Kenntnisse, damit ich an Expeditionen zu den Sternen teilnehmen kann.«

»Was?« Er stand wie angewurzelt.

»Mach dir keine Sorgen, mein Herz.« Sie schob ihn weiter. »Ich werde zu dir zurückkehren, wie ich es in meinem Lied versprochen habe. Es könnte ja auch sein, daß du mitkommst. Natürlich nicht auf jeder Reise. Du hast nicht das Recht und, wie ich hoffe, auch nicht den Wunsch Demeter allzu oft zu verlassen. Aber du hast das Recht und, wie ich glaube, auch den Wunsch, bis zum Ende deines Lebens wirklich zu leben.«

Er sah sie grübelnd an. »Ist das nur ein Strohfeuer der Begeisterung nach dem großen Erlebnis, das wir hatten?«

»Nein, das könnte vielleicht sein, wenn ich noch die wäre, die ich einmal war. Du meintest vorhin, das Kind in mir sei gestorben. Es hat nur geschlafen; aber lange, und es ist als erwachsener Mensch aufgewacht. Ich will Neues entdecken und lernen, ich will alles tun was ich kann, bis an die Grenzen meiner Möglichkeiten. Und, ja, helfen; denn was unsere Forscher tun wird unser Leben unglaublich verändern. Und sollten wir nicht versuchen, diese Veränderungen so zu gestalten, daß sie unschädlich sind, oder gar angenehm? Muß nicht vor allem anderen die Freiheit eines jeden denkenden Wesens garantiert sein? Ich möchte dort sein, wo ich in dieser Richtung helfen kann, wie wenig und wie fehlerhaft das auch immer sein mag.«

»Das verstehe ich«, sagte Brodersen. Und nach einer Pause: »Und ich glaube, daß deine Hilfe weder gering noch besonders fehlerhaft sein wird.«

»Ich danke dir, mein Liebster«, murmelte sie.

Sie wanderten. Der Tag nahm zu, wurde heller, wärmer grüner, duftender. Ein Habicht schwang sich in den Himmel, wo die Sonne seine Schwingen vergoldete. Sie fühlten, wie das Land gegen die Höhen anstieg.

Plötzlich rief Caitlin aus: »Ach, was tun wir, anstatt glücklich zu sein?« Sie nahm den Sonador von der Schulter. Er war auf Gitarre programmiert. Sie schlug ein paar Akkorde an und fing an zu singen, während ihre Füße fröhlich im Takt marschierten.

In frohem Reigen sollt ihr euch drehn,
laßt euer Tanzen und Lachen
fliegen vom Tal zu der Berge Höhn,
Freude soll es euch machen!

Würdigung

Die T-Maschine ist nicht nur ein Produkt meiner Phantasie. Ihr Grundprinzip wurde von F. J. Tipler im *Physical Review*, Band D-9, Nr. 8 (15. April 1974), pp. 2203-1; *Physical Review Letters*, Band 37, Nr. 14 (4. Oktober 1976), pp. 879-82; und in seiner Dissertation *Causality Violation in General Relativity* (Universität von Maryland, 1976) beschrieben. Er ist in keiner Weise dafür verantwortlich, daß ich seine Idee benutzt habe, um so weniger als ich von seinem mathematischen Modell beträchtlich abgewichen bin.

Ebenso ist auch die Vorstellung eines Lebens auf einem Pulsar einem Interview mit Frank Drake im *Astronomy Magazine*, Dezember 1973, pp. 5-8, sowie einer Vorlesung, die er 1974 auf einer Veranstaltung der American Association for the Advancement of Science hielt, entnommen. Auch er ist ein renommierter Wissenschaftler: er selbst hält die Idee für bestenfalls spekulativ. Im übrigen mögen mir schwerwiegende technische Fehler unterlaufen sein, für die er nicht verantwortlich ist.

Ich danke beiden Herren für die Erlaubnis, von ihren Gedanken Gebrauch zu machen. Ich kann nur hoffen, daß ich ihnen hier keine Gewalt angetan habe.

Teile der Kapitel II und XXIII sind in leicht abgewandelter Form in der Ausgabe Herbst 1977 von *Asimov's Science Fiction Magazine* in einer Geschichte mit dem Titel »Joelle« erschienen, copyright 1977, Davis Publications, Inc.

Das Zitat in Kapitel IV ist aus dem Gedicht »Sussex« von Rudyard Kipling, in *Rudyard Kipling's Verse*, herausgegeben von Doubleday & Co. und wird mit Genehmigung verwendet.

Für Vorschläge, Information und sonstiges Entgegenkommen bin ich insbesondere Karen Anderson, Mildred Downey Broxon, Victor Fernández-Dávila, Robert L. Forward, Larry J. Friesen und David G. Hartwell verpflichtet. Einige gute Passagen des Buches sind ihnen zu verdanken, Die schlechten habe ich alle selbst erfunden.

SF-SPECIAL

Die Titel dieser Sonderreihe sprengen den Rahmen der „normalen" Unterhaltungs-SF. Werke vom revolutionären Denkmodell bis zur historischen Betrachtung der Literaturgattung Science Fiction findet hier der interessierte Leser.

Band 24 051

Lübbes Auswahlband

Abenteuer Weltraum 2

Deutsche Erstveröffentlichung

12 Romane und Geschichten mit Weltraum-Abenteuern bekannter SF-Autoren:

ISAAC ASIMOV
BRIAN W. ALDISS
E. E. »DOC« SMITH
ROBERT SHECKLEY
A. E. VAN VOGT
LARRY NIVEN
JACK VANCE
STANISLAW LEM
JAMES BLISH
POUL ANDERSON
SAMUEL R. DELANY
CLARK DARLTON –
WALTER ERNSTING

Ferner im Anhang:
Kleine Geschichte der »Space Opera«
Bibliographie der 100 besten »Space Operas«.

BASTEI LÜBBE

Sie erhalten diesen Band im Buchhandel, bei Ihrem Zeitschriftenhändler sowie im Bahnhofsbuchhandel.

SCIENCE FICTION

ACTION

Band 21 125
Alex Raymond/
Carson Bingham
Flash Gordon und die
Hexe von Mongo

Band 21 126
Brian M. Stableford
Schwanengesang

Band 21 127
E. E. „Doc" Smith/
Stephen Goldin
Das Puritaner-Komplott

Band 21 128
Jerry Pournelle
Der letzte Söldner

Band 21 129
Kenneth Bulmer
Star City

Band 21 130
Keith Laumer
Der Ultimax

Band 21 131
Karl-Heinz Prieß
Androiden-Jäger

Band 21 132
Alex Raymond/
Carson Bingham
Flash Gordon und die
Cybernauten

Band 21 133
Roger Zelazny
Mein Name ist Legion

Band 21 134
Steve Gallagher
Saturn 3

Band 21 135
Gary K. Wolf
Killerspiel

Band 21 136
Jerry Pournelle
Jenseits des Gewissens

Band 21 137
Kenneth Bulmer
Das Mannlichkeits-Gen

Band 21 138
Isaac Asimov
Lucky Starr

Band 21 139
Gary K. Wolf
Zwischen hier und nirgendwo

Band 21 140
Poul Anderson
Im Dienst der Erde
Fähnrich Flandrys erste
Mission